O Manto

Ornitomance das Berenices

Trilogia íntima

Magnólia
Vol. 1

A Mulher de Costas
Vol. 2

O Manto
Vol. 3

Marcia Tiburi

O Manto
Ornitomance das Berenices

Trilogia íntima

Volume III

EDITORA RECORD
RIO DE JANEIRO • SÃO PAULO

2009

CIP-BRASIL. CATALOGAÇÃO-NA-FONTE
SINDICATO NACIONAL DOS EDITORES DE LIVROS, RJ

T431m

Tiburi, Marcia, 1970-
O manto: ornitomance das Berenices/Marcia Tiburi. — Rio de Janeiro: Record, 2009.

ISBN 978-85-01-08764-5

1. Romance brasileiro. I. Título.

09-5219	CDD – 869.93
	CDU – 821.134.3(81)-3

Capa: Silvana Mattievich

Editoração: DFL

EDITORA AFILIADA

Impresso no Brasil

ISBN 978-85-01-08764-5

PEDIDOS PELO REEMBOLSO POSTAL
Caixa Postal 23.052 — Rio de Janeiro, RJ — 20922-970

Sumário

O Manto — Ornitomance das Berenices, s.m. 1 romance em duas partes: um *Livro na Claridade* ou *Livro da Trama*, em 9 fitas transcritas, enumeradas com a letra T, e um *Livro à noite* também chamado Omanto — *Livro da Urdidura* feito de palavras em *chiaroscuro*, composto de fios, ao todo 9 nomeados com a letra U. As duas partes se separam e reúnem como fita e linha entrelaçadas por um fio vermelho à guisa de prólogo composto de 100/cem/sem parágrafos. Cada uma das partes pode ser lida separadamente, assim como cada capítulo, frase ou mesmo letra, no entanto, o leitor saberá tirar proveito das conexões que fizer entre os elementos. A leitura conjunta ou simultânea das três partes favorecerá o reconhecimento de recortes e retalhos que apenas o leitor poderá costurar. Deixa-se a agulha tanto quanto a tesoura em suas mãos como um dia se as deixou a Deusivenatura que entorpecido com a mística das potências da criação criou o real-fantástico ornitorrinco. Na contramão das regras, que o leitor entrelace fios e fitas, encontre direito e avesso, a metafísica e a vida que se explicam por si mesmas.

PRÓLOGO

100 parágrafos em palavras de vidro

"Palavras, palavras deslocadas e mutiladas, palavras de outros, foi a pobre esmola que lhe deixaram as horas e os séculos."

Jorge Luis Borges. In *O imortal*

1. Transcrevi as 9 fitas cassete que encontrei no quarto que minha mãe ocupava na casa onde viveu e morreu. Trechos de cartas, poesias, histórias sem começos definidos ou fins claros, fragmentos filosóficos, verbetes de dicionários, bulas de remédio, cantos de pássaros, livros de bordados e embalagens de aviamentos, eram lidos enquanto um gravador ligado registrava a confusão sonora ao redor. Demorei a perceber que ela ditava e, depois, que os dizia sem ler. Ao que parece, sem o propósito de gravar a maior parte, talvez sem perceber que guardava uma pronúncia, enquanto uma outra parte, a menor, era gravada com intenção direta de registro. Avaliar suas

intenções não me levou muito longe. Com o tempo, apenas ao avançar na transcrição dos dizeres, percebi que o dito era como um véu que escondia o não dito ainda que estivesse, claramente, sendo dito. Ao me expressar deste modo, não quero ser mal interpretada. Dizer o óbvio e, ao mesmo tempo, fingir o contrário pela formulação confusa, tática que aprendi com os livros, não é o que busco. Estudei-os por obrigação, mais que por gosto. Por perceber que o material, mesmo sonoro, e antes de transcrito, se parecia com a coisa feita de papel e letras, matéria quase antimaterial, superfície sobre superfície com fundura de espírito, a que se chama livro e ao qual eu cheguei apenas por ter passado perto do instante indecidível entre a sorte e o azar a que se chama vida quando se quer dizer destino. Não saberei, não decidirei, não vou me antecipar e julgar como se eu entendesse tudo o que ouvi e o que fiz. Chamo livro por questão de forma. Se há qualquer chance de que não o seja, ela está neste buraco no qual a opção é o que falta para mim. Buraco aqui é figura de linguagem e logo ficará legível o que ela realmente significa para além da sempre disponível formulação que tanto mais clareia quanto mais confunde. Não vou dispor da formulação confusa que, em cada um dos dizeres que encontrei, alertou-me para o significado deste mundo espesso e superficial de palavras. Chamei livro, agi como se estivesse diante de um livro. No entanto, parece-me desonesto fazer igual ao que vi nos livros, como se eu pudesse pensar igual, copiar as ideias sinuosas que dão a impressão de complexidade, ainda que ilusões atraiam pessoas como nós, eu e você, como a luz atrai mariposas. Aliás, metáfora que, estando nos livros, talvez por ironia do mesmo destino que não perdoa aquele que dele s[illegible] guiu até que eu a grafasse aqui. Deixo a for[illegible] fusa, bem como a cópia, e tudo o mais de lado [illegible] apenas para justificar que deixarei de lado. V[illegible] vez ao livro. Não à ficção, nem, muito menos, à mentira que, de certo modo, a envolve, tampouco ao ensaio, à crônica ou qualquer destes gêneros mistos que agradam os indecisos. Sei que este como qualquer outro é um pensamento raso; sendo disto que se trata à cada página que se produz, não vejo contradição. Estaria eu aqui se não fosse a adesão ao raso? Devo ser fiel ao que me move como se um moribundo pedindo água me alcançasse com a própria mão um copo vazio no deserto que ele sacou com as últimas forças dentre os próprios pertences. O copo de água me cabe. O dever humanitário de não deixar que morra sem matar-lhe a sede não me impede de perceber que a mala que trazia o moribundo não tinha nada além deste copo. Uso a metáfora para que entendam o tamanho da culpa a surgir caso o moribundo morra em seco mesmo sabendo que o copo nada mais era do que uma isca que ele mesmo preparou numa viagem de séculos contra o meu projeto de vida. Olha-me como um vampiro futuro, um vampiro que há de vir, habitante dos muros da minha imaginação, e me pede água enquanto espera minha tática, ou minha generosidade. A que pode mantê-lo vivo. A mesma que o fez permanecer entre os livros quando deveria ter desaparecido como um sonho. Seus dentes são a ameaça palavra por palavra, a formulação confusa que me pede cada linha. Linha sempre pronta ao meu pescoço. Lançar-me à tarefa que aqui levo a cabo é, por isso, o mesmo que fugir de toda tática com os dentes amarelos do moribundo, zumbi a perseguir-me. Agir na contramão do que deveria ser feito sem deixar de dar água ao moribundo que, um dia, tornado zumbi, preencherá todas as perspectivas pelas quais eu possa olhar. De nada posso contra o destino que lhe cabe, ainda que me peça resgate com seu rosto sempre acordado e me envolva, por vingança, na sina que é só sua. Quando o que é meu for seu, ou o que é seu for meu, para onde poderei seguir? Tudo já foi anunciado na natureza de coisa ida à qual quer me condenar e eu, sem saber de saídas, sem lembrar que poderia quebrar o copo e trocar o plano inteiro, terei a única alternativa que cabe a quem assiste e percebe o que ocorre mesmo sem querer. Posso seguir. Não é decisão, é pergunta. Enquanto viajo pelo deserto buscando o que pôr dentro do copo, conto com a desculpa de que nunca me relacionei com as letras e que o próprio vidro contém, dentro de si, a potência da água, potência das letras apagadas. O copo não é um copo, é um espelho. Disto já esquecera. Não tenho mais conhecimento das formas. Tenho o copo. Não a liberdade de quebrá-lo e inverter a potência do copo pela potência do copo quebrado, a impotência sem a qual não sou nada. Não teria nada a dizer se tudo fosse diferente: um espelho em vez de um copo. Um lobisomem em vez de um vampiro. Fico com os dois. Que se contente o meu moribundo em seu devir zumbi. A metamorfose entre o vampirismo e a licantropia motivada pela existência de um copo impossível de quebrar e que devém espelho. Pena não se tratar de ilusão, volto ao copo, mas da forma da água em sua ausência. É o que temos pela frente, um copo vazio e um espelho, alguns monstros. Deixo, porém, tudo de lado mais uma vez. Conto com a novidade da própria coisa sobre a coisa, algo que dispensa de todo ardil, da formulação confusa, do copo, do espelho e até dos monstros. O moribundo me persegue até o futuro, seguido pelo vampiro, seguido do lobisomem, todos seguidos por mim com um copo de vidro nas mãos, um espelho na outra, a fugir pelo deserto que ameaça o porvir, não mais que a memória de um passado que morre em seco a cada segundo de abandono. Não posso seguir mais nada. O féretro das coisas me persegue. Eu me movo, nada mais posso fazer além de fazer cada coisa de uma vez. Toco a tecla, depois a letra, logo a palavra inteira. Cada uma delas não me permite mentir e toda ilusão que poderia haver desvanece.

2. É para tornar claro o meu intento e a experiência pela qual passei que me lanço à construção deste prólogo. Uma explicação, o mapa inteiro em que cada linha explica o caminho a seguir, em que palavras adequadas são escolhidas uma a uma como feijão na bacia, frase a frase, para não exagerar, não mentir, nem evitar dizer o que se passou por medo de simplesmente dar forma incomunicável à incomunicabilidade. É o contrário o que espero, mesmo não sendo possível escapar ao enredamento das palavras, instrumentos de feitiço, assim como à confusão do começo. Não espero, com isto, criar qualquer desentendimento que impeça a compreensão do material que, na forma de texto, agora dou à leitura. Li em algum lugar que o melhor prólogo é o que tem menos coisas, ou o que diz de um jeito obscuro e truncado. Infelizmente não poderei sustentar o primeiro critério sem o segundo, as poucas coisas aqui aparecem como muitas ou as muitas

como poucas, o que assegura o segundo critério aplicado ao primeiro. Espero, na verdade, não corresponder nem a um nem a outro; tenho em mente apenas o perdão do leitor caso busque no que lê a confirmação de algum critério. Se houver qualquer expectativa sobre o que virá a seguir, é muito mais a que possuo em relação ao que pode ser lido, do que jamais poderia ser quanto ao que deveria ser escrito. O escrito não é o que parece, é mera cena inexorável, móbile, a leitura é, contudo, plena do possível, como apertar um botão, rasgar um pano de algodão. Por isso, dei-me a essas letras, não que queira dizer qualquer coisa, dar-me-ia também à plantação de aspargos que crescem rápido, ou à pintura de paredes caso se tratasse de pôr os muros em ordem para a pichação que cedo lhes convém, não que pretenda um saber, mais que isso, uma justificativa que se abra como uma gaveta vazia, mas porque não há outro jeito como não há chave para um presidiário, nem pernas verdadeiras para um aleijado. Na falta da chave e das pernas, ponho uma ao lado da outra e espero a pura necessidade de explicação, pura como água destilada. Não sei dizer se uma necessidade valeria como universal e, deste modo, seria critério, só o que tenho, não o critério, é a necessidade que, suficiente, dá muito trabalho. Meu único compromisso é a explicação à qual realmente desejo encontrar tanto quanto me for permitido. Meu limite é o que recebi como herança. Lamento ter que dizer a mim mesma que, se for por isso, não terei passagem para muito longe.

3. Desagrado-me com a miséria do que recebi, ainda que, olhando por outro lado, não sem fazer esforço, torcer o

pescoço até ficar tonta, também possa vê-la como riqueza, que tudo, afinal é ponto de vista, embora aqui as coisas não sejam assim de uma vez problema para os olhos, afinal há pouco a ver e muito que ouvir. A velha e universal história dos dois lados da mesma moeda, vale a este pequeno caso, tão íntimo, tão doméstico. Pena que a moeda a qual posso me referir seja só uma e apenas figura de linguagem das mais gastas, como todas as que encontro, com as quais posso dizer o que devo, que falte seu plural concreto à herança com a qual eu poderia me regozijar em dias mais criativos na parte de felicidade que, nessa vida, pode ser comprada. Nada contra as compras, as vendas e as trocas. É o logro, porém, que me incomoda e, ao mesmo tempo, me anima. Minha mãe era uma mulher pobre e eu que não sou de luxos abdico das compras como das moedas. Admiro muito as aplicações financeiras com resultados lucrativos, não que as deseje ter para poder comprar outras coisas, trocar gato por lebre que é só o que se pode neste mundo do consumo, a potência já me é suficiente como a modéstia é boa para aquele que não tem virtudes. Nada do ressentimento de quem gostaria de ter e não tem e, por isso mesmo, precisa comprar, o que implicaria trocas complexas e outra espécie de posse, a de um lugar para guardar tudo o que se vem a ter apenas por se poder ter já que se tem o que é preciso para que se possa ter outra coisa, mas não a outra coisa que não necessariamente se precisa ter. Contento-me com o ter enquanto é potência de alguma coisa possível e ato real do que já se tem. Ou com o que se teria porquanto da impotência também se extrai vantagem. Tem-se a impotência. Entre a potência do que tenho e a impotência do que teria, e nunca terei, o que só seria diferente caso minha mãe tivesse ela mesma outras posses que fariam com que as minhas hoje fossem diferentes, permaneço ciente de que a vida é resto. Uma herança. E, como veremos, pela qual se paga muito caro. Nada, no entanto, me faria desistir da aventura que aqui vejo nascer, nem o que, longe da aventura, por dever, me entrega à ânsia de fugir que não me deixou, nem deixará — se narro no tempo passado é que estou no futuro a saber o que o leitor ainda não sabe — por um momento sequer. Ainda assim enfrentarei a ponte que me leva deste lugar calmo da vida onde me encontro satisfeita com minha posse da possibilidade de ter posses e da impossibilidade de tê-las que também é a posse de uma ausência de ter, ao universo paralelo onde minha mãe viveu. Irei ao fundo como a baleia que se esconde do Pequod, como a musa de Drácula, como, afinal, minha própria mãe que, oculta no armário, se entregava ao seu espírito de maledicência, poetação e gramaticalidade. É a aparência do que tenho a dissecar. Uma contradição inicia o que tenho a fazer, que o fundo ao qual devo chegar não passa de uma superfície como em algum momento anterior foi dito. Mas não pensem que me entrego ao patinar na lama. Não sou de dar ponto sem nó, nem poderia, considerando o que encontrei. É mais confuso e, como se trata de literatura, ou pelo menos algo parecido — na verdade, não é nada realmente parecido, fica apenas mais fácil falar assim — farei meu esforço de explicação. Quero deixar claro o quão caro paguei pelo que recebi e voltei por puro dever de economia, para cobrar cada centavo investido, cada um dos lados da moeda a que antes me referi. Como se pode perceber não dou ponto sem nó, não deixaria à deriva as duas moedas comentadas. Se a vida merece apenas um trato econômico é questão que se deve ter em mente quando se trata de posses, bens e família. Avareza? Cada um que pense como quiser já que em casos como estes não há como convencer ninguém do que quer que seja. Entre a crença em Deus e a crença na propriedade privada, não há diferença. Tanto a palavra Deus como a palavra Capital são escritas com letras maiúsculas. Não adianta falar demais. Mas permita-me olhar para o lado certo das coisas e dizer apenas uma única verdade. Isto implica você aí que está a ler e que não há de esperar do livro o valor pago de volta, assim poderá entender do que se trata ao dizer lucro. Aqui não há troco. Não leve a mal, não pretendo importuná-lo, antes agradeço que me esteja lendo, mas que fique claro que neste caso de livros que se tornam posses de pessoas que gostam de acumular pó nas estantes tanto quanto em suas mentes ou dinheiro no banco, só há duas alternativas: ou se logra o leitor ou se logra o autor. Aqui, assim como lá, entre as paredes ou para além delas, tudo é questão de economia. E tudo o que a ela se refere diz respeito à avareza, a mais notável e instigante das paixões humanas. O que se encontra num livro é sempre desproporcional ao dinheiro pago e ao investimento feito e, mesmo quando se espera encontrar as paixões humanas, seja a volúpia, a gula ou a soberba, a preguiça, a ira ou a inveja, que é o que mais há entre os livros, nenhuma delas supera a avareza como a única que obriga a comprar um livro. Só o desejo de acumulação leva alguém a montar uma biblioteca, quem não o faz não é leitor. A vida do escritor, mesmo se de um livro só, é bem mais fácil, a ele só a soberba corrói como a preguiça carcomeria os olhos de um leitor. O escritor é o único que será feliz sem pagar caro, logo estará livre da miséria desde que esteja livre do pecado que o faz sentir melhor que os outros. Ocupe-se me lograr como lhe cabe. Prepare-se você aí, que se ao lográ-lo, terei ganho o jogo mesmo tendo perdido, sua felicidade como leitor é inversa à minha como escritora.

4. Não, não se preocupe, paro por aqui com este dardo cavocando sua ferida, chaga purulenta de onde tirarei todo instrumento útil à literatura, arte à cuja casa não fui convidada, mas da qual roubarei os cristais, não sem antes arrombar o cofre e deixar um bilhetinho misterioso. Não se preocupe, nem se ofenda, se já estou indo longe demais, não tardarei a lançar-me ao lugar de onde vim, ao nada cru e esbranquiçado ao qual rendo este culto, e dar-me por contente. Embora tenha um livro em mãos e eu me refira a ele como algo que me pertence, não sou, como ficará mais claro adiante, sua escritora e isto redime todos os meus atos, ditos e não ditos. Tampouco vou lográ-lo, atento leitor, coisa que aprendi nos livros e de cuja verdade, penso, quase o convenci, embora não se trate de convencer. Já que não sou a escritora é disto que você está livre tanto quanto eu mesma. Os livros, calhamaços pesados ou leves, densos ou frágeis, não fazem mais do que repetir as táticas da vida e os escritores, artífices da mesma coisa, pensam ser deuses demiúrgicos capazes de inventar a história, o homem, a mulher e até a si mesmos. Não fazem mais que copiar, imitar, repetir à exaustão o que cada um que pode ler já sabe, tornando assim a coisa

chamada literatura uma mera obviedade em que a curiosidade do leitor é só o que salva o escritor. Sorte que aqui estamos livres de cada um deles e até da literatura. E, com tais ausências necessárias, livres de toda a preocupação. Só não estamos livres de um único sobrevivente, alguém que não poderemos mandar embora. Mas antes de nomeá-lo, deixemos claros outros aspectos sem os quais não entenderemos o que viemos fazer. O que temos aqui, embora seja um livro, não é exatamente um livro, apenas algo parecido. A parte que falta para que seja livro é a mais substancial: aquela que define que ele tenha sido escrito. Não foi este o trabalho realizado. O logro, portanto, é uma questão de semelhança como cada parte, cada detalhe da verdade em grau mínimo, o suficiente para criar confusão, mas não perturbar a ponto de motivar revoluções ou meras crises de existência. Acalme-se. É tudo bem mais ameno. Não tão ameno que possa ajudar, não tão pesado que possa perturbar. Aqui não podemos nos livrar de dois aspectos: o logro e o outro. O outro, sobre o qual falarei mais adiante, é o que mais importa. O logro como simples aparência já nos garante uma saída agradável no desagradável. A pergunta que não se pode deixar de lado quando se está diante de um logro é das mais simples de se responder, como de resto é toda resposta: quem nunca se sentiu logrado, nem que fosse geneticamente? E o logro do destino? O logro cósmico que me faz ser isso e não aquilo, que me faz nascer neste tempo de miséria, longe de qualquer lembrança de paraíso perdido? O grande e astucioso logro que aqui me pôs a fazer o que fiz é diferente da literatura e igual à vida: a vida de minha mãe como herança. Nisto não sou diferente de muitos, de todos os logrados, todos os que herdaram o que quer que seja. A vida, a respiração, a capacidade de pensar e imaginar não compra nem vende mais do que um logro, oferta dura de roer pela qual tive eu, como tem tantos outros, de pagar. Por se tratar de herança não vejo que possa ser diferente.

5. Para alcançar o nível de explicação mais completa a que se pode chegar usando apenas a mentalidade humana — vê-se que meu projeto corre riscos — usarei de uma numeração facilitadora no âmbito da tentativa geral de explicação de viés sistemático pelo qual optei ao lançar essas linhas no papel trazendo à imagem cifrada das letras a voz de minha mãe. Tenho que me haver com dois lados e uma história inteira, ainda que picotada em pedaços. Estabelece-se, assim, o limite e a amplitude, todo e partes, como dois lados da mesma moeda. Preferia espelhos, seria uma metáfora mais literária e contemplaria igualmente a questão dos dois lados, mas como não posso chamar o que temos aqui de literatura, ainda que muitas vezes use essa palavra por falta de palavras melhores, ou por erro simples de raciocínio mesmo, afinal não posso prometer perfeição, tenho também que abandonar os espelhos e encarar uma metáfora bem mais real. Fiquemos com a moeda para nunca esquecermos do que se trata e não fugirmos do assunto. Sendo o assunto tão mais opaco, nada reflexivo, tenho que me contentar com elas e você que lê aí sentado no lado de lá das coisas esperando ver o lado de cá pela literatura não tem outra saída. Até porque não há literatura, falta-nos a descrição, o enredo, a reflexão, os fatos, o desfecho, falta-nos o perso-

nagem. Escape desta! Se você me visse rindo como um dia eu escutei minha mãe, pensaria que não tenho o que fazer. Ora, prometi não importuná-lo, que posso dizer eu do que você pensaria? Foi só uma brincadeira para acordá-lo caso já tenha sido capturado pelos deuses do sono que odeiam as palavras postas no papel por acreditarem que elas acabam com a realidade ao implantarem a memória e assim o engano e o autoengano, a esperança e a desilusão ao alcance dos olhos e um movimento das mãos. Deixemos de lado o livro e sua mitologia, já que não podemos nos livrar deles tão cedo, e voltemos ao que importa neste instante, à moeda. Um passo de cada vez e, quem sabe, seu contrário. Voltemos à moedas reais e imaginárias, tanto faz, moedinhas num cofre para comprar um rádio, uma televisão, uma roupa nova em tantas prestações quanto o tamanho da pobreza. Sem esquecer que a quantidade dos comprados é sempre a melhor definição da pobreza de cada um. Mesmo diante de todo o dinheiro do mundo pobre é sempre aquele que mais compra e aniquila a potência da compra gastando seus pertences que preservariam a possibilidade da compra ou da mera conservação das moedas reunidas num arranjo metálico, verdadeiro conceito de riqueza, na esperança de que, pela atualidade contrária à possibilidade, se chegue a um lugar melhor no mapa abstrato dos bens e das posses. Ódio ao logro é o que me move, ódio à avareza que a todos faz gastar e empobrecer. Mas vamos lá, por que me envolvo com tais temas precários, que quero eu com os bens de cada um, com as dívidas de cada outro? Não tenho a ver com seus bens, tampouco tenho a ver com seus males. Que cada um que escolha seu objeto e meça-se consigo mesmo, não é disso que me devo ocupar. Já me basta o que tenho que transcrever. Pelas minhas escolhas ninguém me paga. Eu mesma pago e, quem sabe, com sangue. Digo apenas para dar um tom mais nervoso ao que um leitor imagina que vou dizer, aprendi ao ler livros que a imaginação de cada um corresponde, por semelhança, a uma espécie animal, de um cavalo de corrida a uma tartaruga na areia, de um lemingue ansioso pelo abismo a um pássaro na gaiola que, acostumado ao cativeiro, perdeu a capacidade de voar. Aprendi rapidamente, meia dúzia de leituras, que drama e frases trágicas podem ajudar a explicar o que se faz com coisas escritas. Antes de drama e tragédia, para mim as coisas escritas — literatura, chamarei por pura preguiça — são questão de matemática. Tudo o que importa são os números, é por sua causa que todas as questões, colocadas ou não, são resolvidas. Vamos, por isso, de uma vez ao que importa que é chegar à equação. É da escolha que devo contar assim como devia contar moedas. Como contar? Contar do começo ao fim, ou seja, do primeiro ao último, tanto quanto do último ao início. Contar histórias, contar dinheiro, contar números. Contar coisas em geral e em particular. A palavra contar se presta a tudo que interessou em minha tarefa, sobre a qual estou tentando me explicar, talvez sem muito sucesso até aqui, pois pouco foi até agora contado. A equação é a forma de contar — sempre a mesma — embora coisas diferentes, uma forma de contar que não envolve solução, mas mero acaso. Como explicar que a equação obedece à herança e à facilidade do dois em um como dois lados de uma mesma moeda? É uma escolha puramente formal e nela está contida a vida inteira, inteirinha, com o logro e o lucro no mesmo objeto, bastando, para saber do que se trata, inverter o olhar que mira a coisa. Entre o olhar e a coisa já está pressuposto o sentido que os une. Do contrário não veriam um ao outro. O olhar está na coisa olhada e a coisa olhada está no olhar. A inversão é pura remessa direito ao foco. O que virá por escrito não se compreende fora dessa explicação que deve ser lida também como implicação, caso haja perspicácia. Não quero com isso enredar frases com frases, palavras com palavras e cair na formulação confusa que prometi evitar e que estragaria todo o meu projeto explicativo, soberanamente racional e lógico, o projeto que pude dar à confusão feita por minha mãe, uma confusão que não posso deixar de lado, que não posso limpar como se organiza um armário, como se acende a luz de um quarto escuro. Deste modo, a tarefa foi contar, em outras palavras, colocar ordem no caos, sem perder de vista que o caos é o que deveria ser contado.

6. Tenho as 9 fitas e isso determina toda a sorte de compreensão que se pode ter do que será mostrado. Um número é decisivo e é sobre ele que preciso falar para propor um acordo. Fossem oito e tudo seria infinitamente diferente, um a mais ou a menos é exatamente um a mais ou a menos. E se isso pode lhe parecer bobo, mero truísmo, tautologia, ponha-se a pensar o que seria uma vida que tivesse um dia a mais ou a menos, um mês, um ano a mais ou a menos? Cada um é decisivo, embora pareça desnecessário diante do todo. Mas o que seria do todo sem as partes? O que seria da soma das partes? E do mais que a soma das partes como é o caso do que aqui é

contado? A diferença numérica das coisas é absolutamente essencial como uma palavra dita no lugar certo ou errado, da qual fosse suprimida uma letra. Por isso tudo é que preciso de um prólogo feito de palavras e letras postas na forma de linhas capazes de situar a necessidade das 9 fitas. Porém, este prólogo desfila explicação em linhas, precisa dar conta por si mesmo dos seus próprios problemas e ser, assim, autoexplicativo. Para evitar mais explicações que podem parecer meras frases rodopiantes capazes de perturbar as mentes mais estáticas, eis que é preciso dizer de uma vez e, dessa vez, sem voltar atrás, não que antes tenha voltado atrás, mas é que não posso deixar nenhum detalhe de fora sob pena de perder a razão de minha tarefa, que o número ao qual me refiro não é o 9 das fitas, não é este o número que, em moedinhas, viria explicar o todo do que temos aqui. O 9 não passa de um fato que envolve a quantidade das fitas, algo que não posso negar. Herdei em 9 partes, 9 histórias que busquei mostrar como será visto. 9 pedaços de pedaços de pedaços de pedaços de pedaços de pedaços, de pedaços, de pedaços de pedaços que me ocuparam por 9 meses. O cálculo que me levou à compreensão não foi fácil do que de fato estava ali sendo tratado implicou outro número nada fácil de relacionar ao nove. O número a que me refiro é o 100, que com o 9 nada tem imediatamente a ver, que é o número suficiente para explicar qualquer coisa e, ao mesmo tempo, quase que por magia da própria fonética — aspecto essencial do material aqui exposto — dessa abissal — ainda que, quando gravada, enervante — língua portuguesa, um número que envolve o nada em plena contradição com o fato de que há algo, seja ele zero ou o todo das dez dezenas a que se refere. A única relação que há entre 9 e cem é que 9 vezes dez formam 90 na mais básica das aritméticas, mas para chegar a cem ainda faltariam dez unidades. Isto me pareceu forçar uma lógica, quando seria mais sincero de uma vez por todas enfrentar questões íntimas e afirmá-las sem pudor. Nove, em relação a cem implica essa falta sempre repetida a cada uma das dezenas. 9 vezes 9 resulta em oitenta e um, mas isto não poderia ser minha solução apenas por ser mais fácil, embora eu deva abrir cada vez mais espaço a lógica mais básica que permite compreender o mais rápido possível. Entre noventa e cem, eis minha questão, entre a aritmética e a metafísica e com sorte já no delicado terreno da álgebra. O número cem explica a reunião mágica da literatura com a matemática num número de três letras ou em uma palavrinha também de três letras que, sendo dita, funciona melhor do que grafada. Exemplo notável da arte da palavra tangendo a matemática: se pode grafá-lo 100 e cem, tanto quanto ao dizer-se "sem" ninguém duvidaria que seria cem. Eis o que afirmo como uma das mais essenciais questões gramaticais com que me comprometo. O som, infelizmente, não pode ser grafado nos seus detalhes mais exatos sem que seja atormentado por ruídos. E sem que, ao ver, esqueçamos que tudo o que é escrito refere-se ao que pode ser ouvido. Mundo de surdos incapazes de saber que não ouvem, bem como de cegos incapazes de ver sua cegueira. Fiquemos com o 100, mais o *cem* que o repete e o *sem* a que remete à medida que não podemos grafá-los para cegos. Nada disto importará muito além de explicar tudo o que aqui vai por escrito. Escrever, neste caso, é acabar com a mágica sustentável apenas no som, o som de sem. Por isso, este livro é para cegos e surdos, são os únicos que poderão ouvir e ver, cada um aquilo para o que o outro é impotente. O som sem, o sem som. O som cem, cemsom...ora, ora, aonde se vai com isso? Nada mais do que rir sem motivo, rir do absurdo das possibilidades narrativas e suas saídas pela porta dos fundos. O que seria do universo das coisas escritas a que alguns chamam literatura sem uma piadinha de mau gosto? Por sorte aqui não há literatura, deus que nos livre de uma coisa destas. Como se sustentaria essa vadiagem das palavras se a todo momento se tiver de manter a seriedade, o pacto de sangue feito com a realidade à qual se serve como um escravo ao amo? O que seria da vadiagem das palavras, a única que nos livra do pragmatismo dos discursos, se nunca houver a ruptura da ordem que obriga a cada palavra imitar o real e a cada frase revestir o que inexiste com a aparência de uma existência concreta? Deus que nos permita o abstrato de uma vez por todas? Mas pobre Deus que não escrevia, só falava e ao falar alto demais Fiat Lux, sozinho no mundo foi mal compreendido e, assim, surgiu por um ato de criação como acaso, o antimundo que nossa ignorância chama de mundo sem poder pensar que se trata justamente do contrário. Na verdade, deus nem falou alto demais, espirrou de alergia pelo caos e assim, nascemos de uma espécie de trocadilho espirritual. Um Fiatlux que como um espirro construiu o mundo, como uma antipalavra para uma antinarrativa, como um fundo-falso para as histórias a que, no futuro chamaríamos de existência e que justifica o complexo dos escritores metidos a imitar deus em suas ações. Por sorte, não é o caso do que temos aqui. Certamente, preciso dizer, não sou a autora de uma teoria tão desagradável. Li-a num dos incríveis livros a que dediquei meses de leitura enquanto tentava entender a ação que tinha pela frente. Confesso que gastei muito tempo impressionada com a magia dos trocadilhos até ver sua maldição bem expressa nas sensações contraditórias que envolvem os livros: ignorância com sabedoria, inteligência com burrice, verdade com mentira, atalho com caminho direto. E, percebendo como é impossível acabar de vez com o trocadilho sem cuja lógica não teríamos a crença neste mundo, resolvi sujeitar-me à magia contínua dos trocadilhos e assumir que, mesmo longe da literatura, arte magna dos trocadilhos, eu também, antiliterariamente, no entanto, usarei o trocadilho a que tenho direito. Assim é que justifico meu uso da palavra 100 quando falada em voz alta. Cem/sem vezes é, obviamente, o que aqui está em jogo. E para dar espaço ao absurdo sem o qual não haveria mundo, enumerá-lo-ei um por um. O trabalho será longo, pois por enquanto, apenas saímos do quinto. Eis que estamos nele e sinto como se nem tivesse me movido. Contar me parece sustentar por inteiro a força da inércia. Sua movência sempre contrária à estase que por meio dela se repete. Cem sem, ou sem 100, é o que temos pela frente enquanto agora temos apenas o cinco. Refiro-me, se ainda não entendeu, ao parágrafo numerado que ora está sendo lido. Melhor decepcionar-me pela necessidade de explicação com quem recebe o que aqui vai dito do que deixar que fique mal compreendido. Se chegarmos ao cem/sem o que teremos? Cem, sem ou 100 não importa. O fato é que se sem pode ser cem, e cem pode ser 100, do mesmo modo, não sem certo sofisma que aqui serve para apoiar sobre a mesa a máquina com que pouso letra após letra como número após número, 100 pode ser sem. Será minha contribuição maior no processo de compreensão geral do material que será mostrado. Minha busca matemática pela incoerência não me deixa esquecer estes detalhes.

7. Para além dos cem/sem que reservo para as necessidades da minha explicação, haverá, na transcrição, a representação de Minúsculas para incógnitas, e Maiúsculas para constantes. Assim poderei contar a história de minha mãe com todos os detalhes que farão saber o todo contido em cada partícula como um número depois do outro, uma letra que segue outra, um dia que conta o anterior, uma vida inteira, fitas gravadas, livro.

8. O fato que transpassa como uma faca afiadíssima tudo que se pode saber é que existem 9 fitas. Embora não essencial, não se deve esquecer este dado. A faca não as cortou, é apenas uma faca imaginária que uso para explicar algo contundente, capaz de marcar a sensação de risco que quero imprimir no leitor. Risco de ver jorrar o próprio sangue de uma veia excessivamente exposta. Em outros termos é a ética da superfície o que aqui professo e realizo. Note-se, assim poupo você mesmo, o leitor, o modo como elaboro as minhas frases: as únicas na história das coisas escritas que, mesmo logrando o leitor, esperam não fazê-lo. Tudo o que aqui vai por escrito é uma assinatura em um atestado de honestidade. Balela, dirão os mais irônicos. Autocontradição dirão os mais pedantes. Sugiro até a morte o desengano. E, sempre que possí-

vel, uma frase de efeito para encher nossas barrigas famintas de historinhas. Juro que se eu pudesse explicar tudo em uma tira com duas ou três palavras, é o que faria. Porém, o desengano é a única saída. Não que haja vantagem em ser desenganado pela literatura. Não é dos melhores negócios. A última vez em que se tentou uma coisa destas foi quando se escreveu a Bíblia. Ah, já vai um tempo, meu leitor, que havia ocupação com algo mais do que contar histórias. As histórias enganavam com certo ar de revelação que assumia sempre o papel principal e dava a tudo um toque místico. Antes, dirão os mais animados, ser enganado pelas letras e pela literatura do que pela própria mulher. Este tipo de frase, aliás, aprendi lendo os livros e confesso que sempre pensei em usar este tom se algum dia tivesse que contar algo por escrito. O que se diz ficaria mais respeitável, pensava eu na infância da minha compreensão das coisas e hoje constato já sem ilusão alguma. Sempre que se quer dizer que só o que *eu* escrevo, entenda-se o em sentido genérico, vale a pena, diz-se qualquer coisa sobre a Bíblia e fala-se de uma mulher. Denota-se assim o conhecimento de algo antigo e de algo desprezível e, fazendo com que o leitor esqueça o que está escrito pela verdade que a frase contém, compre o eu, baratamente, como um brinde que não se teve tempo de rejeitar. O que fazer com ele depois é problema de quem carrega o fardo. Fala-se da Bíblia e das mulheres, quando muito se junta a tudo um Shakespeare mesmo que não se o tenha lido, ou um Dante quando se pretende profundidade, um Milton quando se pretende erudição, Machado quando se pretende modéstia ou algum com nome mais feio, como Heidegger e Wittgenstein quando se pretende assustar pelo desconhecido, ou, muito melhor, um Gödel, o ápice da literatura fantástica do século que jaz sob o pó de nossos últimos passos, quando se pretende ser esnobe. Sorte, direi mais uma vez, é que aqui estamos longe da literatura e mais perto da matemática, e, portanto, mais longe das letras do que dos números, embora haja mais letras na superfície do que números, mais longe das escrituras do que do conto, e mais próximos de qualquer coisa do que das mulheres. Refiro às mulheres novamente não para confundir o leitor, é que busco efeitos. Falo mulheres como se quem fala agora fosse um homem, espero levar a termo meu projeto de desenganação geral das letras pelos números e isso implica contar como são feitos os livros que, de um modo geral, foram construídos pelos homens que nunca, mas nunca-jamais, imaginarão, nem no passado poderiam ter imaginado, saber o que é uma mulher, nem o universal, nem o particular, e muito menos o saberiam nas condições em que viveu minha mãe. Não acredito na metafísica da substância e, por isso, não creio que haja A MULHER, ou a velha, a puta, a sábia, mas não se deve descartar personagens, como fantasmas eles podem revoltar-se e deixar um livro sem espinha dorsal. Um livro pode, nesse caso, tornar-se um espirro como o Fiat Lux. Mesmo assim, aos personagens prefiro os números, eles é que importam. Além disso, a pergunta se estou longe das mulheres mesmo sendo uma delas não abandona o seu raciocínio? Não, não sou uma mulher mesmo sendo uma, mas isto exigiria explicações nada concretas que de tão metafísicas corromperia o meu projeto. Se, caro, leitor, você é alguém que já leu outros livros, poupe-me de contar a história de Madame Bovary, aquela que era Flaubert, ou de Flaubert, aquele que era Mme. Bovary. Não, não era um hermafrodita, se bem que seria uma ideia mais ousada criar algo como um Flaubert hermafrodita, seria, a propósito, um grande título para um livro, quem sabe se eu sobreviver à empreitada atual eu ainda possa me animar; não, também não era gay, na verdade, não importa, nem compete a ninguém saber embora haja sempre o eterno gosto pela fofoca que anima as mentes debutantes na compreensão da vida, e cujo alimento esperam encontrar nas coisas literárias; nem era um homem simplesmente, mas um *eu*. Eis o que significava ser madame. Eu que não sou madame teria alguma chance se a herança fosse algo mais do que 9 fitas dentro de um armário, dentro de uma casinha modesta e que me obriga hoje a ficar sobre a corda bamba dos pensamentos. E se não sou madame, nem mulher, posso ainda ser um eu? Se cada um o é, por que eu não o seria, à medida que só posso me referir a mim chamando-me "eu"? Sou não sendo? Enigma divertidíssimo para quem estiver levando o que aqui vai por escrito a sério. Podemos usar a pergunta como resposta e criar ainda mais problema: sou não sendo. Como o projeto que tenho em mente de sempre deixar tudo muito explicado, não irei em frente com essa sofismação generalizada e farei nascer a verdade dos fatos que me movem até aqui. Minha mãe é a matéria dos meus escritos e, com isso, como um dia um tal Montaigne, um senhor irônico que vivia só e mal humorado, inventou o que ele mesmo chamou de Ensaios como suas tentativas de falar de si mesmo e suas experiências, ele que acreditava em seu eu, mais do que em si mesmo, pretendo reinventar o que vou dizendo que não falo de mim, nem escrevo. Se ele tentou ensaios sobre si mesmo e declarou-se sua própria matéria, copiarei de certo modo o moço, declarando, no entanto, algo diferente, já que parágrafos atrás indispus-me com a forma do ensaio afirmando-a como indecisão, acrescento agora, pernóstica. Mesmo assim, direi que farei também eu as minhas tentativas, mas sobre minha mãe e não sobre mim e com o teor explicativo que ele jamais poderia ter imaginado naqueles tempos em que tudo era opressão, em que se acreditava em algo como subjetividade, enquanto eu prefiro não acreditar em nada, mas falar de árvores, números, setas, conjuntos, palavras, pedras, contas, pássaros, sapatos e tudo o que na vida, se apresenta em pedaços, estilhaços, fragmentos, partes de um todo. Sr Montaigne não imaginava, mas descrevia e refletia e assim obrigava à compreensão qualquer um que o lesse. Em tempos de superstição em que crer era lei, compreender era o mais necessário. Os tempos de hoje são outros, só o que oprime é a implosiva liberdade de tudo poder dizer de todos os modos, de poder fazer tudo a todo momento e em todo lugar quando a opressão é tudo saber por todos os lados. A rigor não há opressão, mas como na história da pomba que precisa do ar como obstáculo para voar, por ser impossível voar no vácuo que é a completa ausência de obstáculo, a verdadeira liberdade também precisa de limites. Nossos tempos exigem outras saídas ao totalitarismo da ausência de impedimento que tudo impede, assim, explicando tudo, impedirei que saibam tudo e, por isso mesmo, saberão de muito mais do que posso controlar. Terei, portanto, uma tentativa em forma diferente que se define por seus próprios limites. Uma tentativa que não conta com o erro como erro, mas que o vê como acerto enquanto tem no acerto o erro. Aqui todo erro será considerado o objetivo máximo e a explicação de tudo. A mera compreensão dos fatos será explicação. Até porque não há fatos que possam ser compreendidos fora da explicação. O que pretendo? O fim das hermenêuticas que separam uma coisa e outra. É, aliás, o fim das hermenêuticas mesmo que eu tenha outro projeto. Como tive de analisar por partes, 9 fitas que transcrever, ainda que tudo inclua a tentativa, estabeleci, de certo modo com mais força, a necessidade de um resultado certeiro sem que se possa aceitar o simplesmente aberto. Nada de interpretação, meu caro leitor. O resultado certeiro é um erro cruel. Que seja de vez o fim da compreensão. Nada destas escrituras de vertigem que perturbam os nossos sentidos. Em que temos que juntar uma coisa e outra. Por sorte não temos a literatura para nos atrapalhar, embora pareça que se trata disso. Vamos à ciência, vamos à empresa, vamos à perspectiva única, finalmente. Vamos aos resultados positivistas! E, sendo este que posso chamar de "nosso resultado" o mais positivista de todos, o mais cartesiano, sinto-me em pleno campo de guerra sentada sobre os cadáveres da vitória. Ainda me olham pedindo água, mas não correspondo nem por um instante. Na verdade, não sei exatamente por que me dou ao trabalho destas expressões que não seja mera necessidade de explicação cartesiana, a da resposta mais clara, tão clara como um suicídio, tão clara como a luz do sol desimpedida pelas nuvens, tão clara como uma prestação de contas, um algoritmo. O mais matemático no menor sentido da matemática: o do simples cálculo que tudo simplifica e explica. Se isto é bom? Se é certo, se é justo? Se é rico? Não me importo. Quero apenas uma explicação, um retorno à explicação que tudo faz entender, que elimina especulações como a nostalgia e a poesia. Eis o que eu inauguro: uma anatomia. Uma dissecação que leva em conta cada parte, o nome de cada nervo, osso, músculo, de cada artéria, veia, de cada tecido. A anatomia é mais próxima da matemática do que qualquer ciência das quais apenas a matemática, por seus juízos certeiros, serve para definir as linhas do que aqui vai por escrito. Do contrário só há abismo e eu não saberia o que fazer com um buraco escuro sem fundo e sem fim como o que herdei de minha mãe como se pode ver pelas fitas.

9. A propósito, foi pensando na possibilidade de que o conteúdo das fitas seja compreendido que busquei fazer dele um livro ainda que não seja bem um livro, sem o que não seria mais do que um amontoado de ditos, paranoia e tagarelice. Procuro uma terceira saída ao que comumente se encontra nas estantes empoeiradas da vida: ou há o livro propriamente dito, ou há o autolivro. Eu juntei ditos, paranoia e tagarelice de um modo tal que não tenho nem simplesmente um livro, nem muito menos e por sorte o autolivro. Refiro-me, nesse último caso, à peça autorreferente em que o escritor comovido com o que ele mesmo escreve, começa a inscrever-se na história da literatura, contar sobre os outros que já escreveram, sobre os que escrevem, os que escreveriam, os livros escritos que ao seu se referem, ou à sua família, como se o sangue literário fosse mais que uma metáfora, num gesto de magia que ninguém aceita declarar como próprio. Não nego aqui a

literatura, pois haverá quem use a falácia da contradição performativa para dizer que me declaro contrária ao que eu mesma faço como a história daquele ateniense que dizia que todos os atenienses mentem, ou aquela mulher que fala que mulheres mentem e que por isso, tanto quanto o ateniense, apenas prova que as mulheres seriam igualmente desconfiáveis quanto ela mesma, quando na verdade, o que ela diz é pura maledicência contra as outras e a verdade sobre ela mesma. Nem vou cair na negação que apenas anuncia o que realmente se deseja pela porta dos fundos dos pensamentos. Sobreviverei à contradição se esquecer destes três aspectos (ditos, paranoia e tagarelice) e simplesmente continuar o caminho. Mas não quero seguir caminho nenhum, quero apenas dizer o todo e mais a soma de suas partes inexistentes como coisas escritas, a qual apenas a existência das vozes é que afirma que existe um mundo.

10. Devo falar das fitas antes que me esqueça delas e acabe o meu espaço. O que não há nas fitas está fora do mundo. É uma coisa dita. E só. Ainda que fosse mais que isso, o que há nas velhas fitas, em sua natural forma caótica, não seria visto de outro modo por qualquer um que viesse a ter contato com elas. Obriguei-me a transcrever a coisa inteiramente dita. A própria transcrição foi iniciada quando a dificuldade de audição me obrigou a anotar parte do que eu ouvia para poder reler depois. A intenção era a de capturar um sentido mais completo. Transcrevi para mim, só depois é que pensei em quem agora as lê, no caso, você mesmo que não terei a sorte, ou o azar de conhecer. A propósito, deixe-me desculpar-me pelo mau

humor com que me pronuncio em certos momentos, mas há que se ser honesto quando se põe alguma coisa no papel. Seja uma carta, uma petição, uma poesia de gaveta, ou uma transcrição miserável. Tudo vale o mesmo, só a verdade do que é dito é que define a diferença. Não estou aqui para perder tempo com isto, entenda-se com a carapuça que lanço a quem nela se ajustar. Mas, por favor, continue lendo, independente do que tenha na cabeça, se a carapuça em questão, um chapéu de palha, um gorro de duende ou se apenas vento é o que há de preenchê-la. O que virá pela frente serve para todos como o são todas as histórias de mães. Mães que não passam de fantasias. Voltemos à questão que não há espaço nem tempo e não devo brincar demais com a paciência alheia, no caso a sua, ou, se me explico um pouco mais, do meu eleito, para a compreensão do que eu mesmo não chegarei a compreender. É que fiquei perplexa com o que descobri e com as questões levantadas pelo meu próprio relatório. O relatório, este que serve de preâmbulo, este que se vai expondo letra após letra e número após número, serve apenas para entender a história como uma lâmpada que acesa no breu da noite estabelece um foco. Contar a história não me agrada mais do que contar as moedas para pô-las num cofrinho de louça que eu jamais teria a coragem de quebrar, mas vamos lá, do contrário o prólogo seria inútil e a solução seria pouco surpreendente. Não haveria nada além dos cacos. Por sorte falamos de fitas com dois lados como o sem/cem que expressa tudo o que se pode contar.

11. As fitas estavam abandonadas no fundo do armário. Quem — digam-me — quem teria a paciência de ouvi-

las? Apenas alguém com falta do que fazer ou com síndrome de curiosidade mórbida. Eu. Faltou-me pragmatismo. Em vez de arrumar a casa, vender o que podia ser valioso, e decidir o que fazer com os restos acabei sucumbindo à curiosidade. Na verdade, a falta de alternativa que a tudo obscurece foi o que me levou a ouvir. Não havia nada por organizar, nem havia nada precioso entre os poucos pertences de minha mãe que recebi como herança. Ali tudo era resto, nada havia de valor. Abrir e verificar detalhe por detalhe era a única vantagem que eu poderia ter por ter chegado aonde cheguei. Não pensei como perda o que tinha por fazer. Foi a chance de ter algum ganho em tempo o que me moveu. Até agora não sei bem o que buscava, além de ouvir e ouvir novamente. Tentar entender o que estava por ouvir me pareceu elementar. Quando se encontra algo ininteligível, ou se abandona o achado ou se presta atenção para ver do que se trata. A segunda alternativa só é possível porque a coisa mesma chama, seca quem a vê com seus olhos vampirizantes. As fitas olharam de dentro do seu sarcófago de papelão como belas adormecidas sedentas de sangue. Coube-me perscrutar a novidade, era meu sangue que estava em jogo. E por banal que pareça aquilo tudo me fazia pensar que a conversa fosse comigo, mesmo tratando-se de um acúmulo de palavras sem significado comunicável. Perguntei-me sobre eu mesma diante daquilo, o que deveria fazer, se eu fosse outra o que faria. A solução naquele momento era pensar em alternativas, alguma ideia que me fizesse recuar, uma desculpa, uma tarefa urgente que me chamasse a outro lugar. Dispus-me à inevitável audição em que ser eu mesma correspondia ao desejo irrealizável de ser outra e assim escapar ao destino que ali se resumia a 9 fitas mal gravadas abandonadas num armário vazio. Algo como uma prisão existencial a que cada um desde o nascimento está condenado, como a um soterrado que geme sob escombros com o corpo despedaçado e, ainda assim, corpo como eu, nada mais, servindo a nada.

12. Não são apenas os preconceitos quanto à forma que não deixam lugar para uma compreensão melhor do que alguém tem a dizer e que, necessariamente, como tudo o que pertence à esfera da vida, precisa de um ouvinte. Ou um leitor. É justamente o ouvinte que desde sempre se lançou no abismo ao dispor os ouvidos — ou, leitor, os olhos e o corpo inteiro que vai junto com estes olhos que pensam apenas ler — que é vítima e eleito ao mesmo tempo, um sacrificado ideal. O fato é que ninguém sabe o que seus ouvidos ouvem, ou o que seus olhos veem, pois mantém o olho interior, aquele que observa o olho exterior, sempre fechado. O mesmo se dá com os ouvidos. Há aquele que escuta o mundo ao redor e aquele que deve escutar o que é escutado. Dorme o pobre ouvido como o olho interno, adolescente em fase de crescimento, bebê recém-nascido, bêbado na sarjeta, doente após cirurgia, trabalhador cansado após um dia de esforços. Não é um bom negócio este de ficar ouvindo, vou avisando. Aquele que ouve lança-se no abismo, lugar, como sabemos, do qual não há endereço cadastrado. Fácil de chegar, impossível sair sem muito esforço e, além de ajuda, muitas vezes, sorte é o que se precisa e não se tem. Cada um que pretende dizer o que quer que seja, no entanto, com-

preende seu paradeiro e sabe como nele chegar, ainda que o negue, ao simplesmente abrir a boca.

13. Por que as pessoas dizem o que dizem é questão que resta junto de outras como uma cesta de frutas apodrecendo e que se tem pena de jogar fora. Restou ontem, resta hoje, agora mesmo, restará amanhã, e depois, no mau infinito que nunca cessa de lançar sua pergunta como uma faca eternamente apontada para a pele fina do pescoço. Não é a que buscarei resolver com o mero exemplo das fitas deixadas por minha mãe. Tampouco tentarei entender minha mãe. Apesar de tudo que envolve o imaginário relativo a mães e filhas, filhas e avós, avós e netas, netas e tias, não quero fazer um livro dramático, muito menos farei de minha mãe um livro histérico em que se fale de mulheres e suas relações. Já basta o que minha mãe contou em suas narrativas. Espero que não sejam histórias verdadeiras. Nunca saberei onde começa a verdade e a mentira do que ela disse e é apenas por isso que pude cumprir minha tarefa. Li alguns volumes aos quais se associa este que está em suas mãos, caro leitor, e que, na falta de expressão mais forte, me deram nos nervos justamente por investir no tom dramático das relações. Obedeciam à regra de que tudo o que é escrito deve envolver sentimentos, oportunizar e resolver conflitos internos aos personagens, seus dilemas e o caráter trágico da existência. Dos livros que li, apenas os que tratavam de fatos concretíssimos, despertaram minha atenção, ao tratar a própria histeria como um fato. O mais era a coisa chamada literatura, romances, poesia e toda esta parafernalha que enche estantes e que, por pouco, não me furam os

olhos de tanto ler. Coisas de discurso que aqui não terei a menor necessidade de enfrentar já que, longe da literatura, estou protegida de ideologias, gramatologias, filosofias. Ó liberdade. Tenho em mente um mero relatório, do que nele há de narrativa devo dizer que é direta e simples, o mais fiel possível ao que encontrei, mesmo levando em conta o fato de que tive que fazer uma bela limpeza no todo. Aquele que puder imaginar o que seria do que vai ler sem meu processo de limpeza poderá concordar comigo. Claro que apenas à imaginação, mas muito mais à confiança que o pobre leitor terá com o que irei revelar. A palavra revelar não foi posta aqui sem intenção de fazer efeito e segurar o leitor fascinado pelo que virá, independente do que seja o que há de vir. Apesar disso, não nos esqueçamos, minha mãe é a pessoa que disse o que disse, gravou e ponto final. O que teria a ver com o que disse? Tendo ou não, não sou eu que me darei ao trabalho de descobrir. Já basta o trabalho que tive para chegar até aqui e transcrever, e o trabalho que tenho para afirmar o trabalho que tive. Cada linha, se fosse uma moeda, no entanto, é apenas um fio, sobre o qual deslizam ou tropeçam as pobres letrinhas magras, desnutridas com que se tenta mostrar o que se passa.

14. O fato de que ela não esteja aqui ou esteja como voz que de fato é não define que eu a possa conhecer. Não pude ver pelas fitas quem de fato ela era, ou por obra da ilusão que constrói explicações para tudo o que cria dúvida, quem poderia ser, apenas por tê-la ouvido. Seria místico, poético, ou simplesmente literário — perceba o quão importante é isto — se eu pudesse simplesmente susten-

tar a ideia de que conheci minha mãe tardiamente pela sua voz, de que a recuperei numa decupagem, de que a escritura que dela resultou seria como o seu corpo que hoje retomo. Seria fascinante para uns, entediante para outros. Encaixo-me na segunda categoria. E não me importo nem com um nem com outro. Se me importasse não estaria aqui. O trabalho foi infinitamente mais braçal, não seria humano imaginar o quanto, caro leitor. Não há retrato, nem diário, não há nenhum indício fiel de coisa alguma. Não há cartas, nem bilhetes. Nem testamento, nem lembretes. Não há anotações feitas às pressas em pedaços toscos de papel. Há as fitas. São elas que temos para conhecer. Não chegarei a negar que a suposta senhora, minha mãe, estivesse ali, mas faltou a cada trecho uma linha reta, um fio que ela tivesse esticado e que me permitiria hoje organizar como em um varal com as imagens de sua história, sua identidade, gostos, angústias. Um livro simula estas linhas e me põe a pensar, ainda que não faça durar muito nenhum dos pensamentos. Se dona de casa cansada, artista frustrada, histérica enrustida pela velhice, não faço ideia de por que inventou de dizer o que disse, como uma pessoa qualquer que, um dia, acorda expondo sua opinião sobre o mundo, do qual não sabe em que sentido pode, em algum momento, ter dele feito parte. O que as faz dizer, o que as faz calar, são problemas cujo caráter científico eu jamais poderia responder com os meros recursos que custei tanto a providenciar: cem/sem explicações para uma decupagem. Pouco sei explicar, ainda que vá tentar até as últimas consequências deixar claro o que motivou minhas ações e contar, afinal, o que descobri. Como perguntar por quê não leva ninguém muito longe, serei mais clara quanto ao para quê. Não posso dizer que nada ou pouco entenderão aqueles que se dediquem à leitura, não serei eu a eliminar a dificuldade quanto ao que, de fato, se passou. Eu faltaria com a verdade. Nem posso, pois tampouco sei. Sei apenas o que descobri e, nesse ponto, serei honesta como um pássaro que estabelece seu voo na direção anunciada e sempre pode ser interrompido por um fio de eletricidade que, como paixões e imprevistos, se apossa dos caminhos alheios.

15. Contarei com detalhes. Devo dizer de uma vez por mero anseio de explicação que sei o quanto o leitor saberá. Apenas que sei antes, por estar escrevendo no futuro e o leitor, você aí, sentado já fechando as pestanas, a levantar-se para tomar um café na cozinha e disfarçar o enfado com todo este preâmbulo, sabendo apenas no passado. Nesse caso, aliás, sabe ainda apenas do presente, do meu próprio e do encontro com o material de minha mãe. Um livro se forma assim, construindo expectativas no leitor. Dá-lhe o tempo em seus diversos modos e, se não souber safar-se das amarras, tem-se um escravo cada vez mais enfeitiçado a cada página. Um livro é como qualquer mídia, carrega em si a magia enquanto técnica sobre a qual falaremos mais adiante. Ah, o tempo, esta distância que separa a todos — passado, presente, futuro, nunca, sempre, jamais, outrora, era uma vez — é sempre bem encenada nos livros. Foi disto que mais gostei ao me deparar com este território das coisas escritas, mas como o livro propriamente dito não é este prólogo e sim o que transcrevi de minha mãe, o verdadeiro tempo do livro talvez incomode.

É que ele se dá num outro tempo. Não deve ser muito comum, ainda não encontrei nenhum que deixasse claras ocorrências no talvez. É o caso. Nem isto, nem aquilo, nem aqui, nem acolá. Ainda que tudo bem anatomizado e calculado como quilos sobre a balança a preço de custo. Tudo explicadíssimo, mas sempre tomado entre dois lados. Também os dois lados do tempo e o escrito decupado das fitas habitando o meio. O que há entre não e sim, nunca e sempre. Não mais que isto. Da voz de minha mãe só o que restou é a voz dela mesma. A frase não cai bem, mas é o que tenho a ressaltar para que percebam o que fiz. Não há como não frustrar aquele que espera algo mais. Pelo menos terei alguém que me acompanhe, com quem poderei compartilhar a decepção. Por sorte descobri um segredo, sem o qual não teria por que perturbar o leitor, e ainda que me empolgue em dizer tudo de uma vez, devo guardar respeito para com o que ali foi dito e deixar que apareça no tempo da transcrição o que foi posto em palavras pela voz de minha mãe. Não, não se preocupe, meu desanimado leitor, e perdoe-me por tratá-lo assim com tanta intimidade. Não, o segredo a que me refiro não se trata de nada familiar, de saber quem foi meu pai ou coisa parecida, que tenho um irmão gêmeo, que fui adotada e minha verdadeira mãe ainda está viva, que meu avô era meu pai, que tenho uma doença rara, que namorei com um primo, que minha mãe ficou grávida adolescente e me pariu na rua, que nasci de seis meses e fui lançada ao lixo, que meu verdadeiro nome é outro, que fui criada por meu pai e minha verdadeira mãe nunca soube de mim, que nasci na Rússia, em Manaus, ou no Quênia. Não sei até que ponto isso interessaria a quem pudesse ler essa história, mesmo assim, se se tratasse de algo tão simples não teria como evitar dizer o que deve ser dito. Mesmo lendo seus pensamentos não evitaria a simploriedade que por mero acaso está evitada. Na verdade, quem deveria ter lido seus pensamentos nesse caso seria minha mãe, já que contei apenas o que ela mesma ali narrou. Não, não se trata de um pai oculto, embora das tantas coisas que minha mãe narrou também haja pais e filhos entre as fitas. De que adiantaria ao leitor estas finalidades de novela em tempos de televisão? De que adiantaria imagens dramáticas quando o cinema libertou os escritores e também seus leitores de enredos com começo, meio e fim, assim como um dia a invenção da fotografia deixou em paz os pintores. Que vejam novelas e filmes aqueles que vivem dos dramas alheios e deixem os livros para quem foi picado pela vespa da imaginação ou para quem não se incomoda em decifrar possibilidades intangíveis ao cotidiano. Embora haja em meio ao todo da transcrição um evento habitual, uma história familiar, não era isso o que mais importava no todo das fitas. Nelas o que sempre foi fundamental foi a palavra larval. O intervalo poroso entre o relato e as fitas, entre o que está ali e aqui, confunde como água do mar e do rio, peixe e cardume, prata e ouro branco. Entre o que minha mãe disse e o que posso dizer sobre seus dizeres reside um tempo de indefinição, confusão como gotas de água na chuva, cuja imagem nítida tento vislumbrar com a lente polida da razão que põe tijolo sobre tijolo, na afirmação deste relatório. Talvez, eis o nome do tempo do que posso contar. Como se a vida supostamente ida estivesse contida dentro de um intervalo único sobre o qual se pode dizer apenas que é intervalo.

16. O talvez de que falo é também o tempo da transcrição, do que se passou apenas por que foi gravado. O tempo dos fatos e da voz que os define. Tempo de que não poderei me livrar com pouco esforço. E é para me livrar disso tudo que transcrevi as fitas e passei por todo este trabalho, mas também para recuperar da herança, como que pagar uma dívida que nunca tendo sido minha devo pagar pela segunda vez. Cada um sabe o que e quanto lhe pesa nas costas. Minha mãe não foi outra que uma mulher de costas. Costas que não são sabedoria nem engenho da natureza, que não servem para proteger o peito e o abdome, que servem de suporte para carregar o mundo como Atlas. Quem inventou o homem foi previdente, mesmo que não tivesse intenções, fez surgir uma espécie de burro de carga a vingar-se eternidade afora no mais próximo da sina existencial a que foi submetido. Entre o burro, que cancela sua ação quando bem quer empacando na estrada, e o homem que desiste de tudo permanecendo no mesmo lugar, a diferença inexiste. O ato do burro pode ser inteligente a seu modo já que é um animal dito irracional desde o mesmo filósofo que, deslumbrado com a invenção da natureza, louvava a artimanha do homem. Os atos dos homens, ditos animais racionais, oscilam entre os gestos da inteligência e a burrice que ao aproximá-lo do animal, interrompe sua relação com o mesmo animal. É a confusão quanto ao sentido da existência, a interpretação sobre o caminho a seguir ou o seguir caminho nenhum, o que perturba o homem sem jamais perturbar o animal que, ao saber sabe sem precisar que ninguém o convença do contrário. Uso a palavra homem, não a palavra mulher, com propósito óbvio; não

é a mulher que se assemelha ao simpático animal de carga capaz de desistir de tudo no meio do caminho. Mulheres são animais aos quais a capacidade de continuar é comum, mesmo que sem inteligência. Os homens naturalmente empacam, enquanto apenas os burros sabem e podem decidir. Pelo menos esta era a capacidade própria à minha mãe que seguiu gravando 9 fitas num gesto de total dedicação à causa de sua própria vida. Minha mãe, a única mulher que realmente conheço, embora não a tenha conhecido pessoalmente, é uma figura louvável. Imagino-a convicta, dona de si, consciente de sua própria perspicácia.

17. Veja que estou a construir um relatório fundamental para a compreensão do que vem a seguir, o livro dito por minha mãe, e necessito expor tais ideias com o viés propedêutico de que necessitam para sua própria compreensão. Falar de homens e mulheres é importante na hora de compreender os personagens de uma trama. Não que aqui haja trama e personagens, não há mais do que pessoas que surgem, vem e vão, aparecem e somem, e que podem ou não ter existido dentro de uma história que reconheço como nada humana já que lhe falta de tudo, do drama ao sexo, do ódio à morte, do amor à traição. Fato é, que no livro de minha mãe, embora haja outros personagens há, sobretudo, homens e mulheres o que me faz perguntar por que personagens são sempre homens e mulheres e não uma pacata pedra, não me refiro a uma preciosa, mas a mais banal e desinteressante a que simplesmente foi dado o direito de existir? Por que não se conta a sua história? Do mesmo modo, por que tenho que

transcrever o que disse minha mãe, por que não uma pedra, por que não a vizinha, o inspetor da prefeitura, o sr. Domingos? Aquela perguntinha que fazemos quando adolescentes "por que eu?" é a que explica tudo o que posso querer entender aqui. Isto foi também um dos fatores que me levaram a ver todo este material como um livro, o fato de que além de seres humanos, típicos personagens e suas fanfarronices, ele estava inscrito no meu destino fazendo desmoronar todos os muros e janelas, quebrando todas as vidraças e avançando pelo teto adentro da vida que construí.

18. Permita-me voltar para especificar detalhes fundamentais: transcrevi, apenas, e não poderei, de modo algum, interferir na interpretação dos fatos e não se trata de falta de vontade, mas de herança. Se busco traduzir, a palavra ainda mais exata que explica o que recebi é a palavra condenação. Mas fiquemos por aqui até o presente já que aquele que não pode falar deve calar. Quem prestar atenção saberá do que se trata tanto quanto eu mesma, que tão próxima estive ao material que busco expor, não fui capaz de compreender. Ainda que tenha descoberto e vá, aos poucos, revelar por escrito os fios internos do sofrimento a que estive condenada, embora não se trate exatamente de sofrimento. Ler, no entanto, é sempre mais fácil. Se eu tivesse tempo o faria, mas já gastei meu ânimo, minhas energias e o tempo disponível tornou-se vento do qual só me resta a lembrança e a tarefa de transcrever e relatar nesse prólogo cansativo-exasperante tudo o que sei e o que não sei. Pedir um pouco de ar (ar, por favor!) não será um erro, ainda que os erros sejam o que há de

mais interessante em tudo o que ouvi. Quem sabe este prólogo seja só um pedido de ajuda para abrir janelas e fazer passear a brisa.

19. Descobri que as regras são muitas e têm vida própria. Colmeias, cidades, formigueiros, repartições públicas, rebanhos, escolas, matilhas, empresas, alcateias, famílias e livros existem apenas por serem feitos de regras. Regras são leis matemáticas e físicas da composição de tudo o que há. Embora não sejam o único componente de um objeto, são parte essencial de toda forma, a que permite que seja percebida. Do contrário vê-se apenas o rigor ou o caos conforme a superstição a partir da qual cada um, corpo e mente, foi educado. Se as condições sociais da educação estética não perdoam quem não foi educado dentro de regras quanto à aparência e à forma das coisas, tudo o que o que veremos adiante é a fuga destas regras e recriação de outras próprias.

20. Aqui voltamos ao que importa. Que tudo o que podemos saber é culpa de minha mãe que, não tendo o que fazer, pôs-se a gravar fitas. Contradigo-me, é claro, posto que foi justamente assim que ela arranjou o que fazer e que o nada fazer tornou-se um fazer tudo. Que poderia eu saber do modo como passava seus dias? Que poderia imaginar sobre suas dores nas costas, seus cabelos cada vez mais brancos, pele e músculos a cair diariamente, a decadência intelectual dando lugar à repetição do que não importa, vejo-a tomada pela esclerose, a arrastar uma perna, a queixar-se da artrose nos cotovelos, a pedir novamente o mesmo comprimido a cada cinco minutos, a

ralhar com a enfermeira, a enfermeira a colocar diariamente uma dose a mais de remédio esperando que o envenenamento não seja descoberto, a servir-lhe uma sopa rala e fria feita para durar uma semana, depois a enfermeira desaparece e minha mãe está sentada à poltrona da sala, com as pernas caídas, os pés inchados, as mãos trêmulas, os pelos crescem em seu queixo largo, brancos e pretos, segura na mão direita um pano encardido com o qual limpa o suor do rosto em um movimento lento e mecânico que entreabre a cada vez a boca deixando ver os dentes da mandíbula inferior, as pálpebras mostram o lado interno avermelhado e úmido, a íris branca de catarata, tem mais de cem anos e não pode dizer como chegou até aqui. Acordo, minha mãe nesta imagem é qualquer uma que posso compor com os restos de todos as mulheres velhas que vi em livros, fotografias, no asilo de velhos que visitei quando criança, nas avós que andavam pela rua levando suas sacolinhas com frutas, nas velhas freiras que morriam sozinhas dentro dos hospitais. Minha mãe-frankenstein é feita de cabelos de uma, da pele de outra, das rugas de uma, das pernas tortas de outra, dos braços de uma negra, dos olhos de uma branca, o cabelo de uma espanhola, o nariz de uma japonesa, só não pode ter a boca de uma muda, pois passava os dias a falar com a voz sonolenta da manhã, a voz alegre da tarde, a voz cansada à noite, minha mãe era um ventríloquo, um boneco de madeira vestido de pano a atravessar o dia repetindo os sons da noite enquanto na noite repetia os sons do dia.

21. Havia regras próprias, por isso gravou 9 fitas e não dez, nem sete ou oito. Entenderá a atitude aquele que deixan-

do de falar mal, de roubar, de matar, determinar-se a gravar fitas, desgravar e gravar novamente. Trabalho garantido por toda a vida e a paz como brinde! Maior ainda deveria ser o pagamento para quem decupasse as fitas, fosse ou não parente da gravante. Eis a tarefa dos ouvintes assim como foi a de quem gravava: partilhar com o mundo o seu testemunho! Seria uma atitude a ser tomada por todos. Os governos deveriam espalhar fitas e gravadores, antes que grampear ligações, gratuitamente para garantir o sentido da vida de suas populações em crise. Imaginem a democracia da prática da gravação. Não pensem que o mundo se tornaria ainda mais barulhento, ao contrário, essa seria a única garantia contra a poluição sonora. Imaginem todos ouvindo a si mesmos e sem poder reclamar. Seria o fim do narcisismo. O fim da autolaudação e o começo da vergonha. Enfim, a salvação da humanidade que nenhum romance poderia descrever. Todos os ouvidos colados no que sai da boca! Quem teria a coragem de queixar-se de si?

22. E, em silêncio, as regras já não importariam muito. Seguiriam-nas como a caminhos únicos, saída única, caminho assintótico que acaba no aberto, pleno de possibilidades, onde a margem se faz clara, o horizonte interminável. Ora, imaginar um mundo paradisíaco como este é perda de tempo; a realidade é um balde cheios de pedras de gelo lançados sobre olhos indefesos. Ainda que o mundo de silêncio seja também um mundo de surdos, a miséria humana não tardaria a fazer do silêncio uma regra nascida do esquecimento de sua origem na liberdade e no respeito ao outro e, então, tudo se repetiria. Regras para

combater regras. Silêncio para salvar do barulho transformado em barulho novamente. Por isso, com ou sem regras prévias, na decupagem das fitas de minha mãe só sobrou a saída de deixar nascer as suas próprias, ver como se comportam e aceitar o destino que, cabo de aço, tenta quebrar com as próprias pernas. Aceitar que não haverá silêncio, eis a derrota em que, vítima da minha herança, não passo de um cão que morde o próprio rabo. Talvez as novas regras sejam também insuportáveis para quem deseja liberdade, algo pouco matemático para meu gosto acostumado à ausência de expressão, que se deve usar apenas em doses parcimoniosas desde que um pouco de recalque poupa incômodos diversos. Do contrário o livro estaria ausente por completa ausência de regra. Um livro, ora, não é mais do que uma sequência de regras a compor uma única regra que, bem medida, fornece um cálculo e, com ele, um resultado, no mínimo, curioso.

23. Diante disso, a compreensão que desejo não pode ser a simples tentativa de ordenar sentidos e significados pela eliminação do caos presente nas fitas e traduzido em linguagem escrita. Não foi um trabalho de facilitação o que promovi. Foi memória que, mesmo que engane, não trairá a voz que se guardou nas fitas. Não estou diante de imaginação, mas de documentos. Tenho provas. Que tudo se torne mais fácil agora, para quem chega perto do que aqui está guardado, só posso entender, como lucro próprio de um destino que não escolhi.

24. Não creio que com tanta explicação estejamos mais distantes do caos, nem mais perto da desilusão em que toda

explicação resulta. É no caos, sem o qual não haveria livro, que nossos olhos irão se aprofundar e ganhar a paisagem. O que chamo caos, por falta de expressão mais adequada e supondo o quanto noticie o indefinível a que me refiro, é caráter próprio do palimpsesto sonoro, fragilidade combinada com a força do que está visível e do que não está, da clareza e da sombra, do que se apagou e do que, podendo ser ouvido, faz-se claro, apesar de tudo, das linhas pouco retas que cuidei de analisar. O que foi gravado está à mostra agora mesmo para quem não puder ouvir. Quem, por outro lado, não puder ler, poderá, quem sabe um dia, ouvir as fitas. Se eu tiver, depois de todo este trabalho, paciência de recuperá-las e não a vontade de lançá-las ao abismo de onde saíram... o estado de abandono em que as encontrei, o esboroamento, o retorno ao pó, não me dá muita esperança de conservar os restos. Não se retorna do pó, mas, como na vida, sabemos que é possível provocar um atraso a nosso favor, ainda assim, talvez nem este relatório lhes sobreviva. Ainda que eu me esforce para que chegue ao fim, não posso alegar a facilidade que para chegar a ele não se conheceu. O fim se houver está sem garantias. Que posso eu em relação ao fogo, às enchentes, aos vendavais, aos desmoronamentos? Posso apenas erguer ao papel algumas palavras que encontrei pela mágica magnética das fitas revestidas de ferro. Estas palavras estão marcadas pela matéria que as guardou, como um filho que guarda a forma do útero de onde surgiu, como notas de dinheiro assumem as dobras e amassamentos de onde foram guardadas. Não, não estou livre das calamidades. Que poderei em relação às hecatombes que implicam o viver se quase fui vencida pela miserável ferrugem? Se a própria ferrugem se assemelha à morte, o que não dizer do que tem muito mais poder de corrosão? E se nem posso salvar o livro, levando-o a ser lido pelas gentes, o que dizer da pobre memória de minha mãe? E nem chegamos na memória, ainda estamos na mera voz. Um barulhinho aqui, uma conversinha ali, um grito acolá. Não convém perguntar sobre seu destino. O que poderei em relação ao que ela viveu? Quem me dera entender o que disse? Sei apenas que o que aconteceu com minha mãe tem íntima conexão com o que dela recebi como herança: palavras, palavras e palavras. Miséria e riqueza como clareza e escuridão entretecidas. Dizer que minha mãe é este livro cheio de palavras é uma das ideias absurdas que me vêm à mente enquanto traço estas poucas e mal acabadas na intenção de desenhar este prólogo que faz o papel de relatório que devo entregar aos editores do livro assim que estiver concluso. Em poucas horas, espere, poucas horas e a leitura estará concluída. Algo que não poderia ser levado adiante sem a dívida que nos une, eu e ela, neste, por que não dizer, livro ventríloquo que jamais escrevi.

25. O que se diz aqui é o caos e, subterrâneo, o meu modo de contê-lo. Minha mãe é o rio, eu sou a represa. Minha mãe é a correnteza, eu sou o dique. Ela, o cardume, eu a rede. Ela, a flor; eu, o enxerto. Ela é a hera, eu a tesoura que reprime o crescimento que, ao invadir os muros da casa com seu verde e os parasitas que dele vivem, transtornaria nossa natureza. Tivesse eu mais metáforas naturais ou vegetais e as utilizaria aqui, mas tenho preguiça de ir à pesquisa. Se não me faço entender pela ideia, o leitor que

feche o livro e vá procurar algo mais imaginativo que fazer. Cansam-me as descrições e as ajudas para entender conteúdos. Perturbam-me os exemplos. De tudo o que li em busca de modelos para organizar estas vozes, vi mais vantagem na filosofia que apenas *pode* ser lida do que na literatura que *deve* ser lida. A filosofia nunca precisou de exemplos e, por isso mesmo, se bastava na voz, não gastou tempo com descrições para compor narrativas indo direto ao que importa enquanto a literatura necessita da escrita, cria assim um corpo, ainda que fantasmático. Não tentaremos entender o que importa. Não me engano, é certo que o que importa diz respeito a cada um que nele acredita. O que importa? Ora, o que importa. Tautologia, repetição, truísmo, falta de imaginação? Quero apenas explicar por que transcrevi. Voltemos, portanto, à ideia que envolve o antagonismo entre eu e minha mãe. A contradição não vai adiante, meu papel é totalmente restrito, conter, restringir, limitar. Ela assume os antagonismos, o que haveria de mais interessante caso se tratasse de literatura, e eu fico sem lugar esperando a explicação das coisas. Eis o que se torna este prefácio-relatório angustiado de explicações. Assim é que se entende que ela é o caos e, do mesmo modo, a clareza. Eu, no máximo, a borracha que tudo apagaria se estivesse menos rija, a tesoura que tudo cortaria, caso mais afiada. Também a capacidade de dar limites encontrou os seus próprios. Meu tempo é absolutamente condicional em relação ao dela. Como as coisas não seriam, pois, de fato, elas são, eu sigo e não seguiria, nem estaria aqui diante de um leitor, de algum modo pelo menos como papel à procura de coisas escritas, se minha mãe não tivesse dito o que disse e, além de tudo, parido esta que se dirige a quem lê. Aqui estou sendo retórica, não pressuponho que mais de um, você mesmo, meu leitor, esteja a ler-me. No entanto, supor fantasmas que o acompanhem pode ser uma boa ideia. Dizem que fantasmas buscam bebida e cigarros entre os vivos, por que não viriam em busca de leitura? Cada um com seus vícios. E se os escritores são aqueles que testemunham algo em vida, imaginem os escritores mortos, como aquele Brás Cubas, sujeito realmente interessante, que podem testemunhar a morte. Transcrevo por bem menos, um mero compromisso e uma cobrança. Nem para ganhar a vida, nem para ganhar a morte.

26. E por falar em ganho, voltemos ao problema da dívida antes que eu me perca em devaneios e possibilidades relativos ao tempo, ao lugar, ao sentido das coisas. A dívida de que falo não é a romântica dívida com a vida que uma filha deve pagar com a escritura de um livro a uma mãe que lhe deu algo como a dádiva de viver. É que fui lograda ao pagar a dívida. Uma dívida muito mundana, nada romântica nem ideal, e que não comento em detalhes por que me causa vergonha dizer certas coisas que descobri de minha mãe, a velha senhora, cansada e pobre, vítima de suas próprias desilusões. As palavras que aqui deposito tanto me ajudam a contar como parecem redimir-me do pagamento feito. Livram-me aos poucos da vergonha que é parte do logro a que fui submetida sem querer, como uma ovelha levada ao abate pela mão que a afagou. Paguei caro e quero receber de volta, pois é disto que se trata, de um recebimento quando se paga a dívida alheia. Do contrário não terei apenas um dever cumprido, mas

um logro e não um lucro. Paguei e quando se paga, é uma dívida própria que se assume, como um filho que se adota e que, não sendo coisa do seu corpo, torna-se seu, sem perder tempo assume-se como a tantas outras coisas como coisa do seu corpo.

27. Não posso dizer que, de todos os tons que encontrei nas fitas, o caos, ou a clareza que se lhe opõe, seja o mais importante. Não tenho certeza se o contrário do caos é a clareza. Vou usando estas ideias alheias; me ajudam a pôr ordem nas minhas. Se não houver nada que possa chamar de meu, tanto faz. Não vejo mal algum em roubar as ideias de outros, se eu escrevesse sim, mas como apenas transcrevi não. Recortar, costurar, remontar, driblar, rasgar, desdobrar, dobrar, debulhar, cozinhar, possibilidades são infinitas quando se trata de ideias, junta-se as palavras adequadas, faz-se um arranjo e pronto, tudo está por ser dito e redito em formas sempre infinitas. As fitas, no entanto, mesmo cheias de ideias, são mais que concretas, plenas de palavras e sons. Em se tratando de minha mãe e suas fitas, não devo ter, para minha própria segurança, certeza alguma, pois cada frase do que ela diz, mesmo sendo o meramente dito, é possibilidade. Toda possibilidade tem algo de abissal como uma boca devoradora que viesse na direção de sua vítima. As fitas dão ideia de minha mãe e são ideia sua. Mas não vou por aí. Não tenho certezas, nem tampouco clarezas ao tratar destes assuntos. Pareça contradição ou não, só o que posso dizer é que o uso das palavras me basta quando se trata de contrapor ordem e caos mesmo que a contraposição não passe de reordenamento do inviável em que o elo indistin-

guível entre eles é a totalidade das vozes. Para que se possa ver o claro e o escuro de toda voz é que as palavras se fazem necessárias. Nunca dispus delas, nem pouco, muito menos em abundância até deparar-me a esta altura da vida com o passado no estado de existência em que se encontra. Tive que buscar palavras que me pudessem salvar da mudez. Sobre isto também devo explicar-me um pouco mais, assim tenho chance de que me apareçam os motivos pelos quais encaro hoje essa tarefa sem que eu tenha que me esforçar até a morte. Veja. Preste atenção como um rato que entre a morte pela fome e a morte pela ratoeira tem uma única alternativa: ser mais astuto que a máquina e conseguir comida por outro caminho. Ouça com atenção, eu diria, mas não direi, espero que o leia até o fim. E me perdoe a oferta constante de frustração. Toda a descoberta ocorrida surgiu como a natividade de um natimorto e me perdoe o paradoxo. Não é estranho falar assim. É o fato do nascimento daquele que ao nascer, não nasce, que deve ser enterrado assim que surge, aquele que ao nascer, não nasceu, mas morreu. E, tendo morrido, acabou de, no entanto, nascer. Sendo a vida a sua própria contradição. Muito mais do que uma morte que tudo explicaria, é a contradição o que está em jogo. Ela que nada explica e que põe sua vítima sobre um fio de eletricidade na tormenta. Uma existência como antivida, não a morte como solução absoluta. O nascimento como a única prova de que tenha existido e, no entanto, uma espécie de devolução precoce à morte, como se a verdade fosse entregue de uma vez ao destino sem que ele se tenha realizado. Embora curta, uma antivida, vivida no limbo, sem que se tenha sabido o que é a vida para que se possa saber o que é a antivida. Ora, uma vida não vivida, devolvida ao lugar de destino, não é uma resposta que solucione o problema. O destino tornado origem, passado, presente e futuro: aqui e agora como nunca. Uma vida — outro termo que posso usar para falar da existência — que, morta, não precisaria de provas. Uma existência em que a mesma moeda divide o rosto da vida e o rosto da morte, cara e coroa, confundidas entre si. Não é por serem verdades que os fatos se tornam de uma vez tão evidentes, nem deixam de ser verdade por obscuros que são. Para além da alternativa que envolve certeza e claridade, caos e obscuridade, não se trata de pensar na importância do que era dito por oposição a uma menoridade das palavras ou das frases que se expressavam entre o sentido e sua falta, mas de recobrar uma espécie de verdade que se dá à revelia, como se a força das coisas ditas surgisse da fraqueza das não ditas, e mais, delas dependesse. Por não poder descuidar das palavras que ouvi é que aprendi a medir as que uso agora, na intenção de expressar, bem menos que isso, de ser fiel à letra, de não me perder no que posso aqui expor. Um concreto aprendizado pela experiência seria a primeira coisa que eu deveria tornar explícito, mas não há tempo para isso. Estou gastando as minhas cem/sem folhas em branco e, se não quiser deixar o fio sem ponto e o ponto sem nó, devo correr e contar de uma vez o que há nas fitas. Meu dever é apenas apresentar nesse prólogo explicativo o que o leitor encontrará pela frente, como se diria num livro antigo quando os autores tinham plena certeza de que se dirigiam a um. O caso do que aqui está escrito é mais complicado como veremos adiante, mesmo assim confio na companhia delicada de alguém que ainda, certamente mais que eu, se ocupa em suster este livro nas mãos. Devo agradecer, aproveitar, pedir desculpas e licenças, mas não posso privar de explicações.

28. O fato é que eu não sabia o que fazer com as fitas. Não bastava ouvi-las e, mesmo para ouvi-las, muito havia que ser feito. Era preciso, antes de tudo, enfrentar o emaranhado que se tecia entre duas delas que, soltas dentro da caixa, enovelavam todas as outras. Aquele gesto banal de desatar um nó tinha se tornado grave. Sei que não interessa a você, caso deseje continuar essa viagem que leva à angustiante chegada ao conteúdo, a forma como as transcrevi e os nós que tive que desatar sendo que tive de deixar muitos expostos. Se não for isso estou escrevendo para alguém muito generoso, nem deve fazer parte da espécie humana sempre mais parecida com os cães a esperar um osso do que com anjos que nada suspeitam. Um nó a desatar, no entanto, é questão que pode lhe servir de metáfora para analisar algum fato de sua própria vida. No meu caso é a realidade o que no seu é a vantagem da fantasia. Espere que este nó observará a vingança que lhe traduz. Eu tinha que separar as duas fitas emaranhadas o mais delicadamente possível, cuidando de evitar arranhões, o que não era nada simples. As mãos deviam estar limpas, eu deveria usar luvas para evitar o contato da pele com o metal esfarelando. O caos de que falei não era metáfora, como situei anteriormente, era retorno ao pó. Mesmo se tivesse sucesso em não romper a fita, os arranhões fariam-na dar saltos e o conteúdo, ainda que pequeno, poderia ser perdido. Tudo estava perdido.

Mas se eu havia encontrado, tudo mudava de figura. Já não se tratava de algo perdido e sim de um achado que eu não poderia mais perder, havia perdido junto do meu gesto a falta de intenção que me movera até ali. O gesto intencional seria o de abandonar as fitas enroladas nelas mesmas. Algo nelas me chamava. Era o desenho explicativo do que ali estava dito. A poeira de ferro, o emaranhado, a sujeira. E, além de tudo, certa inviolabilidade no nojo total da armação. Algo que me precedia estava inteiro à mostra como um Odradek a exigir dissecação. Tive que procurar o caminho, feito um desenho lógico no meio do emaranhado. Um mapa com a cruz negra do tesouro oculto em um rolo de arame farpado. As farpas agiam sobre meus olhos, cortando as relações que eu podia supor entre o que via e o que podia imaginar. As fitas exigiam raciocínios que me explicassem o que fazer com o que nelas estava expresso. Apeguei-me à matemática, ao ritmo, à espera de que houvesse mais que meros sons, de que não fosse apenas barulho, ruído e um nada em viés atravessando tudo o que eu podia ouvir. Eu era incapaz de ouvir sem considerar o que aquele amontoado de palavras poderia estruturar mesmo sabendo que não estruturariam nada. Os sons orbitavam entre o ponto e a linha reta e o livro que dou a ler hoje se constrói como a superfície que agora está exposta, visível a todos, como figuras sonoras brancas em fundo preto. É como vejo as coisas de agora em diante, branco no preto, nunca mais preto no branco como via antes.

29. Após desenovelar o caos numa operação que envolveu paciência e vagar, pus-me a ouvi-las à procura de

padrões. Algum dos leitores ansiosos por espontaneidade e não regras de leitura, acostumados que estão à literatura da tagarelice que encontram por aí, terão de perguntar por quê, e hei de responder, não com tagarelice, mas com determinação tagarela. Há uma pequena diferença entre uma coisa e outra que cada um deve perceber por si. Não devo ocultar que já a esta altura me apraz trafegar entre as palavras, escolhê-las como frutas na feira, ver o prazo de validade nas embalagens, e até criar problemas para o leitor. Fosse um livro de receitas e eu tiraria alguma medida de ingrediente, o tempo do cozimento, só para ter o gosto de saber perdidos os que se encantam com receitas. Contra as receitas e a favor das regras de leitura. Entendam-me. Os menos cuidadosos chamarão descuido, contradição. Não tenho como sair dela. Se não se promove a perdição, a leitura morre na falta de criatividade do leitor. Como ler é o principal já que estamos diante de um desenovelar do fio da escrita, ainda que nada esteja sendo escrito (e isto não é uma contradição como explicarei mais adiante com mais tempo), é importante ter atenção para este espelho de um lado só que ainda é capaz de refletir o que o move de dentro. Espelhos são como livros, mostram o que há dentro deles enquanto iludem sobre o que está fora. E como a vida inteira é só ilusão com a qual nos contentamos desde que, seja dentro ou fora, o que vale é o que se pode inventar. De tantos livros que li nestes últimos meses, só o que descobri foi isso, que o sonho é um direito do leitor. Sonhei da minha vez, agora que, nem leitora, nem escritora eu sou, mas ouvinte e transcrevente, devo me ocupar de ações bem diversas. Não serei, no entanto, a inventora do sonho alheio. Antes vou confiar que para sonhar é preciso achar o que se procura. E que cada um procura o que acha mais cedo ou mais tarde, tendo que levar em conta tudo o que o levou até onde está. Entre o truísmo e o destino cada um só tem a saída de pensar por conta própria. Mesmo sem receita, ofereço alguma colher de medida. É o meu padrão. Antiespontâneo. A última vez que vi algo espontâneo — quando foi mesmo? — deve ter sido no dia em que atropelaram meu cão e as partes pegajosas do seu corpo se espelharam pelo asfalto formando um desenho avulso. A espontaneidade é rara, fica entre os pelos e a pele quando se movem em direções indecisas. Quem os poderá colar? Procuremos a cola. Não haverá papel sem tesoura, nem cola sem liga, assim como não ficaremos com o ponto sem nó entre os ditos que aqui desfilam, é só o que devo dizer. Tudo é parte da mesma teia. Luz e sombra, sono e vigília, inércia e movimento, atados ao nó da velha dialética. Aquela que une os contrários e torna cada coisa o que ela nunca foi. A contradição posta no altar. Água derramada tornada água dentro de um copo, olho de vidro em coisa que vê, fio de linha em arame, pedra em cérebro, pele em vidro, tecido de algodão em seda preciosa. Cada um que pense e eleja os seus contrários. Em geral, a escolha já fala por si. Pergunta e resposta, ilusão e realidade, medo e coragem. A escolha é tão ampla como as formas da vida e da morte.

30. Comecei o parágrafo anterior falando dos padrões. Com eles seria mais fácil levar a cabo o livro. Eu não poderia, nem saberia, proceder de outro modo que não fosse vendo o que nos dizeres de minha mãe eram padrões e repetições. Afinal, o que são palavras senão letras que se

repetem segundo ordens lógicas? Matemática, ora. Mania que carrego desde os tempos mais afoitos em que comecei a respirar com o hábito de calcular. Mais fácil que ouvir, garanto. Dizer mania é exagero meu. Toda mania é um verdadeiro modo de ver o mundo, o único que não permite se tornar sua vítima. Não mais, não menos. No meu caso, na base da geometria possível construo caminhos a percorrer. Associei o que ouvi às figuras sonoras de Chladni, quem, em algum século passado procurava entender as imagens dos sons. Minha mãe era como um dos seus experimentos: falava por quadrados e elipses, por ondas e zigue-zagues. As figuras ordenam, além da minha intenção de ordenar. Deste modo é que sob o aparente caos jaz tudo muito correto e organizado como poderá ver em breve, assim que pular este prólogo, coisa que se não fez, fará ... agora... não creio que possa resistir a este atiçamento da curiosidade. Está de volta? Nem saiu daí? Ora, ora, que paciência, meu caro. Apenas por isso terei um gesto generoso contando que a voz de minha mãe, ainda que confusa, ora estridente, fazia desenhos, se não em chapas de metal, pelo menos em meu cérebro. E como desenhos, superfície profunda, sem deixar de ser superfície. E o que ela contava até hoje, depois de tudo ouvido, depois de toda a atenção que devotei como um astrônomo que encontrasse numa noite isolada uma estrela nova no céu, não posso dizer que compreendi. Posso apenas deixar claros os motivos pelos quais me dei ao trabalho. O que fazer com o que se recebe de volta, o que fazer com um pote cheio de destino à porta numa manhã em que não havia mais nada a fazer? Abre-se pensando ser uma caixa de bombons deixada por alguém que desejaria conquistar sua simpatia e o que há dentro? Um gatinho morto. Ouço minha mãe antes que todo meu entendimento se torne véu a recobrir abismos abertos por todo passo em falso desde o nascer do dia.

31. Eu não podia entender diferente. Era tal condição, a de dois lados que se opõem, com nenhuma profundidade entre eles, evidência sem meio-termo, tudo o que eu poderia obter na construção do livro que agora o leitor tem em mãos. Era tal fragilidade, inevitável zona cinzenta, não o que eu esperava encontrar, o que se estabeleceu por conta própria. A fragilidade era a mesma que na folha de papel acolhe a força das fitas de ferro, a mesma que, na fita, guarda o intangível da voz. Foi o que deu origem ao que aqui está escrito, a estas linhas retas que, ligadas formam um volume. Volume feito de superfícies que não acabam no mais fundo. Superfícies volumosas? Fios que se desenrolam como um novelo de linha. A metáfora é imprecisa, pois se trata de uma fita de ferro. Ou melhor, de nove. A característica do livro, de ser superfície que se desenrola é que faz do livro, ao que me parece até agora, uma total contradição formal. Não devo me responsabilizar por questões de fundo tão filosófico. Seria absurdo, no entanto, acreditar que não vou pagar por isso. Se tive que pagar pela própria herança que recebi, que esperança devo ter em relação a dívidas? O que não me será cobrado? Espero apenas poder expor com mais detalhes os motivos que me trouxeram aqui. Mais detalhes é um eufemismo, lutarei até as últimas gotas do meu sangue pela explicação total. E se enrolo minhas explicações em palavras é por não haver outro jeito para desenrolar o que

ouvi das fitas. Se a metafísica dos textos me cansa — são hábito de quem não tem com que se ocupar, sempre pensei —, paguei meus pecados tendo que me entender com estas ideias. Quando me vejo caindo nela, respiro fundo, e por incrível que pareça, sou içada à superfície pelas palavras. Também para minha mãe elas talvez tenham sido uma corda por meio da qual ela foi capaz de se mover em sua vida devotada à imobilidade dentro da pequena casa isolada de tudo o que há como se fosse uma casinha de bonecas, uma caixinha de música.

32. A tarefa diante das 9 fitas me pareceu desde o início ser a conservação do palimpsesto que se esvaía em restos de ferrugem. Nem todas as fitas estavam no mesmo estado de decomposição. Duas estavam intactas, pelo menos a olho nu. Diferente das outras, o texto que delas surgia era bastante mais reto que os demais como veremos na transcrição. Delas falarei mais tarde, caso haja tempo. Pusesse-me a contar agora e interromperia a viagem da explicação com a qual comprometi cada palavra que aqui desliza sobre linhas. As demais debulhavam-se em grãos minúsculos em tom escuro, meio terra, meio chumbo, indecisão carregada na cor. Nunca entendi exatamente o que compunha a mistura terrosa. Saber não resolveria meu problema. Nada, nem ninguém faz retroceder o processo da decomposição. Seja o espaço, seja o tempo, da vida nada se rebobina. Mais fácil era perceber que o que delas esvaía era o corpo morto das palavras, cadáveres a exigir enterro. Um curioso pó de voz como cinzas de um corpo cujo destino se perdia a cada minuto em contato com o ar. O que me faz respirar, pensava eu, era a sua

morte. Contraposição nada suave que aparecia como um presente que não vai embora, que não se torna passado ainda que sempre tenha sido e nunca mais que isso. Voz sobre voz, som que restava de outro som? Que som haveria no ínfimo espaço em que o ar atingia o ferro e desmanchava-o em novas moléculas em flagrante retorno ao nada de onde tudo resulta? Este retorno ao pó era o inexorável da morte à qual se volta na contramão da vida. Dois lados da mesma moeda com que hei de pagar minha herança. O que fazer da ferrugem a confundir o palimpsesto? Feito de voz, o que estou a chamar palimpsesto era o resquício entre clareza e escuridão, texto sobre texto, justaposição geral dos sons à qual tive de respeitar no ato de ouvir sem deixar que outros sons, os mentais, que assolam mentes em estado de êxtase ou demência, me perturbassem. Não me encontro em nenhum dos dois estados, digo apenas para intensificar a distração que é fundamental para levar essa explicação adiante. Não estou a enganar, perdoem-me, estou apenas brincando. Chamando a atenção para mim, contra a atenção para as fitas, ainda que eu queira, na verdade, chamar a atenção para as fitas. Preciso, para isto, quebrar um pouco da atenção para envolver o leitor na totalidade do que se trata diante deste palimpsesto. Que o que podemos ouvir fica entre o objeto, a coisa que emite sons e nós mesmos que os ouvimos. Nunca ouvimos as coisas, ouvimos somente o que podemos ouvir. Do mesmo modo, lemos apenas aquilo que podemos ler. A leitura vale por si, não pelo que é lido. Ouvir um palimpsesto não é gesto que ultrapasse a audição. Ora, dirão os leitores, que tristonha investida nos truísmos. Que falta de criatividade, finalizarão. Eu, direi, há mais verdade no truísmo do que supõe a vossa filosofia. Sempre, aliás, gostei de conjecturar a partir deste ditado literário. É muito bom poder citar ideias alheias e, sobretudo, as mais conhecidas e banais, mesmo que não se entenda o que elas significam, entende-se que algo significativo foi dito e pior para quem quiser questionar. Um luxo, este da citação. A propósito, não aprendi a fazer isto nos livros. Ainda terei de contar o porquê de tantos livros. Não temos tanto tempo para abrir aqui mais um parágrafo e explicar essa citação interna. Já estamos no parágrafo de número 32, mais de três dezenas de ideias no papel, em plena morte da literatura, e não posso perder meu tempo. Deixo que o leitor pense no que significa o buraco entre o céu e a terra e, com sorte, saiba de onde veio a popular citação. Voltemos atrás, desculpe-me o corte abrupto, mas vejamos do que se tratava no conjunto das fitas a que chamei palimpsesto. Tom de gramática sobre tom de mudez, semântica absoluta contra possibilidades de significação, frases lógicas entre frases ilógicas, eventos da vida entre devaneios passageiros, descrição sobre reflexão, denotação sobre conotação, metáfora sobre metonímia, sinédoque contra hipérbole, trama contra urdidura, aliteração contra assonância, paranomásia entre ecos, anacolutos desfazendo-se no mesmo ritmo com que eram criados os pleonasmos. E muita, muita sinestesia. Nada era dito enquanto nada estava sendo dito. Muito era só leitura. O que era dito poderia sempre significar outra coisa. Babel, pensei. Babel, é o que é isto tudo, uma nova representação de Babel em forma de justaposição. Palimpsesto! Minha mãe é uma torre onde as estruturas narrativas entraram em crise. E eu, um tijolo, ou, no máximo, uma coluna, um degrau na escada que leva ao topo. O topo, a crise da gramática contra a linguística, a crise do sentido contra a criatividade. A crise do *logos* contra a escrita. A anfibologia geral reunida num único procedimento. O cume. Palimpsesto! Tudo era projeto interrompido pela cacofonia que se reabilitava em algo musical deixando a dúvida como uma palavra fora de lugar a exigir encaixe nas frases. Em resumo: tagarelice metamorfoseada em palimpsesto e eu, ouvinte de uma banda de música que esqueceu a partitura. Nada interromperia a tagarelice. Era a partir dela que se decifrariam as 9 fitas pela primeira vez. Ouvir quando não se tem ouvidos tornou-se o meu lema. Como economizar quando não se tem dinheiro. Aproveitar a falta quando o que falta já se tornou alguma coisa. Não há nada mais confuso e, na contrapartida, cabível e mesmo assim eu sabia do logro e era responsável pela dívida. Babel era o palimpsesto, e não era. Havia explicação e eu poderia encontrá-la. Nas próprias coisas, ainda que a explicação estivesse entre eu e ela, no meio do caminho, como no ponto de equilíbrio sobre a corda bamba. Por fim, ainda que a explicação tenha sido e continue sendo o meu maior e, talvez, no fundo, no fundo, único objetivo, descobri algo que me deixou perturbada. Babel era uma ilusão com que minha mãe, acabei descobrindo algum tempo depois no decorrer da audição, batizara o gato. O primeiro momento foi perturbador e as repetições do nome Babel não deixaram de ser. Era risível que houvesse Babel entre suas palavras, pois Babel não poderia faltar do ponto de vista dos conceitos. Mas que Babel fosse um gato não era ideia das mais animadoras. Minha mãe, perdida em sua própria Babel, limitava-se a chamar o gato. Babel, venha Babel. Babel, bichano, repetia-se com voz melosa imitando voz de criança. Por vezes chamou-o Tautologia. Tauto, Tauto. Nesta hora, apesar de certo mau humor que a descoberta provocou em mim pelo tempo que perdi a tentar entender do que se tratava, acabei por rir muito. Sobre isto não posso dar mais notícias agora. Meu riso, ou a ausência dele, não fará diferença na estrutura da explicação. Tampouco, importa o gato. Interromper o que tenho a dizer para me haver com o gato não é coisa que anime meu senso pragmático. Não vi função para o gato na teia explicativa que armo nestes cem passos, cem nós (sem nós?) em que me desenrolo. Na verdade, desenrolo as fitas. Dizer isto é tão óbvio que chega a ser constrangedor, sou obrigada pelo dever de contar e decupar. Se estivesse fazendo algo parecido com literatura, deveria me incomodar, mas a coisa é infinitamente mais simples. O gato, no entanto, não posso vê-lo como mais do que uma pista de algo que não suspeito o eu seja, sobre quatro patas. Uma pista que de nada vale, e que, no entanto, não pode ser apagada, não pode ser esquecida apenas por estar ali. Não pode ser destruída por fazer parte do todo. Não sei se me explico com a facilidade que almejo. Não há tempo sobrando para interpretações. Só a explicação se justifica. É em seu nome que sigo. O gato, de qualquer modo, personificando Babel, é coisa que me prejudica. Pode estar também Babel a personificar o gato, pergunto-me e evito pontos de exclamação que me parecem propriamente um rabo de gato. Já não sei, vejo apenas crescer um ímpeto paranoico a cada tentativa de explicar o que penso. Não sou capaz de supor o que me leva a isto. Talvez a presença do gato. Tampouco sei por que um gato seria uma questão tão essencial e não um cão, animal infinitamente mais filosófico pelo que pude entender até ler um tal Quincas Borba que de muito me valeu para orientar as ideias já que só nele pude entender que não há loucura que não se pareça com burrice quando se tenta fazê-la parecer com tragédia. Li, com o mesmo objetivo de entender alguma coisa para poder explicar, *Eu sou um gato*. O gato é um olho intenso, a explicar o mundo. Uma decupagem do humano. Mas não o gato de minha mãe. Talvez tenha sido ele a enrolar as fitas naquele emaranhado embaraçoso que me deu tanto trabalho e que me rendeu apenas uma textualidade confusa. Talvez, por outro lado, não passasse de um objeto da imaginação desvairada com que minha mãe viveu seus últimos anos. Sou obrigada a rejeitar a hipótese, pois ouvi os miados na fita. E os miados, por mais mentalmente comprometida que minha mãe pudesse estar, não vinham dela. Eram reais demais para uma brincadeira. Apesar disso, não fui capaz de transcrever os miados. Simplesmente não encontrei a onomatopeia adequada, mas quem chegar à leitura do manuscrito saiba que a cada vez que o gato aparece é acompanhado de um miado. Somente a imaginação de cada um poderá recompor o som conforme os dados da realidade que ao se consegue capturar na vida com base na experiência. Além disso, seria negar o propósito explicativo que me move por um rigor descritivo que não sei de que serviria. Procuro minha mãe em sua própria voz, talvez por isso eu tenha eliminado o barulho do gato.

33. Entre o gato e o palimpsesto haja mais do que supõe a nossa filosofia. Quem nunca viu um gato poderá imaginar o que quiser. Não posso fazer nada com a falta de experiência do leitor como não poderei preencher o intervalo entre o céu e a terra. Preservarei a ignorância com que ainda posso me divertir. A única moeda que ninguém poderá surrupiar dos meus bolsos, espírito que ninguém poderá trancar na garrafa. Aproveite o gato, e, se puder, imagine também o palimpsesto. Sobre este, contudo, posso dizer algo mais. Feito da voz e da antivoz, a que tentei escutar e a que não pude escutar, a que estava à mostra e oculta em cada linha onde ditos entrelaçavam-se a não ditos, o palimpsesto era por fim uma imagem contrária a tudo o que se entende por imagem. Foi a antivoz, o que me chamou para perto e me fez cravar os ouvidos no gravador ciente de que algo devia ser feito além de contentar-me com a perplexidade do que eu ouvia. O que eu poderia fazer, à revelia do dever que logo reconheci, era algo que me importou desde o início. Guardar aquilo tudo, jogar fora, ou ouvir com atenção e procurar um destino mais adequado ao material encontrado, o qual dependeria, a partir daquele momento, da minha responsabilidade, não foi decisão fácil. Eu não tinha a quem mostrar, não havia ninguém, nem família, nem amigos, com que dividir a descoberta. Eu deveria ouvir se quisesse saber do que se tratava e, depois, apenas eu mesma poderia decifrar o conteúdo ali disposto. Eis o que era parte da herança e o alto preço por tê-la recebido. Explicar o que era, justificar o que ouvia e, do contrário, assumir toda a culpa. Aqui estou, com a mão sobre a tecla, o dedo tocando a letra, estabelecida como um dígito que,

algoritmicamente, deduz o mundo que encontra, apenas para escapar da eternidade dos juros.

34. No avançar da audição tornou-se claro o descompasso entre o que ali era texto e a realidade que o agregava; entre o que se podia ouvir e o que teria experimentado o corpo que carregava aquela voz em tão declarada manifestação de si mesma, a negar qualquer lógica que não fosse a própria. O que minha mãe teria experimentado foi pergunta que nasceu do fato inevitável da atenção que dediquei ao que ouvi. O que ela ouvia do que ela mesma dizia? Sei que me espalho em detalhes, não se preocupe, meu fidelíssimo leitor, já posso dizer a esta altura, não perguntarei se ela ouvia com o ouvido direito ou o esquerdo. Não sou tão mecanicista quanto se pode suspeitar.

35. Tenho perguntas além dos truísmos. É que vejo muita graça nos raciocínios truístas, são eles que me levam aonde quero chegar. Que lógica a animava, ou seria mero instinto, desejo, necessidade, que paixão a movia, se havia paixão no que dizia, que tormentos, que temores se abrigavam entre as figuras de linguagem entre as quais orientava os caminhos do próprio delírio? Como eu poderia acessar os gomos da linguagem que se desperdiçavam entre os dedos da minha imaginação a cada vez que ouvia uma das fitas, era a questão a partir da qual eu teria que mover meus intentos. A resposta inicialmente disponível de que ali nada era dito passou a valer sem mediação alguma, por mera inversão da perspectiva, como dúvida. Tudo, nas fitas, estava dito. Nem tanto. Nem tão pouco. Já falei sobre isso em parágrafos anteriores. Eu deveria

pensar mais um pouco como agora em que não lembro exatamente o número do parágrafo em que repeti essa ideia. Ou melhor, é aqui que a repito, lá, em algum deles, devo tê-la dito pela primeira vez. Escolher entre parágrafos não levará muito longe, tanto quanto antes, escolher entre alternativas seria empobrecer o que minha mãe havia dito. Desistir delas me parecia ilógico demais e, como uma camada de desconfiança a mais que não consigo pôr à mostra sem certo mal-estar, parecia pouco respeitoso abandonar aquelas fitas, nas quais toda sorte de delírio e rompante, além de segredos e confissões, eram expostos. Foi também dever moral. Lastimo dizer, gostaria que houvesse motivo mais metafísico. Não deixou de ser metafísico, mas foi, sobretudo, moral. É uma exigência respeitar isto que, numa primeira visão, sempre podemos chamar pelo nome genérico da loucura, ainda que minha mãe, como uma louca típica, evitasse aparecer como tal. Respeitar o que é genérico me parece uma ideia pouco válida. Inexata demais para ter sentido. Respeitar a loucura me parece bem mais razoável que diante dela perder o respeito. Como minha mãe não está diante de mim e apenas nas fitas, o sacrifício é de menor monta. Não vou me queixar. Ela não está diante de mim ao vivo. Não é uma pessoa tagarela, apenas um conjunto de fitas que posso silenciar tão rapidamente quanto uma letra que ponho nesse papel com um pequeno toque, um minúsculo e mágico toque que tanto faz aparecer quanto desaparecer. O dito e o silêncio dependem de um toque como antes da invenção das máquinas dependiam apenas do deslizar das tintas. A loucura pode ser boa, mas inserida numa pessoa de carne e osso e, sobretudo, em presença concreta e física, não é nada agradável. Fora isso, há mais o que pensar, não chegamos às últimas consequências deste raciocínio: uma pessoa louca é uma redução da loucura, há que se ponderar. Deixemo-la que vire obra. Tornar-se-á muito mais interessante. Extirpemos a loucura dos seres concretos e ponhamos sua energia no devido lugar. Deixemos de reduzir a loucura à prisão no corpo e na mente humana. Evitemos este desperdício. Livremo-la para que viva a riqueza, a curiosidade e a estranheza, contra os preconceitos da opinião formada e benquista apenas por estar disponível.

36. Um mundo interno às fitas, o que fora dito ao mundo externo, o que estava a ser ouvido, era o que eu precisava ligar e, além disso, um mundo de antes das fitas e um posterior no qual eu, como uma moradora do abismo, herdeira de um castelo sem paredes, estava presa. O mundo próprio à minha mãe e meu mundo pareciam ligados fisicamente como balões de ar presos na mesma linha. É a metáfora que me vem à mente. Nada deveria me vir à mente, mas me vêm e, por isso, me obrigo às explicações que aqui apresento. As metáforas são, apesar do meu desejo de explicação, muito mais que necessárias. Com um material como este eu não precisaria de nenhuma figura de linguagem, explicar, no entanto, exige estes esforços que vão além delas. Além mesmo do dever de paráfrase que uma transcrição implica. A transcrição é suficiente e não é. Fatos reais podem parecer irreais, mais ricos, mais densos, até mais absurdos que a ficção que, por sua vez, é mera paráfrase do real e está além dele. Uma metáfora ajuda a explicar melhor, por mais que não

combine com o caráter científico que deve ter toda explicação. Para explicar fatos reais, este mundo e sua relação com os outros basta, simplesmente, relatá-lo como a testemunha de um crime, como em uma pintura em que a tinta é a palavra, mancha ou grafismo de um som. No nosso caso (meu, de minha mãe e, agora, não há mais jeito, seu também), carimbo, sobre superfície na qual se imprime ponto por ponto o que se quer dizer. Narrar é ser testemunha de um crime. Ou contar o que se viu como alguém que, na infância, viu a aparição de um santo e nunca mais se livrou da responsabilidade. Como alguém que, no tempo em que se tem menos de um metro de altura e se obriga a olhar o mundo pelo ângulo de baixo, viu a boca aberta de um morto. É o meu caso. Acostumei-me a ver os mortos do meu ponto de vista. Ontem como hoje é a imagem que se repete, a de um olho semiaberto, de uma boca semicerrada, ou de um queixo caído sobre o peito. Não posso ver de cima, estão próximos demais em termos de perspectiva. As fitas são a morte. Uma morte leve, e a voz, o corpo que resiste à morte. A vida e a morte são os mundos paralelos que devo atar por meio delas. Tenho-as como a dois mundos que, paralelos, se dividissem como uma célula e compusessem mundos diversos dentro de um mundo único. O mundo da casa, da caixa de papelão, das caixas dentro da caixa, das fitas dentro das caixas dentro da caixa, o meu mundo de antes, o de depois, o que entre o antes e o depois deve atar pelo vazio o que foi e o que se disse, mundos demais condenados pela contraditória fragilidade material do ferro, metal que se desmancha no contato com o ar. Mundos fadados ao nada, salvos pela curiosidade de saber o que neles é dito, mundos condenados a permanecer juntos e separados, mundos que se oprimem entre si, que enganam e esclarecem, velados, tatuados, encaixotados, escondidos, abandonados. Eu, no meio de tudo, tendo que pagar minha própria conta e a conta alheia, recolho a vida que sobra com um punhado de ódio.

37. As 9 fitas eram uma condenação posta dentro da vida e da contradição que a tudo envolve. Explico-me. A vida está dentro da contradição maior que envolve a morte, não é a morte que se inclui na vida. Nem a vida que nela se inclui pura e simplesmente. Ambas estão contidas no mistério, no aberto sobre o qual é preciso falar mesmo quando não se pode falar, aquilo que deixou estes restos postos na voz de minha mãe, restos que agora valem como um todo, embora seja apenas um, parte de outro todo que, infinitamente, pertence a outros mais. Se a vida fosse o todo, só teríamos que um positivo engloba um negativo, a luz do sol que define o dia a devorar a noite, o princípio da identidade a devorar toda negatividade. Se a morte fosse o todo, teríamos que a negatividade engoliria a positividade, o escuro da noite devoraria a luz do sol. Falar assim não leva muito longe como tudo o que aqui é dito, mas serve de tijolo para compor o saber de que nem uma coisa nem a outra existem de fato. Vive-se sob elas e o único atestado de garantia que temos é a permanência na ilusão. Quem cairia nela por vontade própria? Não se trata de escolha além de pensamentos. Uns, outros não. Tropeçar em pensamentos pode ser tão ruim quanto em uma pedra além da qual há um abismo. Não importa, a verdade é

que, dia ou noite, com ou sem pensamentos, tropecei nas fitas como quem encontrasse uma criança à porta ao sair pela manhã para buscar pão na padaria ou sair à noite em busca de uma bebida para aquecer a solidão. Coisas do dia, coisas da noite. Eu, como todos os habitante do intervalo, vivente do lusco-fusco. Até aí poderia ficar só com a poesia, mas o fato é que fiquei com a herança, total antipoesia, e a conta a pagar. As fitas ficam entre claro e escuro, entre uma coisa e outra, independente do que fosse uma coisa e a outra coisa, guardadas no cinza como dentro de uma metáfora, cor de chumbo e cor de terra, sobre as quais não posso mais falar por falta de espaço. 9 partes ligadas entre si enquanto desligadas. Enredo-me novamente nas palavras. Na aparência de mero jogo, elas apontam ao paradoxo como lógica interna que parece até agora, por mais que eu tenha tentado desmanchar tudo o que ouvi em termos retos, sustentar toda a estrutura do que, nas fitas, era a vida de minha mãe e seu modo de experimentá-la. Este gesto de condenação não era mais do que a escolha. É nisto que consiste o paradoxo, no aspecto que tange à minha própria experiência com as fitas, feitas de dois lados como uma contradição viva entre positivo e negativo, entre o lado gravado e o mero outro lado que sustenta, sem nada dizer, a chance de que algo seja dito. Não sabendo que alternativa, ou que ponto em comum havia entre as margens que se ligavam na mesma fita, superfície expressiva que se retorcia em seu contrário, dediquei-me a observar seu movimento dentro do gravador. Tentei rir do meu próprio jeito de cachorro a esperar um osso. De criança pela primeira vez diante da televisão. Nada demais senão que o osso e a televisão provocavam um medo prazeroso. Observei tanto quanto ouvi. Observei para poder ouvir, como se ver pudesse ajudar-me a ouvir. Sem ter nada que me desamarrasse da atenção, não ao enredo, mas às linhas enredadas, não vi direção fora da ameaça de enforcamento. O que aconteceria com o livro definia, intuí, meu próprio destino.

38. Como espírito pragmático que sou, resolvi pelo mais simples que era sobreviver diante do afazer. Decidida a cuidar do que ouvia, o dever de ouvir até certo ponto misterioso para mim precisava encontrar-se ao poder ouvir. Poder que não era apenas a ultrapassagem da condição física das fitas, mais condenação do que qualquer coisa, também a potência de algum modo sensível em meus ouvidos que se demonstraram inaptos num primeiro momento, talvez medo do que seria ouvido, incompetência auditiva, regressão da capacidade após anos sem prestar atenção ao universo sonoro. Nunca gostei de música, não ouvi rádio, se me pus a ouvir as 9, com curiosidade crescente a cada uma delas, é porque em cada uma poucos eram os sinais musicais, nem banda de música, nenhum cantor trinando ou cantora rangendo, pouco pude ouvir de uma coletânea de composições antigas tocadas em viola da gambá e cielo, alguns sinais difusos de Dylan e Django, nenhum Bach nem Supertramp, Presley ou Beethoven. Estirpei tudo junto com o que havia de música de rádio, não que eu tenha algo contra a música, é que os sons atrapalham a harmonia preestabelecida do universo ao contrário do que pensavam os místicos que falavam de uma música das esferas celestes. Pergunta-me, que universo? Aquele a que os biólogos

chamam meio ambiente, o que os filósofos antigos chamaram cosmos. Diz-me que a música é que é a organizadora do universo? Sim, é usada para compor mundos próprios, mas minha mãe não seguiu nenhuma música, apenas a poluição sonora. O que quero dizer? Não estou preocupada com isto nesse momento, explicar é questão que envolve minha mãe, não a ausência de música das fitas, quando seria pertinente, senão mágico, como dizem as crianças, que as fitas revelassem musicalidades, uma nova escala musical revolucionária, uma arte que, assim que chegasse aos meus ouvidos, teria o poder de me modificar internamente. O que eu deveria narrar aqui? Ora, minha odisseia sonora, minha viagem de volta à casa a partir da voz de minha mãe. Não cheguei à minha casa, a casa de minha mãe não é minha, embora hoje, por direito, me pertença. Você continua a perguntar, perguntar é preciso, viver não, podemos pensar assim? Por que tanta amargura, por que tanto ressentimento, que tantas explicações? Por que não basta a descrição, a decupagem, a citação do que foi dito? O único modo que encontro de ficar em paz, é invertendo as harmonias e melodias, e, na sequência, as ideias em que descubro a dupla ordem das coisas.

39. Sem a percepção da ambiguidade, da dupla ordem das coisas, num eco confuso entre o que era intenção, obrigação e o que era possibilidade, eu não teria feito o que fiz. Movida pela estranheza e abundância, aquele misto de dívida com herança, do que eu ouvia com o que eu abstraía, busquei pistas sobre os processos mentais desta pessoa que, sendo minha mãe, se tornava a cada audição mais familiar e, ao mesmo tempo, mais estranha, na ten-

são entre estar oculta atrás da voz, ou por ela revelada. Assim como não ouvir, des-ouvir é impossível, tornei-me presa do que ouvi. Explicar, abstrair com pensamentos, é, como foi desde o início, minha única saída. Abstrair é só o que nos torna surdos voluntários. Pensar é fingir-se de surdo tendo ouvido. Calcular a surdez no que ela é proteção e liberdade é tarefa sempre mais complexa. Talvez nenhum sentido falte mais do que este, por isso quem não o tem deve aguçar os demais. Mas quem o tem pode se tornar estúpido apenas por crer nele. O que salva um e outro, o surdo e o crente, é a possibilidade, a alternativa, e, por fim, a chance da comparação. Diante da audição não há essa chance e talvez o surdo involuntário ainda possa ser mais livre do que aquele que é condenado a ouvir. A questão, portanto, era perceber e desperceber em doses comparáveis. Percebi, ao juntar as partes, as 9 fitas, mais o enredamento das linhas do que a ordem das caixinhas ordenadas dentro da velha caixa de sapatos onde as encontrei, que não se tratava de um texto qualquer, mas de uma história. Que algo era contado ainda que em meio a todos os estilhaços sobre os quais me pronunciei. Que o enredamento — e meu pânico do enforcamento, ao qual me dirigia sem saída, não se tornou menor por isso — possuía um enredo interno. Eu deveria descobri-lo e tornar visível. Tratava-se, mais exatamente, de um romance, o inespecífico gênero literário que, até onde pude entender, depende da liberdade de quem escreve. Muito aos poucos fui percebendo que dependia da liberdade de quem ouve a história e, no caso, também de quem faz a leitura. Há romances que nunca foram escritos e pairam no ar, não escritos, embora audíveis e dependendo apenas da atenção de quem os pode ouvir, ainda que não sejam ditos pelas bocas humanas, nem gravados em fitas ou cds, são o fio contínuo do tempo que se apresenta em palavras e que, para acessar, basta copiar. Sendo que para copiar é preciso ser um pouco surdo ou fingir que não se ouve. A palavra escrita é só um momento específico e até mesmo, para quem tem boa imaginação e muita memória, desnecessário. Só se escrevem romances por não haver memória suficiente e a imaginação é finita; compra-se e empresta-se a imaginação no mercado das trocas anímicas quando se perdeu a noção do que deveria ser sagrado. Aos poucos ela acaba ou cai na preguiça que acompanha a respiração diária das gentes. No meu caso, tudo foi mais óbvio. Antes como agora sei que escrever é gravar, por que não poderia considerar que gravar é escrever? De certo modo, foi o que minha mãe fez. Eu só deveria levar adiante o acontecimento com o meu dever de recuperar o todo do que foi dito, precisava de palavras e como não tinha qualquer trato com a palavra escrita, vi imediatamente que o problema pela frente não era de solução fácil. Por mais que eu simplesmente copiasse, havia certas exigências técnicas que logo percebi pelas leituras que fiz dos romances nestes últimos tempos. Sobre isso, no entanto, falarei mais adiante, e caso eu me esqueça de falar, o leitor poderá sempre supor por mim que meu problema maior foi decidir a ordem das coisas. Vamos lá. Pus-me a pensar, ação gratuita, que requer pouco esforço, ou mesmo nenhum, a não ser o de se deixar levar ao saber das ideias, como se carregado por brisa leve, o que exige um corpo também leve, e, no meio do caminho, brincar com elas, as ideias sempre dispostas como roupas num varal em movimento, mas presas no fio do arame que é como um sistema lógico, um eixo inicial, como um princípio metafísico que a tudo agrega, sem o qual tudo esvoaçaria correndo o risco de cair na lama mais próxima e estragar a limpeza executada pela mente atenta que alvejou toda a rouparia. Pensar é atividade da qual só se tiram vantagens, e para a qual nada se paga, atividade, por que não dizer, barata, como lavar a roupa suja em casa, mas mesmo quem não tem casa, ainda que tenha roupa que lavar, estaria apto a ela, como um mendigo que, na rua, com as roupas tesas de pó e toda sorte de história, sem casa, sem comida, e a roupa jamais lavada, sem dinheiro algum que o faça aderir ao capitalismo, sempre excluído dele embora seja seu produto, assim como a dona de casa, e muitas vezes autoexcluído ao contrário da dona de casa que é sempre hetero-excluída, é capaz de pensar, obtendo assim seu lucro próprio, intangível para o sistema, como uma dona de casa, a antítese direta do mendigo, que pode lavar a própria roupa e a dos outros em sua própria casa, escravizada enquanto livre, e que, além das roupas, no varal, observa com seus olhos de autopreservação e medo, também as panelas ao fogo, depois de ter lavado a roupa, ou antes de fazê-lo, também ela é apta a desenvolver a experiência de pensamento que a visão das coisas lhe oportuniza. A visão das coisas é o que há de especial. Até o mais pleno dos desocupados, ou o mais ocupado de todos, pode se dar ao luxo do trabalho do pensamento que, a rigor, não é trabalho nenhum, mendigos ou donas de casa, desocupados e ocupados, que colóquio teriam contando suas visões de mundo. Quanto esclarecimento. Quanta arte. Desculpe, caro leitor, aos poucos me empolgo de tanto supor o que penso e posso pensar. Volto à questão do pensamento antes que seja tarde. Pois pensei, e pensando, não saí do mesmo lugar, mesmo tendo, como a dona de casa, observado o movimento no varal, o vapor sobre o fogão, e como o mendigo, as ruas, muros e passantes, os frutos da minha imaginação, que de maduros passaram a aprodrecidos sobre um cesto de vime onde se coleta as uvas nas videiras, projeto etílico, louvor a Baco, o deus das uvas, mas pude ficar deitada, descansando sobre meus pensamentos, o que me deu a vantagem de economizar minhas próprias energias, ainda que tenha deixado de lado as uvas. Pois bem, e devo dizer isso antes que seja tarde demais, já deveria ter contado este detalhe essencial, foi então que pensei em chamar um profissional que pudesse dar a forma de romance à história que eu encontrara. Descobri que não era um trabalho comum, não havia o profissional que eu buscava com a carga de fantasia e disciplina que estas empreitadas envolvem. A frustração foi inevitável para um espírito pragmático como o meu que até agora não se conformou ao romantismo transbordante verificado nos escritores procurados. Procurei-os na feira enquanto vendiam assinaturas em seus próprios livros. Negaram-se a me ajudar, nem sequer me ofereceram um caminho a seguir. Que havia entre a mente e a máquina de escrever que tornava tudo tão difícil? Qual era o mistério do trabalho que os fazia tão distantes? Ciosos, desconfiados, impávidos ou sonolentos, não se moviam diante dos meus pedidos. Como bonecos em vitrines resumiam seus gestos a dois: envergonhar-se de si mesmos, fingir que não tinham vergonha de estarem plantados diante das gentes a assinar os nomes em livros, sendo que, todo livro, no que ele tem de livro, sei eu, saberá tu, saberemos nós, é apócrifo, e o nome do escritor, mera tarja sobre o verdadeiro sentido das coisas grafadas. Perguntei-me, que obrigação teriam em dar respostas? A fidelidade à causa? Haveria causa na coisa chamada literatura ou no fato de que pessoas se sentem, por milhões de motivos, compelidas a escrever livros? E o dever ético para com os colegas? E a necessidade de apoiar as iniciativas livres em relação ao metier? Não havia saída imediata para a questão, mesmo assim eu seguia crente de que haveria, mesmo tarde, uma solução. Não seria possível que tudo, desde o começo, estivesse perdido. Sinto vontade de dizer o contrário, mas não posso abandonar verdades evidentes.

40. Foi assim que fui parar no mercado. Dentre as mesas sob o toldo de plástico, uma isolava-se das demais como um ponto de gordura sobre a água. Debruçada sobre o plástico branco uma mulher segurava as próprias mãos enquanto olhava para a superfície da mesa como vasculhando a lisura e alvor de coisa morta, à direita uma caneta pronta a assinar um pequeno livro que até então não interessara a ninguém, via-se pela inexistência de fila para autógrafos que atropelavam as demais mesas, das quais não se podia ver se havia escritor ou livro, e da pilha ofensivamente volumosa amparada ao lado do braço esquerdo com uma etiqueta com o preço da obra erguida defronte à pilha. Preço modesto, não mais do que se paga por uma garrafa de vinho de qualidade inferior. Havia trinta volumes, não mais. Meu cálculo estava erra-

do, não se trocaria aquele monte de papel nem por duas garrafas de vinho. Liquidar livros, pensei, o fim da literatura está aqui. A vergonha escoava dos olhos da mulher como um vapor amarelado que coloria toda a atmosfera. Nem mesmo eu que costumo gostar dos preços das coisas, esperando que a clareza sobre as relações de poder que atam a avareza à prodigalidade estejam explícitas, deixei de ver que a etiqueta com o preço dos livros tivesse uma função pouco gentil. O editor, ou queria se livrar dos livros ou, na vantagem, da escritora, foi o pensamento imediato que logo rastejou pela mesa desistindo de ir adiante ao contato com o calor monótono da compaixão. Sim, pergunte, pode perguntar, responderei, minha compaixão é líquida, não sanguínea, e monótona como uma torneira que escorre. Deixe-me continuar. Aproximei-me como quem não quer nada. É só o que se pode fazer nestas horas de constrangimento. Algo em mim viu e negou imediatamente o meu próprio futuro. Aproximei-me mais por egoísmo do que por compaixão, embora a compaixão em jogo escorresse pela mesa como uma gosma, como a tristeza espessa da matéria da dor. Cheguei perto para desmanchar a fantasia que me atormentou por segundos. Peguei um exemplar de baixo da etiqueta, cuidando para não tirá-la da posição, não gostaria de parecer intrometida. Perguntei-lhe se poderia olhá-lo, abri e vi que eram poesias bem pequenas, seriam haikus, me perguntei, fixei sobre uma página ao acaso, o haiku era precário, aproveitei para contar-lhe, como quem revela uma banalidade, que eu tinha um material para transformar em livro, sutilmente, fixando em outra página, dizer que havia nela um haiku é um exagero, e vendo sua fragilidade, perguntei, como quem tem na vida o único interesse em limpar as unhas, se ela não trabalharia com este tipo de coisa, e movendo a etiqueta para o lado como quem se ofende com a expressão de algo menos importante, levantei cuidadosamente os olhos como vendo por trás de uma lente, disse-lhe, que a remuneração poderia ser interessante, imediatamente troquei de assunto para simular casualidade, olhei o livro como quem nem tivesse olhos de tão fixos, tirei minhas lentes imaginárias, pus os olhos sobre a página final para tirá-los de cima dela, oitenta e oito, abri outra página ao meio, vendo as demais voarem entre meus dedos, esperando que ela não percebesse o meu disfarce, parei numa página ao acaso, um verso solto fluía como uma torneira aberta, perguntei-me interiormente quase me perdendo do que via, quem era eu para dizer a precariedade do haiku, ou o que fosse da poesia alheia em verso reto ou solto, sem simular atenção, agora sendo sincera, indaguei, pois indagar é um verbo sinônimo e que substitui bem o perguntar que já usei duas vezes acima, se não lhe interessaria o trabalho, já que seu livro, era visível, não lhe daria lucro, via-se pela ausência de procura, não lembro se disse tal frase, sei que um olhar tentou atravessar meu corpo, li o verso que mais parecia uma simples frase, perguntava-me sobre o que seria um verdadeiro haiku, percebi que ela me fitava de olhos baixos, não sei se ofendida, ou entristecida, uma incógnita retorcia minha perspectiva, aqueles olhos enquadravam o meu gesto, como que me indagavam, e não eu a ela, o constrangimento me impeliu a ler o verso que parecia mera frase desconexa entre sujeito e predicado, por meio deste gesto quem sabe eu pudesse tirá-la da imobilidade, que tinha eu a ver com a imobilidade, pensei, por isso fiquei parada, quem sabe lendo eu pudesse acordá-la daquele sono de olhos abertos ou da loucura, quem sabe tirasse, de qualquer modo, aqueles olhos da minha direção, tentei ler para desviá-los, mas a frase que eu não tinha lido não me saía da boca travada pelos olhos que eu evitava, que pesavam sobre mim como um dardo que estivesse há meses cravado no ponto exato em que descerrar a pele do peito não é muita coisa, tentei falar, estava invadida de alguma força imobilizante, que tinha eu a ver com a imobilidade? A força era a mesma que atava as mãos da mulher de olhos perdidos em si mesma, tentei ler seu próprio escrito para desviar a atenção, era tarde. O transe era um misto de mediunidade com descoberta, de verdade com mentira, um encontro pleno de inexistência com existência. Tentei falar, ela não permitiu que eu seguisse.

41. Cortou minha frase iminente dizendo que eu precisava de um ghost writer. Seu olhar permanecia sobre mim, perguntando-me alguma coisa que eu não teria como responder, não pude imaginar o que seria, deixou-me um pouco à deriva para logo recolocar-me no lugar onde habitava minha ignorância. A frase, no entanto, não me traía. Como escritora, ela deveria saber que uma frase interrompida sempre retorna com a força do que é recalcado. Eu pensava no ghost writer e, com a frase interrompida, na sequência do que ela havia dito, esforcei-me para dizer-lhe, entre a pergunta e a resposta, como a dúvida que é também certeza, que ela escrevia para ghost readers, enquanto tentava amenizar a frase inóspita que se guardava como um subtexto, um texto como um tapete

sobre o qual os demais transitam. Eis a vida dos pensamentos, igual à miséria da vida humana. Meu único e verdadeiro pensamento a relativizar todos os demais. O olhar com que me via, desde que me aproximei, apontava-me um dardo. Havia já o dardo no meu peito. Eu estava literalmente ferrada. Quando cheguei aos ghost readers, respondeu-me deixando o dardo avançar lentamente em direção ao meu olho, que a poesia é para poucos, e retirou seus olhos de medusa deixando o sangue escorrer pelo meu rosto sem socorro algum. Não senti dor, amargura, cansaço, medo, lástima, nada destes sentimentos comuns, mas indolência, talvez algo bem pior para um espírito pragmático como o meu. Uma preguiça que desconheci até então, que não me pertencia como não me pertencem as coisas reais ou abstratas que possuo ainda que sejam herança que recebi de direito e fato. Hoje, talvez só me pertença a voz morta de minha mãe e seus restos. É pensamento que me atravessa hoje e que uso no contexto da explicação. Mas deixe voltar ao tema. Pensei comigo, que não se tratava apenas de leitores fantasmas, enquanto o pensamento que sustentava as palavras, o dardo adentrando pelos meus músculos, cavava abismos cada vez mais angustiantes, tratava-se de algo ainda mais fundo, com o qual eu deveria me enfrentar. Uma dor finalmente subiu por minhas pernas. Dentre os fantasmas, eu era um, e nenhum, se me pensasse como a única compradora do livro que, mesmo se o levasse comigo, por falta de tempo, ou interesse nas palavras feitas para poucos e nenhum, não seria lido. O dardo estava envenenado. A sensação amargou-me a boca, fez doer as articulações. Era a piedade que retornava. Dizem que se algo é reprimido, volta com muito mais força. Estava provado. Em meio ao dó, tentando ler a frase em voz alta que quase me saia em vômito, comprei-lhe o livro de título sério — *A resistência da noite*. Como agradecimento à dica do ghost writer, pedi-lhe, também eu, ao lado dos ghost readers, fileira de ausências presentes, a não concorrida assinatura. A vantagem, logo raciocinei, de se ter ghost readers é que eles não reclamam nunca. Não emitem críticas, não têm expectativas, não entendem de nada e, na exatidão de seu não saber, entendem de tudo. Não se vê nada mais perfeito. Esquecida de mim, acreditando já ser capaz de livrar-me da frase que me mordia a língua, enquanto ela escrevia meu nome e logo o seu na folha com o título, invertendo a ordem coerente que leva do autor ao leitor, seguidos de data e local, *Hormiguero*, tantos dias do mês seguinte, submersa em seu próprio descontentamento mascarado pelo dever de retribuir-me a generosidade da compra, senti um ardor nos olhos a me fechar as pálpebras. A frase interrompida me veio à boca e explodiu dos meus lábios sem controle.

42. Olhou-me de um modo mais normal, ou seja, como se de repente, fosse um ser do mundo dos vivos, da vigília, do lado de cá. Respirei para entender, tudo acontecia vagarosamente, disse-me que era um verso menos importante, pedi desculpas, sem entender minha ação, entregou-me o livro, repetiu que eu buscasse o ghost writer e que usasse a frase para convencê-lo. Respondi-lhe no esforço de me recuperar do que havia dito, que era exatamente o que eu procurava. Que ela não me dizia novidade. Que a única novidade já havia sido dita. Meu leitor, meu querido, a

esta altura sei que só lhe interessa saber que frase seria esta. Mas não posso contar, por enquanto, não para provocar mistério, nada disso. É que esqueci a frase por algum tempo. Só a recuperei alguns minutos depois como algo escrito num bilhete que se tem de ler enquanto dorme. Um bilhete de mim para mim mesma. Acho que mais de cem frases que eu aqui possa expor não darão ao leitor a sensação que tive de esquecer a frase. O objetivo da demora que muito me agradaria, o de causar sensação, não se realiza aqui, nem é o que espero. Contei-lhe dos escritores que eu havia procurado e de como ela era a primeira que me dizia algo com sentido. É importante sinalizar, disse-lhe, que nenhum daqueles que procurei assumia com tranquilidade o papel de escrevente, não havia quem se dispusesse a narrar minha história emprestando-me as palavras. Ela insistiu que eu deveria voltar. Se não tivesse coragem poderia parar no primeiro sebo e comprar o primeiro livro, o mais barato, o mais inútil, o mais desrespeitado e assumi-lo como meu, como a um cão doente que se retira da rua, como a uma criança que se adota por mero dever. Que, continuou, ou eu encontraria um jeito de escrever a história, ou poderia considerar qualquer livro escrito abandonado como sendo o meu, pois não faria diferença, mesmo que eu pensasse que o já escrito está morto. Bastava juntar da rua, de uma estante empoeirada e carregá-lo, como o morto, que, afinal, se deve levar nos ombros. Sem ouvir, mas ouvindo, continuei minha ladainha, o queixume sobre os escritores com quem conversei. Contei-lhe que perguntara a alguns sobre o que achavam de trabalhar sobre um material como as fitas, diziam-me apenas que eu falava com a pessoa errada. Ela me disse que eu sempre falaria com a pessoa errada. Que inclusive ela, não fosse pelo que me dizia agora, era também a pessoa errada. Que eu deveria me tornar mais atenta, pois, do mesmo modo, eu era a pessoa errada de outras pessoas erradas. Eu me repetia afirmando que os escritores não entendiam o que eu tinha a dizer. Ela dizia que o que eu dizia era incompreensível. Eu afirmava que os escritores eram incapazes, por muitos motivos, de parar e escutar o que eu dizia. Olhando-me sem me ver, ela afirmou que eu não dizia nada e mesmo que quisesse não teria nada a dizer, pois não se trata disso quando se está na literatura. Eu, sem ouvir, já preferindo qualquer coisa a isto que chamam literatura, disse-lhe que a história de um outro talvez lhes incomodasse, não sei se por ser história, ou por ser de um outro. Ela me disse que a história não estava entre nós, nem no eu, nem no outro. Ouvindo menos ainda, eu disse que ainda que ninguém lhes proibisse de colocar o próprio nome como autor, o que faria do texto algo seu, nem de ajudar com táticas e estratégias próprias para facilitar a narração, fazendo da literatura ali presente ainda mais sua, minha proposta não foi capaz de despertar interesse algum. Desta vez, ela mudou o foco dos olhos. Repetiu numa sentença: volte e refaça a oferta. Eu daria minha história de bom grado a quem quisesse cuidar dela, contei-lhe quase desesperada e sem entender o que me causava tanto desespero. Ela enervou a sensação de catástrofe ao dizer: volte e refaça a oferta, e completou: ao dizer o que espera, simplesmente leia a frase. Frases são mágicas e escritores, quando servis, são capazes de acreditar nelas como em mandamentos, dizia-me como quem esperava ser ouvida. Eu ouvia sem ouvir, a atmosfera amarelada deixava lentos os meus pensamentos, ainda consegui perguntar o que era um escritor servil, ela explicou-me que eu estava diante de uma e tirou os dois olhos de vidro depositando-os sobre a mesa de plástico. Um rolou e se estilhaçou no chão de cimento. Quando percebi, falava sozinha no meio da cozinha diante da mesa, um copo quebrado no chão, ninguém ao meu redor, muito menos um livro nas mãos. Era noite e eu tinha apenas levantado da cama para beber água.

43. A escrita era a solidão no escuro com um sonho no meio. Noite de perdição na própria casa. Para muitos, os de entre as fileiras atrás dos livros que, no sonho, não pude descobrir quem eram, ela derivava de um lugar sobrenatural que lhes fazia enfrentar a fila, de um reduto da alma inacessível ao trabalho ao qual ninguém, apenas por querer, chegaria apenas por conhecer método e técnica. Como posso saber disso? Deduzi. E estou aqui para contradizer cada detalhe. Aguardem, que ainda há outras coisas a serem ditas antes das coisas que devem ser ditas em nome da explicação que é preciso gerar linha por linha. A explicação não é filha de outras formas que ela mesma, por isso, o esforço é maior ainda. Ao fim tudo se explica como um olhar de sobrevoo que tudo pudesse ver e, por fim, visse, como vejo, o copo estilhaçado no chão, a água solta nos ladrilhos brancos sobre os quais o vidro quase desaparece. O vidro não é mais que gota, como a água que se perdeu, e apenas chove. Tudo se explica: a água confusa com o vidro sobre a superfície visível a revelar brilhos insuspeitos. O que isso quer dizer? Ainda

estamos na neblina desta história, passaremos pela chuva, teremos momentos de garoa fina, veremos a enchente, e, por fim, novo vapor quando o sol levar consigo a água em finíssimas gotas invisíveis em si mesmas, vaporosas no conjunto. Um conjunto que é impossível ver de fora, quando vemos a chuva ou estamos sob ela ou dentro. Alturas vão e já estou eu dentro de um rio. Não, não é um rio, é um lago formado pela chuva. A neblina em forma espessa, como a neblina é o lago vaporoso. Lago de águas turvas, sujas, repletas de restos carregados de outras terras e que vieram parar aqui, na depressão do terreno. Por que me gasto nestas metáforas? Satisfaz-me saber desta pergunta. Satisfaz-me o desamparo da dúvida. A resposta? Talvez seja efeito da herança a necessidade de uma resposta. Como não há uma explicação meramente matemática é verdade que preciso das palavras e das imagens que elas podem formar. A matemática, na verdade, é aqui a metáfora, enquanto as palavras é que contam, cada fato, cada detalhe. Escrever, que não é o que faço, daí a contradição de que tenho que fugir. É labutar como um operário na construção, como uma faxineira no ateliê de um artista neurótico, ou, para voltar à metáfora aquática, é como usar um remo numa tempestade ao mar da qual se sabe não se sairá vivo. Aquela moça na feira estava, como eu, mal de remo. Sorte que eu posso escapar. Aqueles que procurei para que escrevessem o livro não tinham muitas outras armas além do remo podre por longo tempo submerso na água. Ou usavam as mãos dentro de um caiaque opressor. Ou tinham transatlânticos para cruzeiros, iates, veleiros, uma armada inteira. Os que conheci na feira estavam perdidos no sucesso das filas de autógrafos.

Barco furado. O mero ato humano ao alcance da mão numa cultura letrada em que escrever é, de um modo geral, um instrumento banal era tratado como feito histórico, odisseia, travessia do mar a nado. Liberdade total diante de instrumentos desnecessários. Mentira. Que mais poderia ser? Para continuar na onda aquática eu poderia usar metáforas de pescaria para explicar a situação vivida com os escritores procurados, mas que cansaço ficar entre anzóis, redes e iscas. O tempo, os cem/sem, por força da lógica, transformam-se de uma vez em contagem regressiva e não me deixa espaço para o avanço da conversa. Melhor assim, pois eu teria que enumerar os eventos: contar as ostras comidas num jantar, falar do tamanho dos peixes, do modo como podem ser limpos, ou a procriação e as pragas que atacariam os infelizes. Além de tudo, seria absurdo ter que falar de pescarias para explicar os motivos de um livro, quando jamais pesquei, nem ouvi histórias de pescadores, ou apenas que as pesquisando poderia achar boas saídas para a explicação do que aqui ponho por escrito. Seria, ao fim, tratar um livro como um peixe dando apenas satisfação à identidade das coisas que o pensamento faz operar por mero gosto, como aconteceu a Moby Dick que, embora sendo um mamífero é na verdade um peixe, tanto a baleia quanto o livro que sobre ela fala, um livro cuja natureza híbrida entre a natureza propriamente dita e a compreensão humana, entre a aparência e o fato, realiza a única verdade que poderia redimir a literatura de sua empáfia sobre o real, quando não precisasse mais reconstruí-lo. Ah, se os livros pudessem apenas ser livros. Mas que tenho eu a ver com os livros, a mim me importa um único livro, o de minha mãe, que jamais seria um peixinho de aquário, manso e delicado, muito menos um Moby Dick que nunca é encontrado e aumenta de volume na exata proporção da criação da angústia, ainda que aprazível de suas páginas. O livro de minha mãe, no entanto, seria algo no meio do caminho, não algo que dá prazer, nem quando visto, nem quando lido. Quem sabe fosse um cavalo-marinho, coisa que, sendo bizarra, parece delicada e, quando visto como delicado se mostra bizarro. Não é problema que se deva ter em mente. Nem tudo é feito para comer mesmo sendo da natureza. Quem, por exemplo, digo apenas para citar, seria capaz de comer um tigre? O livro de minha mãe tampouco é um tigre, ou qualquer outro felino. Essa comparação também tem que terminar por aqui, além da falta de espaço, eu teria que, para continuá-la, levar adiante pesquisas sobre cavalos-marinhos e tigres. Não posso deixar de pensar se não seria melhor uma longa explicação sobre as semelhanças do livro com cavalos-marinhos e tigres, uma explicação melhor justamente por que mais cansativa? Na dúvida, me deixo levar e, para ser fiel à explicação, aqui apenas contarei detalhes essenciais. Há algo mais essencial que um detalhe? Claro que há, mas não deixarei parecer o contrário. Tenho que investir nos detalhes, pois a explicação convincente não é a que explica, mas a que convence. Não, não me refiro a mentir. Refiro-me a continuar nos detalhes que, sempre explicam o todo. Sabe-o o bom entendedor. Para finalizar, devo apenas revelar um detalhe entre os detalhes, que não posso deixar de contar: dos diversos discursos místicos sobre o caráter de fatalidade da literatura que ouvi, um deles falava do naufrágio. Dizia-me que eu naufragaria em meu projeto. Eis que me encontro em pleno naufrágio, buscando minha ilha desconhecida, meu paraíso perdido, onde viver a solidão e construir uma cabana com os escombros do navio, o que equivale a dizer que não entendo o que eu já não entendia muito. Arranjo-me com o que sobrou, lascas da madeira, pregos e tábuas que flutuam soltos perfazendo o volume geral dos escombros. Aqui, no entanto, é o lugar para fiar a explicação custe o que custar. Não será por naufrágio ou falta dele que eu desistirei de fazer o livro de minha mãe. A escritora servil/poeta envergonhada tirou-me da ilusão de que outros o poderiam escrever com seus olhos de vidro — um olho para a escritora servil, o outro para a poeta envergonhada — nos quais eu me espelhava. O ghost writer que precisava ser convencido estava mais perto do que eu imaginava. Demorei a perceber.

44. Eu não poderia seguir apenas procurando um escritor que trabalhasse sem o peso da fantasia de que seu ofício tinha algo de místico. Mesmo sendo eu mesma o ghost writer que eu procurava, precisava aprender certas coisas. Quem poderia me ensinar, no entanto, não existia. Pôr ordem nas ideias alheias, ou emprestar a própria gramática, eram gestos carregados de ofensa na percepção de todos que procurei para rapidamente desistir. Um escritor é o livro que escreveu, pensei com meu espírito pragmático e me pus a ler livros e biografias de escritores, mais algumas críticas de jornal, até que reduzi minhas buscas às entrevistas ao me dar conta de que precisava mais do que de um escritor, de um editor vivo e acessível. Segui com minhas leituras e percebi que não havia sorte

em meu caminho. Se os escritores contemporâneas eram crentes na literatura como se ela fosse uma religião, não uma profissão remunerável, com os editores acontecia exatamente o contrário. Desamparada, desisti de procurar e resolvi seguir a indicação da moça que assinava o livro sob o toldo de plástico, sobre a mesa de plástico, ao lado dos livros de plástico. Tornei-me a ghost writer do livro de minha mãe. Teria eu também meus ghost readers? E um ghost publisher?

45. O que me atormentava a esta altura dos fatos? Que um morto, não se deixa assim, ainda mais quando há um espólio que lhe redobra o significado. O material que encontrei era como o corpo da minha velha mãe, a parte que não tinha sido enterrada. Pensamentos estranhos com este não eram raros. E não deixaram de ser quando concluí uma parte da tarefa cujo final está a concluir-se em 55 parágrafos, quando estiver concluso o enterro. Um morto nunca está sozinho. Ele tem seu espólio que é parte de sua presença, tanto quanto sua ausência é parte constitutiva de sua presença. Eram eles, pensei, o morto e seu em torno, que levam alguém à estranha ação, misto de exorcismo e ironia, de escrever livros. O que o morto deixa de morto é o que faz escrever. É o fantasma, a imagem que não deixa em paz, é ela que obriga à escrita. Desejo de reviver, de recriar corpo. A audição das fitas despertou-me pensamentos inconfessáveis como estes que culminavam no medo de acabar como minha mãe e, por isso mesmo é que se trata até certo ponto de um jogo de forças em que conviver com minha mãe está entre sucumbir à paranoia ou dominá-la. E tornar confessável

o que não era. Meu espírito pragmático me lançou certamente na segunda alternativa. Continuei minha atividade de ouvinte, não havia outra alternativa. De que serviria transcrever aquilo tudo não deixou por um segundo de ser problema. Agora, mesmo que tudo já esteja feito como uma espécie de crime consumado, não canso de me perguntar. Por isso, a explicação que só ficará pronta no lugar dos cem/sem a que nos dirigimos, parágrafo por parágrafo, palavra a palavra, como um passo a cada vez, degrau sobre degrau, pedra atrás de pedra, conto por conto, ponto por ponto e, como na compota, um pepino de cada vez, é absolutamente essencial. Do mesmo modo, sigo, de pergunta em pergunta, mesmo que se repetindo uma após a outra. Para que tanto trabalho, por que não deixar simplesmente dito? Por que buscar uma edição? Não me canso de perguntar e mesmo que já me tenha explicado a mim mesma e a quem mais precisar saber os meus motivos, mesmo que todas as respostas já tenham sido situadas e, além delas, o livro concluído como um fato que ameniza a pergunta por oferecer-se sem retorno como uma resposta, não me acostumo. Muitos motivos explicam meu gesto que, pelo menos até agora, apenas por um único aspecto capaz de finalizar minha insatisfação com o que fiz, eu mesma penso explicativo por si só naquela vontade final de escapar da morte quando vemos que a morte tem rosto e olha predatória ou inquisitivamente. Não basta encher a jarra de flores sobre o túmulo, que no caso de minha mãe, o que há de mais parecido com o túmulo não passa de uma caixa de sapatos onde jaziam 9 fitas abandonadas e enferrujando ao léu. Recuperei o corpo morto e o dissequei ao ouvir e transcrever.

O resto pode, mais uma vez, imaginar o leitor. Mas não se preocupe, pois não irei sobrecarregá-lo com a necessidade de imaginar. Daqui a pouco alguém pode pensar que me esquivo do meu trabalho. Se me esquivasse de fato, seria, além de tudo, um direito meu.

46. Segui procurando no universo dos escritores, alguém que me pudesse ajudar com o ghost writer ou com o editor, ou que, simplesmente, me apresentasse uma receita para livros mais fácil do que as contidas subliminarmente nos textos dos críticos e dos teóricos da literatura, sempre inespecíficos, nunca dizendo o que de fato querem além de perturbar o trabalho já feito. Com a devida exceção que caracteriza a regra, encontrei pelo anúncio de jornal, após muito procurar, um senhorzinho que, na simpatia cansada de algumas várias décadas, sete ou oito, sobre as costas finalmente ofereceu-me uma perspectiva não mais promissora, mas tão pragmática quanto a energia que parecia sustentar o escritório frio com vários computadores aparentando não serem muito mais novos do que o seu proprietário, sobre os quais garotos de menos de vinte anos com fones de ouvidos e óculos escuros digitavam freneticamente, enquanto ele conservava sobre sua própria mesa apenas um estojo fechado de uma Underwood. Visitei-o numa manhã de sábado, numa das minhas folgas naqueles dias em que eu já não me interessava por tempo livre e foi apenas aí que tive certeza de que o trabalho seria maior do que eu pensava. A máquina, das mais antigas que jamais vi, estava fechada e fechada permaneceu até o fim de minha visita. Eu não podia deixar de olhar para o estojo empoeirado e, também que

o velho não parasse de falar, era obrigada a estancar a pergunta óbvia quanto ao motivo pelo qual a máquina estava ali fechada. Quase esqueci por que dialogava com ele quando vi uma estante de portas de vidro fechada a chave como suas palavras, com diversos fólios amarrados com barbante, uns mais amarelados, alguns bastante retorcidos pela posição em que ficavam nas bordas das fileiras na estante, outros aparentando serem novos, quase me deixei levar pela imagem enquanto me perdia em suas frases longas e cheias de significados incompletos. Não sei se eu imaginava o que ele dizia, ou se superinterpretava estabelecendo nexo entre palavras e conceitos que, de modo algum, ele pronunciava. Não fosse o susto que levei com um espirro seguido de um pedido de desculpas que me soou forçado, e a desconfiança renovada com que me olhou perguntando o que eu esperava dele, eu teria permanecido a contemplar a máquina. A concentração de seus olhos em mim era cínica e dominadora. Ainda que me olhasse de baixo para cima em seu metro e meio de altura, o que poderia sempre favorecer certo olhar de ingenuidade intensificado pela medida infantil, o velho era a própria encarnação do paradoxo, altivo como uma árvore que ameaçava cair, por mais estranho que soe, de baixo para cima, com galhos pesados sobre minha cabeça. Era um artista da vertigem, se é que uma imagem como essa poderá situá-lo em sua imaginação. À pergunta, não pude responder imediatamente, em vez disso balbuciei qualquer coisa sobre as gravações, a desordem geral que eu deveria enfrentar, os escritores cansados, os leitores ausentes, o meu trabalho, e outras ideias relacionadas ao livro, enquanto pensava no que realmente deveria dizer e no que de fato eu podia esperar dele, se é que se tratava disso. Foi quando me dei conta de que não era de modo algum um projeto de livro o que eu tinha, mas apenas uma fantasia de que as fitas carregavam uma história. Era como esperar que a ordem morasse inusitadamente dentro do caos. E que pudesse ser extraída dele como um gomo de fruta. Enquanto procurava as palavras para elaborar minha resposta vi que o tempo parou e que um sono súbito que tentei contornar me atacava de frente como uma porta que se fechasse forçada por uma rajada de vento. Era como o peso de uma mão que tentasse fechar minhas pálpebras. Tornei-me incapaz de argumentar ou compreender as intenções com que ele dizia o que dizia, entre o som do vidro a quebrar em câmera lenta, o vidro estilhaçando-se ao encontro da pedra fria. O sotaque espanhol com que me recebeu foi aos poucos tomando o lugar da língua portuguesa e sou capaz de jurar que o ouvi falar em latim em meio ao som das teclas alucinadas dos computadores e as frases que eu podia compreender. Falei-lhe da escritora na feira, das mesas de plástico, de uma frase que eu esquecera dentro de um livro de poesias do qual é possível que eu tenha sido a única leitora, de dois olhos no rosto de uma mulher ao lado de uma pilha de livros, de um cansaço incontornável, de que eu precisava de uma máquina de escrever. O tempo parou, pensei, uma chuva de cascalho se lançou em minha direção vinda de lugar nenhum. Com toda a sua irônica simpatia, o velho me desencorajava de continuar a procura e ao mesmo tempo me incitava a contratar seus serviços. Disse-me que o seu escritório poderia fazer todo o trabalho, desde conceber as ideias, sumário e capítulos, a pesquisa necessária, se histórica, se poética, se epistemológica, até o projeto gráfico para a formulação das páginas, imagens e gráficos se eu os quisesse incluir. Enfatizava que as letras grandes e as muitas páginas eram o que de melhor se poderia esperar dos livros. Que me poderia oferecer também, no pacote geral da produção, um codinome, caso eu precisasse ocultar minha identidade civil ao entrar no mundo das letras. O que me deixou com uma desconfiança indelével, pelo menos até este momento. Que podia incluir um título para o livro no pacote completo sem aumento de custos e até três subtítulos como bônus. Não deixou de explicar num tom disfarçadamente jocoso que tudo custaria muito caro e que, apesar do alto padrão do serviço prestado, ele não se comprometeria com o resultado. Que não daria garantia de nada. Teríamos um contrato básico padronizado para todos os serviços que podíamos, de uma vez, assinar ali mesmo. Eu pagaria pelo número de páginas ou pelo peso do volume, nem pelo espaçamento, nem pelo número de linhas, não pelo de caracteres, nem pelo tipo utilizado. A liberdade para criar era uma exigência contratual. Pela criação, a propósito, eu pagaria apenas um terço a mais, relativo ao valor geral do volume. E adiantado. A chance de erro estava implícita. Era o custo da criação. Se algo alheio ao que o escritório pudesse promover me viesse à mente, eu não deveria relatar, nem fazer modificações, não me poderiam atender nem durante nem após a conclusão do trabalho. Eu o receberia, por fim, pelo correio que, segundo o que entendi entre as tantas frases que me confundiam, era a única instituição literária responsável, ainda que nem mesmo dela pudesse dar garantias, além de um código de barras sobre o número do pacote. Que nenhuma exigência, nenhuma objeção ao plano geral projetado pelo escritório seria aceita. Que eu poderia, é certo, fazê-las dirigindo-me a mim mesma, mas não poderia, ele próprio, me dar ouvidos, sob pena de inconclusão, resultado pelo qual eu pagaria em dobro no ato mesmo da assinatura do contrato, segundo uma das cláusulas escrita a lápis e a mão numa letra trêmula de quem já não tem coordenação motora para segurar-se nem mesmo em pé. O livro já estava decidido na assinatura do projeto. Por fim, o livro seria apenas um, número suficiente para que eu não colocasse no mundo mais entulho do que o mundo pode comportar, e realizasse meu desejo de ver o livro de minha mãe finalmente nascido de dentro do nada. Não levava em conta as fitas e a voz que nelas jazia. Continuava seu discurso pronto, como se lesse na parede atrás de mim o que tinha a dizer. Bocejei para simular minha tranquilidade num esforço que me rendeu dias e dias de dor nas costas. O sono que me afligia era pesado e imóvel, sem chance de um piscar de olhos ou de um bocejo. Neste ponto seu discurso desviou-se do foco anterior. No tom sempre simpático a avançar, no entanto, ao cada vez mais assustador, disse-me que, caso desejasse cuidar do material e do que fazer com ele, que eu deveria pensar em alternativa mais modesta ou mais trabalhosa, mas que não o incluísse e aos seus dedicados pupilos. Eu ficaria desamparada e o material mofaria para sempre numa gaveta de guardados. Mas a escolha em aderir ou não à sua proposta era tudo o que ele não poderia eliminar das negociações. Ele me vendia, naquele momento, minha própria liberdade, e me tentava fazer ver que custaria mais cara a decepção e a irrealização que era meu futuro inevitável do que pagar por todo o seu trabalho. Por fim, vendo que eu não me movia, que não escolhia alternativa alguma, disse-me de uma terceira: que eu poderia habitar a casa perto da editora por um preço modesto pago mensalmente e entregar-me o trabalho quando terminasse, que ele poderia fazer cem cópias que eu poderia vender em bares ou negociar com vendedores ambulantes de livros, que, ao fim, caso nenhum exemplar fosse vendido ele faria uma liquidação do material na feira do próximo ano a preço modesto, menor do que o valor de uma garrafa de vinho barato tomado por bêbados nas esquinas, os únicos que se interessam por escritos marginais. Certamente, acrescentou ele, o livro que eu teria por fazer, falava de sexo conspurcado e as vantagens do uso de drogas. E minha mãe não passava de uma prostituta que, no fim de seu período útil enlouqueceu e passou a brincar com um gravador. A história das coisas escritas estava cheia destas camuflagens que eu deveria saber usar. Mas ofendida, preferi fazer tudo do meu jeito.

47. Dr. Domingos, como se apresentou a mim, era proprietário do escritório *para todo tipo de texto* como grifado no anúncio. Seu metro e meio de altura, assemelhava-o a um anão de circo que ocultava as bochechas rosadas sob um cachecol seboso. Foi a aparência de boneco que impediu que eu acreditasse no que ele dizia sobre minha mãe, afinal qualquer coisa que se dissesse dela entrava no rol das possibilidades prontas a configurarem algo que eu chamaria de real. A hipótese era viável como não poderia deixar de ser. Pensei estar novamente num sonho, belis-

quei o dedo anular no indicador até doer certificando-me que não estava a dormir como naquela noite na cozinha, sonâmbula entre a realidade e a noite. Ele falava como quem lesse um discurso pronto. Declarava-se a cada início de parágrafo como um jornalista sério, enquanto tentava me fazer aceitar o contrato. Eu desviava a atenção falando da máquina de escrever, perguntando sua origem, a quem pertencera, se estava intacta, se poderia ser usada, apostando que se comprasse qualquer coisa ele me deixaria em paz. Na verdade, a máquina me interessava, já que deveria começar a escrever. O meu gesto tinha, no entanto, uma função estratégica. Caso eu assinasse um cheque, ele, que já não sabia bem o que via e dizia, se daria por satisfeito, foi o que pensei. O que ele desejava não poderia ser mais que dinheiro. Perguntei-lhe se poderia vendê-la a mim abrindo a bolsa. Ele tagarelava a sua ladainha autolaudatória. Perguntei-lhe o preço. Vi-o procurando algo entre as gavetas, uma caneta que me estendeu sem parar de falar. A gaveta estava vazia, mesmo assim ele continuava a procurar dentro dela algo além da caneta enquanto eu fazia o cheque. Desistiu de procurar ao ver o cheque. Vendeu-me a máquina empoeirada que comprei como a carta de alforria de uma escravidão momentânea. Não há escravidão fora do tempo, pensei ao procurar dentro de mim pensamentos que me protegessem de suas investidas retóricas que iniciaram logo que tinha a folha de papel em suas mãos. Falava para enganar, ou pelo conteúdo incessante e confuso, ou pela forma elaborada pretendia causar angústia no ouvinte. Aquela aparência parecia milimetricamente planejada no tempo e nos espaço, não era apenas um fruto do acaso, mas um projeto criado para provocar medo de contrariá-lo. De certo modo, foi o que fiz, ao propor a compra da máquina. E tive que pagar o preço. Em casa notei que a tecla da letra A estava sem cobertura, motivo pelo qual minha datilografia demora mais que o habitual — além de outro detalhe sobre o qual falarei mais tarde — já que a cada vez que escrevo A devo fazer afundar o resto de tecla com os dedos e evitar que sejam feridos pelo metal — daí que eu evite termos com tal sinal — me serve agora para escrever estas poucas e mal-traçadas. É certo que corrigi o texto pondo A em todos os termos — notem que evito dizer sinônimos que necessitem do referido signo — nos quais antes havia simplesmente o sinal de *. Pensei que os leitores mereciam a correção, seria bastante complicado ler algo como "pensei que os leitores mereci*m * corr eç*o". Logo dei jeito de consertar este defeito nada insignificante que me rendeu há duas semanas, quando tentava iniciar este prólogo, um dedo mínimo sangrando. Comecei a teclar com um dedal. Não é demais informar que comprei a máquina movida pela intensidade de um desejo tão incontrolável quanto irreconhecível. O velho Domingos não me deixou vê-la antes da venda por uma quantia estranhamente inexpressiva, parte da estratégia para a adesão ao contrato, do qual a compra da máquina, mais que o cheque assinado, era a assinatura que, segundo ele, valeria enquanto eu vivesse. Foi a vingança do Mefistófeles de baixa estatura. Compreendi de uma vez, apesar da lentidão mental que me acometera, que Domingos não era um velhaco difícil de driblar, mas um completo canalha, tão canalha que chamá-lo de mefistófeles não atinge o teor completo do que ele fez. Não sabendo o que isto significava, imaginei que se logo vendesse a máquina estaria livre do trato e não precisaria me incomodar com mais nada. Meu espírito, ainda que pragmático, não me permitia entender as consequências do que eu tinha feito até aqui. Não é impossível, no entanto, raciocinar sobre isso agora que refaço a linha do tempo em meus pensamentos para explicar o que ocorreu. Explico a mim mesma. Meus raciocínios cultivados ao longo da vida em busca de economias e estratégias lucrativas em geral, tinham se cancelado no transe em busca de quem pudesse me apoiar com o livro. Eu só tinha uma chance para fugir, a mesma que me obrigaria a fugir para sempre. Fui para casa avisando-o que logo voltaria com o material. Suponho que ele tenha percebido minha intenção, mesmo assim não tentou conter-me. Nunca mais voltei a vê-lo nem lhe entreguei o material que implicava o contrato, as 9 fitas a partir das quais ele faria o que quisesse com o livro que, deixado em suas mãos poderia ser o aniquilamento das 9 fitas. O risco era a morte de minha mãe, a morte final, duplicada, repetida e finalizada. Minha única saída era fugir, já que havia um contrato que eu não poderia cumprir.

48. Cada um, no entanto, vive o tempo conforme sua própria experiência. Do outro lado do meu tempo estava o velho Domingos a perseguir-me. Como viveria suas horas, teria memória para lembrar-se de mim? Segundos para uns podem ser dias para outros, dias podem ser anos, anos podem ser décadas. Décadas, séculos, séculos, milênios, milênios, a eternidade. A eternidade é apenas uma página que se repete e não pode jamais ser interrompida. Deste

modo, não sei se continuou vivo, se me perguntou alguma coisa, se vigiou minha saída, se continuou a tagarelar, saí correndo pela porta, desci as escadas, fui dar na porta estreita por onde se passava encostando às paredes, cheguei à rua ladrilhada de pedras alisadas pelo tempo, eu estava em uma cidade pequena onde tudo era silêncio fora o relógio da igreja que mostrava que o dia nascera há pouco, ouvi passos na escadaria, eu não ficaria para ver quem desejaria me alcançar.

49. Fiquei com a frase ausente martelando minha mente por dias. A frase dizia ser a técnica a continuação da magia. Interpretei a meu modo: eu deveria fazer o que esperava que outro fizesse, ou seja, usar a técnica para fazer uma mágica, um trabalho impossível. Os pensamentos começaram a confundir-se em minha mente. Logo, quem seria o ghost writer? Que um escrito pode ser um mundo não era melhor do que uma alucinação bem material ou um copo bem cheio de café após uma noite sem dormir. Eu era o ghost writer. Parecia que eu sempre pensara assim e ainda mais. Que literatura ou, mais fácil ainda, escrever livros, era artesanato. Ou o contrário, literatura era bem mais fácil que escrever livros. Não apenas um trabalho manual, mas certamente manual-mental e que envolvia maior ou menor grau de complexidade. Eu era o ghost writer. No caso do meu material podia ser algo ainda mais simples. Eu já não precisava encontrar o ghost writer. Nem precisaria criar acordo comigo, bastava saber mandar em mim mesma e como sou infinitamente submissa a mim, era uma questão de saber aproveitar. Se um livro se escreve com a mão, a caneta, o lápis, a máquina de escre-

ver, ou mais recentemente o computador, utilizemos o objeto. Não se podia abandonar o instrumento e ficar só com a vontade. Não era possível fazer nada sem garantias. Garantia de quê? Não bastaria a mera ideia, a inspiração ou toque de um deus no espírito de um eleito. Eu, não sendo eleita, poderia provar o contrário. Todo o trabalho de escrever qualquer coisa envolvia técnica, o que significava envolver a magia, coisa que aqueles com quem conversei não aceitavam de modo algum, nem mesmo os que fervorosamente combatiam a própria ideia de inspiração e colocavam no seu lugar murmúrios e silêncios, os quais deveriam poder ser revelados pela coisa escrita. Como eu tinha os meus murmúrios e silêncios, além de uma penca de ruídos que me incomodavam de 9 modos muito concretos, achei que devia encontrar um modo de transportá-los ao que se pode chamar de literal, sempre mais leve que o concreto e, por isso, mais fácil de conservar e, certamente, o que não posso perder de vista, igualmente mais simples para suportar. Uso essa última palavra em todos os sentidos que consigo imaginar. E não direi aqui quais sejam os que me vêm à mente, pois me parece que isso tira a imaginação do leitor da cena. Um pouco de espaço em branco faz muito bem às coisas escritas. Usemos, pois.

50. Aqui um pouco de espaço em branco para uso da imaginação do leitor a quem a muito tempo não é permitido brincar:

Se o exercício soar cansativo, desista e continue lendo. Se achar a leitura soar igualmente cansativa, feche o livro, jogue-o no lixo reciclável, alguém poderá achá-lo e, quiçá, fazer dele um uso para além da reciclagem, e siga cuidando de sua vida enquanto eu cuido da minha.

51. O melhor jeito de fugir é para dentro da própria casa. A casa, a única segura para realizar o trabalho, era a de minha mãe para a qual eu seguia como quem rema só para uma ilha desconhecida. Contratar alguém para a decupagem de todo aquele material não seria nesse momento apenas contraproducente e inseguro, mas impossível como ficou evidente no tom sinuoso das palavras do velho Domingos. A moça à espera da fila já me dissera o que eu precisava ouvir, que eu devia ter confiado nela, era um pensamento que não me deixava. O ponto de chegada de um caminho seguro surgia como seu próprio ponto de partida, eu mesma. Sei que não devia confiar totalmente nesta ideia como em coisa alguma de modo absoluto, nem na junção entre realidade e sonho que me perturbou a partir daquele dia em que comecei a desconfiar da moça e a confiar no velho, sendo que era exatamente o contrário o que eu deveria fazer. Deixar que alguém tocasse aquelas fitas representava qualquer sorte de risco que eu não queria correr, nem poderia. O que atava a realidade ao sonho eram as fitas e isso me dava medo à medida que o todo dos acontecimentos se dava por sua única causa. Racionalizar, nesse caso, era deixar longe qualquer causalidade. Resolvi, de uma vez, e sem esperar novas revelações, já que não podia pensar diferente, trabalhar sozinha no meu projeto, ou melhor, naquilo que, daquele ponto

em diante, seria um, pois, além de tudo eu teria que descobrir o projeto no meio do caminho. O projeto era, portanto, a descoberta do próprio projeto enquanto se confeccionava um projeto. É claro que não pretendia usar para isto a velha máquina, mas um computador que tornasse tudo mais rápido e promovesse a esperança de se chegar a algum lugar quando eu ainda pensava que, se não fosse o computador não haveria livro, quiçá uma exposição de arte conceitual em que por dias e dias sentada sobre uma poltrona de grife eu diria aos visitantes que "talvez minha mãe tenha escrito um livro" e todos aplaudiriam meu gesto aprovando a ousadia enquanto eu mesma me perguntaria "qual?". Talvez eu não possa dizer mais que isso e meu projeto de antemão estivesse comprometido. Eu pensava incessantemente no computador. Ouvi falar em programas que reconheciam a voz e transferiam diretamente o som das fitas para as letras e, ingenuamente, pensei na solução do palimpsesto. Um ouvido eletrônico que faria o trabalho por mim, nem precisaria de um ghost writer, como não teria pensado nisto antes, nem eu mesma era necessária mais do que como administradora do projeto. Contudo, não foi possível encontrar o computador, eu estava a caminho da casa em rota de fuga, com medo que me alcançassem. As justaposições, as camadas textuais, a avalanche de palavras, sons e ruídos confusos entre si, deixavam claras as dificuldades do processo que eu tinha pela frente. Que a situação não era fácil eu já sabia e os eventos que seguiam não mostravam hipótese diversa. Eu estava no meio do caminho, no meio de algum caminho, caminhos se acumulavam e as dificuldades que os sedimentam como camadas de terra e rocha compondo uma montanha irremovível. Entre a voz guardada na máquina e a máquina que a poderia reconhecer havia eu, pedrinha de cascalho imóvel entre rochas ancestrais. Meus ouvidos não mecânicos teriam que fazer o registro, teclar cada som que saísse das fitas, registrá-los como uma conta. Era minha recém-descoberta condição de intérprete que me faria agir. Eu era certamente inapta para conhecer e agir sobre os detalhes do caos. O caos me pertencia — herança — e eu era a única que poderia agir em seu nome ou driblá-lo.

52. Se os escritores não eram como eu esperava, supus que os livros também não seriam e, mais uma vez, resolvi fazer consultas, agora diretamente nas fontes. Parecia evidente que o livro não era o escritor, que tinha vida própria como um filho que com o passar do tempo relaciona-se apenas remotamente aos pais. Não sabendo onde estaria pondo as mãos, decidi, como mencionado acima, ler alguns livros sobre questões da escrita e da literatura, semiótica, filosofia, psicanálise e linguística. Não entendi muito bem a diferença entre eles, a confusão os assemelhava e isto bastava para meus propósitos. No fundo, eu esperava que tudo se arranjasse na minha inconsciência como melancias num caminhão, feijões dentro de um pote. Elegi os livros sobre o mundo das palavras fora da pragmática mais comum da vida, a que eu bem conheço e que, por ser de minha total preferência jamais me convenceria a lidar com "literatura", instituição que me pareceu até onde pude ver, um território de conservadorismo. Conservadorismo: pensamento de que o que existia antes era melhor. Antes se lia, antes se escrevia, antes se entendia,

antes se sabia, antes tudo era sabedoria, amor, compreensão, vida natural, ordem, amor, antes tudo era diferente e a diferença de antes era melhor do que a diferença de hoje. Só de pensar já cansei. Não era realmente o que eu esperava ao tratar do material deixado por minha mãe, embora minha mãe seja meu antes, ou algo que me relaciona a um antes, não tenho nenhuma expectativa de que sua vida de antes fosse melhor. Mesmo não querendo chegar à literatura, ou esperando fugir dela, dediquei-me alguns dias, aos livros. Os livros que li, interessantes e complicados para quem não está acostumado com o jargão teórico-literário, deixaram-me em dúvida se não seria melhor chamar de vez tudo o que minha mãe disse pelo simples nome de "poesia" e escapar, com isto, à queda nos preconceitos literários que percebi comuns no que se escreve sobre os escritos de outros. Tratava-se de um território sitiado, um campo cheio de regras, com seus reis e rainhas, oficiais e burocratas, pastores e rebanhos. Eu não tinha vocação para súdita, nem para tomar o poder, preferia o eremitismo que é a salvação de todo aquele que se dedica a simplesmente estar vivo. Sem política. Embora viver fora da política seja, de algum modo, contribuir para a exclusão que configura toda política. Não devo me deter na política, ainda que tudo seja política, até mesmo as meras relações públicas que animam os governantes do nosso tempo. Volto aos livros, não por não serem políticos, ao contrário, é que não devo desviar demais do assunto, sob pena de que você, meu fiel a quem já me sinto no dever da fidelidade, se perca ao ler-me. Como eu ia dizendo, li os livros sobre os livros, os livros escritos sobre escritores que me fizeram simpatizar novamente com os escritores. Não apenas com os escritores de livros, mas com os escritores de livros sobre escritores. Os escritores dos livros sobre a escrita alheia eram, afinal, escritores de um tipo bem particular. Escritores que se negavam a sê-lo, que escreviam sobre escritos para fingir que não escreviam numa espécie de escrita fora da escrita, a escrita fingindo-se pensamento sem escritura. Como se expusessem um corpo sem roupa, ou mais ainda, uma carne sem pele, um espírito sem carne, uma racionalidade sem espírito. Expunham-se como despidos de tudo o que criticavam, como se escrever sobre os que escrevem livrasse de que tivessem escrito algo, essa ideia me animou a continuar. E se já canso sua paciência, com estas ideias metateóricas, saiba que, ao final, elas serão as mais importantes, é possível que você até se obrigue a reler o que está agora lendo, veja, não quero prever seu futuro como leitor, mas sinalizar potências para sua própria vida. Sempre penso que se eu me dedicasse à cartomancia teria mais sucesso. Na falta de opção dedico-me a paginamancia, ou seria mais adequado chamar a arte de adivinhar as páginas de "bibliomancia"? A opção mais pomposa é sempre a melhor, fiquemos com ela. Perco-me a tratar de assuntos menos essenciais? Que nada, aqui não há ponto sem nó, assim como não há palavra sem letra. Volto, portanto à questão fundamental. Um crítico escreve sobre outrem e sua escrita não tem o peso da escrita. Isto define o problema por inteiro: o que pode dizer um escritor sobre o artigo de seu crítico? O crítico se exclui daquilo que critica para poder continuar criticando sem ser alvo da própria crítica. Ao mesmo tempo exclui o autor, caso ele não se encaixe em seu sistema de compreensão, o crítico é autor da crítica, mas não se põe como autor do texto que é o corpo da crítica, neste caso, a posição do crítico é covarde, não dá direito à réplica do artista, à medida que o crítico supõe possuir um saber que o artista não teria, por ser objeto de análise e não sujeito de sua própria obra. O artista saberia menos já que envolvido como um peixe na água quanto à sua própria criação? E quem pode confiar que o peixe saiba de fato menos sobre a água? Nada sabemos do saber do peixe sobre si mesmo. Por que nós que a bebemos ou nela nos banhamos saberíamos mais, apenas por que a investigamos em laboratórios? Que noção de saber e não saber é essa que usamos para falar das coisas? Perguntas, perguntas, perguntas infinitas vêm mostrar-me que tudo era complicado demais e poderia ficar ainda mais. Era melhor, àquela altura, se eu quisesse ver publicado e lido qualquer exemplar do livro de minha mãe, que eu entendesse onde estava a pisar, melhor eu saber o que aconteceria se tudo aquilo virasse, de fato, um livro. O que seria das fitas após este jogo todo? O que aconteceria com a voz de minha mãe? Como nada em relação a estas fitas acontecia sem implicar um paradoxo, uma contradição ou, no mínimo, uma dúvida, logo vi que se eu entendesse além da medida do que realmente se tratava, se eu entrasse em algum acordo com este universo a ser descoberto, é provável que deixasse de fazer o que fiz. Só pude agir porque desatei qualquer laço com o mundo.

53. As voltas em torno do que poderia significar o conteúdo daquelas fitas, e o que fazer com elas, serviram para fixar minha ideia de que eu mesma deveria e poderia tratar do

material conforme conclusões próprias. É certo que tanto de liberdade envolve doses de risco. Mesmo que território sitiado, sempre houve quem simplesmente escrevesse seu livro e o presenteasse a outros e não seria por não serem lidos, nem vendidos, que se podia dizer que não fossem literatura. Eu não estava preocupada exatamente com a definição do que isto pudesse ser, mas com a confecção de um livro. Entre o livro e a literatura há um abismo, o mesmo que separa a realidade da ilusão. Pensava, é claro, na possibilidade tenebrosa de que o livro de minha mãe pudesse ter o mesmo destino que os tantos livros que, por aí condenados, ficam empoeirados e roídos de traças nos fundos das estantes. Por conta de meu espírito pragmático cheguei a ter a ideia de criar uma editora para publicar todos estes livros que, pagos pela mão dos escritores, sem cuidados estéticos e de distribuição, ficam votados à desgraça. Livros que viravam escoro de paredes, mesas, suporte para computador, finalmente poderiam ter uma casa à altura. Este sentimento de compaixão não foi o único, nem o último que conheci ao longo destes meses de busca por entender o mundo dos livros não lidos. Livros que, embora livros, nunca chegam às livrarias, não são lidos nem por aqueles que os recebem como lembrança. Acabam por tornar-se túmulos de histórias, biografias desmemoriadas, poesias para a estante dos sem-futuro, quando antes eram segredos de gavetas, que, com mais trabalho, ou chegariam a ser bons, do ponto de vista dos critérios certamente nunca tão confiáveis escritos por pensadores e críticos em outros livros — sobre os quais outros escreveram livros — ou, de vez, virariam pó de palavras, pó de pensamento, cinzas às quais tudo o que é vivo um dia retorna. No lugar da editora, cheguei a pensar em simplesmente criar uma fogueira. Insisto em dizer que livros são coisas vivas, não porque, nesse caso, esteja tomada por ideias estranhas, mas porque a vida também pertence às coisas que não se movem sozinhas, não é mera categoria biológica. Desisti da editora e da fogueira ao ver o tamanho do trabalho que eu teria pela frente e que isto não impediria que meu único livro, melhor dizendo, o único livro de minha mãe, tivesse outro ou o mesmo destino infeliz. Um livro é um lugar do mundo ao qual sempre falta tudo: se há quem o escreva, falta quem o leia ou edite, se há quem o edite, falta quem o escreva e leia, se há quem o leia, falta quem o escreva. As motivações e desmotivações para os livros compõem um labirinto. Caminhos incompreensíveis, paradas com o nariz no muro, corredores finitos, a possibilidade de um monstro que o habite. O destino do livro, no entanto, exigia um fio que o carregasse para fora da confusão, do contrário, as fitas, por elas mesmas, seriam a morte da história, o que equivaleria a dar um destino infeliz à minha pobre mãe que já não existia mais senão pela voz, ou as vozes. O fio da história era o modo de mantê-la viva tanto quanto de enterrá-la. Mas para que eu que nunca tive mãe precisaria de uma mãe deste modo viva? Uma mãe para emoldurar, uma mãe para contemplar, uma mãe para embalsamar, para pendurar no varal, para enfeitar a cristaleira? O que eu faria com uma mãe? Estenderia sobre o tapete, usaria para tapar goteiras, ou como cortina em dias de sol forte a entrar pela janela da sala? Essa de fato foi uma ideia estranha da qual demorei a me livrar. Enquanto eu meditava sobre as utilidades póstumas de uma mãe como quem se pergunta sobre a decoração da casa, havia outras conjecturas ainda mais importantes a levar adiante.

54. Descobri não muito cedo, como deve ter ficado claro até aqui que o meu trabalho não seria o de escrever. Isto ficou visível na construção deste prólogo que, em breve, mas não tanto, será concluído para sua sorte. Minha obrigação não era a de escrever sobre coisas já escritas, ou reescrever o que eu ouvia. Na verdade, escrever não era, de modo algum, a questão. Ainda que não possa simplesmente me esquivar do que fiz — afinal, de certo modo, o fiz escrevendo —, o mais certo é afirmar que "transcrevi", que copiei, que, no máximo, traduzi em sinais gráficos o que era uma voz. Isso fazia o meu trabalho totalmente diferente dos escritores, pelo que entendi, pessoas que não inventam as própria histórias, contam sempre a mesma contada desde a época de Homero, variando apenas o modo como as contam, preocupam-se, portanto, apenas com o modo como escrevem, a forma que assume o todo do livro, do que com o conteúdo. Ou estão mais preocupadas com o conteúdo do que com a forma. Ou estão mais preocupadas com o título e o prêmio possível do que com a forma, ou mais preocupados com o conteúdo do que o prêmio e em tal caso, têm alguma salvação como escritores, embora não tenham como pessoas de sucesso. Escritores são muito preocupados com o sucesso de seus textos como se fosse o sucesso de sua personalidade e, por isso, louvo minha sorte de escriba, de copista alheia a todas as obrigações da imaginação, da ação, da descrição e da reflexão. Como realizar o sucesso de um escriba? Como reconhecê-lo em tempos de descaso com a

cópia? A profissão de escriba foi ultrapassada quando os próprios escribas, segundo li em algum lugar já extraviado entre os tantos livros em que tentei me ambientar com a coisa escrita, perceberam que a imaginação das gentes estava escassa e começaram a propor suas próprias histórias e os modos de escrevê-las até que se chegasse à contradição que vemos hoje quando se evita a imaginação das gentes como se ela fosse um ovo podre que todos gostariam de não ver aberto. Eu volto ao escriba antes que ele tenha se transformado por necessidades de mercado em escritor. Eu, escriba. Não escritora, nem nada parecido. Autora apenas do meu trabalho braçal. Nem forma, nem conteúdo, apenas o seja-lá-o-que-deus-quiser posto em páginas e mais páginas após ouvir fitas, poucas fitas e fitas demais, questão, certamente, de ângulo. Muitas páginas, poucas fitas, mas uma correspondência direta. E a necessidade de um recorte. Era tudo o que eu pensava. O espaço aberto entre o tamanho do escrito e o número das fitas dá evidente vantagem logística às últimas. Não desmereço, com isto, minha única ação, afinal ela se tornou importante pelo que de fato eu fiz. Copiar só foi superado em mérito pelo pouco tempo que mostrou a velocidade com que consegui me mover entre a fita, minha mão e a tecla, e até por que não dizer, pelo modo com que fui capaz de ouvir. Um mérito real, pois ouvir é, em geral, extremamente incômodo e, caso particular, não deixou de ser. Quem pudesse ouvir as fitas dar-me-ia razão. Não há como narrar o esforço em fazer visível o material cuja transformação em volume levei a termo. Meu mérito — afirmarei até o fim para que não haja engano — consiste em ter sido atenta a uma voz, e digitado o que ouvia, apesar de toda a dificuldade que devo em algum momento tornar clara, com a velocidade de um Mercúrio que arranquei das doses altas de paciência que cultivo a cada dia. Tornei-me, eu mesma, uma máquina de rigor. Eu poderia hoje ser a maior transcritora de todos os tempos. Nada como uma dose de megalomania ao início de tarefas complicadas para aumentar a energia. Nem tudo é como se espera. Felizmente ou não a chance morre com o livro de minha mãe, pois não encontrarei novas fitas com outras histórias e anti-histórias (sim, sim, também é disto que se trata) que registrar. E se a história se repetisse eu não praticaria a mesma coisa. Teria por que registrar vozes se elas não fossem de minha mãe? Há na vida o que foi feito para ser único, mesmo que não haja vantagem nisso.

55. Na sua profusão plural, melhor me expressaria ao dizer que ouvia "vozes". Tratava-se de torná-las visíveis para que pudessem ser lidas. Sendo lidas teriam, inevitavelmente, um efeito, o de serem repetidas, talvez como letra e música, ou como frases feitas. Vozes/frases. Quem sabe um dia figurariam naqueles livros "as melhores frases sobre...", ou "livro das citações" com os quais lucram os editores vendendo a pessoas dispostas às migalhas de cultura compradas a preço modesto. Migalhas de erudição acessíveis com poucos trocados. Migalhas de um saber que um dia fora como o pão recém-saído do forno e agora, pão dormido, também rende uma torradinha. Ninguém imaginaria que algo tão abstrato como o saber posto numa frase valesse tanto. Vale por que engana? Porque ilude. Deve-se, para entender o valor real deste saber,

prestar atenção ao valor da migalha. Sendo que uma migalha jamais forma um todo, permanece sempre como migalha entre as migalhas em geral, uma montanha de migalhas, nunca uma montanha que em si mesma apague o conjunto das migalhas. O valor não é, portanto, inteiro, mas o das sobras e dos estilhaçamentos, caso pensemos em migalhas de vidro, ou em fiapos, migalhas de pano, ou em lascas, migalhas de madeira. De um modo ou de outro, como algo comestível, é o valor dos farelos o que está em jogo. É só o que o dinheiro pode comprar. Não tenho certeza disso, mas vá lá, fiquemos com a frase de efeito, ela também deve figurar em livros como estes e, quem sabe um dia, ajudar-me a ficar rica. A frase merece, de nós, uma chance, pois somos, eu e tu, dois pássaros que se contentam com o que nos dão Joãozinho e Maria pelo caminho da floresta. Merece que olhemos para ela como uma grande verdade que mudará nossas vidas como o pedacinho de pão dormido que ampara nosso estômago tanto mais vasto quanto mais apertado de oportunidades o dia. Uma frase, frase a frase, grãozinho por grãozinho. Sendo o ser humano o *animal oeconomicus* apraz-lhe como a mim, levar a vida de grão em grão. Um livro de citações, contudo, é já uma espiga inteira que, para quem está acostumado a dietas modestas, há que saber mordiscar lentamente para evitar engasgamentos. Como um mendigo que, dias sem comer, de repente se deparasse com um pernil recém-assado, nozes e batatas coradas. Que espanto, que encantamento a atar o olho ao estômago. Só não se imagina o depois. O depois é onde a verdade mora. Disto ninguém quererá saber. Seria mórbido. Até eu me enojo da ironia. O mendigo que nunca come não merece, nem a pobre dona de casa que assou a temperada coxa, pois mesmo que haja toda sorte de mendicância em nosso sistema econômico, ainda é preciso lutar até o fim pela preservação do sentido, ou dos pernis assados por donas de casa. É para isso, dizem os donos das papelarias que vendem os livros de citações deixados sempre próximos ao caixa, não os pernis, mas os livros, que se devem escrever livros de citações, sobre mães, sobre o destino, sobre o amor, sobre o trabalho, sobre os pais, os filhos, as avós e tudo o que for apelo ao sentimental. As frases de minha mãe não contribuirão em nada com o universo sentimental, por isso ficarão longe do caixa e aí se vai, com um mero raciocínio, minha esperança de um best seller. As frases não significam nada de universal, não possuem a grandiloquência dos provérbios, nem a profundidade abissal dos salmos, nada de evangelho ou poesia. Oh, que mundo cruel, como não dizer? Não passam de uma contribuição, certamente das mais notáveis, não posso negar, à história da tagarelice que, algum dia, alguém poderia escrever. Ou à história da insanidade bem mais fácil de situar ou, mais apropriadamente ainda, à história do nada ao qual qualquer um se reduz tendo ou não escrito sobre si mesmo ou sobre os outros. Quem escreve espera sempre a mesma mágica mesmo que a negue. Espera ficar na lista dos mais vendidos. Eu, ó desgraça, ficarei apenas, entre os menos escritos de todos os livros. Vítima da injustiça editorial, quase que me escorrem lágrimas de sangue ao pensar nisso. Somente o compilador do livro de citações que nada escreve, que, como eu, apenas transcreve, é que terá um lugar na estante da fama onde eu deveria ser adorada como musa — e escorrem as lágrimas de sangue. A mim — transcritora como os mais vis dos compiladores de frases, como me dói dizer isto, ó, ó, quase me esvaio em lágrimas — resta apenas repetir a voz alheia em forma escrita. A única história da qual não deixarei de contribuir é a história do nada como história de tudo finalmente concluída e que, forma elevada a conteúdo, dispensa de um relato completo; basta-se com um único exemplo, o exemplo dos exemplos, minha mãe, mulher que merece todo o meu reconhecimento, as minhas músicas, as flores, as nuvens, as madrugadas sem dormir. Desculpe, caro leitor, já me empolgo com as palavras. Não posso dizer o quanto me fazem rir. E como, apesar de tudo, me impõem uma tristeza que não desejo conhecer. A tristeza da incompreensão que me faz correr atrás de um fio com que atar cada micro partícula do que ouvi. Eu, ouvindo as palavras como migalhas que jamais voltarão ao pão a compor um todo. Rindo e chorando. Entre o claro e o escuro dos meus próprios pensamentos. Que pensamentos? Que nada. Percebe o bom entendedor o quanto estou envolta no que para me fazer compreender chamarei de completo circuito niilista, expressão que aparecia ao longo das fitas e que demorei a decifrar até perceber que minha mãe demonstrou, querendo ou não, o seu desenho mais estrutural. Como em uma teia de aranha, é aí que me vejo, a mosca da vez. Completo circuito niilista: CCN. Era isto o que eu transcrevia sabendo que um completo circuito com tal adjetivo não seria nada simples de compreender.

56. Minha vantagem não foi pequena. Ao transcrever fiquei dentro e fora disso tudo a observar algo do qual não fiz

parte por completo, que não deixa de me informar sobre o que eu não sabia e que, de certo modo, continuei sem saber. O que só intensifica o fato de que estive dentro estando fora, estive fora estando dentro. Como um ponto que habita a intersecção de dois conjuntos e serve para foco, mas não como X e nem como a resposta a uma equação. Continuo a me enredar em palavras e, sem querer justificar-me, devo declarar o quanto são necessárias para a exposição das ideias que aqui tomam a forma de fatos. Veja bem, os fatos se desenham letra por letra, que feitas de linhas precisam seguir de ponto a ponto. Minha clara vantagem de transcritora é que permaneço livre. Resta-me o que minha mãe não teve, a chance de, longe de tudo, ser outra coisa, escolha que ela perdeu de vez, bem antes de morrer, ao registrar tudo isso e que, no entanto, afirma uma aceitação do destino que define uma coragem incomum. Se o feito retira a escolha, a aceitação traz dignidade. E, em ambos os casos, liberdade. Difícil é dar um passo para a liberdade sem pisar em falso com o outro pé. Assim como minha mãe pôs-se a gravar, eu me pus a transcrever e sei o quanto de ilusão isto providencia. Esperei contorná-la palavra por palavra, como que conduzindo o que eu ouvia ao possível, mesmo se tratando de tudo o que eu jamais gostaria de ter ouvido. Herança não é de modo algum uma questão de escolha.

57. Quero e devo, a partir daqui, justificar com mais precisão por que não escrevi. A precisão é um dado dos mais raros, a coisa com que devo me envolver de uma vez por todas, à qual, infelizmente, não posso chegar sem dar todos os passos no labirinto dos pensamentos, preciso descrever e

registrar as impressões. As impressões são como o papel onde gravo a litografia em preto e branco, sempre desenhando com branco, pondo luz, pondo razão em tudo o que é pedra inerte. Sei que o leitor espera ação, luz, câmara, as situações visuais com que se compraz a cultura atual. Dizer cultura atual já é por demais abstrato, eu poderia dizer "com que se compraz a moça na vitrine, o torcedor com o seu time, a criança com seu brinquedo". Tudo o que me ocorreu, no entanto, é sonoro, não de uma sonoridade representável, nada que vire imagem facilmente. Nem mesmo o labirinto a que me referi linhas atrás é uma imagem por si só. Imagine um labirinto sonoro e entenderá o que quero dizer com o palimpsesto sonoro. Não gostaria, com isto, de me esquivar aos críticos, com os quais, deixe-me esclarecer, não precisaria, de fato, me preocupar, já que não verão o que fiz, e, caso tivessem a chance, remetendo-se a mim, errariam de alvo. Teriam de se haver com minha mãe para a qual não se criou ainda arte, além da loucura, que justifique o que ela fez, por simplesmente ter falado e, sob seu diagnóstico médico — sobre o qual falarei em algum momento, aqui ou nas notas que grafei ∞ ∝ ∅ β ou @ ou b, e, r, n, i, c, j, o, g, u, f, h, v, t, z, s, p, — permanecer protegida e inimputável. Fico preocupada com os que lerão tentando entender o que isto tudo pode significar no contexto das coisas que se escrevem hoje, no meu caso, coisa que não foi escrita. Embora esteja escrita, o gesto que a trouxe à tona foi apenas como "recortar" e "colar". Imagino que alguém preocupado com a fortuna crítica (quem teria inventado expressão tão detestável?) possa chegar até aqui. Como não tenho nenhum amigo na universidade ou nos jornais e nas revistas especializadas, por não pertencer à comunidade de escritores, não corro, nem ela corre risco algum. O único risco a que me refiro de modo grave e sério seria a maledicência que me impediria, como me referi anteriormente, de vender o livro e sabê-lo lido, mesmo que dele sejam poucos os exemplares que chegarão às casas, aos leitos e às mentes de quem quer que seja.

58. Gostaria de poder dizer que este livro foi feito para um só e assim conquistar cada leitor pela exclusividade, mas as mentiras me incomodam e, como sabemos, têm pernas curtas. Por isso, também busco torná-lo compreensível, não sei bem se por amor à comunicação, à explicação pura ou se pela mera vontade de ver algo de minha mãe ainda vivo. Ou se o produzo simplesmente para me livrar destas ideias estranhas. O fato de que este seja o livro de minha mãe e o único em sua espécie, também me livra de uma porção de chateações que seriam próprias à vida de um escritor cujos livros são esperados. Eu sou inesperada. Tenho a chance de ficar desesperada, fato que evitarei por haver pouco tempo para tantas emoções. Justifico-me, porém, diante dos leitores, você mesmo meu caro, e mais alguns, dos quais não posso me esquivar, nem quero. Mas devo me ocupar com quem possa estar além de você, meu único. Sei que a poucos devo me referir além de você, se é que haverá alguém, a quem chamarei, doravante, de único. Venha Único, vou colocar-lhe um Ú maiúsculo para diferenciá-lo do todo: os demais, é provável que sejam os que se envolvem com emoções por escrito, e outros, curiosos sobre poesia, ou este tipo de prosa sem propósito que, confesso, não deve agradar a espíritos

pragmáticos como o meu. Há ainda aqueles que, sabendo que se trata de uma mãe cuja história foi recuperada pela filha pensarão em dá-lo de presente no Dia das Mães. Talvez isto salve o livro de minha mãe do desinteresse total. Nada difícil. Confesso que até mesmo eu, em dias menos alegres, também me desinteressei dele. Infelizmente não durou um único dia, pois revisei-o tanto que o que devia ser prazer em descobrir uma vida não vivida, tornou-se trabalho. A propósito, meu querido Único, permita-me explicar-me um pouco mais, perdoe-me mais uma vez, não levá-lo, somente a você, em conta, mas é que tenho esperanças no Dia das Mães, data do comércio que ajuda os escritores e à qual devo pegar carona. No meu caso, penso na ajuda lateral que se dá a uma prima pobre, a transcritora, que não deixa suas ambições de lado. Ambição de hiena. Não. É brincadeira. Vamos esperar aqueles que virão comprar o livro para o Dia das Mães. Temo não poder livrá-los do engano, apenas dizendo que não façam isso, aqui não encontrarão emoções e flores, talvez haja mais crime e castigo do que solidão e saudade, talvez menos perfume e mais veneno do que Romeu e Julieta pudessem ingerir, talvez, por fim, o livro de minha mãe seja uma adaga infanticida. Eu preferiria ler um tratado sobre venenos do que uma história de amor, devo dizer. Preferiria mil vezes um conto de terror do que uma história com fios de mel a transbordar pelos pontos finais. No entanto, nem tudo está acabado. A mãe e a filha aqui não fazem mais do que a forma e o conteúdo. Sendo que a forma cuida de repetir, pela transcrição, o conteúdo. É um fato que a relação que pode existir se faz aqui e o livro está no lugar do elo que jamais existiu entre mim e a pobre louca que gastou sua vida gravando fitas em tempos de precária tecnologia. O livro não podia ser diferente como logo me explicarei. Afinal, 58 parágrafos depois, não fiz outra coisa. Mas ainda não fiz o que é preciso fazer.

59. Apesar da minha própria rejeição à forma literária (como senti falta das minhas matemáticas, mas como a esqueço rapidamente) que pude dar ao que tive em mãos, fui obrigada a respeitar o material deixado por minha mãe. Mesmo que eu me esforçasse por transcrevê-lo num espírito mais econômico, como me agradaria, eu não podia transformar pedra em algodão. Não pude e não posso fazer nada. Ninguém poderia fazer diferente se quisesse manter o espírito do material. Se eu fosse escritora faria diferente. Escreveria com a intenção de que meus livros se tornassem best-sellers, o que me daria a chance de muito lucro, coisa que sempre me agradou, ou escreveria autoajuda, gênero com o qual simpatizo, por combinar bem mais com meu espírito pragmático. Tenho amor verdadeiro por obviedades como se pode ver nas várias linhas que aqui disponho. Amar o óbvio é como amar a vida e o destino. Essa frase bem colocada em um livro apropriado e bem ornado com uma tarja vermelha dizendo "o passo definitivo para o autoconhecimento" seria "o sucesso". Ó meu best-seller. Como sonho com ele, sinto vontade de suspirar. Quanta filosofia, quanta conversa barata a render o que importa, dinheiro que rende ilusão, ilusão que frutifica em mais dinheiro, dinheiro para fazer mais livros, mais livros para mais ilusões. Ó, ó, ó. Acho melhor parar por aqui antes que ofenda alguém e também porque estou gastando meu espaço ao contar este ponto.

Meu Único, você sabe a esta altura que não estou sendo irônica. Rio profundamente, mas sem ironia. Penso apenas se você entenderá o que eu digo, sem dever me importar com a tristeza que advém de todo entendimento. No meu caso, saber da herança, compreendê-la. Ó crueldade, como sofro, é o que você deve estar dizendo aos seus próprios botões ao ler este livro. Deixe para lá e sigamos em frente, pois há muitas tarefas que concluir. A tarefa da leitura é a sua, você está perdido, talvez mais que eu. Sigamos com as tarefas. Elas me empolgam como uma tarde de quarta-feira sentada em um banco de praça em plena pesquisa antropológica contando o número de pombos em busca de migalhas. Voltemos à questão importantíssima da autoajuda e outras adjacentes. Até agora não entendi tudo o que li daqueles que são os donos do que chamam literatura, por que o gênero da autoajuda é abominado. Simplesmente não falam dele. Não há análise literária sobre a autoajuda. Ora, como se pode perder de vista um gênero tão magnífico, sem o qual metade da humanidade já se teria suicidado? São escritos como quaisquer outros, não vejo por que lhes trata mal a crítica. E se não são literatura, são leitura possível, talvez a única leitura possível para quem, como eu, cansada após meses de leitura de Tolstóis e Turguenievs, Gombrovics e Machados, Benjamins e Whitmans prefere analisar seus dejetos sob uma lupa que mostra, no cerne, a mesma matéria de que tudo o que é escrito é feito. Desculpe-me, sinceramente, se causo nojo com minha comparação, é que creio que tudo veio do pó, ao pó retorna e que a transformação da matéria não deixa de passar pela abjeção. Não há nada mais parecido com um ser humano do que um livro. Me fiz compreender? Espero que sim, pois não tenho coragem de ser mais explícita, vou confiar naquela ideia de que "ao bom leitor, meia palavra basta". A covardia literária faz adeptos.

60. Crescemos e aparecemos, menos eu, é claro. Dou-lhe uma chance, quanto à meia palavra necessária, já que até aqui atulhei seus olhos de palavras duplas, quando deveria ter usado só de meias. Aproveito para perguntar de que serve este mundo de coisas escritas? Não se deve a qualquer custo apoiar a liberdade de quem escreve? Ora, as coisas escritas não podem ser apoios psicológicos, como um cego pode precisar de uma tapa olho, um aleijado de uma muleta? Por que tudo tem de ser direto, e assim tido como verdadeiro, como a visão do buraco do olho do cego? O coto do aleijado precisaria ser visto? Por que não podemos usar próteses? Para quê ver o abismo carnoso do oco? Por que não usar um olho de vidro e evitar que as crianças e as mentes infantis em geral se choquem com a imagem repugnante? Já os usamos e isto faz o império do óbvio, que cabe analisar. Por que a verdade? Para que tanta verdade? Ao que ela serve? Quem a inventa? Ou é descoberta? Perguntas e mais perguntas para nossa coleção de sapatos. De que servem as perguntas? Deixe-me continuar agora que me empolguei. Por que não se pode escrever apenas para ganhar dinheiro? Por que não se pode buscar o falso conhecimento? Quem definiu que existe conhecimento verdadeiro? Haverá um sentido capaz de justificar tudo o que vemos e que ligue a ignorância com o que não vemos? Quem define que um poder é bom e o outro é mau? Ainda mais pelos críticos

que não escrevem nada melhor do que se vê naquilo que criticam. Qual seria a diferença entre a autoajuda e a autocompreensão, ou autoleitura? Não incluirei, nem poderia fazê-lo, junto aos críticos, os escritores cuja ingenuidade é tão comovente quanto a vaidade de que tantas vezes padecem. Na verdade, não sei quem são os críticos, falo deles por alusão ao que li, nunca conversei com um, não sei se estão escondidos, ou se fingem que são pessoas diferentes, se eles de fato existem ou se são mais um elemento teórico-literário criado pela imaginação de escritores e leitores que, deste modo, manifestam seu descontentamento mútuo, ou o sempre maior ódio dos últimos pelos primeiros, ou será dos primeiros pelos últimos, e a vida que levam trancados em casa, envoltos com o mundo fora do mundo, com sonhos, idílios, enlevados com o paraíso perdido das letras, das ideias, e os abismos entre o real e o imaginário, enquanto os demais, pobres coitados, esperam sua parte, o mero livro, pérola da ostra que foi dispensada de trabalhar, sobra de uma rica refeição, o processo, da qual não se fez parte. De novo, veja, andamos e andamos e voltamos para onde, para onde? Ao desejo. Perdoe-me, mas não posso desistir. Ao lê-los nestes tempos sei que estou sendo parcial, que corro o risco de chafurdar no preconceito como um animal irracional, coisa de quem, mesmo sem querer, passa a ser crítico. Tampouco sei quem são os escritores. Mas sobre a vida que assim se leva posso conjeturar um pouco mais. A vida de muitos dos escritores, sobretudo, dos românticos — não os que escrevem sobre o amor, me compreendam — mas daqueles que creem no que ninguém mais crê, a mística da escrita, é plena de dores, desgraças, e até trabalho vil para sustentar a arte. Li no suplemento literário do jornal de domingo que um deles trabalhava como vigia para poder dedicar-se à literatura, o outro se prostituía. Sabe-se lá se não era um disfarce para acobertar o próprio gozo na miséria, penso eu, como alternativa. Penso porque me vêm estas perversões à mente, não que eu creia nisto. Não há nada que combine mais com a literatura do que perversões mentais. O rol não tem fim, desde aquela poeta que escrevia para não cortar os pulsos, àquela romancista que escrevia porque já os tinha cortado. Quanta tristeza, nada de sucesso, dinheiro, nem ao menos, aquela atmosfera de lua, com luminosidade cinzenta mesmo durante o dia, que supõem os que leem, ou qualquer um que fantasie sobre a vida que levam os escritores que, na ausência das luas, devem viver entre fumaça de cigarro e café frio. Tudo por causa da crença, quase uma religião, de que há um paraíso perdido para escritores, sempre fomentada por leitores. A lenda de que a felicidade está na escrita. Deve ter sido com este mito que foram convencidos de que são sacerdotes de alguma causa, de que cada letra posta numa frase seria como um passo na eternidade. Eternidade, não sabem eles, é coisa de estantes. E a literatura não passa de reedições mais ou menos bem feitas do Gênese. Uma grande obra literária que, por falta de conhecimento técnico dos leitores, passa por qualquer coisa de real. Literatura me parece combinar mais com arte culinária. Tal analogia é a única chance que temos de entendê-la: podemos sempre comer batatas no lugar das maçãs, feijão no lugar do peru. Talvez não exista o gosto e a comida seja fast food, apenas para encher o estômago. Quem começa a sentir muito o gosto dos temperos é capaz de cansar deles. Melhor é se contentar com um bom hambúrguer, bem frito em óleo rançoso, mas de gosto exato, e ter a certeza de que não passará fome onde estiver. Talvez se evite o gosto, por impaciência com a carne, por deveres vegetarianos, excesso de colesterol. A parcimônia em literatura como um regime de fome e os escritores anoréxicos como poetas sem musa. No fundo é sempre o mesmo motivo que anima os que escrevem livros e que os engana por completo, por precisarem do espírito mais do que do corpo, sendo que o livro é sempre um corpo e o leitor ou o come frio ou o come cru. Mas deixemos destas metáforas. Não estou aqui para falar o que penso, mas para explicar porque transcrevi as fitas que encontrei no armário de minha mãe.

61. Começo a contar pelo que passei e ideias me vêm à mente atrapalhando a narrativa direta que pretendo para justificar o trabalho que tive. Como dito parágrafos atrás, percebi que eu tinha em mãos um romance, gênero que depende da liberdade de quem escreve. Como não há quem o tenha escrito, apenas transcrito, resta apenas outra modalidade de liberdade que, ainda assim, não resiste à sua própria definição. Podemos dizer que a liberdade de transcrevê-lo inexiste diante da liberdade de quem o disse ou, no máximo, pode ser repartida em duas. Aquela de quem o pôs, como um ovo, e aquela de quem colhendo o ovo, poderá quebrá-lo ou, ainda que sem motivo, jogá-lo fora sem tê-lo aberto. Aquele que propriamente pôs o ovo, não poderia, a rigor, deixar de fazê-lo. Não se pode voltar atrás no ovo a ser posto, pelo menos é o que sabemos até hoje sobre galinhas e outras aves poe-

deiras. Dar-lhe um destino é algo que se pode fazer com ele apenas após a postura. Se o ovo for podre a liberdade não interessará mais, pois também não haverá o que fazer com o ovo a não ser jogá-lo fora. Claro que um animal faminto poderia sempre comê-lo. Mas isto não seria a regra, pelo menos quando se pensa em seres humanos e sua relação com ovos podres. A diferença entre animais em geral e animais humanos, é que estes últimos inventaram o nojo. Não quero chocar ninguém, nem mesmo os que gostam daquela escritora que escrevia sobre ovos, usando tal exemplo para explicar o que aconteceu com este livro, mas creio que é necessário segui-lo até o fim sem que por isso cheguemos à omelete. Vejamos. Se o ovo for bom e se decidir jogá-lo fora a ação será uma inconsequência. Se for bom e decidir-se por comê-lo ou deixá-lo transformar-se em galinha, não se estará fazendo mais do que obedecer à lógica e ao bom senso. Portanto, falar de liberdade é inútil. Inexistindo liberdade, já que tudo é necessidade, deveria desaparecer a responsabilidade. Afinal, o que eu teria a ver com o ovo? E com o livro? A analogia é evidente. E é assim que posso dizer que, assim como a galinha não põe o ovo, pois não depende de sua liberdade, minha mãe não escreveu o livro. Assim como a galinha é compelida a produzir um ovo, minha mãe produziu um material que levou a um texto. Tanto o ovo, quanto o texto foram recolhidos. Do mesmo modo, o fato de que a galinha, num certo sentido, não tenha posto o ovo, embora ele exista a partir dela, e nem minha mãe, nem eu, tenha escrito o livro, embora ele exista a partir do que ela fez e do que mesma fiz, coloca a pertinência desta analogia. É claro que, a conclusão inevitável é que estamos diante de um ovo que sendo posto não o foi, e de um livro que, a rigor, não foi escrito. Com ou sem analogia, escrito ou não como um ovo posto e não posto, a responsabilidade sobre o livro não escrito, embora surgido, permanece. Responsabilidade que, infelizmente, não se pode dividir com quem já morreu. Ela me cabe inteira e atrapalha a liberdade que poderia me tornar hoje uma escritora rendendo-me um outro ofício e, nesse caso, uma real liberdade, ainda que eu sempre fosse desconfiar dela, tê-la pela metade, pois que me tornaria, até certo ponto, presa ao meu ofício. Estar preso ao ofício de escritor me soa como viver dentro de um forno à lenha acionado por forças estranhas ao que se passa em seu interior, ou como um caçador de baleia solto no mar por anos sem nunca encontrar a sua caça. Angústia sem fim. Contento-me com a transcrição e o descompromisso de fundo que ela carrega. Deixemos a analogia com a galinha de lado agora que chegamos ao forno e ao mamífero nadador dos mares, mesmo que a ideia de uma prisão à profissão combine tanto com o pequeno animal de asas impotentes.

62. Não posso dividir com minha mãe a decisão de transformar suas fitas em livro, é essa a única parte que me cabe do que foi posto em linhas na linguagem codificada da escrita. Ainda que o livro não seja meu, o fato nada simples de que eu seja por ele a responsável, faz dele um pouco meu. Há uma diferença entre propriedade e posse que poderíamos recuperar aqui, mas não nos levaria muito longe, posto que de direito sou sua proprietária, já que o que era de minha mãe me pertence agora. E de fato, tenho sua posse. O fato de que seja fruto de uma herança

torna-o duplamente meu, sem jamais ter sido. Volto assim à estaca zero. Por ser duplamente meu ainda que não seja meu, talvez eu devesse desistir dele para escapar a este imbróglio. Escapar também de pagar a dívida deixada por minha mãe e que envolve estas páginas infelizes. Melhor esquecer minha liberdade, ilusão das que mais criam confusão, e enfrentar o elemento intuitivo que me trouxe até aqui e que, com dívida ou sem ela, define a obrigação de levar o livro a seu termo. Um estranho dever de insistência para com a história que superou o desprezo pela escrita, pela poesia, pela gramática das quais nunca cheguei tão perto, mesmo quando vivia no colégio interno e tanto menos na faculdade de matemática, e que só conheci precariamente, ainda que tenha me esforçado, durante estes 9 meses. Eu tinha uma história que, na sua forma de coisa dita, se impunha sem chance de fuga ao imperativo da atenção que ela exigia. A história não escrita exigia corpo, o de um livro que agregasse as diversas camadas da textualidade, então sonora e dita de tantos modos aos quais só me restava ficar atenta. A voz, com todo o seu poder de impacto, não era suficiente para explicar-se, nem para guardar o conteúdo do que era dito. A vida curta das fitas era a própria morte, uma morte sobre a morte, morte absoluta que, por mais que eu mesma considere estranho que a matéria morta das coisas não deveria atingir aqueles que pensam o mundo numericamente, me apavorava. Só a folha de papel e a organização das letras é que poderiam superar pelo desvio a atenção que este tipo de ideia exigia. Era preciso transcrevê-las para estender o tempo de vida do que ali foi dito, ainda que a voz, que era o mais precioso, estivesse, com o tempo, fadada a se apagar. Só a escrita, por renovar-se como corpo, por ser materialidade mais densa, é registro confiável. Somente ela pode superar a morte das coisas, ainda que seja a contradição do fantasma, o morto-vivo, que se estende pelo infinito esperando ser maior que toda morte e, na contradição, permanecendo igual a ela. Assim como eu esperava superar a morte, sim, era eu quem esperava isso, minha mãe não estava aqui para esperar nada, o que esperou um dia, o que desejaria não passava de ditado perdido na desenvoltura das fitas, era eu que esperava contê-la pelas páginas, que já a via contida pelas fitas, a morte era o maior de tudo, o que estava guardado nas páginas que viriam das ditas, que guardavam dias passados no que para mim era uma vida no escuro. O livro vinha deste escuro, era revelação escura do escuro, opacidade brilhante, o livro vinha das vozes, as vozes dentro da casa, eu era uma sobra que de dentro do escuro da casa ameaçava irromper, não, não era eu, era minha mãe, a casa era o mero lugar onde eu faria o livro, nada demais, apenas a miséria do tempo posto em paredes, eu era uma sobra do estranho casamento entre o pequeno códice, um futuro, não um presente, e as vastas paredes presentes demais. A história de minha mãe, feita livro, por fim, para resumir antes que esta conversa sentimentalize a leitura, era ela que me possuía.

63. Eu tinha em mãos um romance, e não o tinha. Invertida a perspectiva, era ele que me tinha. O que é mais verdadeiro de dizer já que eu não poderia fazer mais nada além de agir em direção a ele e o que me leva diretamente à maldita dialética: quando penso que vou ganhar o jogo, já

perdi, quando penso que vou dominar a situação já fui dominada, quando penso que sou a senhora, transformo-me na escrava. O livro organizava-me não me permitindo fazer mais nada. Não restou uma vida paralela que narrar, seus dramas e tragédias. Não tenho nenhum conflito externo a contar. Tenho o trabalho com o livro e o que nele descobri. Eu precisava de capítulos, o que me era imediatamente fornecido pelo número das 9 fitas. Nem dias, nem noites, nenhum diário onde narrar o que se passava externamente a ele, como se além deste trabalho se esperasse que eu tivesse uma vida real. Tive que deixar de lado minha vida real para dedicar-me ao trabalho alucinante que, para quem não ouviu as fitas, não deve parecer nada demais. Se só há isto a fazer, o que mais pode atrapalhar? Ainda mais quando as 9 estão ali à espera da decupagem? Disposta a organizá-lo eu precisava saber como faria do ponto de vista técnico. O que chamo organização era resultado da tecnologia utilizada por minha mãe, chamar de tecnologia aquela confusão de fitas parece exagero diante do que se tem hoje. É como falar de slides quando já se inventou a computação gráfica. As velhas fitas eram guardadas há muito tempo. Não há como saber como ela as conseguiu, nem em que tempo as usou. Nenhuma nota ou documento. O uso e reuso das mesmas faz pensar que ela não se preocupasse em saber quantas eram, se 9 ou 15, 4 ou 10, como uma mãe que ao gerar o filho não sabe que combinações cromossômicas irão produzir cabelos lisos, olhos castanhos ou a tendência à obesidade. Teria ouvido o que gravara? O resultado das gravações poderia tê-la feito guardar as 9 fitas tão arrumadinhas, como as encontrei, apesar das duas soltas e emaranhadas dentro da caixa. É improvável que houvesse lógica. O acaso ao qual tive acesso foi meu próspero parceiro. Não posso imaginar que ela alguma vez tivesse a intenção de fazer disso um livro, teria dito algo relacionado à possibilidade de se ver publicada em algum momento, pensaria ela mesma em escrever? Jamais deve ter ouvido o todo das fitas e percebido qualquer lógica entre elas. Teria agido com mais lógica se percebesse a lógica e, com disciplina e rigor necessários a quem quer, a sério, escrever, teria deixado um plano possível de edição. Quem sabe, uma narrativa mais organizada do que os pequenos arroubos de enredos que encontrei. Alguma dica sobre o que fazer com os fragmentos que, muitas vezes, chegam a parecer pequenos contos. Não fantásticos, nem surreais, mais dadaístas, algo sem pé nem cabeça como cabe a um ser cujo único objetivo é repetir-se, dizer, dizer por que é preciso dizer, não porque haja algo a dizer. Se dissesse algo que alguém hoje pudesse usar, eu ou qualquer um, teríamos uma pista. Pista de quê? Para chegar aonde? Por estas e por outras é que suspeito que não agisse com base em nenhuma razão conhecida, o que não torna inviável que a busquemos na interioridade da própria coisa gravada. Se agisse em sã consciência, não teria produzido o palimpsesto que produziu, assim como, se pudessem voltar atrás, certas mães não escolheriam os filhos que tiveram.

64. Não devemos confundir mães com autores, mesmo que se pareçam muito com elas nos seus propósitos de cuidar dos seus frutos, caso em que mães e autores estariam mais ligados entre si pela natureza de árvore, do que pela abs-

trata ideia da criação. Em tempos de desmatamento é de temer pelo futuro das árvores, dos autores e das mães. A questão ínsita a uma tal relação, infelizmente, não acaba por aí. As mães dos autores estariam duplamente implicadas na questão, por serem autoras de autores, mães de mães, em resumo, avós de livros, tal a relação inevitável que teriam com as coisas que seus filhos fazem ou que deles derivam, mesmo quando não sabem o que fazem. Do outro lado, os frutos, ou filhos reais dos autores, estariam confusos com os livros como se fossem seus irmãos, ou, eles mesmos, lançados na melancolia de parecer com mero fólio, uma separata, um opúsculo muitas vezes preterido em nome de outro catatau feito de papel, em vez de sangue, carne, ossos e consciência. Este último item causa-me confusão mental, em se tratando da consciência dos filhos, melhor esquecer. Para que colocar o tudo-saber no projeto dos filhos? Dos três primeiros itens, é claro, sabemos como certos e necessários, são a matéria que perfaz a pessoa. Sangue, carne e ossos são modos mais poéticos de dizer cabeça, tronco e membros. Estruturas que têm relação entre si mesmo que indireta. O item consciência foi acrescido apenas por que essa palavra me persegue há anos, inclusive em sonhos. Não contarei nenhum exemplo do universo onírico, porque não quero dar a este prólogo o ar surreal que tanto facilita a perda do sentido das coisas e engana pelo tom poético. Quando me preparava para o trabalho da decupagem confundia poesia e caos e somente após muito ler e ouvir e reler e reouvir é que cheguei a uma conclusão que, posso afirmar sem medo, é terrível: poesia é mesmo o caos. Paro por aqui antes que a confusão aumente e eu não possa mais evitar a própria autointerpretação, venho falando demais de mim mesma, afinal este é o propósito, mas ele só seria bom se eu pudesse corrompê-lo de dentro falando das coisas ao meu redor. Não faltará quem me acuse de egocentrismo. A esta altura, receio que essa explicação não soe como o que era projetada ao início e haja mais devaneio onde deveria haver apenas o desfile do pensamento capaz de desatar o nó no enredamento do completo circuito niilista. Somente aqui ponto é que passo a perceber o teor das frases absurdas, coisas paridas por ela como eu fui um dia. Reconheço as frases absurdas como o que há de mais interessante para avaliar ainda que me incomodem. Eu e as frases, uma irmandade. Eu, irmã das frases absurdas. Não pense mal de mim por que me demoro com as explicações ou porque me deito no caos e repouso como um gato sobre o telhado, uma rã na parede, um jacaré ao sol, uma estátua de bronze na praça, uma pedra entre a areia, um tijolo preso à construção. Demoro a compreender a intensa novidade para uma cabeça acostumada a números. Ainda mais que me vejo aqui colecionada entre fitas, uma espécie de peça que sobrou na montagem geral. Chave que deve abrir um baú cuja fechadura não lhe corresponde. A mim me cabe apenas a analogia com o todo dos pertences de minha mãe. Tão poucos que posso enumerá-los e, mesmo que conte as paredes da casa, não chegarei a cem coisas. Dentre os pertences, o livro não escrito, por escrever. Uma estranha modalidade de irmão que, como eu, foi parido sem querer, e sobre o qual ela não pôde se responsabilizar. Sou, como ele, parte do palimpsesto que resulta do todo e que, tanto ele quanto eu, não é problema dela que já está morta. Eu, tanto quanto este amontoado de frases, não fui problema seu. Ironia ou paradoxo do destino — interprete a herança entre estas duas alternativas — tudo agora é problema meu. Como eu mesma sou, e sempre fui, problema meu. A diferença de ser mãe e de ser filho é esta: meu livro é problema meu, eu sou problema meu. Se eu tivesse mãe eu seria problema dela. No entanto, tenho a herança e novos problemas meus que eram seus. Algo se inverteu. Receber uma herança de sua mãe, quando ela morre é, simplesmente, não ter mais quem se responsabilize pelo que se é. E ter de responsabilizar-se pelo que, não sendo seu, de repente se torna. Deixa-se de ser filha, no meu caso, sem nunca ter tido mãe. Mãe? Não alguém que se responsabilize por sua vida, mas alguém que se responsabiliza pelas coisas em geral. Nesta hora penso em algo muito longe de tudo o que conheci. Sei que você, meu Único, me entenderá, se ainda estiver aí. Não seja um filho desnaturado e me acompanhe. A herança significa aceitar inclusive aquilo que não lhe cabe, aquilo de si mesmo que não se pediu para ter, inclusive o excesso de si. O gene da depressão, do alcoolismo, ou da obesidade, o nariz adunco ou o excesso de pelos, a mania de chorar, a hérnia de disco, a propensão ao câncer, a pressão alta e outros males. Também o livro, que tantos se esforçarão por criticar, também ele, tem seus males, também ele, se pudesse, pediria mais inteligência, menos frases, mais solução, o destino dos gênios ou dos ricos. Pediria um escritor mais animado e menos ocupado com o estilo. Até porque o estilo é o que há de falso. Como é falso que um filho seja igual à mãe. Pergunta-me: por que não falo de pais?

Porque pais não existem. Claro que existem, mas gosto desta frase colocada aqui, frase que não me saiu da cabeça durante todo o tempo em que ouvi as fitas. Frase minha, não de minha mãe. Frase que sobra como eu sobro na paisagem dos pertences. O abandonado é sempre não pertencente e, ao mesmo tempo, aprisionado. Fico com a frase abandonada aos meus devaneios. A parte de que mais gosto deste mundo de letras. Uma tagarelice no lugar certo, a certeza do próprio gozo pessoal e intransferível, é o que há de divertido. Eu que não fui nem abandonada, nem gênio, nem rica, busco as minhas analogias. São elas que providenciam os meus modestos lucros. Não tão modestos, espero. Devo parar de uma vez antes de cair no círculo vicioso. Se não desisto desta analogia com os livros, logo estarei a dar razão à natureza de livro do homem e não à possibilidade de humanidade do livro. Um livro é uma coisa, tão somente. O que mais há de ser? Melhor parar, pois este prólogo deve resistir a toda metafísica, como a pedra resiste ao fogo, e a razão à loucura.

65. Se não tive maior desconforto com o número de capítulos, não devia me dar por contente sem antes resolver uma questão não maior, mas igualmente séria. Não podia batizar o que eu tinha em mãos de "fitas gravadas", nem de "K7" como queria aquele tal Domingos quando se esforçava por me vender a máquina, nem de "decupagem literária", ou "memórias transcritas de minha mãe", como chegou a sugerir entre os subtítulos que me daria de graça. Só poderiam ser ruins. Ao procurar o título usei diversas técnicas baseadas em experimentos anteriores. Li, não sei onde, que autores são aqueles que batizam os

livros, mesmo que não os escrevam, e, pior ainda, os que se dizem autores porque põem seu nome sobre o título e o trabalho de outro, sem nem batizá-los senão a si mesmo como autor, o que para uns é título honorífico. A vilania do mundo não tem fim. A primeira tentativa foi a pior delas: a mais inútil, coisa de quem não tem experiência. Ela consiste em pensar muito num bom título: como, por exemplo, "Tempo de despertar", "A descoberta", "A casa perdida", "Memórias, sonhos, devaneios", "O passado". A segunda tentativa foi igualmente inútil: abri livros ao acaso, os que comprei para ambientar-me com as coisas escritas, e capturei trechos, palavras ou expressões que serviriam como títulos do livro. Do *Guia de Francês para Viagens* que comprei por engano, achei a expressão "tomates farcies", ou seja, "tomates recheados", pensei, poderia construir a história de minha mãe acrescentando este fio delicado e doméstico e assim garantir o enredo, coisa de que desisti imediatamente não porque tenha amor ao verdadeiro, mas porque não gosto de tomates e se minha mãe os tivesse um dia recheado para mim eu sequer provaria. Resolvi ficar longe dos livros de culinária, na casa de minha mãe havia vários livros de receitas, embora apenas duas panelas, o que me faz pensar que não cozinhasse, quem sabe gostasse de ler receitas, ou colecionasse livros que não lia. Passei a outro tema, antes que os alimentos me exigissem uma longa parada e reflexões bulímicas. Assim é que de um livro sobre *The Art of the Renaissance* retirei a expressão "restored" que se traduz, obviamente, por "restaurado". De certo modo eu restaurava minha mãe ao transcrever sua voz, me parecia excessivo chamar de "A restauração" dando maior valor ao meu gesto do que ao que ela mesma vivia. Segui com minha lacuna. Ao abrir *A Gaia Ciência* de Nietzsche meus olhos foram dar diretamente sobre a expressão "Nunca ninguém". Pensei em associar nunca e ninguém por meio de um /. Não me pareceu a melhor saída, ainda que tivesse grande relação com o teor da vida de minha mãe, do que poderia ter existido entre eu e ela. Era hermético e eu odeio tudo o que é hermético. Não que seja um ódio verdadeiro, é, para variar, apenas a força da expressão que, violenta, significa algo mais que palavras. Por acreditar que há mais do que palavras é que voltei ao meu velho e preferido tema, caído sob a poeira dos meus dias mais felizes, quando eu ainda podia me dedicar aos números. Abri uma velha *História da Matemática* que carrego comigo e encontrei um armazém de possibilidades: *tratado de dinâmica, polígono de n pontos, paralelogramo, hipotenusa primitiva, quadratum et cubum, trigonometria da vida, álgebra da existência, tangentes e curvas, diferenciação, uma questão de probabilidade*. Todos me soavam como nomes ótimos para um livro, motivo que me fez desistir pesarosamente ao me dar conta que a matemática, mais que a filosofia, é uma ciência abandonada, que o livro seria jogado na estante dos números e que quem entende de números não se interessaria por ele ao ver que, embora se trate de números em muitos sentidos, seu tema principal não é o cálculo. Mesmo que a linha e o ponto sejam essenciais às narrativas, mesmo que cada palavra deva ser somada e medida, e que todo livro tenha o seu algoritmo, ninguém que goste de literatura ou matemática me perdoaria por não ter construído o livro segundo a demonstração da sequência de Fibonacci, ou de outro cânone qualquer. Aqui, realmente, perdi uma preciosa chance metodológica. Perguntei-me, antes, se valeria a pena simplesmente aplicar uma figura geométrica ou uma equação ao conteúdo das fitas quando, muito mais, me parecia que eu deveria descobrir a lógica interna dos sons. Para facilitar meu trabalho e não deixar a criança sem nome, segui uma nova alternativa, copiar títulos de outros, parafrasear. Assim como o livro do diário de Louise Bourgeois se chama *Destruição do pai, reconstrução do pai,* o meu poderia ser chamado *Destruição da mãe, reconstrução da mãe*. Poderia também usar *O inconsciente acústico* numa alusão a *The Optical Unconscious* de uma tal Rosalind Krauss, ou *A louca e outras histórias* seguindo *O diabo e outras histórias* de Tolstói. Mas nenhum destes títulos dava a dimensão exata do que eu estava fazendo. Temi pelos direitos autorais, pois se trataria de um plágio evidente, e desisti em tempo. Além de tudo, enquanto a Bourgeois conhecia o próprio pai, eu não conhecia minha mãe. Apesar de tudo a ideia não me saia da cabeça. Abri por acaso um certo *Filosofia em Comum* que encontrei perdido sobre um banco de praça o que me inspirou o título Vozes *incomuns*, nome que me fez cair na gargalhada tal o teor cafona da expressão. Temi pela interferência do velho anão de olhos vidrados nos meus procedimentos, afinal, àquela altura, já não sabia dizer a que mundo ele pertencia, se o dos vivos, se o dos mortos, se o intervalo entre um e outro. Segui com a convicção de que devia continuar ouvindo o texto, antes de pensar no título. A ideia de um livro sem título me soa como a de uma criança sem nome, ou aquelas obras de arte contemporâneas que se situam melhor em suspenso, que ganham significado na imprecisão. Não era o caso do livro de minha mãe, matéria totalmente específica apesar de caótica. Eu precisava continuar ouvindo. Quem sabe teria a sorte de retirar dele seu próprio título para garantir que a autoria seria de minha mãe. Se eu o nomeasse eu seria sua autora, e isto eu deveria evitar por respeito à verdade. Do mesmo modo deve agir o leitor procurando no texto aquilo que se dirige a ele, pois se a escritura pertence ao autor — neste caso de um livro que não foi escrito, compreenderei que será difícil entender-me e realizar a reciprocidade desejável entre autor e leitor —, a leitura pertence ao leitor. É, também ela, uma herança. Algo, portanto, que cria uma dívida.

66. A frase "isto é um manto, omanto", aparecia ao longo das locuções oferecendo-se como resposta à indagação que, como uma torneira mal-fechada, escorria a enervar a percepção quanto à natureza do que era ouvido. Se foi esta voz, a voz de minha mãe gravada em tape-deck, que reuni em formato de livro, também devia descobrir se ela mesma, na pluralidade que ameaçava de incompreensão a cada minuto — lembre-se, eu não era a leitora, apenas a ouvinte —, não teria a resposta, ainda que oculta, da qual eu poderia, pelo avesso, por ouvir o dito, mostrar a evidência. Ouvir não era mais que deixar evidente o não evidente. Era, nesse caso, trazer à luz. Curioso hoje, trazer à luz a voz daquela que, um dia, do mesmo modo que eu hoje obrigatoriamente o faço, um dia, necessariamente, me deu à luz. O que perturba é a desproporção. E sobre esta não devo mesmo me pronunciar. Que se chame "O manto" não foi, portanto, minha decisão, antes um fato a que prestei atenção. É um fato. Mais do que uma metáfo-

ra facilitadora, e que não posso deixar de lado na construção da forma atual deste material, é o fato do texto que, embora sem muita explicação, se oferece como forma a agregar conteúdo, como sua materialidade mais tênue, e, não por isso, menos sólida. Meu objetivo, claro e inevitável, foi "des-densificar" as palavras de minha mãe, já que pôr ordem na loucura não poderia resultar em outra coisa.

67. Resolvido o problema do título, e não tendo o problema dos capítulos, posto a existência das 9 fitas que insistentemente ouvi e transcrevi numa sequência nada difícil de imaginar — bastou copiá-las —, restava ainda outra questão. A ordem das fitas era determinante para a lógica da história. Eu precisava a qualquer custo preservar além da voz, a história como um roteiro. Até porque, até onde eu entendia, todo livro deve ser uma história, toda história deve ser um roteiro, todo roteiro prevê momentos incríveis de revelações que, prendendo o leitor, fazem com que ele chegue ao fim. Isto era o que eu entendia ao pensar no mínimo sucesso do livro. Que ele fosse por tudo isso um livro e não um amontoado de ideias, anotações ou fragmentos colhidos ao acaso como ovos num ninho, ou gravetos para o fogo na clareira onde se acampa ao se estar perdido na floresta. Uso a metáfora como poderia usar a da ilha desconhecida que já usei parágrafos atrás, se não me engano, nos de número 43 e 51. Gostaria de parar aqui, deitar na rede para descansar e usar mais metáforas destas bem gastas, tropos magníficos que todos compreendem, ainda que sejam exasperantes dependendo do uso, mas tenho que economizar tempo que devora as horas, transformando-as em minutos, e os

segundos, aos centésimos que irromperão no final. Não por avareza. Quando escrevo e me vejo obrigada a remeter a outros momentos do texto penso em Machado de Assis que, quando não havia computador, tinha que confiar na própria memória e voltar atrás no texto sem o recurso do "control+L". Eu não disponho nesse momento deste recuso, mas à medida que o texto avança anoto com um lápis as ideias mais banais ou mais fascinantes — que a mim me fascinam, a quem mais deveria fascinar? A você, meu querido Único, mas tenho, apesar de tudo, minha compaixão e quero manter sua liberdade ainda que tardia. Nesse espírito, sempre em busca do livro que resultaria das vozes, preservar o que era dito se transformou no meu maior objetivo como espero ter deixado claro até aqui, eu que não tenho vontade de deixar nada no escuro como aqueles bardos antigos que descreviam escudos minuciosamente, que mapeavam dinastias completas, genealogias infinitas de antepassados reais e imaginários. No começo era preciso saber a idade das fitas, qual teria sido usada primeiro, qual seria a sequência interna segundo os critérios de uso, tema, acontecimentos, descrições de fatos, e até personagens. Eu buscava um início, um meio e um fim. Não imaginava que pudesse ser diferente. Logo perdi meu chão ao constatar com um técnico em gravações que visitei na mesma época que encontrei a trabalhar nos fundos do escritório do velho Domingos, as fitas tinham sido usadas aleatoriamente, que não era possível determinar com exatidão as mais antigas e as mais novas. O tempo estava nelas, oculto a olhos nus, visível para olhos técnicos. Era impossível recompor no tempo real do uso das fitas o tempo do pensamento de minha mãe. Não havia, a rigor, tempo do pensamento que não obedecesse à composição de estilhaços. Este era e sempre será apenas uma suposição. Tive de contentar-me apenas com o tempo da voz. Algo muito diferente, já que envolvia a capacidade de simular a cegueira. Usei um critério aproximado para localizar as fitas a partir do que me foi sugerido pelo técnico e, até agora, continuo pensando que o modo mais correto de leitura é ler do começo para o fim, na habitual sequência crescente, levando em conta que tal ordem foi o máximo que alcancei com as horas que me ocupei de ouvir e transcrever.

68. Com o propósito de não deixar nada no escuro — eis uma opção segundo os manuais que informam como se pode escrever —, mostrarei as características do referido técnico. Tratava-se de um garoto, cuja idade incompreensível, provocava a suspeita de que ele tivesse menos de quinze anos, quem sabe em torno de doze, talvez mais que dezoito, quem sabe mais de sessenta, quem sabe estivesse na casa dos trinta, ainda assim, deixando a dúvida quanto a ter menos de cinco, mais de vinte, cujas barbas ameaçavam nascer, cuja cabeça não tinha cabelos, cujos olhos lacrimejavam. Parecia uma menina cujo rosto envelhecera sem rugas, a pele rosada e imatura não dava sinais de ninguém mais velho, embora os traços não fossem de um jovem, o nariz grande e o queixo bem marcado davam-lhe um ar de anão. E não era mais que um homenzinho miúdo. Nisso se parecia com o velho Domingos. Contou-me de um cemitério de carros onde vivera como ajudante do velho, do qual só podia, naquela época ver-se a som-

bra. Perguntei-lhe de onde viera, disse-me que nascera ali, entre os ferros das máquinas enjeitadas e que não pudera trabalhar no escritório, motivo pelo qual entre as sobras mecânicas e elétricas, rádios, televisores, telefones, transistores e válvulas, aprendeu a conhecer a restauração das fitas. Parecia mais uma aparição do que pessoa humana. Carregava consigo um caderninho no qual desenhava insetos, pedras, folhas, pequenos objetos incompreensíveis que pude ver quando ele parava de andar e se dedicava a mais um desenho. Caminhava entre a ferraria e três ou quatro passos depois, sentava-se sobre uma pedra, um banco, ou o capô de um carro e desenhava algo, voltava e fazia o mesmo trajeto. Perguntei-lhe como conseguia desenhar já que era cego, detalhe que percebi apenas quando levantou os olhos à procura do som da minha voz, balançava a cabeça como fazem os cegos quando querem alguma coisa. Respondeu que era por isso mesmo que desenhava. E, pelo mesmo motivo, o ouvido lhe compensava. Ouvia tão bem que fora capaz de aprender, entre as sucatas, o funcionamento das máquinas de gravação. A cegueira, disse-me, era a sua salvação. Do contrário teria que amargar a vida dentro do escritório envolto com a própria imaginação. Não perguntei sobre a rejeição desta capacidade que tanto alegra as pessoas, tive medo de ser ofensiva. Foi então que ele me disse que não tinha pai nem mãe, que sua atividade principal era ser jardineiro, organizar a sucata, classificar as peças por tamanho e utilidade. Que trabalhava com as fitas apenas por caridade, quando pessoas como eu vinham em busca de socorro, o que era raro. Não se recebem fitas gravadas como herança todos os dias. Mesmo assim havia algumas. Ofereceu-me para ouvir a voz de uma moça árabe que vivia à procura de um espelho e que um dia fora presa na rua por não entender o que lhe diziam. Mostrou-me o funcionamento da gravação, deu-me um pedacinho de papel com anotações incompreensíveis e quando eu lhe disse que não podia entender o que estava ali escrito, levou-me até a porta e me empurrou para fora dizendo que nunca mais voltasse. Seu olhar era de profunda mágoa, como se estivesse perplexo com um insulto. Só depois percebi que a letra era minha e isso mudou completamente o meu rumo.

69. O que transcrevi é como um negativo. Pode-se, ao ler, levar em conta minha ordem, para a qual ofereço ao pé da página, a título de notas, tantas explicações quantas forem necessárias — e me desculpo por diversas vezes ter produzido uma nota maior do que aquilo que minha mãe mesma gravou. A nota deve explicar que a explicação pode ser mais complexa do que a coisa explicada, ou que, no esforço de ser simples, tudo pode se tornar tortuoso. Leia aleatoriamente e mova o palimpsesto recriando-o no espírito do que minha mãe fazia. Se ela ditava ao léu, por que não se pode ler do mesmo modo? O livro tornar-se-á, assim, um brinquedo que gira sobre si mesmo, um espelho que mostra a si mesmo, um olho que se agrada em ver o modo como forma as próprias imagens surgirem na retina. O livro, a propósito, seria dois se eu pudesse considerar que escrevi algo e não simplesmente transcrevi e expliquei para maior comodidade do leitor o que estava a passar. Mas o leitor é sábio e verá que as notas não têm outro sentido, assim como este prólogo, que meramente

explica a literatura, sendo que não há, em sentido estrito, qualquer literatura, pois falta a *litera*, a pedra, a tábua encerada, onde minha mãe um dia poderia ter escrito qualquer coisa. Restou a voz, e a voz vem gravada e não grafada mesmo quando grafada não nasceu do grafo. Está, portanto, mesmo que aquém, muito além de tudo o que podemos esperar. E isto não é nada demais nem de menos.

70. Volto à dificuldade, para quem, como você, meu Único, continuar generosamente interessado nos meus problemas. Quem hoje se dedica a entender o próximo? Eu busco entender minha mãe enquanto você tenta me entender. A vantagem é que eu ofereço mais alternativas a você do que ela ofereceu a mim. Na ausência de explicação deve-se optar pela compreensão. A obrigação de evitar interpretar o que eu ouvia, de interromper toda minha vontade de dizer de outro modo, de tornar mais fácil ou mais explícito o que era material selvagem, ameaçava me abandonar a cada segundo. É certo que o gesto que me leva a essa longa explicação por meio deste prólogo está pleno de justificativas e legitimações, é, afinal, um trabalho de interpretação. Tenho muita vontade de não escrevê-lo, mas não posso me desobrigar disso, sob pena de mentir ao leitor. Para mim, vejo-o bem mais como um relatório para explicar a origem do documento e a curiosidade da sua aparição, bem como a necessidade de transformar em livro algo que passaria muito bem mesmo que carcomido pelo tempo no magnetismo de uma fita de ferro de baixa qualidade. Livros são como a vida, passa-se muito bem sem eles, se existem, no entanto, obrigam-nos à atenção. 9 fitas não obrigariam qualquer um à aten-

ção. Sua sequência, marcada pelas figuras geométricas, que também pode ser desmanchada ao ser rodada aleatoriamente pelo leitor, permitiam dividir cada um dos capítulos em tantos subcapítulos quanto os temas e os personagens que eu encontrava ao longo da minha audição. Para não me perder, era comum que eu retornasse uma fita, ouvisse-a novamente buscando compreender o que nela se dizia e retranscrever alguns trechos. Mais seguro ainda era prestar atenção à voz. Havia tons, afetos, expressões de tensão, de mágoa, de medo, de alegria, de euforia, de raiva, de rancor, cada sentimento combinando de modo explícito com as palavras. Exigia-se de mim outra audição. Aquela que se usa para ouvir música, para escutar doentes e loucos, para receber mensagens de fantasmas, que eu nunca exercitei, aquela que deixamos de lado porque causa medo e angústia, tudo junto num coquetel de pavor psíquico. Antes desta aventura auditiva não me deparei com qualquer um destes elementos. Minha vida, direi mais adiante com algum detalhe a mais, foi das mais sóbrias, estive ocupada com meus números, juros bancários, as economias para os tempos de fome. Tudo estava apenas na voz que eu tratei de entender como um viajante que, perdido no mar aberto, só tem como prazer contemplar a água, ver para que lado se movem as ondas, esperar a vista de uma ilha distante, quem sabe antes, uma baleia. Também eu tive a minha Moby Dick. Veja que a metaforização não me abandona, nem os livros que li. O destino é como o fim do mundo sobre o qual ninguém tem qualquer poder, por isso se escreve um livro, para exterminar a chance de que se continue a viajar. Como um animal precisa de uma toca, eu também achei a minha casa. Os problemas pareciam banais após a solução do título, dos capítulos, das repartições em tantas partes quantas pudessem tornar o livro mais claro. Descobri, entre leituras e buscas — eliminei deste prólogo toda e qualquer citação, com exceção da epígrafe, para facilitar a sua vida de leitor e, assim, chamá-lo para que continue a lê-lo, além de que colocar o título dos livros que li envolveria muito mais contar minha história e não explicar a de minha mãe —, que meu método era cartesiano, que eu sempre procedia do mais simples para o mais complexo, numa pura análise das partes que eu poderia sempre dividir mais ainda até chegar a princípios. Não precisei me esforçar em encontrar princípios já que uma mera observação do material, sem preconceitos literários, já me dizia que bastava assumir o que ali estava dito. Ouvir. Este era o princípio geral e, na verdade, o único que, sendo criteriosamente seguido, me levaria a todos os lugares aos quais eu precisava chegar. Embora muitos não admirassem este método, no meu caso, nem se tratava de gostar dele ou não, me parecia a única saída para evitar o caos, mesmo devendo preservar aquele que era próprio ao temperamento do material. Que eu evitasse alterar qualquer detalhe do que era dito, não tornava nada mais fácil. Assim segui os dizeres de minha mãe sem muito incômodo com qualquer necessidade de transformação do que ouvia. O que eu deveria cuidar de levar adiante era o literal. Minha felicidade diminuiu quando percebi que ela não falava apenas de si, mas que, por meio daqueles tons e afetos, se constituíam outros narradores e que eu estava diante de uma história muito menos reta do que poderia imaginar. Meus problemas não acabariam tão cedo. Ainda estamos no parágrafo setenta. E as coisas, por mais repetitivas que possam ser, são únicas.

71. A mudança do papel do narrador, ainda que viesse pela mesma voz, não se confundia com ela. A voz era sempre a mesma do ponto de vista material e nunca a mesma do ponto de vista de quem se expressava por meio dela. Assim como a voz eram vozes, as vozes se reuniam numa só e essa era a única certeza de que minha mãe estava a narrar algo. Mudasse a voz e eu teria perdido a mínima segurança que me permite pensar na unidade do fólio que aqui propus. De fato, eu continuava com um problema teórico que interferia imediatamente no meu método, e que era ao mesmo tempo problema linguístico, não apenas acústico, nem tão somente fonético. E não deixava de ser em certos momentos em que a capacidade de ouvir se confrontava com uma incapacidade de dizer que percebi em certos momentos da gravação. A própria narradora, minha mãe, nem sempre se expressava parecendo saber o que dizia. Não sabia, provavelmente, que era a narradora de coisa alguma, mas parte da coisa dita. A possibilidade de entender o que estava sendo dito materialmente, aquela triagem entre agudos e graves que permite a alguém escutar, era contrabalançada a todo momento com o ruído que vinha das minhas intenções, dos meus preconceitos, da minha ignorância geral em matéria de literatura, psiquiatria e poesia, mas sobretudo meu completo desconhecimento sobre a vida de minha mãe. Assim como eu precisava me esforçar por ouvir e não interpretar o texto, eu precisava calar-me diante desta mulher

que, de mim a mais íntima, pois dela nasci, era também, por pouco dela ter sabido, a mais estranha. Eu que nunca soube nada sobre ela, não tive contato, jamais lembro de ter mantido uma conversa nem mesmo enquanto acompanhada de outros, fossem as freiras da escola, fosse um pai, um parente qualquer, e que há muito a tinha perdido nas partes mais isoladas da minha memória, tinha agora, nesta fase da vida, testemunho completo de sua experiência vivida. De certo modo, tinha seu corpo e sabia mais dela do que todos os médicos e psiquiatras, mais do que todos os que com ela conversaram, se é que isto foi possível considerando as trevas em que se manteve em vida. É destas trevas que as fitas dão notícia. Mas posso estar muito enganada, pois, mesmo correndo para o literal, interpretar é inescapável.

72. A voz original de minha mãe não tardou a ultrapassar sua própria condição de documento. Ela era o que surgia irrompendo no tempo como um guardado que ameaçasse com seu mofo contaminar os meus pulmões, minha pele, minhas mucosas, minhas articulações, como um vírus que vem se instaurar entre nervos, eterno, mais antigo, mais futuro que tudo o que pode viver. Era algo vivo. A ideia que me parecia estranha, como já deixei claro acima, deixou aos poucos de me assustar porque tive a sorte de descobrir a ordem simbólica das palavras como algo que, finalmente, pude chamar de literal. Não que isso levasse à literatura. Não era o que importava. Ela se expressava como ela mesma, em primeira pessoa, mas também como outras pessoas, chegando a um nós, a um tu, a um eles. Eu era parte daquelas locuções. No começo, pensei que

ela se dirigia a mim. Não tardei a cair do cavalo. Se o todo da narração era mais difícil de entender, ainda mais quando confrontado com cada uma das partes, eu, no entanto, compreendia que havia um endereçamento. Eu era a endereçada do que estava sendo posto até que chegou o momento da decepção. Perdoo-me, é claro. Entender era difícil e, do mesmo modo, transcrever tudo aquilo diante de certo grau exigido de tradução. Se transcrevi ou traduzi para uma linguagem escrita o que tinha sua verdade apenas enquanto linguagem falada não deixa de ser para mim uma questão. Busquei ser fiel e creio ser este o mérito geral que recobre o meu esforço, o meu trabalho datilográfico, minha atenção à escuta, já que não haveria sentido em escrever uma narrativa como essa caso não fosse, a seu modo, a mais clara das realidades, pelo menos do que, das fitas, é a revelação. Entre transcrição e tradução montei o cenário que é ofertado como coisa escrita a quem quiser ler. Ainda que questões linguísticas não sejam as que mais me importam, é preciso ter atenção à diferença entre forma e conteúdo. Entre como transcrevi, as escolhas que fiz, e o que transcrevi, sobre o que não tive muita escolha. Apesar do cuidado a cada frase ouvida, cujo início e fim eu precisava atentamente percorrer, temo ter perdido, com o esforço de tornar legível, muitos dos véus que compunham o texto. Falo em véus, não para me valer de uma metáfora, daquelas fáceis de encontrar nas apostilas e manuais que ensinam a escrever e que consultei até cansar, mas me parecia que, organizando cada fita nas tantas partes que me surgiam como facilitadoras, eu não apenas desdobrava, mas dobrava cada um dos panos que compunha o todo do que ouvia para melhor armazená-los. Era como se eu fosse mais lavadeira e passadeira que datilógrafa, coisa que realmente fui. Curioso seria que hoje eu voltasse, após essa passagem que tem algo de laboratório e alquimia, a colocar-lhe no armário, de onde os tirei. Coisa que uma boa arrumadeira deveria saber fazer. E que apenas prova que eu não sou uma boa arrumadeira. O destino de um livro é ser dado à leitura, do contrário está morto. Negarei, por isso, até o fim a possibilidade de dar ao livro de minha mãe a sina que ela mesma teve e que, mesmo parecendo pura morte psíquica, foi o modo que encontrou de viver a sua vida entre o armário e o que estava ali fora e, sobre o que as fitas fornecem testemunho insuficiente. Não foi, no entanto, para chegar a ela, nem para repetir sua história, seus gestos e suas crenças que me dei a tarefa de cuidar de seus temas, nos quais hoje vejo uma potência diversa do que pude imaginar sobre a vida desta mulher que enlouqueceu.

73. Para chegar à forma que aqui exponho, por mais que eu tenha cuidado em aceitar a repetição, condensei muita coisa. Muitas frases eram repetidas sistematicamente como aquela que batiza o livro. O mesmo pode-se dizer de algumas ideias, o que é bem mais difícil de tocar devido à matéria com que são feitas as ideias, considerando que as ideias são feitas de palavras tudo pode ser fácil, mas se pensarmos, numa perspectiva inversa, que palavras são feitas de ideias, as coisas não são bem assim. Afinal umas dependem das outras, mas não absolutamente. Existem palavras sem ideias como corpos sem alma e o contrário também pode ser dito. Sinalizei-as com um *

para meras repetições (ou seja, ditas apenas duas vezes), # para repetições que tendem a causar enjoo (ditas mais de dez vezes), & para repetições ocultas, ou seja, aquelas que se travestem com outras palavras. Depois, como o texto inteiro já estava por demais bordado com tais simbolizações, decidi simplesmente limpar, ação que me rende a todo momento uma certa culpa, posto que me soa como eugenia retórica, aquela mania de escolher o que ficará vivo e o que não terá sobrevivência. Por mim, deixaria toda sorte de palavras, do lixo ao luxo literalmente, coexistirem. A propósito, este último sinal, &, eu poderia usar também aqui, pois percebo que me repito. Como meu texto não tem nenhuma pretensão de valer como algo mais que um relatório (o que pode soar como enganação) o problema da repetição não tem resultados maiores. No que concerne ao texto de minha mãe as coisas não são bem assim, já que quero fazer dele um livro. Deste modo, temos mais um desenho geral do método com que compus a obra de minha mãe. Cortei o que pude direto na audição para poupar tempo e trabalho, certa de que não valeria a pena a falta de economia nesta transcrição. Ainda que devesse ser preservada a unidade textual, o modo como a unidade apareceria é que era a questão grave a ser resolvida por esta que aqui relata a impressionante aventura no reino das histórias mal-contadas. Cortei e recortei, costurei, tentando a todo custo manter a originalidade dos ditos, sua intensidade, sua ansiedade, seu ritmo e melodia tantas vezes superposta a quebras e desarmonias. Não pense que o amor à economia faz de mim uma pessoa insensível, ao contrário. Uma máquina de calcular deve ser sensível a cada operação, a cada número nela digitado. Do contrário, erra o cálculo. Errar, no caso de uma máquina é servir para nada. Do mesmo modo, o microfone do gravador deve estar ligado aos sons mais delicados ou não realiza sua função. O palimpsesto era feito de véus, voltemos à metáfora de manual, mas também de camadas densas como lajes de cimento e que, no entanto, flutuassem sobre água apesar das profundas fraturas internas. Um fenômeno mágico. O texto era atravessado por ele mesmo, como se a própria voz fosse rompida pelo silêncio e, ao mesmo tempo, por outras vozes que com ele entravam em conflito, sem nunca estabelecer entre si qualquer harmonia. Do arranjo formal que pude compor, retirando o excesso de ruído, ainda que o tenha mantido em certos trechos, e tornando compreensível o que não podia ser ouvido, pondo na ordem escrita o que era sonoridade crua, o que está em mãos é *O Manto*, com o qual minha mãe, perdida na apavorante mania que construiu passo por passo a sua vida inteira, se protegeu para escapar ao frio de sua própria aventura; aquela que cabe a cada um e para a qual é preciso ter um escudo, um elmo, uma espada como nas histórias antigas. Ou, como no seu caso, um manto. Ela o teceu, eu irei mostrá-lo.

74. As fitas foram gravadas no armário onde ela costumava se esconder. As alusões a tal ação eram claras. Mesmo assim, precisei me tornar atenta a cada detalhe do que era dito, cotejar o dito e o possível, e aceitar uma contradição interna ao todo destas fitas gravadas: o que muitas vezes parecia delírio dividia espaço com uma estranha clareza. Após ouvir e ouvir novamente, pensei, ainda que encon-

trando sua forma de livro, que este material poderia ser mais do que o testemunho de um delírio. Sou obrigada, neste ponto, a retomar mais uma vez questões que são puramente minhas, e que se tornam dela à medida que manifestam a importância sobre a chance de ouvir as fitas. Pelo teor alucinado dos trechos, também pelo que neles era uma realidade insuspeita, quase a memória refazendo-se no abismo escuro da morte eminente e que para minha mãe demorou a chegar, a dificuldade de falar pelo conteúdo sofrido da doença, ultrapassava outra dificuldade, não dela, minha e totalmente técnica, que exigia o discernimento do próprio material. Não foi fácil ouvi-las, não porque estivessem mofadas ou desgastadas. Eu encontrara as fitas numa caixa de papelão que dava sinais de que nela foram especialmente colocadas, podia, por isso, supor uma ordem, mesmo que a ser retirada do caos, como o fiz, a propósito, preservando-o. No entanto, devo contar de uma vez e antes que seja tarde, que eu simplesmente não possuía um aparelho capaz de reproduzi-las. Aparelhos que reproduzam gravações antigas já não existem facilmente no mercado. Confiei no técnico que me ensinou tudo o que eu precisava saber sobre limpeza de ferrugem, graves, agudos, bobinas e a baixíssima qualidade de fitas de ferro. Não posso dizer que estivesse ansiosa, mas a curiosidade tomou minha mente, incapacitando-me de pensar em qualquer outra coisa no fim de semana anterior à decisão que me fez chegar tão rapidamente à casa onde, a propósito, fiquei por 9 dias, ou seriam apenas 9 meses, eis um detalhe, o tempo, sobre o qual preciso prestar mais atenção. Há um outro fato decisivo e que preciso contar antes que se torne muito mais difícil explicar a totalidade dos motivos, pelo menos os que posso reconhecer em mim, para continuar com a empreitada. Eu havia sido demitida, não havia mais lugar algum para o qual voltar, o escritório estava fechado, ninguém mais queria os meus serviços atentos e prestimosos na busca dos lucros abundantes, parecia a falência do capitalismo ou algo parecido e eu, a funcionária impecável, como o sistema, estava no olho da rua. Eu não tinha casa, vivi no escritório durante todos estes anos. Todo este tempo, o escritório era só o que me interessava, nele eu vivia. Foi nele que me realizei naqueles âmbitos essenciais da vida: trabalho, moradia, teoria; foi nele que apliquei minhas teorias, foi nele que alcancei os lucros que animaram meus chefes e colegas, os mesmos que não sabiam viver sem mim e que um dia, sem explicar por quê, resolveram desaparecer com todo o dinheiro da firma. Levaram tudo o que durante anos alcancei por meio de meus cálculos financeiros para a empresa, tudo o que me esmerei por construir dentro de princípios rígidos, claros, distintos e honestos. Não me avisaram de nada. Não deixaram nenhum sinal. Da noite para o dia nosso escritório de investimentos estava falido. O banco já não pertencia ao seu dono, o governo gestava as ações e embora eu sempre tivesse preferido não, fui obrigada a ir embora do lugar onde trabalhei e vivi, sem que se possa separar uma coisa da outra. Fiquei com uma pergunta a servir de indenização, para onde vou? Sem rumo, na ausência de um lugar para ir, restou-me a herança de minha mãe, morta há quase vinte anos, era preciso abrir a casa fechada, não porque eu não tivesse coragem de enfrentar o inventário do seu único bem que, quisesse ou não, me pertencia de direito, é que, desde que me lembro, minha vida corria em paralelo, sendo aquela mulher que eu devia reconhecer como mãe, uma estranha. Meu cotidiano sempre foi excessivamente regrado e voltado à minha carreira como não podia deixar de ser para quem não tinha amparos familiares e, por isso, a ideia de abrir a casa, chamar os profissionais que recolhessem móveis ou um corretor que a vendesse, tinha certo tom surrealista. A insignificância da casa como mercadoria também não me deixava iludir-me. A minha formação e experiência com a economia nestes anos trabalhando com valores pesados em que me dediquei exclusivamente ao banco até me lançar aos cuidados deste livro, não deixou espaço para olhar para a simplicidade das coisas e, no seu fundo, a mera vida com a qual acabei me deparando de uma vez e para sempre. Toda a significação que envolvia a casa de minha mãe não configurava um interesse maior para mim; por qualquer motivo indecifrável, era incômodo entrar na casa. Uma ideia desagradável, nada mais que isso. Algo que exigia um esforço que eu não poderia atender honestamente. Eu sabia que precisaria abrir gavetas fechadas a pregos, organizar os brinquedos da infância perdidos no breu de um quarto no qual já não se pode entrar, um quarto que nunca existiu. No extremo, era como abrir um túmulo e exumar um cadáver. Assim que cheguei à casa pus-me a revirar os armários e como eram poucos e a casa tão pequena e quase vaga de objetos e móveis não tardei a encontrar as fitas. Estive no ápice da minha capacidade de organização, talvez acelerada por uma provável angústia subterrânea que eu mesma não reconheço em meus procedimentos, ainda que possa ponderar sobre ela e que se possa, por isso, explicar a objetividade exacerbada com que me movi dentro da casa, na qual sentimentos — aqueles rancores e tristezas que envolvem relações familiares — devessem aflorar ao invés da atenção desmedida que era também a fuga de alguma potência à qual não consigo dar nome. No meu caso não havia ressentimento real. Não lembro direito de minha mãe, não sei se o que lembro é real ou fantasia. Dizem que as lembranças de nossa infância podem ser forjadas como mera fantasia pelo que desejamos que ela tenha sido, ou pelo que tememos. Na verdade, não lembrei jamais que um dia teria de voltar a ela. Tratei de ser rápida. A rapidez dos meus próprios gestos direcionados à racionalidade que permite encontrar sem se perder, agora posso ver, talvez fosse minha única saída do antro ao qual eu voltava para buscar minha herança. Não havia nada ali e tudo me havia sido roubado. Tudo o que agora, pleno do nada que o validava desde sempre, me era devolvido. Apenas ao entrar na casa percebi qual era a verdadeira herança. Ter uma mãe morta. Uma espécie de mãe póstuma. O que fazer com a maternidade a pesar sobre mim como uma compacta laje de cimento? Isso me fez lembrar uma conexão abrupta, que só depois pude perceber como sendo uma intuição, da única história que me foi contada por minha mãe quando eu ainda era muito pequena, a de Ulisses no seu retorno a Ítaca a enfrentar monstros que lhe ameaçavam a chance de realizar seu objetivo. De certo modo, ainda que possa parecer estranho, foi como Ulisses que entrei naquela casa. Buscando o que era meu e que de outro modo não me pertencia porque o tempo sempre nos toma os bens, mais cedo ou mais tarde, no fluxo simples da vida, ou na morte, fim que a todos corresponde como coisa diariamente esquecida, verdadeiro universal a que devem estar atentos os de espírito filosófico. Cheguei no ponto dos pensamentos. Não como Ulisses ao próprio lar depois de tanto tempo dele privado em função da guerra e sendo reconhecido por Ericleia que, antes de seu rosto ou de seu todo, vê a cicatriz em sua perna, mas de Ulisses diante da casa de um monstro, Polifemo na caverna pronto a devorar quem não soubesse se proteger. Procurei por qualquer coisa em movimento de scanner, meu olho corria num controle que não era meu de um lado para o outro reconhecendo o terreno. Uma revisão geral que me permitisse me livrar logo da casa e seguir com minha vida muito bem montada na assepsia bancária que tanto me agradava era um desejo não mais realizável. A esta altura, meu Único, você deve estar assustado com tanta revelação banal sobre minha vida. Deve ter pensado que se eu me dedicasse à matemática, já que, ao início do prólogo, aludi à minha vida com os números, a servil matemática financeira, teríamos agora uma narrativa encadeada com rigor e simetria. Mas cuide que não o enganei. Falei desde o início da necessidade de contar, de somar e subtrair. Agora devo avisar que a multiplicação não é operação que eu tenha usado no processo. Ocupada em ser honesta com os restos verbais de minha mãe, acabei optando pela divisão como, nesse lugar, parágrafo 74, pode-se notar. Deve ter pensado que se a matemática não nos revela a melhor das narrativas, quem sabe a lentidão dos pensamentos nos move a outras experiências: teríamos, finalmente, apesar do caráter cansativo dos irrelevantes detalhes que aqui são contados (ou você pensou outra coisa?) e até para compensar a demora, uma bela narrativa existencialista sobre a relação mãe-filha, quem sabe a redenção quanto às teorias de Freud, finalmente, a inculpabilidade das mulheres, finalmente a explicação do mito de Deméter e Perséfone, a que chora e a que vai para o inferno, teremos aqui, um parto, um lindo parto natural que, ainda que tardio, revela a felicidade da existência, a dádiva da filiação que corresponde à dádiva da maternidade. E de agora em diante suspiros e ohs poderiam nos emocionar. Você aí pensando tudo isto e eu acabando com seus sonhos ao revelar que simplesmente gostaria de voltar ao banco, ao meu mero trabalho com os juros, com o sistema financeiro sempre a ponto de falir, sempre se recuperando na proporção do crescimento da miséria humana. O que teria sido de nós sem o cálculo da nossa miséria? Você aí pensando que haverá uma redenção para a alma e eu detonando a bomba do mito da maternidade, desmontando minha mãe como se ela fosse um boneco de madeira. E, ainda que tenha muito respeito por você, caro leitor, meu mais que querido Único, a quem não canso de agradecer, terei que explicar mais uma vez que ainda tenho muito para contar, pois ainda me cabem nesse pacto involuntário que travamos até aqui mais 26 parágrafos e farei uso deles no ápice do meu espírito econômico. Não esqueça que desde o início nossa questão é saber quem será logrado. Você ou eu. Dependendo deste logro eu terei ou não lucro e você também. Foi com este espírito que entrei na casa, protegida pela ação de organizar e classificar que evita olhar para a estase das coisas enquanto simplesmente são.

75. Da casa devo apresentar a fotografia. Usarei aqui uma técnica básica, a da descrição, para muitos, a prima pobre do romance. No caso sobre o qual nos debruçamos, ela é apenas um modo de dizer aonde cheguei, onde estive com a maior exatidão possível, a única capaz de causar impacto, tanto impacto que o leitor dirá "que forte!". Não pretendo, como escrito por um teórico, um daqueles franceses insuportáveis que li quando não tinha noção do que devia ler e me dediquei a ler tudo na intenção de saber o que se devia escrever, ou o que significava escrever, o que me fez sempre preferir os alemães ou os ingleses, bem mais simples, diretos e despreocupados com o "escrever bem", não pretendo, como disse o cujo, "circunscrever um certo efeito de texto". Quero apenas uma imagem, nada que me fará fugir ao *post hoc ergo propter hoc*, que se traduz por *depois disto, logo causado por isto* e que, sabemos ser uma falácia, ou seja, um raciocínio tortuoso que leva à conclusão errada, mas no nosso caso, é apenas ao que nos leva a narrativa, parece ser a única chance de quebrar com a fácil prepotência do texto. Desculpe-me mais uma vez pelo excesso de metalinguagem, mas cumprirei a promessa de contar tudo, de ser honesta até a última gota de tinta. Quando você chegar ao livro propriamente dito terá a apresentação das fitas, a chance de ler algo sonoro e descansar deste excesso de explicação. Apresentarei uma imagem totalmente visual no projeto da descrição em que me lanço puxando-lhe pela mão. Veja como era a casa: emergia da relva espessa, tão espessa que chamar de relva não condiz com o que era visto, dizer mato também não atingia o cerne da coisa verdejante misturada a com-

pridas folhas já ressecadas. Não se sabia se ali a vegetação estava a nascer ou morrer. Se a casa voltava à natureza ou emergia dela. Estava afundada no terreno, com um pouco de imaginação se podia dizer que estava a brotar dele. Não havia caminho aberto que levasse a ela, apenas um portão de madeira sinalizava que, um dia, por ali se chegaria à casa. Fui andando pelo caminho mais curto, entrando a passos pesados no capim alto sobre um fundo encharcado. Chovia forte e eu não tinha guarda-chuva, só meu chapéu de feltro e um capote de inverno do qual jamais me desfiz. As coisas são mais companheiras que os vivos e os mortos. Quando cheguei meus sapatos eram pura lama a arrastar a noite fria. Minha saia bordada de carrapichos. O capote encharcado. A mala imunda de lama deixava à mostra a figura da borboleta. Tive medo de escorregar, tal a lisura do terreno. Desci até a varanda de pedra, um banquinho de madeira esburacado de cupins virado pelas ventanias, ainda se via parte dos degraus soterrados. Gramíneas saíam por dentre as pedras no chão da varanda. Apesar disso, a casa estava intacta, faltava-lhe somente a pintura, não havia sinais de tinta, nenhum reboco descascado. Era de pedra e cimento, talvez fosse barro a colar uma pedra à outra. A porta da frente emperrada, parecia fechada por dentro, não era mais do que sujeira, pó trazido pelo vento, e vegetação acumulada com o tempo. Tive o impulso de bater para ver se havia alguém. Eu nunca entrara em propriedade alheia sem antes pedir licença. A propriedade agora era minha e, neste hora, a sensação de que não era interpunha-se entre minha mão e a fechadura. Ninguém é dono da estranheza. Toquei a maçaneta com medo de que alguém visse. Ninguém via, embora houvesse casas na vizinhança, inclusive a do velho Domingos, ninguém veio me ajudar. Passou por perto um menino de calças curtas todo encharcado da cabeça aos pés descalços, parecia uma figura do outro mundo destacado na paisagem aquática, sei que bateu à minha porta muitas vezes. No começo me perturbava, depois parei de prestar atenção. Não valia a pena estar atenta, por ali tudo parecia do outro mundo, se eu prestasse atenção demais desviaria do meu trabalho, como quem, por organizar demais o escritório, deixa de fazer o trabalho que importa.

76. Dentro fazia mais frio do que fora, como se ali se guardasse o inverno dos anos idos. Quantos anos? Não tive, como não tenho, a chance de fazer qualquer cálculo, qualquer raciocínio custava muito e ainda mais quando entrei na casa onde um silêncio abafado ocupava o ambiente. Era espécie de silêncio falante, destes que se leem nos livros de autores animados com paradoxos, oxímoros e incômodas figuras de linguagem capazes de desanimar a leitura. Para não encompridar as frases, não posso deixar de informar que era um silêncio gelado e que, em seu peso, parecia segurar a casa em pé. De dentro um odor forte me fez procurar pela flor que o exalasse; a estranheza daquele frescor vindo de um lugar tão tumular, que recendia a qualquer coisa antiga era inquietante. Nada era digno de nota, além de gramíneas entrando pelos vãos do assoalho de madeira, as teias de aranha, o esqueleto de um pássaro no chão certamente caído do buraco no teto onde faltava uma telha e por onde a água da chuva se introduzia com força. Ao lado do corpo

morto do pássaro um ninho vazio, feito de fios finíssimos de cipó e penas, uma obra delicada da natureza como se ela nunca tivesse sido tocada pela cultura e que, finalmente o era, traída pela cultura, na queda provocada pela telha mal colocada. Uma legenda para a cena: o pássaro, habitante do mundo que se estabelece nos intervalos entre a natureza e a cultura e a vitória da cultura como morte sobre as coisas delicadas. Pensamentos como estes iam e vinham em câmera lenta, eu não os entendia como meus, mas como inevitáveis diante das circunstâncias. Deixava que fossem como tinham vindo. De que poderiam me importar diante do trabalho a fazer? Ocupava-me, muito mais, em prestar atenção ao que via. Uma cadeira segurava a porta dos fundos fechada apenas por uma trava de madeira com um prego enferrujado a emperrá-la. Não havia sinal de que alguém tivesse estado ali nos últimos tempos. O que poderia significar "últimos tempos"? A casa parecia algo fora do tempo e do espaço. Era a interrupção de alguma coisa, não posso imaginar o quê. Não sei como, não sei onde, sei apenas que precisei ficar ali por dever. Não me permiti sentir nada, não sei se na verdade sentiria. Nem sei por que me pergunto sobre estas coisas de sentimento. Sentimentos não podem ser avaliados ou calculados e de nada servem. Penso neles talvez por imaginar que o leitor esteja a pensar nisso, à espera de um prólogo escrito por uma filha magoada com a mãe que não a criou, uma mãe que ela recupera por meio de fitas gravadas, após anos e anos de abandono. Seria uma daquelas lindas ideias que servem para o culto das emoções que serve à igreja do capitalismo, das mais metafísicas. Aquela que fará o livro de minha mãe ser comprado no Dia das Mães em altíssimas tiragens, está lembrado? Aquela que fará recuperar a maternidade pela literatura. Quase se arrancam suspiros das moças femininas. Das mais sentimentais das ideias, seja lá o que possa significar a palavra sentimental. Ora, diriam os críticos, finalmente um romance de formação voltado para damas. Não sei como explicar que não se trata disso, talvez o melhor jeito seja mesmo o de ir quebrando o discurso, fugindo das definições. Não há dúvida de que meu enredo faria mais sucesso e meu livro finalmente se tornaria um grande best seller e eu mais rica, quem sabe loira, quem sabe com os grandes peitos que animam as mulheres femininas de hoje, ou quem sabe filhos, ou quem sabe, maridos, ou quem sabe, eu pudesse assumir que sou um homem que toda a vida fingi ser uma mulher, ou que na verdade, jamais soube se era homem ou mulher e assim estas definições, na verdade, apenas tenham vindo perturbar a compreensão matemática da vida que até há poucos dias me trazia tanta realização. Não sei bem o que quer dizer realização, suponho seja o contrário da potência, que seja algo mais concreto. Quem sabe se, confiando na atualização, eu finalmente me tornasse uma mulher ou pudesse conduzir a vida tendo em vista algo como um sexo. No entanto, se o problema é o sexo, minha mente pragmática, pensa em soluções mais diretas. Para resolver o problema do referido "sexo" com as moças seria mais lógico ensiná-las a masturbarem-se em cinco ou dez exageradas e descritivas lições, desnecessárias é certo, pois toda moça saberá fazê-lo na hora em que precisar disto, do que fazê-las perderem tempo com recuperações literárias de ações reais. A propósito, de tudo o que li durante estes tempos em busca de saber o que se escreve por aí, nada me pareceu mais sem sentido do que os escritos que se valem da terminologia do sexo. Como se as palavras sexuais pudessem compor por si só a literatura. Como se, na ausência da literatura, as palavras sexuais, pudessem ganhar o leitor pelo efeito sexual, mais do que pela palavra. Como se a tal literatura não fosse mais que a produção de sensações impressionantes capazes de emocionar, excitar, amargar. Em se tratando de emoções, o máximo, sinto dizer, que eu quereria ao escrever um livro, se um dia o fizesse, seria chatear. Sim, eu gostaria de chatear: fazer com que o leitor visse o mundo como quem teve que deitar a cabeça ao chão e observar de baixo. É o que entendo por chatear. Eu salvaria a chateação, o que é diferente de salvar o chato. A chateação bem poderia ser uma categoria de altíssimo nível para compreender o que pode ser escrito. Uma questão pernóstica é claro, pois ninguém pode dizer o que pode e o que não pode ser escrito sem tentar dominar a compreensão do outro que, com ele não tem nada a ver. Com o livro de minha mãe não farei uma coisa destas, o livro de minha mãe não é um experimento, é apenas uma transcrição do que realmente foi gravado. Cabe bem no ideal de uma vida sem ficção, ainda que tudo ali possa ser ficção e que, como livro, seja sempre ficção. Foi-se o tempo em que as pessoas se contentavam com a ficção. Iludem os livros de que seja diferente. Testemunho? Ora como se pode confiar? Hoje, pelo que vi nas entrevistas nos jornais, querem, os jornalistas e outros que não sabem o que fazem, pelo menos saber se há autobiografia naquilo que se escreve para acabar de vez com a ficção e dar a tudo um ar de testemunho. Não sabem, no entanto, o porquê de suas disposições. As coisas escritas são o falso testemunho. Envolvem uma atitude profana, antissagrada. Os que esperam a autobiografia esperam matar mais uma vez a ficção que já apresenta seus odores de decomposição. Pobres dos escritores. Bem que se podiam livrar de tanta falta de assunto pela máscara do ghost writer, salvar a ficção contra a autobiografia pelo pseudônimo e o leitor, a quem não se poupa a cenoura da desgraça da lista dos mais vendidos, seria um dever salvá-lo das listas, dos escritos. Ele que desde sempre se salva a si mesmo pelo anonimato, ghost reader, aquele que ninguém pode ver, aquele que ninguém sabe o que fez. Por isso, meu Único, por favor permaneça onde está.

77. Voltando ao problema metafísico dos sentimentos. Infelizmente, para minha mãe ou os leitores preocupados com o que pode ser a história de minha mãe, dei de ser um espírito pragmático e, por isso, perdi de vista os sentimentos, estou à procura de pagar a dívida, dívida que era de minha mãe e de exigir, eu mesma, meu pagamento. Além de tudo, tenho que saber que as coisas podem ser bem piores do que imagino. Talvez este livro seja lido por apenas cinco pessoas, talvez só uma e, talvez nenhuma, até porque, meu Único, não sou louca de referir-me a você achando que você existe, que você seja uma pessoa inteira. Dizer "pessoa" também não significa muita coisa em tempos em que pessoas físicas e jurídicas não passam de classificações baratas às quais os indivíduos são submetidos pelo pátrio poder dos donos do discurso verdadeiro e as ordenações jurídicas. Nunca saberei se, de fato,

você existe. Pode ser que você nunca abra este livro, pode ser que nunca chegue a essa página e, com tudo isso eu esteja me importando com o imponderável. Na verdade, assim como você só existirá caso um dia abra estas palavras que se lhe dirigem, do mesmo modo esta página só existirá no dia em que for lida por você, do mesmo modo, eu, que aqui conto o que penso e pensei, existirei apenas dentro do que eu mesma fiz. Ser ou não ser é complexo, mas ser e não ser é um paradoxo inescapável como tudo o que aqui foi vivido. E, neste ponto você viverá a decepção de ter sido criado como um lugar ficcional, assim como o livro que, infelizmente nunca saberá de si mesmo. Você viverá, no entanto, a vantagem de saber se eu existo, caso eu não seja obra de ficção, ou de, por meio de sua leitura, me fazer existir, do contrário, estarei morta ou nunca terei existido. Mesmo que eu seja ficção, o que existe e não existe, não há segurança alguma de que eu, um dia, não tenha inventado o texto. Se o texto há ou não há, se as fitas são reais ou inventadas, se o livro chegará a algum lugar ou não, eis questões menos relevantes. Não vale a pena preocupar-me tanto com o sucesso do livro, não será o meu sucesso, nem o sucesso de minha mãe que não poderá saber dele, ainda que eu tenha esperanças diferentes e queira atingir as moças, mães ou não, filhas ou não, mas também os moços que nunca poderão ser mães e, por isso, padecem o outro lado do destino, na condição de Hamlets eternamente presos no desejo de sua ninfomaníaca progenitora e de seu pai rancoroso que perdeu a vez para um tio mais jovem. Desculpem que diga, mas este tal Hamlet é, dos que li, um dos poucos que não esqueci por não encontrar nada igual. Não vale a pena, com Hamlet, ou sem ele, para moças ou para rapazes, preocupar-me com o sucesso, e por isso, é que se trata de simplesmente fazer a transcrição correta das vozes de minha mãe. Que eu possa recuperar meus investimentos, seja dos 9 anos que perdi, seja dos 9 meses, das 9 semanas, seja do dinheiro que envolveu a logística da realização deste trabalho — ou pensam que livros não precisam de papel, que o escritor se sustenta de vento — é tudo o que me faz agir. O fato é que, para levar este trabalho a termo, precisei permanecer na casa com as economias que fiz por anos e anos, ou meses e meses, ou dias e dias, o que também se tornou um pressuposto importante na compreensão do trabalho que tinha pela frente, como eu estava dizendo, antes de me ter perdido em pensamentos relativos à literatura para moças e os Hamlets.

78. O fato é que cheguei à casa e se não me apresso não posso nem contar mais este detalhe. Não contemplei vagarosamente os lugares da sala ou do quarto, não perdi meu tempo olhando a fachada ou deitando-me no lugar onde minha mãe talvez tenha morrido para tentar intuir o que ela sentira. Não abri gavetas. Não preciso repetir que desisti de sentimentos. Se ainda precisar de algum, tome a ironia como uma aspirina, e sossegue. Aspirina é o único sentimento viável para o nosso tempo. Outros preferirão o sentimento da Coca-Cola, ou dos cigarros, mas é certo, o que faz diferença, são as aspirinas. Ainda que a casa na sua minúscula inteireza parecesse um texto cifrado esperando interpretação, continuei com a única busca que parecia ter sentido e não era a busca por aspirinas, pois estas, trago-as em minha bolsa e posso sacar uma,

duas, quantas precisar em um par de segundos. A busca a que me refiro é aquela que me levaria ao aparelho onde ela teria gravado as fitas e que me permitiria, de uma vez, ouvi-las. Desisti de procurar quando as encontrei. Não pense que a frase é um truísmo, apesar de sua aparência banal, ela é mais importante do que o que nela se vê. Há vezes em que, mesmo tendo achado o que se procurava, continua-se a procurar. Desistir é postura exata diante da indecidibilidade da busca. Busca-se, mas buscar é aberto e impreciso, como a vida. Desistir é concreto como a morte. Foi, portanto, apenas quando vi — no armário da cozinha entre panelas, pratos, bacias e chaleiras, um ferro de passar danificado e um espremedor de frutas tomado por ferrugem — um gravador da marca Nakamichi — dos primeiros a usarem fitas cassete, como vim a descobrir, e que, num primeiro momento, parecia precisar de conserto, foi apenas quando me deparei com o pequeno aparelho que percebi aquela ponta de esperança que melhor seria nunca ter experimentado. A esperança e um aparelho, eis que eu estava na beira do abismo e o chão da margem reduzindo em câmera lenta, com a mão dada ao verdugo que a cortaria num golpe de aprendiz, com o pescoço na forca e o cadafalso curto demais, cavalos cansados atados aos meus membros como nos suplícios medievais, eu, de olhos vendados para concentrar-me na dor que seria fraca o suficiente para não me matar. A esperança é a força viva diante da eminência da morte, o que vem de dentro da morte flui das coisas mortas como se ainda respirassem, que desperta mesmo que soterrada sob escombros. A esperança é um zumbi. Nem suficientemente morta, nem viva o bastante para mudar o rumo das coisas. Habitante do intervalo entre a coisa e sua negação, a esperança move para dentro da ação que nos há de imobilizar. É que a ação interrompe o fluxo das coisas e inventa novos caminhos, não o que se deseja seguir. Desejo não é palavra que caiba nesta história. E quando eu não tiver mais para onde ir, o que direi das angústias sobre as quais tantos já escreveram? Terei minhas fitas para ouvir e reouvir. Na casa, havia a esperança que emanava como um odor, aquele cuja origem se perdeu, e que aflorava adocicado das flores mortas. Uma máquina que não é crisol de extrair essências, simplesmente me impunha a escuta. E eu sem sentimentos para odiar ou amar o que ouvia, trabalhei para restaurar e cobrar o que me cabe da dívida, a dívida que já paguei, a dívida que ainda pago e que não me cabe nem como um chiste ou um ato-falho. Liguei a máquina. Ligo-a agora em minha memória, como um dia liguei-a sobre a mesa e vi que funcionava. Ligo-a como se fosse sua proprietária, o que de fato e de direito sou, mesmo não sendo; ligo-a e procedo com a uma limpeza inevitável para retirar o excesso de pó e uma camada de gordura que se acumula tanto dentro quanto fora da caixa amadeirada que agrega, sob as teias de aranha, a pupa de alguns insetos, restos de asas de mariposas e a carcaça de besouros, dezenas de miúdos e maiores, além de muito pó em alvéolos e chumaços esponjosos, matéria indecifrável que deve compor o todo do que será ouvido. Limpo o gravador em minha memória, a memória é um gravador sujo, cuja performance apenas a paciência pode salvar. E como nos enganam os ruídos. E como irritam. E como intrigam. Ouço tudo o que ela me diz, tudo o que ela pensava entre poeira e teias de aranha. Ouço porque o contrário é impossível.

79. Cheguei a escutar as 9 fitas dentro do móvel, o armário, aonde levei o Nakamichi, movida pela curiosidade em saber o quanto era suportável permanecer ali. Pergunte-me por que as ouvi no armário e não na cozinha sob a mesa, eu não sabia, até então, que minha mãe as gravava no armário. Intuição? Que nada. As fitas dentro do armário, o gravador debaixo da pia, a mesa diante da pia onde depositei o objeto para limpá-lo, minha opção era, em tal caso, uma básica equação em que a soma entre a pia e o armário, mais a mesa, resultava em ouvir as fitas, sendo que o armário era maior e mais confortável, cabia nele uma pessoa, eu, onde um dia coube minha mãe, enquanto sob a pia apenas pratos e panelas. A cadeira da sala, onde hoje estou sentada na elaboração desde relatório, não tinha assento. A mesa estava suja e eu com preguiça de limpá-la. Não pense que este detalhe não importa. Ele compõe a cena que nos situa diante do que precisamos saber. Se eu falasse aqui de uma lata de lixo ou da cadeira sobre a qual me sento diante desta máquina depois de ter providenciado seu conserto, tudo seria diferente. Portanto, preste atenção, pois nesta hora momento, estou a compor uma nova ideia. O que a fez guardar o gravador longe das fitas é coisa de menor importância, talvez uma confusão quanto ao significado da máquina, a ideia taxonômica de que eletrodomésticos deviam ficar na cozinha enquanto os demais objetos em outros locais da casa: sabão no banheiro, lençóis no quarto, livros na sala. Cada coisa em seu lugar e assim saberemos ser uma casa de uma pessoa normal, não uma casa de loucos, menos ainda uma instalação provocativa. Minha mãe não usava a

mesma lógica, as coisas dentro da casa estavam configuradas com outros motivos. No armário, feito de madeira espessa, cujas paredes nunca receberão nenhum verniz, não havia nada, além das fitas. Era também mais fácil ficar ali, sem precisar mover outros objetos e sujeiras. Embora não fosse tão pequeno, permitindo certa mobilidade ainda que sem grandes confortos, não era possível acreditar que ela tenha ficado nele o tempo todo das gravações, ou, pelo menos de uma só vez. Eu estava enganada quanto ao que é possível. Suportei 9 horas de audição sem dormir, sem sair para buscar água ou livrar-me de outros líquidos. Lembre-se de que sou um corpo. Não esqueço que ela era um corpo, mesmo que seja hoje apenas a voz que dele restou: mais e menos que uma lembrança corporal. Imagino que gravar tudo aquilo não tenha sido mais fácil, exigiu muito mais tempo e o esforço mental que, quando vemos os loucos, sempre nos soa como lassidão do que como trabalho. Não se imagina o trabalho da loucura. Pensa-se que o devaneio é vagabundo. Pouco sabem os sãos sobre o que é o delírio. Pois estou aqui para experimentar o contrário.

80. Passei muito trabalho na tentativa de imaginar o que ela teria sentido, o que teria pensado e o por que teria feito o que fez. Por isso é que não posso abandonar a ideia de que tudo o que fiz foi paixão inútil contra a qual só o esforço pode me salvar. Salvar a qualquer um: eu, você, o outro acolá que apenas supomos existir, o outro-conceito, o outro-coisa-em-si, aquele que não preciso tocar, a quem posso apenas conjeturar pela maldita capacidade de fazer suposições. Para fugir dela é que me lancei ao gesto de

minha mãe dentro do armário, no entanto, para experimentar o lugar avesso de receptor da mensagem. Há quem possa pensar que sou vítima, e realmente sou à medida que me dedico a viver este fio tênue do que ela viveu. Por que fiz isso? Para ouvir melhor, minha netinha, apenas isso. Ouvi, e ouvir não foi suficiente. Cada uma das fitas exigia a atenção que, neste prólogo, não me canso de afirmar como uma arma necessária à sobrevivência. A atenção é a arma em qualquer circunstância, seja na selva, seja na cidade, seja no campo, dentro de um zoológico, ou no shopping center, na igreja ou no presídio, a atenção é só o que há de nos salvar. A atenção é também o que se deve usar quando se lê um livro ou se ouve um cd, cuja tecnologia de ponta, parece ser mais confiável hoje do que uma velha fita de ferro de que se dispunha naquela época. A atenção é um gesto físico, contrário à dispersão, é a ginástica da alma que exige genuflexão, contrição, suor, lágrima, discurso. Assim é que cada uma das fitas exigiu determinado esforço físico muito específico, o esforço das pernas dobradas, da ausência de movimento, do silêncio e da escuta e o mais intenso de todos os esforços que é pensar e dizer o que se pensa. Enquanto a primeira fita carregou-me pela curiosidade, a segunda moveu alguma angústia, medo do que viria pela frente, a terceira já fazia doer minhas pernas, a quarta provocou dor nas costas, a quinta me deu vontade de chorar, a sexta me fez rir, apenas a sétima me fez dormir, eu acordava sempre que a cabeça caía sobre os ombros como se um empurrão que eu desse em mim mesma, meu corpo contra mim, fosse o gesto inevitável de quem faz a coisa errada, enquanto isso, a oitava me deixou em dúvida, mais do que as demais, até então a loucura de minha mãe não era para ser questionada, apenas a nona, causou-me um espanto que até agora não posso controlar. E que para poder continuar explicando, tenho que deixar em suspenso, espanto que, por precisar evitá-lo a todo momento, me dá dores no estômago, faz lembrar um buraco na cartilagem, uma lixa que me raspa os ossos, uma tesoura que aberta perfura minha carne.

81. Ficar dentro do armário, com o grau de metáfora que isto envolve, deve ter sido o mais fácil diante da tragédia mental que a acometeu. Quando teria começado a loucura de minha mãe? Só o que sabemos dela está na narrativa do armário, nestas 9 fitas em que se enterram os anos com os dias e os meses, o tempo de gastar os próprios pensamentos, de esquecer o caminho do meio, de deixar de arejar a casa, de dar água às plantas, de perguntar se alguém precisa de alguma coisa, a vida reduzindo-se a uma abstração, o ar que se respira passando a valer como véu que a tudo cobre, o próprio corpo como algo que se tinge entre as cores esperando mimetizar-se às paredes. Que o seu gesto tenha sido uma fatalidade, antes que uma intenção é o que hoje me convence, resultado da doença e forma de curá-la, ao mesmo tempo que coisa da qual jamais alguém se livra. Doença como saúde, é a estranha condição que, suponho, ela tenha vivido. Algo nela seria diferente? Quem sabia? O texto, por isso, ainda que tenha a fácies de um romance, funciona como uma espécie de processo pelo qual alcanço uma explicação na qual, quanto mais nela adentro, mais percebo a escuridão como um lugar onde habitar. No entanto, hei de acender a lâmpada.

82. O que havia na doença de minha mãe que a todos expulsava de seu convívio? Seria o que aniquilou sua potência criativa ou o que produziu sua potência criativa? Terei que me afirmar na arte da dúvida, caso tivesse certeza sobre a loucura procuraria um médico e lhe diria tudo o que penso, seria uma revolução na psiquiatria. Se bem que não é seguro dizer o que se pensa sobre a loucura a um psiquiatra, loucos adoram conjeturar sobre a loucura e quem, ao conjeturar se esquiva, imediatamente cai sob suspeita. Lembre Simão Bacamarte e perguntem a si mesmos. Lembre exemplos mais próximos, toda convivência sempre admite um louco, toda família produz o seu, basta um esforçozinho de memória, vamos, meu caro, reflita. No meu caso, como minha mãe enlouqueceu, eu fiquei livre disso, já que o raio da loucura não cai duas vezes no mesmo lugar. Verdade que a teoria não tem nenhuma prova sendo muito fácil de refutar, mas para efeito da explicação define uma ordem sistemática que combina muito bem com o fato de que devo fazer aqui: eu explico, sou consciente, o que ela narra que é inconsciente. A loucura de minha mãe era a sua desgraça ou a solução de sua vida, eis que a antinomia a ser sustentada explica o que foi vivido e que apenas chega a mim mediada por fitas gravadas e que só podem ser recuperadas com a ajuda de uma máquina. Não importa em qual polo confiar, rendeu-lhe um material que deixa pistas sobre quem ela era e o que fazia. Pergunto-me sobre minha mãe que, perdida em sua casinha de bonecas danificada, se a loucura, como doença seria a falta de organização, a incapacidade de formalizar sua inspiração, e se, ao mesmo

tempo não seria a falta que fez com que ela vivesse o que viveu? Perco-me em questões conceituais que não ajudam o leitor, meu caro Único, sei que abuso de sua paciência. Sei, e não cansarei de pedir desculpas a você que me acompanha, incansável como um Sancho Pança, ao lado de seu Quixote. Não, não quero ofendê-lo, afinal o herói era o fidalgo e o pobre Sancho apenas um companheiro, uma figura secundária, que apoiava as aventuras do cavaleiro. Antes, a ofensa, se houvesse, seria contra mim. Como é sabido, Dom Quixote era louco e teria enlouquecido de tanto ler livros, logo, uma analogia com a figura quando se busca explicação para um fenômeno literário, ainda que não seja literatura, não seria das mais agradáveis. De fato, li alguns livros, não tantos como o herói desajeitado, tive paciência para uns, inclusive este sobre as aventuras do fidalgo, mas não para muitos. Além do mais, se o fidalgo da Espanha acreditou neles, você sabe, meu caro Único, que eu não confiei em nenhum, nem mesmo no do fidalgo e sugiro a você que, na posição de leitor, não passe a confiar no livro de minha mãe e incorra assim nas tão sedutoras veredas do enlouquecimento. É preciso ter cuidado, os livros disparam toda sorte de raciocínios antirracionais. De uma página à outra o que treinam em nós é a paranoia, uma potência do pensamento de magnitude filosófica, mas que pode causar transtornos mentais definitivos. Desconfiemos, pois, de tudo o que vier por escrito a pedir qualquer forma de confirmação ou reconhecimento. De tudo o que não for Sancho Pança em nós. Por não confiar em livros é que quero construir o meu, ou melhor, o de minha mãe. É uma atitude elegante e generosa de minha parte, e mais que isso, algo lúcido a fazer. Vou, a propósito desta interrupção quando já não lembro o que eu dizia, aproveitar para dizer que tive uma ideia relativa à vida de Sancho. Se Sancho era a figura da razão ao lado do fidalgo enlouquecido, aproveitarei o espaço, este momento em que o chamei de Sancho num ímpeto de reconhecimento, e passarei a chamá-lo de Sancho e se não se trata de um insulto, é muito mais de um elogio que valerá para exaltar suas qualidades de leitor. Sei que valerá o elogio. Meu querido Único, declaro solenemente, de agora em diante, que o chamarei "Sancho", o maior de todos os elogios que um leitor, único como você, poderia receber. E veja, não lhe pedirei que me acompanhe senão em uma aventura impressionante, como Sancho acompanhou seu amigo, embora eu não possa de modo algum assemelhar-me a ele, minha mãe pode fazer o papel do D. Quixote, e eu, entre vocês dois, não passo de um cavalo, o também fiel Rocinante. Iremos os dois, você Sancho, eu Rocinante a carregar minha mãe. Eu a quem cabe a tarefa de transcrever, não poderia tratar minha própria mãe como um moinho que se metamorfoseasse em monstro, seria uma falta de respeito que jamais seria curada por nenhuma lição de ética. Vamos, pois, à aventura que deixará loucos de queixo caído, que fará correrem os psiquiatras perdidos diante de um objeto desconhecido para sua medicina. O fio da aventura começa a se tornar mais preciso. Como diferenciá-la da loucura? Teremos ainda tal necessidade? Não perderei tal questão de vista, como você não deve perder seu próprio cavalo sem o qual não iremos, mesmo eu sendo um, a lugar nenhum, já que não terei espaço para ninguém em meu dorso além de minha mãe. Haverá um diagnóstico capaz de reunir a aventura e a loucura, no qual se possa confiar? O que devo fazer com os laudos e as receitas que li? Devo eu mesma condenar minha mãe à loucura depois de morta, mesmo ela tendo uma Sancho que a segue até aqui? Não será justamente a morte aquilo que a separa da loucura, poderia alguém depois de morto continuar louco? A loucura é justamente a ausência de diagnóstico, dela não se pode dizer nada exato, seu conceito é a inexatidão, louco é aquele que nos escapa, como a frase que escapa em momentos de cansaço mental, sobre a qual se perde o domínio, eis o que é experimentar a loucura, perder o domínio de si. Como o louco, a frase é o que tem vida própria e se dirige como mosca aos podres que a seduzem. Moscas e frases e minha mãe, tudo o que me escapa. Serei também eu louca em função de ter dela escapado? Fui, na verdade, abandonada, o que me dá um prazer que sei, fará estranhar os psicanalistas e filósofos conservadores. Quando penso no que poderia ter vivido ao seu lado caso não tivesse escapado, teria que fugir dela, o que daria muito trabalho. Quantas pessoas perdem seu tempo em fugas, quando poderiam ter tido a sorte do abandono.

83. Durante a audição, passou-me pela cabeça a curiosidade de saber onde minha mãe havia sido enterrada, talvez eu devesse lhe fazer uma visita. Para isso, precisaria saber quem se ocupara das exéquias. O velho Domingos era o dono do forno, como de tudo na cidade, era quem coordenava os trabalhos fúnebres, sempre ajudado por dois anões parecidos com meninos ou dois meninos parecidos com anões. Como sei disso? Encontrei dentro da casa

uma pequena folha de papel tamanho A8 na qual aparecia o nome da funerária Domingos & filhos, endereço, rua Angustura, sem número, abaixo uma lista de ofertas que iam de caixão de pinho a incenso, de caixão de mogno a música durante a cremação. Imagino uma tarde de domingo em que ventava como nas sextas-feiras da paixão, esperei a cremação acabar sustentando minha paciência em um estranho senso de dever que me imobilizava as pernas. O velho Domingos desaparecera com seus garotos assim que lhe dei os trocados do incenso sabendo que me veria livre dele com trocados. Infelizmente não estou com a imaginação tão submissa que só veja coisas agradáveis, e Domingos manda um dos garotos envelhecidos me entregar uma carta que, por medo de aproximar-se, deixou sobre a mesa onde havia café e doces. Fiquei só, eu, a morta dentro da pira e uma carta na mão como uma conta atrasada. A liberdade residia no gesto de abrir a carta e lançá-la ao fogo. Caso abrisse a carta eu daria espaço a novos problemas, informações provavelmente desnecessárias atrapalhariam meus pensamentos, meu fito, meu projeto e minha obrigação. Bem sei o que pode ir dentro de uma carta, aquele tom de interpelação que faz a coisa mais banal se tornar relevante, que obriga a responsabilidade sobre o que não compete ao leitor, sei que nada me livraria do incômodo de me desviar de minha tarefa de transcrever as fitas, senão o fogo que me pouparia o tempo e o incômodo. Quem sabe, confiando no fogo que destruiria a carta como a um pedaço da história que não tinha sido gravada, eu pudesse sair dali sem a memória da indigência causada por aquela morte triste e só como deve ter sido a de minha mãe. O que fazer com a carta? Temi pelo meu futuro. Pensei duas vezes e, tomada pela ausência de vontade de saber, lancei ao fogo. Decepciono-o, meu caro Sancho? Sinto muito. Gostaria de saber o que nela estava escrito? Não sou tão má, não se preocupe. O que eu joguei ao fogo foi o envelope, por mais que o meu impulso tivesse sido o contrário: guardar o envelope era o que realmente importava já que saberia a origem de tudo isso e que perdi ao lançar ao fogo num ímpeto de impaciência. No entanto, onde a terei colocado?

84. Ouvindo as fitas já não penso que o nome loucura explique o que lhe aconteceu. O material que encontrei me permitiu a dúvida sobre a tessitura humana totalmente outra que ali se experimentou e que ia além de pensamento e aquém de realidade, uma espécie de imaginação com limites definidos, embora ameaçados, que se concentrava na casa, no armário, no passado e no presente, nas fantasmagorias, sobretudo, no inacessível que dispunha uma ideia sobre o que aqui se situava como vida, sobre as possibilidades deste lugar sem possibilidades. A loucura é um travo na experimentação simbólica que uns compartilham com outros apesar do crivo fantasmático que cada um representa para cada outro nos vãos onde se tecem as humanas relações sem chão, sem cor, sem cheiro, palavras ou um ouvido atento capaz de capturar a ignomínia subterrânea que põe em pé todo vivente. Ou talvez este tenha sido apenas seu ritual de criação, ou só um invento próprio a quem sabe tratar-se de mentira e ficção em doses que fazem confundir quem apenas pode assistir, o leitor, o espectador sempre inoculado com o veneno da palavra, véu opaco de verdades sonhadas.

85. Apesar desta conjetura, quiçá delicada, sobre o sentido da experiência vivida, não posso deixar de sinalizar os elementos de realidade que, no todo, teceu a confusão com o sonho, o que me deixou sobre um abismo por dias, esperando um helicóptero que me viesse salvar no meio da selva enquanto os canibais afiavam suas navalhas e uma onça me vigiava. A maior parte destas gravações parece ter surgido em períodos de crise. Se não podemos provar que eram crises, podemos, eu e você, meu incansável Sancho, pois perceba que sua inclusão alcança agora os pormenores da responsabilidade com o texto, mostrar o trecho em que ela dá sinais claros de sua perturbação analítica: a incapacidade de forjar frases completas. O capítulo 3 que revela a fita número 3 será a nossa prova. Ele mostra uma única frase que se repete incansavelmente. Minha mãe dizia de um só fôlego "as frases quadradas são mais longas que as frases redondas, uma, duas, três, quatro, juntar as frases é o único jeito de desaparecer". Contei 18 vezes a mesma sequência em que falava como se estivesse lendo. Ao ouvir as gravações tentei entender como se sentia, se o que fora descrito pelos médicos que a tentaram tratar nos últimos anos correspondia ao que aparecia agora do ponto de vista de seu próprio testemunho. Não é difícil dizer que estou surpresa com certas colocações e que isto dificulta em muito minha interpretação dos fatos, pois além do invento, além dos elementos fantásticos ou absurdos que me deram muito prazer em ler (a interpretação que minha mãe fazia das pessoas, de parentes e amigos que talvez vivessem próximos delas e dos quais não restou qualquer indício de

existência), há o real, os fatos antiliterários, os pontos traumatizantes da vida rompidos pela aparição do segredo que, oculto, os tornava inócuos. Em algum momento terei de revelá-lo, mas creio que isto pode ser também deixado de lado. O segredo está ali, exposto. Precisamos de sua metateoria? Ora, o segredo não é o que há de mais importante. É nisto também que suspeito o motivo pelo qual tenha dito tudo o que disse, queria uma herança, um legado? Queria contar-me um segredo? Queria que eu, que desaparecera de sua vida bem cedo, soubesse? Lembrava-se de mim? A quem, afinal se dirigia? Imaginamos que mães não esquecem seus filhos. Veremos que não é assim. Ou queria apenas registrar seus tormentos e tornar a vida mais suportável? Quem sabe reunir a adolescência com a velhice, quem sabe unir o amor com o ódio, o medo com a esperança e todos os clichês que podia imaginar em seus dias de convívio com este espaço ínfimo onde tudo, tudo, pode ser tornar mero pensamento? Não posso considerar real a hipótese de que eu fosse o foco do endereçamento de uma criação tão complexa, que se estabeleceu como a tessitura interna a uma teia cuja matéria e realidade com tudo o que nela perdeu o fio, vale hoje para tantos outros, não importando mais quem seja o receptor ou quem emitiu a mensagem. Todas as diferenças se unem nesta fiação da vida e morte, teia de aranha em que os nós entram facilmente em curto circuito.

86. Estou prejudicada em minhas certezas. Organizei meu trabalho levando um mês para cada fita, a sensação é de que fiquei um ano em cada uma, mas não posso me comprometer com essa hipótese, já que a sensação de que

levei uma semana é, para mim, igualmente comum, embora seja mais fácil sentir o ínfimo do tempo ou o seu espalhamento desprendido e a idade de uma semana não indique muita coisa. Tal indecisão sobre o tempo passado me causa incômodos sinceros. Não lembro do todo dos dias, mas de cada dia em particular. Transcrevia desde a manhã até o meio da tarde, fazendo uma pausa ao meio-dia para aproveitar a luz e para tratar da manutenção da casa, tapar buracos com as pedras, rearranjar tábuas do teto, varrer as folhas do centro do chão para os cantos. Não precisei de muito mais, tinha a máquina e o mais que vim a precisar estava na mala ou ia encontrando pela casa. Se me perdi no tempo, meses, semanas, perdi-me mais miudamente a investigar sob cada tábua do chão ou nos vãos do teto, se não havia nada oculto atrás das paredes, coisas que me lançavam na paranoia tão fácil de sentir diante daqueles objetos plenos de ausência e solidão, estas coisas que dão arrepios quando são verdadeiras e não meras palavras gastas pelo uso indevido. Trabalhava toda a manhã, retomava meu posto de ouvinte — e datilógrafa — no começo da noite. Eu devia aproveitar bem o tempo. As fitas chiavam demais, os agudos já estavam fracos e eu precisava decifrar, quando não adivinhar, o que estava acontecendo, por isso ouvi cada fita várias vezes, com raras exceções como as três últimas bem mais limpas que as primeiras, pareciam quase novas. Quando o escuro se fechava sobre meus olhos como uma tampa de panela que evita a saída do vapor, eu trabalhava com esmero redobrado.

87. O trabalho de transcrição, como declarei, não foi simples. As fitas, de um modo geral, tinham a má qualidade das regravações feitas por minha mãe ao longo dos anos em que ficou aqui sozinha entre seus fantasmas e ela mesma. Sob sua voz se ouve um constante barulho de chuva, um chiado miúdo como fundo para outros ruídos diversos, desde portas a bater, miados e latidos, vidro a quebrar, até canções e programas de rádio que cuidadosamente extirpei para guardar apenas as palavras. Em momentos diversos, ouvia-se o cantarolar de frases musicadas por sua conta que grafei com o sinal @, o que faz confundir com algumas notas, mas não havia muitos sinais disponíveis na velha máquina de escrever e precisei desenhá-los a mão; barulho do telefone, que grafei com a, além das intermináveis frases sobre frases grafadas com l, poucos trechos de leituras e orações que reuni sob o signo de “, w para sussurros, enquanto desisti de grafar a grande quantidade de ladainhas confusas de palavras como enxames de insetos esvoaçando por todos os lados. Muitas vezes simplesmente extirpei os estilhaços lançados para fora de uma grande explosão, tive que os deixar à deriva, apesar dos esforços de organização. Sempre, em todas as fitas, há frases que se repetem como a fundamental “isto é o manto” que grafei em certos momentos como i.e. M, ou “completo circuito niilista” com CCN, e fixei-me nelas para entender o que se passava. Em vão. A voz de um homem a gritar e chorar, era escutada como algo sempre distante, como alguém que rondasse a casa pedindo um lugar para ficar. Algo das frases sinaliza para este intruso, enjeitado, um pobre coitado, um mendigo como estes que perambulavam no passado soltos e livres pelas ruas. Hoje não há mais ninguém rondando as ruas que não seja

preso ou sumariamente morto, afinal chegamos ao futuro. Não pude extirpar aquela voz de minha mente, no entanto, era difícil criar um relevo adequado para seu aparecimento no papel. Para mim era uma grande questão saber quando uma frase poderia ser mostrada em off, como uma espécie de baixo ou alto relevo. O que dou a ler está, certamente, bem limpo em comparação com os originais ditados por minha mãe, e embora uma versão escrita, mesmo quando transcrita, envolva certo grau de recriação em relação à matéria crua, assim como não há imitação absoluta nem em uma fotografia, não há isenção absoluta nem mesmo quando se trata de uma mera transposição. Ou as pinturas negras de Goya teriam saído ilesas quanto à luz e à sombra e o todo das cores quando saíram da Quinta del Sordo?

88. Minha mãe não falava de mim nas fitas, talvez me associasse à figura da Pequena Berenice também ela desaparecida. Ao ouvir o material inteiro, confesso que esperei uma menção a uma filha mais parecida comigo, alguém com quem eu pudesse me identificar. Fiquei muitas vezes em dúvida se a herança não teria errado de endereço, afinal a distância entre nossos mundos não foi pequena. Há, no entanto, em todas as fitas, um único momento que realmente me deixou em dúvida, com a qual permaneço até agora e da qual dificilmente sairei, e que, por completa impossibilidade de criar explicação, quase me passou despercebido. Minha mãe deve ter esquecido que existo, mas a carta transcrita no trecho 4.8.1 do texto, é endereçada pela Pequena Berenice a uma certa Leda que jazia morta no cemitério, a melhor amiga de Pequena Bere-

nice, pelo que pude entender. Isso me fez prestar atenção a PB como se ela fosse meu próprio alter ego. Enquanto isso, a dúvida sobre o que pensaria minha mãe daquela que um dia ela deve ter parido não me deixou por um segundo. Temos notícia do parto, sim, temos uma descrição de um parto. Um parto nunca é segredo, todos passam por ele para nascer, no entanto minha mãe não revelava nenhuma verdade que eu pudesse associar ao meu nascimento sobre o qual nada sei e saberia apenas por obra de uma crença a ser adquirida. Um parto é a inscrição que todo sujeito faz na angústia da existência, um aviso do que será a vida, de como ela começa e de como acaba em plena correspondência com o modo como começou, de como estamos presos no aberto da vida, sem saber o que a agrega, estado de exceção, campo de concentração de Deus, antes e depois, o fim e o começo presos por uma série incompreensível de fenômenos que não fazem mais do que acumular fatos, um após o outro como um colar em que a ordem dos eventos não impõe mais do que uma necessidade de rima: tudo e nada. Eis o que são os fatos da vida: entre o fim de cada um e o começo de cada outro, um parto de si mesmo, evento que alucina a si mesmo, feito para ser esquecido. E os que esquecem o parto, os sãos e os loucos, todos o deixam como um fato menor por meio do qual simplesmente se vem à luz, como se não se viesse a ser, como se vir a ser fosse o que há de mais banal. Nada assemelha mais um louco e um são do que o parto do qual se esquecem e, ao mesmo tempo, do qual nunca se livram. Um parto não é, portanto, segredo algum. É a revelação de que não há revelação alguma, um som de grito revelando a dor, como a luz revela a imagem.

O segredo, ora o segredo acaba com tudo o que fiz até aqui e o que fiz, ora, o que fiz até então, este no qual habito, eu você, meu Único e Sancho ao mesmo tempo, e agora, o cavalo com o qual me identifico. Sua natureza dupla começa a me preocupar, mas sei que por tão pouco você não se assustaria e, por isso, fico mais descansada. Que haja espaço para todos nós, eis a que serve a literatura, mesmo que não se trate disto aqui, pois estamos, sim, eu e você, mais preocupados com o papel onde colaremos as cigarras que encontrei no armário. Desculpe-me mais uma vez, sei que não era para falar nestes assuntos. Ainda não sei o que faço aqui porque estou a doze passos do final da exposição desta verdade. A verdade do segredo. O segredo que não fará a menor diferença e que por isso me diverte em vez de me injuriar. Há passos a dar, não importa o número, ainda que tenhamos aqui a medida exata de tudo, sem penúria, nem exagero. Cada um deve ser dado a seu tempo e na medida em que harmoniza a mão ao braço, a cabeça ao pescoço, os olhos às órbitas, mesmo quando desde o nascimento não correspondem um ao outro.

89. Esta aparente confusão se explica com um pouco de paciência, coisa que a você, meu querido e inestimável Sancho, já ficou provado possuir até aqui ao ponto de poder doá-la como sangue a feridos de guerra. O prólogo está mais longo, e cada vez mais longo do que deveria. Não questionarei o que é dever de dizer e o que não é para ser dito neste pico da vida. Não poderia ser diferente como você percebeu até aqui; não esgotei meus cem/sem modos de dizer a mesma coisa esperando que,

pela repetição, a verdade se revele ou se revele algo mais do que a verdade. Mas, seguindo em frente sem perder o fio da linha, preciso aqui dizer uma novidade que, até agora, não mencionei. Imagino que uma novidade seja coisa empolgante neste quadro de lentidão cansada. Pois vamos a ela. Uma novidade como os fatos reais da vida, pode impedi-lo de dormir antes do fim. Vejamos se consigo ajudá-lo: eu morava em um colégio interno desde que morrera minha avó, mãe de minha mãe com quem vivi desde bem pequena até sete anos quando, sem alternativa, tive de ir à escola. Não lembro, nem vem ao caso, quando deixei de morar com minha mãe, minha avó é que fazia as vezes de mãe, sendo muito mais minha mãe do que minha mãe propriamente dita. Nunca a chamei de mãe, era demasiado velha e desde cedo ensinou-me a chamá-la avó, o que não me convenceu. Logo fui morar no colégio onde vivi com as freiras e as meninas que voltavam às suas casas todas os fins de semana. Eu não tinha para onde voltar, mas também não me interessava por isso. Visitava minha avó que parecia minha mãe apenas nas férias, sempre acompanhada de uma das freiras que vinha e voltava comigo de ônibus sem dizer nunca uma única palavra. Quando minha avó já estava morta há anos, visitávamos seu túmulo no cemitério e a casa onde ela vivera comigo. A freira que me acompanhava nunca era a mesma e, por isso, não posso transformá-la em personagem desta narrativa, pois não há mais na minha memória do que um hábito a revestir um rosto que nunca é o mesmo, hábito que poderia ser uma armadura a vagar pelas histórias como um oco ambulante, uma máscara sem rosto, alternativa que já foi por demais usada na história das coisas imaginadas. Se contar os acontecimentos fosse apenas uma questão de memória eu estaria perdida. E você, necessariamente comigo, meu imperturbável Sancho, pois sua vida a cada linha se entretece com a minha. A casa de minha avó seria igual a essa não fosse o fato de ser bem maior, tudo o que há por aqui não parece deixar de ser tudo o que há por lá, parecem demais uma com a outra. Se eu confiasse mais em ideias fantásticas diria que essa casa de minha mãe é a casa de minha avó. Seria uma coincidência incrível que me faria resolver todo o problema com o segredo. Eu poderia pensar que minha mãe era minha avó e tudo estaria bem, porém minha mãe não poderia ser minha avó, pelo simples fato de que teria de nascer ela mesma de minha avó, minha mãe não poderia de modo algum ser filha de si mesma. Nem minha avó poderia ser mãe de si mesma. Não é apenas uma questão de lógica, é problema muito maior que diz respeito à física, à questão do espaço, aquela questão de dois corpos que não podem estar no mesmo lugar ao mesmo tempo. As freiras que vinham comigo sempre pareciam contradizer isto, mas não posso confiar neste fato, pois na falta das provas empíricas, devo ceder a provas lógicas. E a evidência? Guarda-la-emos apenas para o último momento. Por ora estamos ainda no tempo da viagem. Ao mesmo tempo que deslindo o parágrafo oitenta e nove dos cem/sem que temos ao todo para desenvolver, corre a viagem. Correm, portanto, dois fios neste prólogo, meio relatório, o dos fatos que devo rememorar, e o do texto explicativo que devo dispor linearmente para deixar tudo claro, cartas sobre a mesa, pedra após pedra, tijolo por tijolo, como uma pincelada ao lado da outra e evitar assim, com tanta ordem, o caos das palavras de minha mãe. Prefiro, como se vê, antes contar sobre o desenrolar das explicações do que sobre os fatos. É difícil dizer qualquer coisa sem ofender o que ficou no passado, por exemplo, questões menores, mas que interferiam decisivamente na formação de minha personalidade: que eu odiava as viagens que me levavam à casa de minha avó, não porque por horas avistássemos a mesma monótona paisagem campestre, mas porque eu era obrigada a dormir naquela casa tão parecida com esta, aquela casa cheia de intensidades para um olhar de criança, e pegar o ônibus apenas no dia seguinte para voltar ao colégio como se nada tivesse acontecido, como se não se tratasse de uma noite de horror passada entre paredes vivas de um antro. Minha avó assustava-me, não estava ali, era só a ausência que me movia a ver sua silhueta torta, do mesmo modo, minha mãe era a imagem de uma santa que ficava sobre a mesa. Comparar o que foi e o que é, esquecendo-se que o visto não é mais do que um resto do que se viu, não é atitude inteligente. A imagem de minha avó, a fotografia de minha mãe, tudo o que havia na casa, e a própria casa, me pareciam tão gigantes quanto era gorda a freira com quem eu era obrigada a dividir a cama para passar a noite. Mesmo que a freira não fosse a mesma, no entanto era sempre a mesma gordura que enviavam comigo aqueles que decidiam que eu deveria viajar para ver minha casa, o meu lar, a vida que deixei para trás. Meu ateísmo, mais do que das aulas de catecismo que tínhamos todo sábado, se deve a estas noites em que vivi, ainda pequena, entre a faixa de gaza que sobrava no espaço ocupado pelo corpo da figura que, além de imenso no espaço, era interminável no tempo das horas escuras passadas no ambiente sonoro de roncos e grunhidos, mistura de orações, falas sonâmbulas e respiração sempre frustrada. Que jeito falso de morrer, pensava eu, na brutal expressão noturna. A cama de minha mãe sempre vazia e coberta com um pano verde, era separada da cama onde dormíamos apenas pelo armário, sobre a qual, naqueles tempos, flutuavam balões de papel presos ao teto contrastando com as paredes coloridas e a música de piano a soar baixinho na caixinha de música cujo mecanismo de corda eu acionava a cada hora pondo a mão para fora do cobertor num gesto amedrontado que cabia bem à atmosfera do grande quarto sem paredes. Não sei onde foi parar a caixinha de música. Nem sei das freiras. Sei apenas de mim: estou aqui e tenho uma tarefa a realizar, uma dívida como herança, um segredo a revelar e muito pó a tirar das coisas, que deixarei, no entanto, intocado.

90. Minha mãe era uma imagem que se confundia com a de minha avó. A imagem de uma santa de louça. Percebê-la apenas produziu em mim a necessidade de doses altas de realidade, que a viagem com a freira gorda e a noite no minúsculo cômodo da pequena casa proibiam sem alternativa. Eu preferia o ambiente do colégio a qualquer outra aventura. Ali era possível passar dias envolvida com tarefas de leitura, lições de matemática, e a instigante busca de insetos pelo jardim para a coleção da biblioteca. Até a organização da cozinha e dos infindáveis armários no convento garantiam mais interesse do que sair dali para visitar aquele parque temático do isolamento humano que era o que chamavam família, como se estivessem a

falar da própria igreja a que se vai como um crente. Não aguentava os rituais, mas evitava atritos. À igreja íamos todos os domingos. E eu não criava qualquer objeção à crença das pessoas com quem eu convivia, nem ao convívio com elas. Permanecia no colégio a proteger-me das visitas que, temia eu, sempre poderiam me levar de volta ao meu local de origem. Nem os convites das outras meninas para ir a suas casas nos fins de semana, coisa que era incentivada pelas freiras que se penalizavam com a suposta solidão que eu pudesse ter, me seduziam. Ao contrário, sair do colégio me fazia sentir mal, ainda que já naquela época as freiras me explicassem o senso de realidade que envolvia minha responsabilidade para com aquela pessoa que era, afinal e de uma vez, minha avó, ainda que estivesse morta, e minha mãe, ainda que fosse apenas um retrato. Ora, todos tinham uma e eu tinha a minha, disso eu sabia, era algo lógico e eu nunca fui de contestar a lógica, nem de ter crenças absurdas em coisas que não existem. Podiam explicar-me a responsabilidade, mas não me obrigariam a sentir prazer em visitá-la. E, por isso, para que não me perturbassem com a questão, eu decidi que jamais visitaria ninguém, assim fariam foco em mim, no meu problema com o mundo, e não na minha relação com minha mãe. Preocupar-se-iam em me fazer gostar do mundo, confiar nele, ter prazer no convívio humano em geral e não no de uma única pessoa. Sempre digo que não se vive sem estratégia. A vantagem de trocar a mãe pelo mundo é a própria vastidão deste último que fornece motivos diversos para as mais variadas conjecturas dos outros. Conforme mudamos o foco, muda o foco dos outros sobre nós. É quase um jogo de mostraesconde. Assim é possível livrar-se também do excesso de teoria no qual uns pretendem encaixar os outros, os que detêm teorias contra os que não as detêm, sendo que todos têm suas teorias mesmo que pareçam isentos por ignorância ou ingenuidade, e assim, vivemos em eterna guerra de uns contra os outros, uma guerra velada, mas falante, guerra de cegos e de surdos, em que vence sempre a tagarelice de quem diz mais contra quem diz menos. Sempre é possível pensar que seria pior, e que estou a reclamar do que não devo. Por sorte eu não tinha um pai que combinasse com aquilo tudo e que desse às freiras outro motivo para responsabilizar-me. Era a avó e a mãe que as freiras, não se deve esquecer este pequeno detalhe, alucinavam, se devo falar de um ponto de vista mais metafórico. Confesso que hoje, ao olhar para trás com a perspectiva de adulta, na idade em que me encontro, e a idade não é mais do que a inclusão da vasta distância com o passado e a curta distância que cabe ao futuro, na vida que se vive no presente, penso que eu deveria ter gritado sobre o que eu via, mas certamente, teriam me trancado como seu eu fosse louca. No que acreditavam? Em uma casa vazia e que eu deveria caber dentro dela ao mesmo tempo que contê-la. Hoje, as bruxas estariam realizadas.

91. Não sei até que ponto meu medo podia ser uma natural autodefesa, não gosto destes psicologismos, mas é um fato que ficar longe daquilo tudo era o que de melhor poderia ter acontecido. Observo isso hoje de modo bem pragmático. Lembro de muitas vezes ter sido questionada pelas freiras sobre supostas saudades de minha mãe, eu sempre mais interessada em brincar com as outras meni-

nas, simplesmente não respondia fingindo não ouvir, ou alternava as frases, hoje sim, hoje não. As meninas eram apenas bonecas, pois de fato, apenas eu vivia no orfanato com os hábitos que vestiam rostos infinitos, mesmo assim eram levadas a passear todos os finais de semana por pessoas que pareciam reais. Eu ficava em meu pequeno mundo. Quando as freiras me chamavam para uma conversa no mundo das adultas eu me esquivava propondo perguntas complicadas, já naquela época eu me interessava por matemática e geometria, mais do que pelas brincadeiras, e logo descobri que discursar sobre cálculos divertia as freiras, sobretudo se eu incluísse nas minhas teorias anjos e orações. O que era uma combinação divertida também para mim, era ainda mais instigante àquelas boas pessoas que se dedicavam a mim e a tantas outras crianças órfãs ou abandonadas em família pelos próprios pais. O que digo em tese, porque de fato, as crianças do meu orfanato não davam trabalho algum, nem comiam, nem bebiam, não ficavam doentes. O ambiente do internato era toda a tranquilidade do mundo e, assim, sabendo o que eu queria, podia ficar tranquila, que ninguém me levaria dali. Era a ilusão que eu tinha, pensando que nem as freiras gostavam tanto assim de suas mães, do contrário, viveriam perto delas e não num convento protegidas entre si e cuidando de crianças que nem eram seus filhos. Ou cuidariam delas apenas porque, por caminhos salvaguardados na instituição, estavam livres de ter filhos? Evitariam, assim, o horror da família, fingindo que a encontravam numa instância maior. As freiras não estavam em nada interessadas no teorema de Fermat ou a banda de Moebius que por anos ocuparam minha mente de menina desde que Madre Cassandra, a única que tinha nome e era um elefante branco a controlar uma manada de outros tantos de diversos tamanhos, mas igualmente vestidos de preto, me deu um livro chamado *Pequena História da Matemática*, que devo ter citado há algum tempo atrás e que carreguei comigo até aqui, que não interessava a ninguém e que não valia a pena guardar na única estante de livros de todo o colégio, a que ficava na sala ao lado da capela onde um dia puseram uma televisão. O livrinho seboso se tornou meu companheiro por anos. Não tinha sequer autor, era uma organização da editora Gáudio que foi à falência há menos de dez anos, cuja derrocada vi por acaso quando trabalhei na auditoria do banco, no roubo operado por um dos sócios, um escritor que se suicidou poucos meses após ter roubado todo o dinheiro da editora e desviado para a sua própria conta. Se eu enveredasse por este lado das coisas, teríamos muito mais tempo a perder, porque há tragédia demais na vida comum e toda história tem relação com outra que leva a outra que leva a outra. Na vida o que há são elos e correntes, com que prendemos as coisas ou que nos prendem. O pequeno fólio copiava algum livro estrangeiro sem dizer o nome do autor, embora fosse falso não trazia informações falsas. Bastou nos primeiros tempos para aprender o gosto pela matemática. Hoje a ciência é morta e eu não faço mais do que somar e diminuir conforme o peso dos vazios.

92. Minha mãe teve um lado só do que cabe a cada indivíduo que nasce: entre genialidade e loucura, entre riqueza e pobreza, entre verdade e falsidade, cada um recebe uma

cota, com a outra apenas pode estabelecer uma relação de ilusão à que os filósofos chamaram historicamente de dialética. Mas é de um lado só que se habita, uma parte só que de fato gera efeito, o resto é a conjetura consoladora. Minha mãe recebeu como patrimônio a loucura, a pobreza e a falsidade. Com elas tornou-se um ser falante. Um ser que viu nas palavras ditadas a um aparelho a chance de sua existência. Não escrevo isto para encenar grandiloquência, não há nenhum sinal de que ela almejasse existir por meio de seu ditado, as intenções do que fez se perdem no feito. O que há é objetividade pura e a interpretação de quem ouve as fitas sendo que pergunta quanto ao porquê ela não teria escrito em vez de ditado, não me sai da cabeça. Teria ela preguiça de escrever? Faltar-lhe-ia papel, máquina, ou até mesmo lápis ou caneta? O gravador parece seria o único instrumento disponível, usado com pragmatismo incomum. Não creio que se trate apenas da separação ou da junção feliz entre técnica e sandice, quando se trata de ditar pensamentos a um gravador ou de fazer um livro. Não sou especialista e, por isso, evitarei mais comentários sobre a arte da literatura da qual, de certo modo, agora participo, ainda que apenas como organizadora do alheio. Se ela mesma escrevesse me pouparia este trabalho: datilografia e paciência auditiva. Talvez não ficasse tão economicamente organizado, afinal tenho que louvar a virtude com que fui naturalmente contemplada em vida. Ela serve a todas as coisas, como serve ao livro de minha mãe e a mim mesma que já nasci econômica, inclusive, fisicamente. Tudo o que faço, portanto, é exatamente econômico e não me deixa ser ingrata, pois aquele que economiza sempre pode doar. Penso que não teria experimentado minha própria descoberta, nem teria o livro pronto se esperasse a mera generosidade da vida e desconfiasse da economia crendo nos excessos da genialidade, coisa que também faltou à minha mãe. Sou, por isso ou por aquilo, grata. Saberia ela o que era o gênio? A atuação do que em nós é não saber produtivo? Coisa de poetas e filósofos, estes que nasceram para dar luminosidade à vida humana naturalmente opaca diante das cores da natureza. O ser humano, este exilado que se agarra à tábua da poesia. Conjeturas e nada mais. O que a vida exige é economia e trabalho. Esbanjamento dionisíaco é coisa para poucos felizardos que se comprazem com a aventura. A vida, pobre e rica, nos quer a todos mineiros, pedreiros, lixeiros, trapeiros, caminhoneiros, barbeiros, cozinheiros, lavradores ou escritores. A história da vida, que inclui a das coisas escritas é a história do trabalho em que eu hoje escolho a profissão rara no mercado de datilógrafa auditiva. Que seja a herança que me cabe, a do trabalho com que organizei o texto.

93. Muito trabalho, o dobro do que qualquer pessoa teria e, no meu caso, dobro do dobro. Não devo deixar de explicar o tempo que levei escrevendo este prólogo. Já o disse, duas semanas, quatro semanas, vinte semanas? Sempre é mais que isso. Mais do que o mais que poderemos, eu e você, meu precioso Sancho, imaginar. O dobro imensurável que aciona a ideia de mais e mais, de que mais e mais, mais e muito mais. É que tudo o que faço leva o dobro do tempo, pois, como disse, nasci econômica, coisa que não expliquei antes, pois este é assunto que merece uma pequena pausa, mostrando assim o tamanho inequívoco

do meu esforço. Trabalho, saiba de uma vez, apenas com o braço direito. Levo, portanto, o dobro do tempo que levaria para fazer qualquer coisa. O meu tempo é o que no tempo dos outros seria metade do meu tempo. Explico. Onde pessoas em geral, escritores ou leitores que carregam este livro com duas mãos, têm um braço, eu tenho apenas um coto, bem pequeno, menos de dez centímetros, um mero sinal de que ali haveria um braço. Não se trata de um arremedo de mão, de uma deficiência qualquer; pode-se suspeitar que tenha sido cortado ao nascer. Não lembro de em algum momento de minha infância, ter tido mais de um braço. Uma espécie de João sem braço a transcrever um livro. A forma é o ritmo com que pude trabalhar. Não me agrada ter que informar, pois me sinto na obrigação de deslindar mais este aspecto e sei que dele pode resultar pena ou compaixão, como dois lados da mesma moeda, a verdade e a falsidade, o mal e o bem, a mão e sua palma, há, no entanto, algo que me compele a dizer, alguma vantagem que vislumbro ainda que em cores suaves. Falo da atenção que nasce da lentidão datilográfica que me obriga à paciência e à destreza que compensa a falta. Se as mãos são vagarosas, no meu caso é porque não tenho o plural com que dizê-las, e me obrigo à singularidade. Se uma única mão é que faz meus serviços, não pode pedir, nem exigir, nem esperar. Não tendo com quem contar, não pode também ressentir-se. O caso é ancestral. O braço não havia, nem teria porque haver, pois não me foi arrancado, simplesmente nasci com um a menos relativamente ao protótipo formal dos animais humanos. Outros nascem com dedos a mais, ou nascem colados, outros têm olhos azuis, enquanto outros não veem, ou não ouvem, ou não falam. As características visíveis podem ser medidas e é desta medida que se faz a comparação que não me parece essencial. Cresci conforme tinha que acontecer com uma peculiaridade que não é das mais curiosas, ainda que seja em certos contextos. Estava apagado do meu corpo, antes de ter a chance de pertencer à minha memória. Por isso mesmo, nunca pertenceu. Não sei se me expresso corretamente, quero dizer que não havia como me lembrar dele. Na verdade, lembrar dele não chegou a ser mais do que a reafirmação de uma lembrança, a constatação de que lembrar é possível, mas que é necessária a comparação para se poder lembrar, como agora, nesta máquina a tocar letra por letra, me foge qualquer pensamento de que tivesse que ser de outro modo.

94. Minha deficiência é uma característica exterior à minha memória. Tenho dela outra forma de memória. Não a memória do que tive, mas a memória da memória da falta do que nunca tive. Uma memória da falta de memória e não uma memória da coisa faltante. Memória do que eu poderia ter. Do que eu poderia ser. Sempre tive um único braço, não saberia agir com dois. Tivesse dois e depois apenas um, neste caso teria um problema. Não me ocorre que o seja, sou o que sou considerando o que em mim é único ou duplo, com minha única cabeça, meu nariz, meu pescoço, e, por outro lado, meus dois olhos, minhas duas pernas, meus cinco dedos da mão, mais os dez dedos dos pés, igualmente dois. Os outros, caso me vissem, não posso saber o que diriam, nem me importo com isto. Vejo é com meus olhos como qualquer um. Se me faltasse o olho um dia, depois de viver com ele, aí sim, entenderia. O

que quero dizer é que não se trata, a rigor, de uma falta. O que os outros têm, lhes poderia faltar, o que não tenho não me faltaria jamais. Talvez o tenham visto como falta pela comparação com aqueles corpos em que não há falta. Nos quais isto, se faltasse, de fato, faltaria. Seria um erro se me vissem como faltante quando na verdade, não falta, não em mim, mas ao outro que me vê. Que me falte o que os outros têm não me diz muita coisa, só me diria se me faltasse o que eu tenho e, um dia, se o perdesse, não o que eu poderia ter tido, mas não tive. O verbo coloca tudo em outro lugar. Lugar que igualmente não me importa. Falta-me dois hectares de terra na África? Falta-me uma baleia no tanque de roupa? Falta-me um oásis? Um diamante azul? Nada do que não tive, nem poderia ter. Faltas supostas são fantasmagorias. O problema, no meu caso, é bem outro. O meu único braço, em nada faltante e muito ágil, por sinal. Em sua solidão de labuta, no entanto, torna lento o meu processo em relação a outros datilógrafos de duas mãos. É mais um problema de competitividade de mercado, do que qualquer outro. Como estou, nesta atividade, fora de qualquer mercado comum, já que meu serviço é raro, deixo em paz minha própria morosidade. Para que a pressa? Não sou das que se ocupam em resolver a vida em um dia simetricamente dividido em quatro: madrugada, manhã, tarde e noite, nem em uma semana ainda que haja estas sensações. Deuses já existem muitos e eu, pra evitar a megalomania dos deuses, me espalhei nos meus cem/sem parágrafos que lentos como uma tartaruga combinam com meu modo de ser. Sou uma mera escriba, desde a travessia e nas próximas. Sinto-me, contudo, cansada como uma mariposa que tivesse recém-saído da pupa e tivesse de voar com uma asa só.

95. Com um braço só, a travessia não foi fácil. Não posso falar dela aqui, devo restringir-me a explicações sobre os motivos pelos quais me pus a transcrever este livro. O que tenho a fazer é cumprir com minha obrigação de decupar as fitas, mostrá-las, explicar-me por fim. A travessia pertence ao passo anterior, sobre o qual não poderei falar. Depois deste dado, imagino que você, meu ilustre Sancho, há de rever tudo o que eu disse. Imagine, imagine muito, imaginar é tudo o que você tem a fazer, mas não deixe de imaginar a ausência de paz em tudo o que vivi quando se tratava da lenta travessia desde o naufrágio até a cidade. Não quero, nem devo falar dela, embora algo a esteja puxando para fora dos meus pensamentos, do meu organismo onde, instaurada como a raiz de uma árvore milenar, ela adquire seu alimento, vejo-a ser pinçada e logo uma mão carrega um fórceps pronto a desinstalar o ser que em mim fez morada, secreto como o fundo de um abismo. Da travessia só o que posso dizer é que ela veio em meus pés, sola de sapato que resiste apesar das pedras, carregando-me sobre o que nela viajava, eu e meu eu inteiro, no qual é incluso o único braço, fomos companheiros dedicados. Naquela época não tinha nem mesmo você, meu inquestionável Sancho, meu único. Como o braço, como o chamei um dia antes da aquisição da autoconsciência. Não perca, agora que se tornou esperto, necessária analogia, e não pense, neste ponto, que perdi o braço na travessia. Quem começar a ler este prólogo por este parágrafo não terá a informação completa. Se é o seu caso, volte aos dois parágrafos anteriores — apenas, é claro, se estiver a se perguntar pelo braço.

Perceba o fundo perdido das coisas contadas antes de seguir. Acalme-se. Não gostaria de explicar estes cansativos detalhes novamente. O que não farão ao meu incrível Sancho que, a esta altura, já se tornou autor de tantos pensamentos quantos caberiam em uma biblioteca inteira e jamais caberiam neste livro. Não há leitor que não seja um sonhador, não é para outra coisa que servem os livros. Apesar disso, falemos de tudo menos da travessia. Ela importa parcialmente à compreensão do todo que me dediquei a explicação, não é a nossa questão. Quando falo nós, quero dizer eu, Sancho e, agora, você, que acaba de chegar e se intromete em nossas questões. Não vou lhe dar tanta atenção, pois se eu Sancho temos muito que resolver, você não é mais que o terceiro excluído que, mesmo não sendo chamado, não deixa de se manifestar. Não posso depois de tudo voltar atrás. Posso apenas calcular os passos que restam para o fim enquanto sinto que algo me sobre pela boca, aquela travessia que quer escapar por entre meus dentes, soçobrar na língua, irei dizer aquilo que não gostaria de dizer, como se prestes a vomitar palavras. Não é o que venho fazendo com minha delicada compostura de transcrevente. Algo me impele a dizer que cheguei de arrasto à casa como se a versão anterior, aquela em que conto que chovia, não valesse muito, embora fosse absolutamente verdadeira, tal era a miséria das forças. Pensei que fosse a cidade, não havia mais que meia dúzia de casas. A decepção com o que vi não me deixou chegar a elas. O Sr. Domingos com seus pupilos estava ali, eu sei. Eles não me viam. Mesmo que desejassem não poderiam me ver. Quando cheguei tive sérias dúvidas se o que eu vivi antes, faltava alguém que deveria estar comigo, alguém de quem esqueci o nome, havia um caco de espelho pendurado à parede no qual eu não refletia, na verdade, era um pedaço de alumínio fosco pelo tempo em que tinha sido deixado ali. Nada disso, no entanto, me ajudava a entender. *A dream itself is but a shadow*, era uma frase escrita a carvão atrás da porta. O ar era de repetição. Uma sombra de uma sombra, de uma sombra, de uma sombra de uma sombra, e abaixo, ainda escrito a carvão, a frase imperativa que dizia, leia infinitamente essa frase, depois copie na lousa. Por dias pensei que a casa estava cheia de mensagens cifradas como essa que, sem maiores intenções, envio a você mesmo, meu impressionante Sancho, não para que a decifre, mas para que a contemple e proteja.

96. Tudo o que existe inclui o que não existe, o que há é repleto do que não há, o real pleno de imaginário. Toda confusão inclui a sua lógica. O único fato que realmente importa agora, é que a lentidão atua no conteúdo e, quando percebo, em déjà vu, este prólogo ameaça ficar muito mais longo, infinitamente mais do que devia ser. Cada frase a mais, quanto mais explica, mais pode inexplicar, a chave, quando há, cabe ao leitor encontrar, no nosso caso, apenas você, meu intenso Sancho, é que a possui. Pobres dos outros. Os outros não se importam com isso, nem com a economia interna da dicção, nem com o tamanho dos parágrafos e o vetor das explicações. Posso dizer-lhes que prometi a extensão na contramão da economia, não estarão mais aqui para saber. O que não posso assumir sem medo é a progressão geométrica que duplica, triplica, intensifica em um número indefinível, o que deveria ser

resumo. Minto. O número não é indefinível. Eu teria que contar caracteres se quisesse ser direta. O lento dos procedimentos é interiorizado pela densidade da forma. São cem/sem o número das explicações que enunciei ao começo e já estamos no parágrafo 96 e eu ainda tenho muito que explicar, até chegar ao cálculo final das divisões e somas que fiz. Até aqui, sei que me expliquei muito pouco e menos ainda até o fim. Desculpe-me, inestimável Sancho, pelo excesso, não tenho coragem de pedir desculpas reais e sinceras, aqui a obra já tem autor duplo e se me desculpo é por tê-lo trazido a este lugar sem volta. Só há obra por haver leitor, não há, na verdade, a obra e, não havendo obra, mas havendo a obra do leitor, creio que a responsabilidade é mais do leitor que aqui chegou do que do escritor que aqui não existe. Seria cínico, no entanto, pedir desculpas pelo excesso de páginas. Pelo nada que necessariamente está a ser dito de muitos modos. Pois aquele que escreve sempre poderia cortar o que escreveu e, assim, poupar os olhos e os pensamentos do seu amigo. Seria possível resumir também a vida para poupar os demais? Eis um destes dilemas clandestinos que nos acodem apenas se a paranoia cotidiana não é freada. Não posso mentir. Por isso, nem posso me desculpar. Devido à minha condição física, tudo o que eu poderia usar são as desculpas. Poderia até desistir de escrever ou usar como meio para o perdão o braço pouco hábil para datilografar. É, no entanto, o contrário o que me ocorre. Assim como há um braço em mim, falta muito para que este prólogo se torne o braço que faltava ao livro. Não será o braço mecânico deste corpo. E se o for, sempre o será mecânico, jamais coisa orgânica que melhor combina com a verdade, mesmo que a verdade não seja mais do que uma casca, aparência que recobre algo e, apenas por isso, mostra-se inteira por oposição a uma falha que gostaríamos de tapar. Há, de qualquer modo, neste braço, tecnologia demais e alienação de sobra em relação ao corpo original. Apenas quanto à comparação infame é que devo pedir desculpas. Mas nem tudo acaba por aqui. Posso dizer que este prólogo serve como o braço que, não me faltando, me falta. É um problema de soma e subtração, mais ainda, de negativo e positivo, do que se pode ver e do que não. Refiro-me à falta, não às faltas em geral, que estas, cada um deve saber da sua, a que seu corpo carrega, ou se aquilo que escapa, que esburaca a vida de cada um, não é fato que se possa definir concreto e real. Refiro-me a um braço, e não deixo de me espantar com minha própria referência. Vejo o braço, não vejo o não braço mesmo sabendo que ele poderia estar ali, não estando, não tenho como vê-lo. Poderia pô-lo, é certo, mas que fim sem graça para meu dado corporal: o que tenho do lado direito e que sustenta a mão pela qual teclo à máquina revelando a cada segundo uma letra para uma palavra nova. A esta altura tornei-me rápida, rápida de certo modo por ser bem lenta. Assim como posso dizer que escrevo por ter um único braço. Tivesse dois, estaria eu lavando roupa? Subindo em árvores? Jogando vôlei? Não, nada convida mais uma maneta como eu, do que uma máquina de escrever. Você deve estar a se perguntar agora o que teria uma coisa a ver com a outra, afinal, comecei a decupar as fitas muitos antes de me ter colocado a questão do meu braço único junto ao fato do braço que eu nunca tive e, portanto, essa não passa de uma antiquestão com a qual adio um pouco mais o que importa realmente esclarecer por meio deste prólogo. De que fujo? Não fujo, ainda que fugir fosse um direito. É o que concluo, pois me sinto suficientemente bem para, nesta máquina à qual falta uma tecla como a mim me falta um braço, despachar de uma vez por todas a conclusão deste trabalho. O que concluo não se refere a mim, pois a questão não sou eu. O que concluo refere-se a ela. É que para entender minha mãe que continua até aqui sendo o nosso objetivo desvendar, será preciso inverter a ordem dos fatos. Não apenas inverter por inverter, mas inverter com propósito, para pegar a lógica pelo pescoço e não pelo rabo, não que minha mãe seja uma questão de lógica. Desde quando se pode pensar que alguém se torna mãe por lógica? Ou que a lógica explicaria a loucura? A única lógica que compete ter em mente é um raciocínio banal como um silogismo: o filho é sempre um filho da mãe. Não há como ser filho do nada. A inversão que aqui se deve promover é, no entanto, bem mais delicada e fará pensar pelo avesso. Pegar a lógica pelo rabo, pois o rabo é a cabeça do avesso. Como a burrice é o rabo da inteligência. Não, ao dizer isso, quero apenas provocar um pouco de interpretações perturbadoras. Não é sem perturbação que entenderemos o que se passa. A perturbação é o cerne do que devo evitar, mas não posso evitar sem mostrar o que seja.

97. Eis que a frase que pode nos ajudar neste momento é esta: não são os filhos que estão nas mães. Como não é a tecla que está na máquina assim como não é o braço que falta em mim, são as mães que estão nos filhos, como é a máquina que está na tecla que se perdeu, como eu estaria

no meu braço caso o tivesse perdido. Só o que me salva do braço, ou o braço de mim, é que nunca o tive, a tecla não se salva, pois é claro que esteve ali, um dia, na máquina; porém, o que se aplica à tecla e ao meu próprio braço, no entanto, não se aplica a mim, pois mesmo que um único dia eu tenha sido a filha de minha mãe, na totalidade dos meus dias não posso dizer o mesmo, é um fato inexorável de que fui o que fui, de que ela foi onde eu não estive, ela esteve onde eu não fui e que, apesar disso, mas não saberemos ao certo o que é ser, se substância ou verbo. O que não sou ou é a superação do que fui, ou a sobra do que fui? No entanto, apenas sob um aspecto tenho que me curvar: mesmo que não possa saber quem foi minha mãe, sou filha de uma. Eis a sina de quem é filho. Sina que corresponde à sina das mães, de quem é mãe e de quem, não sendo mãe, um dia teve uma intensa e direta relação com uma. Que uns dependem dos outros, eis o que não se pode negar. Que a simetria seja diversa do que se espera, eis o que é preciso pensar. Os filhos só estiveram de passagem pelos corpos de suas mães. Mãe é aquele ser que levado em conta individualmente se divide como células que perderam a unidade enquanto, curiosamente, a mantém. Assim é que se deve concluir que mães são zumbis, corpos esvaziados, alienados de si mesmos. Corpos que nunca poderão voltar a si mesmos, corpos que precisam se livrar de si mesmos, são resto de corpos que se vão, vivos ou mortos, para longe de sua matriz. A matriz não sendo mais do que uma forma que esvazia após o uso. Não se trata de um mero jogo de palavras, é preciso dizer mais uma vez e dizer novamente, repetindo à exaustão: mães são fantasmagorias reais. Como seres humanos, algumas sabem o quanto em si mesmas são animais confusos e acuados, conscientes de sua animalidade, perdidas de si mesmas, do que delas dizem, vítimas da crença de que são mais do que são, não apenas uma, mas uma outra, a mãe que é a perspectiva tão reproduzida quanto esfacelada de si mesma. Ela e seus filhos como um vaso e a flor, como fio e trama, em um nó cego. Duplicadas, triplicadas, quintuplicadas conforme o número de filhos, separadas de si mesmas, vivendo o resto da lembrança do que foram e do que poderiam ser, sem chance de encontrar o que são. O que nela é ela, o que nela é outra? Um ser por trás do uniforme, uma alma por trás do manequim de vitrine, o fundo de um prato vazio, propagação da própria dor. Pó de arroz sobre a pele amassada da carcaça, varizes, cabelos tingidos entre brancos esgotados em força, seios cheios depois murchos, um corpo inteiro em torno de um ventre. Se os filhos estiveram nelas apenas de passagem não houve outra sorte além do esvaziamento compulsório de seus corpos, mães são garrafas que perderam o licor. Guardam dentro de si uma mensagem como as indecifráveis frases de sonhos que se carregam como uma recordação cujo significado um dia poderia explodir dentro da mente como uma fagulha e iluminar uma sala inteira fechada desde sempre e com a cor escura do vácuo. Não o vazio cheio de claridades. O vácuo é escuro, nele não há movimento. As mães é que vivem em seus filhos como este vácuo de onde se sai e cujo valor se carrega na esperança de que um dia possa ser preenchido. Para muitas é a interrupção da própria vida, talvez tenha sido isso o que enlouqueceu minha mãe que deu seus próprios passos rumo a uma existência confusa. Mas antes eu teria que decidir se ela mesma ficou louca, ou se a loucura foi decisão dos médicos. Este raciocínio de certo modo tortuoso é o único que pode explicar a ordem dos fatos a que pertence em figuras ora interrompidas, ora continuadas, a vida.

98. Minha mãe que não conheci precisa ser descrita com rigor para que possa ser compreendida no todo e na enumeração de todos as suas partes, sem a qual não há sentido falar em todo, nem em parte. Devo chegar a detalhes como a cor dos cabelos, o tamanho das pernas, o odor da pele, o formato das unhas, se tinha dentes, a cor dos olhos, a quantidade de passos que usava para mover-se em torno de si mesma, qual o diâmetro dos joelhos, a distância entre a sobrancelha e a pálpebra, o número de rugas. Sinto frustrar o leitor com menos do que lhe é devido nestas horas de promessas cuja característica é que deveriam ser feitas e que, entretanto, são interrompidas como voos a que, em momento inoportuno faltam asas, mesmo assim, devo descrever, do contrário minha pobre mãe não passará da sombra cujos contornos sou incapaz de desenhar com a própria herança que recebo, uma palavra tão vazia quanto qualquer uma que seja feita de letras, como farinha feita de grãos, trevo feito de folhas. A descrição não deixa de ser desenho, a cada vez que descrevo minha mãe só tenho a faculdade da imaginação, ou seja a projeção mental de imagens a sustentar o que tenho a dizer. Posso mencionar o meu lucro com o processo, o que alcancei e o que perdi. Posso dizer que alcancei a descrição como efeito da transcrição, se não a mais exata, pelo menos as que surgem de minhas inten-

ções ou o meu ponto de vista. O ponto de vista é como óculos que, sobre o nariz, está sempre no avesso da descrição, mas contente no seu lugar especial, diante dos olhos, bem armado, fazendo o papel relevante de facilitar a observação do que importa sendo que, no meu caso, nenhum óculos serviu de nada senão como metáfora. É a figura dos óculos que em equilíbrio evidente define o começo e a possibilidade da descrição. O ponto de vista é o que permite descrever, no entanto, é apenas ele o que se descreve quando se tenta alcançar algo outro mesmo que este outro seja invisível. Ah, como enfrentar o invisível? Falar dele? Falar do outro é falar de si, cada um que descreve o invisível projeta-o como um feixe de luz à sombra. Falácia, falastério, falastronice. De que adianta entender um ponto de vista? Serve para aprender a distância em sua dialética com a proximidade. Quanta balela (usarei a desengonçada palavra tantas vezes quanto for necessário) dizer que o que se diz é o que não se diz. Balela que só perde em força retórica para aquele que diz que diz. Não queria usar a palavra balela, ela suja meus pensamentos, me revoltará até o fim, mas é a única que traduz o ataque do vírus do diz-que-diz-que. Dizer que vou dizer me escapa como em jorros de vômito. Ora, que porcaria para oferecer a um leitor. Perdoe-me, perdoe-me, não é cínico o meu pedido. Nestas horas é que percebo com mais força a sorte não estar dentro da literatura e, deste modo, relatar o que faria sem nenhum compromisso que vá além do que estou a dizer. Este condicional é o que salva o tempo dominado pelo verbo. Pobre tempo diante das palavras, pobre de mim, se eu fosse o tempo seria uma prosopopeia no lugar errado. Se eu fosse um som, seria o doméstico barulho de uma porta que range. Palavras como prosopopeias são canibais fingindo de mansos, não se esqueça.

99. Diante desta justificativa sobre o que foi minha mãe, e eu cansada que já estou de evitar dizer quem ela é, terei de render-me à obrigação de dizer. Dizer por descrição é o único jeito relevante de dizer qualquer coisa. Não posso dizer o que não sei, o que seria se soubesse, se disser o que não sei como quem fala do que sabe, acho que me faria compreender. O mais importante é que fique compreensível e, assim, eu possa apresentar provas científicas, ou validar minha intenção e permanecer dona do meu processo. Vamos, de uma vez, à minha mãe. Terminemos com este enredamento, o que prometi evitar desde o início. Além de tudo o que disse no parágrafo anterior, devo dispor neste velho processo da linha por linha, como traço após traço, pincelada após pincelada, mais alguns fatos, todos essenciais como cabe a um relatório que lembra um prólogo digitado com os dedos de uma única mão a um livro não escrito de uma mãe desconhecida e que, em sua ausência e desconhecimento, se fez presença fundamental da totalidade das ações que levaram à audição de um certo número de fitas com as quais se teria a mesma experiência do que sem elas. Vamos às conclusões sobre minha mãe, não mais que um desenho. Àquelas que importam com exceção relativamente à sua sexualidade e estado mental, temas sobre os quais não há como provar nada, se bem que é só o que importa àqueles que usam textos escritos como se fossem drogas para animar seus sentidos aniquilados, seus desejos fugidios.

Voltemo-nos à minha mãe. Preciso descrevê-la o mais rápido possível com o maior número de detalhes sendo que dela nada sei, além da conjectura que posso emitir a partir do que ouvi das fitas. As fitas, por sua vez, foram decupadas, e em si mesmas, fornecem o que cada um, ouvinte ou leitor, deverá saber ao cuidar de interpretar sem esquecer de si mesmo. Eis que palavras não bastam e, por isso, tenhamos atenção aos traços. Veja de uma vez o que dela pude descrever: descrever minha mãe em detalhes resume-se a dizer que, de tudo o que disse, nada é verdadeiro no sentido de algo que possa ser provado. Por sorte não disse, apenas desenhei. Um desenho prova enquanto ilude, é das coisas mais raras que há: a verdade como mentira sem que ninguém perceba, a mentira como verdade sem que ninguém alerte. Alguém dirá que isto é já dizer sem saber o que diz, nem o que faz ao dizer, aquele que confunde palavras e imagens, no meu caso, algo pior ainda, sons que incapazes de se tornarem palavras tampouco se tornam imagens. Só o que pode ser provado, e mesmo assim, apenas para mim mesma, é que encontrei as fitas e que posso a partir delas compor o quê e como seria minha mãe. Das fitas tiro a prova física da voz cuja prova visual é o que transcrevi em traços. A prova visual é o que me importa, embora seu único defeito, sem o qual, no entanto, a prova não existe, seja que os traços passam por meu olhar ligado à minha mão. Sou um prisma e, como tal, não posso evitar a distorção. O olhar nunca nos pertence, mas pertence ao que, em nós, possui nosso eu. Que não é pérola de ostra, nem botão de flor, mas tão-somente o resto, o botão do aparelho pelo qual se aciona a dor ou a vida. O nome verdadeiro de minha mãe resume-se em um ponto final que a descreve.

100. Foi a existência do corpo e o fato de sua inexorabilidade o que experimentei ao ler, transcrever e editar o que minha mãe deixou como se fosse a sua própria vida que ainda pudesse ser tocada. Um mundo no qual letras e números são apenas cifras do caos a que estamos rendidos. A realidade com que me deparei me parece esclarecedora, creio que cumpri corretamente minha tarefa neste exílio, mas é o leitor que dirá se a ordem que pus nos fatos revela a verdade dos acontecimentos, ou se, ao organizar a matéria do sonho, criei uma nova realidade. De qualquer modo ela não pertence nem a mim nem a você. Nunca atingiremos o meio da moeda. No começo tudo é fim em que tanto faz dizer tudo ou dizer nada. O que mais importa? Dizer que há um sonho, uma ilusão e dois começos constrangidos entre dois polos nunca decididos. No fim tudo é começo, é o que aprendemos com todos os movimentos que se podem conhecer mesmo quando nada se pode conhecer além das cascas secas das feridas que são as palavras, e das palavras somente a sequidão dos sons, e dos sons as cascas secas que são as vozes. As vozes pelas quais teremos de viver, cada segundo como se um universo inteiro viesse em nossa direção. Eu, eu, ninguém e uma tecla perdida.

Meu agradecimento a quem enfrentar estas páginas e souber guardar estes resquícios antes que as lascas do tempo cortem também os seus próprios dedos.

Leda

LIVRO NA CLARIDADE OU LIVRO DA TRAMA

Transcrito de nove fitas

(AS NOVE FITAS)

(T1 — primeira fita — antes de 11/08)

A Berenice ou O Todo

∞ Sou falante, não me ouvem, sou movente, não saio daqui/[b] a matéria enrijecida/ acetato da minha voz garante a passagem tranquila do tempo/ sou onde não estou, eu-eu e os outros, todos diante da porta, de um lado ou de outro/ a diferença entre mim e tudo é que estou do lado de cá, transida entre meus próprios dedos/ entre menos e mais, seguro-me, protejo-me, resguardo-me dos arranhões/ e dou conselhos/ faça o mesmo, proteja-se, você e os outros, do lado de lá, ou aí mesmo de onde me olha, terá suas costas protegidas?/ verá os

---

∞ A primeira das fitas que ouvi antes de qualquer outra a partir de uma escolha aleatória: a mão dentro da caixa, a primeira que toquei. Após a audição das demais, continuei situando-a como primeira. O que me convencia disso é coisa que não posso explicar além de evidenciar o impacto que me tomou quando escutei pela primeira vez, talvez por ainda não ter ouvido as demais, cujo conteúdo, aos poucos foram amenizando uns aos outros. A impressão geral influencia o particular e o contrário, tudo, porém, depende do grau de atenção da audição que, como a visão, a gustação, o tato ou o paladar, também cansa. Ouvidos acostumados regridem e se tornam surdos. Voltei, regredida e ensurdecida, acostumada ao que tinha ouvido, a esta fita por aspectos que preciso justificar. O primeiro é que o texto era dito de um fôlego só. Cada pequeno trecho — que separo por vírgulas para mostrar sua unidade, o que a meu ver seria atrapalhado caso usasse pontos — era falado como em pequenos golpes de força vocal em tom ansioso. Se eu pudesse

olhos que o guardam?/ olhe bem ao redor, eu cuido de mim, de quem cuidará você? a vontade, a explicação do mundo e outros encargos, da culpa à preguiça, estão contemplados/ sem prêmios, nem juros, total quitação, e a vida, mesma e outra, entre nuvens de chuva e um vidro que me separa delas/ é mero barulho no zinco/ é pregar/ falar/ ditar/ gravar/ ligar/ desligar/ se o destino estivesse atrasado e eu pudesse me desfazer do enredo, a quitação seria ainda mais fácil/ nada deveria acontecer, ninguém prometeu que seria como quero, quer você, ou querem

---

transformar os dizeres de minha mãe em frases curtas o teria feito, tornaria tudo mais fácil de entender, perderia, no entanto, o que mais importa, não o texto, mas o tom inalcançável do que era dito e que só posso preservar guardando a ansiedade das frases longas, não a de minha mãe, mas a que naturalmente pertence a sentenças propensas e não ter fim. É uma atitude de preservação, ecologia e memória, a que me move. Não posso, como de resto a nenhuma das gravações, supor a quem se dirigia, contudo, pelo fato de dirigir-se a alguém e mencionar com uma espécie de metaconsciência a própria voz, o gesto da gravação e da dicção, é provável que neste trecho estivesse consciente de que dizia, não exatamente do conteúdo do que dizia, mas de que ao gravar, dizia, e se fazia testemunha de fatos. Não é de modo algum descartável a hipótese de que estivesse consciente do conteúdo que dizia, quem sou eu para intuir qualquer coisa neste caso. Melhor manter a dúvida, é o que penso neste instante, que livra da prepotência e do descaso em relação a tudo o que isso possa significar. No que concerne a mim mesma, nenhuma questão de consciência resolveria o que me trouxe até aqui a resgatar um dito cheio de não ditos como este e que depende da minha audição e transcrição para que sobreviva. Uma espécie de manifesto sobre si mesma, o que ela teria a dizer. E penso que aqui ele possa servir para explicar o livro como um todo num gesto de exposição que escapa, e vai muito além, ao que posso dizer. A invasão que ela esperava impedir seria a das pessoas que com ela conviviam, os médicos, curiosos, onde estão, onde estiveram? Do mesmo modo não é possível entender o que ela quer dizer com os nove meses da gestação, ou o não estar total, mas quem sou eu para entender de gestação? O peixe é o que menos sabe da água. Quando não há saída, um clichê sempre serve de resposta. O segundo aspecto que pesa como um bloco de cimento

eles/ o que se passa, o nosso encontro, se dá no porém/ um tempo que confunde anos com segundos, o presente contínuo com os nove meses da gestação, como uma ordem das coisas em nome da qual nos reunimos aqui, acontecimento, movência, desejo, afronta, continuação, enquanto eu-eu e os outros, almejo não estar desde antes e após/ é certo, é errado/ e fazer tudo isso neste ponto onde as coisas acontecem/ o não estar total/ feito, refeito e repetido, para impedir a invasão, e que séculos sejam suficientes para desmanchar dúvidas tão delicadamente traçadas sobre certezas de papel[e].

Isto é, um manto, omanto [c]ω.

---

sobre meus ombros é que não penso que entender o seu escrito seja o que há de mais importante, minha tarefa, como está claro, limita-se a transcrever.

[b] Usarei / para pausas maiores do que três segundos e vírgulas para pausas mínimas de um segundo, ou conforme necessidade gramatical. Evitarei tanto quanto seja possível o uso das vírgulas, tropeços rastejantes que dão a tudo a sensação de uma queda na aspereza, como nesta frase em que, para me expressar, devo seguir regras, tanto quanto assumir pausas. E lá vamos nós com cinco tropeços rastejantes. Por mim escreveria tudo com / e outros sinais mais promissores como os perfeitos pontos finais que evitam frases longas. Como este é apenas um livro para recuperar o que disse minha mãe, e minha mãe não disse "vírgulas" em momento algum da dicção, o que me faz tomar posse dos sinais e fazer deles o que convém para o melhor andamento dos textos que tentam seguir a prosódia da fala, e que falham mesmo tentando evitar o erro a todo custo. Com o tempo, espero fazer-me entender neste aspecto.

[e] Não há outro indício, sequer metafórico como este, de que ela desejasse ou imaginasse fazer destes dizeres um livro.

[c] A frase aparece repetida diversas vezes. Talvez eu deva contar quantas, mas de nada serviria à estatística. Se o livro inteiro já parece o inútil traçado da vida insignificante de uma pessoa que não importou a ninguém, de que serviria a contagem? A frase não é nenhum paradigma, apenas a mais repetida, motivo pelo qual achei por bem dar-lhe como nome de batismo a "O manto". Doravante a frase aparece grafada "i.e.M."

T 1. O lado de fora aparece à luz do sol com janelas abertas, dois espelhos côncavos em ângulos opostos ao visto[β].

(abraçada às pernas ela balança o corpo. Uma onda leve, respiração entre a penúria e a flama, dela verte como água em lápide. Chuva confusa. Anúncio e negação da vida. Vegetação. Alamedas. Alma. Vibração. Movimentos. ω Corpo. O de dentro — revolto na ordem antiquada dos suspiros — é o invento que a move para fora; o fora, entre além e ângulo, espaço mínimo entre ela e ela, informa tudo que podemos saber.ω Ela o tocaria com a mão se soubesse onde começa e envereda, por onde passa, o que procura, quem o acolhe, se é limite ou sem-limite, mais que o corpo que carrega, aquele a cujo poder se curva, o dentro ao fora, por onde o fora escaparia ao dentro. Ela se divide entre o que não foi e o que não será. Seu fora e seu dentro escapam ao que podemos ver. O que há entre ela e ela não somos nós. Mas estamos ali onde nos poderia ver.)

<Eu a arrancaria para fora. Libertaria o que nela há dela mesma.[r]>

[β] Frase que, como as que aparecem sob um número inteiro, marca o começo de um capítulo. Elegi os recortes considerando o tempo de silêncio. Os trechos entre parênteses eram leituras de textos pelo tom solene, reto e seguro, com que eram ditos. Cheguei a suspeitar que eram a gravação de uma gravação. A voz, embora muito parecida com a sua, parece mais jovem, um chiado delicado, efeito de arranhaduras sutis, corria sob os dizeres que acabei apagando em parte no esforço de ouvir até a total decifração.

[r] Este tipo de frase marca certa autoconsciência que ela tinha do processo de gravação. Ou se trata de uma coincidência que entendo como decisiva quando se considera o que ela fez com a própria vida. Traduzir-se por palavras, confiar na expressão das meras articulações verbais? Seremos o verbo. Seremos Deus. As palavras, resto e alusão às coisas, não fornecem o todo da explicação. Leiamos para entrar em contato com este resto.

(Ela não te pertence.)[e]

<O que dirá se eu fizer o que penso? Se libertar seu dentro de seu fora?>

(Ninguém deve crer que o espectral ato da fala é a verdade. E, além de tudo, ela não te pertence.)

<E a quem pertence?>

(Ouve e verá. Sua voz foi silêncio de sereia, hoje é o ruído no acetato. Ouve. ω)

T 1. 2. A Berenice aprisionada[β]

Se eu pudesse sair pela porta com estes pés desde antes atados ao meu corpo e distantes de mim na escuridão que aqui germina a juntar-lhes, a parte presença e a parte ausência, na promoção de um *chiaroscuro*[e], que entre aviso de ensaio geral de

---

[e] Duas vezes se entrelaçam, uma e outra, ser e não ser, abismo e horizonte.

[β] Este subtítulo, segundo subcapítulo, define o momento que se repetirá ao longo do texto em que minha mãe está dentro do armário e demonstra saber disso. Trata-o, todavia, como uma prisão. Como afirmei no prólogo onde tentei explicar tanto os meus motivos quanto aspectos gerais do projeto de transcrição do qual me ocupei, havia apenas um armário na casa no qual ela se escondia. A questão do armário não se tornou compreensível para mim em nenhum ponto do texto. Se a casa tivesse muitos, ou pelo menos vários, seria mais fácil entender supondo a escolha por um dentre muitos. Minha mãe vivia a sua paranoia com certa graça, não sofria com suas vivências, antes se divertia com ela. O estatuto de sua experiência ainda me faz pensar se ela não sabia realmente o que estava fazendo. A propósito, o título *A Berenice aprisionada* foi o único que me pareceu revelar em síntese a verdade do que acontecia. Berenice, a propósito, era o nome de minha mãe.

[e] *Chiaroscuro* segundo o dicionário Houaiss, sem o qual eu não teria chance de entender muito do que minha mãe dizia, comprado no sebo Infâmia Literária, próximo ao meu trabalho, quando ainda não sabia ao certo o que fazer com as fitas (eu não gostava de livros de segunda mão até começar esta

escolas de samba, do qual nada suponho além do ritmo frenético dos sapateados que jamais conhecerei, e o aviso de incêndio, que conheci rente à pele e ainda agora incandesce em meu estômago, não me deixando possibilidade de escolha nem de decisão, a mínima que fosse / se eu pudesse mover as duas flechas iniciadas nos flancos que se espicham na direção do chão entre veias e tecidos amarelos matizados de sanguínea e sépia, combinação de peça de frigorífico e quadro de Rembrandt envoltas no plástico pesado que a tudo obnubila, se ao tocá-las o calor do que nelas é membro, oposto ao que nelas é realidade, enviasse as flores dos cumprimentos à satisfação dos afetos cancelados pela inércia, se eu pudesse esticar os elásticos da vontade enrijecidos no fluxo do tempo na contínua ameaça a refazer o fim em início, se ao saber o osso que a tudo mantém coeso, eu pudesse ir, ir e jamais voltar / e ver adiante, desprender a cabeça do teto, ver por fora a abóbada e o veludo das coisas que me cercam além dos tons de vitral em cacos e tarde de inverno sob nuvens de chuva, abrir os olhos mais do que este centímetro miserável que me impede horizontes matizados, pinturas, fotografias, céus de aurora, dando-me apenas a visão do muro, da parede, do limite sem esperança de que um dia seja fronteira e que eu possa ultrapassá-lo, se eu não precisas-

---

transcrição que acabou por produzir em mim o gosto pelas anotações e rasuras, mas também pelos livros abandonados de um modo geral. Um dicionário, pelo que entendi, não é exatamente um livro, assim como este romance não é um livro escrito, ainda que agora esteja na forma de um fólio, nem é exatamente um romance, e foi apenas transcrito, mas deixemos disto, pois há algo de metafísico que me dá calafrios nesta conversa), voltando, segundo o Houaiss: form. Chiaro 'claro'+ scuro 'escuro'. É o "procedimento pictórico que reproduz a passagem da luz à sombra". Justamente o que não há entre o que eu transcrevo e o que minha mãe ditava.

se, como nunca pode ser diferente, amargar meu hálito com as bolinhas brancas que me servem todos os dias em horários acertados entre deus e o demônio, se eu pudesse aceitar os remédios no esforço de bezerro que sorve o leite morno dos tetos da mãe serva, manso animal encurralado na própria espera, entregue ao conforto do afeto advindo de glândulas estimuladas por sucção e fome[r], se eu pudesse mover as estacas que me fincam ao chão no comando do poder de ir e vir impedindo qualquer arrebatamento da vontade e tornando-me esta imensa réstia de potências irrealizadas, dor de estômago e cabeça,

---

[r] Dentre os achados que encontrei na casa um dos mais intrigantes foi a caixa de remédios. Não é de surpreender que ela os rejeitasse, segundo nos informa pelo texto. Receitados pelos diversos médicos que a atenderam, não é impossível que a vissem como uma cobaia e que ela tenha se tornado uma consumidora de drogas. No entanto, se os tivesse ingerido haveria alguma caixa aberta ou mesmo alguma caixa vazia que teria restado da vastidão do estoque que se encontrava intacto. Na caixa redonda, destas de chapéu, as caixas intocadas davam a sensação de uma coleção. Fiz uma pequena lista para me situar e, quem sabe um dia, encontrar alguém que pudesse esclarecer-me sobre seu uso. Os antidepressivos em ordem alfabética e seus respectivos agentes que, até onde imagino, são muitos para tratar um único caso (o que me faz pensar se na casa não haveria mais de uma pessoa suspeita de loucura): Anafranil (clomipramina), Aripax (paroxetina), Cymbalta (duloxetina), Ludiomil (marpotilina), Luvox (fluvoxamina), Prolift (reboxetina), Prozac (fluoxetina, da qual também havia uma caixa com o nome genérico) e Tofranil (imipramina). Do mesmo modo, a lista de antiansiolíticos: Brozepax, Diazepam, Dienpax, Frisium, Frontal, Kiatrium, Lexotan, Limbitrol, Lorax, Psicosedin, Rivotril, Somalium, Tensil, Tranxilene, Urbanil e Valium. Entre esta parafernalha que estava longe de ser uma farmácia particular de alguém que realmente buscasse a cura, mais parecia o arsenal de um hipocondríaco, de um suicida, ou, como suspeito, de um colecionador. Encontrei além de tudo, seis caixas de Gardenal, um barbitúrico que se usa raramente em adultos. Uma única caixa do antialucinógeno Haloper, uma do antipsicótico Leponex, uma caixa de clorpromazina, cuja marca tinha sido raspada com uma faca, e, por fim, o antimaníaco Topamax (topiramato) que estava vencido assim como todos os demais.

das costas invisíveis sobre a qual mentem todos os tratados de anatomia, não, no meu dorso não mora um calango adormecido, nem jaz a serpente mitológica[e], em mim resta a couraça dos rinocerontes e um anfíbio intermitente, pronto a atravessar o fogo antes que o fim do mundo seja piada ou fadiga de quem esqueceu ao que veio, se eu pudesse arrastar meu pensamento em telepatias certeiras, ou escrever uma carta, dar um telefonema sem que antes investigassem o número, sem que inventariassem as intenções cujas sequências numéricas supõem, conversassem em segredos e gravações com o lado de lá das máquinas informativas a pressupor códigos que ativariam bombas, roubos de milhões enviados a bancos estrangeiros, denúncias de corrupção, ou a mera consciência insuportável para os funcionários de que não podem curar nem interromper o ciclo funesto da saudade atenazante de que sofro em estado visível de gangrena, se eu pudesse iludi-los de outros meios, evitar que cravem no presente as raízes do passado fazendo de mim um fóssil condenado ao olhar turista nos museus fétidos onde criam ratos capazes de memória abrindo-lhes as têmporas com bisturis, pondo-lhes pinças e agulhas onde deveriam deixar o corpo nu, se eu pudesse planejar o futuro deste encon-

[e] Em uma daquelas visitas dominicais, a freira que me acompanhava deu-me um terço de contas azuis em troca de um desenho de uma cobra multicolorida, daquelas que se viam nos filmes de antigamente, e que se erguia como uma naja, coisa que até hoje não sei se de fato acontece. Encontrei o desenho amarelado entre documentos que me foram entregues quando saí do internato aos 14. Tinha me esquecido dele até que, vasculhando as coisas de minha mãe, encontrei entre montes de contas antigas, nem todas pagas, e receitas de remédio que não mencionavam mais do que aspirinas de quarto em quarto horas e amoxicilina de 8 em 8. Havia outros desenhos de cobras com anotações estranhas: agathodaemon e kakodaemon e ouroboros, serpente que num círculo engolia a própria cauda, que não foram desenhados por mim.

tro de luz e sombra em que me acho, sem que perguntassem com um olho alerta e o outro escondendo o cinismo, o que quero, se estou certa, se sei o que faço, se me encontro apta a conversar sobre o que chamam estado, este tom cinzento de doença e mistério que atinge os loucos sem que se possa dizer o que é a loucura além da ilação que alimenta a indústria da psiquiatria, quem suporia que um jeito de falar, ver, pensar, sentir, e, pretender diferentes, um olho que se concentra em pedras, um ouvido a fazer vez de lâmpada, pernas como rodas, voz de gravação, desenhos no ar, anseios por quem não existe fosse se tornar pavor e tragédia daqueles que não sabem o pano sujo do desejo jogado ao chão que é preciso lavar todos os dias, buscam a diferença, e nela o que é troca torna-se adaptação, o que a cada um é o desenho bruto de seu destino feito a carvão no fundo de grutas de acesso ao contrário, cuja chave é preciso limar diariamente e sem abuso, torna-se filtro demoníaco pelo qual a possibilidade da arte é trancafiada em jazigos para mortos vivos, se o que eu digo fosse mais que grito de um doente em surto a ser abafado, mais que a voz da condenada pelos médicos, da bipartida, a esquizofrênica, a in-conjugada, da demente que abusou das drogas∅ ainda que hoje usem drogas para pô-la em ordem como se a uma gaveta de guardados com guardanapos velhos dentro envolvendo pregos enferrujados, a uma geladeira quebrada que virou armário de borracharia onde restos de pneu, faróis quebrados, para-choques e baterias esperam um conserto ocasional, da que esqueceu de onde veio mesmo que não tenha vindo de lugar algum, a que teria vindo do começo de alguma coisa que não chegou ao fim,

∅ Confissão.

cuja diferença com o onde está seja mais que causalidade arranjada, da que passou a acreditar em UFOS[n] por alguma falha no sistema de varizes da realidade a empedrar com o passar do tempo, da que pede apoio aos orixás porque rompeu o pacto que sustentava a ciência e o maldito eu, furúnculo que cospe maná do inferno direto às bocas dos que se gabam do

---

[n] As dúvidas se automultiplicavam a cada momento. Minha mãe deixou clara sua consciência sobre o modo como era vista pelos outros, ou como se sentia ao ser alvo da visão alheia. Laudos psiquiátricos deixam claro o que quero dizer. Um dos que encontrei datado de quando ela tinha 43 anos, ou seja, quando eu tinha 23 e já estava trabalhando no banco sem nem imaginar o que se passava com ela, declarava-a como esquizofrênica (o texto dizia: conforme CID10: F 20.0 — esquizofrenia paranoide crônica ou "alienação mental" entre parênteses acho que para traduzir ou sinalizar o nome vulgar da doença). Não me interessei por perguntar a nenhum médico do que tratava porque, fosse ou não esquizofrênica, o fato é que não mudaria nada saber disso hoje em dia. Em petição enviada ao tribunal do trabalho, um advogado pedia a aposentadoria de minha mãe alegando sua incapacidade de voltar ao trabalho com base no disposto do artigo 186, inciso I e § 3°, da lei 8.112/90. O advogado chamava-se P.D. Lopes. Em outro laudo, da junta médica que a analisou a mando do juiz, esta versão foi refutada e sustentado apenas que havia *Depressão Grave com Sintomas Psicóticos*, classificada no CID.10 sob o código F33.2. No laudo final que veio a refutar este que por sua vez refutava o primeiro, feito um ano depois, se falava de *Transtorno Depressivo Recorrente*, graduado em Leve, Moderado e Grave pelo CID.10 e que, em minha mãe correspondia ao grau grave. Até onde pude saber minha mão não trabalhava, não é possível saber como se sustentava nesta casa. A crença em UFOS é apenas a prova desta antirrelação com o universo da realidade concreta, esta à qual eu mesma sirvo ao trazer à tona este material deixado por ela. Que a crença em UFOS fosse fundamental à vida de minha mãe não é fato que possa ser provado apenas pela assinatura de revistas estrangeiras (quem pagaria este tipo de despesa?) que eram recortadas em diversos pontos — não encontrados em lugar algum da casa posteriormente — e por alguns livros de ficção científica (3 Asimov, 2 Kobo, 1 Zamyatin e 2 Orwell) encaixotados no quarto dos fundos. Alguém traria para a casa este material? Não devo confundir um indício com uma prova, nem desatentamente eliminar a chance de interpretar mais este fato.

próprio gosto em sorrisos de dentes artificiais limpos de história, se o que eu digo fosse diferente da verborragia da mãe desnaturada que impede o filho de sair do útero[i], da afoita que sempre almejou morrer por conta própria[c], e sem dores, se me vissem como outra, não a que cansou dos homens, a que pensa ter visto deus entre álcool e urina a bater na porta morto de fome e frio numa madrugada de goteiras e sonhos esmigalhados, a que pensa que conversa com os mortos quando sentam ao pé da cama e se põem a contar a vida dos outros como se lhes pertencesse o traçado a ser feito com este fio de açúcar, se ouvissem, se soubessem quem eu sou, e o não que trago na face como um furúnculo invisível a tapar-me a boca, se soubessem como vim, o que vi, o que sei do futuro dos que não sonham com a escada pela qual descem, nem lhes contam os degraus, que sei o que não é preciso saber desde que leio sombras nas paredes no projeto de adivinhação mais clandestino que poderia existir, que li as pichações na tela branca das mentes, que os teria na mão por obra da minha voz porque deles tudo sei ainda que não saiba o mínimo, que sou a que vê o que não quer, a que entende das camadas de que se compõe um olhar, cada véu da ferida, cada lacuna da carne, a que afaga as paredes procurando os filhos enterrados, a que conhece onde vão parar os que se pensam inteiros, vestidos, prontos, a que sabe de onde veio, não porque veio de onde os outros vieram, porque

---

[i] Mães são seres que matam pelo leite e pela palavra. Dão à luz e, avarentas, a tomam de volta num gesto de total negação da vida que inicialmente instauraram. Mania de poder e, no extremo, uso e controle da violência com fins explícitos de manutenção hegemônica da própria ordem por elas estabelecida, eis a que servem. Tais ideias retiradas da ordem dos fatos e da lógica dos eventos, não devem causar escândalo.

[c] Não encontrei sinais de nenhuma tentativa de suicídio.

perdeu a linha que ata o desejo ao corpo, o pensamento à alma, quando ainda havia alma, a que atravessou o abismo com cada um dos pés crendo-se segura por sobre o fio, a que extraviou as armas que a protegeriam dos bandidos e entregou-lhes sacas cheias de tesouros retirados de um fundo falso no assoalho, a que virou do avesso o destino andando com joelhos, cascos e mãos aprumados ao chão, a cheirar a pista de homúnculos escondidos pelos cantos da casa, a que bebeu a água do vaso sanitário tendo-a por poço dos desejos, rasgou os santinhos azulados de cifras com que pagam o aluguel, a que tem nos olhos água retida da chuva ácida dos anos, a que tentou pular a janela do quarto do hospital[e] onde habitavam hipopótamos em meio a lesmas a ocupar o inteiro vão entre a morte e a cama, a que mente a cada conversa para voltar pra casa, a que só terá sua salvação ao romper os fios de líquido viscoso e vermelho inventado pelo diabo por medo de que alguém fuja desta gaiola forjada em suas patas de metal, a que tentou escapar e não alcançou a vez.

Sei que vim parar aqui não por que a vontade lavada e passada chegou na portaria como um favor do tintureiro, nem porque passear em lugares exóticos quando se quer descanso para

[e] Não encontrei notícia de uma única internação no hospital comum. Na cidade não havia hospital psiquiátrico. Os pacientes em surto psicótico que precisassem de internação eram enviados à cidade vizinha. Uma unidade para terapia de choque era mantida desde a fundação do hospital conforme notícia do jornal mensal que, servindo de denúncia, acabou por fechar a ala. Minha mãe guardara o recorte dentro da caixa de remédios, colada a uma receita de Rivotril datada de 15 de janeiro, assinada por um médico cujo nome era ilegível, sem endereço ou telefone do consultório. Havia um caixa de Rivotril, cujo vencimento datava de 15 de outubro, três meses antes. Ou foi comprado com data de vencimento ultrapassada ou a receita é realmente posterior e uma parte da história foi perdida. A realidade nunca é alcançada pelos documentos que, de modo algum, representam provas absolutas. São alusões ao real, ainda que as mais próximas, nas quais, por convenção, se confia.

os olhos rende saberes e outros trunfos narrativos, ou aventuras capazes de renovar o desejo pela vida para sustentá-la, na volta, imune e servil como antes, renovar-se pelo igual na contradição que ilude, sacarina que em lugar de açúcar rende dentes limpos em troca da mentira aceita, para saciar o gosto geral dos homens em nada diferente da ânsia dos cães por tripas quentes, do afã dos gordos por tudo o que enche a cova do estômago, o enlevo dos turistas pelo suvenir da inveja de quem fica a esperar o retorno dos felizardos, aqueles que lá fora são plenos e repletos de si, o que importa saber, o nada familiar que cada qual carrega entre as rugas, cheguei pé ante pé sobre a transparência do chão, habito as paredes, minhas como a pele que reveste o rato, não cheguei de bicicleta nem avião, não trouxe chave nem comprei passagem de trem, escoro-me ao que me serve de prumo e quarto, onde estanco o sangue que evade do meu cérebro com o torniquete da fuga, onde amarro o camelo morto que caiu sob meus pés na chegada, quem sabe por anos, quem sabe dias, não fará mal que o tempo se abra, fruta extemporânea em gomos ressequidos, em meras horas e minutos, quem sabe aqui esteja a eternidade dos padres, dos filósofos e dos cansados, e, quando saibam, os eremitas morram de inveja enquanto os corretores de imóveis riem de contentes pela nova possibilidade que nenhum capitalista antes ofereceu ao mercado no qual um esconderijo vale mais que um castelo a ostentar riquezas e confortos quando a ameaça é de morte por asfixia[β].

[β] Apesar de sua visível tentativa de rir de sua própria condição, ou daqueles que — fantasmas ou pessoas reais — a oprimiam, ela sucumbe a cada momento à própria paranoia. É o grande medo, o medo intenso e inescapável, o incontornável, do qual se sabe o efeito na própria pele. Seus sinais dele aparecem ao longo do texto como uma espécie de poesia sem cabeça, de abrir e fechar de olhos.

ω Por via de toda dúvida, a secreção do mundo que entra liquidamente pelo ouvido esquerdo e a pastosa que ensurdeceu meu ouvido direito, vim parar aqui depois de muita escolha entre meu nome e o nome de outra, o nome de deus ou o silêncio, o ranger sutil do teto quando um gato atravessa a fenda entre as telhas e as tábuas como um fantasma aos uivos, ou patas de plumas e vento, e o unicórnio que me traria água se eu ainda pudesse dançar, montei o mapa das minhas decisões que me trouxe até aqui, porque é de um resgate impossível que preciso, uma rede que me capture a alma entre cardumes de sardinhas nascidas para as latas, que eu mesma devo lançar ao mar da inércia, um copo de água após o coma, que eu mesma devo beber com as pílulas da mera vida, uma tala para braços quebrados, que eu devo atar aos meus próprios membros, um sorriso antes da morte, que eu mesma devo dar antes que me encontrem com a camisa branca e a injeção de antialucinógeno[e] que me deixa um gosto de terra na boca como quando era enterrada viva na ausência de espaço e tempo em que cresci, entregue a um corpo votivo, flamejante, incandescente que não mais reconheço como não se tem a certeza do que se vive, a inteireza da própria língua entre os dentes, cheguei na volta do rio e não há como atravessar a foz, é céu lá embaixo e as cor-

---

[e] A camisa branca a que se refere é a de força provavelmente usada em alguma internação sobre a qual, infelizmente, não temos vestígios, havia, no entanto, uma receita de injeção de haloperidol dentro da caixa de medicamentos onde uma caixa de Haloper, cujo princípio ativo era o mesmo haloperidol, estava em meio às demais fechadas. Nenhum comprimido fora tomado, mas a bula desaparecera. Encontrei-a lida por inteiro na oitava fita em meio a outras tantas bulas, receitas e cartas que, suponho, enviaria aos médicos caso tivesse acesso ao correio. Para economizar espaço, não transcrevi nem trechos.

tinas transparecem fogo e veneno em jorros no inferno, ao meu redor estou eu mesma, madeira, pregos, cacos de vidro lançam-se como selos afoitos da explosão do mundo, querem lugar, no limite do vaso de barro do meu corpo as paredes vivas sorvem a umidade com as línguas que o abrigam, santas a pedirem esmola em outro planeta isolado, dirigem-se ao vento, eu vou ao fim com a fluência da corda a vibrar seu balanço carismático, não há como evitar a visão da ameaça, escura e surrada, a grande boca à frente a aprontar enzimas que me hão de digerir desde os olhos reluzentes de vidro azul-castanhos, verde turquesa dos sinais de trânsito filtrados na luz amarela das tardes ocas, até as penas de galinha no lugar dos músculos num revestimento macio em que me deito em mim, espero a sobra redentora, é o resgate[r] sem corpo de bombeiros, sem escadas, helicópteros ou anjos, é o livramento da fera dentro do poço que se enche de água lenta, a que carrega o antes e o depois no esgoto da miséria em que se transforma o rio da vida, é o zoológico ou o afogamento, o resguardo ou a hipoteca, é a condenação da escolha, a mesma cuja opacidade quebrou os óculos dos existencialistas, os que fumei e bebi, e que transfundiram meu sangue em bronze no calor jocoso das letras experimentais, hoje ririam, entre ironia e escárnio, na minha captura de animal extinto a ser exposto em zoológico, zebra colorida,

---

[r] Quando ouço palavras como estas, sinto pena de minha mãe. Transcrever é como dar-lhe a mão e operar o resgate. Esta voz que ouvi tantas vezes gravada e repetida soa-me sempre como um fantasma, algo que não existe e que, todavia, posso ouvir, que não existe e que, no entanto, se me dá a ver, embora jamais eu tenha de fato visto. Não tendo convivido com ela, não consigo imaginar seu sofrimento, e não consigo deixar de tentar compreendê-lo, transcrever seus dizeres me dá a sensação de que invado seu território e que, ao mesmo tempo, falto com um dever justamente porque o cumpro, o dever de manter silêncio. Se o mantivesse, porém, agiria com mais razão?

cobra de duas cabeças, ornitorrinco, ou no propósito perdido do terraço da casa, uma andorinha na gaiola, ou na varanda de apartamento de classe média baixa cujo ódio sai em suor das paredes, a galinha-d'angola a enfeitar a casa, a satisfazer o olhar de caçador em potência que vive com cães e gatos por força da própria natureza a sonhar desde sempre com vísceras e sangue quente que se derruba na mata, na estepe, no lodo que forra o chão por pisar, na impotência da natureza, a verdade da cultura, eu servida entre gorduras e pastos, boi da vez para saciar a fome sempre oculta sob formas gentis, diabo vestido de moço, a fome que engasga e perscruta, sempre pronta a ranger seu eixo, a voraz a manter-se gata persa sobre o sofá, eu a fugir das patas hipnóticas do monstro, a evitar seu olho de plástico encerado, eu, o animal de tecido antialérgico, o autômato de um desenhista animado virado em fada com meia dúzia de trapos, em imperador chinês com o lenço de seda da avó, pendurada ao teto da sala a vigiar as crianças não nascidas, a encantar as visitas, do outro lado, preso à parede, em cabeça de tigre com os dentes encardidos a enojar os presentes, porco empalhado a soltar pelos, obra de arte e múmia, atrás do qual a lagartixa regenera o rabo, espero o resgate como o velho cão reumático sob a cadeira a tecer a memória da volta do dono e pronto a morrer como uma sombra que desaparece findo o corpo que lhe dava luz, espero um salvamento de um terreno vasto de quietude, em que eu possa medir centímetro por centímetro cada parte do que sou, fui, nunca (...)[e].

---

[e] Neste ponto a voz se desmancha entre ruídos como se um aparelho de rádio fora de sintonia tivesse sido abruptamente ligado, momento em que cessa a voz. A porção de referências cruzadas poderia vir do rádio, um Blaupunkt dos anos 1960 com o eixo de sintonia quebrado e as válvulas queimadas, que encontrei sob a mesa de cabeceira.

1.3. Berenice assiste a conversa entre Araquine[n] e ECCE HOMO[i] e, como qualquer um, não compreende a fuga

Não se pode medir a fundura do poço, ponho o menino à corda[c] e espero as notícias envoltas no papel de seda das horas

---

[n] Araquine, até onde pude desvendar, é o nome usado por Berenice para referir-se a si mesma quando está lúcida. Como nomes não são mais do que meras referências, modos de sugerir — não se trata de uma garantia, mas de uma tentativa — que nosso pensamento se dirige a algo que não é ele mesmo, ainda que esteja sempre preso ao seu próprio ato de nomear, não precisamos nos preocupar muito com este nome. Não há no texto nenhuma explicação da origem do nome. Isto não me surpreende porque, na origem, quase nenhum nome tem origem e, nas minhas pesquisas, vi que existem correntes de pensamento e teorias que afirmam tanto que os nomes foram criados ao acaso, quanto que têm origem onomatopeica. Nas primeiras audições desta fita o nome vinha borrado. Se parecia muito mais com algo como "Morla" do que com Araquine, outras vezes aparecia, moral, marol, morlequine, morline. Preferi ficar com Araquine, que é um nome bem mais compreensível, ainda mais pela semelhança com o termo grego que dá origem a aranha. De todos os nomes, apenas "morla" existiria, mesmo assim seria uma referência inútil. Lembro apenas da tartaruga do filme *Fantasia* que era tanto uma montanha quanto o ser mais velho do mundo. Não imagino que minha mãe tenha visto este filme feito para entreter crianças, não havia nem televisão na casa, nem cinema na cidade. A hipótese de que falasse naquele momento com a língua enrolada não invalida ainda o possível efeito de distorção da gravação.

[i] Cheguei a confundir esta expressão com a algo como Etiomo, o que para mim era altamente misterioso. Só pude perceber que se tratava de alguém, um personagem ou alguém que minha mãe de fato conhecera, ou ainda um codinome que oculta qualquer identidade que eu não terei chance de descobrir, quando, por acaso (não é estranho que quando estamos em busca de algo, as coisas apareçam sem que façamos muito esforço) encontrei dentro de casa um livro usado como suporte sob uma planta que, no canto da sala, já havia secado há muito tempo deixando apenas a raiz. Tentei regá-la sem sucesso. O livro era de alguém chamado Nietzsche. Não se podia lê-lo, a

que as vozes rasgam com facilidade de ciclone sobre folhas secas por cair de árvores, miséria outonal, sorte que nem sempre se aproximam, não ressoam, nem murmuram, a maior parte do dia é silêncio sobre silêncio como os séculos da pedra sobre a areia cimentada dos muros, e ainda que se possa distinguir o outono, esta timidez incurável do inverno, pelo som das folhas amarelando entre as falanges dos galhos rumorosos, à noite no hiato maduro entre a angústia e o sono, o que se distingue é a avaria da memória, que acorda assustada com os cascalhos do dia lançados no teto de zinco da noite, carcomido entre um estalo e outro, a fazer par com o tormento da água pia abaixo, o ronco dos habitantes como um funil pelo qual caísse o sangue do último animal sacrificado numa garrafa funda em metros, a geladeira carregada de gelo devido à porta sempre aberta onde o frio e o vazio se igualam na melancólica prova do

---

umidade havia colado todas as suas páginas. No entanto, havia uma Bíblia comigo. Ora, não me pergunte por que até agora não mencionei que tenho uma bíblia, o que até aqui não era importante destacar este fato assim como não se tornou tão importante dizer que também carrego um dicionário. Cada um com suas armas. Não será importante, além deste momento dizer que há uma bíblia, talvez seja importante, dizer que há o dicionário, mas apenas o fluxo das explicações poderá trazer alguma valia a estes fatos. Minha mãe devia viver lendo a Bíblia e misturando tudo com Nietzsche. Uma combinação um pouco estranha considerando as acusações que pesam sobre a figura de Nietzsche como "filósofo da morte de Deus", o que não passa de uma mentira, já que no século XIX muitos antes dele já se havia postulado o infeliz evento. A expressão ECCEHOMO, além de ser título de Nietzsche, provém do evangelho de São João, capítulo XIX, 4-6. E significa Eis o Homem, mas minha mãe usava adjetivos femininos para qualificá-la, o que pode tanto ser um erro, talvez ela não soubesse o significado da expressão, mas também pode ser proposital. O que ela quereria dizer permanece nos mistério do qual não me livrarei, nem você, por um mero ato interpretante.

[c] O menino é uma figura de sua fantasia. Não havia menino algum em nenhum outro momento do texto que possa servir de elemento nesta construção.

alcance da técnica para o cotidiano das pessoas, seguro a sua mão enquanto o menino ouve os sons e os anota em um pequeno caderno de capa cinza aveludado[e], espanta-me sua delicadeza infante, vejo-o a anotar enquanto passam dias e dias como se uma sina detivesse outros gestos cujo anúncio espero, espero e nunca vejo, não pergunto se quer sair daqui, apenas seguro-lhe a corda ou a mão conforme a necessidade, o menino, não avisei, está aqui, não o vi antes de chegar andando pela casa, ou ao redor, não lembro de vê-lo na vizinhança, e não o trouxe comigo, parece habitante de um sonho, se aqui outra dimensão se impusesse, que nada, de nada incomum se trata, de um sonho que não se mostra como tal, o menino está aqui e ninguém deve tê-lo visto antes, nem mesmo eu, existem os que não partilham a ordem do mundo alheio, são seres reclusos em relação à existência, não são fantasmas, nem espíritos, nem alucinações, apenas existem sem pertencer ao mundo, não fazem parte de instituições, das famílias, ou das casas, não podem ser vistos por todos, apenas se dão a ver quando irrompem, não sei se é porque desejam ou porque simplesmente são como são, agem como agem, este menino está aqui, talvez sempre estivesse e eu que tantas vezes passei ao lado não o vi por-

---

[e] Não encontrei nenhum caderno parecido com esta descrição, mas outros com referências de coisas aqui ditadas: frases, citações e pequenos desenhos como este: * Quando cheguei neste trecho da fita pensei que o menino existia, que deveria procurar pistas de seu paradeiro. Não avancei na ideia, o que não foi preciso, pois o menino apareceu mais tarde numa foto encostado a uma árvore do quintal que escora o muro dos fundos da casa. Pela roupa, pela cor da fotografia e pela forma da foto tirada com Polaroid sabe-se que a foto é dos anos 1960 quando da febre das imagens instantâneas, hoje substituídas pelas máquinas digitais. Quanta ansiedade neste mundo. Encontrei a Polaroid na gaveta da mesinha de cabeceira completamente fora de uso.

que quem não tem olhos não vê, ou quando se os têm estão cegos, ou são tontos, se fosse um menino perdido, já teríamos ouvido falar nele, se soubessem que estou aqui, e ele comigo, chamariam, além dos médicos para controlar-me no descontrole que desconheço, o conselho tutelar que o levaria ao orfanato, e depois à amargura de uma espera sem adoção, ao psicólogo público que o adaptasse à ordem com meia dúzia de desenhos e conversas catequisantes, que o convencesse de levar a vida sem ressentimentos, apostar nos estudos, gostar de seus professores, respeitar os tutores reconhecendo que quem não é responsável se põe sempre como generoso ainda que isso não seja generosidade nenhuma, ou crer na própria força como no perfume dos jasmins a isolar a alma da maldade do mundo, compreender o destino como sorte, mal sabem que a força é apenas uma corda num balanço que arria com o jogo do tempo sempre mais forte que cavalos e máquinas em movimento constante, e os esforços musculares humanos, me pergunto, que dizer, que dizer, e o destino, avesso ao que supomos, só se o conhece de costas quando já nos fomos, como um feto eternamente no útero que se deve sustentar, o menino alheio a toda instituição, seja a escola, a força ou o destino, estava aqui quando cheguei, seus olhinhos sempre vidrados de Peter Pan contente, despreocupados e atentos, mesmo que toda atenção evoque certa tristeza pelo desconforto que gera, não me dizem sua idade, seu nome, é o menino, sem procedência, em nada diferente de um Jesus, um João, um Lúcio, um Marcelo, um Lauro[e],

---

[e] Jesus e João são bíblicos, Lúcio remete a Lúcifer e à tão apropriada metáfora da luz da razão, Marcelo era o nome de um general romano e de algum papa. Estou brincando, minha mão não estava ocupada destas referências, mas como não encontrei outras nos parcos arquivos, se é que posso chamar assim a tralha de vestígios que encontrei na casa.

nascido um dia, cujo silêncio do semblante afável cativa, a brincar com meus cabelos como fios de linha para a rede dos peixes da imaginação, sentado em minha nuca não para ver longe, mas ver o fundo do abismo que se mede em toda altura, contando as tartarugas nos ossos das mãos, a levar cães, pássaros e jacarés a passeio na luz que empurra a parede para longe, há quem pense que estou inventando como sempre disseram a cada vez que a disposição das coisas não concorda com as leis que, lá fora, estabelecem ao prazer de suas próprias ilusões, o menino me entrega com suas mãos rosadas de dedos fortes, ainda que finos, uma garrafa de vidro grosso, que parece impossível quebrar, diz-me que a complete com todo o vazio que eu possa colher, eu que não imagino o modo de capturar a abstração que me é proposta, recolho rapidamente as duas vozes que neste momento invadem a sala.

i.e.M.@

As duas mulheres[b] lançam-nas ao ar sem métrica, sem preparo em indicar o paradeiro aonde irá dar o sopro, pólen sobre flor imponderável ou a pedra da frustração, com atenção se pode percebê-las divididas, cada uma em duas, sendo quatro, neste momento, as vozes a habitar a sala, duas para cada uma das mulheres, se bem observo e minha atenção não me desvia, a primeira é Araquine, posso ver sua anatomia de cone a ocultar um megafone longo entre a traqueia e o útero, seu corpo a andar em tom mecânico de um lado ao outro a organizar as

[b] Ela trata Araquine como uma entidade dupla, ou a vê duplicada por meio de uma abstração psicótica.

almofadas por nuanças, a endireitar a reprodução da harmonia em vermelho de Matisse na parede desde antes que chegássemos aqui, e pela qual a casa se lhe mostrou habitável, a disfarçar o eterno desvio dos olhos de cimento que conhece como seus, daria as próprias mãos para que houvesse olhar além do cimento, não, exagero em supor, ω Araquine não é pessoa de sacrificar o mínimo ω, nem uma moeda, jamais perderia as próprias mãos como uma criminosa do oriente médio que se entregasse ao próprio verdugo para realizar sua virtude de vítima tanto quanto a de torturador, do verdugo, seu crime, se contar dinheiro, segurar sacolas, abrir portas, vale para ela muito mais do que os meros olhos que veem, não faz questão que sejam seus os olhos e não o são como o são os óculos de arame comprados a preço modesto a prestações e pechinchas e agora postos na simetria direta em que deveriam estar os olhos a disfarçar, num lance único de *trompe l'oeil*[j], a estrutura banal do

---

[j] Demorei a compreender esta expressão, pois minha mãe a pronunciava num sotaque francês pesado e eu não sabia nem que se tratava de francês para decifrá-lo. Recebi um pequeno dicionário francês, velhíssimo, com o qual pude entender o que signfica *trompe l'oeil*. Desde que cheguei recebo livros na porta, que me são deixados sem explicação alguma. Livros inteiros, ou simples partes ou páginas soltas, sem nenhum embrulho, às vezes uma única página muito dobrada dentro de um envelope comum, às vezes surrado, sujo e cheirando a mofo. Alguns em péssimo estado, outros quase novos. Comecei a catalogar os livros ou os fragmentos, conforme os recebia, a anotar as datas em que chegavam, e a ordem em que eram deixados. Era evidente que eu era visitada por alguém que não se mostrava. Não cheguei a sentir medo, mas receio de que algo muito estranho estivesse acontecendo. Quantas pessoas sabiam que eu estava na casa antes abandonada e que pretendia nela ficar por meses? Não era possível que ali vivesse alguém, um invasor que se sentisse prejudicado pela minha vinda. Não havia, no entanto, sinais de habitação. Cheguei a pensar num fenômeno sobrenatural do qual desisti imediatamente supondo que a solidão e a entrega à minha tarefa

corpo inteiro crivado de palavras magras com que se refere a si mesma ao falar das coisas antes de roer as unhas entre um suspiro e outro que lhe move o envoltório de pele e determinar ações e comparações que a façam permanecer cega de si mesmo vendo em redor, a modalidade mais comum de vida humana a que se está sujeito, Araquine refere sua vida aos dois olhos que evita ter, substituindo-os pelas enganadoras lentes transparentes que aumentam o que é pequeno, diminuem o que é grande, servem-lhes os óculos em sua função de negação enquanto são igualmente o ponto cego que, visto, dissipa a atenção de quem a vê e passa a ser por ela visto, da lente faz-se o espelho e pelo espelho, não fosse o suficiente sentimento de vergonha e culpa, é Araquine que alcança seu esperado lucro visual, desordenando o olho de quem lhe dirige a íris, os óculos não definem a sutileza que faria olhar o corpo cônico e, nele, ver a beleza conquistada, ou a feiura menos acintosa, é Araquine que define a inversão da ação de ver quando o feitiço jamais retornará ao feiticeiro, é o trunfo de Araquine orientar a ordem em si entre o esguio e o lasso, transmitir a ideia de uma rotação ininterrupta entre um e outro e, nesta, conquistar a maciez com que são revestidos os corpos das mulheres, e assim evitar ser vista, para depois bipartir a vida em duas, o antes e o depois, sua história de professora no tempo presente como resto de uma pré-história anterior como aluna, sua condição de mãe como o resto de não ter tido filhos, sua posição de amante como um resto de amar-se a si mesma, a ter-me na reti-

---

estavam me estafando ao ponto de me fazer delirar. Pelas anotações das datas pude ver a regularidade das entregas, de três em três dias sempre no fim da tarde, entre seis e sete horas. O rosto do meu visitante permaneceu invisível. Tive medo que fosse o velho Domingos ou um de seus comparsas.

na como um quadro onde mulheres sentadas leem um livro, e eu a frustrar-lhe porque jamais li coisa alguma que me tivesse sugerido, apenas olhei para tudo, com ganas de perceber o que ninguém mais vê, e tudo vi além de Araquine que não pode ver a si mesma, a mesma Araquine que sabe de si ocultando-se aos outros, que a cada dia antes de sair do quarto, antes mesmo de acender a luz, ou beber o resto da água que sobrou da noite, segue sua lógica de atriz e corta o próprio corpo em dois sem precisar de métrica, na ciência absoluta do meio, cuidando de jamais cortar os pulsos com o próprio gesto, no inverso da ação com que corta os cabelos diante do espelho, mantendo-os rentes à pele, corta-se em duas com um fio de linha torcido de poliéster e seda que em outro momento usaria para costurar suas roupas, e as minhas se eu ainda tivesse algum vestido além do que visto, corta-se por acreditar na força das microcorrentes e nas virtudes têxteis de suas partes, serve cada parte à outra como refeição matinal, a primeira parte, alimento devorado da primeira, desaparece, enquanto a outra, nutrida, ergue-se altiva a andar pela casa, atender telefonemas, ditar regras, a definir projetos e cardápios, escrever os livros, lavar a louça, a outra, a desaparecida permanece sendo apenas uma voz que emite a injustiça a que foi condenada.

ω E é porque Araquine devora a si mesma todos os dias que ela pode ser o que é, deixando de ser o que poderia ser, sem que haja relevância alguma em ser o que é, à voz transformada em segunda resta a uivar nas quinas, ganir nas fendas das portas como se um fantasma falasse pela máscara do tempo, e pode receber ECCE HOMO num diálogo em que as primeiras vozes, à revelia das segundas, tentam se entender.

A outra, a quem Araquine abriu a porta da frente ao ouvir batidas compassadamente leves, em cujo fundo ameno vitrificava a gota mortal do medo, quase a afagar a porta na intenção visível de evitar o som grumoso de britadeira da campainha e assim, quem sabe, fugir daquilo mesmo que a trouxe até aqui, apresentou-se ECCE HOMO \ a perguntar com humildade de monge se haveria tempo, a falar baixo com a voz de papel que a carrega de um pé ao outro sob o corpo inteiro, se não atrapalharia, a explicar que gostaria de conversar um pouco, toda frase seguida de um sempre um pouco a sinalizar parcimônia e delicadeza, a pedir desculpas por ter vindo em hora, como qualquer tempo que pertence a quem o vive, tão imprópria, a justificar-se pela impostura aparente a revestir um estado de necessidade como fome mortal, quase se desculpando por existir, ao que Araquine cansada das frases inúteis em excesso, respondeu com a objetividade das lâmpadas de 100 watts quando acesas no breu completo de um quarto, um "por favor" enérgico e estendeu a mão direita sem desconfiança, nem expectativa, não à mão da forasteira assustada, gesto que poderia acalmá-la e fazer sentir-se em casa para uma conversa que tende a ser mais que um encontro de vizinhas a debater a nova cor do muro ou a discordância quanto ao volume da música em dias de festa, a batida das portas que violenta as horas mansas da tarde e o sono justo na noite, o cheiro de comida em horários impróprios que atiça a fome dos cães e os faz latir como lobos, mas para dentro da sala, bem pequena é que estendeu sua mão de falanges duras, que é preciso ficar claro que eram tesas as flechas que lhe saiam da mão direita, a única que resta depois do corte, atrapalhando a estranha já em ponto de fuga, fazendo-a estender a mão ao ar e aumentando seu constrangimento em quilos que fazem pesar seus ombros e, com eles, os olhos a pender cada vez mais ao chão/ visão redentora do nada que a livrou de sair correndo arrependida de ter vindo ou nascido quando vir e nascer/ tendo diante de si o império da certeza e a personificação da lei/ tornam-se o mesmo/[∅]

Araquine no tempo presente de sua primeira voz que a tudo organiza sugere a ECCE HOMO que sente na única poltrona vazia nesta casa de incomunicáveis[u]/ nas outras duas cadeiras avançando sobre a mesa, livros, se bem me lembro, soltos entre roupas por passar, confundem o comer e o trabalhar com as velhas caixas que chegam pelos correios[f] e se

---

∅ Daqui em diante o texto que vinha rapidamente dito, encontra muitas pausas. Vale lembrar a diferença no uso de vírgulas ou de / aqui bem mais constante.

u Quantos seriam os incomunicáveis? Referia-se somente a Araquine? O menino vivia com elas? Não há dados sobre isso. Não há nenhum sinal de que alguém tenha habitado a casa além dela. Na verdade, nem mesmo ela parece ter habitado a casa. Mais além da verdade, não sei o sobrenome de minha mãe para poder rastrear sua existência. A herança me chegou lacrada, eu podia saber o que me era enviado, mas não havia nenhum documento que explicasse a procedência do bem, além da escritura em meu próprio nome que chegou pelo correio e um pequeno bilhete dizendo "eis a parte que te cabe".

f Caixas de papelão havia apenas duas. Uma com livros, outra com roupas. Ambas foram enviadas pelas freiras quando terminou meu período de escola. Eu pretendia colocar tudo fora ou doar a alguém, não havia nada de valioso sob qualquer ponto de vista, mas as freiras não queriam fazer nada sem o consentimento de minha mãe, postura que fui incapaz de entender. Nas caixas encontrei restos do passado sem importância, algumas coisas que me fizeram lembrar minha infância: um par de sapatos brancos, um gorro de lã verde, um caderno de matemática, outro de folhas em branco com desenhos de pássaros, uma caderneta com espiral de arame na qual anotações com minha letra mostram datas importantes, uma boneca de plástico sem roupa e poucos cabelos, uma pequena caixa com um par de brincos de ouro, não lembro de jamais ter usado, um vestido amarelo com um bordado na saia em forma de pássaro, um par de meias de lã cinza, uma camiseta estampada com a figura de Cristo, cachos de cabelos pretos, em nada semelhantes aos meus cabelos lisos e castanhos, dentro de um saquinho de veludo amarrado por um elástico amarelado e frouxo daqueles que se usava nas calças antigamente e que se comprava bem branquinhos e firmes, um cata-vento de papel bem

amontoam pelas paredes/ posso vê-las por uma nesga através da qual penetra a luz com que brinco de sombras, eu e o menino, e vejo ECCE HOMO/ camiseta e saia pretas a emagrecer seu corpo de letra mais fino que um Dom Quixote[∅] descrito em exagero, que sorriria se uma sugestão mínima viesse dos olhos duros de Araquine ao encontro de seus olhos moles sob as sobrancelhas ígneas da cor dos cabelos lisos, está velha, mas a conheço, sei que já a vi, que conversei com ela talvez sobre medos e paixões, talvez sobre receitas de bolo ou o lugar mais próximo para pegar um ônibus/ o tempo azul, adocicado, malemolente e, logo depois a chuva/ ela esconde o rosto, as rugas[r] a

---

amassado, uma foto do dia de minha primeira comunhão, eu de saia branca e pequenas flores nos cabelos, uma vela envolta num lenço de algodão com meu nome bordado, talvez seja a vela que aparece na foto, um xale de crochê azul claro. Lembro da freira bordando o lenço, meu nome escrito com acento circunflexo. Na caixa de livros, quatro volumes azuis com os contos de Grimm e nada mais.

[∅] Um volume do livro de Cervantes estava na cozinha servindo de suporte a uma panela enferrujada da tampa à base. A tinta avermelhada da ferrugem agia sobre a capa dura do fólio dando-lhe um tom estranho de natureza morta em plena hibridação. Entre Cervantes e a panela haveria algo em comum? Levei a sério o descaso de minha mãe. A esta altura eu já tinha certo amor aos livros, mesmo os que não li, mesmo os ruins, quanto mais os imortais que, mesmo abandonados informam o desperdício com que, seres humanos, vivemos a vida. Não há ninguém que mais contribua com a vida do que os personagens dos livros que estão prontos a morrer. No livro sobre a história dos animais de Aristóteles que encontrei no pequeno banheiro dando suporte ao cesto de roupa suja, li que monstros resultam desta mistura de naturezas. Cervantes e a panela eram, neste sentido, uma monstruosidade de páginas coladas pela umidade. Nenhum sinal de que minha mãe o tivesse lido. Recolhi a panela com o livro, um sobre o outro e coloquei na varanda onde poderia pegar sol todos os dias, na esperança de que a bizarra combinação se dissipasse pela luz do sol.

[r] Do que são feitos os velhos e as cascas de árvores.

tornaram ainda mais humilde/ não sei onde a vi, sei que a encontrei e sua voz era o plano de cera perdida que anima o futuro de uma escultura/ Araquine espera que ela fale enquanto erra de canto em canto/ ECCE HOMO agradece quase em dúvida de dizer que ficará por pouco tempo e permanece em pé diante de Araquine/ deu um único passo além da porta, na posição onde está não se permite fechá-la, faz-se silêncio entre elas atrapalhado apenas pelo olhar de Araquine que transita entre os poucos móveis pondo as coisas em ordem, sem desfazer a desordem que no antizelo do cotidiano, alimenta a sensação de vida, de que um arranjo melhor das coisas será um dia a redenção, até que decide fechar a porta e, sem nada pronunciar, ameaça um movimento, ao que ECCE HOMO dá um salto na direção da poltrona e, diante dela, afirma com a segunda voz em labareda única: você precisa vir comigo, Araquine/[@]

ω Araquine é quem recua, seria improvável que soubesse seu nome, nunca se viram, raciocina sobre a pequena mulher que se apresenta hirta de timidez robotizada. É, na verdade, uma invasora, e decide por pedir que saia quando, pronta a falar em voz alta como é de sua natureza, se detém por um momento sustendo no ar a palavra impronunciada, aquela que cavaria um abismo frente a seus pés, inspira fundo, nem os

---

[@] Uma longa pausa na história. Por longa quero dizer mais do que três minutos em que um assobio que não sei como grafar (se soubesse grafar barulhos, ou escrever partituras de assobios, eu não precisaria redigir estas notas explicativas cuja função principal é, obviamente, dar resposta à existência de limites narrativos) parecendo o canto de um pássaro, ao mesmo tempo, no entanto, lembrando algum quarteto de Beethoven, não apenas interrompe o texto, mas ameaça finalizá-lo caso a atenção ao que estava sendo contado não fosse forte. Abandonar a audição por aqui era tão fácil, como deve ser abandonar a leitura.

óculos lhe protegem quando a verdade transformada em pele, incontornável como o céu sob o qual nos pomos, lança-se em ondas mais que visíveis, audíveis, guardadas em criptas mnemônicas/ acena com a cabeça incapaz que é de compor uma frase, a palavra volta-lhe como vômito recolhendo-se à origem, cena indizível, câmera que retroage para quem vê, fita a rolar em bobinas de cabeçote sujo, guarda os cabelos inexistentes atrás das orelhas sem brincos, ergue as mãos ao peito e solta a quantidade de ar guardada em séculos-minutos/ a primeira voz de Araquine emudecida, sem ter por onde ir, fugida para um canto, deixa espaço à segunda voz hábil em irromper na força do ácido no qual guarda a si mesma para um futuro sempre ensaiado a colocar-se por entre dentes amalgamados entre as carnes da cabeça, botões bem pregados, por entre os lábios de fuligem, a sorrateira se ergue, avançando nas veias do pescoço, forçando a romper a voz de lata que se abre em um riso morno, descuido da primeira, sua débil potência de corda fraca e antilinguística emite alto o quanto pode a som das coisas afastadas à força da realidade regulada pelas leis da compreensão, é então que ouço, como elas mesmas não ouvem, que Araquine e ECCE HOMO entre vozes e vozes, confusas e arfantes no pó de giz que abafa a nitidez das letras, dizem o mesmo nome sem que o pronunciem, que Araquine evita falar há tempos de conta perdida, e que ouço da posição estratégica em que me encontro, ouço com meu ouvido e com os ouvidos que não tenho, entre paredes que escondem paredes, eu-eu e os outros[c]

---

[c] Que minha mãe se expresse sempre falando deste *eu-eu e os outros* talvez seja uma exposição de sua própria autocompreensão quanto à esquizofrenia. Difícil é entender que uma pessoa sob o diagnóstico da loucura seja capaz de compreender sua condição. Até onde sou capaz de entender destas coisas,

que ouvem junto, perdida a conta de quantos ouvidos temos, os mesmos outros com que me compus um dia e vieram a desmanchar meus cenhos, os únicos que não me enganam, como o menino, a brincar com seu caderno de notas[h] levantando os olhos quando um som mais grave como a porta da cozinha rangendo ou a geladeira em seu liga-desliga estraga o véu ameno da noite desmaiada/ ouço e ouço e ouço, tantas vezes quantas forem necessárias, o que têm a dizer as segundas vozes uníssonas como gêmeas siamesas atadas por veias e tecidos, dependendo de um único órgão a que não dão nome, e só o que percebo é a verdade gramática que a ninguém engana, PB[©] está escrito em tudo o que dizem.

ω Olham-se e saem. As primeiras vozes nada dizem, conversam com as vozes de fundo que não mentem, tampouco é fácil compreendê-las como línguas estrangeiras distantes, que não posso ouvir de todo, ouço seus passos na calçada, Araquine arrasta seus sapatos de madeira nos paralelepípedos, movem-se rapidamente as lagartixas entre pedras e os pés entre as lagartixas, sinal de passos certos, de quem sabe aonde irá, terão se conhecido antes, Araquine terá lembrado de algo que desconheço, indago cada milímetro, vasculho os vãos das

---

louco é aquele que não tem consciência de si. O que fará a medicina com estes loucos que sabem que são loucos? Irá responsabilizá-los pela própria loucura? Digamos, no entanto, que eu-eu e os outros não seja uma expressão filosófica ou retórica da loucura? Que realmente existissem, que ela se referia a alguém vivo e concreto? Não sei de que serve a dúvida nestas horas. Mas não posso combatê-la com respostas simples. Difícil é conviver com estes mistérios mínimos que oferecem ao resto do dia um silêncio e um torpor como se pesassem séculos de histórias não contadas sobre minha cabeça.

[h] Notas são também estas que ponho no livro de minha mãe.

[©] É a primeira vez que Pequena Berenice aparece. Grafarei PB para economizar meus dedos.

tábuas de madeira do passado, certezas sobem minhas pernas a fincar-me os arpões numerosos, um gancho de aço ameaça romper a pele sob o queixo, suo frio, ameaço gritar, quero saber de Pequena Berenice, abro a boca para externar o frio que me responde em números falsos, quando a pequena mão do menino sobre meus olhos, boca e coração, instala a certidão de paz perpétua que jamais conheci, a quietude macia de sua existência inverte meus sentidos, sou mero gomo na fruta madura, névoa de um planeta inóspito, igual às plantas na varanda[@], animal alimentado, copo de vinho pela metade, perfume de jasmim entre limoeiros, sonata ao piano em tardes de chuva, e na evidência aromática da eloquência do mundo, ansioso por dizer-se, eu dentro a dizer-me, tomo outro rumo, o

---

[@] Havia vários vasos com terra seca quando cheguei à casa. Nenhum sinal de que ali um dia tivessem existido plantas, embora esta hipótese fosse lógica. Não estou remetendo o leitor a nenhum mistério. Tampouco enfatizar a estranheza me interessa. Nem, de modo algum, intensificar a sensação do abismo em que minha mãe viveu, como se os textos pudessem retomar a vida. Não acredito que a memória tenha qualquer poder além de produzir perplexidade ou, na contracorrente, comodismo, aceitação. Sensações e pensamentos confusos o texto já me causou de sobra, não espero que ele produza o mesmo no inocente leitor, meu mais que caro, Sancho, a quem agradeço imensamente por seguir esta leitura, apesar do fastio que inevitavelmente se experimenta ao ler um volume deste tamanho e, sobretudo, quando o volume nem sequer é um livro escrito, mas apenas um transcrito com toda a dose de compreensão que isto envolve. Espero, no entanto, neste exato ponto, "desdensificar" a escrita de minha mãe conforme declarei no prólogo que antecede esta decupagem que se transformou em livro apenas por ter sido transcrita. Retomo aqui esta explicação para que meu objetivo não se perca de vista para aqueles que leem estas notas. Não gostaria que vissem falta de respeito com o legado recebido, coisa de ingratidão. Não seria estranho se eu tivesse ingratidão em relação a minha mãe. Ingratidão é sentimento, até onde sei, que nasce da relação com a mãe nos primórdios do contato. É a própria mãe que, angustiada ou deprimida, desencadeia pela amamentação, querendo ou

da espera em que se grava um lento aviso de possibilidades, que se dissiparia com um desvio dos olhos, uma inspiração mais forte, devo, por isso, contar ao pequeno que me escuta, que estamos aqui porque somos apenas parte de um universo cuja estrutura desconheço e que, no tempo, se ficarmos muito quietos, teremos a chance da fuga[v].

T 1.3.1. Os invasores

ω O mundo que interessa não atravessa as paredes. Entre elas está disposto o enigma nascido com o rodeio dos tempos, macerado sob noções antigas, das quais não posso me livrar. Uso o enigma como um ponto final sempre necessário para silenciar quem precisa, o enigma feito de palavras como um trançado, corpo com pensamento, a odiosa palavra com que combato a minha insônia, a luva com que sei a textura do escuro[e]/ ω. É dele que extraio meu mundo/ mundo composto: eu-eu

---

não, a sensação que leva o bebê a introjetar um seio mau. A experiência corporal entre mãe e filho é a base da loucura, segundo li numa autora — bastante clara quanto à forma, mas muito confusa quanto às ideias — chamada Melanie Klein cujos livros encontrei há muitos anos quando procurava informações sobre amamentação. Seio mau e seio bom são expressões por ela usadas para definir estas experiências corporais.

[v] Para onde desejaria fugir? Que ideia teria do futuro?

[e] Das poucas coisas que experimentei como reais nesta narrativa estilhaçada foi esta textura do escuro. Um fato, simplesmente. Nas linhas que seguem vemos o curioso relato sobre os "outros" que, segundo ela, devem ser expulsos. Logo a seguir ela fala a um "você". Por dias pensei que se tratasse de alguém interno à casa. Hoje penso que ela falava para alguém que sabia seria seu ouvinte como alguém que, por acaso, encontrasse uma mensagem na garrafa. Este destinatário mágico aparece em diversos momentos como uma companhia segura para um mente intranquila.

e os outros, seres demais em meio a muitas paredes, não direi gente, não somos somente quem desejamos e as paredes são poucas, os que se foram não podem ficar no reduto que elegi a duras penas para que me deixassem em paz/ se não elegi é, de qualquer modo, o que me cabe dizer sobre eles/ todos precisam de um discurso e este é o meu/ direi que fui responsável, o que cabe a alguém deve ser respeitado pelos outros, é certo que precisam seguir outro caminho, expulsá-los? Se estivessem aqui seria possível, como toda resposta, esta também deve ser evitada/ tudo o que eu não devo dar é resposta/ você já deve ter entendido que embora não estejam aqui permanecem ao lado. Querem respostas que não posso dar como cães que desejam comida. Como você. E como você, talvez tudo se resolvesse se eles pudessem sair. Caso seguissem, eu também poderia seguir? Tentarei explicar com mais detalhes: na inexistência dos caminhos, todos foram embora e, ao mesmo tempo, como se o próprio tempo não mudasse de lugar, ficaram na sala, trancando a porta com a inércia de seus corpos deitados. Não sei se me entendem de uma vez: eles estão ali, ao lado, se foram e permanecem, é uma situação difícil de administrar. Quanto tempo? Pontos de vista não farão diferença em relação ao que praticam. Gordos e cansados, ainda se movem os preguiçosos, a natureza do movimento, porém, é a de leões-marinhos, monstros cada vez mais disformes, imobilizando com toneladas de torpor as frágeis portas e janelas por onde eu poderia sair/ ninguém nega a própria natureza seja ela de pedra, de papel, pluma ou navalha/ tenho a minha porta a proteger-me, a porta como meu fato. Eu sairia por ela caso não estivesse emperrada por um grande corpo gordo. Tenho-a e tenho a minha natureza a compor com as paredes, o teto, o chão. Se fossem menos paredes, tudo seria mais fácil, é a minha utopia, a única, e, como tal, avessa, plena de negação de todas as coisas. Assim como eles estão, tendo ido, eu espero sem esperar. Não são oxímoros, são fatos. Como tudo o que é, não sendo, como por exemplo, o escuro, que é claridade a não ser claridade, claridade-não-sendo-a-si-mesma. Claridade desmanchada na oposição que a funda. Ainda claridade. Aqui dentro o escuro acostuma meus olhos à visão do que interessa. E o que não posso ver guarda-se como imagem entorpecente. Inebriante! Como um feixe de luz que envenenasse a memória e ainda assim mantivesse a reminiscência. É no que me fazem pensar, e a atenção que me provocam. Estou aqui livre entre as paredes. Eles, porém, pensam-me presa por força, infames, é a desculpa que se dão, nunca cheguei perto deles fosse por vontade própria ou curiosidade. Senti o cheiro de longe e fingi não ver ninguém. Sabem que os vejo. Não podem fazer nada com minha constatação. Cheiram a carvão e lenha verde, como antes/ eu cheiro a magnólia©. O cheiro ajuda a duvidar de sua origem.

© É o título de um dos livros que encontrei na casa, sob uma tábua do chão, estranhamente perfumado com odor de magnólia, como se o livro fosse, ele mesmo, a metamorfose do vegetal que se industrializa em papel e dá lugar novamente à essência do vegetal, grande e efêmero, rápido e intangível. Cada folha uma pétala, o caule, as folhas verdes da planta compondo capítulos, os menos compreensíveis como botões que ainda estão por serem lidos, coisas deste tipo. No meio dele, alguns desenhos muito parecidos com os que encontrei soltos entre alguns documentos e bulas. Li alguns trechos, pois não havia tempo para ler tudo. Ao acaso, li pequenas frases como se fossem besouros esvoaçando num jardim. As descrições da personagem pareciam-se muito com minha mãe, com a mãe que eu poderia ter e o fato de que ali uma Leda também estivesse em cena, deixou-me sempre um pouco assustada, como se o livro fosse o verdadeiro fantasma. Do livro amarelado restava apenas o miolo, dele é que tirei a inspiração para os cem/ sem parágrafos do prólogo que antecede estas transcrições.

Entre os anões e os bonecos de madeira, há os meio-homens, meio-cães[β]. É deles que emana o odor de couro no fundo da atmosfera. Sua presença é garantia de silêncio, ainda que o silêncio alterado em sua densidade, como se pudesse ficar úmido e pesar nos ouvidos, se tornasse duvidoso, fruto de um espanto, de uma lamúria oca, de um gemido que não se mostra. Queriam casar-se comigo/ havia desejo nos infelizes/ pensavam no lucro de uma vida fácil, eu riria de sua frustração se esta não fosse uma resposta/ pretendiam viver em minha cama, sobre os sofás, empestando as poltronas, roçando-se nos tapetes, quebrando os copos e os espelhos desta pequena casinha onde vivo desde o tempo que lembro/ não, não me peçam memórias[e]. Não sou tão velha, em mim a velhice é espacial, não impostura do tempo, procuro guardá-la em cadinhos devidos, nada de ocupar espaço demais. ω Já basta os corpos gordos dos ordinários a emperrarem a minha porta ω. As paredes não

---

[β] Talvez ela alucinasse que havia lobisomens por perto. Mais uma dúvida nada interessante que me assola nesta busca por compreender a narrativa: quem seriam este seres híbridos? Como, afinal, se compõe o imaginário? Por que há fantasmas para uns e não para outros? O que significa, neste caso, existir?

[e] Mais uma vez ela se dirige a uma pessoa no plural. A quem se dirigia? Vejo aqui mais uma semelhança com a magnólia do livro mencionado. Lá a personagem também é seguida por muitos, mas estão mortos. Lá ela é uma velha, assim como minha mãe se declara aqui. As gravações feitas em tempos distintos não deixam pistas sobre idades. Havia, como mencionei, muitas sobreposições no palimpsesto que insisto em tornar mais claras aqui. Por isso, esta ideia de velhice que segue na linha seguinte pode tanto ser real quanto ideal, pode tanto ser fato como autocompreensão. Deixemos de lado, a imaginação de meu Sancho, será razoável para completar a minha falha de compreensão. Por que não poderíamos lhe pedir memórias, é, no entanto, uma pergunta que não podemos esquecer. E se eu pretendesse a memória, não seria um direito inventá-la?

perdoam, devo ter feito alguma coisa às paredes e pago caro agora. Os que ficaram aprenderam a negociar com esta falta, conseguiram parcialmente realizar sua intenção, vingo-me enquanto me protejo evitando dar-lhes o que querem/ tenho certeza que meu destino seria o das presas estraçalhadas. Estranho é que não cansem de me esperar. Deviam sair em busca de alternativas, uma lebre, um gato, sacos de lixo, pombos/ nada/ vivem como se não houvesse espaço e tempo além de nós.

No tempo de antes em que segundos e anos, o instantâneo e o eterno, estavam separados, havia imagens de tudo o que aconteceu, eram precisas, mas fui incumbida de voltar atrás, não reter memórias, de ter atenção apenas aos fatos evidentes, nem reminiscências, nem registros ópticos, fui incumbida/ recebi uma ordem como um Hamlet[r] que fosse obrigado a crer em fantasmas, pois as leis foram feitas no tempo em que se

---

[r] Procurei muito por um exemplar de Hamlet que estivesse perdido ou camuflado dentro da casa como estavam os outros. Talvez minha mãe o tivesse lido e o citasse como uma importante experiência intelectual. Apesar das provas que não são exatamente provas sobre sua loucura, continuo pensando que ela vivia verdadeiras questões metafísicas e não fosse vítima de uma mera doença. Sobre isto não sou eu quem posso decidir. Não há decisão, para falar a verdade, num caso como este e, por isso, também não há justiça. Eu esperava explicar com a prova de Hamlet tanto a inspiração para a melancolia que atingiu minha mãe, quanto a paranoia. A ordem que ela recebeu, no entanto, morre aqui, como um afogado na praia, sem que se possa perguntar de onde veio e quanto tempo levou para chegar ao seu destino sem futuro. Imaginaria ela que tudo o que disse se tornaria inacessível a quem a ouve, mesmo que possa ser ouvido? A intangibilidade do que ela disse, da experiência que ficou ali guardada, não pode ser pensada como mera formalidade que acessamos aqui, eu transcrevendo, um leitor a lendo, talvez você mesmo que agora presta atenção a esta frase, procurando um sentido neste emaranhado de possibilidades.

acreditava em fantasmas, enquanto hoje com o avanço da ciência não há mais o que fazer com as aparições, elas pertencem ao passado e sua avareza de morto/ por ora não interessa o passado, o problema que enfrento junto a você que me ouve — ou quantos serão, trouxe alguém consigo?[e] — é presente, palpável demais para teorizações, ainda que sejam o resultado de cenas vividas, não há lugar aqui para a memória, não tenho culpa por deixá-la de molho no sabão por tanto tempo. Limpá-la não é a minha questão, nem será a de vocês. Só doidos confiam nela. Vocês, sei que pensam que não sei. Não me ocuparei disso agora, confio em meus pensamentos presentes, são minha companhia, minhas ações, meus gestos, deles sei tudo e sei enquanto ocorrem sou eu que os crio enquanto me criam, confio no modo de dizê-los do meu jeito. Quando eu contar o passado é porque ele já será presente e poderemos nos entender, eis a resposta que esperam os vampiros da existência alheia. Cuidem-se vocês, eles estão por toda parte, trancafiados nas paredes, prontos a exigir seu sangue. Sangue doce e delicado de pessoas ingênuas. Podem assustar-se, é o que devem fazer neste momento. Eu rirei como sempre. A compreensão geral é uma ditadura, como a dos senhores sobre os escravos, não cederei a ela. Estou *nel mezzo del cammin di nostra vita*. Deveria descer aos infernos como todos os que imaginam que haja uma vida sob a vida[s]. A diferença é que não descerei, já estou nele, e não estou, dia sim, dia não, estou nele e não estou / debaixo

---

[e] Vejam que ela mesma tem dúvida sobre quem a ouve, se a ouve, se é um ou vários. No entanto, não perdeu a noção ou a crença de que está a dizer algo a alguém. De que emite uma mensagem que terá destinatário.

[s] Procurei pela casa e no dicionário alguma referência a esta frase. Encontrei alguns cacos de vidro e, confiando pela primeira vez em minha intuição, acreditei que havia relação entre eles.

de uma lâmpada de luz cansada/ não pense que vou só/ que estou só/ eu-eu e os outros somos como irmãos/ Vocês são apenas aqueles para quem eu falo, nada mais além de existências instantâneas/ podem me entender/ eu os entendo, minha mente é absoluta/ ouço sim, todos vocês, de uma vez e a toda hora, não param, mas não me importo/ pobres coitados os que não ouvem os próprios disparates/ eu que falo tudo, ouço mais ainda.

<ela sabe quem somos, nos descobriu>[c]

(não sabe de nada, fala como se olhasse no espelho}@

<dirige-se a um plural, não a um só que resultasse de sua alucinação>

ω (seu espelho está quebrado, seu mundo é composto de muitos)@

ω <ela tem plena noção de que há um eu, outro eu e, além deles, os outros, sabe que não está só>

ω (ela apenas vê a si mesma, aceite, ou então, aposto com você, contra a sua ideia de que ela nos veria que ela apenas vê a si mesma)

ω <aceito, qual o pagamento?>

ω (o mesmo de sempre: ela mesma)

Babel, venha Babel. Babel, venha bichano[β].

---

[c] Esta é uma sequência de frases que organizei recuperando trechos da gravação. Colei-as aqui, estavam muito próximas ainda que separadas por ruídos que as tornavam, no limite, incompreensíveis. Não pude deixar de aproveitar a conexão. Dentro dos sinais de maior e menor a voz de minha mãe aparecia como que cansada, abafada por ruídos, às vezes estridente como o diamante cortando o vidro. Não lembro jamais ter ouvido um som como este. Se a voz lhe pertence, se não havia outra pessoa a gravar sobre a gravação, eis que temos que minha mãe, além de saber de si, forjou um outro que imaginava que ela não sabia dele mesmo e outro que suspeitava que soubesse sem ter certeza. Ambos apostavam sobre ela mesma como deus e o diabo costumavam apostar o Cristo.

[β] O gato.

T 1.3.1.1. Berenice, os invasores da casa e sua conexão com Araquine

Esconder-me não foi mania, desejo, capricho, ousadia ou brincadeira, foi necessidade, pegue um pedaço e deixe derreter na boca, fique quieto, um pio e estaremos perdidos, cuide que não faça barulho algum, dedique o corpo inteiro a ouvir, um ouvido só gasta logo o seu poder de entender, se não cuidar pode ficar surdo apenas por não prestar atenção, está provado, eles sabem, fique quieto, ainda estão por perto, ficarão no mesmo lugar por horas e até dias se ela se demorar no que foi fazer/ apenas quando Araquine está em casa ficam tão quietos que nem mesmo ela tem força de enxotá-los/ caso se movam tudo fica diferente/ enfraquecem à medida que ela se fortalece/ vivem neste jogo de forças/ acomodam-se no chão evitando seu comandos/ ela joga água fria sobre eles quando eriçam demais/ como sua proprietária, há uma chance de que seja apenas a coordenadora dos trabalhos, pode torná-los inertes por dias e dias/ seus interesses não são tão claros, deve haver quem a comande além dela mesma, o sistema não começa com ela, ela não seria tão inteligente, de qualquer modo ela é a chefe, o cacique, a manda-chuva geral, demorei a perceber que ela uiva como eles, acreditei que fosse tão vítima quanto eu, foi Araquine que tomou as decisões∅, eles apenas executaram, ela

∅ Uma típica acusação de quem sofre com seus próprios problemas e, não podendo resolver, grita. As paredes da casa eram revestidas de um papel amarelado pelo mofo e que formava imagens que, com um pouco de imaginação, poderiam assustar. Quando cheguei à casa precisei arrancar o papel por medida de higiene. Não foi das experiências mais agradáveis que observei. A quantidade de pó, a madeira carcomida por cupins, compunha um estranho espetáculo de decomposição em que a casa perdia a própria pele. Aos poucos

disfarça, eu não, normalmente não, só agora é que sou obrigada a esconder-me, eu não me faria de vítima, é que me acossam, beliscam, não mais agora que estou protegida, encontrei meios, nos últimos tempos quase fui à loucura, e, sem ter por perto quem quisesse ver o que se passa, ou por interesse que têm em fingir, donos das leis que regulam a minha vida, chamaram os médicos, demorei a perceber que ela é quem decide, projeta os movimentos, ordena, abre e fecha as portas, diz quem sou, o que faço, e mente, mente como ela só, inventou minha loucura, se eu a acusasse hoje ela faria cara de perplexa, espero desmascará-la um dia, mas tenho paciência, foi o que aprendi desde que os vestidos de branco como se fossem médicos me deram remédios, eu vomitaria neles em outros tempos, tentaria esquivar-me como fiz com os que usaram eletricidade, levaram-me por dias e dias, da última vez aprendi a não bater nas paredes para que descolassem de minha pele as línguas pegajosas[β], escapei da prisão e da injustiça apenas treinando o silêncio e as palavras agradáveis, não falei nenhuma verdade até que me deixassem em paz, não disse sobre esta minha interpretação dos fatos, não há quem possa me ouvir aqui por perto, como Araquine preferem olhar as paredes, são contentes com o

---

a consciência da casa revelou-se diferente revelando algumas coincidências estranhas. No mesmo dia do início dos trabalhos encontrei sobre a poltrona, como se alguém tivesse deixado ali minutos antes, um conto de Charlotte Gilman chamado The Yellow Wallpaper. O conto remetia à cena que eu vivia e parecia que a personagem estava ali como um fantasma entre minha mãe e eu. Logo abandonei a fantasmagoria, mas ela não deixou de reincidir em muitos momentos em que fiquei só dentro de casa. Por muito tempo acreditei que a casa era o motivo do adoecimento de minha mãe.

β Referia-se aos médicos que devem tê-la atendido em algum ataque.

que ocorre, dizem-me louca, não se dirigem a mim jamais, escrevem laudos em cifras baratas, cuidam de manter-se na altura dos saberes comprados em manuais de academia, compraram as informações e agora querem a devolução, anseio de lucro que é sempre a contraparte do logro de que foram peça, ainda que tenham aceito as cláusulas do contrato, agora nem fingem que não sabiam, escancaram o que pensam amparados no tempo do cinismo, não entendem porque não querem, os que sobraram dos processos estão todos ali, basta olhar com atenção, ouvi-los, eu mesma disse, é bem mais difícil, são todos mudos ou fingem silêncios petrificantes, põem as línguas para fora, e permanecem, só não os vê quem não quer ver, vejam as línguas amarelas, e os pênis, um deles mostrou-me o órgão espinhoso e bipartido[e], segurava-o com a mão esquerda enluvada, pronto a descascá-lo com o canivete afiado[r] que sacou do bolso, queria assustar-me, sei, queria que eu gritasse apavorada para iniciar o ritual macabro a que chamam racionalização, isto não se pode ouvir e não está gravado, mas se juntarmos o corpo inteiro, ouviremos, é a esta emissão de verdades abstra-

---

[e] Investiguei tratados e dicionários de anatomia animal para ver se algum ser vivo possuía um tal orgão, curiosa que fiquei com a imaginação de minha mãe. Não encontrei vestígios. Imagino que, neste ponto de sua fala, as palavras fluíssem histericamente, como em jorros de ideias que, sem relação alguma com a realidade, se impunham como pensamentos fundamentais. Por isso eram ditos.

[r] Encontrei um canivete ainda afiado da marca Remington no fundo da caixa de livros dentro de uma caixinha de madeira de mogno forrada de veludo marrom, difícil de abrir por causa da mola enferrujada. Durante todos estes meses não me importei com o objeto. Pensar que ele fosse útil causava-me dor nas costas. Qual a relação que podia haver entre um pensamento, uma mera conjectura sobre a utilidade de um objeto e a dor nas costas é coisa que não me importa, além de que fosse um fato.

tas que aspiram por não terem outra coisa que fazer, servem a Araquine, não são meros burocratas, também eles têm seu gozo, seu prazer em sentir a dor alheia, fazem-me de louca para alcançar seus fins, faziam-me, diga-se de uma vez, agora me escondo, não sou mais meio para seus fins inóspitos, estou longe e aqui ficarei até que a casa voe pelos ares, ou que os bombeiros venham apagar o fogo do inferno a que estamos condenados, Araquine antes, prefere que eu esteja no manicômio, me quer plácida como uma boneca de plástico[e], ela e os funcionários, os bobos da corte, anões do seu circo de ódio, apesar disso, sou mais forte, presto atenção em cada um de seus gestos, me guardo dos inimigos, com eles é que se descobre o antídoto, com eles é que aprendi a esconder-me, são expertos na arte da invisibilidade, enganam até mesmo uns aos outros e, função disso, galgam postos hierárquicos na repartição a que pertencem, apesar, possuem métodos simples, ao mesmo tempo os mais difíceis, foi delicado aprendê-los, fiquei por dias e dias sem comer, nem abrir os olhos, respirava o mínimo para manter-me viva, até que do coma[b] à pedra cuja meta-

[e] Dentro do armário, quase me esqueço de dizer, havia uma boneca feita a mão com cerca de um metro de altura, vestida com uma roupa de odalisca vermelha com apetrechos dourados. A barriga era de pano, algo parecido com linho. A cabeça era de porcelana, lembrando os rostos míticos das bailarinas turcas, olhos puxados, boca carnuda. Os cabelos, assim como os olhos verdes de vidro, pareciam verdadeiros. As mãos e os pés, as articulações, assim como a cintura, estavam presas por um fio de nylon transparente, embora um pouco amarelado, igualmente seguros por pequenos pedaços de madeira dispostos em estrela. É um títere. Durante todos estes dias a boneca ficou sentada no canto da sala onde me instalei para trabalhar. Nada nela me impressionou mais do que as mãos de madeira clara, tão bem torneadas que parecem revestidas de pele.

[b] Não há registro de coma.

morfose artificial administrei, esqueceram-se de mim e pude esquivar-me até alcançar a porta, entrar e depois fechá-la sem que sequer me vissem com seus olhos de microscópio atentos como lobos famintos, hábeis caçadores que são, e ainda que sintam todos os cheiros e localizem formigas sob o solo, mal sabem que Araquine, quando se desinteressar deles, os jogará porta à fora como enjeitados, destroços, papel usado.

i.e. M.

De nada servirá fumar charutos[n], escrever sobre a mesa a canivete novelos de riscos indecifráveis, picar fumo esperando que o outro lamba a palha e enrole o cigarro, desenha-se a sina insuspeita, tão inteligentes, tão despreparados, Araquine devorará a cada um com o silêncio do esquecimento/ os que esperam a recompensa, a paga, o lucro, não terão nem direitos/ nem lembranças, nem um muito obrigado pelos serviços prestados,

---

[n] Encontrei também um charuto Montecristo mofado dentro de um tubo amarelo. Enrolada nele um bilhete com os dizeres: "Estando tudo por cumprir, faça-se o que se deve fazer, os títulos, as horas, as vantagens, todos por sua conta. Lembre-se de quando líamos juntas." Já não me espanta o tom cifrado dos dizeres. *O Conde de Monte Cristo* de Alexandre Dumas, livro que encontrei na casa sob o colchão de molas da cama de viúva onde minha mãe dormia. O charuto leva este nome porque este livro era lido para os operários da fábrica Upmann que confeccionavam o charuto como forma de atenuar o tédio do trabalho. Cheguei a pensar que minha mãe trabalhasse em uma fábrica de charutos, desisti da ideia por não haver nenhuma fábrica de charutos na cidade. Não me surpreendo que nada houvesse de novo por ali, pois de fato, nada havia também de velho, além das casinhas com aspecto abandonado onde se escondiam habitantes que, no tempo em que estou aqui, jamais vi.

observe-os, mas não se mova, nem um milímetro, eles ainda são atentos, perdem a cada dia as habilidades, mas é preciso ter certeza que neste sentido também não enganam, são vivos, veja-os, entre um e outro, roçam-se e espancam-se enquanto outros dormem, neste momento estão todos em casa, Araquine saiu, eles chegaram, perto da mesa o mesmo que contava o dinheiro à sombra da mão a esconder do próprio olho de vidro[i] a fortuna avara/ o outro/ a lustrar as botas com a manga do casaco, tinha os olhos voltados à esquerda como se esperasse um aviso do outro mundo, agora volta-os ao próprio umbigo no centro do ventre asqueroso de pelos sempre à mostra, entre os outros que eram os mesmos, e tantos, e havia os outros, muito mais que outros, igualmente ordinários, indecentes e nocivos, cada um com sua adaga, sua alma e sua cor de roupa velha tingida, sob a janela os que usavam camisetas encardidas como nuvens de temporal sobre favelas frágeis e cinturões de metal nos quais a pele de animal caçado ainda por curtir é pendurada a fazer vez de troféu e adorno enquanto encharcam as bermudas do sangue das vítimas e suas línguas lançadas, por força da morte, além da boca, veja, têm pernas de pau[c], os

---

[i] Foi então que um homem velho tentou me vender um charuto e para isso mostrou-me seu olho de vidro, retirando-o com destreza de dentro da cavidade óssea. Mostrou-me o olho como quem revela a peça mais rara de uma coleção, pedindo-me que eu olhasse bem, pois não poderia mostrar-me novamente em momento algum, mesmo que eu implorasse. Temi responder que não estava pedindo para ver uma coisa asquerosa como aquela. Ele olhava-me com o outro olho e um sorriso amarelado na boca amolecida pelo tempo. Quando consegui dizer que o achava muito curioso, levantou-se e me deu um caderno ao qual não prestei atenção. Levei-o comigo, deixei-o sobre a escrivaninha, e no dia seguinte não o vi mais. Devo tê-lo guardado em lugar tão seguro que o perdi, pensei até que me dei conta de que estava, mais uma vez, sonhando.

[c] Havia duas pernas de pau no canto do quarto que deviam ser usadas como muletas. Quando subi nelas minha cabeça alcançou o teto. Devem ter sido usadas por minha mãe fora da casa.

joelhos sempre nus e os pés descalços, você nunca deve deixar que vejam seus pés, podem querer levá-lo com eles, olhe as solas e cascos de atravessar lama e deserto, antes se ocupavam com as rodas das bicicletas, é claro que não poderá vê-los, estão lá fora, fora do ângulo da fresta[e], é que me lembro deles e tudo me parece visível, posso vê-los vestidos com capas pretas como homens do campo a protegerem-se da chuva sempre invisível, as bordas da capa empoeiradas das passagens por sertões e ruas silenciosas, as traças a esburacar a superfície negra cada vez mais transparente, pedaço por pedaço de uma rede que um dia fora pano teso, fechado como um corpo protegido por feitiço, eram o pavor da vizinhança quando apareciam assim vestidos, sim, havia casas por perto, ainda há, mas estão lá fora, expulsaram os moradores vendendo seus bens por preços ridículos, nunca usaram violência/ nunca é direta, riam vendo pais e filhos deixando os lares com malas e sacolas carregados de alimentos e algum móvel pequeno, um cobertor, um lampião, que os saqueadores desperdiçaram, riem como animais que o são de um riso infernal que só acaba quando resolvem por fogo em tudo, então dançam na fumaça, bailam entre si, sacodem os flancos gordos, as línguas como cães com calor, até caírem como poças de lama uns sobre os outros e lá fora, onde não podemos ver, despem-se na rua como se o mundo lhes pertencesse certos de que os dias sucedem sem cobrança, podem escarrar e tossir realizando assim a própria natureza, beber o café amargo que preparam nos fogões roubados, chupar o caroço de pêssego das árvores abandonadas pesadas de frutos até o chão quando as vi da última vez, fazem o que que-

[e] Por onde olhava de dentro do armário.

rem e que outros não poderiam, sempre a lutar entre si por qualquer pedaço de osso, por sorte não há mais mulheres aqui, todas fugiram para não morrerem, ω Araquine é mulher, mas é de outra natureza, ela não corre riscos, ainda lutam entre si mais cansados que antes, ainda sorvem copos de ar como a aguardente da vitória de uns sobre os outros e destes sobre os mesmos, entre eles confundidos.

Foram homúnculos[e] que cresceram por força de algum elemento natural contido nas paredes da casa, talvez tenham tomado muita água, ou ar, ou tenham simplesmente realizado o potencial das sementes às quais se deve dar luz, são hoje o que eram ontem, acima de tudo, crianças contentes, não porque, pequenos e lúdicos, fizessem o que bem entendessem, antes porque, enquanto se moviam irregrados, de um lado ao outro da casa, estavam fora das regras, o mundo era seu, até que Araquine deu de coordená-los, escravizou-os a estes propósitos confusos, no começo não tinham objetivos, viviam e conviviam, brincavam, iam, vinham, ainda que tivessem o mesmo

---

[e] Em nenhum momento me sinto à vontade para zombar das ideias de minha mãe. Mas quando encontro coisas tão semelhantes às questões por elas provocadas, não sou capaz de me manter séria. Não é possível diante de coisas como estas, por exemplo. Sob a cama havia uma mala. Dentro da mala, uma coleção de mais de 300, se não erro o cálculo, havia 314 soldadinhos de chumbo em meio a outros bonecos de material igualmente pesado. Bastaria minha mãe abrir esta mala para atiçar a própria imaginação. Meu susto ao abri-la não foi pequeno. Num primeiro momento foi o aspecto bizarro da mala de plástico, sob a cama, crivada de recortes de revistas, fotonovelas, propagandas, nas imagens de seres humanos não aparecia nenhum rosto, apenas as roupas, os cabelos, partes desencontradas umas das outras. Os recortes estavam desbotados pelo tempo, pela ação da luz. Não tinham sido revestidos com plástico ou qualquer papel adesivo e, por isso, as imagens apareciam desgastadas.

aspecto asqueroso, não faziam mal a ninguém/ faz muito tempo, ω Araquine os envolveu de tal modo que são hoje seus aliados e o objetivo que almejam não é para nenhum de nós, eu-eu e os outros, ou mesmo você que chegou até aqui, um objetivo real, um dia você irá me contar também a sua participação nisto tudo[q].

Se eu pudesse recuperar os gestos e, mostrar-lhes outros caminhos, se o mundo lá fora estivesse ao alcance da mera porta, eu seria outra, teria outras coisas a fazer, não haveria a mera porta, não viveria esta miséria em troca de nada/ w compreensão, você pergunta, quem ainda tem coragem de pedir algo assim, a vida é totalmente diferente hoje, não se trata de compreender/ de aceitar/ eu me acostumei com a certeza de que nada vale nada/ eis um imenso lucro existencial, nem por isso recebi qualquer coisa dos infelizes, também não cobrei, perguntar seria humilhante e inócuo, talvez continuar, propor um encontro com Araquine para falar sério sobre tudo o que se passa é alternativa viável a quem olha de fora, daqui de dentro vê-se que é impossível, melhor guardar as impressões, anotar as partes principais, Araquine faz suas anotações, eu deveria também apresentar as minhas, guardo-as[u], um dia quem sabe apareça uma chance de mostrá-las, guardo tudo, acumulam-se como dívidas, sim, os sonhos esquecidos, um dia serão cobrados, no juízo final, os mortos e os vivos, todos no mesmo tribu-

[q] Impossível não sentir-se chamado a ouvir. A loucura não deve ser a ausência de um outro, pois o outro, aqui, está completamente incluso, ao ponto de que nos sentimos este outro chamado à responsabilidade de, como não canso de dizer, vingar a morte do pai ou da bezerra, tanto faz, desde que aceitemos o chamado que dará vitória à dívida — à culpa — e não à vida.

[u] Declarações como esta não deixam dúvida sobre sua consciência quanto às gravações e me fazem questionar de que serve algo como uma consciência.

nal, os mortos com seu cheiro habitual, a única diferença que têm com os vivos, os vivos com seus projetos de futuro, a única diferença que têm com os mortos, se não guardasse as impressões quantas contas teria a pagar, eu não teria chance, contas por ter jogado tudo fora sem remorsos, e os cobradores no dia do juízo com suas fantasias de carnaval, mostrando o sexo e as veias abertas, imaginem a conta do inteiro mundo que estando lá fora se dá por realizado, não, desculpe-me falar assim, você ainda é muito pequeno para entender que há um mundo lá fora e se repete numa tão malfeita coreografia, w talvez você não deva ver, talvez seja poupado/ você é diferente dos outros que precisam saber de tudo[e].

T 1.3.2. Araquine em casa, o medo de que ela abra a porta

Gritei. Grito. Gritaria. CCN[m].

i.e.M.

---

[e] Ela se refere ao menino.

[m] Esta frase se repetia na fita sempre cantarolada em ré menor, algumas vezes acompanhada de "completo circuito niilista" que aqui aparece como CCN, precedida e sucedida de 30 ou mais segundos de silêncio. Não era gritada como é de se supor, mas sussurrada, muitas vezes de modo tão rápido que não era possível perceber as três palavras ditas como em um trava-língua. Saber quantas vezes foi dita não resolveria nenhum enigma, coisa que, confesso — mas não sem dor — era algo que eu esperava ao ouvir todo aquele material. Por mais que eu tenha chegado às fitas sem interesse que não fosse a curiosidade de ver como ela viveu, por mais que este interesse mínimo tenha se tornado a obrigação máxima de cuidar daquilo que ela deixou como se deixasse parte do seu corpo a ser enterrado, e este livro fosse aqui o seu túmulo, ao fim do processo de audição, sou obrigada a confessar,

T 1.3.2.1. Os invasores e a ordem das coisas na qual se encontra o Berescópio[ε]

Os corpos esponjosos e flácidos guardam o Berescópio. Se eu pudesse me mover até ele, descobrir seu mecanismo, acionar seus movimentos, a porta abriria imediatamente. Eles guardam o Berescópio dia após dia, sabem que não é possível movê-lo sem sangue. Há muito tempo não aparecem animais para alimentá-lo.

No começo eu bem quis me casar com qualquer um deles, ou qualquer um que se comprometesse a alimentar o Berescópio. Ou com qualquer outro que surgisse, mas para isso precisava haver um depois e, pelo que entendi, o depois só viria se eu os aceitasse antes. Fiquei confusa com o tempo e

---

me senti um pouco traída, não pela mãe que tive, pela história, ou ausência de história que nos une, mas porque eu esperava alguma revelação maior que as revelações que tive, alguma que eu pudesse chamar de mistério, um grande segredo que sustentasse toda esta necessidade de construção. Como a vida pode perder a graça tão cedo. Quanto à ausência de um outro à qual algumas vezes me referi como sendo a loucura, vejo que neste ponto, quando minha mãe passa horas, uma fita inteira que não apresenta nem seu começo nem seu fim, a conjugar e desconjugar o verbo gritar suspeito que tenha ficado catatônica. Que tenha caído em transe misto de agouro e dor, coisa que não se explica sem o uso de certas metáforas da qual o grito parece ser a mais expressiva. Que ela tenha gritado durante todo o tempo da fita, num compasso quase matemático, me deu não apenas pena, mas me fez suspeitar ainda mais de que minha mãe vivia outra coisa para a qual não estamos preparados para entender, uma ironia por exemplo. Doravante, ao aparecer a frase colocarei apenas GGG.

[ε] Primeira aparição do Berescópio, instrumento essencial da história de minha mãe. Grafo-o com letra maiúscula para sinalizar sua condição pessoal, subjetiva e fundamental.

desisti, prefiro o presente, hoje, ficar aqui, olhar pela fresta, escutar, falar, gravar, apagar, dizer de novo para que não seja esquecido. Não era fácil entender isso antes, era como aceitar o destino, hoje eu não o aceito, apenas sei que aceitá-lo antes levaria a assassinatos e guerras ou ter que viver junto deles uma vida inteira; não estou, nem nunca estive, preparada para esta sorte. Mas pelo segredo do Berescópio, pela possibilidade de operá-lo, eu venderia meu corpo inteiro, casaria com o inimigo, estes não são exatamente inimigos, são apenas o que há de pior, vivendo de emperrar a porta, não deixam muito espaço a ninguém mais. E se eu precisasse receber uma visita? E se as visitas ao vê-los fugissem enojadas? É preciso olhar com senso de medida[e]. Pelo segredo do Berescópio, pela possibilidade de operá-lo, eu venderia meu corpo inteiro[n]. O caudaloso nada, por exemplo, é a mais exata medida que compreendem. Não podemos dizer dois dias. Preste atenção. Em vez, diga-se: dois caudalosos nada. É nele que estamos atolados, eu-eu e os outros e, vocês também, que me olham. O que outros chamam tempo é aqui apenas uma sucessão de nadas, mas não mero nada. É o nada caudaloso, volumoso, espesso, amplo. Eu

---

[e] O que ela entende por medida deve ser a quantidade de nove fitas.

[n] Esta frase se repete muitas vezes. Transcrevi apenas estas duas porque havia uma entre elas. Como já devem ter notado, levo ao pé da letra a economia do espaço. Ainda mais por que devem perguntar-se aonde devemos chegar com esta conversa toda. Eu que me acostumei a explicar não o deixarei na mão nem desta vez, como tenho feito até aqui. Você terá, no entanto, que ir ao fim para uma interpretação coerente. Sem preguiça mental, meu descansado Sancho, ela pode atacar outras partes do corpo e o caos que dela venha a resultar pode ser fatal. Sobre o conteúdo, em algum momento lembro de ter visto um desenho do Berescópio, embora dentro da casa não houvesse nada que eu pudesse reconhecer como um.

não falaria daquilo que não há/ você deve me entender/ alguns deles se divertem/ Você deve aprender/ Eu não aprendo mais/ Perdi a capacidade de rir, observo o que sobra, eu-eu e os outros/ ω Somos fortes na observação/ Cuidamos que escorregue para dentro onde tudo se guarda e nada se perde.

Sei que devo explicar melhor alguns aspectos. Podem pensar que estou louca[c]. Se existissem mais médicos por aqui é isso que diriam como todos os que vieram antes e os que virão depois. Os corpos deitados espalhados pelo pátio têm sua serventia, ainda que não entendam de uma medicina para curar-me. Não podem entrar, assim como eu não posso sair. Imaginem quantos gostariam de estar aqui? Todos querem o mesmo. Uns não permitem aos outros, esta é a minha sorte/ enquanto isso, esperam que eu me mova/ não me moverei/ sei que alguns gostariam de verificar o mecanismo do meu riso e consertá-lo[∅]/ fariam tudo para chegar até aqui. Nestas horas por mais que eu a odeie, do mesmo modo, amo a mera porta. Ela que não me deixa sair e não deixa ninguém entrar. Sou sua cúmplice.

Não vou permitir/ se bem que isto não está ao meu alcan-

---

[c] A capacidade de antecipação de minha mãe é o que me faz pensar que estou completamente errada nos meus raciocínios sobre ela.

∅ Sendo a loucura um conceito relativo, reservo alguns momentos para acreditar que ela estivesse realmente louca, até aqui não decidi se trato minha mãe como uma louca ou como uma pessoa criativa que, em sua capacidade, frustrou-se ao ponto de dedicar-se a uma atividade tão louca quanto gravar histórias obscuras de dentro de um armário. Não serei eu, certamente, a eliminar esta dúvida que até onde sei assola a história da arte tanto quanto a da psiquiatria. É uma problema cultural para uns, existencial para outros, quem sabe para mais alguns um problema tão somente literário. O fato é que ela parecia se divertir com a cena que ela mesma montou, trancada no armário dona de um gravador com o qual podia fazer o que quisesse.

ce/ É o destino que, em primeira e última instância toma estas providências e nos deixa presos tanto ao espaço, quanto ao tempo. Se eu precisasse de mais conforto, de mais aventura, se eu estivesse dentro do desejo dos outros, tudo seria diferente. Mas não. Aqui tenho meu contentamento/ Enquanto isso meia dúzia deles me pesquisam, alguns buscam em mim a capacidade de silêncio. Dou-lhes motivos diários, toneladas de nada caudaloso, para que sigam com seus propósitos. Não estou aqui para decepcionar ninguém. Mas não vou permitir. Como não têm acesso ao meu corpo, buscam meus vestígios. Analisam minhas palavras, medem o tamanho da casa, a distância entre paredes e teto, chão e a mera porta. Buscam cheiros, verificam a consistência dos materiais, pesam o ar, medem a umidade, coletam amostra do mofo. Mas não vou permitir. Eu-eu e os outros pagamos um preço muito alto para que, agora, eu possa permitir/ Tudo o que tenho a fazer, mesmo que a morte se coloque diante de mim, é não permitir/ Ou isto ou a vida/ Não há alternativa neste caso. Não há em muitos, é verdade, mas este é o meu caso e, por ele, devo morrer.

Mesmo assim muitos deles passam o dia tentando a invasão/ usam torniquetes enquanto estão no jardim, ou alicates, procuram entrar pela parede ou pelo telhado/ muitos são encarregados de quebrar os vidros, mas nenhum deles jamais tem a ideia de usar martelos para fazê-lo[n]/ a estupidez é parte

[n] Aqui, sim, já estamos novamente sob o peso da realidade. Encontrei um martelo de ferro do lado de fora da casa, quase enterrado sob a grama espessa. Estava enferrujado e o cabo de madeira apodrecia na extremidade, ajudado pelo ferro a desmanchar-se. Um pedaço de vidro faltava na janela, mas não encontrei cacos ao redor. O martelo, consideremos com perícia, talvez fosse o objeto usado para destruir a vidraça, minha mãe não esperaria por isso. Quem o usou o abandonou ali.

de seu método/ usam folhas de papel amassadas, em vez dos instrumentos metálicos com os quais facilmente estilhaçariam os vidros/ talvez pensem que o vidro seja uma espécie de miragem invisível, uma solidificação do nada/ uma barreira que deveriam ultrapassar com tentativa sutil/ se soubessem o que é a sutileza, não estariam aqui.

ω <ela se refere a nós, não pode ser diferente>ω

(tudo pode ser diferente)

<é preciso prestar atenção à lógica do que ela diz>

(esta seria apenas uma alternativa para contentar os que nela acreditam)

<a lógica não é nenhuma crença, é o domínio da realidade finalmente explicada>

(não se trata de realidade, mas da descoberta do que a faz seguir)

ω <segundo ela, se chama destino> ω

(amontoado de matéria sem finalidade, resíduo, o que interrompe a passagem, ou fede. Ouve)[t]

GGG.CCN.

[t] Frases ditas em meio ao texto. Optei por separá-las para que possamos ter uma ideia da diferença entre as vozes. Explico-me: de fato, eram vozes diferentes. Minha mãe as pronunciava com diversas entonações. Por alguns momentos cheguei a ponderar quanto à insustentável hipótese de que realmente conversasse com alguém.

T 1.4. A caixa de palavras

No canto esquerdo superior, chamemos número 1
Pequena Berenice.
Os limites da minha linguagem denotam os limites do meu mundo
no canto direito superior, chamemos número 2
Pretérito imperfeito.
No canto esquerdo inferior, chamemos número 3
Descrição sumária das cousas do Maranhão.
No canto esquerdo inferior, chamamos número 4
1. Amado, vendido, partido.

2. Direito penal.

3. Chacal.

α[r]

4. Vantagem que leva o que vai na dianteira.

4. Adição.

3. Bodejar. Desabafar. Espada-de-são-jorge.

2. Êxodo.

1. Florão.

[r] Uma das poucas vezes em que se ouve um barulho de telefone. Toca mais de 12 vezes, ela não atende. Dentro da casa não encontrei nenhum aparelho telefônico.

Esqueça os cantos, nada resiste muito organizado:
Por cima colocar de tudo:
Hipocampo.
Tamanho do Corpo.
Língua-de-vaca.
Maquinaria. Mesossauro. Moliana. Onda. Ordálio. Ordinal.
Anatomia Comparada dos Anjos.
Orelha. ω
Panenteísmo.
Panfleto.
Pleorama e Plexo.
GGG.CCN.

i.e.M.

T 1.4.1. PB por Berenice[@].

Duas bocas, dois ouvidos, dois cérebros, duas narinas, dois narizes, duas sobrancelhas, dois queixos, duas línguas, duas maçãs sob os dois olhos nas duas cabeças, dois braços, duas pernas, dois pés, dois joelhos, dois cotovelos, dois mamilos, duas nádegas, dois sexos, dois rins, dois corações, dois fígados, duas barrigas nas duas interioridades, duas costas nas exterioridades, duas colunas vertebrais, dois centros, dois modos de ser entre os modos de não ser, igualmente dois, duas exterioridades dentro das interioridades, dois tempos, dois espaços, dois corpos, duas almas, dois pensamentos, duas ignorâncias,

[@] Não esquecer que se trata de filha e mãe.

dois lados, dois avessos, duas metades, duas faces, duas vezes parida duas vezes a cada duas vezes/ entre ela estive eu a carregar a tarefa de reunir cada emanação de seus dois corpos entre duas dores, dois espasmos, duas contrações entre duas dilatações, dois partos de duas pessoas que se chama Pequena Berenice, que, a cada duas vezes que de mim saía, ameaçava voltar e repetir, e repetia, que, a cada movimento de seus dois corpos, movia o outro lado, o invisível, o nada que se enovelava no tudo de que é feita, porque é mulher e não é homem, e sendo duas lhe coube a trincheira de onde saem os dois choros, e lhe coube a pedra que afia as navalhas, o destino e a decisão sempre entre dois soluços, dois gritos, dois compassos, entre duas vozes que, uma do passado outra do futuro, crescem acompanhadas uma pela outra, as que conversam entre si, dizendo e desdizendo, em inércia e movimento, corpos que são um, um que é dois corpos, confusão e nitidez da imagem, a voz e o silêncio, desdobramento de nuances de um corpo envolvendo o próprio corpo, a voz avançando em nome do corpo para dizê-lo enquanto a outra desdizia, como um véu que se retira e repõe pela ação de brisas amenas e furiosas, que avisavam que viver com ela seria viver um dia em dois dias, e dois dias em um, duas horas, duas noites, dois séculos, e neles o tempo abstrato das mínimas medidas, duas esperas, duas filas, duas demoras, dois relógios por onde escorregaria a dureza dos dois ponteiros que entre rapidez e lentidão negam-se um ao outro como antes e depois a completar-se, tal era a sua natureza, a vida duplicada em si mesma, desnaturada, sim e não, a trazer-me e levar embora as memórias de suas duas infâncias, as duas fraldas, as duas mamadeiras, os dois copos, dois pratos e as duas colheres de plástico com que a alimentei, matando e recriando a sua fome, em meus dois seios sempre poucos, um seco e um cheio, um que se deu a uma e o outro que se deu à outra, o seco ao cheio, o cheio ao seco, mel e biscoitos, pão e água, estiagem e exílio.

Eis que me transformei inteira no leite da cadela que esguicha entre o chão e o ventre, para que dela crescesse o que era erva dadivosa e morresse o que era inveja e maldade. Cumpri a vida de dois inícios e dois fins, o que começa e o que não anda, o que faz crescer joio e trigo, cipó e galho, poeira e areia, vincos e abismos, como cabelo e couro, azeite e vinagre, como a vida e a morte que até hoje, se busco ver, é espelho.

Minha PB única e duas, acontecida em si mesma, sujeito e predicado, a senhora e a serva, o encontro e o desencontro, a mesma e a outra, o dentro e o fora, a avessa e a direita, parida, em duas nesta única, a aresta e a polpa, o todo e o resto, entre meus ossos e pelos, quando eu nem sabia quem era e não era, duas pétalas caindo como cascas de uma cobra, seixo ínfimo a rolar rio abaixo e contracorrente de água rio acima, a que vesti como boneca de louça, a que despi como menino, que deixei brincar na areia da praia sob os seixos e os corais, e a que encaixei entre as estantes, a que voava entre os cabelos do vento, ardia no fogo do inferno, convivência de nuvens no céu, estátua de cerâmica, copo de vidro, a dividida, a herdeira, a que tinha olhos de brincadeira, maria-chicas a moldurar o rosto, e a dos olhos de botão, a mesma que tranquei no banheiro a silenciar soluços no escuro, a outra cuja pele ardeu na ponta do meu cigarro, a que deixei dormir no frio no lado de fora da casa, a de dentes de pedra, pele de casca, riso de perdiz, cuja feiura escondi atrás da porta, a mesma cujos cabelos de ébano traziam mau agouro ao lar, o meu Pinóquio, minha bruxinha de fustão, minha princesa, minha escuridão, casco de besta, meu vira-latinha de estimação, meu pássaro de gaiola, minha pomba na arapuca, meu engano e meu segredo, trago-a inteiramente minha nascida e morta dentro dos meus pensamentos, larva ínfima, terror, agouro. Trago-a e deposito-a dentro do meu útero de onde nasce e renasce para avivar a ordem do mundo. Minha PB, não tenho mais teus pés mornos sobre a cama para colocar sapatinhos brancos, nem teus cabelos sedosos para cortar fininhos rente à cabeça, nem teus olhos doentes para lavar com camomila, nem teus dentes de leite para arrancar com alicate de jardim, nem tuas unhas delicadas para pintar com esmalte incolor, nem teu cheiro de leite para derramar nas plantas que morrem. Pequena Berenice, que não sejas minha é o que não tive tempo de avisar. O que farei com tua vida?[r].

GGG.

T 1.4.2. PB e Araquine em diálogo∅

α (PB diante d'Araquine, entre elas flutuam palavras improváveis como insetos rastejantes que decidissem voar com asas de chumbo, projéteis faíscam destes olhos que não se veem, sem tom de conversa, desencontro premeditado em que horas e minutos confundem anos e anos gastos em sobreviver,

---

[r] O amor materno é um mito pavoroso que há muito rasteja no chão, pronto a ser devorado pela terra.

∅ Devido ao excesso de ruídos, fui obrigada a editar este trecho na intenção de limpá-lo como tem sido até aqui inevitável. Seria inaudível, ou melhor, incompreensível, caso tentasse mantê-lo com a grafia exata capaz de transformar o ruído em palavras. Qual seria a palavra exata para ruído, já que a palavra ruído não é ruído algum?

predestino miúdo da invisível cegueira a que estão condenadas. Palavras obrigatórias atravessam blindadas a sala, bom dia, tudo bem, nem mais, nem menos. ω Araquine diz seu rumo pelos vãos dos movimentos, arrumar a casa, pôr a mesa, planejar a refeição do meio-dia, abrir a janela para entrar a brisa, PB não acolhe seu amor, vê nele a cilada, nem esperança, nem descrença, nada que signifique mais que a visão de um delírio no qual Araquine habita sozinha, PB nem sequer assiste o desvelo com que Araquine retira o pó das coisas isoladas em silêncio de anos, acaricia nelas o testemunho do que aqui se dá, se deu, PB não tem olhos para nenhum invento, nenhum desespero tampouco a deixaria ver diferente. A história fecha seus olhos pra sempre e ainda assim devem seguir. Por sorte não se perguntam. Não há questões em suas vidas, podem seguir livres de planos e soluções. Nós que as assistimos não podemos esconder a sensação de susto que esta atmosfera envolve, a pressão no peito, a garganta arfante, a respiração pedindo o aberto. PB é uma menina, não tem trinta anos. O que interrompeu seu sonho? PB nos braços d'Araquine quando pequena, dois, quatro, sete, nove anos, após a queda da bicicleta, em dias de febre, Araquine a cuidar de seus cabelos cacheados, a dar-lhe banho, a lavar vestidinhos de verão, a lustrar sapatinhos de boneca, a buscar brinquedos extraviados, o cachorrinho Bando, a bola que furou no arame farpado da cerca, a cuidar do sono de PB no fim de um dia de brincadeiras na rua. PB percorreu o escuro em que cada um se pode afogar, perder a própria cor, tornar-se seco como um galho sem o correr da seiva, perdeu a memória, conquistou-a, põe em minha boca perguntas cujas repostas devemos arrancar como as penas de um frango morto, não vemos Araquine por outros olhos que os de Berenice e Pequena Berenice. PB não lembra, não sonha desde criança, entregou-se ao que vê, cansam-lhe as agulhas dos olhos a casear suas pálpebras, crivada de suspense PB vê Araquine a arrastar o corpo morto de sua mãe entre os móveis, o sangue a escorrer da cabeça pendente, descompasso, abraços incompreensíveis que as enlaçam nas noites capciosas em que a casa inteira são corredores, PB vê-se na água como uma Ofélia entristecida, PB não tem trinta anos, talvez nem vinte, as marcas de velhice neste rosto alvo de menina desmentem nossa ilusão de que seja mais jovem do que de fato é, a juventude de seu corpo engana-nos sobre uma juventude real. Sangue escorre tingindo suas meias claras sob os tênis encardidos que respondem qualquer pergunta sobre o que fez de si mesma.)

<podemos separá-las>

(elas não nos pertencem, quantas vezes será preciso dizer?)

<temos as chaves da casa>

(elas não nos pertencem. Guarde suas intenções e apenas ouça)

<podemos separá-las>

(elas não nos pertencem, quantas vezes será preciso dizer? não temos certeza do que ouvimos)

<mas a ouço, a ouço por trás da porta>

(quem garante que ela não inventa o que diz? Preste atenção)[b]

i.e.M.

[b] Não se trata apenas de uma mudança física da voz, mas de outro sujeito que, sendo ela mesma, duvida do que ela mesma diz. A quem desejaria enganar?

T 1.4.2.1. Diálogo que não podemos ouvir, extraído pelo avesso da fita da gravação

α Araquine: Pequena Berenice, sua mãe a espera, abra a porta da frente, deixe-a entrar.

Pequena Berenice: Minha mãe não veio hoje. Dei-lhe leite no copo, mas ela não bateu à porta.

Araquine: Tente fazê-la dormir. Toda riqueza vem da pobreza.

Pequena Berenice: Minha mãe está no armário desde manhã. Pediu-me um copo de água há anos, ainda está cheio. Veja.

Araquine: Por que não a indaga? Veja a pedra no fundo do copo.

Pequena Berenice: Tenho medo que venha até mim, morda meus pés, jogue a água em meu rosto. Apague meu desenho.

Araquine: Um pano, um copo, arroz, feijão.

Pequena Berenice: Não posso contar as peças do piano.

Araquine: Chame-a uma outra vez, ela ouvirá, eu a conheço.

Pequena Berenice: Não posso contar as peças do gramofone.

Araquine: Chame-a uma vez por fim. Estávamos no deserto ontem, hoje há que se buscar água. E ela tem o copo.

Pequena Berenice: Não posso contar as peças do corpo de um animal encurralado[e].

GGG.

---

[e] De todos os trechos que ouvi e transcrevi, estes foram os que mais me perturbaram. Não foi sem nenhum prazer que escolhi transcrever, mas os diálogos, preciso dizer aqui antes que deixe isto escapar, foram os mais incômodos. Não gosto de ler diálogos, não aprecio, em geral, nenhuma forma de troca de ideias, muito menos estas que, na verdade, parecem ser apenas fruto

T 1.4.3. Berenice, seu desejo e a ausência de compreensão do que se passa a sua volta

Procurarei as minhas[r] Pequena Berenice, meu menino[e], em cujas mãos a neve fosca dos serões se derrete para enviar socorro ao intangível tempo em que não sou mais nada, presa entre o não ser e o nunca ter sido, o tempo no cangote rasgando a sua fenda cavernosa cada vez mais ampla pronta a devorar-me, procuro Pequena Berenice, meu menino, a pergunta me trava a língua, onde andarão minhas meninas/ minha menina/ a resposta me arranha os olhos, não tenho para quem olhar, não posso respirar o ar da casa, o drapeado dos movimentos da infanta me regenerava a vista, ventilava a casa/ me esqueço de quem fui, meu pequeno, quem fui se não as vejo, quem sou se não as vejo, de que vale ser qualquer coisa se não as vejo, se sou a madeira das paredes, o barulho na rua, a árvore que me cresce por dentro, quem sou, não importaria, mas ainda importa, corro atrás da memória onde morreu a última árvore do jardim, meus dentes e unhas atacam a carapaça de um tartaruga milenar, escorrego, água infernal, adentro como

---

da imaginação entre o eu e ele mesmo. Como não é possível localizar o "eu" no confronto com o "não eu" de minha mãe, fiquemos com estes trechos plenos de descrição. Embora desgoste deles, não chego a sentir ódio, porque o próprio ódio, por mais prazer que possa causar, é extremamente cansativo, bem mais que o esforço da transcrição.

[r] Esta é uma nota para a doce revisora que terá a paciência de corrigir o meu texto, caso ele chegue a uma editora. É isto mesmo, PB é plural neste momento, portanto, não se deve alterar o que aqui está posto. Minha mãe pensou que sua filha eram duas. Ou suas duas filhas seriam uma? Eu não tenho nada a ver com isso.

[e] PB seria o menino que aparece ao começo desta fita e que depois desaparece da narração, embora ainda esteja aqui?

a meia garrafa de álcool que ameniza a dor dos mendigos, não sei quem sou, busco os olhinhos das Pequena Berenice, os dois, o furado, o acordado, busco a sua mão no escuro, não a vejo e a vejo, vejo-a vendo-as, entre o que um dia eu fui e poderia ter sido, ainda tenho nas mãos a textura de algodão dos seus pequenos corpos alimentando-se na escassez do meu, ela e as duas que a segredam de mim, ela e as tribos, as maltas de roedores selvagens organizados em torno da fuga/ ou foi um sequestro o que a tirou de mim/ que farei com estes grãos de areia que se derreteram de seus olhos, cálices abertos tingidos dos rios desaguados antes da perdição, união e desenlace de cores, rajada de luz, sucesso das ventanias, onde andará PB de cujas bocas partiam navios, visitavam-se florestas, por cujos caminhos cheguei ao deserto, em que chão, sob que céu andarão, por que não voltam para tirar-me daqui, caí entre o passado e o augúrio e nenhum arranjo decorará novamente o seu quarto, quem serei, que farei com o passado atado às minhas costas, meu pequeno amigo, que felicidade poderá reter o que vivi sem lançar-se no precipício dos lemingues, o passado está aqui com suas sombras e incandescências fazendo cheirar a inferno, rodando o moinho do que antes era plenitude, tal era a festa da qual não tenho memória, tal era a imagem das ondas, o cipoal de alegrias, pencas do que sentir que nos animavam no passado, a flor do algodão com que teci o véu dos meus domingos, o meu féretro entre as mãos de PB e o piano, meus dias de Deméter esticados pelo ventre de Perséfone em ganchos metálicos, presa da ave no centro dos meus olhos, onde estará a minha PB, bipartida e reunida, que pari junto à aniquilação dos dias e a ruína das noites, que me sussurrou a espera de um dia ver comigo as horas num passeio sem marcha, pleno, lançado ao fundo perdido do meu ventre, PB é a forma esguelha de tudo o que em mim é possível, onde estará PB, minha pequena que é duas, de olhos claros como água, escuros como o ébano, quem cuidará das linhas de cobre dos seus cabelos, dos fios compridos e dos fios curtos, onde descansará seu pequeno corpo de menina, seu amplo corpo de velha, quem amparará seus medos, quem guardará sua coragem, quando verá o desassossego que incha minhas pupilas, quando saberá que a vida sucede-se em ordem definida entre o mesmo e seu contrário, terá sido o diabo a carregá-la, terá fugido num balão, capturada por caçadores, gangues, lobos, extraterrestres, caído num buraco na rua, terá entrado num sonho, será que PB me odeia, ou me amará com dores de filha abandonada, onde estarão seus braços, pernas e orelhas, o que lhe fiz, o que deixei de fazer, de que qualidade de ódio me amou, por que não está aqui, não dá notícias, foi devorada por lobos, pega pelo caçador, trancada num castelo de cartas?

GGG.

α[e]

---

[e] O telefone tocou mais de cinquenta vezes. Parava e retornava, cessava e recomeçava. Vasculhei toda a casa, todo o terreno, em busca de um aparelho telefônico, o máximo que encontrei foi um alarme desativado. Nenhuma entrada de fios, tomadas, a casa não tem sequer serviço elétrico, a única lâmpada posta no meio da sala, sob a qual digito estas notas, é acesa por um pequeno bujão de gás, a água do banheiro vem de um tonel de ferro que a recolhe da chuva num mecanismo simples e que seria aquecida por uma serpentina que foi arrancada daqui. Alguém tinha que subir ao telhado para tampar o bocal do recipiente e evitar que entupisse com as folhas das árvores como fiz algumas vezes desde que estou aqui. Haveria um telefone nesta habitação desligada do mundo. Seria um barulho real, um barulho forjado? Um barulho alucinado? Teriam as fitas sido gravadas em outro lugar? Havendo de fato um telefone, quem ligaria a ela de modo tão insistente? A insistência me faz pensar que, assim como eu insisto hoje em ouvir estas fitas e ela insistiu em gravá-las, mais alguém estaria interessado em dizer alguma coisa.

T 1.4.4. Berenice e as vozes

ω Apenas eu-eu e os outros, e eu e você, meu menino, os que ficaram e os que foram, a repetir baixinho tudo o que se diz, o que queremos com isso, sei que você pensa quase perguntando, não há resposta, sua voz não se ouve, a minha é um sussurro, quanto mais repetido mais forte, se há uma verdade é a de que aqui só eu falo, eu digo o meu mas e o seu mas, o nosso mas e o mas dos outros, poderia dizer porém, todavia, contudo, entretanto, não obstante, o que se diria ao mudar a palavra, mudança, paradigma, renovação, pergunto, tenho esperança que você me responda, não, não falo para obter respostas, gosto dos seus desenhos[s], eles ajudam a salvar o mundo, falo porque gravo, gravamos, reverberamos, defino, definimos, repercutimos, falo para adocicar os verbos funestos que movem a vida, não só a minha, nem apenas a sua, mas a vida dos que se movem lá fora, falo porque tenho o que dizer, ninguém me ouve, apenas eu, você, nós dois, logo todos saberão pelas caixas acústicas[s], não pensem que estamos aqui sem projeto, as vozes não nos cobrarão expressão, somos maiores que elas, não disputaremos espaço, o espaço é nosso, não abro mão, lhes daremos espaço, se quisermos, não queremos por enquanto, não compreenderão nossa luta sem violência, me pergunto, não respondo, ninguém entenderá, não será compreensível ainda que seja uma verdade incontestável, destas que esbugalhamos com a ponta dos dedos, eu coloco-a dentro d'água para

---

[s] De quem seriam, afinal os desenhos? Dele? Dela? Ele seria real? Uma alucinação? Uma fantasia? Um personagem? Qual a diferença entre os fantasmas e o que se pode imaginar?

[s] O que pretendia?

que inche e irrompa como as plantas apodrecidas, aprendi a entender as vozes ao olhar as plantas, acenei muitas vezes para que viessem me ouvir, eu que tinha rompido com o som, e a hegemonia, sim, a hegemonia como diziam no nosso tempo, era o nosso horror, não me calei e transformei tudo em minha própria voz, nem os que trazem as bolinhas brancas e não aparecem há muito tempo aceitarão o que fiz com as vozes, eles também têm vozes, por isso têm interesses, e os que ficaram, não acreditarão, controlarei seu pavor ao abrir a caixa, abrirei com cuidado e cada uma voará como um morcego, uma andorinha roubando a escuridão da noite, assustando os indigentes desta casa, meu propósito as confunde, por isso não ousam invadir-me, apenas quando encontram um limite eles dizem alguma coisa, uma borboleta[c] com asas bem fechadas pendurada ao lustre da sala tira-nos o ar, meu, seu e de todos os outros, eu a capturaria se ela não fosse, e apenas ela, mais forte do que eu.

α

As vozes jogam-se das coisas como um intervalo de inércia que escandisse o tom em branco em que se fez para trair por puro gosto todos os ouvidos disponíveis. As coisas ao redor são só o intervalo de vozes a ocupar o inteiro espaço. Quem as escuta? No que me diz respeito, restam apenas eu e todos os eus, solidão dita e repetida, sem contradição, a ser sustentada com força, e, no meio de tudo, acompanham-me as vozes, falam ao eu, o eu, e todos os outros, mas só eu as escuto, sei que desejam ser libertas, antes de tudo, querem saber de mim, só eu

---

[c] Todas as noites ouço um barulho de asas rasgar o escuro com que combina há séculos a sua aparição em forma de pequena flor de veludo sobre a vidraça.

as escuto e só eu falo, eu-eu e os outros, as vozes ocupam corpos, trazem notícias, falam dos que fazem pesar, dos que fazem o esforço incomum da solidão em persistir, do inferno no qual me acompanho a mim, por sorte tenho o meu menino a enrolar o fio, a desenhar o tempo. O que me interessa principalmente é ter notícias de PB e espero ouvi-las das vozes que tudo sabem quando eu já não precisar perguntar nada.

Mesmo o corpo da muda carrega uma voz[∅].

GGG.

T 1.5. A mãe de P[p] e ECCE HOMO quando morta em vida[i]

Sob a lâmpada acesa ela desvia os olhos de tudo, os globos incrustados na face, singelos, cômodos, traduzem o início e o fim da vida, cansados, amordaçam com seus veios infinitos de tédio @.

[∅] Não posso imaginar quem seja esta muda que reaparece apenas na última das fitas, a de número 9. Talvez ela acredite ser ela mesma, talvez mais uma das aparições. De um talvez aqui e outro ali, não poderei fazer nada com estes enigmas que aparecem e reaparecem no cotidiano da transcrição. Não há outro tempo, no entanto e sigo esperando que os fios entrelaçados mostrem seu desenho.

[p] Não há nenhum registro de quem seja P, tampouco pude desvendar ao longo da audição das fitas.

[i] P e ECCE HOMO devem ser irmãos. Desculpem-me que introduza mais esta obviedade que deve estar a atrapalhar quem gostaria de prestar atenção ao que minha mãe diz. Interessa-me, no entanto, o estatuto da morte em vida sobre o qual, em tempos de guerra é preciso pensar. Como não há história humana que tenha existido sem guerra, e como a guerra não cessou até hoje,

T 1.6. A Sombra aparece nas fotografias em todos os ângulos. Aproximando-se ou afastando-se é ela que Berenice vê em meio às suas lembranças.[∅]

Fotografia 1 ou CCN:

(ela ouve o gravador detida por uma ordem em eco, não podemos ouvir, sabemos por estes gestos imobilizantes da desmesura de que se trata. Nenhuma voz, nenhum som além do ruído da própria fita atravessando a bobina. Não há gravado. Ela adormece recostada em si mesma, os braços são o outro e o mesmo num acordo de séculos. Sonha que caminha por uma rua ladrilhada de pedras desgastadas. Fica em dúvida se é Ouro Preto ou Mariana, se é Triunfo ou Santa Maria da Escadaria, Lamartina ou Coxilhas do Imundo[s] a cidade onde está. Sabe que precisa chegar antes que enterrem a menina. Ela pega na bolsa a fotografia da menina morta quando ainda viva e procura o endereço, mas não há endereço. Ela então sabe que deve perguntar ao homem que cuida do posto de gasolina, ao chegar vê apenas um morto sentado no banco alto, o chapéu sobre o rosto como nos filmes de faroeste)[α]

---

embora o fim esteja formalmente fixado nos documentos, não existe o tempo ausente de violência do homem contra o homem. Por que isto interessaria à história de minha mãe que viveu fora do tempo. Ou seria mais uma de suas vítimas?

[∅] Este título estava ditado literalmente.

[s] Todas estas cidades existem.

[α] Aqui o leitor pode confundir-me com minha mãe, pois este trecho parece dito na minha pessoa e não na dela. Mais uma vez ela fala pondo-se na pessoa de um outro que, supunha, a perceberia. As fotografias, a propósito, jamais encontrei.

Fotografia 2

(ela sobre a caixa de lenha ao lado da avó que desmancha uma blusa tecida de lã, a peça não se parece com uma blusa e sim com um cobertor, o cobertor parece vivo, como um cachorro negro de pelos compridos. A avó lhe conta a história de Lisa[β], a jovem escrava enterrada entre sete caixas de cristal, ela sai à procura de Lisa e não a encontra, há muitas portas na casa e não podemos abrir todas de uma vez)

Fotografia 3

(um homem abre uma das portas, ela se vira para a esquerda para ver o rosto que ele diz existir apenas do lado esquerdo e que é permitido ver o lado avesso. Porém não quero ver. É uma fotografia, mas tudo se move, ou se moveria, mas vejo como se o que fosse possível já tivesse acontecido. Ela senta no centro da sala para esperar que alguém venha salvá-la, o chão começa a afundar e ela cai dentro de um porão cheio de pó. Ao fundo ela pode ver a sombra dos morcegos. Sua mãe, muito moça, abre um alçapão e a puxa pela mão para uma luz ofuscante)

Fotografia 3

(sobre a mesa um vaso com gardênias. Ela pergunta "serão jasmins?", não se ouve a pergunta, uma voz do fundo do quar-

---

[β] A referida Lisa não aparecerá em nenhum outro momento destas histórias que deslizam entre si como roldanas, ora mais fluídas, ora enferrujadas.

to ri. Procura, sem sucesso, pela voz com os olhos. Ora, direis, que improfícuo, que perda de tempo. A voz diz "procure com os ouvidos". Ela procura os ouvidos, e não com, mas só encontra pétalas brancas no lugar das orelhas. Como ter direção quando o equilíbrio é apenas um fio grafitado em papel branco?)

(ela acorda e sente calor e a cobrir-lhe o corpo um peso, apalpa o objeto que é macio como cabelos bem tratados. Abre uma fresta na porta, um cobertor preto bordado com flores secas a anima. Vira-o e vê asas de insetos formando pétalas de flores. Grita de susto, mas logo ri.)

Fotografia 4, ainda o CNN

(das quatro pessoas que não podemos ver, duas não existem há muito tempo, nunca existiram, estavam iludidas sobre o tom de sua luminosidade. Eu teria que convencê-las dos fatos, o tempo é curto e terei de deixar para depois antes que me caluniem. Vieram assombrar os lados avesso e direito que não lhes mostrei. Nunca mostrarei.

T 1.6.1. Babel

Há dias Babel[e] desapareceu. Nunca atende quando o chamo pelo nome.

i.e.M.

---

[e] O gato.

T 1.7. P visto por Berenice

P já não existe, não existia, não existirá, tornou-se coisa que se vê e cuja prova da existência[r] desapareceu com ele que tendo sido feito do visto e do que não pode ser visto, não pode ser identificado, nem abandonado como negativo de uma fotografia cuja imagem possível não tem mais nada a dizer/ Difícil precisar sua natureza[a] de evento mental, coisa que foi, coisa que é, que será peça do espírito, das que precisam do contorno cinzento da lembrança, das que resistem como molas lançando-se para fora do próprio corpo que as abriga, e nem por

---

[r] O significado filosófico do termo só provocou-me confusão quando tentei rastreá-lo. Pensei que seria melhor o dicionário que responde a toda dúvida, mas não neste caso, pois também, pelo menos o Houaiss que tenho aqui comigo, falava de filosofias existencialistas que, a meu ver, teriam o mesmo efeito que o sonismo ou o laranjismo, a saber, a filosofia do sono ou da laranja, variantes do sonambulismo ou das potências de um mercado de frutas que apesar de suas naturezas diversas, em nada diferem quanto ao que querem dizer, tanto quanto não difeririam do peixismo ou do obstaculismo, do paredismo ou do papelismo, do sincretismo ou do casuísmo, do surrealismo ou do imbecilismo, do niilismo ou do fracassismo, do intempestivismo ou do espetacularismo, do vidrismo e do comentarismo, do panfletismo e do heterossexualismo, do lulismo e do verdismo, do vaguismo e do siliconismo, do logismo e do capitalismo, do comunismo e do velismo, do onanismo ou do cachorrismo, sendo que estes últimos, pelo menos, seriam associáveis ao cinismo que, a meu ver, ainda tem muito a dizer em termos de compreensão da humanidade, embora não se preocupe com o fato de que algo como a humanidade exista ou não. Deixemos, portanto, a existência de lado, pois não quererá dizer nada e se disser, de qualquer modo, não estaremos livres dela por um meto ato literário.

[a] Natureza é a ordem das coisas quando perdeu sua capacidade de falar. Eis que apenas os que usam óculos de fundo de garrafa podem percebê-la, porque estão alheios a toda imediatidade: que a vida seja o que se pode ver a olho nu.

isso sombra, um fantasma não é necessariamente aquele que morreu, é quem, em vida, aparece estando em outro lugar, o que era enquanto não será, é o que P tornou-se ao passear em minhas lembranças feito de pedaços sem chance de alcançar uma totalidade/ P como a derrocada da promessa finalmente conhecida sem que existisse promessa alguma, o futuro e o passado arranjados no torpor ameaçado do presente a partir-se em cacos, uma ameaça de cão bravo, de guerra, de doença, de morte que está contida em tudo o que é, sendo o que poderia ter sido, carregando-se como o que um dia seria, pretérito, a inconsistência do que foi, do que será sem nunca ter deixado de ser/ P era apenas isso, o que é, o que fora não salvou-o do nada de hoje, de não ser, nem mais nem menos, e ainda assim, atuante, agente, ator, e, na verdade que sobe o estômago e atiça a imaginação, ninguém que eu possa chamar, esquecer, nem perdoar, nem pintura que eu possa pensar e rever, sonho que eu possa guardar, narrativa que eu possa constituir, coisa que eu possa evocar além do tempo que não existe e jamais existiu, que cansou de ser, não ser, foi, não será, ainda assim, inexistido e existente/ P hoje é quem, não existindo, entra por minha porta, insiste, afasta os indesejáveis, os gordos e rotundos sentados nos cantos com seus corpos de arrasto por desistências e ausências mecanicamente medidas, P que não os teme, nem os cumprimenta, talvez não os perceba mais do que aos móveis, as tábuas do chão[∅], à vidraça das janelas, entrou sem passar pela porta como é da natureza das representações e ilusões, não lhes vemos os pés, nem as pernas, não que não as possua, é que sua passagem ofusca a totalidade do seu corpo, outrora forte e imposto contra tudo ao redor, ainda assim senta-se à cadeira no

[∅] Lugar para por os pés, o que faltava à minha mãe.

centro da cozinha, abre as gavetas do armário à direita como se em busca do incerto, um bilhete, dinheiro, cigarros, não há nada que possa encontrar além dos panos de secar os pratos, os guardanapos de mesa, os talheres oxidados pela falta de uso, uma faca, um garfo, um copo de vidro sujo de leite há meses, nada alude a ele, eu-eu e os outros não nos lembramos, ele, porém, imagina, lhe sobrou imaginar, o mundo dentro desta casa como se fizesse parte, a curiosidade[n] é o mal dos homens, e ele é homem, não entende nosso universo de mulheres, nunca entendeu, não foi capaz de compreender a mãe, sua ignorância o levou para longe, ou foi sua sabedoria, já não posso interpretar seus atos passados[d], o que foi está dado, feito e resumido[e], mas não pode tocar o que fez, lhe faltam as mãos, os olhos foram preservados, encontram-se no mesmo lugar como imaginação e razão, água e fogo/ P fecha a gaveta com a barriga obedecendo à maldição de não poder tocar no que lhe causa interesse, administra cada milímetro do próprio passeio, olha com ardor de quem pudesse com os globos ansiosos devorar o que existe.

---

[n] Capacidade gerada na infância da qual depende toda inteligência. Palavra aplicável a todo aquele que sente tremer os olhos quando descobre que não sabia.

[d] Aqueles pelos quais todos pagam. Promissória.

[e] Dado, feito e resumido: diferem pelo grau de evidência: o que é dado está, o que é feito, foi posto, o resumido é o conjunto do que está dado e feito, não depende de si nem de outrem.

T 1.7.1. P quando jovem e P quando velho

P, matéria e espírito, era feito de chumbo, estátua, torso de herói grego, metade lobo, metade cordeiro, tinha nas mãos o silêncio das manhãs, das tardes e das noites, era calado como um cão de guarda que perdeu a vontade de latir, as dúvidas que tenho sobre a vida vieram das doses sempre crescentes de silêncio que amarraram nossos anos, dia trançado na noite, vida em comum, que me impediram de tentar entender, de ter gosto de conversar, de trazer luz para o escuro onde armamos a nossa tenda, não o culpo, hoje pergunto a mim mesma, não porque me reste, não viverei a esta altura de resto algum, tenho outros propósitos[e], ainda[s] que[t] não[a] tenha planos, nada que seja relevante para você, podemos falar sobre isto depois, não quero colocar nele a culpa pelo que me tornei, nem eu sei o que sou hoje, o que sou, eu-eu e os outros, é gente demais para compreender de um golpe só, atribuo-lhe só o meu medo[α] dos homens, natural e lógico, não a mera angústia diante do predador que nunca aparece, mas o medo de saber o conteúdo eminente, a resposta certeira que me tiraria daqui, é medo de ser que o antagonista sempre revela, como o assassino revela a vítima, o aluno revela o professor, o paciente revela o médico, seria a impiedade elevada ao extremo, a resposta que quebraria a chance, que eliminaria o talvez, que me obrigaria a mover-me, o que eu faria se tivesse que sair daqui, dar explicações, arranjar a casa, fazer planos para o futuro, a ninguém é dado

---

[e] O que há de ser feito mesmo que jamais venha a ser.

[s] Advérbio para sinalizar parada no tempo.

[t] Cola entre ainda e não. Sinal de interrupção, impossibilidade e possibilidade.

[a] Palavra autossuficiente.

[α] Sentimento pastoso, feito de areia umedecida que não escoa pela ampulheta.

cancelá-lo, por isso me escondo, para evitar o futuro que implica falar com Araquine, achar a minha PB entre os escombros do cotidiano, mesmo que não haja cotidiano algum, nunca houve, e P sabe disso, perdemos o dias-e-dias no escuro do corredor, Araquine deve ter limpado e lançado fora, só o passado é que não se pode jogar longe, sua cola nos persegue, a qualquer um, mesmo eu-eu e os outros, e o conjunto inteiro de nós, até mesmo você está incluso, não pense que escapará, reservo-me o direito de esconder-me, uso o silêncio que foi tudo o que aprendi, ficarei aqui, ninguém saberá que desapareci, eles que apareçam entre eles, que se resolvam, desde que não me chamem, talvez eu acabasse por responder, pois o silêncio não é absoluto, apenas um mecanismo de defesa que pode ser interrompido pelo grito a qualquer momento, P acaba de chegar, entrou pela porta parecendo qualquer um, posso vê-lo pela fenda do passado onde seus olhos reluziam entre as pétalas brancas da tez antiga, a cor desta hora ameniza seu efeito, está quase apagado como um fantasma na tela da televisão[β], não fossem seus movimentos passaria despercebido, não o confundiria, não o esqueci, como esqueceria, pergunte-me, é ele mesmo, o objeto da minha primeira dedicação juvenil, para quem orientei minha consciência mais primitiva, com quem acreditei poderia viver para sempre como aprendi em casa e depois na escola, nos livros, com as professoras do catecismo, não se preocupe, evitarei trazer à tona a realidade, também não gosto dela, prefiro as ideias que somos capazes de ter hoje, quando o corpo é carcomido pelo tempo, não que eu me anime demais com isso, prefiro divagar, por isso vim guardar-me aqui, não fui posta, estou, eu-eu e os outros, e P feito aparição na sala, não é de surpreender, pode ser só uma alucinação de

[β] Não havia televisão na casa de minha mãe.

uma pessoa que se acostumou às drogas para controlar estes excessos mentais, não se trata disso, contudo, é ele mesmo que chega, está ali, todo visível, ainda que opaco, com a pele cinzenta, magro como um velho cansado que carrega o invisível elefante do cansaço nas costas, em estado de pré-mumificação, seus traços helênicos estão soterrados, a hera das rugas sobe o muro do tempo em sua pele, o que fora está ali guardado como quando o amei, amor dos primeiros tempos[e], eu que o amei antes que abrisse os olhos para ver-me, um olho de vidro, no outro uma lente opaca, viu-me sem olhar-me, por anos apareci e desapareci, desentendida se eram códigos, se havia linguagem no que dele vinha, ou era a crueza da existência que me devassaria um dia para sempre e desde antes se eu não soubesse me defender, sensação de ardor na boca, queimação no estômago, não havia mais do que raios de sol ao meio dia sobre nós, o calor se pronunciava, podia ouvir a terra queimando, as folhas ressecavam cansadas de alimentar as células sedentas, a superfície das pedras a arder, amei o que ouvi, e que existisse como um muro que me dividiria a vida entre o que fora e o que seria interno ainda, eu a eviscerada, a sem fundo, amei-o,

---

[e] Minha mãe fala do amor como quem o tivesse conhecido. O problema do pai eu não espero ter de enfrentar tão cedo, de preferência nunca. Parece-me mais difícil de responder do que o problema da mãe que, por linhas certas ou tortas, é o copo de vidro com algodão dentro do qual cresce um broto de feijão sem que possa frutificar nele. Cola-se uma palavra na outra, verifica-se a correspondência entre a letra e o som e o arranjo geral da linguagem e, pronto, como a língua materna, tem-se a mãe. E, um dia recebem-se fitas e todo o mistério do deondeseveioparaondesevai acaba com meia dúzia de ruídos que, mal-gravados, igualmente se entregam ao pó. Com o pai tudo é mais difícil, o pai tem que ser construído, não desliza sobre os fios, não está disponível entre os escombros da casa, é preciso recolher na vizinhança os seus vestígios e rastros. Deixemos o problema do pai no escuro. Não perguntarei quem é, nem quantos braços terá. No entanto, não é de se jogar fora a questão do amor dos primeiros tempos, pois isto sinaliza que há uma chance de desatar nós.

enquanto os odores do dia, a fumaça, o cheiro da relva indo embora, sinalizavam um tempo em que é preciso ter atenção, guardar impressões, colher dados como animais na floresta a exercitar os sentidos, eu não era animal, ainda que o animal em mim estivesse vivo, e me deixei levar como pólen pelo vento, eu, a pequena, como um grão, invisível a mim mesma, a não procurada pela luz dos dias, a que já não sabia de onde viera, amei-o como amaria a qualquer um por precisar sentir qualquer coisa e deixar a sensação do oco distante de mim, como se ama aos quatorze anos, sentimento que se contrai como uma doença crônica, sem entender seu perigo, fel das angústias corporais que massacram, dilaceram a estrutura da vida inteira que há de vir um dia, no sempre depois que é sinal da juventude, amei assumindo o aviso do amor[r], a traição da vida que é o amor, a promessa de que haverá continuidade quando tudo acaba, da vida que segue mesmo interrompida, no insuportável depois, quando se trata de curar o tempo em ferida, não me surpreendi, eu soube cedo que o amor é doença, por isso se conserva abstrato entre as palavras, se há que entendê-lo e curá-lo como uma carta não enviada, o amor não é morte, nem redenção, é herança, não é escolha, é veneno em doses de matar que cancela seu efeito no limite do sofrimento, e ainda assim alucina, provoca dores[e], P e eu não sabíamos como todo doente não suspeita do mal que o aflige sem estar também doente da consciência que o avisa, não nos foi dada a lucidez junto com a maçã envenenada, roemos a fruta como dois ratos ocultando-se sob os móveis, nos cantos da sala, esquivando-se da estranheza dos outros, e como o esperei por vinte anos, espero-o ainda, chegou, está dentro de casa, mas não está, que

[r] Das calosidades à erisipela, das rugas à gangrena.

[e] De cabeça, estômago, peito, coluna, costas, ciático, dente, nervo ótico.

esteja aqui não importa, pois o que dele está não é o que espero, o que espero não tem retorno, explica-me a vida, não me importa que tenha vindo, porque o que dele espero não veio, nem virá, o que dele anseio é o passado que não se pode restituir, inexorabilidade da fruta apodrecida, retroceder, sei, é o nome da morte, devo sair daqui e vê-lo, sou a dona da casa[n], de que me importa a casa, se estou aqui entre as portas do armário para escapar da casa e dos seres que a habitam, vivos, mortos, semimortos, os fantasmas, os indigentes, os diabos, que me importa a casa, e que me importa P na pré-história[i] da minha casa, pergunto-me porque estes anos de solidão me ensinaram a perguntar, por que deveria eu tirar a limpo a separação, perguntar a ele, se perguntar a mim já basta, jogar-lhe os ossos da desilusão se já sei que me pertencem e só a mim, pergunto-me, pergunto-me ao que veio, não fará sentido saber, não há resposta, nem por que sair daqui, sair daqui seria aceitar que o que houve teve sentido, que não sei o que vivi, que o conhecia, não, jamais o conheci, não imaginei, não acreditei que me odiava tanto ao ponto de desaparecer, e que importa que apareça, o que veio fazer aqui, redimir-se, perdoar-se, perdoar-me, que importa, não tenho mais a ver com isso, nunca tive, isento-me, não se trata da minha vida que, com seu gesto, ele quer em minutos devassar, seus interesses[c] são outros, que o trouxe, não serei eu, será Pequena Berenice, não duvido que tenha sido ele a roubar-me a PB depois de todos estes anos, deve tê-la seguido de casa à escola, de casa pelas

n Lugar onde viveu minha mãe, ambiente onde vim parar, após a vida toda no escritório.

i Lugar não escrito no tempo, nem fora dele. Conjetura sobre a sustentação das vigas pelas quais me explico e reexplico.

c Tudo o que justifica a criação de um livro.

ruas até o internato, deve ter-se encantado com sua beleza e a semelhança que tem com ele, deve tê-lo fascinado como espelho do seu narcisismo sem fim, P sempre amou mais a si mesmo do que a qualquer outro, nem sua mãe, nem sua irmã, nem eu, nem Pequena Berenice[e], ninguém era páreo para seu amor próprio, para este autoencantamento que ajuda a sobreviver em situações adversas, fascinava-se consigo mesmo, era vaidoso como o herói grego, a louvar-se nas próprias palavras, incapaz de ver quem estava ao seu redor fora do espelho, era amoroso, apesar disso, e deve ter se encantado com Pequena Berenice, a encantada, não há outra explicação, onde a terá visto, procurou-a, pergunto-me, ou a reconhecera pela rua por tê-la seguido por dias e dias curioso de quem se tornara a menina que teria abandonado, PB virou mulher, mas guarda as feições da menina que fora, as feições da filha, ele esteve aqui até que PB completasse nove anos, ou oito, ou sete, ou seis, ou cinco, ou quatro, ou três, ou dois, ou um, a vira nascer? /vivendo como se não vivesse, não desenvolveu com ela nenhuma relação de pai e filha, era como um móvel de varanda, transportado a cada noite para dentro de casa, que atrapalhará o corredor, sem lugar em outro cômodo da casa/ P dedicava-se a seu trabalho, aos loucos que tratava no manicômio/ Quando se foi tinha perto de quarenta anos, e hoje, quando retorna não se parece com nada de real, para estar aqui, ou deve estar à procura dela, ou deve estar à procura de si, não, não o devolverei, não o ajudarei a encontrá-la, nem a encontrar-se, muito menos saber onde estou, quero ver seu remorso carcomê-lo vivo/ Veja

---

[e] P talvez tenha sido meu pai, mas como seria pai também de Pequena Berenice? Todo o esforço, ao ler familiares é salvaguardar a diferença entre realidade e ficção. Meu caro Sancho, não me pergunte o que separa uma da outra. A esta altura você deve ter se tornado um atento decodificador.

seus olhos caídos, as pálpebras mostram o interior avermelhado como se fossem bocas, a esta altura deve ter percebido que é extenso, que os filhos não nos deixam sós, que não somos mais um único após reproduzirmos a vida além de nós, ele não, deve estar emocionado consigo mesmo, o narciso e seu destino de confrontar-se ao espelho, ninguém escapa de si, do pior de todos os fantasmas que é o eu, das próprias emoções que esfumaçam seu território de reflexos límpidos, aparência, ilusão, enganam-se, ninguém escapa do que sente, do irascível sentimento que se alimenta de si mesmo quando os outros começam a contar, a morte é que faz contar o outro, o amor é paixão má, filho da morte e do egoísmo, e P sabe disso, conhece a própria frieza e a nutre com a um fígado doente que precisa de açúcar, aprendeu a proteger-se nela para não ser levado pela dor, pela tristeza e pela alegria, a seu lado como uma função, fixou-me como um motor disponível, desejou que eu colocasse ordem nos sentimentos que perturbaram nosso casamento, queria-me na ação do controle, da casa e de si, que eu arranjasse a noite e o dia, as contas e o que comer, a família, a mãe e a irmã doentes como ele, que eu lhe garantisse a paz para dedicar-se às suas pesquisas, queria que eu não estivesse enquanto habitasse como um trabalhador que desce à mina e não exige nada em troca, não chorei diante de P, não houve desvario algum de ciúmes ou anseios não realizados, éramos crianças que cresceram juntas, esta era a minha lei e o meu destino[q], mais que um fato

[q] Duas ou três vezes na vida ele bate à porta, convida-se a entrar, senta-se diante de nós, ata os cordões de nossos sapatos um ao outro, depois dorme ao pé da mesa, com as patas sobre o queixo. Se lhe perguntamos o que deseja, diz que veio trazer um novo método para caminhar. Damos-lhe um pedaço de pão, ele diz que só come carne de pássaros selvagens e que não podemos tratar mal nossa visita. Informamos que não temos como sair para caçar. Ele fecha os olhos e diz que a porta da rua está aberta.

temporal a definir o que foi e o que veio depois, éramos crianças, não mais que isso, nem menos, e não sabíamos as consequências de um encontro em que a vida inteira está em risco quando apenas parece um brinquedo[u] de que dispomos sem saber como se aciona a corda, ao qual faltam pilhas/ P era o centro das minhas atenções, eu que jamais as tive tão intensas, até que chegou PB e desviou-me o foco, mas ele continuou a ser a porta por onde eu saia e entrava todos os dias na vida comum das esposas, até que a escuridão que eu trazia dentro emborcou tangendo o meu corpo e dos que conviviam comigo e meus pensamentos nunca mais traduziram o mundo das regras[a] nem do que se podia descrever com lógica/ sei que reparti a realidade em duas, a de cima e a de baixo, a de dentro e a de fora, nunca mais eu pude vê-lo, apenas ouvi seus gemidos no escuro/ chorava?/ minha imaginação intromete-se em tudo o que posso pensar, então ele se foi, não por consequência do que fiz, do que me tornei, mas pelo destino, o inexorável, o assimtinhaqueser que devora a carne crua dos nossos projetos humanos, não se assuste, você também o conhece, e ele, o que fez, vestido com o manto de sua covardia, o mesmo que eu deveria usar para matá-lo agora, para asfixiá-lo com o próprio sangue espargido das veias abertas da confissão da verdade, se foi embora, sem compreender, e por vingança não se explicou, foi-se embora, a carregar o resto de sua juventude consigo como um ladrão cioso do botim, avarento, pensava que era feito de ouro, agora que está velho, vejam a magreza eviscerando-se pela pele, o corpo encarquilhado como o dos velhos a aguentar-se em pé, caminha sem mover as ancas, os joelhos são

---

[u] Peça imaginária ou real com que se pode inventar o mundo ou recriá-lo após catástrofe. Substitutivo da realidade. Ficção.

[a] Conjunto de fios com os quais se desenha um objeto.

lentos, obedecem os passos, os movimentos prontos à inércia permutados com o silêncio, pensei que nunca mais o veria, não o vejo, farei o favor de mentir que ele está aqui, de fingir que não o vi, que o vi, mas não era ele, que era ele, mas alucinei, eu a alucinada de sempre, não sairei para não constrangê-lo e não dar-lhe chance, é o que espera, uma chance, não a terá, admiro sua coragem, fruto de vinte anos de covardia[λ], é a mais impotente das coragens, entrar na casa de uma mulher que jamais disse ter amado, com a qual deixou uma filha pequena, que foi viver como se estivesse só no mundo, como se fosse apenas insuportável responsabilizar-se pela oferta da vida e o ônus[q] da dor que nasce da falta de compreensão sobre o que se vive.
P lá fora deposita a carta[∅] que trouxe para explicar-se, depois de velho ficou romântico, ou será um testamento, ficara rico,

---

[λ] Aquilo que me moveu até aqui.

[q] O que eu gostaria de evitar, impossível quando se trata de heranças.

[∅] Vasculhando, encontrei uma carta datada de dezembro de 1975: "Berenice, não cansarei de perguntar quando me permitirás ver minha filha? Imagino que não me tenhas perdoado. Uma criança não deve pagar por nada do que fiz, ou, juntos, fizemos. Estás a matar-me. Não posso suportar não vê-la, não saber como ela é. Este direito não pode ser negado a um pai, receba-me em sua casa de uma vez antes que seja tarde." A carta sem qualquer assinatura vinha dentro de um envelope branco comum com o timbre de um consultório médico sob o qual vinha datilografado o nome Lauro e um endereço, a Rua das Revoltas s/n, onde funciona hoje uma lavanderia. Conheci a pequena rua há alguns anos, quando procurava por um chapeleiro especializado em chapéus de feltro e encontrei um casal de chineses idosos que alugavam há anos o pequeno sobrado, único imóvel na rua repleta de plátanos que, inteira, não tinha mais de vinte metros. Nada sabiam do que acontecera no local que ficava diante de uma praça igualmente pequena onde mendigos e cães faziam seus lares. Os chineses me entregaram uma caixa de madeira envernizada descascada nas bordas, era fácil arrancar o verniz desgastado com a unha. Perguntei-lhes por que tinham guardado aquilo, apenas me disseram que estava entre as muitas coisas que tiveram que jogar fora e que muitas, se eu ainda me interessasse, estavam em poder dos mendigos, de quem não seria

terá um segredo a partilhar, nem por isso sairei daqui, do meu canto, a cova onde sou rainha, cerne, coração do meu mundo, meu armário é minha gruta, como demorei a ter esta ideia e a solução era tão fácil, ficar aqui, como um guardado, algo para usar depois e nunca usar, pena que PB não me compreenda, não se compreendam a si mesmas, devo perdoar, sou a mãe e devo assistir o destino do meu rebento, meus ossos sabem este dó, só este, não de P, mas de PB que desapareceu sem sinais, assim como P apareceu sem sinais, não espanta que sejam pai

---

fácil chegar perto. Mas que esta caixinha era graciosa como um biscoito da sorte e que me entregavam agora porque a sorte deve ser presenteada para que se multiplique. Dentro havia uma placa de prata e uma mensagem como que de agradecimento: "Mestre, são plácidas todas as horas/ que nós perdemos/ se no perdê-las/ qual numa jarra/ nós pomos flores", e mais abaixo "Janeiro de 1968, formandos da sexta turma de psicologia". Nem o nome da universidade, nem o nome da pessoa a quem era endereçada. Coisas daquela época em que estar no mundo era pensar que nada poderia ser diferente. O forro de veludo estava intacto embora levemente descosturado, foi nele que encontrei uma página arrancada de um livro dobrada 6 vezes sobre si mesma. Não pude saber de que livro se trata, o que me dificulta a compreensão do motivo porque ficou ali guardado. Se eu pudesse lê-lo por inteiro talvez me divertisse com a história. Estou longe disso com este trabalho todo envolto em cenário trágico. A página era escrita de um lado só, o título "prólogo", o número 13. Um texto sobre uma lagarta que estava dentro de um livro. Falava de um deserto e terminava com a frase curta: "Solidão de areia." Senti um arrepio. Ainda hoje um medo se alonga por todo o meu corpo ao pensar nela, como se fosse verdade o que ali se contou. Por que minha mãe a teria guardado? Seria um presente recebido de alguém? Um ex-voto? Uma mensagem? Como eu gostaria que tudo o que minha mãe gravou nestas fitas tivesse propósito, não me esquivo de desejar que isto fosse uma mensagem. Que ela tenha esquecido de mim até me conforta. O que ela significaria, no entanto, é coisa que me escapa, não porque não se possa interpretar o que ali estava escrito, mas porque o que pode significar tudo, pode também significar nada. Mas esta história não acabou aqui. Sigamos mais um pouco munidos de paciência para ver do que se trata.

e filha, algo deveria uni-los, não há herança da desgraça[u] que não se receba, é inexorável e sensato dizer, que, mesmo que não saibam, e não sabem, repetem um ao outro, pobre PB que repete o pai, sua miséria, seu fracasso[e], e seus dois grandes olhos azuis com ameaça de morte no fundo[r].

T 1.8. Berenice e o pássaro falante[u]

O que farei com o pássaro? Não posso conservá-lo comigo. Não, não me peça isso, eu não posso, não poderei, não poderia. Quando vi, ele já estava aqui, fechei e abri os olhos para desanuviar a chance da alucinação[1], já tive algumas, lembro bem delas, não vou falar mais, a palavra[p] evoca realidade, é melhor controlar o que sai de meus olhos, estas pupilas amarrotadas,

---

[u] Acontecimento previsto ou não, capaz de interromper a ordem dos fatos e alterar o produto. Circularidade existencial.

[e] Penso se este sentimento teria em algum momento marcado a experiência de minha mãe, se ela se ligaria às tragédias humanas ou se, ao considerar sua vida, acreditava que não haveria nada a objetar em suas ações. O que teria feito da culpa que ataca toda mulher e, sobretudo, toda mãe?

[r] Era tudo o que eu queria encontrar quando abri a caixa. Um fundo e nele uma carta que tudo explicasse. Mas não havia fundo, nem verdadeiro, nem falso.

[u] Encontrei dentro de casa um pequeno bibelô de louça de um pássaro vermelho oco que joguei fora. Não tinha mais do que dez centímetros. Veremos em menos de um minuto que não se trata deste pássaro.

[1] A consciência sobre a inconsciência é curiosa, mas o enigma a quem se endereça o que está sendo dito permanece.

[p] Tudo o que me resta diante dos ruídos são palavras órfãs, soltas como pássaros que perderam o ambiente, voam para longe. Minha tarefa é cortar suas asas. Ao mesmo tempo, se só o que tenho são palavras, enfrento limites financeiros ao não tê-las em abundância, por isso repito-as. Nem este livro devotado ao espírito, ponte entre o abstrato e a carne, poderá devolvê-las à dona.

esta íris nervosa, o interior cavernoso do globo com segredos de grutas que, às vezes, mostram seus moradores, os habitantes nus deste país sem limites, como não parecem reais, não são da ordem humana, não se explicam, não falam, eu mesma duvido do que querem fazer aqui, confundo-me a mim mesma, se alucino, não ouço sua pergunta, se alucinei, não ouço sua pergunta, sim, alucinei, mas é passado, não, não alucinei, não é passado, não sei se gosto de sua intromissão, não é o caso, agora que estamos na confusão entre o presente contínuo e os nove meses de gestação⊗, não é o caso de decidir o que fazer, por isso pergunto, estou perguntando, percebe, pensa que sei tudo, não sei, não sou a dona do mundo, talvez seja você e não eu, quem alucina, e o pássaro, não posso fingir se está ou não está, como uma mulher grávida que imagina o fermentar do corpo inchado, não posso fingir que ele não pode cantar, há sinais de que falará a qualquer momento, a inquietação de quem se expressaria se houvesse espaço está no movimento tenso de seus pés, os olhos afirmativos de quem sabe onde está, ainda que tímido, move-se como quem perscruta, imagina,

---

⊗ Durante os meses em que estive a trabalhar escutando e transcrevendo como uma formiga que se esforça para escapar aos rigores do inverno, como um pássaro que busca alimento para os filhotes em tempos de seca, sonhei diversas vezes que eu estava grávida. No primeiro dia de trabalho a anunciação, nos dias que seguiram a gestação silenciosa, os hospitais e seus doentes, o quarto dos amputados ao lado dos quais eu deveria dar a luz, os exames, as conjeturas sobre a forma corporal do embrião, se negro ou branco, homem ou mulher, as hipóteses sobre a quantidade de anos que demorariam a nascer, o nascituro, o bebê de dias, depois meses, a criança no colo, a criança a pedir colo sempre o colo, a criança enfraquecida, a esperar comida, e por fim, a criança velha, como se um idoso que tivesse envelhecido e cujo tempo tivesse passado magicamente como o acender de um fósforo. A diferença entre nós é que eu jamais fiquei grávida.

supõe, efeito visível ao manter um olho mais aberto que o outro, diferente de mantê-lo um mais fechado, pense em como seria se ele fizesse um ruído, e se emitisse uma nota longínqua ou próxima, e se pronunciasse uma sentença, e fosse solene, ou uma verdade dita gravemente como em axiomas irrefutáveis, ou se expusesse a frase letal que diz "te amo", "te amo" com o *e* longo, ou pedisse atenção, dissesse um poema de Pessoa, Piva ou Petrônio, os que eu lia, eram os únicos que eu lia nos últimos tempos, me terá ouvido, Araquine os odiava, por isso eu os lia, imagine que o pássaro não me tenha ouvido, mas também os tenha lido, que é capaz de entender, de raciocinar, imagine se ele lesse um livro inteiro agora, que resolvesse dizê-lo, sem parar, Turguêniev ou Pirandelo, Antunes, Grammont ou Almeida[d], sorte que estão queimados faz tempo, estar em poder d'Araquine e ter sido queimado em vida, dá no mesmo, suponha que o pássaro lesse sem parar cada uma das páginas como se fosse única de uma vez só, sem para respirar seja nas vírgulas, seja nos intervalos, não há sorte diante deste pássaro que nos quer matar, afogar com palavras como uma correnteza de água a inundar todos os cômodos da casa, tenho que matá-lo antes que me mate, na vida não há alternativa que não inclua a morte, sendo tão vistoso, tão fantástico, fico com pena, infinito dó, que farei com seus ovos, quem amamentará seus filhotes, e o pelo azulado[e], quem terá coragem de jogar a bela carcaça

---

[d] Autores dos quais jamais tive notícia antes de ouvir minha mãe pronunciar seus nomes. Infelizmente, mais uma vez, faltam dados para saber que função tinham em sua vida.

[e] O que minha mãe chama "azulado" é a cor de penas de pássaros, mas poderia ser também a cor de um muro no qual o musgo está tomado de bactérias, ou a cor do mar que ela jamais deve ter visto, ou a cor do chão da casa, azul, de azulejos de água, talvez só o que aqui poderia ter sido algo para chamar de belo.

fora, preciso de outra solução, que evite que chame tanta atenção, inclusive a nossa, sem que precise ser a morte, fico a olhá-lo e já não penso em mais nada, eu mesma perco o prumo, me encanto como um rato na mira do flautista, nós temos outro propósito, ω eu-eu e os outros ω, não podemos depender do pássaro, nem podemos nos deixar seduzir por ele e seu encanto lúgubre, se ficarmos a esperar seus gestos e, pior, suas palavras, não teremos mais tempo para gravar, pregar, sussurrar[r], e ouvir depois, ele pode dialogar, dizer as palavras assustadoras que não conhecemos, seria apavorante, eu não suportaria, eu teria que carregar meus próprios ossos para longe para sustentar a casa, dentro dela o meu corpo e dentro dele o espaço imenso que carrego, vazio como uma pavilhão pronto a receber carga de navios, móveis antigos, bibliotecas[a] de heranças enjeitadas, tudo o que se há de armazenar cabe dentro do meu vazio dentro do meu corpo dentro da minha casa dentro da minha cidade dentro do tempo vasto que se cria e recria entre os intervalos do que penso, deixe o que penso de lado, não se trata de meus pensamentos, são as palavras que me vomitam, rearranjadas como uma partitura roída pelos ratos, não, não são mamíferos, são aves, não são aves, é uma única ave, o pássaro com suas mil palavras prontas a cortar-me a carne, a grudar suas ventosas na minha pele, a estilhaçar meus olhos, a cor-

---

[r] Este sussurro não é dito de modo sussurrante, o que sinaliza a impotência para que a forma carregue o conteúdo. O fato de que ela fale de um sussurro não deveria ser regra para que sussurrasse no instante mesmo em que mencionasse a palavra. As fitas são cheias de sussurros. Ao iniciar os trabalhos da transcrição a questão da relação entre forma e conteúdo me veio à mente, mas logo a abandonei por considerá-la excessivamente metafísica, afinal a minha tarefa é praticamente operária, a de tão somente transcrever.

[a] A estrutura do mundo.

roer minhas mãos e pés, a invadir-me a nódoa essencial, a jogar seus ovos em meu rosto, a sorver meus peitos, a catapultar o abismo, sim, temos abismo, temos fundura, chão, cavernas, temos o que nos falta, temos tudo o que falta, a própria falta por todos os lados, vomitada pelo bico do animal peloso. Vá, deixe-o fora daqui. Tome a borracha e apague, apague logo, antes que escureça e ele escape voando, vou colocar sobre ele o manto. Sim, temos um manto dentro do armário, dentro da casa, dentro do mundo, dentro do dentro, e nele podemos nos esconder.

T 1.8.1. Berenice, ( ) e < >

Talvez não pareça, mas há algo além da porta que ultrapassa tudo o que podemos compreender. Por isso, eu e eu não é absoluto. É o mais difícil de admitir tanto para eles, os que foram, quanto para mim e os que ficaram. A diferença é que eu não me engano. Enganaria, se fosse preciso, aos outros, não a mim. Estou aqui a fazer o que quero, não que não reste saída, é que de fato não há. Regozijo-me. É sempre mais do que uma questão de aparência. Saberíamos se pudessem falar diretamente comigo. Se eu pudesse falar comigo. Eu diria a eles, eles diriam a mim e eu diria a vocês que tudo é mais do que uma questão de destino. Eles que se foram não estão aqui, estão ali fora esperando que você, ou vocês todos, tentem interpelá-los. Não lhe dirão nada. Não são mudos, apenas não gostam de nós. Como eu, porém, respeitam o destino. É que ficar aqui é o certo. E é mais que uma questão de ética. É o destino e ele não é nenhuma questão.

<eu a arrancaria para fora do ruído, mostrar-lhe-ia um espelho, faria beber um copo de água>

(uma camisa de força é a única garantia de sucesso)

<é preciso compreender sua existência>

CCN

ω (se olhar bem verá que a existência é o que lhe escapa) ω

< ela está viva, não vê? >

(que esteja viva é bem diferente de existir, preste atenção ao modo como, negando-o, tenta coordenar o enigma)

i.e.M.

T 1.9. Berenice e o Berescópio[e]

Alvor, brandura, calor, dádiva, emoção, festa, gincana, hora, juta, limpidez, mudança, nuança, onda, parição, quando, ramo, sonho, *tudo*, uva, xícara, **zebra, zéfiro**, xeque-mate, umidade, *tília*, seiva, rumor, quietude, pomos, ondina, navegação,

[e] O Berescópio tantas vezes mencionado é uma espécie de máquina de fazer frases. De tudo o que minha mãe deixou dito, este foi dos trechos que mais trabalho tive em transcrever. Digamos que representa o mecanismo que permite a imaginação e a representação, como se fosse uma máquina de imaginar, mal comparando a uma máquina de calcular. Entre uma e outra a diferença é apenas de conteúdo, não de forma. Por isso, é possível supor a existência de um "algoritmo". Estranho para mim é falar de uma máquina, posto que não a localizei jamais e, por isso, só posso ficar com a ideia configurada pela palavra Berescópio. Em resumo um Berescópio seria uma máquina que é a minha própria mãe. Não quero dizer que ela seja um robô, um autômato,

mundo, lilás, junco, hipocampo, gávea, força, elipse, dúvida, ciclâmen, byron, alfazema, âncora, búzio, cor, dança, estanho, fogo, gruta, história, idílio, janeiro, lúmen, maneiras, noite, ovário, partição, química, razão, saída, *tino*, único, verga, xoana, **zíngaro, zunido**, xavante, velocidade, união, *trama*, sono, ritmo, quantum, parte, ontem, nada, marca, lugar, jamaica, haste, gruta, folia, estiagem, dor, cena, bondade, acácia, alameda, bruto, coisa, dom, elefante, função, gramatura, hirsuto, ilha, junto, luar, madeiras, nudez, olvido, poeira, quantia, rumo, suor, *tremor*, útero, validade, xisto, **zoe, zênite**, xícara, voo, um, tanto, saída, raiz, quantia, parto, ouvido, namoro, mar, lar, joia, imo, haste, gêmeo, fascinação,elemento, dízimo,casta, bétula, âmbar, agora, i.e.M.

(T2 — segunda fita — 13/08) Berenice e o Berescópio

Não sou falante e me ouvem[n], sou movente e não saio daqui, a matéria enrijecida no acetato da minha voz impede a passagem tranquila do tempo, não sou onde estou, eu-eu e os outros que fomos visitados por ninguém, todos atrás da porta,

---

mas que seu funcionamento me faz pensar nisso. Que minha mãe, assim como chega a mim, é diferente de todas as demais mães já que de corpo ficou reduzida a uma voz que expõe pensamentos, ideias, delírios que, confrontados com quem é devedor do destino, pode causar alucinações. Como se fosse um tear, um computador, uma máquina de escrever. Ou simplesmente uma lista de palavras sem chegar a ser dicionário pela falta de explicação do que está a compilar.

[n] O berescópio aqui pode tanto ser um caderno, um alto-falante, uma bola de cristal, um tarô, um telefone, um telégrafo, ou qualquer outro instrumento ou dispositivo que permita fazer uma transmissão. No fundo, o Berescópio é um meio de comunicação. Um "media".

de um lado ou de outro, a semelhança entre eu e nada é que estou do lado de lá, transida entre meus próprios dedos, entre meu tudo e meu nada, seguro-me, protejo-me, resguardo-me dos arranhões, e dou conselhos através do Berescópio[e]/ não faça o mesmo[n], proteja-se, você e os outros, do lado de cá, ou aí mesmo de onde me olha, terá suas costas desprotegidas? verá os olhos que o espreitam? olhe bem ao redor, eu cuido de mim, de quem cuidará você? a vontade, a compreensão do mundo e outros encargos, da culpa[c] à preguiça, estão contemplados, sem prêmios, nem juros, total quitação, e a vida, mesma e outra, entre nuvens de chuva e um vidro que me separa delas, é mero barulho no zinco, é pregar, falar, ditar, gravar, ligar, se o destino estivesse atrasado e eu pudesse me desfazer do enredo, a quitação seria ainda mais fácil, nada deveria acontecer, ninguém prometeu que seria como quero, quer você, ou querem eles, o que se passa, o nosso encontro, se dá no porém, um tempo que confunde anos com segundos, o presente contínuo com os nove meses da gestação, como uma ordem das coisas em nome da qual nos reunimos aqui, acontecimento, movência, desejo, afronta, continuação, enquanto eu-eu e os outros, e ninguém que veio nos visitar, almejo não estar desde antes e após, é certo, e fazer tudo isso neste ponto onde as coisas acontecem, o não estar total, feito, refeito e repetido, para impedir a invasão, e que séculos sejam suficientes para desmanchar dúvidas tão delicadamente traçadas sobre certezas de papel, i.e.M.

---

[e] A máquina de formar frases, agora é máquina de aconselhar.

[n] Não devemos, nós, você, qualquer um a quem ela se refere, fazer o que ela faz. O que ela faz além de dar conselhos com o Berescópio, nós, no entanto, não temos de segui-los.

[c] Peso semelhante à dívida, inúmeras vezes maior que o tamanho do corpo do culpado que não terá, pelo volume excessivo, a chance de sustê-lo.

T 2.2. Berenice entre ( ) e < >[o]

Dois olhos diante da visão[n], itinerário genérico do acontecimento, resumo, no todo, espetáculo teatral, não teatro, mas teatralidade, não encenação, evento, o que se dá, o que não se pode apagar e, com o tempo, e a sorte, ou o azar, se apaga no desmembramento inevitável do tempo, nos segundos, o tempo que se vai, enquanto foi, o que devora, devorando-se a si mesmo, o olho do tempo que foi, o olho do tempo que irá. Dispostos como dois vetores intrigando-se, disputando-se, negando-se: olham-me. Meus olhos me olham, o que olha e o que não vê, olham-me em número de dois, o finito e o infinito, o tudo e o nada, a possibilidade e a interrupção, meus dois olhos, o cão e o gato, o frio e o quente, o escuro e o claro, olham-me, o contente e o triste, o cansado e o disposto, o preto e o branco, o feliz e o infeliz, olham-me, compondo-me, decompondo-me, confirmando-me, negando-me como o fizeram sobre si mesmos, olham-me como se eu fosse sua, uma parte e o todo que os agrega, desviam do foco do que sou para o que não sou, perdidos nas bordas do que veem entre um espaço e outro, o cheio e o vazio, a coisa e a não coisa.[t]

---

[o] Estes dois símbolos usados anteriormente com um conteúdo interno, agora aparecem vazios. Sua função é sinalizar o tempo e o espaço, os dois frutos mais elementares dos raciocínios de minha mãe. Uso-os buscando uma função nostálgica: um museu do que não existe mais, nem o tempo, nem o espaço. Nem o dos outros, nem os de minha mãe.

[n] A que visão se refere? A visão dos dois olhos, uma visão diante dos dois olhos, uma outra coisa que a visão dos olhos pode ver, afinal o que a visão vê é uma visão?

[t] Daqui seguem-se quinze minutos de silêncio na fita, não os grafarei para poupar o leitor de páginas em branco. Mas seria de se perguntar se o branco das páginas representará melhor o silêncio do que todas estas palavras aqui transcritas. Pensar que o silêncio não tem ruído é pura mania.

T 2.3. O Berescópio mede o universo

O universo é gélido em sua métrica. A falta sustém o possível. Mede anos e dias, não o que se perdeu graças ao Berescópio. Dois possíveis são iguais à falta de uma noite na qual descansar. Nada se pode fazer além de esperar o retorno dos ecos amorfos das vozes. Quase ao infinito eles se desdobram cem vezes[r], sua ausência dispersa em cubos. Vivem da soma de rastros e da subtração do todo. O que isto quer dizer, descubra quem tiver um copo de água à mão. Não existem ideias além da casa onde a falta ocupa o lugar do todo[α]. Eu-eu e os outros, mais ninguém que veio nos visitar, comeremos as vísceras dos que nos impedem de viver. O menino chamará os inimigos, atará a corda da fantasia ao pescoço dos infelizes, depois fará um desenho. Se tudo der errado, ele será sequestrado e não o veremos mais.

T 2.3.1. A função do Berescópio

O Berescópio[r] serve para fazer silêncio. Está dentro. Não posso desativá-lo. Nem eles. Sequer compreendem seu mecanismo. Pensam que possuo a chave e o combustível. Tentam

---

[r] Motivo pelo qual era necessário um número de cem-sem parágrafos no Prólogo que antecede este livro não escrito.

[α] Em algum lugar li que O TODO É O TOTEM.

[r] Mais uma função do fabuloso Berescópio. Se serve para dar conselhos, mas também para fazer silêncio, serve, portanto, a funções opostas, já que conselhos não podem ser dados em silêncio. Ou o Berescópio comunicaria "silêncio", sem ao menos dizer a palavra silêncio? Seria uma máquina em si mesma contraditória. Talvez o Berescópio diga coisas que calem aqueles que podem ouvi-lo.

atear fogo na casa para eliminar de vez a minha existência e, com ela, o Berescópio e o silêncio que os apavora. Seu único freio é a curiosidade, da qual se vangloriam. Não fosse sua curiosidade, esta mesma que me atormenta, eu já estaria morta. Escravos de seu saber e de seu não saber, eles me esperam e observam com aqueles olhos esbugalhados incrustados nos corpos gordos. Ingênuos como vacas no campo e maus como o olhar de um invejoso. Sou a sua busca, se eu vou, me seguem, se voltam, retrocedem. Como estou parada, param. Dois deles, em especial, me vigiam com outra forma de curiosidade. Apontam uma arma, posso ver apenas o contorno do anel pelo qual sairia a bala que me mataria, caso estivessem no alvo. Apontam para o lado errado. Se pudessem mirar eu não estaria aqui cooperando, sem querer, com a sede de sangue, de morte e destruição que sai infinita de seus olhos regurgitados. Sua incumbência é outra: anotar a fala e verificar a sequência de frases. ω Inclusive estas que pronuncio neste momento em que tudo se pronuncia de uma única vez sob ameaça de que tudo caia sobre mim, como o teto mole de palha e feno. ω Aqueles que falavam da música das esferas não lembraram do seu grito, enquanto gemem as cordas do universo, há dois deles que anotam minhas frases[α]. Como também para eles o método é a estupidez, elaboram frases a partir do que eu digo. E erram. Erram como dardos lançados pela primeira vez por uma crian-

[α] Curioso que pensasse que alguém anota o que diz. Frustro-me que tivesse tal ideia por diversos motivos, um deles é o alto grau de paranoia, ou estaria adivinhando o fututo? O outro é certo grau de prepotência que acompanha o desarranjo mental que configura a sua paranoia, outro é que não havia anotação alguma que me poupasse o trabalho, outro ainda é que desvalorizava o trabalho de quem estivesse a copiá-la, por fim, o outro é que estava completamente errada.

ça sem coordenação motora. Diziam-nas em coro quando havia dezenas deles e movidos pelo mesmo motivo. Depois quando se mataram entre si pude ficar em silêncio, sobraram apenas estes dois que se revezam nas anotações. Descobri seus nomes ontem ao passar a noite acordada ouvindo suas conversas: Deusivenatura chamava Parabolante, caçador de pássaros que respondia a Deusivenatura com um olho aberto e outro fechado. Quando um dorme o outro anota e assim sucessivamente. Com um único olho, o que se pode abrir, que revezam com afinco de Graia[q] e paciência de livro, que neles cresce à proporção inversa de minha paciência, sabem que seu tempo é curto, que um deverá morrer em sacrifício dos outro, que apenas um poderá ficar com o olho. Quanto mais me olham, mais me dou a ver apenas à sombra e, assim, permanecendo presos à ameaça de pânico não me peçam mais nada. Quanto mais ouço, mais falo para que não tenham tempo de anotar. Escondo deles o gravador, querem pega-lo, pensam que o gravador é o Berescópio, mas não sabem que é apenas um disfarce que despista da realidade. O poder do silêncio não é meu, vem do Berescópio e sua tecnologia de ponta. Eu mesma sobrevivo ao destino apenas pelo uso da máquina. Observam-me por dias, sempre à espera de que eu dê a resposta. Morrerão como burros sentados. Mostro-me, mas não responderei jamais. Não vou detê-los, não me fazem mal enquanto estão presos a esta tarefa. Não usarei de vingança, nem de punição. Pensam que sou um experimento, e vou deixando que acreditem na substância de laboratório, no experimento existencial. Que se danem, não me importo; desde que não contem aos outros,

[q] As três irmãs mais velhas das Górgonas permutavam um único dente e um único olho.

ficarei aqui para sempre, desde que não me peçam mais que eu cozinhe, ou tome banho diante de seus olhos devoradores, podem fazer o que quiserem. Se me importunarem, grito, gritei, gritaria, gritarei. Enquanto isso, gravo, gravei por cima e novamente gravarei, ou seja, gravei e gravaria, gravante, gramofone, graviola, grave. Gravarei sempre que for necessário, mesmo que o original desapareça. Deus me livrou de ser meu próprio original. Sou a minha cópia[u]. ω Eu-eu e os outros w. Eu gravo, todos os dias. Eu mesma, a mim mesma. Gravo e depois gravo novamente até apagar as palavras[α]. Eles esperam o novo discurso que daí surge. Não farão mal, nem mais que isso, nem a mim, nem a ninguém. Continuarão como bonecos tontos a fazer pedidos, a suspeitar, a chamar-me. Não atenderei. Esperarei nova vaga nas paredes.

GGG.CCN.

T 2.4. A comunidade

Eles não irão mesmo embora tão cedo, ainda querem ouvir. Havia um que gritava ordens, morreu de cansaço junto com os mortos de fome, além dos que se mataram. Os que sobreviveram talvez queiram vingar a morte dos companheiros me matando de tédio. A morte é sempre motivo de briga por aqui.

---

[u] Eis que ela tinha plena certeza do que estava a fazer.

[α] Eis que é explicada a dificuldade na transcrição. Ela queria evitar que alguém entendesse o que queria dizer. Dizia, portanto, para que alguém soubesse. Enviava uma mensagem. Não estava apenas brincando com um gravador.

É preciso evitar que os urubus percebam o que se passa e nem todos têm destreza, por serem muito gordos, de sair correndo e recolher os corpos. Antes quando não morriam, tudo era mais fácil para eles que preferiam se amontoar como porcos. Nem a vida causa tanta comoção. ω Muitos deles morreram afogados em si mesmos, na própria solidão pela qual cuspiam sangue. ω Um ficou cego. Suspeito que tenha sido Deusivenatura ou o caçador Parabolante que lhe roubaram o único olho. Vinha à porta pedir-me açúcar e água para fazer compressas nos olhos abalados sem nunca dizer uma palavra, foi a única vez que abri a porta, minha exceção à regra, expliquei-lhe o código, alcancei-lhe algodão e água oxigenada, um copo com água[λ] e açúcar e mandei que fosse embora. Depois disso, sempre que acabava o algodão ele deveria bater duas vezes, mostrar o copo de água, o pote de açúcar como se os oferece e eu reporia os mantimentos. Deve ter morrido, pois nunca mais voltou. Os outros talvez esperem que eu repita a operação, vivem à porta, ouço seus grunhidos, sei que querem que eu lhes acompanhe na sina, que eu caia, beba, murche como eles, não viverão para ver, não me moverei daqui nunca mais, não fazei nada para que mudem de vida, me devorariam se eu saísse daqui, não adiantaria ajudalos a serem diferentes, ninguém escapa à própria natureza. Não desligarei o Berescópio, mesmo que quisesse não seria dona desta decisão. Por isso espreitam, invejosos do meu fado, abrindo até ao esgar os milhares de olhos vidrados que se quebram facilmente a cada visão de um raio de luz mais forte. Escapam os tolos do escuro apenas porque a vida continua. Sorte não se reproduzirem. Em compensação são capazes de delirar em profusão insuportável como se parissem filhos. E

[λ] Aquele que recebe a última gota, aquele que quebrei na cozinha.

como falam. Quando lhes doem as pernas tornam-se verdadeiros monstros linguísticos, assassinos verbais. Por isso também tive de dar um basta à sua língua incompreensível que é só um modo de interromper o meu silêncio, a minha paz tão delicada, a língua, mistura bombástica de medo e nojo, criaram com cuidado, ouvi os ruídos do nascimento, para interromper todo desejo. É toda a sua vontade de poder que aplicaram à própria miséria. Nunca me movi, não me moverei por eles. Preferiram viver de ilusão de que somos, eu e eles, uma comunidade, do que aceitar que eu não lhes obedeceria, não faria parte do que são. Eu sei que sou eu-eu e os outros, eles pensam que se trata de todos nós. Devem uns aos outros, o fígado e coração, pulmões e pele e alguns outros órgãos menos fundamentais. Devem e eu não devo porque sou de outra natureza, mesmo assim insistem em permanecer como se estivessem em casa. É a ilusão a que estão condenados por sua natureza. E contra a natureza não há o que fazer a não ser rezar, ferver a sopa, atrapalhar o andar da carruagem, juntar neblina na varanda e esperar a queda das maçãs.

Se é que podemos chamar o que há aqui entre todos nós de relação[q]. Trata-se de uma relação puramente alimentar, desde que amamentei a PB sentem meu cheiro de leite, pensam que sou uma vaca. Eis que este foi o problema mais grave. Não lhes servi nada por anos. Descumpri meu dever de anfitriã porque jamais fui uma anfitriã deixando que desde antes vivam como bichos, aprenderam a rastejar durante estes anos até que decifrassem a regra básica de que não haverá conversa entre nós.

---

q O que há entre dois polos. Considerando que jamais conheci minha mãe, terei com ela apenas uma forma de relação, a relação de desvantagem comum entre um morto e um vivo.

Comam o que puderem de onde puderem tirar, aqui só há pedras, mas reconheço o cheiro de leite. Sempre ficou claro, em frases curtas e diretas para evitar a dúvida de que não havia mais que cascalho pelos cantos. Não havia sadismo, nem sarcasmo quanto a estas pedras de ignorância a surgirem de seus narizes compridos com furos portentosos, cada um expira algo semelhante ao que inspira. Nos primeiros dias pediam-me comida à porta. ω Não fui cruel, apenas tratei como devia, sem indulgência, pensando que ω não são cães, nem nenhum outro animal que precise de apoio. Foi assim que passaram a comer insetos, quando desejariam comer biscoitinhos de polvilho. A culpa pela morte, porém, não é minha/ mesmo se eu fosse uma santa de bondade, não teria como cozinhar para estes exércitos de aberrações no pequeno fogão de dois acendedores que usei para aquecer minha própria água para o café, fazer um ovo quando não havia frutas. E as bolachinhas que comi só abrindo o pacotinho de plástico me duraram anos porque não dividi com eles. Não sei onde comiam se estavam aqui todos os dias, o tempo todo, nunca roubaram os meus biscoitos, pois deixei bem escondidos. Espero jamais penetrar em sua ordem, nem saber como pensam, nem me envolver com sua sobrevivência. Não devem até hoje ter funções fisiológicas mais sofisticadas além de grasnar um pouco, respirar o ar viciado e dormir. Mas para que dormem?

Deusivenatura e o caçador Parabolante com seu olho único[u], não desistiram e assumiram novas funções, queriam verme nua, barriga, peitos e pernas, cada pedaço de pele, cada pano caindo, desde que estão por aqui passam o dia em busca de perspectivas. Podem ver o que quiserem, agora, com a porta

[u] Um ciclope?

fechada não podem ver mais nada e eu rirei mais uma vez, em primeiro e último lugar, sem deixar espaço para suas peripécias. Quem não vê se obriga a imaginar e quem imagina cria fantasmas e os fantasmas que o que não existindo podemos ver, surgem na falha em ver que compõe toda visão. Morre-se por isso e seu dia está chegando. Não perdem por esperar. Sobrevivem, por enquanto, no abismo contíguo entre um olhar e outro como dois quartos, um pequeno e outro grande, um quieto e outro ruidoso, ali, no corredor destinado aos espectros e, dentro dele, o grande espectro que contém também Deusivenatura e seu amigo caçador Parabolante, a que rendemos nossa vida inteira, sustentáculo do limbo onde todo vivente se instaura.

Havia uma minoria esfumaçada a observar meus gestos e, em silêncio, fazer cálculos. Anotavam o dia inteiro, deixando cair pelos acetinados misturados aos ásperos que passavam por debaixo da porta. Estes faziam pose de vigilantes, os olhos esbugalhados fingindo-se distraídos, ora avançando pela noite a mostrar o redondo iluminado da visão do único olho a clarear todo o escuro. Podia-se vê-los em qualquer lugar todo o tempo. O pior era o que presidia o espelho parado no corredor a esperar minha imagem reflexa, que, aparecida, era contornada com giz branco e fotografada com uma caixa preta. Mas isso foi antes do armário e da protetora fresta com que aprendi a olhar o mundo. Não pude saber o que fariam com as imagens até que há poucos dias vi dezenas de espectros meus impressos em papel passarem por debaixo da porta. ω Fotografias sem máquina de fotografar. Esperavam com isto obter uma resposta, era o que diziam uns aos outros no tempo em que falavam. Logo suas frases tornaram-se cada vez mais obscuras, conotativas, eliminaram aos poucos os verbos, criaram novos substantivos sempre avançando para a língua insuportável. Continuam a querer a única resposta para que possam tomar a casa. Se, mesmo indignada, eu passasse, com toda a razão que me cabia, a xingá-los, estaria perdida para sempre.

i.e.M.

α

T 2.5. Os tagarelas

Temi que me devorassem, não por fome, nem por pilhéria, temi que me pedissem comida e continuassem falando em balbucios, nem por vontade, nem por ânimo, que continuassem a dizer os discursos que vêm cuspidos da boca antes que a costurassem com fios de barbante. Eram cheios de bocas, mais do que uma, eram bocas de função plural, com que se deseja comer, falar e cuspir, pela qual passa a tagarelagem como chuva, neve, lixo caindo em toneladas e nada que, sob o mundo, pudesse nos explicar o que há. Pude entender poucas palavras, entre ruídos de folhas de árvore secas, seixos e água a correr, palavras como dríades, auspícios, madeixa, ôstraka, suídas, parangolés, Maimacterion, São Cipriano, bergamotas, aleluia, Te Deum, Ate e Litai, pergaminho, estratego, Robigo, embarcações, escadarias, além do que resulta de imaginação sobre as coisas que são e as coisas que não são[α]. Fiz de tudo para fugir e esquecê-los, cedo aprendi o refúgio nos lápis de

---

[α] Ela percebe que sua própria imaginação está em jogo. Ela é autora de seus próprios fantasmas.

cor a riscar as paredes brancas, mas foi apenas ao decidir pelo armário que pude me defender de fato, mesmo que permaneçam no fundo de minha retina como um foco de lucidez[λ] em potencial que, no escuro é uma lembrança capaz de fazer entender o que realmente deve ser temido. Eu pediria hoje ao menino, quando tenho a esperança de esquecê-los, que desenhasse o rosto dos que deixei para trás na nuvem cinza do passado quando ainda tinham rosto, pediria retratos dos esquecidos deste lugar onde não chove, desenharia os sem rosto que andavam ao redor sem nunca exigir nada, e os de cenhos impostos sobre olhos vidrados de animal afoito. Pediria ao menino ilustrações para um livro de traçados no escuro, outro de espaços luminosos. Indicaria com traços que só o menino saberia fazer, o que há de certo e o que há de límpido, além dos erros a que estivemos sujeitos, eu e ele aqui guardados de nós mesmos, fugindo do que lá fora, quer me devorar. Nunca devorariam o menino, tinham esperança de levá-lo consigo. Divirto-me com a ingenuidade e a falta de estratégia, eu que abandonei a tragédia e, por isso, preciso começar de novo com um sorriso bem largo que fará nascer uma gargalhada estridente capaz de arrepiar seus pelos lustrosos e ásperos, esticar o pesocço de mil dobras. E começo daqui, de onde estou, de onde nunca sairei e começo para permanecer no mesmo lugar. Assim também acabo. Não pensem que estarei ausente, verei tudo. Tenho o dom de ver o que quero e o que não quero, nasci com mania de visão, me deram muito remédio para curar, porque o certo é ser cego. É o que esperam de nós, mas como sou eu-eu e os outros, não sigo as mesmas regras que vocês e sei que por isso posso receber seu ódio.

[λ] O encontro de duas luzes que, em intersecção formam uma terceira.

ω (Esta cheia de crenças. Pensa que somos homúnculos, meio homens, meio animais.)[q]

{e o que somos?}

(os outros. Olhe bem, e desde sempre: o dia depois da noite, a noite depois do dia)

{talvez ela tenha razão}

(ela está cheia de razão, mas não se trata disso, preste atenção)

i.e.M. ω

2.6. Gravar

α

Se eu pudesse chamar pelo telefone eu não estaria aqui[u]. Ontem ouvi os vizinhos falando de um homem que, perguntado sobre onde morava, respondeu sempre o mesmo endereço e, por isso, foi trancado no hospital de loucos. Nunca mais ouviu-se falar nele. Prefiro a pura imanência para designar tais estados de transe. Além da pura imanência, uns dizem ausência, outros dizem psiquiatria. Eu que não suporto de nada que faz

---

[q] Mais uma vez ela troca de voz. Fala como aqueles sobre os quais fala. A capacidade de referir-se a si de dentro de si mesma e de referir-se como se estivesse fora de si, ao mesmo tempo que espanta, causa toda sorte de confusão na hora da transcrição.

[u] Se o leitor estiver atento verá que o sinal de alfa acima representa o toque de um telefone enquanto a frase se refere a um telefone que ela não pode usar.

pensar em loucura, sou diferente destes cansados da vida que já estão sem assunto. Eu grito quando canso do silêncio. Se um grito já não fosse o fio da forca, desespero trinando, uivo fino do abismo que não posso ver. E vejo e não vou deixar de dizer o que vejo há vinte anos. ω Tempo demais para não haver imagens ocultas, desejos realizados e mortos, dores repostas, dúvidas controladas, os medos tingidos de toda a sorte de passado e pena, falhas a costurar, sedimentos de rancor arcando com a forma das paredes, eu dentro, nem vi que o mundo era intranquilo e que lá fora só os vãos do silêncio sabem regredir ao que importa. Vinte anos. Como redirecionar a dor, como se este gesto independente fosse ação na geografia[e] do mundo, se o caso fosse de administrar a pergunta, sobra dela mesma a dar de esmola. Seria mais fácil se pudesse escapar da explicação. Ficar com a pergunta. Aceitar a dúvida como um grande complexo de luzes que encaminham a vida. Se uma imagem definisse fatos, se tudo estivesse em tudo e não eu aqui. Purpurina que não abandona a pele. Se as coisas não interessassem a ninguém enquanto são parte isolada de um rumo jamais seguido. E, porém, seguido. Depois de vinte anos nada mais merece nem deseja explicação. Mas o tambor das coisas isoladas fere-me fundo e impõe um novo grama ao torpor fino do dia que me informa vivo o seu sangue vertendo pelos olhos. Os olhos do dia fundos por trás das pálpebras, fundos de ácido a corroer as plumas[r], meus pensamentos desfeitos, fundos de visgo a esconder a cor, fundos de velo sobre as superfícies findas. Findas as superfícies, o que ainda há? Tudo o que não toco, o que nem

---

[e] Estado corporal em que a mente descobre-se pertencendo a um corpo. Estado físico em que o alto pertence ao baixo.

[r] Servem para escrever.

vejo, o que imagino, o quanto posso e não. Todas as coisas reencontradas nos olhos amarrotados do dia feito de tempo sem espaço, sem água ou ar, dia para ter o que pensar enquanto eu penso sem ter o que pensar. Eu entre o que sou e o que não fui. Todas as coisas pondo distância[⊗] em tudo como a mãe que dá o leite ao filho recém-saído de seu corpo. O leite, o afago, o olhar calçando a distância que se aquece em contradição[p].

Dizem que estou louca. Os que estão aqui comigo. Não estou louca. Não. Só os loucos ficam loucos".

Não são risos, são embargos de corpo e alma/

(que sabes do que vês? Espera e olha)/

Olha quem apareceu: Tauto[∅], Tauto, vem bichano.

ω O corpo[d]? Um filho saiu do meu corpo e não pude vê-lo. Alguém dizia que eu alucinava, mas era um corpo, e do meu saído, morto, não inventei, não tenho mais idade para ter filhos, não inventei, no entanto, pois vi o menino. Tenho um útero velho. Nem marido, nem amante, só o filho que é um menino e para o qual eu procuro um nome. De onde teria saído senão do meu corpo? O corpo, eu vi, veio junto com o resto escuro e fibroso e ele no meio parecendo um pano dobrado e desdobrado, como onde nascem ratos, que ninguém deseja recolher. O resto desmente partes de memória anunciadas, vieram em balde, desmedidas, entre elas a sequência das torturas. Faz vinte anos. ω

[⊗] Espaço ilimitado no qual podem florescer flores ou guerras.

[p] Avesso dos sistemas.

[∅] Eis o gato em seu apelido.

[d] O que uso para trabalhar. Onde terá ido parar o corpo de minha mãe? Deve estar no pó.

A memória aveludada de pó como um cinza[e] de lutos cansados que se desbotam dia após dia/ O tempo não se conta por aqui em medidas maiores, nem menores/ Pó por todos os lados acompanha a cegueira comum a tudo o que é cinza, a vida em preto e branco/ o pó que retivemos cada um[r], eu e cada um, com as mãos cansadas de dizer sim, um sim de cada vez, uma vez a cada dia, cada dia como uma pequena pedra[α] que rola rua abaixo e vem compor o muro do sempre que nos há de tapar um dia, o tempo do sempre que nos há de cobrir o corpo inteiro/ o que sou e não sou, sobre quem é preciso que você diga o que sabe/ não se deve interferir no destino.

ω O filho não era mais que um pensamento que tenho guardado numa imagem suja de dejeto arcaico, alguém soterrou as moscas. Nada é feito para crer, nem mesmo a vida que rola solta sob sapatos gastos nas solas, uma pedra é o que vivi, pedras, pedras, peregrinações, partículas ciliares, estalactites, revoltas geográficas, consolos, as borboletas airadas não estão mais na moldura, nem o espelho[p] em que um dia vi meu rosto de coruja embriagada, lesma analfabeta, galinha adormecida, rondar com seus olhos cavos, o mistério com que aprendi a sorrir, sorri mesmo perdendo todos estes dedos. Antes tinham nome[e]. Um era meu pai, o outro a minha mãe. Os irmãozinhos sem dentes[r], ainda mamavam no peito, juntos éramos uma família alegre, sorrisos e carinhos quando nos víamos pela

---

[e] Pó.

[r] O começo, a sequência e o fim.

[α] Forma mineral bruta, obstáculo, cálculo, número.

[p] Algo a ser buscado.

[e] Alvo.

[r] Pérolas brancas dentro da boca batem no chão quando caem, refletem algo desconhecido.

manhã, quando conversávamos sem norte[d], nenhuma riqueza, o dia cedendo nosso corpo à vida[e], nenhum de nós imaginava o que existia além da casa simples, o cheiro dos animais nascendo e morrendo, das plantas soltas na terra[r] invadindo o terreno de chão vermelho, a terra sorvendo a água da chuva como minha mãe secando os cabelos ao vento. Ficou o buraco nas palavras e um grito em cada ausência a rodar como um disco quebrado. Nem adiantou decepá-los para que parassem de fazer barulho. Os meus dedos não sangram e ainda estão em ferida[β]. A cobrança não cessa o seu zunido incessante, que há de esconder a coisa toda, a coisa que evitará o respiro, pela qual poderei fugir, a coisa toda, inteira como uma pedra de rio, sempre por perto zunindo sem ser inseto[e]. Ele também veio junto, e veio com a roupa amarela dos carteiros, a roupa azul dos mecânicos, a roupa branca dos médicos, a camisa dos loucos, a roupa nua do rei, entrou na cozinha e não vi seus sapatos, não vi se tinha nariz como um homem que agonizava na esquina e que há dias atrás rondava a casa com um balde cheio de água a escapar pelas bordas, mas ela[r] não o vê, somente eu vejo. Ele[e] era ela e não usava sapatos quando menino, nascido no tempo dos descalços quando ninguém separava os pés do chão, ele trançava meus cabelos. Éramos loucos antes dos con-

---

[d] Sul, Leste, Oeste.

[e] Limite.

[r] De onde se vem para onde se vai.

[β] Imagino minha mãe a esticar os braços e olhar para os dedos abertos em frente aos joelhos dobrados dentro do armário, até chegar à imaginação de que seus dedos estão cortados. A imaginação é uma doença.

[e] De fato, ouvem-se zunidos que duram horas como de abelhas.

[r] Foi impossível entender a quem ela se referia, se a ECCE HOMO, PB ou Araquine.

[e] Tampouco pude entender quem era "ele".

troles, éramos descalços e movidos por superstições. Além de tudo, ele era o esquecido e por isso podia passear entre nós sem se comprometer com nada, usar camisas de linho abertas nas mangas pelo meio do antebraço, fazendo-se de roto e anônimo, mas antes o esquecido de tudo que esquecera de si mesmo. E porque veio nu com tantas roupas e ando confusa no que vejo e vejo que estou confusa, tapo os olhos com as palmas estendidas da mão para que não passe nem um fio de luz[n], mesmo assim a luz é mais forte que meu desejo, e se me descuido as vozes também o são. Quarenta anos, antes eram vinte, ontem eram não mais que dez, não é o tempo de esquecimento que vale, mas o inteiro presente onde posso, neste armário, guardar o seu vazio, o que deixou comigo, do qual não posso me desfazer. Se eu falar um pouco mais alto, ele me ouvirá da cozinha, a péssima acústica destas paredes me irrita. Eu não poderia sumir fora da minha casa. Como eu iria me encontrar depois?[i] @ Cozinha, cozinha, cozinha, cozinha sozinha. Ai. É engraçado falar sozinha. Só eu comigo e nós duas tendo que ocupar o mesmo espaço. @ É bem pequeno o espaço, nem as roupas cabem aqui, as quinquilharias dos anos passando eu não quero nem ver, como não quero ver os anos, o tempo abstrato e a falsidade a das coisas. ω Caibo, caibo, caibo, caibo, que palavra feia[c]. Vou falar alguma coisa para não ficar sozinha. O que dizer? Vou falar. O que dizer? Que ele está ali e eu não posso sair daqui. Vou ficar aqui. Quanto tempo? O resto da vida. O resto da vida. O resto da vida! O que se faz com o resto da

---

[n] Imagino-a desabraçando as pernas e tapando os olhos com as mãos espalmadas.

[i] O volume deste trecho é muito baixo. O barulho do gravador é quase mais alto do que o sussurro. Ela cantarola as próximas quatro frases.

[c] Do mesmo modo, ela busca uma melodia para esta última frase.

vida? É tempo demais. E sempre pode ser de menos. Depende de mim, sair daqui e ser morta por ele, ou me matar logo, logo. Nada que se possa perguntar muito rápido/ rápido, rápido, rápido. Assim, três, quatro vezes porque duas é pouco e uma nem existe. Agora é necessária a precisão, como é necessário o vinho de cada dia dentro de um copo que iremos quebrar bem cedo, e a lágrima sobre a alegria, como é preciso viver cada dia e um de cada vez mesmo quando o tempo escorre como a respiração solta depois de minutos trancada[e]. Dói. Se estou?[β] Estou dentro do fato dos fatos, o escuro dentro do armário, onde também o impreciso resolveu morar, no quarto além da porta, além da cama, onde um dia dormi com o homem que vinte anos passados, quarenta, talvez dez, surge do nada, do escuro que pede uma nova avaliação, tudo é outro e ele não/// e outro é o escuro///[@] a penumbra vasta é o seu nome/[j] o oco///[∅] pulsante da rua é o limite de boca aberta para o tempo/ o tempo é a pele lapidada que me faz chorar de raiva/ perdido todo ardume, a cortina para o que sei, o estranho das coisas que se deixam ver, o estranho que se põe na cozinha como se um copo de cristal partido voltasse do depósito de rejeitos querendo seu lugar na mesa/ ele vem fazer presente o vazio, entre

[e] Ela tranca a respiração por um minuto e tenta falar.

[β] Ela pensa estar falando com alguém e ri baixinho.

[@] Aqui ela ri.

[j] O intervalo volta a ser menor, de um minuto, o que é também bastante longo, não ocupo muito espaço no papel ao usar um /, o que muda a sensação de quem lê diante da sensação que se pode ter ao ouvir. Não há como transmitir isso pela escrita, como não é possível medir as coisas pelas palavras. Quem poderá, no entanto, medir as palavras pelas coisas? Ou serão as coisas apenas palavras e as palavras meras coisas?

[∅] A pausa aqui foi mais longa, três minutos em que ela chora, o que é mais que raro.

guardanapos e facas; um novo motivo de ausência com que decorar as paredes; ali, na janela, a cortina quadriculada com margaridas brancas nas pontas faz tudo parecer perto quando tudo está longe, aqui só há escuro e dentro do escuro nada. Mentira![g] Sou eu. Ele, ali, sem colher flores, nem se mover, é uma aparição, não pediu licença, nem permissão, nas costas só há um pedido de repouso. Resta esconder-me e esperar que se vá embora e nem perceba que estou viva. Não sei ficou louco ou louca sou eu que estou aqui. Não quero crer no que vi e faço do escuro meu agora, a verdade é o que se busca e ao se buscar não se sabe. Espero meu Ulisses tecendo sua mortalha. Agora resolveu chamar como um morto grita do túmulo quando está com sede. Nem Araquine para me salvar, também deve ter morrido. Ou foi para o deserto onde Berenice planta uma árvore, não eu, mas a outra, a que fugiu. O homem na cozinha trouxe os outros homens e os mesmos homens, não suporta ficar só, quando não tem jeito usa uma máscara. O homem na cozinha, que me despojou dos sentidos ainda menina, com mais e menos rugas como o desenho de uma tempestade de raios em grafite, os cabelos mais e menos brancos rangendo as curvas ásperas, ainda o cacheado das pontas de dobras vitimadas pelo abandono das lâminas, usava faca para cortar o cabelo. Não, não é ele. São as dobras da confusão que o faz me esperar na cozinha[@]. Vejo-o daqui, olhe bem. Sem senso algum

---

[g] Esta frase tão lacônica quanto agressiva *Mentira!* é gritada, o que é raro. Comuns são sussurros, mais que comum é um tom direto que se não quer se fazer ouvir, pelo menos quer se fazer gravar. Em certo sentido, podemos dizer que toda voz quer se tornar corpo, seu modo de fazê-lo e alcançar uma existência para além da precariedade da existência corporal, é tornando-se escrita. Será, no entanto, a escrita mais do que grafia?

[@] Ela bate na parede em pancadas das mais leves às mais fortes. Não há motivo evidente.

se instalando diante do fogão, esperando um sinal, sem saber o paradeiro dos filhos[f], o que quererá o infame, será ele mesmo, o que quererá o infame, esfregando as mãos entre si, a pele dura de um gafanhoto que retorna à cova e esfrega as palmas, uma na outra, esfrega-as até escamar os véus de que se faz o esmo, a perfídia, o desgaste do tempo. Ele e não ele ao mesmo tempo, o motivo do meu susto que me faz esconder longe de tudo que há além da porta. Eu mesma. Sem espelho. Espero, espero e não posso perguntar o que será de mim. Aqui no além da porta o aquém da porta sou eu. Não, eu não estou em lugar nenhum, me deixa. Araquine, não se aproxime. Meu pequeno gravador cabe na mão, não posso ver a marca, nem descrever detalhes, mas é pequeno de caber na palma entre os dedos, sobra um pouco que posso esconder na outra, quem me visse pensaria que rezo[∅]. Eu rezaria, mas não tive religião nem aprendi a pedir, não há como invocar algo para me salvar . O gravador está aqui desde os tempos do jornal, a materializada sobra do tempo. Não o uso desde que deixei o trabalho de entrevistar pessoas. Foram mais de quinze anos levando a conversa alheia ao alheio, tornando fácil o que não pode ser expresso, convencendo os outros de que a vida íntima é um fruto proibido cujo segredo é raro e vale o poder da morte quando exposto. Como menti sem gosto de mentir. Não gostava daquela vida e nem gostei desse gravador que agora é só o que me resta neste escuro, o de dentro e o de fora, que acompanha o meu respiro[α]. Tudo que sobra do tempo ou foi escrito

---

[f] Ela se referia a filhos, mas o único filho que há na história toda é apenas PB.

[∅] O gravador que comporta as fitas mede cerca de vinte centímetros, portanto, não se trata bem disso.

[α] Ela respira com força para gravar o som do ar saindo pelas narinas.

ou virou pó ou ainda se poderá tornar, pois o futuro, por mais que o evitemos, chega, mesmo que se finja cultuá-lo como um mito inalcançável, uma utopia/// O futuro das palavras é o passado/ É ter sido. O futuro das palavras é como está escrito neste livro que comprei há muitos anos, quando ainda me faltava luz e eu queria viver para aprender. Veja que bonito, leva as palavras para dentro como se as guardasse pra depois, chocolate, biscoitinhos, não, mais grave, peludinhos e cinzentos. É preciso agarrar mais com rapidez do que força cada um dos ratinhos fugitivos, pego-os pelo rabo nesta ratoeira. Está ligado guardando todos os ratinhos da minha boca e do meu nariz. A pequena lâmpada vermelha, mais que pequena, minúscula, vaga-lume febril, está acesa, às vezes apagada, sendo um modelo antigo deve haver algum mau contato, a pilha deve estar fraca. Os ratinhos ficam contentes, atraídos pela luzinha. /// Tudo envelhece ou se desusa. Não fará mal combinar com meus pensamentos. A cor da mão é o ocre no raio da mínima luz vermelha acesa iluminando a pele, a cor da minha pele desde os últimos tempos curtida de sol. /// No escuro tudo é ofuscação, salva-me o breu, formas sobrevivem nas sombras, entre sombras, volteios generosos de sombras por dentro de si mesmas como fitas e fios que se entrelaçam. Não há como descrever, não é possível entender o espaço, nem dizer do aparelho que guarda minha voz, túmulo em que um vivo vem morar, um dia voará pelo ar quando aberto o invólucro que o aninha, o gravador, a pupa, a crisálida da minha história, do que sei e do que pensando saber não sei, do que conto, agora, mergulhada no escuro entre ruídos e barulhos de traças, sobra do passado como um lenço sujo de sangue que dói deixar pra trás, ferida. Tenho o que vi. Não sei se terei asas e se as asas terão olhos, se os olhos serão cegos, se as pálpebras abrirão, quase não posso me mover neste espaço mínimo, o gravador é pequeno, cabe na mão, é o que importa, contar tudo o que importa saber: silêncio, silêncio, silêncio, silênciosilenciosilenciosilenciosilenciosilenciosilenciosilensilensilensilensilen...[α]

GGG.

Para o silêncio não há nome de batismo, só esse apelido com que posso chamá-lo. Gritaria pelo silêncio, como gritei estilhaçando a vida por vezes seguidas e a conta perdida/ silêncio filho do escuro/ companhia incômoda de olhos vastos como a mosca do dia/ que chama para junto o destino/ quieto de tanto ouvir e jamais pronunciar/ silêncio comportado como parede/ vácuo entre as coisas, como uma estocada atrás da porta/ o melhor amigo das portas que batem pela força do vento/ pela força humana[c]/ gota venenosa que me sai dos olhos/ o mesmo que se cravou entre minhas pernas por todo esse tempo/ o tempo/ o que se crava entre as pernas/ preciso falar/ ainda que pese a sacrossantidade do que não se pode dizer/ coisas que o silêncio guarda/ segredos/ pai de tabus[h] nascidos da coxa da perna como um deus enlouquecido/ não vou, não vou, não vou/ se eu vier a morrer aqui, já que a coragem de sair não chegará a tempo/ a verdade ficará guardada, ao menos, entre as fibras do Berescópio/ o silêncio deixará de ser um vencedor.

[α] Pronuncia em rápido sussurro.

[c] Um barulho de porta a ranger, seria a força humana o que a move?

[h] Alguém bate à porta e chama "Berenice?". Por esta eu confesso que não esperava. Ela passa a sussurrar ainda mais baixo, enquanto mais duas vezes a voz chama por ela.

O Berescópio é a extensão do corpo que o elimina. Uma flecha deixa atrás o homem e o homem atrás o cavalo, temos o desenho de um centauro. Um fóssil. Um centauro não tem nada a ver com um gravador, você deve estar pensando. Deixe quem não entende longe disso. Esqueça o que eu disse. E nada mesmo tem a ver; um gravador permite guardar os sons, um centauro é um ser da mitologia costurado com a agulha da imaginação. Não se os encontra em qualquer lugar da cidade, muito menos em um armário. A conexão é só o que vêm à mente. E aqui sou eu mesma que estou me vindo à mente. E já não há o que esconder, nem o que dizer, nem alguém para chamar em meu socorro. Berenice?[α] Por isso, entre centauros e gravadores, ainda que não haja conexão, é preciso confiar que existem. Eu tenho a dúvida: que o que existe, de certo modo também não existe/// Este não é assunto que eu possa tratar, meu pensamento não foi até o fim, nem o que posso dizer se foi a qualquer lugar, sei apenas que os últimos são onipotentes e o onipotente sempre pode ajudar, livrar do desespero. Mesmo que o onipotente seja sempre ao meio quebrado como uma porta que se abre revelando o mistério do seu outro lado. Berenice?[v] Contarei tudo onipotentemente. Só o gravador não é surdo nesta casa. Ele coleta o mormaço ruidoso do respiro, o intocável pelas palavras que é o intervalo das letras. Mesmo que não houvesse o gravador e mesmo que a ele seja, de fato, impossível dizer tudo, sei que estou no limite da contradição e não vou dobrar a borda só porque há os que pensam que

---

α Alguém a chama! É uma mulher. Ela continua sussurrando as frases seguintes.

v A mesma voz feminina a chamá-la. Ela finge não ouvir e continua a sussurrar.

sabem, os que vêm chamar, que se danem[e], não sabem do mistério, o lado nunca desdobrado da borda, posso ter certeza, vejo a luz e tenho em minha mão o gravador.

No escuro fundo de agonia intacta, onde devo colocar meus dedos enquanto espero e livrar-me da angústia que essa presença na cozinha me causa, o invasivo, na cozinha, como um felino de olhos fosforescentes prestes ao bote revirando o fundo do escuro que se reduziu à casa. O escuro camufla os seres que existem e os que não existem a compor um cenário de fundo para as coisas amordaçadas: breu. Ele na cozinha e eu aqui revirando os meus pensamentos, a verdade é o que pensei, não o que vivi, nem tão somente o que vi, o que disse, palavras vão e a escrita fica, verba volent diziam os vizinhos barulhentos. Eu devia ter escrito a minha história[e]. Chamarei Homero a esta estátua de sal, que Homero até hoje não fez justiça às minhas lágrimas épicas. Se ele se mover muito será pego na ratoeira.

2.6.1

Palavras não cabem nos fatos. Os fatos não cabem nas palavras. /// As mulheres que rendavam comigo sabiam disso e, por isso, ficaram a fazer suas rendas sabendo que a vida basta-se a si mesma quando há o que fazer. E por isso tecemos juntas por anos e anos. Eu, Magnólia, Araquine e a árabe com escamas na pele que também se chamava Berenice como tantas outras. Quarenta anos dia após dia, a eternidade cabendo no

[e] Sabe que há alguém, mas finge não saber?

[e] Concordo.

presente avisa que é melhor desistir de tudo, do que se impõe, doendo como a ferida em minha perna, Magnólia morreu, mas já estava morta. A árabe era tão cheia de lembranças, mas esquecida de si... Araquine ficou trancada no espelho, e a Pequena Berenice abriu a porta antes da hora. Quarenta anos não é tempo demais, é pedaço da vida de medida imperceptível a olho nu, guardado em folha de papel de embrulhar pão. Escuta o Berescópio.

i.e.M.

2.6.2. Olhos nus

∀ Comigo estiveram as mulheres de olhos nus. As mesmas que optaram pela dor, pois não havia outra solução como hoje se faz promessa. As mulheres de olhos nus conheciam a memória da ausência e cerziam com a dor como um fio que tudo reúne. Junto delas conheci a forma das tramas. A dor me deu certa sorte, que a dor traga lucidez tornou-se, na perspectiva do canto do olho que abro, algo tão óbvio, tão raso, que prefiro buscar esclarecimento na sorte. Tenho sorte, tenho rugas, tenho hoje a mansidão lavada das mulheres velhas, evito o olhar direto. De viés o mundo é exato. Espero que a hora de minha morte esteja longe e que eu possa dizer tudo o que penso agora que o destino vem pesar como uma mão de ferro sobre as pálpebras. E me fura por todos os lados com suas facas silenciosas. Se procuro dentro dessa escuridão, do cheiro de naftalina, do barulho das baratas arranhando suas asas na madeira fina, se procuro ainda encontrar algum sentido é porque me sinto em dívida para com a vida. Não sei bem o que é a vida depois de tudo o que se deu, o presente é fardo. Não quero morrer. Não quero morrer. Nem sei bem da dívida, mas como o gravador, sei que ela há e que é algo que sobra após a partição das coisas pelas coisas[p]. Descobri, entretanto, muitos paralelos entre o que se é o que não se é e se um testemunho vem bem é de dentro desse instante em que o armário escuro não permite nenhum desvio, penso se vou mentir. Tenho certo desejo. O escuro me acorda para a ficção de mim, eu poderia inventar fatos e desistir da memória. Eu, nesse armário, bem pareço um objeto da minha imaginação ou do esquecimento[e]. Então, não poderei mentir, como não vou colocar camomilas no vaso de pedra sabão que está sobre a mesa e sempre me incomoda quando vazio. Mentir, entretanto, tornaria tudo menos assustador como as flores contra o vazio desolador da casa[n]. Estou aqui, saibam os que me ouvem, de uma vez. Ouçam. Pena não poder ouvi-los de volta. Saibam que esperei por anos, vinte anos, trinta, quarenta, até que saber me fez desistir. Saibam. Saber me fez fracassar. Depois do meu fracasso — não houve nada em toda a vida que me tivesse dado mais paz — descobri os sonhos e os que sonham os sonhos e os que não tem sonho algum. Vi quem é morto e quem é vivo e sorri para o que fica aquém das janelas, um ontem que se repete[e]. Vou ficar quieta, antes de apareçam querendo ver por baixo da minha saia, sob a voz do meu fracasso, um grito vem de longe cobrar todo o meu destino como há tempos quando precisei

---

[p] Não há mais que coisas, mas dizer coisas é não mais que dizer, é o que me inclino a pensar.

[e] Ela tosse fraca de asma. Eu também tenho asma, eis um fator genético que nos une.

[n] Cala-se por um instante e, de repente começa a falar muito alto.

[e] Aqui ela começa a sussurrar novamente. Deve estar controlando o que diz.

sair de casa. Há tempos, esses quarenta anos que me batem à porta e gritam meu nome[λ]. Debaixo da saia há a vulva que descobri quando P saiu de casa. Furei as orelhas nos lóbulos, neles coloquei dois grandes brincos de metal batido com um osso de pássaro pendurado para dar um ar selvagem, pintei os cílios dos olhos como sinal de que possuo moldura, sobre os olhos pus a sombra ocre que me ilumina como uma pedra, parecia uma boneca ou um espantalho e me senti bem, cobri-me com sedas como sinal de que me finquei ao chão pelas coisas que vejo, cortei meus cabelos bem curtos para pactuar com os limites. Ouvi minha voz ao cantar baixo como um ressonar na noite, ouvi também o copo estilhaçando no chão de tijolos, a água fervendo, o choro das crianças que nascem na casa ao lado, onde todos os dias nascem crianças e morrem velhos e morrem crianças e crescem os velhos e morre assim tudo o que nasce sem noção alguma do que é justiça. E conheci o frio do pensamento que em algum momento poderá me salvar.

Tautologia nunca está por perto quando estou só.

i.e.M.

2.7. O Manto

∀ Enquanto esperei teci sempre o mesmo manto, usei, todo o tempo, mais o Berescópio do que agulhas ou linhas[λ].(O manto?) Inconcluso, deixei-o na gaveta, como um fracasso que

[λ] Sinal de que ela ouviu, mas enquanto falava de um homem, a voz era de uma mulher.

[λ] O Berescópio mostra mais uma de suas utilidades.

é preciso guardar. Nele guardei meus cabelos, as mechas começando a embranquecer que precisavam achar uma morada definitiva. Sobrevivi. O manto era de cabelos, o animal que vive em mim e um pouco de lã sintética, não de ovelhas. Lã de máquina e de inteligência humana[∅]. Nesta folha de papel desamassada[p] está o mapa do tecido[e].

AGENDAWWWWWWWWWWWWWWWWWWWWWWWWWWWW
U3EEEEEEEEEEEEEEEEEEEEEEEEEEEEEEEEEEEEEEEEEEEEEEEE
U7EEEEEEEEEEEEEEEEEEEEEEEEEEEEEEEEEEEEEEEEEEEEEEEE
U1BBBBBBBBBBBBBBBBBBBBBBBBBBBBBBBBBBBBBBBBBBBBBB
U3EEEEEEEEEEEEEEEEEEEEEEEEEEEEEEEEEEEEEEEEEEEEEEEE
U5RRRRRRRRRRRRRRRRRRRRRRRRRRRRRRRRRRRRRRRRRRR
U7EEEEEEEEEEEECCEHOMOEEEEEEEEEEEEEEEEEEEEEEEEEEEEEE
U8NNNNNNNNNNNNNNNNNNNNNNNNNNNNNNNNNNNNNNNNNNNN
U6iiiiiiiiiiiiiiiiiiiiiidesarguesiiiiiiiiiiiiiiiiiiiiiiiiiiiiiiiiiiiiiiquidestiiiiiiiiiiiiiiiiiiiiiiiiiiiiii
U4CCCCCCCCCCCCCCCCCCCCCCCCCCCCCCCCCCCCCCCCCCC
U2EEEEEEEEEEEEEEEEEEEEEEEEEEEEEEEEEEEEEEEEEEEEEEEE
U1BBBBBBBBBBBBBBBBBBBBBBBBBBBBBBBBBBBBBBBBBBBBBB
U7EEEEEEEEEEEEEEEEEEEEEEEEEEEEEEEEEEEEEEEEEEEEEEEE
U1BBBBBBBBBBBBBBBBBBBBBBBBBBBBBBBBBBBBBBBBBBBBBB
U6iiiiiiiiiiiiiiiiiiiimongeiiiiiiiiiiiiiiiiiesseactusimpliciteriiiiiiiiiiiiiiiiiiiiiiiiiiiiiiiiiiiiii
U7EEEEEEEEEEEEEEEEEEEEEEEEEEEEEEEEEEEEEEEEEEEEEEEE
U3EEEEEEEEEEEEEEEEEEEEEEEEEEEEEEEEEEEEEEEEEEEEEEEE
U8NNNNNNNNNNNNNNNNNNNNNNNNNNNNNNNNNNNNNNNNNNNN
U7EEEEEEEEEEEEEEEEEEEEEEEEEEEEEEEEEEEEEEEEEEEEEEEE
U6iiiiiiiiiiiiiiiiiiiiiiiiiicarnotiiiiiiiiiiiiiiiiiiiiiiessequidiiiiiiiiiiiiiiiiiiiiiiiiiiiiiiiiiiiiiiiiii
U2EEEEEEEEEEEEEEEEEEEEEEEEEEEEEEEEEEEEEEEEEEEEEEEE
GENDAWWW.WWW.WWW.WWW.WWW.WWW.WWW.WWW.WW
U3EEEEEEEEEEEEEEEEEEEEEEEEEEEEEEEEEEEEEEEEEEEEEEEE
U1BBBBBBBBBBBBBBBBBBBBBBBBBBBBBBBBBBBBBBBBBBBBBB
U6IIGERGONNEIIIIIIIIIIIIIIIIIESSESUBSTANTIALEIIIIIIIIIIIIIIIIIIIIIIIIIIIIII
U2EEEEEEEEEEEEEEEEEEEEEEEEEEEEEEEEEEEEEEEEEEEEEEEE
U3EEEEEEEEEEEEEEEEEEEEEEEEEEEEEEEEEEEEEEEEEEEEEEEE
U8NNNNNNNNNNNNNNNNNNNNNNNNNNNNNNNNNNNNNNNNNNNN
U1BBBBBBBBBBBBBBBBBBBBBBBBBBBBBBBBBBBBBBBBBBBBBB
U6IIIIIIIIBRIANCHONESSERECEPTUMPERMODUSACTUMIIIIIIIIIIIIIIIIIIIIII

∅ Não encontrei dentro da casa nenhum vestígio deste material.

p Não encontrei qualquer folha de papel na qual fossem miudamente anotadas milhares de letras. Como ela lia um papel com tais letras, precisei transcrever. Demorei mais de dois meses para reconstituir, o que transtornou por completo o meu calendário.

e Tudo o que é de algum modo trançado.

Pensei que o tempo chegaria e eu, esquecida de tudo, teria meu manto pronto em definitivo. i.e.M. (Ela tateia ao redor, procurando algo.[d])

CCN.

2.7.1

Naquela época escrevia para o jornal[e] e só podia tecer à noite após PB dormir. Como chorava a menina...

Queria que minha cigarrinha nascesse adulta e que eu fosse outra pessoa. Agora sou outra pessoa. Quando P se foi tudo se deu como se eu tivesse casado comigo mesma. Um casamento sem corpo, um pacto maior que o corpo, de uns sete palmos.

2.7.1.1. Argos sobre o esterco

Teci a espera e me deformei aos poucos.

P está lá fora, revistaria a casa se fosse menos preguiçoso, como deve ter se tornado ainda mais deixará para depois ou não fará. O velho Argos está de guarda, na soleira da porta e, como cúmplice, não protegerá a casa. Também os cães são

---

[d] Não posso acreditar que estivesse realmente fazendo isso. Referia-se a si mesma, ou à outra? Era, afinal, capaz de ver-se? Imaginar-se? Autorreferir-se?

[e] Ela menciona que teria escrito para o jornal. No entanto, só o que descobri foi uma caixa cheia de recortes de jornais de crianças desaparecidas.

homens e como tais não traem seus colegas. Tem na pata dianteira uma bicheira. Argos está velho, continua deitado nos fundos da casa, na terra batida como na Odisseia[s] sobre o esterco, excremento de si mesmo, o cão sempre imita o dono.

2.7.1.2. Ordálio

Não quero que me encontre. Se isso ocorrer como vou me defender?[m] Atirando-lhe este cabide para furar-lhe os olhos, abrindo a porta com força para dar em sua testa que se irá abrir e verter miolos cinzentos, gritando aos vizinhos que me venham salvar, de que me serviria?[α] O manto não está pronto, como irei matá-lo? Enforcando-o no lençol, enforcando-me no lençol, o que teria a vantagem de não precisar recolher o morto. E tudo seria passado, depois de quarenta anos[n] em que a dúvida de por que ele não morreu não foi aniquilada como um osso partido, um parto difícil, os mamilos em carne viva//[c]. Ficarei aqui a dizer tudo ao gravador enquanto espero que ele vá embora e com ele a dor e suas asas de cetim molhado. Na cozinha ele não faz barulho diante do fundo da geladeira a

---

[s] Como já devo ter dito, encontrei uma edição da Odisseia de Homero na confusão da cozinha.

[m] Pelo barulho, pode-se perceber que ela tateia até chegar ao cabide, depois usa o cabide para bater na parede numa cadência leve, toc, toc, toc... como sei ser um cabide se não o vejo, pelo barulho da madeira a bater na madeira, mas não passa de uma probabilidade.

[α] Ela muda a expressão para um tom jocoso.

[n] Em alguns momentos ela diz vinte anos em outros quarenta.

[c] Seguem quase dois minutos de silêncio.

ligar[α], tampouco eu usarei outro escudo, por isso falarei baixo[h], alguma coisa poderá não ser compreendida, não me importo, você que me ouve, terá o principal e poderá julgar por si mesmo. Falarei devagar para que tudo fique claro como falei até aqui, mesmo sabendo que de nada adiantará. Talvez me espere, talvez nem lembre, talvez queira as camisas lavadas e passadas junto das explicações, o que mais pode querer um homem? A vida como antes, se pudesse ser devolvida, talvez coma algo sem perceber que é um invasor que imagina ter poder sobre esta casa. Não sabe o pobre ignorante a diferença entre o passado e o futuro, talvez saiba fazer um café, tomar um copo de vinho se houver garrafa, talvez coma o pão. Talvez prove os damascos da compota ou os figos e as tâmaras que ainda vendem em quilo na delicatessen perto da praça defronte à farmácia[∅] — saberá onde? — e que não toquei durante todo o ano, devem estar podres, perdi a fome, talvez tome um sal de frutas para esconder o indigesto do tempo que ficará a esperar[Σ], talvez crie uma úlcera, ou cataratas ou cancros ou fístulas ou pústulas ou escrófulas ou feridas, simplesmente, feridas, por todo o corpo[α], como gosto que esteja morrendo, talvez eu me vingue ficando quarenta anos dentro desse armá-

---

[α] Este barulho ficou de fato gravado, um liga e desliga fortíssimo, como se a geladeira estivesse ao lado.

[h] Segue falando em sussurros até o final da fita. Muitas vezes não pude compreender o que dizia embora cada uma das frases a partir daqui tenha sido ditada pausadamente duas ou três vezes. Como se lê, ela sabia de tudo o que estava fazendo.

[∅] Procurei estes locais, mas não havia nenhum vestígio.

[Σ] Encontrei pela casa mais de 100 potes de sal de frutas. Minha mãe deve ter morrido de úlcera.

[α] Aqui ela começa a rir e para de repetir as frases.

rio, talvez eu já tenha me vingado, eu mesma diante de eu mesma, talvez eu morra de sede.

Lembro como tudo começou, mas se lembrar fizesse diferença para que o dia corra entre o tempo acelerado e frouxo, o tempo que não se entende e se sofre, filho dos copos vazios, dos vasos cheios de flores mortas, os narcisos no jardim esperando a lâmina que os recolha e apodrecendo antes que alguém sinta seu cheiro vivo. Acordei de manhã com o olhar embaçado, pronta para um dia estranho. Não sabia o quanto, pensei seria só o espanto dos dedos marcados no espelho sem que ninguém o tivesse tocado, minha irmã[n] perguntou-me o que era ordálio, eu lhe disse julgamento, ela disse parecer um manto. Omanto. A vida ficou diferente. Agradeço a deus toda a vez que isso acontece. Ordálio, julgamento, manto. Palavras para guardar em meadas de fios que aparecem por meras ligações de semelhança[τ]. Devo dizer a ela que entende o significado de um colar em torno do pescoço, que sabe tingir sais em coloridos para banhos de purificação, ler a sorte nas cartas de baralho, ela que cuida dos cães e da hora de minha morte, devo dizer-lhe para que entenda e não me julgue quando eu precisar de seu colo: tenho medo que meu fracasso retorne contra mim ainda que o ttenha guardado por dever de memória e proteção dos deuses. É a falha que segue além de meu fracasso. O manto, o meu fracasso, a mortalha daquele que invadiu a casa, a explicação como sucessão de fios e pontos, o castigo que nos há de libertar.

---

[n] Quem seria a irmã? Dentre as fotografias, havia uma com uma dedicatória "De sua irmã" em tinta preta. Não havia nome, nem data. Na foto retocada como se fazia nos anos 1960, uma garota que se parecia com Ava Gardner, mas com dentes separados.

[τ] Aqui ela chora.

2.7.1.3. Mentir

Minto, por que estou de costas para o mundo desde que vejo o escuro como o verdadeiro nome do espaço, sucessão dos fatos, o ocorrido não me pertence, para logo se descobrir por dedução ou indução que nada pertence a nada nem a ninguém, nem os detalhes[∅]. O eterno e o efêmero são coisas por demais difíceis, como uma xícara de asa quebrada com água quente dentro, como um travesseiro fino, como o tempo que passa abrindo alas às dores, uma veia na perna inchando com o cansaço dos anos; o eterno é o que faz acender velas para os mortos, escrever epitáfios, continuar gravando para sempre de dentro do escuro onde encontro minha fuga e fujo da minha fuga, e fujo da fuga da minha fuga e encontro a fuga alheia. E a fuga alheia foge e espera-se que o sonho cesse a queda ao infinito das franjas desabrindo o tempo, eu dentro, outro dentro, eu dentro... Tudo silencia, eu silencio apenas por compulsão de silêncio e muitas dobras na pele. Apeiron. Apeíron, eis o que diz a voz do fundo das gavetas. Apeiron[c] ou a madrugada às quatro ou cinco da tarde. O relógio treme em tique-taque, cada segundo pesa como a palavra átimo que um dia vi no dicionário, pesa o meu dicionário[λ], sinto a pele mordendo o músculo, a língua vai ferindo a boca, os dentes ferindo a língua, o fígado rejeitando a saliva, a saliva enjeitando o estômago, a mão cheia de si empunha a morte, a morte é pouca, de sinais internos, voz rouca, a coisa que se desdiz no ato da palavra cansada, o que

---

[∅] Ruído de quem seca as lágrimas, limpa o nariz cancelando o choro.

[c] O ilimitado.

[λ] Não havia nenhum vestígio de dicionário na casa. Apenas o meu que veio comigo.

me recobre é película por sobre vidro, sinto a unha descascando o sonho, o dia ameaça rondado pelo breu. Cores diferentes atravessam a pequena fresta onde passa a luz, luas boiam no céu dessa grande caixa, ou é minha boca em ilusão de ótica, retina cansada, ou são os restos de luz na pupila acesa. Penso em cometer um crime, sinto um pasmo em meu cansaço, há lassidão no eterno que aqui vigora refazendo-se covarde, um crime, sair daqui, antes de concentrar-me no ditado, ir até a cozinha, vagarosamente, pé ante pé, pegar uma faca da gaveta, cortar-lhe a veia, ver jorrar o sangue, o corpo despencar no chão, chamar os vizinhos que limpem o cadáver, um pensamento ruim, não gosto dos cadáveres e teria que olhar para um, providenciar que fosse enterrado, que durma sobre uma cadeira bêbado como fazia há quarenta anos, de algum modo está morto, estava morto todo esse tempo, mas agora, na cozinha, é ressurrecto. Que novamente morra, desde que eu não tenha que me ocupar do cadáver, a morte nunca é uma boa solução. Se tudo fosse em tempo vivo, seria mais fácil se ele fosse um fantasma a viver num pântano que é intervalo do tempo. Pensei que pensar fosse mais doce, que o destino tivesse menos orifícios, que a peneira da vida me poupasse, fosse mais que o escrofulário onde o mel purulento desce a garganta da alma enviando a cena, a sede, o coma, à derrisão airada a mover meu pensamento. Para onde terão ido as borboletas que antes pousavam na magnólia? Nada mais que conspirar é preciso, destoar do resto, eu no espelho, eu sei, não há espelho, estou só pensando e gravando o que penso, uma lembrança, a roupa, sem a roupa, sentidos se arranham entre eles, o chão, o espelho, a vulva, a saia enroscada na chave da porta, sairia à procura de pão, tenho fome, três, quatro ou cinco, os ponteiros do relógio não me deixam acreditar, quem se lembrará de quem não pode dormir? Que farei com minha fome, sede, com os excrementos se a necessidade me impulsionar aos fatos, com os coágulos do sangue do meu nariz, se escorrer, arrebentar uma veia, se as pernas dobradas amortecerem? A escolha é a força. Que farei com o dia após o dia, com o eterno movimento de todas as coisas que é a imagem clara e covarde da morte conspirada além do tempo e da pax romana, das porosidades mnêmicas, das vontades tanáticas, esquálidas, lunetas de um porvir abrupto?[i] O que virá do presente que amedronta como a música que não cessa de se repetir? Um lençol ao lado que me ajudaria a morrer, linho antigo, vou desdobrá-lo e cobrir-me. Faz frio. Há um barulho de objetos se batendo. Está amarrado nas pontas. Os nós não são difíceis de desatar. Nossa Senhora Desatadora dos Nós. Ave Maria. Desate o nó, desate o nó, desate o nó. Meus dedos enroscam nos rasgos do tecido. Isso nem parece meu, eu era tão cuidadosa. Verdade é que não cuido deste armário há anos. Quantos anos? O que temos aqui? Nunca se sabe o que se guarda para não se esquecer e se esquece. Caixas pequenas de plástico duro. Deve ser acrílico. Várias caixas difíceis de abrir. Fitas cassete. Não lembro de tê-las gravado. De quem serão? Vou ouvi-las[τ].

---

[i] A partir daqui ela fala ainda mais rápido.

[τ] A confusão das falas acompanha a totalidade dos ditados. Esta parecia uma das fitas mais antigas, cuja gravação estava em pior estado.

2.7.2. Minutos de silêncio

i.e.M.

Quem se ocuparia em gravar minutos de silêncio? Serão dos tempos do jornal? Mas não lembro de guardar nada disso, muito menos minutos de silêncio. Ouve-se apenas o barulho da Berescópio que aciona os minutos de silêncio. Se alguém o desenhasse ele viria em branco. Do outro lado deve haver algum som. Nenhum som além dos minutos de silêncio que se parecem com o mundo que há, aberto e vazio como uma praça abandonada. Falta sensibilidade e sutileza neste mundo, mas sobram correntes, vou guardá-las no armário e depois limpar os meus pés no limbo. Há uma fita em branco, gravarei nela meu depoimento direto[e], afinal é preciso esclarecer de uma vez o que se passou envolvendo P e PB. Quem sabe eu descubra um motivo que me faça sair daqui? Estou brincando, daqui eu não saio, daqui ninguém me tira.

T 2.8. Os pássaros

GGG.

1, 2, 3... Não amei, que fique claro. Posso até ter dito em algum momento que o amei, mas não, estive mentindo ou

---

[e] Aqui há um erro muito interessante. Esta frase está a um pouco mais da metade da fita. Ainda há um bom tempo pela frente. A confissão que segue deveria vir em outra fita, mas não. Está aí. A noção do tempo está perdida para ela. Ou serei eu que não sei entender seu tempo?

fazendo um resumo ou usando a força das palavras que, mesmo quando enfraquecem aqueles que as diz, devem ser ditas. Foi resumo e emoção. Foi ele quem trouxe o pássaro com seus estranhos filhotes para viver em minha casa, com ele aprendi a conviver com esta variedade de existência que me fez perder a relação com o sexo, a fome e a sede, eu não fazia mais do que juntar ovos pelos cantos e amamentar os passarinhos assim que eram abandonados pelo pai-mãe que os paria. Trouxe-o para que eu confiasse nas palavras de amor, esperava que eu vivesse sem interpretar. Com a quantidade de ovos pela casa tornou-se impossível confiar nas palavras de amor. Mesmo uma sentença como essa do "eu te amo" o exige, sentença que não é um axioma, mas apenas uma proposta e nosso erro é não perguntarmos "como assim?" quando alguém se dirige a nós por meio dela. Então, em primeiro lugar, que fique claro: faltou que eu interpretasse o que é o amor. Talvez ele tenha interpretado e, por isso, foi embora sem levar os ovos, nem a gaiola, nem a matriz pai-mãe que punha os ovos. O gesto de ir embora foi a única resposta para as dúvidas dos meus quinze anos quando o vi pela primeira vez a correr em volta da casa brincando com Argos ainda muito novo, de pelo cinzento. Via-o de longe, jamais chegava perto, não queria que sentisse meu cheiro, nem percebesse o comprimento dos meus cabelos, nem travasse meus olhos. Durante anos estive por perto aprendendo as lides da casa, cuidando dos animais, vendo nascer os porcos, os cães, os bezerros, regando as flores que nasceram e morreram a cada estação, colhendo as olivas, as laranjeiras, vendo crescer as vinhas, espiando os brotos do linho, a cor branca do algodão em flor, tecendo toalhas a pôr sobre a mesa. Bordávamos folhas de avenca sobre o linho cru. Havia tempo de olhar a lua, saber as constelações, o centauro, o escorpião, secar os grãos do girassol, apanhar os pássaros para apreciar a cor das penas, ver o tamanho dos olhos, havia tempo de ver Argos crescer, ver os outros cães sobreviverem aos vermes, dia após dia, havia tempo, havia aurora e crepúsculo, conversas, encontros, ensinamentos dos mais velhos para os mais novos. Até que ele chegou perto com a gaiola e o pássaro azul, que logo começaram a pôr ovos. O pássaro era bem mais bonito que seu sexo, os ovos azulados ou dourados, cuja cor dependia de serem postos de dia ou à noite. Nada mais foi igual. Vi meus pais morrendo, meus irmãos indo à guerra, no meio de tudo a vida confusa como nuvens de chuva, minhas irmãs parindo e morrendo, as crianças com olhos de vidro, minha mãe me ensinando a tecer para amarrar o tempo em si mesmo. E curar da dúvida cheia de ovos que chegou até aqui. Não sei onde morávamos, mas sei que tudo isso havia.

2.8.1. A confissão

Um dia quando mulheres e meninas reunidas, cuidávamos das cornucópias de alfazema e camomila para os ritos de Elêusis e minha mãe dobrava flores de palha de milho, ele me olhou por entre as flechas com que brincavam os meninos. O olhar era o agouro do tempo que se esvai nas verdades negadas. À noite meu pai veio dizer-me que ele me pedira em casamento e que me aconselhava a aceitar, pois era um bom homem, jamais me faria mal, e era de boa família e sua sina era de herói. Até que me desposasse foram dez anos. Eu esperei cada dia como a liberdade que ainda há e somei meu tempo aos véus que se há de retirar dos fenômenos. Não, não foi tudo bem assim, mas é como posso lembrar. E é certo que hoje vale mais o que posso lembrar, pois o que aconteceu se foi, é passado e, como tal, está morto. Ouvia-se falar nele mesmo além da fazenda. Que tinha os olhos glaucos e era protegido da deusa, que os cabelos eram da cor das pedreiras quando reluz o sol no granito, que os dentes eram densos como grãos de bico e tinha braços de Hércules e a boca de uma legião de bardos. Tudo nele era heroísmo e me encantei com o ar de galã das fotonovelas que eu lia em dias de tédio. E minha mãe me ensinava a rezar para todos os santos, mas eu só queria saber de ritos pagãos. Quando me levaram à casa, vestiram-me de branco, deram-me um terço de contas para que eu me convertesse ao catolicismo. Puseram flores em meu cabelo lavado, as flores murcharam por dias sobre uma mesa ao sol. Secas, trançaram-nas entre meus fios negros que perderam os cachos. As tranças finas duraram dias quando eu parecia estar solta do que estava por viver. Nada, prometeram-me, avançaria rumo ao futuro, nem minha idade, nem minha vontade de fugir com devir passado pesando como arrobas de carne crua às moscas. Medo por todos os lados, insinuado sem pressa e todavia exato, de uma exatidão de golpes, silenciosa e forte como um tumor que cresce e devora as vísceras enquanto se crê um mero substituto do absurdo. Entrei na casa em seus braços, como era o costume da época. Meus pés não tocaram o chão. Até hoje não pude descer. Flutuo há mais de quarenta anos sobre o assoalho lustroso. As pedras olham minhas solas e eu sinto vertigens sem fim, a vida é enferma. Não o amei. Mas aceitei sua presença inevitável como é preciso aceitar as paredes que nos protegem do tempo, como é preciso aceitar a carne que alimenta. E por que havia o pássaro que me protegeria para sempre. Não pude trazer meus gatos, nem meu diário de menina, virei mulher muito do tempo que ali estava como eu, solto, sem poder, sem chão, sem ter aonde ir, sem ter o que buscar. No lugar do que perdi vieram as dores e um escuro formando as paredes do quarto, sem cortinas, sem vasos transparentes, só tapumes e portas, o tom mortífero dos vidros cravados para sempre em olhos de fuga. Então perdi a minha fuga e a persigo para sempre atrás de mim mesma, velo pela esperança que escapa como um véu que voa pelo ar após dias preso ao galho das árvores. Ali o sempre ameaça. O para sempre se soma ao sistema dos medos acumulados. Se eu tivesse forças derramaria o conteúdo dos copos, mas não sabia de onde vinha e o que carregava dentro. Logo que casamos, ele se foi mar afora. Dei graças por dias entre suspeita e alegria, deixou-me o pássaro que começou a falar assim que o perdi de vista. Fiquei sem saber o que seria depois, mas quando advém o júbilo nada mais se deve esperar. Esperei, anos a fio tecendo o manto, como uma herança de inércia pela qual se há que pagar, a paga é o silêncio a ser devolvido na ponta de flechas envenenadas. E estou aqui pensando na morte, na minha morte, na nossa morte, na morte. A morte está comigo para sempre e não quero morrer[m].

Minha mente e o que em mim representa meu corpo estavam cheios da tradição, respeito aos costumes, a ideia de que a honra de meu marido dependeria de meus gestos de abrir e fechar a porta, de sentar-me na sombra das árvores ou atrás das cortinas. O marido[n], dentro de um pote de cerâmica, semente de abacate brotando, ou dentro da geladeira, naco de carne de segunda pronto a ser cozido para os cães, ou o pé da mesa em falso sob o qual acostumei a pôr uma folha de papel dobrada muitas vezes, ou o taco de madeira que escapou do

[m] Uma gargalhada.

[n] P

chão, ou o dinheiro que faltava no fim do mês, mas também a folha de papel em branco sobre a mesa há dias, o radinho de pilha quebrado nos fundos da gaveta, a lâmpada queimada no quarto dos fundos que ninguém visita, um copo de licor sozinho na cristaleira, não era coisa que me faltasse. Aos poucos a ausência[e] foi tomando conta de cada detalhe, se confundindo com as coisas, invadindo a vida cega dos animais, das plantas, a casa em que a hera[s] escondia o muro, a casa um ninho de cupins que arrancaram janelas e portas, meu quarto habitado por mariposas presas no verde do armário, onde hoje me escondo, faz a sensação de uma noite sem fim. Entre a paragem e a ânsia de fugir, volto a ser, o que fui, a hera que sobe a parede com garra fina fingindo ser a superfície que esconde, eu me sentindo sempre mais velha, um moinho em ruínas, uma árvore seca, xícara suja há dias, o bolor dos armários na cozinha onde guardei farinha e açúcar, o tempo indo sem somar nada, como se o amor que jurei de olhos fechados não fosse mais do que uma armadilha inventada, uma faca de ponta muito fina que entra até o fundo e engana sobre o jorro de sangue inevitável. O grito sai fino. Aprendi a olhar meu rosto no espelho, as rugas, as pálpebras caídas, as manchas na pele. Não sei o que pensar. A casa já não existe, nosso cão morreu e vieram outros e iguais aos antigos. E Pequena Berenice? O que dizer de Pequena Berenice? Nossa filha partiu para cuidar de si mesma. E mesmo quando volta ao lar sei que não é minha. Agora eu sou o armário verde, ou será azul, velho e carunchado, sou as paredes ao redor de mim, não sei há quanto tempo

---

[e] Vazio, lacuna, buraco.

[s] A casa onde estou é coberta de hera.

não o vejo de fora. O mofo[τ] tingiu-me de dor. Pergunto-me, hoje, se haveria algum direito de P sobre os bens que deixou, se algum dia algo do que foi pode ser designado como seu. Se algo algum dia fora nosso. Queria que estivesse morto. Já morto, que eu não precisasse esperar nem um minuto. Que a notícia fosse do futuro[r] realizado, não uma promessa do destino. Assim a vida seguiria o rumo justo, livre de minha memória, eu que fui minha própria presa. Assim fiz o tecido do manto, entre paciência e lógica, qualquer um poderá copiá-lo. Não tenho o manto. Onde o deixei? Um método[α] é o que tenho, é o que pude guardar.

T 2.9. A descrição do Método

Trança-se um fio ao outro e os dois num terceiro @. Acrescenta-se um fio a cada vez que se quer uma nova fileira para aumentar o tamanho do pano que a tudo sustém. A árabe, a que veio do deserto, ensinou-me a tecê-lo dando o nome de dádiva a tudo o que inventava; contou-me uma história confusa sobre a roupa que usava e os filhos que tinha. Lembro de um dia, como hoje, longo demais entre o sol que nasce e a nuvem que o esconde, quando chegou trazida por minha mãe à casa e posta primeiro na sala como uma visita deselegante, feira a trancar a rua que ninguém poderá atravessar sem render-se ao

[τ] Dos sinais de mofo restavam manchas ressecadas na casa fechada há anos.

[r] Tempo sempre construído e nunca alcançado.

[α] Caminho pelo qual segui até chegar as fitas de minha mãe, sua voz e meu destino.

odor dos peixes, charco, aparição que se tem medo de olhar nos olhos, para depois ganhar o quarto onde eu dormia e que até então fora meu único refúgio. Minha mãe assobiava por entre os dentes enquanto carregava sua alma em sacos. Pelo volume do que trazia temi que sua presença fosse longa/ a estada e a ausência concomitantes como duas flores à morte no mesmo vaso. Ao longo da parede que separava a sala dos quartos, sobre as cadeiras e a mesa sua função era interromper a passagem por onde eu poderia sair. Não entendi o que a árabe queria entre nós, porque nossa mãe a convidara, o que pretendia além de que tecêssemos com ela. As mãos trêmulas entre fios[u] e agulhas de minha mãe sempre por perto cuidando que aprendêssemos corretamente o espaço que há entre um fio e outro e, depois, a junção e o nó, o enlace, o ponto, não me ajudavam a desapertar o ponto. Minha mãe cuidava que as tranças ficassem finas, afastava a preguiça com um grito de ameaça, minhas irmãs riam de seu cenho franzido escondidas por trás das cortinas do quarto onde nos reuníamos para tecer. Minha irmã mais nova com um cigarro à boca e a fumaça a fechar-lhe os olhos escrevia bilhetes que a mais velha enviaria ao namorado clandestino, minha irmã do meio passava os dias penteando os cabelos enquanto esperava casar com um de nossos vizinhos. Todas escondiam tudo de minha mãe, temiam-na com sua vara de linho que ficava atrás de um quadro de moldura dourada. Aprendiam a cardar e fiar, a tramar e urdir, mas nenhuma delas quis entender seus porquês.

A árabe tinha um buraco na testa onde cabia uma pedra. Ficou entre nós por sete dias, sete noites, sete anos, e sete déca-

[u] Para tecer.

das, assistindo minha infância, minha mocidade e minha velhice e hoje, quando já não pertenço à idade ainda a vejo passar com seu vestido translúcido. Enquanto esteve entre nós havia um homem de chapéu e calças bombachas que passava dias e noites a dormir sob uma árvore. Ela olhava pela janela para ver se ainda estava ali e ao entardecer conversava com ele coisas que não entendi. No primeiro dos dois dias ele lhe deu uma moeda que ela devolveu no dia seguinte e sucessivamente até o fim. No último dia seguiram a pé, ele pôs uma corda em seu pescoço, ela saiu olhando como quem procura algo no chão sem dizer nada. Minha mãe logo no primeiro dia chamou-me para ver a árabe antes que ela a vestisse. Não havia pele[s], órgão[α] que nos organiza e carrega, em suas costas e além delas. Como precisasse de um curativo diário, fui incumbida de cuidá-la. Suportar o que vi garantia-me a defesa que sai pela boca, pela boca entra e pela boca se cospe. O estômago é a porta verdadeira da alma. Minha mãe ensinou-me a usar ervas e atá-la com folhas finas de papiro para que curasse a ferida. Tornou-se com o tempo, a minha boneca, com quem passei o resto da minha infância sem nunca ouvir sequer um gemido, apesar da ferida que não se curava com todos os meus esforços. Pagou-me com uma agulha comprida que usava para escrever na pedra. Disse-me ser um cálamo[∅]. Pediu-me que o guardasse, e que, com ele, praticasse a minha fé sem hipocrisia.

Depois que ela se foi quase não tive mais o que fazer. Passava os dias tecendo, e nas horas vagas pousava sobre as

---

[s] O que reveste.

[α] Parte vital dos corpos que os diferencia das coisas.

[∅] Objeto com o qual se pdoe escrever. Vareta.

árvores vendo os mortos passearem à sombra da copa. Meu pai me chamava para almoçar, eu me escondia entre as folhas e só aparecia quando cessavam os gritos com meu nome. Depois meu pai lavava as mãos nos fundos da casa.

(ela faz um silêncio comprido)

GGG.

Sei que uma coisa não tem relação com a outra, mas me vêm à mente e gosto de contar.

Com o tempo não me deixaram ficar sobre os galhos. O tempo. Eu apagaria esta palavra se ela não fosse mais forte do que eu.

Tenho sono[Σ].

CCN.

Σ Ela desliga o gravador e se recosta para dormir, o barulho do acionamento da tecla ficou estranhamente gravado. Dormirá apenas vinte minutos em que foram gravados o silêncio puro e um leve ressoar da respiração.

(T3 — terceira fita — 12/08[α])
A história de Helmholz[α]

T 3.3

Cenário: totalidade da luz, relatividade da sombra dentro do laboratório na torre de cristal.
Objetos no cenário: copos de vidro, a lupa na mão de Helmholz, o caderninho no bolso junto de um lápis e um pedaço de pão.
Personagem principal: Helmholz, médico, físico, lunático.

Cena 1: um olho no outro/ espelho. Um ouvido no outro/ gravação. Entre eles o vidro em estado líquido a formar um corpo transparente, por meio do qual é possível ouvir até o último grito lançado no mundo desde que se inventou o gritar.

Ação 1: H. contorna o osso interno da cóclea com sua lupa especialíssima.

[α] Algumas vezes temos as datas, que não servem muito.

[α] Meus comentários devem atrapalhar demais os leitores. É claro, no entanto, que em qualquer livro, as notas podem ou não serem lidas. Coloquei notas como sinal de que o que digo aqui não é essencial de modo algum, antes para deixar claro que a liberdade no descarte não será vista como ofensa, nem atrapalhará o conteúdo acima. No entanto, sou obrigada a continuar, pelo menos por enquanto. De todas as fitas, esta é uma das que mais me agradou ouvir. A pequena história da audição de Helmholz lembrou-me meu próprio trabalho e do valor de ficar em silêncio. O resto da fita eram chiados de rádio inenarráveis.

T 3.4

Cena 2: cimento sobre a terra.

Ação 1: Queima a lâmpada principal do recinto. H. leva um susto.
Ação 2: Helmholz está cansado de sair à procura daquilo que lhe cabe. Deixe o destino desmontar o que foi dito é o que espera dizer aos seus pares quando voltar, mas antes terá de sair. A viagem será longa, jamais se deve desconsiderar o tamanho da expedição, ele pensa enquanto amarra os cadarços de seu sapato velho. Abre a porta e desce os degraus decidido.
Ação 3: Tautologia segue Helmholz levando o desamparo que conhece todo animal.
Ação 4: abre os olhos de uma vez, quer ouvir o tilintar das pálpebras.

Detalhe essencial: A lupa é mágica como um Berescópio e, como tal, inespecífica. Observação: se ele carregasse consigo um Berescópio de último tipo teria mais facilidade em sua pesquisa, mas não aceitou a oferta de um velho relojoeiro e terá que pagar por sua escolha.

T 3.5

Cena 3: na rua

Ação 1: H. acha uma moeda no bolso, pergunta ao gato se daria para comprar um copo de leite. O gato o segue pela rua. No meio do caminho, deixa cair a moeda para ouvir o impacto do metal caindo no chão. A lupa, no entanto, serve apenas para ver, não para ouvir. E o que ela vê são faíscas. Recolhe a moeda e desiste do gato que continua a segui-lo, apesar de não ganhar o seu leite.

Reflexão: H. não sabia viver modestamente.

T 3.6

Cena 4: De volta ao laboratório

Ação 1: Para voltar ao laboratório, ele precisa subir mais de cem degraus, isso demorará dias, enquanto isso, ouve o barulho da sola em cada degrau. Chega assim mais perto de comprovar sua tese.

T 3.7

Cena 5: O objeto

Ação 1: Entre a luz e a lâmpada que ele porta na testa para poder ver melhor, encontra-se a imagem do objeto figurado. O objeto fala, o que faz com que pareça tratar-se de uma pessoa. Preocupado com o que pode ser dito e ouvido, muito mais do que com o que pode ser visto, Helmholz abandona a imagem e deixa-se convencer pelas palavras, não sem antes anotar cada uma delas. Não tivemos acesso ao caderninho porque o destino de Helmholz foi trágico desde que optou pela lupa em vez do Berescópio.

3.8

Cena 5: Vida banal

Ação 1: O ofuscamento pela ação da luz não impede seu trabalho e ele segue anotando cada palavra no caderninho, percebe que são sons, mais que palavras, e os anota, percebe que há também barulho e os anota, de a a z, de olá a adeus, de sempre a nunca, de Helmholz a ornitorrinco, uma imensa variedade. Helmholz cansado tira um pedaço de pão do bolso e se põe a comer apressadamente enquanto permanece atento.

3.9

Cena 6: Desilusão

Ação 1: A forjadura da lente dá o mesmo trabalho que aprender a olhar com ela. Por sorte ele sabe mover um microscópio, um estetoscópio, e um periscópio. De nada servem quando se tem na mão um Berescópio. Ele, no entanto, não possui nenhum dos objetos mencionados. Só a miserável lupa, que mesmo sendo mágica, de nada lhe serve desde que se pôs a ouvir. Assim, sabendo que só um Berescópio poderia salvá-lo nesta hora, ele não chega a nenhuma conclusão.
Ação 2: Insatisfeito com o próprio processo, ele bate com a cabeça na parede como aprendeu a fazer seus antigos professores, cientistas importantes.
Ação 3: Quebra-se a cabeça de Helmholz.

Reflexão: não há poder maior do que o conhecimento da própria ignorância, mas a crença nela torna-se uma arma letal.

(T4— quarta fita — 14/08)

A Pequena Berenice ou PB[n]

4.4. Coisas que tilintam. Armas. Meu pai vem com um trenzinho. Isso era o começo, agora já estamos no meio. O fim ainda está longe. A outra traz a flecha. Pedi um relógio, ninguém me ouve. Vejam os vivos e ladinos que trazem o ouro em pó. Qualquer gesto pode ser o fim. Querem me comprar, eu não me vendo. Nem dou. Olhem os que guardam o ouro e as contas de vidro. Fabricantes de colares. Eu? Eu não me vendo, nem por todas as miçangas e todos os espelhos. Não há espelho que me veja. Eu me lograria se me vendesse por um reflexo, o ouro puro me agrada, se eu fosse feita de ouro tudo seria diferente, haveria sentido em me vender. O que é de ouro puro merece o cuidado devido ao segredo do que é puro. O ouro puro, poucos tem coragem de tocá-lo. Eu estaria a salvo como uma pepita num museu, intocada e imóvel. O que eu não posso

---

[n] De todas as fitas talvez esta seja a mais quebrada, mais do que a fita número 5 na qual estão gravadas leituras do pequeno caderno da Pequena Berenice. Aqui aparece também a fonte na qual me inspirei para enumerar as partes. Esta era a única fita em que aparecia esta sequência enunciada sem vacilo: quatro ponto quatro, quatro ponto cinco, quatro ponto seis, quatro ponto sete, quatro ponto oito, quatro ponto nove. No entanto, a sequência não é correta: ela começa com o quatro ponto quatro duas vezes e do quatro ponto nove ela segue para a quatro ponto três, quatro ponto três ponto um, quatro ponto três ponto dois ponto um, e assim coerentemente até quatro ponto oito, até que, novamente inicia do quatro ponto dois até o quatro ponto cinco ponto dois e então interrompe com um seis ponto seis. O motivo da quebra pode ter sido desde uma mera distração até algum ato falho. A despreocupação com a coerência, no entanto, me faz desistir desta hipótese.

tocar em mim, eu mesma a beber-me como veneno todos os dias, sou meu conta-gotas de inferno. Fugi e estou livre deles que me enterraram nas paredes. O que faz o meu oco vívido e resplandecente, me cerca, me afugenta, não afugentará o tempo todo. Eu me tenho. O lado interior rasga as costuras[τ]. 4.4. Angústia do que, existindo, só sabe que existe. O sem nome, quebrado ao nascer. Quando seria impossível perceber o som sem ser surdo. 4.5. Sonho mau. 4.6. Alagamento, incêndio, terremoto, desamor. 4.7. Ruptura dos ligamentos, queda de pressão. 4.8. O ornitorrinco dorme sem cobertores no frio, pássaro e mamífero. 4.9. Toda forma de relento. 4.3 Araquine no velório da Sombra. 4.3.1 ECCE HOMO enviando uma carta à Sombra. 4.3.2.1 a Sombra cortando os cabelos de ECCE HOMO quando pequena. 4.4 PB e a Sombra no museu de cera — exposição de personagens históricos, conversa sobre a imagem das pessoas e suas máscaras. 4.5 a mãe de P e ECCE HOMO teve outras duas gêmeas que se desarticularam ao nascer. 4.6 a Sombra de P e ECCE HOMO e seu fabuloso desencontro. 4.7 P junta seus cabelos soltos pelo chão e vê a Sombra no espelho enquanto ela olha a si mesma. 4.7.1 a Sombra recebe flores de P e lhe agradece. 4.7.2 a Sombra mostra a ele um código secreto e explica-lhe que se não entender disso sua vida corre riscos. 4.8 a Sombra alimenta o pássaro falante na gaiola, a esta altura deveria saber que é um ornitorrinco. 4.2 PB sobre Berenice, a queixa. 4.3 PB em diálogo com Deusivenatura, o ódio. 4.3.1 Pequena Berenice. 4.4 PB lê a carta como um jogo de palavras. 4.5 PB vaga pela rua. 4.5.1. PB encontra o Parabolante, o caçador de pássaros que deseja

[τ] O que ata um lado ao outro, o que reúne pelos pontos para eliminar vãos, rasgos e buracos. Toda metáfora é uma costura.

cortar uma mecha de seus cabelos. 4.5.2 PB no cemitério visita o tumulo da avó — memórias. 6.6 PB lembra a Sombra. Deitada sobre a mesa entre flores e pratos aguarda a sua vez. Na parede da sala. Alcance ininterrupto de som e silêncio em tempo igual. Caráter enganador da existência em tempos diferentes. O que se dá a um e outro sem que peçam. Infinito, finito e suas distrações. O espírito do mundo preso em sua gaiola. Ruflar de asas. Ajuda dos deuses no ordenamento do caos. Penélope ouve a Berenice. Clitemnestra na casa de Araquine a olhar para Berenice. ECCE HOMO a olhar PB na cama do hospital. ECCE HOMO a ouvir Berenice falar. ECCE HOMO a ouvir PB falar. ECCE HOMO conversa com a enfermeira. ECCE HOMO recebe as roupas de PB das mãos da enfermeira. ECCE HOMO lembra a mãe. ECCE HOMO lembra a tia. ECCE HOMO olha o homem ao lado de PB e percebe sua semelhança com P. A enfermeira cobre o rosto de P morto. A enfermeira diz a ECCE HOMO que o homem morreu, em compensação PB está bem e recebeu alta. A conversa de ECCE HOMO com a enfermeira sobre o destino de Berenice. ECCE HOMO leva PB para casa e cuida dela como se fosse sua mãe. ECCE HOMO lembra que P tinha uma filha. ECCE HOMO volta ao hospital para ver P morto. GGG. ECCE HOMO chega na morgue. GGG. ECCE HOMO vai a casa de P e descobre sua agenda, seus pacientes. GGG. ECCE HOMO chega a casa de PB e encontra Araquine. GGG. ECCE HOMO vê o retrato de PB e pergunta se ela é a filha de P e Berenice. ECCE HOMO fala com Araquine sobre Berenice dentro do armário. i.e.M.

T 4.4. PB perdida

PB caminha pela rua noturna carregando no bolso as mãos indecisas. Ninguém a vê nem a ouve e ela não teria nada a dizer a quem decidisse segui-la oferecendo amparo, deixaria o escuro acolhê-la. Uma sirene longe, rapazes num carro passam em alta velocidade a gritar qualquer coisa que o volume alto da música não permite distinguir, um deles soa uma trombeta de plástico verde, um garoto de motocicleta com uma caixa atada às costas passa correndo, um cão tomado de escabiose caminha do outro lado da rua procurando o que comer nos cantos do muro, são companhias de PB em seu passeio pela perdição que posso ver no escuro da minha mente. O cão∅ olha para PB enquanto arranha o resto da pele com as patas infectadas, ninguém está verdadeiramente só em dias como esses, os encontros não deixam de ser correspondências. A solidão é outro estado de espírito e envolve outra pragmática, PB sabe disso, caminha pela rua contando cada passo como um acúmulo de desilusão a estabelecer seu território, sem tocar a ruptura entre as pedras.

T 4.5. Chuva de Pedra

PB conhece o funcionário de uma floricultura para onde se encaminha, os olhos de confusão não permitem saber se há pensamentos organizados que a habitem e façam com que deci-

∅ Animal com que sonhei nas últimas três noites. O pelo negro emoldurava uma auréola amarela fosforescente ao redor do olho, tinha um bico no lugar do focinho, pareceria um tordo se houvesse tordos por aqui.

da o que é melhor para si mesma, suponho apenas o sentimento que a aniquila intransitivamente pela raiva que mancha suas pegadas forçadas sobre o chão molhado pela chuva que inicia com a força do verão. Ela tira as mãos dos bolsos e leva ao capuz de malha com o qual cobre a cabeça. Os sapatos indianos de tecido fino molhados mancham com tinta azul seus pés muito brancos. O solado fino torna-os escorregadios/ tropeçará em seu desfile solitário? A sensação de solidão da cena faz-me pensar que ela tem um rosto de gesso, sem esgares, nem sorrisos, as gotas violentas da chuva não lhe causam expressão nenhuma, nem mesmo as pedras de gelo que por alguns minutos caem em torrente causam mais do que a recolhimento das partes do casaco com os braços, o baixar a cabeça em poucos centímetros. Mesmo apedrejada, ela não para de andar. Diante desta cena o que me cabe é procurar sua margem[p/]. Trazê-la para dentro.

T 4.6. Calímaco

A floricultura funciona dia e noite sem fechar. O plantão dos fins de semana à noite é coberto por Calímaco, um jovem simples o suficiente para não assustar a Pequena Berenice que, não sabendo o que significa seu corpo deixou-se engravidar. Calímaco não soube de nada. Ainda que seja um amigo atento e conheça PB há algum tempo, desde o colégio, é incapaz de penetrar em sua vida. Ligou-se a ela com laços de fita, não de linho. Companhia e passatempo um do outro, conseguiram

[p/] O lado que se costura.

atravessar os dias sem sucumbir a dores tenebrosas. Ele gostaria de saber mais se ela estivesse disponível a falar além do tom sempre impenetrável das partilhas indevidas.

Calímaco está acordado. Duas mulheres saem de dentro de um carro que acabou de parar em frente à loja e compram um ramalhete de narcisos. Uma delas chora, a outra pergunta a Calímaco se ele pode cuidar do carro enquanto elas vão ao cemitério. Ele diz que o local não é perigoso, nem mesmo à noite. Saem da loja, atravessam a rua e ficam por minutos a olhar a inscrição sobre o portão sem que Calímaco possa ver se elas conversam. A que chora segura os narcisos enquanto a outra acende um novo cigarro e olha o relógio no pulso. Só então entram no cemitério e escapam da visão de Calímaco que se acomoda na cadeira defronte ao caixa e digita o valor recolhido enquanto balança a cabeça em sinal de desaprovação a uma ação com a qual ele não está acostumado. É mais um modo de falar consigo mesmo do que julgá-las. As mulheres somem no escuro da noite que guarda também a história da morte que irão visitar. Calímaco fuma um cigarro e pergunta-se por que PB não aparece há mais de uma semana.

4.7. Andar

PB marcha encharcada, as pedras de granizo machucaram-lhe a cabeça sem que ela mude a expressão. Passam-se duas horas até que ela está em frente à floricultura. Restam as flores murchas de domingo. O novo abastecimento ocorrerá apenas na segunda à tarde. Ela tem em mente a imagem de Calímaco com seus cigarros, a malha cinzenta de mangas puídas que ele usa há anos. Parada em frente à porta ela o vê cochilando diante do caixa, nem cigarro, nem a malha, mas uma camisa de flanela xadrez e os cabelos emaranhados na testa. O queixo gordo de Calímaco encosta em seu peito. No sonho PB toca-lhe o rosto e entrega-lhe uma mala cheia de dinheiro, certamente uma imagem colhida nos noticiários que ele lê nos cadernos de um jornal popular. Ele não pode abrir a mala enquanto ela lhe mostra as mãos fechadas pedindo que escolha uma delas. Se acertar terá a chave da mala, se errar uma granada. Ele diz que não quer escolher. Ela diz que não há escolha. Certo de que errará, ele escolhe a mão e acorda assustado com PB em pé, à sua frente, encharcada, marcada com olheiras profundas que explodirão seus olhos. Parece mais magra que o habitual, as maçãs do rosto salientes, a boca não ressalta do rosto branco. Passam séculos, ninguém diz uma palavra, PB não tem vontade de falar, ele percebe e diz coisas óbvias sobre a roupa molhada e de como ela deveria se cuidar não saindo à noite[m], pensa que poderá quebrar o transe. PB não diz nada. Perdida que está em seu universo, ela não ouve.

O corpo magro de PB inclui olhos miúdos com duas contas negras incrustadas na auréola escurecida por suas sobrancelhas enormes, tão maiores quanto mais magra ela fica, a boca fina, sem carne nos lábios, as maçãs sobressaem no rosto sem-

[m] Pode ser vista sob pontos de vista opostos: 1) interrupção ou cancelamento do dia; 2) continuação ou coroamento do dia. Ambas as visões estão erradas. Aqueles que a olham como oposto ao dia erram, por acreditarem na plena contradição. Somente quem inventou os calendários é que deu real consideração à noite, por tratá-la de igual para igual com o dia. No entanto, a prevalência do nome "dia" sobre o nome "noite" atrapalha toda compreensão das condições reais da existência de um e outro. Seres humanos, animais pouco racionais e muito esquecidos de sua animalidade, o que prova o quanto ingênuos são, incapazes de perceber que nomes são apenas nomes, não a verdade.

pre lívido e escondem a boca. A pele é branca como a neve. Há nela certo ar dessa musa dos contos, infantilidade que faz Calímaco querer fugir, esconde-se nela a desilusão e o esquecimento próprios de seus quinze, vinte ou trinta anos. Seriam as mãos alvas, os cabelos curtos e negros, ou ainda atributos que lhe são externos, mas por serem sempre os mesmos já compõem sua natureza, como as camisetas brancas de contorno desgastado, ou as calças pretas velhas, ou os sapatos parecidos a sapatilhas de bonecas, sempre pretos, sempre meio puídos, o que captura a atenção de Calímaco? PB é, de certo modo, inteiramente puída, completa-lhe o ar de cinzas o cordãozinho de prata que traz ao pescoço com um pingente da Virgem Maria. Deveria ser um presente de alguém, mas ela mesma o comprou atraída pela opacidade da imagem. Calímaco olha para PB sem saber o que nela vê, mas em um segundo, quando ela tira a camisa e a malha encharcada e ele vê a cicatriz que desce de seu peito até o umbigo ele lembra que o único sentimento que o liga de modo absoluto a ela é a compaixão, uma espécie de pena maior que o sentimento da pena, a sensação de estar junto de quem se é, de quem se encontra consigo mesmo ao ver um outro. PB põe a roupa que lhe alcança Calímaco e deixa as suas sobre a cadeira. Trocou apenas a camisa e o casaco que pingavam no chão formando uma pequena poça. Ela sai pela porta, os sapatos continuam molhados, assim como as calças. Ela sai caminhando pela rua sem ouvi-lo pedir que espere um táxi. Ele pergunta se ela irá para casa recebendo de volta um semissorriso enquanto segue cheia de algum propósito imponderável. Meu ângulo de visão nesta noite que afunda sem lâmpadas elétricas e chuva em torrentes, não facilita a visão das coisas. Mesmo o dia que começa a clarear em meio à neblina matinal mantém a confusão que faz a chuva parecer cinza. Há uma nova luz em seu rosto como se tivesse descoberto algo.

4.7.1. Kierkegaard

Calímaco ficou imóvel atrás do balcão em frente ao caixa. À sua frente está o pequeno caderninho onde se pode ler a frase: "Fisicamente como mulher ela me odeia, mas espiritualmente como mulher ela me teme, pelo menos em sua mente ela deve me amar. Eu mesmo provoquei esta luta em sua alma". Sobre a mesa um livro de Soren Kierkegaard. Ele pensa nas palavras como se não restasse mais nada a fazer. Desde sempre é assim, então abre um livro e cochila sentado na cadeira em frente à caixa, antes que pudesse chegar a alguma conclusão.

4.8. O cemitério

PB vaga pela rua carregando o tempo nos passos contidos na contramão do futuro, a pressa que substituiu a raiva já não pode ser vista neste giro em torno do quarteirão, não é impossível pensar que esteja louca ou drogada. A camisa de Calímaco tapa até os joelhos, não é possível perceber que o andrajo ambulante é uma garota. A região é cheia de cemitérios, dos modestos com poucas sepulturas, aos grandiosos, ornados de esculturas, granitos e mármores, jardinagens faustosas. Literalmente uma cidade. Ou a maior, definitiva, obra de museografia que se poderia conceber. Apenas uma lâmpada ilumina o centro do cenário misterioso como um palco de teatro, um pássaro noturno assobia vindo da esquerda, vozes de alguém passando longe dão a sensação de que pode haver fantasmas, mas PB não acredita neles. Ela atravessa o espaço sem olhar para os lados, ouve um grito de mulher. Devem ser as moças do prostíbulo próximo à floricultura. Há um temor compactado em seriedade neste caminhar no semiescuro em meio ao inóspito das vidas que se foram e cuja memória é, agora, plena arquitetura.

Ela descadencia o passo. Cessa seu passeio ao chegar a um túmulo coberto por um arbusto de rosas brancas bem perto do muro e do portão dos fundos. Ali eram enterrados os indigentes há meio século, hoje apenas meros corpos de quem pode pagar. A indigência é sempre um estado do morto, o despojado de tudo. Uma pedra branca na altura de seus joelhos, com uma incrustação de metal traz a fotografia de uma moça sorridente com a inscrição, "Leda, 1956-1989. Saudades para sempre".

Ela se agacha e toca a fotografia com a ponta dos dedos como se não devesse fazer isso. Pequena Berenice, até aqui a de poucas palavras, a das palavras secas, ásperas, perdidas ou apagadas, começa a falar em outro tom, o de uma mariposa que esvoaça em torno da lâmpada amarelada no topo do poste, difícil de ouvir. Além do solitário inseto, não há ninguém por perto. Além da fotografia da morta não há olho para o qual olhar. Há certo ar de espelho nesse encontro e as palavras novas dão a moldura. Se o pássaro falante a pudesse ver faria cair um ovo[t] sobre sua cabeça.

[t] Próximo ao redondo, como uma cabeça, elipse tridimensional, porém torta.

4.8.1. A carta

"Minha querida, está me escutando? Espero que sim, pois não falarei duas vezes esta coisa difícil que tenho a dizer-lhe. Não gostaria de estar aqui neste dia pleno de infortúnios; nesta hora que cheira à cinzas e folhas mortas. Preferia um dia de chuva como aqueles em que passeávamos de carro sobre paralelepípedos. Gosto quando chove. Outros cheiros se apagam para dar espaço ao poder emocionante da água quando escorre pelas pedras, quando carrega a terra para libertá-la dela mesma. Sei que você também gosta, aviva as gramíneas, traz odores promissores. Seria melhor se estivéssemos dentro de uma tarde luminosa de primavera e que eu pudesse deitar em seu colo para lermos os nossos poetas preferidos, aqueles que nos faziam rir e chorar ao mesmo tempo. Lembra como você gostava de Novalis? Não esqueci e sei que você não esqueceu. Ou esqueceu? Prometi lê-los também aqui, mas minha vida ficou complicada. É difícil demais vir até aqui. Quem dera tudo fosse como antes, quando nada estava perdido. Como eu não sabia, nem você sabia? Não vou deixar de me perguntar até poder esquecer. Talvez eu esteja esquecendo. Não quero lastimar, quero apenas que saiba dos acontecimentos. Aprendi com o pássaro que temos em casa que há ovos que nascem antes do tempo e nem sempre podemos chocá-los direito. Não, não falo de mim, falo do pássaro[α], fiz uma analogia. Matei-o hoje pela manhã e não sinto nenhuma culpa. Por mais que isso me dê um enorme alívio, uma sensação de que o peso de uma montanha de cimento saiu de meus ombros, sinto a solidão que

---

[α] Passerídeo, palavra parecida com passado e que combina com pano, assado, passo, ávido, peixe-voador e morcego.

deve sentir uma tartaruga que se perde no mar depois que toda a sua família foi capturada por pescadores. Devia ter falado dos planos que levaram a esta decisão, mas não havia planos, foi pura intempestividade. Não contei a Calímaco, não costumo contar a ele nada do que me acontece, falamos apenas de livros. Espero que você me perdoe e ele também. Este mundo do qual — penso sempre nisso — você está livre como se é liberto do cárcere[r] perpétuo, não me deu outra saída. Calímaco não sabe de nada, embora diga que busca algo como autoconhecimento. Pobre Calímaco. É muito pesado estar aqui, deste lado das coisas, ele sabe disso, mas finge não ser esta a questão. Sinto que me carrego ainda, como tenho dito a você, como a um corpo morto. É por isso, por esta identidade que estou aqui, ainda que eu sempre tenha a sensação de que estou do lado errado das coisas, distante do lugar onde deveria estar por dever, posso garantir que também por direito. Minha culpa, sim, hoje, dizem que tudo é culpa, a minha culpa é a de estar viva. Existo e sou culpada. Ninguém é mais culpada que eu. Minha mãe não é culpada por mim. Sou eu mesma, Leda, eu mesma que me culpo por tê-lo estrangulado e jogado fora as penas. Essa culpa é uma falta imensa de vingança. Se eu pudesse me vingar pela morte, me vingaria de todos, me vingaria de mim mesma. Ouça, Leda, não gosto de ficar decompondo minhas misérias na sua frente. Imagino que sua vida não seja nada fácil. A morte, nunca saberei, você nunca me disse, se é o pleno descanso ou a plena dor. Temo que seja uma dor tão forte, maior do que a dor de viver, ao ponto de que a inércia de alguém morto, sua paz, pode ser o resultado do insuportável.

[r] O armário.

Antes dor intangível e absoluta do que descanso. Chamar paz à imobilidade[∅]? É apenas um nome que damos à esperança de que pelo menos a morte realize alguma utopia. Sabe disso, Leda? A utopia de um estado de graça? Li sobre isso nos filósofos. Você teria gostado dos filósofos além dos poetas. Os poetas são sintéticos como a vida, sempre exposta, os filósofos também sabem o que dizem, mas não deixam tudo à mostra. Agem sobre a máquina de pensar que os poetas pressupõem sempre funcionando. Na verdade, não tenho certeza se sabem. Aliás, é o que nos ensinam, que não sabemos, e que por isso só nos resta duvidar. A dúvida é a melhor certeza se é que podemos acreditar nisso. É o que dizem e eu tenho pensado muito nisso.

Não quero deixá-la confusa, você me ouviu por tanto tempo. Eu também ouvi o que você podia me dizer. Estou tomando uma decisão que não posso mais adiar. Saí do hospital há mais de um ano e consegui ficar longe das coisas todas que me puseram lá. Desde então penso no que sou, de onde vim, para onde vou, esses pensamentos que você deve ter conhecido, todos devem conhecer, é algo comum. Acho que passam com o tempo. O que você acha? Sei que esta pergunta é meio ridícula, mas é um fato da minha vida que eu preciso compreender. Agora que tudo muda. As coisas têm mudado, sabe? Minha mãe caiu louca. Tenho falado com um amigo chamado P, ele é doutor. Confio nele. Ele me disse na última vez que conversamos que está doente e que não poderá mais me atender. Vi certo ar de constrangimento no que dizia, não dor, nem sofrimento, apenas uma estranha aceleração, parecia

---

∅ Qualidade das coisas que não podem trocar de lugar no tempo e nos espaço.

estar com pressa. Como se fosse viajar para longe e repentinamente e não houvesse chance de cancelamento. Pela primeira vez achei a morte ruim. E pensei que ele não queria que eu soubesse que vai morrer. Perguntei a ele se sofria, ele disse que apenas em grau aceitável. Não sei o que isso significa. Perguntou se eu quero continuar meu processo — é uma conversa apenas, encontro-o menos de uma hora uma vez por semana — com um amigo dele, mas eu não quis magoá-lo dizendo que não. Apenas disse-lhe que vou pensar. Mas não vou continuar.

Não vou poder mais visitá-la.

Deixei Calímaco para trás, como deixarei você, mas isso não é nada de mais, nunca ficou dito entre nós que ele sentisse minha falta, que eu tivesse qualquer obrigação com ele como se ele fosse alguém da família. Eu não sentia falta dele, pelo menos. É estranho, eu mesma sei. Devia sentir, sei disso. E agora eu preciso deixar você e dizer que me fará falta. É o fim da travessia."

4.8.2. Sombra∅

A Sombra tece o manto há oito anos dia após dia, em cada um de seus movimentos escorre uma gota de sangue incapaz de conter a sequência de movimentos. Tornou-se insensível. É difícil coletar os insetos, mesmo preferindo os recém-mortos. Os mortos há dias ou semanas ficam cheios de pó e formigas. A Sombra odeia as formigas. Sou — mas minha mãe também

∅ Lido com voz de criança.

ajuda — a responsável pela coleta. Os insetos existem muitos, milhares, não posso coletar os vivos, são da natureza, junto os mortos. Aparecem nos dias muito quentes quando não chove, ou quando depois da chuva. Eu coleto os insetos, minha mãe leva flores ressequidas e sementes ou folhas mortas. A Sombra não as distingue, já é velha, não enxerga bem, mas ainda sabe usar a agulha. Usa dedal em todos os dedos perfurados pelo destino que se move entre as agulhas. Dizem que furou o olho esquerdo quando era menina. Eu perguntei por que, ela disse que queria ver escorrer o caldo. Minha mãe a chama de louca. Bem baixinho, para avisar-me. Que ela não ouça. Eu acho-a feia, mas é a tia, a única e, por isso, respeito sua preferência de pessoa única. Depois sempre lembro que todo um é único e cada um é só ele mesmo e sei que a Sombra não tem algo especial. Há oito anos ela tece o manto. O manto não tem fim, penso eu à noite. Toda a família participava da tessitura, havia chance de acabar mais cedo. Mas morreu a avó, o avô, o outro avô, a outra avó, os tios, os primos, sobrou minha mãe e eu. Usamos os cabelos dos vivos, minha mãe não quis cortar os cabelos dos que iam morrendo. Minha mãe trabalha fora e a Sombra fica em casa. Devia cuidar de mim, mas sou eu quem cuida dela. Minha mãe fica feliz que já sou tão adulta para uma menina de 8 anos. Faço o café, lavo a louça do almoço. Cozinho feijão todos os dias e dou a Sombra numa tigela branca. O feijão é preto e o contraste entre o líquido e a borda me faz perder horas olhando. Como o contraste das linhas com os insetos. E o tom do aço brilhante com a asa de uma mariposa enfeitando que achei no jardim. Então a Sombra me chama: Pequena Berenice, tenho fome. Dou-lhe a tigela e vou ao jardim. No jardim se encontra de tudo. Todos os tipos de bichos. Trago os insetos. A Sombra deslumbra-se com os fosforescentes e os vaga-lumes. Antes de começar o manto minha mãe contou que não havia lâmpadas elétricas na casa, apenas potes com os bichos dentro. E que a Sombra ficou cega esfregando pó de mariposa nos olhos. Eu tenho medo quando ela vem com as mãos enrugadas acariciar minha cabeça. Franzo a testa avisando que estou indo embora. Ela pega a cesta cheia de agulhas e linhas e diz: vou bordar, Pequena Berenice. A Sombra usou novelos de cabelos. A peça cheirava mal. Estávamos em férias, era janeiro e íamos todos os dias ao cemitério, principalmente se fizesse muito calor. As pessoas mortas reclamam de sede. Minha Sombra não sabe quem são e eu não a aviso sobre a verdade para que não sofra. Minha mãe pede-me que eu não a perturbe com o que sei e ela não sabe, cada um tem o direito à sua crença e à sua ignorância. Um dia daqueles a perturbei. Encontrei um martelo no quarto de ferramentas do meu avô que estava do mesmo jeito desde que vim cuidar dela. Havia teias de aranha por todos os lados e um espelho quebrado no canto manchado de ferrugem. Tirei as teias com uma vassoura para poder passar. Havia aranhas perto de ninhos que eram bolsas duras cheias dos pequenos filhotes. Eram ovos de aranhas e foi divertido explodi-los. Mas desta vez foi mais que divertido. As aranhas subiram por minhas pernas e outras caíram em meus cabelos. A Sombra veio e me jogou debaixo da água para tirar as bichanas, depois pôs veneno em tudo. Meus cabelos ficaram encharcados e com mau cheiro. Ela me olhou muda e, vendo seus olhos cravados em mim, desmaiei. Acordei na cama com um médico me dando uma injeção dolorida. Meus cabelos estavam curtos. Minha mãe ao lado com olhar inquisitivo segurava minha mão sem dizer nada.A Sombra havia sumido. Dias depois apareceu deitada no cemitério ao lado do túmulo da minha avó. Minha mãe proibiu-me para sempre de falar com ela. Ela está sentada na cadeira desde então.

T 4.9. Sentar sobre a pedra no caminho

PB caminha pela rua na noite a esticar-se em horas lentas, tempo que se repete escuramente. A rua[m] é um nome genérico para a vastidão indecisa que ela percorre. Dias repousam dentro do obscuro e fundamental tempo da noite condensado de lembranças[a] confusas, pensamentos que se vão no fluxo desamarrado das horas. As coisas, carros, casas, ruas, gatos, gritos, calçadas não fazem mais do que trafegar entre seus dedos. A noite é como uma grande mão que carrega o primeiro desavisado prestes a esmagar entre falanges o que nela ousa se perder. PB vai a um telefone público, dirige os dedos aos botões dos números, mas logo vê que o telefone está destruído e desiste dos movimentos. Números anunciam procuras. Não se move mais. Sabe que já é tarde e seus dedos pertencem aos dedos da noite. É um enlace de mãos, a visível com a invisível, a real com a metafórica. A noite é um regulamento dos perdidos em que os perigos impedem que se espere por mais que salvação. PB simplesmente está. São as regras da escuridão que PB decifra rapidamente entre o silêncio e o deserto das ruas. Buscar um telefone[r] já parece ser uma ruptura com as regras, pois não é possível livrar-se da noite. Só se deve esperar que passe.

---

[m] Por onde ela não pode andar e por onde anda a PB. Não lembro quando vi a rua pela última vez.

[a] Tenho algumas, mas todas aos cacos, se gostasse de mosaicos, me sentiria melhor com elas. Mas a profundidade humana das coisas que vêm com a lembrança me repugna.

[r] Havia barulho de telefone gravado e, no entanto, ela procura um telefone. A distância com a realidade aumenta a cada página, ou melhor, a cada milímetro de fita.

Um gato morto ao pé do edifício em frente ao qual ela observa o telefone exala um cheiro de morte inicial. PB observa o telefone destruído e o gato com restos de vísceras expostas. Vermes e formigas seguem com seu trabalho em exposição. Há dias ela não sente fome, mas por um instante é tomada de náusea.

A náusea desaparece com seus movimentos de fuga deste cenário. No lugar aparece uma dor de cabeça e um zunido. Deve ser a fome que ataca quem dela foge, quem está vivo. Ela não sabe para onde vai. Iria telefonar para casa e pedir que Araquine viesse buscá-la. É sorte que o telefone tenha sido destruído. Com este ato externo, a ela independente, salvou-se de pedir ajuda Araquine, pois ainda tem dúvidas se deve voltar para casa, se pode confiar naquelas mulheres, principalmente em Araquine que é quem carrega o baluarte da razão, do sentido compreensível das coisas. É preciso pensar muito ainda. A noite é solidária ao desejo de perder tempo que se aprofunda. Um problema prático se impõe, não e possível saber as horas. PB sabe que são só pensamentos que se vão. Ela vaga pela cidade sem rumo[i]. Seus olhos não estão mais cegos de tristeza, ruas e muros substituíram tudo dentro deles. O cansaço veio somar-se ao frio e ela deverá encontrar onde dormir. Depois disso poderá descobrir o que ainda sentir, se porventura sente ainda. E o que pensar, por isso, com os pés anestesiados e as articulações a arder ela seguirá, carregando também o sono, caminhará na direção que pensa ser incerta, mas que a levará ao viaduto onde a esta hora os carros passam velozes como o dia dentro da noite.

---

[i] O que perdi, perdeste, perdeu, perdemos, perderas, perderam.

Lá embaixo quatro faixas. Duas centrais subdivididas em duas e separadas por um canteiro de cimento largo por onde dois homens podem caminhar. Há um homem sobre ele e um carro ao lado com sinal de pisca-alerta. PB não está só, a noite é habitada por todos os perdidos pela ciência[d], pela fé[o] e pela economia[e]. As faixas laterais estão abandonadas, buracos e arbustos invadem o asfalto como se ele não fosse usado. O homem sobre a murada fala ao telefone, deve chamar socorro. Ele desliga o telefone sem que ela tenha ouvido o que ele diz e desce para buscar algo dentro do carro. Quando volta com um casaco já que está tão frio ele a vê e, num grito, pergunta: Ei, que faz aí? Ela lembra de seu vestido de formatura da escola e das flores pesadas e densas na loja de Calímaco. E por lembrar não responde. Ele insiste: se não falar vai levar um tiro. Ela hesita assustada, não esperava ter contato com ninguém. Ela hesita em responder, ele, mais uma vez, a interpela: não estou brincando, vou atirar. Hesitando, ela responde sem levantar a voz: pode atirar. Ele então se desacomoda e desdenha irritado: some. E atira, de fato, mas para o alto. O tiro ecoa no espaço, camadas de um som quebradiço, por fim, perdendo-se no céu cinzento.

Ela caminha na mesma direção inicial sem saber o que vai fazer. O homem volta a falar ao telefone sem que ela possa decifrar suas palavras. Doem os pés agora. Uma bolha[∅] deve ter se formado sobre os dedos. Arde. Ela é obrigada a parar. As forças a abandonam e um silêncio amorda-

---

[d] Parte da vida entregue aos condenados.

[o] Parte da vida entregue aos condenados.

[e] Parte da vida que a todos condena.

[∅] Onde vivo?

çado convence-a, finalmente, de que é noite. Senta sobre uma pedra na beira da estrada. Calada entre as alternativas, ela ouve o rufar das folhas.

T 4.9.1. O carro

Sobre a pedra PB espera os próprios pensamentos. O que virá agora? É uma pergunta que faz a si mesma, do pouco que consegue pensar. Abraça-se para esconder o corpo do frio. A noite permanece em torno como um cenário abandonado sem peões pagos para recolhê-lo. É a cor do tempo, a noite, não mais que a cor do tempo abalado pelo esforço enorme em persistir. A noite é uma cor da resistência. PB procura algo nos vários bolsos. Nada há com que contar, nem dinheiro, nem cigarros ou balas, tudo o que se carrega quando ainda se pode confiar na solidão. Mesmo a solidão não está com Pequena Berenice. Se não há pensamentos, nem cigarros, nenhum dinheiro, há uma dose não digerida de angústia a apertar a garganta. A angústia é o combustível nos pés de PB que se põe a caminhar novamente.

Duas mulheres passam em um carro em velocidade lenta. Param metros adiante, voltam em marcha ré. Perguntam se ela quer carona. PB está com medo, mas uma delas percebe e, solidária, lhe oferece um narciso. Ela entra no carro que segue até perder-se no horizonte.

T 4.9.1.1. O acidente

Quem é você? (ela pergunta virando-se para trás). Qualquer uma (responde PB quase sem mover os lábios). Ei, garota, fale sério. Se não vai dizer quem é já pode ir descendo. (diz a outra ao volante controlando a velocidade para que permaneça baixa). Meu nome é Pequena Berenice. Quem são vocês? Eu sou ECCE HOMO e ela, Helena. Vimos você andando por aí a noite toda e no cemitério. Que você fazia lá? Não sei.Você conversava com uma pessoa. Não sei. Perdeu a memória? Não. Por que não fala conosco direito? Estou muito cansada. Não sei há quanto tempo ando pela rua. Nós a observamos, vimos quando o homem atirou para o alto. Você não parece ter se assustado. Não. Onde estão seus pais? Não tenho.Com quem você vive? Com ninguém.Onde você mora. Levaremos você para sua casa. Não. Eu vou andando. As duas mulheres, cujos nomes sabemos agora, se olham com enfado comum. Helena que dirige o automóvel declina ainda mais a velocidade e diz em voz baixíssima e firme: Garota, não faça isso. É evidente que você não está bem. Queremos ajudar você só porque é um tanto perigoso ficar por aí à noite entre indigentes, loucos, bandidos e prostitutas nas ruas. Você parece perdida. Procurava drogas? Se eu tivesse uma filha não deixaria sair para lugar nenhum. Diz seu endereço, levamos você para casa ou a deixamos aqui mesmo. PB hesita alguns segundos e responde. Eu moro atrás na rua do hospital, atrás do cemitério. O que diz é mentira. E porque não foi para casa? Estamos há quilômetros de lá, diz ECCE HOMO em tom quase afável. Ficou na rua à toa? Você caminhou até aqui para quê? Prefiro caminhar. O carro retorna rumo ao cemitério. Helena o dirige com mais rapidez. Vamos levá-la para casa, diz. ECCE HOMO que ao olhar para trás percebe o aspecto desgastado de PB e resolve perguntar se ela tem fome, sono, se quer conversar. Helena faz um esgar de tédio@ profundo pelo excesso de generosidade de sua companheira. PB apenas responde que aceita que a levem para casa. O dia está começando a clarear, Helena diz precisar de um café. Um homem abre as portas de uma padaria. Elas estacionam o carro. PB pergunta assustada "o que faremos aqui?" ECCE HOMO sorri: vamos tomar um café, a manhã está começando. Vai ser bom para você comer alguma coisa. PB diz que ficará no carro. Helena sai do carro sem nem perguntar. ECCE HOMO insiste que ela coma algo até que desiste e diz que trará algo para ela comer no carro. Helena deixa a chave na ignição. PB passa para o banco da frente e aciona a chave, sai em marcha ré, depois move o carro para a direita e segue reto pela rua em ladeira, pelo retrovisor ela pode ver as duas que ficaram para trás gritando e acenando ao longe. Logo virá a polícia. PB em velocidade alta não sabe dirigir direito, na curva no final da ladeira ela perde a direção e bate de frente num muro. No muro está escrito "a fé olha por um fim que poderia não acontecer". PB não tem tempo de ler a frase antes de começar a sangrar. O vermelho escorre por sua testa e atinge os olhos, ela quer mover os braços e pernas, mas não pode, ela não vê mais nada. Dois policiais retiram PB pela janela, ECCE HOMO e Helena chegam ao mesmo tempo que a ambulância. Os policiais pedem para ver os documentos do carro enquanto perguntam quem é Pequena Berenice, os para-médicos imobilizam PB desacordada e preparam-na para seguir ao hospital.

@ Sensação limítrofe. Cansaço ensurdecedor que me impede de ouvir tudo sem receio. *Taedium vitae*.

No fundo de todo vazio há uma fonte seca. Algo que ali fora prometido. Um tempo vazado. Esse excesso de olhares compromete o que sentem e o que podem fazer. A vida é o dever de viver. Helena ouve um zumbido insistente a vir de dentro dos ossos. ECCE HOMO continua sem saber onde estão. A ambulância segue com seu grito mecânico avisando o desfile da morte.

T 4.9.2. Hospital

A maca desliza entre mãos velozes e segue para a sala de raio X. PB é esticada cuidadosamente para uma mesa gélida sobre a qual uma máquina quase ficcional faz fotografias de seus ossos. Não há nada fraturado. Nada que possa ser visível a olho nu ou pelo olho preparado da máquina, além de uma fissura no crânio numa linha que começa na testa e segue até a nuca. Um fio tênue como risco de grafite fino. O técnico que opera a máquina de Raio X está acostumado a ver coisas piores. Chama um enfermeiro de plantão pelo interfone para que venha buscá-la. A enfermeira que chega lê o diagnóstico com pressa. Sabe que o procedimento em casos de fratura de crânio é o internamento na UTI. Ela guia a maca com PB dentro de um avental branco. Hematomas aparecem sob a pele do peito transparente de tão fina. As pernas estão manchadas e esfoladas, o impacto do acidente não foi dos mais graves. O soro cai em gotas programadas. A roda range um som incômodo que ecoa nos corredores e faz coro com as portas e passos da tripulação hospitalar. A enfermeira oprime as mandíbulas, cansada que está de seu ofício e nem ouve os ruídos no encalço dos passantes. Abre a porta do hall e entrega os documentos hospitalares para a recepcionista que aciona uma campainha. Um médico chega para receber a paciente. Ouve sem atenção o que diz a enfermeira enquanto lê o prontuário. Recomenda o leito próximo à parede de entrada, não é o único restante, há ainda quem possa chegar. Mais ao fundo da sala ampla jazem toda sorte de enfermos graves. Na entrada ficam os doentes de melhor aspecto. A aparência quase sã de PB reserva-lhe um lugar especial. A aparência conta em todos os espaços onde habitam homens e mulheres administrando o sofrimento e o poder que advém de saber o que fazer com ele. PB é deixada com as agulhas devidas, o soro, o remédio injetado mecanicamente com um olhar de brinde pela enfermeira da noite. Tão poucos procedimentos não parecem justificar a especialidade do local onde se encontra e a gravidade de seu quadro. A enfermeira reduz suas atitudes a um mínimo, o de ligar os controladores de seus sinais vitais. Faz frio ainda que seja verão. Sobre PB num gesto final de ocupação e enfado a enfermeira deixa um cobertor leve. Se PB estiver acordada lembrará da manta que levava sobre as costas quando saia pela casa a buscar água ou simplesmente a vagar insone quando a noite se dispunha interminável. PB poderá sentir-se um pouco em casa. Os fatos que podemos saber, o que podemos observar é o que aqui está explícito, visível, matéria bruta e quase toda branca ou a variação assustadora de um branco eterno, resposta e pergunta ao mesmo tempo. Um hospital, médicos, enfermeiros, doentes, camas, remédios, sinais vitais, procedimentos, protocolos, ampolas, seringas, auscultadores, máquinas da medicina a atuar sobre corpos humanos; olhares transpassados por máquinas, máquinas a contemplar dores, dores a desfazer corpos, corpos a atuar como máquinas, máquinas a administrar respirações, respirações completando-se entre tubos, tubos a indicar o domínio da ordem sobre o tempo, a esticar o tempo para fora da ordem, a eliminar o tempo como fator contemplativo, a fazer do tempo o sorriso amarelo da morte. Nenhuma outra função será dada ao tempo enquanto ele pertencer ao cárcere da existência. Nossos olhos covardes não olham o que veem. Ali nenhum homem completo verá a face do sentido aberta à luz do saber. Porque não há saber. E não há o dia. É o que diz a enfermeira chefe da ala de acidentados que vem ver a PB, agora uma simples paciente, um corpo como qualquer outro, solto sobre uma cama como qualquer uma, sem um nome de identificação; um número de protocolo substitui seu nome. Um mandamento a protegê-la que não é mais do que a cor exata dos números rabiscados em tinta de caneta azul no formulário. A enfermeira dirige-se ao médico dizendo que a moça recém-chegada não precisa da internação, seu ferimento não justifica. O médico diverge dela e recorre ao protocolo hospitalar. A enfermeira se cala e olha de esguelha, é o mesmo olhar de ECCE HOMO que na delegacia. Um olhar que se repete em todos os que compreendem o sentido inútil da maioria das ações. Sabem mesmo da inutilidade[m] de seu próprio olhar que aparece marcado pelo saber de que nada se sabe, de que saber é inútil e assim em sequência infinita. Ela está em coma, como um homem ao seu lado.

[m] Fonte e alvo da paranoia.

T 4.2.9.1. Estilhaços nos olhos

PB sobre a cama do hospital inerte como em uma fotografia. O coma é uma espécie de morte em vida, que, no entanto, sustenta a vida, a morte é o verdadeiro método contra o sofrimento e aproximar-se dela, aproximar-se do alívio, é o que faz sofrer. Não há como eliminar a contradição. Não seria a vida.

PB de olhos fechados não pensa, vêm-lhe as imagens de uma névoa branca e sem nome, efeito dos olhos que estão por abrir e encontrar, mesmo que indecisos, a luz. Nos olhos a falta de umidade desencadeia sensações precisas como agulhadas que atingem pontos exatos e os costuram, estilhaços inteiros.

T 4.9.3. A frase

"A areia@ do mar e as gotas da chuva, os dias dos séculos, quem os pôde contar?" é o que repete desde que deu os primeiros sinais ao sair do coma. Tentamos falar com ela, mas não nos responde. O normal é que o paciente ao voltar a si tenha dificuldade em falar, pode até mesmo esquecer a língua; às vezes apenas responde as perguntas que fazemos, em geral fica cansado, faz poucas ou nenhuma pergunta. O esforço de voltar a ser animal é desgastante, veja: para ser vegetal basta uma pancadinha na cabeça, no lugar exato e está resolvido. Esta moça, ao contrário, desde que está com os sinais vitais e bem mais que isso, já que se pronuncia, age como se não estivéssemos aqui; urinou na cama; apenas se moveu para este lado e assim per-

@ Dizem que com ela é possível fazer vidro.

manece; duas vezes vi-a afagar os próprios braços e uma vez levou a mão à boca como quem verifica a secura dos lábios. Apenas não falha em repetir esta mesma frase. Chamamos antes o padre, agora é só esperar o psiquiatra. O hematoma é o que preocupava. Ainda preocupa, não é impossível que haja sequelas. A mancha é muito extensa. Do topo do crânio, segue pelo pescoço desce para o peito até a base das costelas, pelas costas. Nunca vi uma mancha assim. Confesso que levei um susto. Mas a moça é forte. O médico do plantão examinou com atenção, chegou a chamar alguém de outro setor. Ficou inseguro. Eu perguntei, disse que estava perplexo. Os médicos são todos assim quando não sabem o que fazer com uma doença, há quem nem esconda o pavor. Quando dizem que só resta espera virá muito trabalho pela frente, para mim que sou quem mais resolve as coisas por aqui pondo a mãos nas feridas que eles nem querem ver. Esta infeliz estava sem documentos. E a família? Família é uma coisa que quando mais se precisa ela desaparece. Se ela não falar conosco teremos que enviá-la ao hospital geral. A internação na emergência é só por um dia, no máximo dois quando o paciente está em coma. Logo depois temos que transferi-lo. O médico plantonista disse que a encaminhará ao psiquiatra se ela continuar repetindo a frase neste estado semicatatônico. O hospital psiquiátrico é o inferno. Se o paciente tem convênio é ótimo, senão, a pessoa fica sob o sistema público, o que é até perigoso, mas quem nada tem, também nada perde. Se ela não apresentar documentos, se não falar da família até amanhã e não pudermos chamar alguém, será classificada como indigente. Se puder andar terá que sair do hospital e seguir seu rumo a pé. Aqui ninguém se responsabiliza, mesmo ela não parecendo indigente, nem prostituta. Mas é o que ela pode se tornar se sair daqui sem memória, com este jeito estranho. Os exames não mostram nada, mas talvez ela tenha problemas mentais. Tenho a impressão de que não. O médico a chamou de mimada. Outro, o estudante que vem no final da tarde, disse que talvez esteja traumatizada e nem perceba o que está se passando. Eu estou acostumada com estes casos, vejo a consciência sair pelos olhos. Quando não tem consciência não é assim. Você pode perceber pelo modo como se movem as pálpebras se está acordada ou dormindo, as pálpebras se movem igualmente. Há um ritmo que permite reconhecer o estado do paciente só nesta observação. É certo que não cabe anotar no prontuário. Quem trabalha no hospital, quem põe a mão no corpo do paciente e sente a calma ou o tremor em sua pele, o calor nos seus braços, o sangue a pulsar lento ou rápido das veias, o cheiro e a temperatura da expiração, aprende os sinais do presente e do futuro daquele corpo, da vida e da morte. Já não me assusto com isso, quando comecei aqui no hospital na época do estágio, eu tinha a idade desta moça, chorava quando via um morto, rezava pela cura da enfermidade, usava o auscultador, o termômetro, rogava aos santos, perguntava ao médico sobre tudo, até que descobri os sinais mais importantes, a cor da pele, as manchas da íris, as temperaturas em cada uma das partes do corpo, os movimentos dos membros, os pelos quando eriçam, até as palavras que diz se são curtas ou longas, se nelas há poesia ou medo, as direções nas quais olha, o quanto sente de fome, se chora, se ao chorar, as lágrimas são curtas ou longas, espessas ou profusas, se tem vontade de conversar, se fala dos outros ou de si, se fica à luz ou à sombra, se é brusco ao tomar água, se é lento ao deitar-se. Os sinais vitais podem ser medidos, os sinais da vida são sutis. Este caso me deixa com muitas dúvidas. Nunca vi nada parecido. Uma menina dizendo uma frase e repetindo-a como se pedisse água ou alguém com quem conversar, uma ajuda, mas uma pergunta como esta sem pé, nem cabeça. A frase deve ser uma sequela do hematoma ou o hematoma uma sequela da frase. A mancha escura dá-lhe o aspecto de uma pedra que se lhe incrustasse, como uma ágata violeta com sinuosos e longos filetes que vão do amarelo ao ocre. Não é difícil vê-la como um híbrido entre humano e mineral. Estou muito acostumada com a mistura entre máquinas e humanos. Com tanta tecnologia, quem não é hoje um pouco ciborgue? É o que mais se vê por aqui, pernas mecânicas, ouvidos implantados, marca-passos, próteses dentárias, bolsas intestinais, platinas no lugar dos ossos, até um pulmão implantado já esteve por aqui. Mas ela tem este hematoma que parece não pertencer ao seu corpo e, ainda que preocupante em sua aparência, trata-se de um ferimento, e sendo difícil dizer que é terrível, em sua aparência lustrosa e fria, é mais fácil afirmar que é quase exótico. Talvez seja uma frase bíblica, daquelas que tomam os possuídos. Hoje em dia quem estaria possuído? Só as drogas são demônios hoje. Pobre moça[n], parece mesmo enlouquecida.

GGG.

---

[n] Estágio entre a menina e a mulher. Lugar em que desejariam permanecer as velhas que sucedem às mulheres. Entre a moça e a velha a diferença é o contorno dos fios.

T 4.9.3.1. Verde

ECCE HOMO e Helena[τ] ouvem a história da boca da enfermeira que vestida com a roupa verde claro de hospital, sob a luz branca da sala, parece a qualquer coisa vegetal. A pele alva e fina, manchada de sardas esmaecidas, pontua sua humanidade contra as mãos prontas a um experimento repetitivo de laboratório. No topo deste corpo comum olhos amarelos transmitem apenas desentendimento. Um copo-de-leite em um vaso pensará Helena enquanto ECCE HOMO preocupar-se-á com o que fazer. Lembra-se da informação do endereço atrás do cemitério. Ir até lá e pedir informações aos vizinhos é a única saída. Com sorte baterão à porta da mãe de Pequena Berenice, cujo nome não sabem, e que, ao ver a filha, cairá em prantos ao tomá-la nos braços agradecendo a quem a trouxe de volta à mãe como quem lhe devolve a vida, a mãe arrependida de ter sido agressiva pedirá desculpas à moça, desculpando-se com os próprios sofrimentos visivelmente confirmados na casa pobre onde habita, nas paredes finas de madeira que não aconchegam ninguém. As imagens se desfazem ao primeiro sopro de razão. O que perguntar? Como abordar os vizinhos, para que haja sucesso na busca? É o que ocupa os pensamentos de ECCE HOMO que ouve tudo o que diz a enfermeira suspensa em seus ramos e folhas, interrompendo-a para perguntar se

[τ] Sobre ECCE HOMO já me pronunciei em nota anterior. Não teria o que comentar de Helena, senão o fato de que ela não tem função alguma na história. Trata-se de uma personagem que aparece e desaparece e não traz mais consequências ao enredo, sinal de que minha mãe, embora quisesse contar histórias, não era muito atenta ao que fazia, pois este é um típico ponto sem nó. Do mesmo modo, a enfermeira e os médicos não fazem muita diferença. Mas como faziam parte do enredo fui obrigada a mantê-los.

não haveria um serviço de buscas. Se telefones e endereços levariam a parentes, se a partir de pistas, alguém — advogado ou assistente social — ocupar-se-ia daquelas vidas que, ali, abandonadas, não deixam de ser importantes, apenas porque sejam tantas que, soltas se tornam banais e ninguém mais delas se comova. Quem ganharia algo em troca por levar indigentes, perdidos e drogados de volta a seus lares? Quem, ao receber seu filho drogado, o marido alcoólatra, abriria a porta com prazer, prepararia o de comer sem cansaço? Qual rosto abriria um sorriso sincero diante daquele que depois de meses solto pelas sarjetas da cidade volta para casa como um sobrevivente[e]? A prisão onde vai dar aquele que se desencontra de si mesmo seria lugar reconhecível? Bastaria voltar a casa para reaver-se? Os pensamentos de ECCE HOMO apagam as palavras da enfermeira que sucedem umas após outras em ordem suave como dominós em fila e sem quem acione sua queda, milhares de paralelepípedos numa calçada, todos juntos a dar segurança aos pés de quem precise. São as palavras os melhores ladrilhos. Se a moça cujo nome não sabe, pensa ECCE HOMO, se dispusesse a falar outra coisa, se tivesse dito algo mais quando se encontraram na rua há poucas horas, tudo seria diferente. O que ECCE HOMO faz ali? É o que pensa enquanto absorve os raios de sol esmaecidos que entram pela janela e dão ao quarto esta textura translúcida e irreal. Gaze em meio ao branco e o verde que a tudo envolve. ECCE HOMO acostumada às palavras, sabe que diante da moça que repete a frase e da enfermeira de teorias sinceras sobre o funcionamento da vida, ela apenas pode pensar e pensar é toda a chance da decisão quanto chance de não fazer nada. Desistir, aceitar a imobilida-

[e] O Manto é o único sobrevivente.

de, não são saídas sustentáveis. Seria possível simplesmente ceder da ordem natural da vida que exige ação? De que adiantaria o contrário? É nesta hora que ECCE HOMO olha para Helena que bate a porta atrás de si, desce as escadas e, ao seu chamado, simplesmente faz um gesto obsceno pelo qual anuncia sua desistência. Não grita, mas afirma "vou para casa" e entre elas abre-se um abismo; ECCE HOMO pode ver o seu fundo negro; sem chance de chamá-la de volta ela preside o tempo de um sonho em que tudo se torna imóvel, ouve, porém, a frase ininterrupta de Pequena Berenice. A mais dura imobilidade. Dois homens vestidos com as mesmas roupas verdes que dão à enfermeira seu ardil majestoso de outra natureza seguram com força desnecessária a PB da qual ninguém sabe o nome e aplicam-lhe na veia algo que a fará dormir. Nem as forças da resistência suave e calma mudarão qualquer coisa. A desesperança é letárgica e arde. ECCE HOMO engasga com a lágrima. A enfermeira pede que se retire.

GGG.

ECCE HOMO sai pela porta e trafega pelo corredor vasto e frio do hospital. Uma hora atrás havia filas de pessoas e doentes pelos corredores, ou eram espectros do medo, ou eram visões do desespero. ECCE HOMO não soube até aqui quem é PB, nem isso importa. Nem nós sabemos quem sejam os que estavam ali. Apenas supomos, eu que conto a história e você que a escuta, que ECCE HOMO e Helena sejam amigas, que sejam talvez amantes ou até mesmo casadas, ou que haja entre elas qualquer sorte de negócio familiar ou estranho que as faz andar pelas ruas dirigindo um carro que, percebemos, é sinal de uma vida confortável. Vemos que desce as escadas, que cada passo é dever e desamparo que se unem na ascendência inevitável a cada ser que se descobre só; que olha os próprios pés e a parede em busca de lucidez, um risco, um vão que a fará escorrer do limbo. Que toca o rosto com as mãos tentando crer que ainda veste a máscara humana. Por que ECCE HOMO? Ela desce o último degrau, contou os quarenta lances. O que viu, o que pensou para tanta comoção? Será preocupação com Helena que acabou de sair?

É neste momento que ela volta atrás, sobe todos os degraus, movida por curiosidade maior que fuga que a atravessa.

T 4.9.4. O rosto

ECCE HOMO ouve a história da enfermeira percebendo a passagem da voz ao zunido aprofundado com a visão da cama ao lado de Pequena Berenice, na qual um homem em torno de sessenta anos, talvez mais, talvez menos, jaz no respirador artificial. Os olhos fechados não mostram a cor negra que ainda insiste sobre os cabelos compridos onde o branco se tornou quase absoluto sem que tenha chance de completar seu ciclo. O macilento da pele não deixa perceber a vida que ali fez sua morada e que anuncia a própria partida. Não sem lógica. O estado do homem é, dentre os enfermos ali cuidados, o pior. ECCE HOMO o vê e, no torpor do cenário que recebe PB. Uma resposta∅ ao que se vive neste momento seria mais que justiça divina, uma obrigação de Deus, do cosmos, do destino. É o que pensa ECCE HOMO. Algo atrapalha, como se uma curiosidade tão obrigatória quanto vil repentinamente avivas-

---

∅ O que não há.

se movimentos internos sucumbidos ao cotidiano, amordaçados nas paredes internas do cuidado que é comum a quem entende a vida como uma planície sem relevos. Por seus pensamentos passam toda a sorte de anseios descoordenados sobre o destino das coisas que vivem. Aquele corpo de menina[Σ] ao lado de tantos corpos desamparados, sobrevivendo ao acaso aparece em meio aos corpos dos filmes antigos a narrar partos e mortes misturando-se aos corpos dançantes de bailarinas espanholas, corpos de passantes da feira dominical; os corpos dos jogadores de futebol na quadra ao lado da igreja; o suor de dias do mendigo que carrega seu corpo pelas ruas da cidade; o corpo das crianças pela rua a brincar; o corpo do homem caído da motocicleta; o corpo das moças alegres a procurar com que se enfeitar nas vitrines; o corpo de sua mãe morta dentro do esquife; a vida, grande desfile de corpos que se deseja ver sem que devam ser vistos. Tudo são corpos que, esquecem de si ou impõem-se, revelam-se ou cansam de seus próprios movimentos; entre eles o seu corpo carregado a revelar a vida embargada da própria inércia. Ela controla o próprio olhar que se lança a passear pela sala de cortinas a ocultar uns aos outros, a evitar a intrusão dos parentes, a bisbilhotice do curioso que não olha seu doente, mas deseja avaliar a escrófula como a curiosidade de médico que ao não curar caricaturiza sua própria atenção. Seu olhar é agora a pena. Ela tenta impedir o próprio gesto[A], fixa-se na enfermeira cada vez mais esmaecida entre seus matizes de verde. O olhar é dimensão corpórea que ultrapassa os

[Σ] Estágio da existência de certos seres caracterizados como pequenas mulheres. A Pequena Berenice é menina, justamente porque é mulher.

[A] Movimento voluntário ou involuntário do corpo caracterizado por seu caráter decisivo. Nem todo movimento é gesto, mas todo gesto é movimento, está, portanto, nele contido. Um gesto que não fosse movimento não existiria. Já um movimento que não seja gesto, há muitos.

olhos. A atenção como um sentido define-se na própria posição do corpo nas pessoas mais comuns. É questão de espaço, arquitetura e geografia. Evitar o que ver é ver e desta armadilha ninguém, nem ECCE HOMO, escapa. Em segundos forma-se a imagem que esteve a guardá-la em sentinela por anos. Um doente em situação precária, cuja morte é certa, ao lado de PB, pela qual todos nutrem esperanças. A vida que se tornou não apenas indesejável, cujo fim tarda, e a vida que deve vencer a morte a qualquer custo. A imagem do homem aparece como um filme em tela pequena, recorte no espaço, dele separado e a compô-lo. Continuação e descontinuidade marcadas pelo contorno esmaecido das cores e a extrema pertinência do que se mostra enquanto se esconde. O rosto ameaçado pela confusão do que ali vive esboça-se como uma máscara[n] de cera usada sobre o que não pode ser dito[t]: a morte. O rosto de plástico∅ do homem não é como o de qualquer um, dos passantes que saem às ruas, anônimos e donos de si, plenos e cansados de seu próprio correr, o rosto não é de ninguém que possa ser esquecido, não lembra alguém, nem remete a reminiscências. O absurdo da visão diante de seus olhos não permite crer no que se mostra. Antes fosse uma alucinação®.

---

[n] O que eu deveria ter usado desde que nasci. Quem não a possui vive com o rosto em carne viva. Como não se vê ninguém em carne viva pelas ruas, a tomar café nos bares, a fazer compras na feira, logo, ninguém vive sem máscara.

[t] Nada do que ela disse deveria ser dito e, no entanto, só pode ser dito porque não deveria.

∅ Matéria artificial, contrária à pedra.

® Penso que tenho tido diversas desde que cheguei aqui. Não tenho certeza se esta casa não é uma alucinação. Se o velho Domingos não seria, como a moça que me orientou a escrever, apenas um ghost writer, mais ghost do que writer. A única verdade ao meu redor, da qual tenho plena certeza, são as fitas e a maneira de decompô-las.

T 4.9.4.1. A volta

Há um mês encontrou-se com ele no consultório, entregou-lhe o dinheiro da venda de um imóvel deixado pela mãe. Disse-lhe, não para responder a uma pergunta não feita, mas pelo dever de filha que ela prezava, que a mãe vivera bem e morrera em paz, sem sofrimentos e traumas. Ele apenas informou secamente a ECCE HOMO de sua doença e que logo ela poderia ler no obituário a notícia de sua morte. Mantinha o mesmo tom cansado e fiel às palavras que o caracterizou desde a infância. A piedosa ECCE HOMO perguntou-lhe se não gostaria de voltar à casa dos pais agora que já não estavam ali; seu quarto antigo permanecia intacto. Ninguém jamais movera uma lâmpada, um banco, um cabide. O abajur permanecia na mesma posição, pronto a iluminar um livro aberto diante de olhos sempre esperados. ECCE HOMO acostumou-se a pensá-lo como um santuário onde um dia um anjo conhecido e revoltado viria habitar.

Sobre a cama de hospital, os olhos fechados em torno de anéis azulados e roxos, a boca caída como uma borda plástica que se derrama à própria elasticidade, os braços pálidos revestidos de pelos brancos, a mesma cor dos cabelos ralos em volta do crânio largo, revestido pela pele fina e manchada de cobre, os dedos secos de pontas amareladas de fumante sobre o lençol branco, as unhas escurecidas ultrapassando levemente as extremidades da carne. Está morto e ECCE HOMO não sabe. Imagina que terá de presenciar sua morte, não será capaz de abandoná-lo agora, indefeso que está entre tubos e remédios, pergunta-se por que o destino reservou-lhe tão triste cena, por que não estava em casa como todos os dias, cuidando de seus cães e gatos, do jardim, da próxima viagem. Por que a vida lhe reserva este saber sobre a dor de seu próprio irmão? Ela que jamais questionou suas atitudes, que jamais o julgou por ter saído de casa tão cedo e deixado a mãe, naquela época ainda jovem, a chorar na porta, ela que jamais o culpou pela doença que atingiu a mãe como um fruto colhido na tristeza do abandono e que a arrastou do torpor à letargia até a sua morte mais de trinta anos depois. O respeito de ECCE HOMO pela liberdade do irmão que jaz sobre a cama não fazia frente à dor da mãe que afundava no esquecimento dia após dia, com o tempo esquecendo-se do que dizer, das palavras comuns, de quem era ECCE HOMO, de quem era ela mesma, esquecendo-se de tudo pela dor insuportável de lembrar um filho que desaparecera. ECCE HOMO que esperou cartas, telefonemas, visitas de surpresa e, no extremo, o retorno que jamais aconteceu, espera que ele abra os olhos e ao vê-la diga que está tudo bem e ela possa ficar diante dele por minutos ou horas, dias ou meses apagando o tempo passado a cada palavra e olhar, a cada revelação do que se viveu, do que se pensou, das emoções passadas em silêncio que, agora, no entorno branco e verde esmaecido do quarto de hospital encontram a redenção pelo sentido ainda tardio dos acontecimentos, da nova fulguração de um olhar, de uma palavra nova dita em um contexto velho e que, como um quadro negro, um dia precisa ser apagado para receber novas lições.

Está morto. ECCE HOMO olha para ele e ouve a enfermeira a dizer palavras distantes e indecifráveis enquanto cobre-o com um lençol fechando a cortina num movimento de decisão só encontrável naqueles que sabem que a morte não se combate, contra ela a única arma é o ocultamento em protocolos de hospital, de funerais e luto. ECCE HOMO não ouve mais nada, não sabe onde está seu corpo, lágrimas ou perguntas, perde-se por tanto tempo a mirar o plástico branco da cortina que a enfermeira vem lhe perguntar o que há. Ao repetir algumas vezes a mesma pergunta, a mulher de branco e verde passa a mão diante de seus olhos a pesquisar se ECCE HOMO — que apenas vê uma sombra balançar diante de si — está em transe. Deita a mão de dedos finos sobre a testa após verificar o pulso. ECCE HOMO, ao sentir os dedos da enfermeira a demover seus braços soltos ao comprido do corpo, descobre que ainda está ali, a enfrentar a ordem esverdeada do real. PB permanece na cama, parou de falar e olha diretamente em seus olhos percebendo que algo ocorreu. A enfermeira pergunta a ECCE HOMO se está tudo bem, se precisa de alguma coisa. Dá-lhe um copo de água e sugere que se vá, que já tem seu telefone caso precisem dela.

É neste momento que Pequena Berenice, deixando atrás de sua frase um silêncio de enrugar a pele, pede a ela que fique. ECCE HOMO, sentindo o fígado arder, o cérebro dar voltas dentro do crânio, a língua retrair-se para a faringe e soltar-se como quando se vomita forte, a garganta fechar-se obedecendo a respiração que cessa, solta de uma vez todo o ar contido nos pulmões como se jamais algo que a fizesse viva pudesse estar ali entre o estancamento da vida e a oportunidade da emoção. Quem saberia, de que adiantaria chorar diante daquilo tudo? Os ombros caem, os olhos molham, no entanto, nenhuma lágrima é derrubada. Ouve PB pedir mais uma vez que fique como alguém que, do outro lado da parede falasse ao telefone. A frase é curta. "Fique, por favor." Quando ECCE HOMO pode olhar para ela num esforço secular de atenção, cuja origem desconhece, Pequena Berenice, talvez acreditando que poderá saber qual a dor de ECCE HOMO, olha-a com uma direção crescente e pergunta "você sofre de eterno retorno?". ECCE HOMO comove-se com o que ela diz percebendo as imagens mentais confusas com as imagens reais que observa à sua volta. A imagem de PB treme diante dela como se um torpor de dia quente fosse abalado por miragens minúsculas da mesma coisa vista e perturbada pela própria imagem. A imprecisão é justaposição da mesma cena sobre ela mesma. Não há fantasia, só excesso. PB é cada vez mais um foco preciso. A enfermeira aproxima-se, pergunta se PB está bem como se nada tivesse acontecido, ECCE HOMO não pode decifrar o diálogo entre elas, PB fala pouco e a enfermeira tanto quanto; a ordem das palavras, mesmo poucas, é indecifrável, como coisas que se dizem dentro de um copo e que soam alto e indiscerníveis. ECCE HOMO ouve, mas não ouve, desceu um degrau abaixo de si mesma, a um mundo surdo e cego e, todavia, pleno de luzes. Está dentro de si mesma, buscando colar seu destino a seu corpo, o que viveu ao que sente, sabe que deverá carregar-se para casa, restabelecer conexão entre o que ouve e vê, grudar palavras a coisas que existem, redescobrir o que uma mão e outra podem juntas, afinal são duas como os olhos, os ouvidos, as pernas que se ajudam ao andar. É preciso caminhar e neste momento um gesto tão óbvio precisa partir de uma decisão que a demova de si mesma, que traga um sentido anterior ao que a faz estar neste lugar agora ocupado por seu corpo, dentro de um hospital diante de uma menina que não conhece e uma enfermeira que diz, não dizendo. Sabe que sairá dali, mais que deve sair do que como sair, antes deverá chegar inteira desta terra ignota por onde transita e falar com PB e a enfermeira com frases completas, questões pertinentes sobre o que fazer, intenções e possibilidades que possam solucionar o que ali se vive. Por ora, afogam-se seus pensamentos e impressões em um vazio de limites bem claros, o da ausência de palavras, uma erosão interna que impede qualquer ideia, que a destitui de gramática e lógica, faz balançar sua retina, desinstaura seus membros do lugar-comum fazendo as mãos tocarem o coração e os braços vagarem à procura de amparo num corpo que se deixou para trás. Parte de sua vida foi devorada, resta este presente com ar de cenário. PB repete sua questão, "você sofre de eterno retorno?", ECCE HOMO procura uma palavra para responder e não a encontra, então procura um sorriso no arsenal de gestos feitos e clichês, sem os quais a vida é impossível. Resgata do fundo inarticulável do sentido uma frase para dizer a PB em um tour de force que a possa render do buraco negro ao qual é cativa. É o que espera, que haja redenção e faz seu esforço.

Qual é seu nome, diz-lhe. PB responde Pequena Berenice.

GGG.

T 4.9.5. A casa

Ela diz as palavras. É nas palavras que pensa. Na palavra noite, manto de anotar estrelas. Na palavra lente que revela pouco. Na palavra animal que mostra os seres desentocados nas margens da estrada. A palavra movimento entre o que passa e o que fica. Pequena Berenice, você é poeta, digo-lhe. Ela não responde. É tão jovem para não se importar. É a sabedoria que perdemos com a juventude. Disse-me seu nome e pensa ser a revelação suficiente. Nela nenhum ar de confiança se expõe, nem vigilância, ou qualquer atenção compreensível. PB não se pode ver a olho nu. Deve estar certa do que diz e devo confiar que disse a verdade. Pede-me para ficar em minha casa até descobrir onde mora, se deve voltar, se deve buscar outro rumo. E são apenas frases. Digo-lhe que tudo bem e que tentarei ajudá-la. Pergunto mais uma vez o que houve com ela. Ela se cala mantendo os olhos no longe de onde deve ter vindo um dia como nuvens que vem dos rios, luz de estrelas que vem do nunca, histórias que combatem a memória perdida. É para onde pensa em voltar? Entro na estreita rua onde moro evitando assinalar a vertigem que me acomete, evitando perceber os abismos nas margens. Não há mais do que uma dezena de casas, cujas janelas deixam transparecer a iluminação esmaecida das velas. Lá dentro, as crianças dormem, os casais conversam, uma mulher sente seu coração sair pela boca, a outra ri, gatos camuflam uma cena sem mistério, um velho levanta para buscar um copo d'água, um casal dorme depois do sexo, uma mulher chora sozinha no escuro. Uma luz enfermiça dá um ar de ficção ao cenário. A falta de energia em dias frios é comum. As luzes da rua estão apagadas, os olhos dos gatos reluzem amarelos nas margens da rua. A vida é clandestina.

Chego vagarosamente, entro com o carro pelo portão aberto. Os pneus do carro traçaram um lugar onde deixá-lo. Aviso a Pequena Berenice: é aqui. Não tenho a chave da casa. A porta está aberta e posso entrar sem medo. Chamo por Helena. Ninguém responde. Sei que Helena não está, não estaria sem luzes acesas. Quem teria aberto a porta se ao sair deixei-a trancada à chave?

A luminosidade da lua é insuficiente para entender o que há. Os faróis permanecem acessos lançando um feixe de luz amarelo como um grande olho de gato a iluminar a toca de um rato. PB saiu do carro e permanece no pátio olhando para a rua. Convido-a que entre enquanto procuro pelas velas. As gavetas da escrivaninha na sala estão emperradas. Sobre a mesa da cozinha ficou o resto do almoço nos pratos sujos; macarrão, queijo espalhado pelos pratos, um pedaço de pão seco, a garrafa de água aberta compondo o espetáculo da natureza morta a que se pode resumir a vida como uma passagem à qual rastros irrelevantes servem de enfeite. A agradável harmonia das sobras. Controlo meu ímpeto de pôr ordem em tudo, preciso vigiar PB para que não vá embora. Por um instante questiono minha própria atitude. Não sou sua mãe, não tenho qualquer responsabilidade com ela. Não sei quem é e o que está por trás de seus gestos inconsequentes. Mas as ideias que posso ter logo retrocedem ao mesmo lugar onde o destino se esforça por impor respeito. Sei que Helena voltará, que está cansada, que o dia foi pesado, deve estar na casa de amigos, talvez vagando pela rua para pensar na vida ou na padaria tomando café e lendo o jornal. Que PB não podia ser simplesmente esquecida, que devo responsabilizar-me por ela por algum tempo, que não há lógica, nem mérito em acolhê-la, e pode haver perigo, não a conheço e não sei o que pode fazer. E que respeitar minha própria piedade não me torna melhor. Por isso, ajeito lençol e cobertor no sofá da sala, mostro-lhe a geladeira onde há pão e leite. Suspeito que não comerá nada. Sobre seus ossos a pele é quase rala. Ela senta no sofá olhando para a parede. Recolherá ideias amarrotadas nos bolsos? Terá medo? Testa a língua entre os dentes sucessivamente. Diz "posso dormir aqui?" para certificar-se do óbvio e emitir um consolo nos lábios exprimidos que bem combinam com os gestos irritados das mãos distanciando o travesseiro do encosto, afagando-o com pressa como se fosse um cão ou coisa que estivesse viva. Como se as nervuras que se conservam apesar do ferro de passar impedissem por qualquer motivo o sono futuro que ali se promete como um despejo da vida sobre a primeira pedra no meio do caminho. Ela alisa o tergal quase ileso com o mesmo afinco com que se faz o projeto de ancorar num porto após a tempestade, de construir uma casa, de escrever um livro, ter filhos ou sair em cruzeiro ao mar vendo o novo e o nada pleno de esperança azul-marinho. Com o que sonha? Pensa? Dou-lhe um pijama velho e ofereço-lhe o banheiro para uma ducha, ela acede sem dizer nada. Talvez pense que é condição *sine qua non* aceitar a oferta toda que o pernoite inclui; pensará que estamos num albergue? Será uma moça mimada que julga que o mundo lhe deve o que há? Não há qualquer gesto seu de vergonha pelos cabelos secos e sujos amarrados atrás numa estratégia imediata de libertação. Admira-me que não tenha cabelos curtos. Mas deve confiar em seu ar de desleixo, ou deve ter esperanças de tornar-se outra e, no futuro que almeja, fazer uso dos cabelos longos. O que pensará de si? Ela entra no banheiro e demora-se depois no secador. Preparo um café e o bebo amargo, notícias desencontradas da minha vida me impedem de pensar no que devo fazer, a imagem de P sobre a cama não me impede de ver moscas esvoaçando sobre a xícara cheia do líquido preto, não tenho certeza de que as moscas estejam ali. São voadores, é só o que sei do que vejo. A lâmpada acessa mergulha seus raios neste pequeno poço onde sustento minhas esperanças nascentes. Olho para trás e vejo minha mãe acendendo uma vela para são Francisco, ela me devolve uma bolsa com meus pertences de moça, batons, colares de contas, uma revista com palavras cruzadas, um caderninho vermelho com endereços. Procuro uma blusa branca e um gorro de crochê florido que usava aos quinze anos. Nas paredes do lado oposto o armário está trancado há anos. Álbuns de fotografias, caixas com fitas gravadas, roupas, tecidos, tudo o que lhe pertencia. Olho pela janela e vejo lá fora o mesmo invólucro do mundo, a mesma cor de útero e de varizes, o céu, a mesma dor no corpo que nos carrega, o chão de terra, dentro esta casa e dentro da casa um armário e dentro do armário pertences e dentro deles histórias, vidas abandonadas com corpos e dentro dos corpos úteros, e ideias e dentro das ideias restos da própria infâmia, tudo que se entrega mais cedo ou mais tarde ao tédio, ao imobilismo sem o qual não se responde à pergunta: viver para quê? Ouço o barulho da gota d'água batendo no chão de cimento, martelo a bater no oco, ameaça de silêncio. Anúncio de impaciência a que se rende todo ritmo. PB deixou a ducha e se deita com os cabelos ainda secos, mal amarrados no seu elástico de enrolar dinheiro. Dorme como um cão que não suportasse o próprio rabo e trouxesse o corpo como um herói grego indo ao Hades com a carcaça que o destino lhe reservou. E caísse morto na sarjeta. Deixo-lhe um copo pequeno de leite na mesinha à cabeceira, tranco a porta e saio a pé para que não ouça o barulho do carro. Caminho até a avenida e tomo um táxi.

T 4.9.6. P

Volto ao hospital. Decido-me a conversar sobre P com o médico do plantão. O rapaz está com sono visível. Recusa-se a me dar informações. Digo-lhe desde o início que sou sua irmã. Ele não entende nosso parentesco∅, parece que não ouve o que digo. Lastima o que aconteceu, diz-me que é novo no hospital, mas acompanhou o caso por meses e jamais ninguém veio ver o paciente. Eu afirmo que sou sua irmã e cheguei tarde. Ele

∅ Gradação da proximidade e da distância entre as gentes. O que há entre eu e minha mãe, o que sei e ela não sabe. O que nos une e separa.

pede desculpas e diz-me para procurar a enfermeira-chefe que administra as visitas. Não demoro mais do que dois minutos diante do médico, volto ao balcão onde as atendentes registram, informam, tomam café, comem chocolates, atendem telefones, pergunto-lhes da enfermeira, elas dizem que é horário de troca de plantão e outra virá em seu lugar. Pergunto a uma das moças gordas de cabelos curtos e nariz grande, o que acontece com as pessoas que morrem, ela me diz que são levados ao necrotério. Eu pergunto como chego lá, ela pergunta o que quero fazer num lugar tão triste enquanto me oferece uma bala de hortelã que tira de dentro de um pote cheio de doces; pergunta-me se sei que é meia-noite, que o necrotério é frio e, dependendo, pode ser assustador, que não está aberto ao público, que é melhor esperar pela manhã e ser atendido pelo médico legista.

Eu digo-lhe que perdi um amigo, na verdade, um irmão e que gostaria muito de vê-lo, ela pergunta-me onde, pois ninguém morreu ali hoje. Eu digo que há pouco menos de duas horas os médicos deram um senhor por morto. Ela diz-me que não sabe de nada, mas saberá bastando um telefonema para solucionar todo impasse. Pergunta, a prender num gesto livre os poucos cabelos com um grampo que traz no bolso do guarda-pó branco surrado de tanto lavar, à sua colega gorda de cabelos ruivos trançados até a cintura a cochilar no espaldar da cadeira em frente ao telefone, se ela sabe, ela acorda e abre um só olho dizendo que chegou há pouco e está morta de sono, que precisa de um pouco de paz para começar a trabalhar, que chegou cedo, seu horário começa em vinte minutos. Sei que só depois se ocupará dos problemas, que, por enquanto a vida lhe pertence. Sua zanga não me assusta nem demove o meu propósito. As cortinas®, copos, letras, vozes, canetas, recados, permanecerão em seus lugares devidos, não adiantam súplicas ou ordens, ela está em seus direitos e que não quer saber. Diz e repete muitas vezes. Gastou três de seus dez minutos preciosos a falar de si, eu penso onde estou, inicia-se a vertigem, a moça de cabelos curtos de repente está vestida de preto com um capuz a tapar-lhe o rosto todo como nas gravuras da morte, carrega um cajado no qual se apoia para andar, em sua ponta há uma foice de fio reluzente, segura-me pelo braço e diz-me que me ajudará no caminho até a visão que espero. Ouço sua voz cada vez mais suave, deixo-me conduzir sem esforço. Esfriou de repente. Eu lhe pergunto se é assim mesmo que se veste. Ela diz que é seu uniforme de trabalho. Parece surpresa com minha pergunta, peço-lhe desculpas, é que não sei se estou vendo bem, digo-lhe, ela diz estar acostumada com a confusão, por ali trabalham tantas pessoas, as reais e as irreais, as sinceras e as imprestáveis. Ouço seu tom coloquial interromper-se por passos ocos no chão como se uma caixa de som de potência altíssima estivesse trancada sob a terra. Levo as mãos aos olhos e retiro-as cheias de terra. Peço que pare um pouco a meio do caminho, a escadaria assusta, não se vê onde acaba. A moça vestida de branco é gorda e tem os cabelos presos, mais curtos do que longos, mas não tão curtos como eu vira minutos atrás. Pergunta-me se terei coragem mesmo de subir, que ainda há tempo de descer, foram apenas vinte degraus. Aceno que sim sem palavras. Ela pega em meu braço e me ajuda a continuar. Eu tremo a cada passo pensando em ver mais uma vez e

---

® Véu com que se evita a entrada do sol ou os bisbilhoteiros. O que impede de ver.

na verdade não vê-lo, saber que nunca mais me verá, que terei dele apenas lembranças e uma última imagem infeliz, e ele de mim nada terá, tudo o que posso fazer por ele já não será por ele. Ele será o resto e meu gesto a consequência. O que farei não será também por minha mãe que com sorte e a crença em Deus que nos trouxe até aqui o verá em outro mundo. Eu o verei, mas não o verei, verei dele o que ele já não é, verei a sobra, o que ele não poderá ser e só o que é; direi apenas o nada, aquele que existe, não o que não existe, o que eu não posso dizer a ele, mas posso dizer ao que nele já não é ele mesmo. Ou será o que cada um é quando já não é, a verdade sendo apenas modo de dizer, voz que se cala diante do fato. Eis que, seguindo as escadas e atravessando os corredores gélidos do hospital chegaremos ao espaço vazio onde jaz seu corpo de velho, atacado pelas doenças das quais saberemos as causas, expostos todos os motivos do fim, o cigarro, a bebida, a alimentação escassa e gordurosa, sem chance de um órgão que doar. A esperança, quase a maldigo. Pensamentos que não me deixam. Que ilusão, P morreu doente. Não posso separar o pragmatismo que sempre me ataca nas horas em que todo sofrimento[n] devia me carregar para junto dos meus mortos. Troco as imagens[i] de P morto em minha mente. Não consigo sucumbir. Não queria tê-lo visto, quero guardá-lo vivo em minha memória. A morte como uma resposta para as dúvidas de uma vida

[n] O que jamais senti antes de encontrar estas vozes.Até agora não sei bem o que significa, se um sentimento ou um raciocínio. Aos poucos vejo revelar-se entre as tábuas do chão como um pó, inevitável e, ao mesmo tempo, dispensável.

[i] Tudo o que se deve evitar para eliminar os mitos. O que fica no fundo da xícara de café. Escrito sobre o destino.

inteira. Não posso acreditar na morte, nem aceitá-la como um fato inevitável, nem acolhê-la. A passividade é tensão criadora, o cansaço[t] de minha voz, brecha entre dentes, posso ouvir o nó na garganta prendendo o corpo à alma, cansaço que intervém em cada passo que dou esperando reaver um ciclo de vida, um sustento novo para o amanhã. Vejo-me enquanto procuro vê-lo separada apenas pelo tempo. Pelo agora, pelo antes, pelo que ainda não sei. Em cada um dos passos, a cada pé que pesa o corpo inteiro em seu impulso, vejo-me agindo em nome próprio pela primeira vez e meu ato é apenas busca da visão da verdade crucial da vida, a que quero negar. Negarei como a esta existência sem estágios, esta demência explicada a conta-gotas, o que tem me arrancado os dentes com que minha alma poderia agarrar-se aos dias. O tempo exige o dízimo em sangue pelo mero direito de estar. Estou e não posso saber o que restará na agonia lenta destes degraus. Subo as escadas, ouço a voz da moça ou a voz por trás do pano de linho do capuz escuro. Não vejo seu rosto coberto pelo pano cinza, vejo seu rosto descoberto e os cabelos presos atrás, espero de olhos abertos e calmos, descansado de todo esforço, nem respirar será mais necessário, imagino-o querendo ver-me e esconder-me, a enfermeira de plantão com seu pano cinza sobre o rosto a atravessar os planos, diz-me por onde ir.

Vejo-a traduzir o caos dos meus pensamentos em respostas a tudo o que eu quero saber. Minha mãe espera-nos na porta da sala e sem dizer nada estende-me a mão[∅]. Eu recuo, não

---

[t] O que sinto quando não sinto nada. Como raramente sinto algo, deixo que o cansaço ocupe o espaço. Sentimento autoritário.

[∅] O que fica entre o cérebro e o instrumento. No meu caso, uma única com que milito tecla após tecla.

entendo o que espera de mim. As respostas que ouço são na verdade perguntas. Quando P morreu, quem era, qual sua profissão, com quem era casado, se o era. Aos poucos o problema é sua infância. Mas ele é um homem velho, respondo. Logo o problema é o que me lembro dele, por que demorei a procurá-lo, o que ele me disse quando foi embora, por que nos deixou, o que fizemos a ele, o que nos fez, o que pensava de nossa mãe, por que fazia tanto mal a ela, por que nunca mais conversaram, o que acontecera em sua infância, que tipo de adolescente fora, o que ele pensava de tudo isso, se me escrevia, se telefonava, como era a sua vida depois da ruptura, casara, tivera filhos, quando percebeu estar doente, por que jamais nos aceitou em sua vida. Eis o desfilar sem fim das questões que me soam como respostas, para mim a vida foi apenas a sucessão de todas estas perguntas e não me sinto mais em dúvida.

A moça vestida de branco pergunta-me se quero descansar, pergunta-me se sei onde estou. Eu peço-lhe que me deixe pensar um pouco, mas sigamos, não quero perder tempo, devo voltar logo para casa, antes quero dizer algo ao meu velho irmão, ela diz-me que no necrotério não há mortos, apenas cadáveres, que eu deveria pensar bem no que estou a fazer. Minha mãe permanece à porta®, solta um punhado de contas escuras ao chão, vêm pássaros comê-las, aviso a moça que preciso seguir. Ela se inclina aos meus pés e deposita pó de prata sobre eles. Pergunto-lhe o que é. Ela me mostra uma bolsinha de veludo púrpura dentro dele um objeto parecendo carne seca, sequíssima. Diz-me que é o pó ao qual retornamos. E que tem o poder de acabar com a secura do coração. Minha mãe ainda me olha com seus óculos embaçados.

® Tem o mesmo valor da cortina.

T 4.9.7. Mãe

Agito-me, acordo de uma espécie de sonho. Estou debruçada à mesa da cozinha, sinto frio enquanto suo e tenho vontade de vomitar. O peso® de minha língua ameaça sair pela boca como olhos que pulassem das órbitas e a evitar o próprio destino, enviam-se ao céu da boca onde se reproduzem. Virados em dezenas, pedem expansão imediata para além do seu cativeiro bucal. Precipito-me ao banheiro, eu deveria vomitar, mas não tenho forças, vozes circulam pela casa como vento entre portas abertas, a força de muitos fantasmas, se eu pudesse acreditar no que dizem, o barulho da água não me faria recuar. PB toma banho, escuto as gotas de água caindo sobre o chão de azulejos, seco meus olhos nas órbitas, areia a escorrer por minhas mãos. A náusea passa e eu me sento novamente à mesa com um copo de água que sorvo aos poucos para acalmar o susto. Uma colher cheia de açúcar. O vivido[i] e real do que vi me faz desconfiar do que de fato ocorre. Onde estou e o que penso em fazer aqui.

É efeito da perda de P. Jamais pude imaginar que não teria volta. Não me acostumei durante todos estes anos à sua ausência. Acostumei-me a viver sem minha mãe. Não sinto por ele a mesma falta, é outra e muito mais antiga. Guardo dela os pertences para as horas em que sinto saudade. Basta abrir o baú sobre a cama e vestir seu casaco, nem no calor me sinto mal de usá-lo, ver as fotos nas paredes, nem preciso olhar para elas, seria como olhar-me nos espelho e deste luxo eu deixei, sentar

---

® O contrário da pena, o que carrego em algum lugar incerto do meu corpo.

[i] O que passa entre ontem e amanhã. Algo que não se pode conter, embora pareça presente.

na poltrona do quarto onde ela fazia tricô[n], ver suas agulhas como peças de um museu de memória que somente eu mesma posso visitar, ou na varanda a cadeira voltada para o jardim onde fumava um cigarro após o almoço. Vejo-a por vezes a segurar o cinzeiro de pedra sobre o colo e a simular que fuma. Nenhum cigarro em suas mãos, nem fumaça, apenas os gestos cuidadosos, espaçados, lentos, o olhar que se envia ao longe comprimindo pálpebras que protegem pupilas da luz do sol e, ao mesmo tempo, ajudam a retina a compor o que é distante. Os olhos se lançam a despedaçar a paisagem que têm pela frente, outras vezes abrem-se dálias e margaridas quase num instantâneo de tempo, fotografias reveladas em cores apagadas que compõem ritmos de olhares e zonas de pensamentos, canções apagadas, medidas ausentes e buscas tão inúteis quanto a e um corpo de água no escuro da sede. Vejo meu pai chamá-la de longe como um espectro© que ronda outro. Não lembro dele além das fotos, eu era recém-nascida quando a tuberculose o matou nesta mesma pequena casa onde não há nada mais que lhe pertença. Nada ficou mais misterioso do que meu pai. Eu posso confundi-lo ainda com esta fotografia invadida de amarelo. Minha mãe jamais me disse qualquer coisa sobre ele. Logo depois a doença avançou e ela falou cada vez menos. Ouço a voz que minha imaginação consegue figurar a chamá-la com diversos nomes, Luiza, Cândida, Thereza, Manoela, Maria. Nela, aspereza e suavidade perdiam espaço a cada dia para o esquecimento. Não tenho certeza de que me tenha visto crescer ou cuidar dela até a morte. Ao lado da minha, numa sinfonia sem ritmo, soltam-se outras vozes a dar corpo a todos

---

[n] Ato pelo qual se constitui um manto em tear manual ou com agulhas.

© O mesmo que fantasma, o que se vê, mas não existe.

os nomes e eu escapo sem solução entre o que deveria dizer e o que sou capaz de ouvir. Tudo grita, preciso cuidar de não acreditar nos rangidos. Vozes que saem das paredes e a elas retornam enquanto esperam que venhamos ouvi-las e dar-lhes novos caminhos. É o universo paralelo do sonho onde moram as memórias, estas imagens ímpias que apenas sinalizam a dor do presente como um resto de passado e um não futuro, não uma promessa do que virá, mas a antipromessa do que vivemos.

Percorro os quatro cantos da casa ouvindo o barulho do chuveiro, estamos usando velas e a água quente vem de um bujão de gás instalado por Helena nos fundos da área de serviço com dutos que levam o gás ao chuveiro e ao pequeno aquecedor que temos no quarto. A lareira não foi acesa este inverno. Helena não voltou. PB não sabe que devemos cuidar do tempo do banho, do combustível do carro, da lenha da lareira, as despesas são muitas para nosso salário insuficiente. Por isso medimos tudo, o que comemos num mês e no outro para ter algo a guardar para emergências. Guardamos uma quantidade relevante de moedas sob o colchão, desde as moedas de ouro que meu pai herdara de meu avô e antes as moedas de estanho e prata que meu avô receberá quando era jovem, e as moedas de antes, de nossos bisavós, e de antes, dos avós dos bisavós. O nosso é um tempo de guardar o que se foi. Não sei o quanto este passado ainda se alterna com o presente ou se caímos na mais abastada das petrificações. Se cada dia fosse uma moeda. Mas a diferença entre o tempo da morte e o tempo das moedas é que estas não mudam de matéria. A perda do valor, para muita gente, perturba mais do que a perda dos entes queridos. Não, comigo não é assim. Nunca será. Eu vivo da morte de minha mãe como se ela estivesse viva, guardo as moedas por sua causa. Mesmo quando já não podia falar sei que as prezava sem comparação com os demais bens da casa. Já no fim ainda me olhou com reprovação por tentar retirá-las dali. Deixei de lado a vontade de mudar qualquer coisa por aqui.

T 4.9.8. A porta

A porta do necrotério está finalmente aberta. P nu sob um pano cor de chumbo. Devo vesti-lo? Não trouxe roupas. Não sabia que. Não costumam manter os mortos no quarto diz-me a enfermeira que há pouco desapareceu, embora eu continue a ouvi-la a falar de longe. Entre mim e P passam-se os anos e condensam-se em um único atalho nestes olhos fechados para sempre. Um bilhete na mão, uma tatuagem, nada. Ele não abrirá a boca para uma mensagem qualquer. Eu deveria rir de minhas próprias ideias. Na verdade eu esperaria um sinal mesmo absurdo como palavras, frases, pássaros, nuvens, escrituras nas paredes, revelações. A enfermeira reaparece para avisar que tenho cinco minutos enquanto segura a porta de aço como se fosse a sua pena. Passam-se dias dentro de dias, não há dia que venha só sem que haja outro por dentro, como um homem, uma mulher, que esconde outro sob uma pele falsa. P também não está só agora, algo nele ficou comigo enquanto ao mesmo tempo algo outro lhe pertence e só a ele e escapará para sempre de meus olhos, de meus ouvidos. Meu peito dói — ameaça parar? — meus ouvidos ouvem milhões de barulhos, zunidos, grunhidos, línguas que jamais sonhei, queimam os meus olhos sem chorar, não existem palavras em meus pensamentos que observam sozinhos o contorno deste rosto velho a guardar um rosto jovem que somente eu posso lembrar. As maçãs salientes, a pele avermelhada deu lugar ao alvor das coisas que não vivem mais, observo as rugas que se dissolvem na ausência de vida, vincos ameaçados onde marcava-se a expressão, tudo o que era intenso adquire a finura das coisas passadas. Esta aparência consola como a fragilidade que garante toda a pena. Fotografo estes silêncios. Guardarei o desenho[β] das rugas alisando minha retina. Espero assim recuperar os anos perdidos, decifrar o passado com um instantâneo do presente. Vejo-o, ontem, amanhã, hoje, retornando a mim, sempre menino, morto e menino.

T 4.9.9. O copo

PB a olhar-me. Finjo que não a vejo ver-me e sigo a lavar a louça. Os copos estão limpos. Busco salvá-los de sua limpeza. Lavo-os para que fiquem limpos da transparência a qual foram condenados. Em um mundo melhor que este os copos seriam coloridos e rendados. Quem sabe todos tivessem haste, nunca estes copos de vidro em que se pode ver o outro lado. Ninguém deveria ter acesso a uma superfície que aparece sob o efeito da outra. Apoio-os no canto da pia, enquanto escorre a água de um, inicio a lavar o outro, igualmente limpo como todos, são apenas três, todos de vidro, translúcidos, envolvo-os em sabão, cai-lhes a água e a espuma numa mistura de ciclos, anos superpostos às estações, aos esquecimentos e todos os domínios do tempo, as intempéries silenciosas guardadas em cada coisa que existe, ouço o murmúrio das bolhas, tecido translúcido que

---

β Junção de fios com ou sem costura real que podem, eles mesmos, parecerem mera aparência.

reveste em micro espíritos o nada e o todo que se desdobra em instantes, até que se mova às gotas, lavo a louça desde menina, os mesmos três copos de vidro, a textura da espuma é aconchegante, uso a água com parcimônia, pobres dos rios que secam com estas frivolidades de limpeza, os copos passam pelo sabão, escorregam da rapidez à suavidade, seguro-os com firmeza pela base, é um malabarismo levá-los de uma mão à outra, controlo o uso do sabão. Controlo cada movimento, repito-os com parcimônia, teço delicadamente o cuidado com que é preciso assinar um documento, os copos não retêm a água, aderem a ela, formam-se nela, até que vejo que dela surgem.

(T5 — quinta fita — 19/05)[e]

A banda esquerda do tempo contém em si o que sei e o que
não sei @
Um misto de eras e segundos
Coisa que o destino sangra sem pena como a um animal que
se deve esfolar antes que chegue a saber o que aconteceu
com seus membros, músculos e ossos

A anda direita do tempo constrói em mim muralhas de vidro
que tudo mostram
Teço cortinas com cabelos para evitar que me vejam

Se me virem deixarei meu corpo para trás

---

[e] Esta fita estava quase totalmente danificada, só que pude reter é o que está aí.

Aprendi quando rastejava, era réptil e anfíbio ao mesmo
tempo e
Adorava as coisas do pampa, um lugar que esqueceu de mim
Do qual me esqueci.

Como um animal que conhece a si mesmo, e sente o destino
que lhe reserva a vida

λ Sei fugir@
Sei despistar as ervas e as escamas
Do chão terroso ao céu em novelos
Sei desfazer-me das trapaças
Com um maço de cordas avaras

Que atarei ao pescoço sem pena
Nem reza nem discurso algum
Me farão desistir do que é começo e fim
E aquele que não saiba reconhecer o ordálio que mora
tatuado em meu rosto

Não terá de mim nenhuma imagem
Senão O Manto que me protege a face
o mesmo de antes, o que herdei,
o que veio de longe, e pelo qual posso andar de costas

Nem meu olhar nem meu sorriso nem a cor da minha pele ou
o tamanho dos meus cílios, nada que seja meu ou pareça
meu será mostrado a quem quer que seja

Só o meu menino, aquele que me guarda em sua garrafa de
sonhos poderá me servir alimento
A água e o sal de que necessito

Poderei, quando for de manhã e meus pés estiverem
descansados da travessia, andar até o fim da estrada e
olhar para dentro

Avaliar a paisagem
Como um pássaro que procura o melhor lugar para fazer
seu ninho.

i.e.M.

(T6 — sexta fita — 11/11)[r]

@ Tautologia, mitologia, mitolino, mítico, mitose, mimi. Onde está Babel? Vem bichaninho, fica quieto e escuta o barulho do vento entrando pelas frestas[e].

---

[r] ∅ Chiados de ratos, barulho de roedura, minha mãe ria, batia nas paredes do armário, vê-se claramente a diferença entre seu riso, timbre, ritmo, volume, e os chiados em geral, o que prova que não era ela a produzi-los. No entanto, ao contrário da quinta fita, simplesmente, não precisei me preocupar, pois nada valia a pena além destas poucas palavras e da frase que é repetida sem erro: "Frases quadradas são mais longas que as frases redondas, uma duas, três, quatro, juntas as fases e as frases é o único jeito de desaparecer." No entanto, perguntar-me-á um leitor mais preciosista incomodado com o fato de que deixei apenas as palavras, por assim dizer, compreensíveis, em vez de dar espaço também aos chiados e demais ruídos? Por que acredito que posso tomar tais decisões? Quem define que não valia a pena transcrever os chiados dos ratos? De que pena falo? E de que ratos? Por que ratos são importantes literariamente? Quem define que são ratos, quem disse que não são gatos? A existência de Tautologia nesta única frase que pode ser compreendida em que aqui aparece como Babel e Tautologia. Talvez, realmente sejam dois gatos e não um. Outro leitor menos envolvido entenderá que se trata de um processo meu, muito próprio, em outras palavras: a mãe é minha, bem como a transcrição, a herança como um todo a mim me pertence, bem

"Frases quadradas são mais longas que as frases redondas, uma duas, três, quatro, juntas as fases e as frases é o único jeito de desaparecer"

i.e.M.

GGG.

(T7 — sétima fita — 14/11)

P

Atar palavras, enlaçá-las pelo sim e pelo não @. Expandir à força o que existe, intrometer na ordem, cavar no invisível a partícula cinzenta, entre o contorno e o existente uma árvore faz crescer seus ramos, evidência da ilusão contada cem mil vezes como pacto entre o todo e o nada. Escalar até o topo da montanha íngreme para salvar um ninho de pássaros abandonados cujos olhos estão fechados com cimento, ossos à mostra e nenhuma dor. Descer até o chão batido e dormir entre um tremor e outro. A morte deitada em um lençol de seda lançado ao lixo fala entre vapores tudo o que deverá ficar por escrito. O contrato da vida é sem metafísica que, tanto quanto a intros-

---

como faço delas o que quiser. Não gostaria de ficar com nenhuma das duas soluções. Nem se trata de simplesmente transcrever como uma escrava como que para dizer "escravos escrevem escritos", nem de decidir sumariamente como uma déspota o que cabe na ratoeira.

[e] Nada além de um assobio difuso que se parecia com o vento, mas ao mesmo tempo um sopro perfeitamente simulável pela boca.

pecção, fica proibida. Não interrompa a minha oração, meu pequeno. Seria como um ramalhete de rosas sob as rodas de um carro. Não interrompa a minha oração. Como a mãe de P com seus olhos de lobo famintos e a mãe de Araquine que a todos tratava como escravos. A Sombra afasta-se para longe, sabe que PB ouve a voz do pássaro falante enquanto dança em silenciosos rodopios pela sala. PB esconde a caixa de palavras, não gosta dela, nem da Sombra que a protege. A Sombra deveria falar mais de si mesma e de como mantém todos sob seus olhos. A Sombra só sumirá quando desaparecer a chave, pois pouco lhe importa a caixinha de palavras. Por enquanto retorna por não suportar seu amor, enquanto isso faz planos para matar o pássaro e inventa uma nova descrição do Berescópio[s], mas não sabe que o pássaro já está morto.

T 7.7. Atravessar com a pena um mar revolto

∀ "Berenice,

escrevo depois de anos e não sei por onde começar, peço que me leia até o fim, pois tenho algo importante a dizer. *Sempre a mesma ladainha. Não sei o que ele teria a me dizer depois de todos estes anos.* A esta altura você deve achar estranho que eu me remeta a ti, quem sabe tenha esquecido de mim, coisa que não me sinto bem em sustentar. Os anos passados tornariam o esquecimento necessário, mas imagino que a alternativa da esperança de contato te parecesse bem mais real. *O pobre coitado pensa que é*

[s] Reconstituir este trecho confuso custou-me horas. Quase o lancei ao lixo, mas isto romperia com o sentido desta transcrição.

alguém©. Não se apaga tão facilmente uma história vivida, ainda mais que deve haver ressentimento de tua parte, fato que, neste momento também espero que você já tenha há muito deixado de lado. *Primeiro o idiota acredita que deveria tê-lo esquecido, depois que estaria ressentida.* Talvez você tenha pensado que morri. *Imagine, para mim ele morreu, de fato.* Ou pelo menos, sua vida deve correr como se eu tivesse morrido. *É, meu caro, isso mesmo.* Há quem esqueça até do próprio rosto, por que não esquecer de alguém que pertence ao lugar escuro a que se chama passado? Desculpe me alongar, preciso falar. Entendo que este seja um direito que tenho. Mesmo que não me queira ler.

Angustio-me, absolutamente, em lhe escrever. Não é fácil, sabendo que me pensas morto, sair do túmulo∅. Afinal estamos nos lugares onde nos imaginam, nos colocam onde aceitamos ficar. Escrevo, apesar disso e, talvez, por isso. Sinto-me também, apesar do que vou lhe contar, em paz a essa altura da vida e queria dizer coisas que nunca disse e que, de certo modo, me trarão o minúsculo detalhe de paz que, por fim gostaria de ter.*O pobre infeliz é incapaz de falar algo a meu respeito, quando fala de mim é apenas para supor o que eu penso dele. Vamos ver como continua.* De paz é o que preciso neste momento em que lhe escrevo. Para quem me imagina morto, não será decepção contar que vou morrer em breve. Veja que ainda tenho capacidade de

---

© Durante todo este trecho em que ela lê esta carta endereçada a ela mesma, ela comenta certos trechos sem nenhum sinal de tempo, por isso usei apenas vírgulas e não barras como foi até aqui. A carta é de um suposto pai da Pequena Berenice que, até onde sei, não existiu na realidade. Não é nenhuma novidade dizer que nada do que está aqui existiu realmente. Nem o pai, nem a Pequena Berenice que, em muitos momentos grafei com PB para facilitar. Não, pelo menos naquilo que entendo por realidade como lugar onde eu, por exemplo, existo.

∅ Último útero.

brincar porque ainda tenho algum tempo antes da morte. Nem medo, nem aflição, nem qualquer forma de angústia ou agonia, nem mesmo dor. E se me vejo te escrevendo não é apenas porque haja motivos mórbidos ou porque me agrada, antes me sinto no dever. *Depois de 40 anos o infame quer falar em dever.* Você deve receber com estranheza uma carta minha nestes termos. Deve perguntar o que fiz e o que estou fazendo hoje. Há 20 anos — pensa na metade do que de fato foi — tudo teve a sua explicação e meus gestos e atos, assim como os seus, foram como foram porque tudo precisava ser daquele modo, do modo como foi. *O infame acredita em destino.* Espero que não tenha esquecido nossa última conversa naquela tarde quente em que moscas nos rondavam como se fôssemos restos, você da minha e eu da sua vida. Estávamos em casa diante da janela. Duvido que tenha esquecido considerando sua impressionante memória capaz de guardar diálogos inteiros. Não posso pensar que hoje seja diferente. *Ele deve estar falando de outra pessoa, mas vamos ver o que tem a dizer.* Espero que outras interpretações não tenham sobrevindo para apagar nosso acordo e o sentido de nossa decisão. *De que decisão ele fala?* Mesmo depois de tantos anos não esqueci o que dissemos, imagino que lebres melhor que eu. Certos fatos, porém, vieram alterar o que penso e fiz e preciso dizer antes que as palavras fechadas em minha garganta acabem por me dar a morte ainda mais cedo. Não é por mim, entretanto, que lhe escrevo. *E por quem seria?* Estou aqui, à beira da morte, como se diz, e devo falar o que me cabe, agora, antes do fim. Expresso-me assim porque não tenho medo algum. O fim no modo como o estou vivendo é de uma extrema paz, como lhe disse. Somente as dores poderiam me tirar do sério, mas não as sinto. A meditação nesses anos todos devia ter me livrado do câncer, mas nada pode interromper o destino. A dor, porém, é menor do que o destino e a meditação me protege dela. Os médicos disseram que minha sobrevida seria de um ano, já se passou esse ano e eu devia já, pelos cálculos da ciência, estar morto. A paz em que me encontro faz com que estar quase morto e estar vivo não faça tanta diferença. Mesmo assim agradeço pela clareza de pensamentos, por ainda poder respirar e ter a chance de entender este mundo. Mas não estou escrevendo para conjeturar sobre a morte. Ela nos chega a todos e cada um de nós acha seu jeito de lidar com ela. Você sempre a detestou, sempre procurou inverter o sentido dos sentidos indo em busca do que achava fosse a vida em todas as suas formas mais primitivas — *finalmente ele começa a falar a meu respeito, mas serei eu mesma?* — mais diretas, mais declaradas. Essa sempre foi nossa básica diferença. Você discursava sobre a vida. Eu pensava na morte e a tinha como guia em todos os meus dias, até hoje e cada vez mais esta tendência se confirma e eu não tenho medo. Retirei-me e ao ir embora deixei-a viver como queria, na vida sobre a qual te queixavas, a vida que eu parecia ter roubado ao te obrigar, corpo e alma, a um modelo no qual eu acreditava, e não apenas eu, gerações inteiras comigo. Querias tua vida de volta e eu queria sair da morte. De certo modo, a tínhamos construído juntos.

A morte esteve em meus pensamentos e até hoje é ainda uma metáfora que assume feições a cada dia mais concretas a agir sobre o que vejo e sobre cada parte do meu corpo que já não posso ver. Tudo o que está próximo se apaga. Não posso mais ver partes do meu corpo, nem de corpos de outros. Disseram-me os médicos que é o tumor a avançar[p] lentamente, embora em uma região inacessível do cérebro, parece que o

---

[p] O contrário de retroceder. Retroceder é sempre mais confortável, a não ser em casos de risco de vida.

tenho há mais de vinte anos. Que me importa. Talvez não lhe diga respeito, imagino que ao ler o que digo estejas irritada[α] com a notícia, com esta carta, não imagino que tenhas pacificado teu modo de ser. Ninguém fica diferente apenas por envelhecer, a velhice é apenas um estado corporal, não anímico. Sabemos que não seremos diferentes por estarmos mais velhos. Desculpe, aqui já estou me precipitando e supondo que não tenhas mudado teu modo básico de encarar as coisas, de ver a ti mesma, de ver os outros. Por isso fui embora, sabes disso. Dizer que nossa vida era insuportável não é muito. E ao ir embora procurei meu caminho interno, a solidão que me faria renascer do erro que cometemos para que eu pudesse não vê-lo mais como um erro. Era a minha esperança. Cumpri meu dever estando longe por todos estes anos e sem jamais procurar vocês. *Será que o que ele chama de erro seria a Pequena Berenice? Era só o que faltava, depois de 40 anos ler tamanho absurdo.*

Jamais a procurei, pois achava que os filhos são das mães antes de pertencerem aos pais. Eu não era um garoto bobo, um inconsequente que simplesmente deixa de lado responsabilidades. Seria fácil dizer isso e hoje arrepender-me ou simplesmente assumir a paternidade. Mais difícil é entender que se tratava de uma escolha de vida. Nem antes e nem hoje, eu nunca quis ter filhos. Não porque não quisesse uma responsabilidade financeira ou investir meu tempo em um modo de vida exíguo em prazeres e liberdade. Sempre vi a paternidade como um peso e continuo a vê-la. Não mudei como vês, apenas amenizei meu tom, encontrei um modo de viver em silêncio e não me sinto mal por isso.

[α] Muitas vezes é como me sinto, mas como sentir não está em jogo, não me sinto irritada nunca. O fato de que me sinta, mas nunca me sinta, faz restar um único dado: o nunca ao que tudo pertence.

E mesmo que eu tivesse agido na contracorrente do que sinto sei que seria pior para mim, para você e, sobretudo, pensei, para ela. Realmente acreditei nisso. Além da frieza que é minha característica infeliz (e imagine como me tornei sensível para lhe dizer isso) eu também fui pragmático. *Ele tinha que vir com desculpas inúteis. Nem sei porque sigo a ler esta montanha de mentiras.* Acreditei que era o melhor, confiando que minha presença não seria um acréscimo de alegria em uma vida que eu julgava fosse mais feliz. Isso me fazia superar qualquer possibilidade de saudade ou até curiosidade em ver que rosto, que jeito, que modo de ser teria a minha filha, não senti nada, não tive nenhum desejo de vê-la, acostumei-me a apagar o passado porque não desejei este passado e não seria responsável por ele.

Eu não tinha uma filha, era isto o que eu pensava. Que Berenice era tua filha, que Berenice fazia parte da tua vida, que eras a mãe dela. Eu não era nada, nem sequer existia. Assumi minha inexistência como uma verdade. Não consegui fazê-la não existir, mas a imaginava como que dentro de um sonho antigo. E pensei que vocês vivessem felizes, que Berenice era a mais linda das moças, a mais alegre, a mais vital, independente, eu, um desnecessário, que terias providenciado outro pai para a tua criança, que não eras de dar ponto sem nó. Isso quando eu conseguia pensar em vocês. Hoje sei que tudo isso não passou de um modo de sobreviver ao passado. *Onde quererá chegar com esta fala mansa, jamais imaginei que ele pudesse ser tão manso. Vejamos como continua esta ladainha de desculpas falsas.* E é por isso que escrevo, não posso não contar o que sei hoje e não consigo não sentir um peso imenso em relação ao que vi. Quem sabe seja esse silêncio guardado o que me impede de morrer. Posso pensar diferente? Escute o que tenho a dizer. *Sim, o infame acredita que cheguei até aqui.* Há dois dias vim para o hospital fazer uma sessão de quimioterapia e alguns exames e, felizmente, tenho forças para acabar esta carta. *Ele jamais deixaria a hipocondria*. O que tenho a revelar?

Que conheci Berenice. Chegou há seis meses em meu consultório. Procurava uma terapia. Não queria dizer seu nome completo, nem endereço, pedia apenas que eu a atendesse e que a ajudasse a escapar dos seus próprios fantasmas. Logo a seguir falou da morte. Disse-me, assim, diretamente, sem que houvesse qualquer empatia maior entre médico e paciente. Eu, mesmo estando tão próximo da morte, me senti imediatamente mais próximo da pessoa que ali me procurava e, sem poder controlar, não tinha como fingir que o seu e o meu problema eram os mesmos. Em outras circunstâncias eu tentaria contornar uma revelação absoluta já em uma primeira sessão. E claro que me chamou a atenção e motivou minha imaginação o fato de que ela se chamasse Berenice como a filha que eu tinha sepultada em minha memória. Não imagino que tenhas registrado com outro nome, pois Berenice era a tua vontade, que ela tivesse o teu próprio nome. Jamais imaginei que a coincidência pudesse não ser acaso. Naquele momento eu atendia apenas poucas pessoas, as que não podia abandonar imediatamente e que preparava para continuarem com outros colegas e amigos. Mas não pude resistir ao apelo que aquela pessoa ali, tão jovem, que devia ser o meu avesso, me trazia. Era um problema meu que vinha bater à minha porta, mas eu não imaginava o quão meu era. Ela devia ser um contraponto e não um espelho no qual minha imagem se obrigava a aparecer. Ela era igual a você, quase uma réplica.

Berenice, veja, não conto isso para me justificar, nem para que me entendas e acredite em mim. Estiveste todo este tempo tão morta para mim como eu em tua visão. Não me preocupo em me redimir diante de ti ou de promover uma imagem minha. Conto porque cometi uma falta, disse a ela que era seu pai e não devia ter dito e precisamos fazer algo por Berenice enquanto ainda há tempo. O que me cabe fazer é apenas enviar esta carta, pois nem sei se sairei daqui e se voltarei ao consultório. Se eu ainda pudesse contar com a vida eu agiria de outro modo. Mas agora não posso oferecer a ela um pai morto. Olho para essa moça, da distância que posso ter e faria tudo para voltar atrás e transformá-la de filha novamente em paciente e não comprometer o andamento da vida como tinha sido posta. Não há mais tempo. *Pois é, passam-se os anos e o idiota acredita que a vida vale uma mentira. Pensando bem, ele tinha razão, melhor que a Pequena Berenice não soubesse o pai que tem.* Ela deixou meu consultório há duas semanas. Se a sobrevida fosse uma alternativa eu a esperaria voltar e desfaria o mal-entendido, procurando-a sob o pretexto de uma análise que não encontrou seu fim, pediria desculpas, diria que foi a contra-transferência. *Ou seja, ele mentiria pela segunda vez. No lugar de, finalmente, desmanchar um mal-entendido ele o repetiria.* Agora me farei entender. Muitas vezes pessoas em profundo desespero somem das terapias e depois, passado o horror que sentem de seus próprios fantasmas, voltam procurando elaboração. Mas não tenho este tempo. Nesses meses escutei sua história. Desconfiei que fosse ela numa mera intuição[r], pois desconfiava da semelhança física, ao mesmo tempo que me parecia claro. Escutei-a e ao escutá-la apenas confirmei a suspeita que em determinados momentos parecia um excesso de imaginação. O máximo que

[r] Conjunto de letras vazias de sentido, ou que devem designar o vazio de sentido do que está à mostra. Intuição é o sentido de tudo o que não se vê. Confesso que nunca tive muita.

eu podia dizer o tempo todo para mim mesmo não passava de uma pergunta perplexa "como é possível?" que ecoava solitária em meus ouvidos. Uma cidade enorme como esta ainda é capaz de mostrar suas vielas. Eu olhava para Berenice como uma estranha e, ao mesmo tempo, sabia que eu era seu pai, o que me pesava como uma dívida que, à beira da morte eu contraio como uma nova doença incurável, um mal que se renova, uma dor que não poderá ser eliminada com a morte e que me faz querer morrer porque me dou conta de que ao longo dos anos, o que havia de mais triste aconteceu, eu simplesmente esqueci do que havia acontecido. As coisas se guardam, porém, sozinhas, à revelia de nossas decisões. Cuidei dela com atenção. Mas ao saber que era minha filha devo ter emudecido, olhado para longe, devo ter lhe dito de volta o que ela me dizia com seu olhar de abandono e desrazão. Por dias e dias ela me pareceu o que eu havia feito de mais sério, como uma parte que não tendo sido vivida, por estar intacta para o meu juízo, parecia uma verdade que me era devolvida com o peso das coisas que são jogadas no rosto.

Assim como a morte, encarei a chegada de Berenice como algo inegável, algo a reparar, algo a enfrentar como a vida que não terei mais. PB era a encenação do que eu não teria e do que eu nunca tive. E apenas por conta de minha própria renúncia. Do que eu não quis? Perguntei-me ainda. Se algo me dói, Berenice, nesta história toda é isso, é o fato de que não terei o que nunca tive e que esteve sempre ali como algo que eu podia alcançar. Mas no fundo não me dói, porque entendi que a vida não passa disso mesmo.

Mas não podia alcançar, não sei se me entendes. Eu confesso que gostaria hoje de poder culpar-te, mas não posso, não me sinto livre, nem justo para fazer isso. Não vou me estender mais. Queria apenas que soubesses que precisa ajudá-la. Chamei um amigo, alguém que dividiu o consultório comigo por anos e lhe contei algo dessa história. Apenas omiti o detalhe principal, ninguém precisa saber que sou seu pai.

Por fim, o que precisas saber é que ela planeja se matar, Berenice, e me confiou essa verdade antes que eu dissesse a ela que sou seu pai. Sei que não está blefando como poderia parecer nestes casos. Dizem que os suicidas são como cães, não avisam se vão morder, mas em anos de consultório me provaram o contrário.

É tarde da noite e a medicação me dá muito sono, por isso encerro por aqui. Espero que não vejas nenhuma má intenção no que digo.

Fique em paz e, por favor, proteja essa criança.

P

GGG[t]

T 7.9. Tornar-se pássaro

06 de janeiro de 1987 é a data que vem à memória de P que acorda de um sono de horas no hospital após exames e uma sessão de quimioterapia. O médico veio lhe dizer que tudo está

---

[t] Aos poucos cessaram os comentários. Talvez ela mesma tenha emudecido com as revelações da carta. A referida "Pequena Berenice" sobre a qual jamais tive notícias reais é um dos seus personagens mais curiosos. Seria também alguém real? Por isso GGG?

bem por mais um tempo, pergunta sobre a dor[e] que aniquila o corpo que desistiu de si mesmo. Diz o médico que é preciso cuidar do coração que enfraquece a cada dia. P considera que o coração sendo parte do corpo não teria destino diferente. Sobram-lhe sopros pelo pulmão, pensamentos vagos pelo cérebro, algumas palavras amolecidas na língua que não serão dirigidas por telefone a uma família[p/] que, como amigos, inexiste. Na ausência do que fazer, pede ao médico que o deixe dormir o máximo de tempo possível. A enfermeira traz uma injeção de morfina que evitará a dor e o fará dormir sentindo um gosto doce e amargo[VER] na boca. Ainda há todos os protocolos do fim a experimentar. P sonha, pois nesta história todos sonham, o sonho é o fator que une os seres que observamos. Ele está num trigal amarelo, corvos voam em rasantes para anunciar que atacarão o campo, ele lembra do quadro de Van Gogh e pergunta a si mesmo o que estaria fazendo na Holanda, uma mulher com uma voz de pássaro pousa atrás dele e recita um soneto inteiro. Ele não ouve as palavras, mas percebe pela entonação e pelo ritmo do poema que ela gostaria de chorar, mas não pode, pois lhe cresceram pelos no rosto e sua atitude deve ser viril. Ele pede um conselho, ela ri avisando-o que atravesse o rio antes da noite e lhe devolve uma moeda antiga a

[e] Matematicamente falando, a dor que sinto pela inércia de meu corpo não é mais do que um desarranjo de composição entre órgãos, ossos e tecidos. A confusão vem de muito tempo na mesma posição.

[p/] Conjunto de membros reunidos pelo mesmo sangue ou pelas mesmas dívidas. Aqueles que repartem problemas entre si e representam a pedagogia do ódio. Raras vezes veem-se exceções entre as espécies, por exemplo entre macacos que partilham piolhos.

[VER] A inelutável cisão.

mostrar dois lados vagarosamente. De um lado, diz ela, está o medo, de outro, está o sonho. Para não confundi-los ele deve guardar a cor, vermelho e terra sutilmente diferentes. Ele sente um medo desconhecido, uma espécie de decepção, e repete em voz baixa que isso não será possível, falta-lhe um remo enquanto longe, no rio, pode-se ver um barco abandonado. Suspeita, então, que ela o queira enganar sugerindo a travessia, mas quando vê sua mãe acenando em pé no barco tudo se torna claro e ele decide seguir.

Ele acorda e a enfermeira ainda não acabou de lhe aplicar a injeção, ou já é outro remédio, do tempo é que não há mais noção, ele dorme novamente e não sonha.

T 7.9.1. Tornar-se vidro

Os olhos semicerrados dão nitidez às paredes brancas do quarto. Os lábios soltam-se da boca como se dela já não fizessem parte e preparam terreno a uma lágrima a meio caminho da maçã esquerda. Água a virar pedra como se uma mágica agisse sobre o rosto e o fizesse ser velho e jovem alternadamente. Os cabelos desamparados entre si pousam em fios colados na testa fria como à espera de pássaros em repouso antes de retomar o voo. O suor de dias se expandiu do rosto ao corpo cada vez mais incompreensível, quieto como a vertigem, uma desistência ainda encarnada. Nenhum invento por fazer, nem semeaduras, nem quitações. Um tremor levíssimo passou pela face como um cometa distante, a face voltada para o travesseiro, no entanto, poderia contar outra história, não a posso ver daqui. Há o corpo solto entre os cabelos e os pés, o corpo que os liga, o corpo dentro da pele que é, ela mesma, parte do que contém, há o corpo que nem mais vivo, nem morto, é a ponte entre o que se pode experimentar e a vida dos outros. Em coma, algo nele ainda se move sem que eu possa ver. Ministraram as drogas de hoje, doses altas para evitar a dor e providenciar este estado de desacordamento que não é sono. A lágrima devia escorrer, é da natureza dos líquidos, até a boca do homem sobre a cama, mas permanece presa à maçã do rosto como se mais que uma intriga, fosse uma obra criada pelo engenho humano. As partes no todo a que se chama corpo estão ali dentro das roupas de indecidível verde-maçã, dentro o gelo do que se pode ver e não. O que saberia de si? No fundo abissal do silêncio ainda há algo que ele contemple? Ouvirei a respiração antes, durante e depois? A distância ínfima entre sono e morte será eliminada? Uma voz chama de dentro dele[βερεηικη]. O homem está morto ali, alguém dirá passando rapidamente em frente à cama. O homem não se expressa, não tem o que dizer. É cedo para que alguém veja, cheire, tateie. Demora até que algum enfermeiro venha checar os sinais, intimado pela frase um homem morto à solta. Não há sinais. Não, não está morto, é apenas coma, diz o enfermeiro chefe para quem quiser ver. Não há ninguém por perto.

CCN.

[βερεηικη] O que importa é o que se quer designar com o pronome, o que pertence a outro, não a mim, nem a você, mas a um terceiro que, não estando entre nós, corre o risco de ser logrado. Como o logro é só o que temos até aqui, sabemos que o terceiro está bem próximo, como um vizinho que espiasse atrás da porta esperando um dia ser descoberto.

T 7.9.1.2

No fundo do silêncio inquieta-se a vida a medir-se com o espaço da cama, com a luz branca emitida pela lâmpada, com a distância das paredes, o cortinado de plástico negando a tessitura. Um mundo em branco e tonalidades esmaecidas preparando a doença para a morte. Um copo de água intocado está ao lado do corpo de P, sobre o criado mudo branco, sobre o chão branco. É um exagero dizer corpo. A pele de P é branca como a neve, grossa como couro. Manchas de sol, rugas submersas como escritas tatuadas na pele, tocos de barba apontam irregularmente como no rosto de um jovem adolescente. Brancos e pretos, imersos na mesma falta de lógica e cadência, avisam de algo fora do lugar. Os enfermeiros vêm aparatados. Movem o vivo quase morto para que fique com o ventre para a luz. Tubos de plástico são colocados na boca e no nariz e um cateter no lado esquerdo do peito, por onde, de agora em diante, ocorrerão as tentativas de salvação. Não, ninguém sabe por que é preciso salvar este homem sem família, sem amigos, sem visitas, abandonado como um miserável à própria sorte já de antemão conhecida. Como chegou a ser o que é, perguntará alguém que o veja atravessando esta dor silenciosa que é o único verdadeiro caminho da morte. Que memória se apagou nele, que revolta veio colocar-se no espaço da vida que nele se ausenta tão declaradamente? Sabemos quem é, mas ninguém mais sabe. Seu nome e profissão não querem dizer nada àqueles que se ocupam do serviço social e psicológico no hospital. Uma freira que distribui panfletos religiosos durante a tarde nos quartos de hospital rezou ao seu lado em silêncio, perguntou quem era, se podia ajudar. Ninguém tinha nada a dizer. A enfermeira da noite impaciente com o que vê dá um nome de fantasia ao abandonado, nome que copia de um filme que vira há décadas: Dr. Fausto, para lembrar aquele que tendo vendido a alma ao diabo sofre para deixar o corpo.

(T8 — Oitava fita — 15/11)

AraquineV

[æ]Araquine parada diante da cama pensa no que poderia haver com Berenice, o que teria causado a carta de P? Berenice de olhos cerrados em sono profundo é incapaz de responder à pergunta "o que foi?" Vendo que Berenice dorme, ela se dirige à porta retangular como a maioria das portas, decisiva, no entanto, a dar vão aos passos indelicados e rápidos que se apressam em girar a maçaneta com a precisão de um ladrão que sabe o cofre de onde tirará o seu butim, não evita, contudo, o barulho que, golpe de sorte, acordaria Berenice sem que tivesse de chamá-la/ Não quer que Berenice acorde, tampouco que durma/ Na sala onde deveria estar PB, jaz a carta sobre a mesa. Araquine senta-se à poltrona onde antes PB tomou o seu

---

[æ] Minha mãe parecia ler esta história. Se a estivesse inventando, haveria algum titubeio. Ao contrário, as frases corriam de tal modo soltas que eu não tive como utilizar mudanças de parágrafos. Falava do passado para o futuro, como se imaginasse o dia em que teria saído do armário. Se a leu, no entanto, não deixou o livro. Procurei nos poucos que haviam dentro da casa, algum que pudesse conter alguma história parecida supondo que, mesmo que a tivesse inventado, teria que ter alguma base a partir da qual construir seu enredo. Os personagens são Berenice, que ao longo da história se desenvolve como uma protagonista e ao mesmo tempo, guarda o registro da narradora que, aos poucos deixa espaço para seus personagens. Araquine protagoniza também esta cena, como diversas em diversas das fitas anteriores.

veneno, os móveis perdidos no espaço dão-lhe a dimensão de sua própria atopia entre paredes pouco distantes entre si, ela é a distância. A casa poderia ser maior. Não posso descrever a sensação de Araquine, ela é apenas um espectro como nos diz seu nome feito de pedaços®, embora tenha adquirido forte estrutura presencial ao longo destes dizeres; nenhum sentimento lhe pertence desde que é impossível dizer algo real sobre o alheio; falar do que não foi dito, do que não foi expresso é iludir, e dizer o que alguém sente é tão somente repetir o que foi dito com a distância que toda cópia traz do original; podemos ver o vaso cheio de flores mortas na água parada, a carta ao lado como se, desimportante, ninguém a tivesse lido, não querem saber do passado, a revelação funesta mais forte do que a vida que segue há anos movida pela estase das coisas, não requer combinação; uma indiferença atenta que se tem para com o que pode estar nos enganando molha os olhos da Araquine; ela olha, simplesmente olha, no entanto, cega que sempre foi, não verá, nem com a atenção que foi buscar no esforço mortal a protegerá da carta que ficará ao lado enquanto Berenice dorme, dormirá por horas, para isso foi sedada// Araquine ergue os pés junto ao peito, abraça as pernas, liga a televisão onde formas animadas movimentam-se à sua frente, desfilam as imagens coloridas e estridentes, uma brisa entra pela janela; não há cigarros em casa, nem o que beber, Araquine não costuma beber, foi só uma possibilidade que nos veio à mente, a minha e a sua, sim, pois a observamos agora em sua natureza, coisa que não podíamos fazer antes diante da força com que Berenice ocupava todo o espaço/// tínhamos que

® Referir-se-á a Aracne+Aquinate? Araque+Aquine?

falar nela/// Araquine adormece com o barulho da televisão e, como é comum a quem sofre angústias embora não sejam tormentos e a racionalidade sempre tenha saído por seus poros, pele antiga que se renova, Araquine sonha/// em sua mente elefantes em fila como num quadro de Salvador Dali se dirigem a um precipício, ela sabe que os elefantes não podem maltratá-la, não sairão de seu rumo@ reto, porém desconhecido; ela observa o espetáculo sobre duas altas pernas de pau e, apurando o foco, vê macacos com um cetro na mão em riste sobre o dorso dos elefantes. Os macacos estão em guerra. Ela se esconde para não ser vista, mas as pernas não permitem. Quando um dos macacos vem quebrar as pernas com o cajado de aço, ela acorda; o corpo ausente não permite que sinta medo do que viu; não há medo sem corpo, é do medo que o corpo provém; na televisão há outros macacos que serviram de modelo ao arranjo onírico/// ela chega mais perto, põe os óculos e vê o filme sabendo que o que está dentro e o que está fora são da mesma ordem e que só se separam pela desordem aparente das coisas; por um instante fala sozinha: terá o destino vindo nos visitar? Ninguém pode ouvi-la além de nós/// retorna ao quarto disposta a inverter qualquer coisa e tornar-se, assim, livre de Berenice que a prendeu até aqui/// Berenice dorme na mesma posição, a inércia é efeito do remédio, desejável para além da possibilidade da droga; angústia e calma compondo escombros novos/ Araquine, feita de olhos, observa o espaço do pequeno quarto com a decoração casual, vaso de flores secas, tapete de juta, cortina de algodão encardida que esvoaça na brisa quen-

@ Rigor na execução de um caminho, evitação da tortuosidade, da poesia e da assimetria. No entanto, o rigor pode exigir justamente o contrário, a promoção de tudo o que ele nega.

te a entrar pela fresta, o relógio atrasado em horas não deixa ouvir nenhum tique-taque/// o silêncio não pertence aos aparelhos/// é um mundo de silêncio e bafios incompletos em que a falta está inteira presente, e quanto maior, mais imperceptível/// da rua se ouve um barulho de carros passando, um gato que mia longe, sempre há gatos quando o silêncio afronta o espaço /// Araquine vai até o armário de três portas e nenhuma divisão interna/// uma prateleira onde colocar sapatos que, espalhados pelo quarto, deixam espaço vago no guarda-roupa/// os lençóis são guardados sob as roupas e há uma pilha de caixas na parede da esquerda; na parte de cima penduram-se casacos em cabides de plástico todos empurrados para o lado; nenhum vestido, camisa, blusa, lenço ou écharpe das que Berenice tanto gostava; duas blusas iguais de tecido preto sedoso, as mesmas calças de brim pesado como quem se despreocupa do que veste/// imagens do passado soçobram em meio ao chiaroscuro a revelar paredes invisíveis; Araquine diante das portas e o vazio composto em que se observa o lugar que Berenice ocupava. Como suportou horas no mesmo lugar, encolhida, de pernas presas, que espécies de movimentos poderia fazer? Araquine vasculha delicadamente o espaço sem tocar em nada; não há muito para desarrumar; o intervalo[λ] entre roupas e caixas onde cabia o corpo de Berenice é deformado como um útero marcado pela forma dos filhos; o corpo jaz na cama desavisado do mundo, do qual quanto menos se sabe, mais se torna um corpo e mais vítima de sua situação; Araquine fixa seus olhos nesse pequeno abismo de fundo bem definido; o corpo ao lado é o deslocamento de um continente

[λ] Tempo entre tempos ou não tempos que simula sua ausência ou um novo tempo. Lugar entre. Está para o tempo como a lacuna está para o espaço.

em tempos ancestrais; na mesma posição, Berenice parece morta; Araquine respira fundo decidida a agir no infinito piscar de olhos, intervalo no qual cada uma acredita no que vê/// então, ela entra no armário, gira o corpo para a frente, puxa a porta e a fecha com a delicadeza que não conhece, de quem se esconde para não ser mais visto; procura espaço sabendo que não há; busca o escuro sem fim que possa iluminar os fatos; imagina que Berenice o encontrou e o deixou ali confiando até o último instante na sensibilidade que compreenderia a fresta pela qual é preciso deixar entrar a luz da rua, a única que ainda ilumina o quarto e que, ainda que fraca, é a luminosidade que tenta vencer a noite; desliza, então, pela parede do armário até o chão, abraça as pernas e chora como se rememorasse sua própria natureza seca como um pedaço de madeira morta/// Araquine, separada por uma porta fina de Berenice, da vida lá fora e de sua própria história, perde-se no tempo, certamente mais de meia hora naquele torpor infeliz que arranca os cautelosos de sua ordem; Berenice sequer se move; o remédio provoca um sono pesado que deverá durar horas, pelos menos até o final da manhã do dia seguinte/ Araquine tem todo o tempo do mundo e a observamos sem medi-lo enquanto cessam as lágrimas; pergunta-se se o rio caudaloso da tristeza não secará mais cedo; seca o rosto com a manga do casaquinho de algodão preto e desbotado; os olhos estão inchados e vermelhos; a íris marrom claro misturado ao vermelho dos vasos atingidos ainda mais clara, não permite que se saiba dos detalhes, quem se aproximasse dela vê-la-ia iluminada pelo facho de luz lunar/ a saia branca de algodão plissado retém alguma luminosidade, assim o ambiente mínimo não é de breu completo, nem sequer de uma escuridão intolerável; ao contrário, Araquine vasculha ao redor tateando com as mãos para entender, mas não há o que buscar, ela conclui/// Berenice, pensa Araquine controlando o próprio hábito de perguntar, como pode ter ficado assim? O que a terá levado a tanto sofrimento? Araquine sabe que essa pergunta é parcial e pouca, que não acolhe o tremendo oco da condição à qual Berenice pode estar vivendo, que ela pode estar perdida em searas inimagináveis, que o nome da loucura pode ser dito de diversos modos e pode haver um que caiba à sua amiga, amante, a mulher com quem decidiu viver todos os seus dias naqueles tempos em que havia escolha/// imagens de Berenice assaltam a memória de Araquine que se esforça pro esquecer; a cigarrilha preta que não saía de entre seus dedos, os olhos de Elisabeth Taylor[m], uma alegria contida, que se esquivava da expressão/// imagens de Araquine vindo do interior[@] com o gato dentro da bolsa/// percorre mentalmente a imagem do corpo gordo de Berenice; pergunta-se o que fazia aquele pequeno armário ser um bunker para Berenice? Não podemos perder de vista que Araquine não compreendeu suas escolhas até agora, sabemos apenas que uma está louca e a outra não/// mas não é tão fácil decidir com precisão/// até aqui cuidamos de ver Araquine e Berenice, ofuscamentos e imprecisões/// não se mostram mais seus desejos/////// ilusão, máscara contra a realidade que se esfacela e sumirá em inúmeros estilhaços////// não há o que fazer a não ser esperar, pensar; ao encontrar a melhor interpretação dos fatos tudo se iluminará? Perdida como deve estar Berenice, Araquine se levanta; o gesto não é promover outros/// sair pela porta e tomar provi-

---

[m] Era assim que se via? Posso autorizar-me a parecer com Marylin ou Ava Gardner, ou Jolie? Minha mãe, se falava de si, esquecera a modéstia.

[@] Curioso é que tenha perdido a noção de que era apenas uma moça do interior, como eu.

dências; ela apenas levanta do chão e espera; o que resta diante do desfecho possível, nenhum som, nenhum barulho para além do roçar de suas roupas nas paredes; o silêncio ocupa a vastidão onde poderiam estar os pensamentos elucidativos, as frases corretas sobre a vida em composição afoita que esperaria lá fora, ou melhor aqui fora, onde estamos nós assistindo a tudo/// a esperança da ordem não a deixa sair/// estamos aqui mas não podemos lhe estender a mão, nem fazer sugestões. De pé, com o peso nas costas empurrando a parede dos fundos do armário, passam-se minutos e ela se esforça por permanecer imóvel/// é o desejo de ouvir a si mesma/// não é possível permanecer nesse lugar/// ainda assim ela se mantém procurando a luz, quer ouvir a si mesma, mas confia na visão/// acredita que essa voz interna será como a lâmpada no quarto escuro, a lanterna no caminho sombrio; o olho[g] já acostumou à escuridão[α], assim como o ouvido acostumou ao sem som; ela precisa acordar, o encontro consigo mesma está por vir, como uma iminência, quieta, ela não sabe mais que há algo fora dela, tal é o seu transe para dentro de si mesma/// permanecemos aqui perplexos, eu e você, ou vocês que não chegam tão perto, olhando para esta mulher que nos deixa ver seus movimentos e estases, olhando o quarto escuro como se penetrássemos no proibido recinto onde algo sutil e secreto se desenrola/// escuro e silêncio uterinos/// dentro do escuro facilitado pela arquitetura de janelas pequenas há um escuro maior promovido pelo design barato do armário no qual Berenice se alojou e logo Araquine/// daqui olhamos sem confusão alguma, se ela pudesse

---

[g] Globo feito de tecidos translúcidos, líquidos e cartilagens, ou pedras, contas e sílica.

[α] O que impede de ver, assemelha-se à cortina.

contar com nossa lucidez, mas só o que podemos é assistir ao desfecho e, como ela, esperar/// descrever, eu que escrevo, você que lê, ela perdida em devaneios que acessamos com muito custo; nossa solidariedade é o limite entre a razão e a imaginação interagindo para dizer o que vemos/// nos conformamos, não há o que fazer/ Ela está ali/ foi tomada pelo nada e não deseja mais sair dele/ o nada do CCN, ausência de desejo[τ], ela sabe disso, embora aos poucos já não saiba de nada, o nada é também a ausência[∅] de saber/// dentro do útero dentro de outro útero, ela foi tomada da perdição à qual passa a pertence e, de certo modo lhe pertence como cabe a cada um o que é de cada outro com o qual se convive/// mas por um tempo nada curto ela se esqueceu de tudo, penetrou em outro território, um útero ainda mais profundo, o de dentro de seu corpo, não o útero de onde saem os filhos, mas o útero de onde vêm os pensamentos e que, este, não sabemos, nem nós, aqui fora, nem os sábios, localizar/// o nome é outro e outra a coisa por ele nomeada/// Araquine quieta, acordada no sono, esquecida de tudo, fixada na parte interna da pálpebra que anuncia uma saída, os olhos fechados guardando a lembrança de quando estavam abertos, acostumada a decidir, torna-se a presa do silêncio, que determina agora todo o seu estar/// o tempo passa quieto como um pássaro que foge/// Araquine dentro de si dentro do armário dentro do quarto dentro da casa, dentro do dentro que ela ocupa, falta a Berenice perdida como sente sua falta

[τ] Do que cada um deveria livrar-se. A única salvação seria nolens volens, no entanto, não se trata de salvar o homem, nem as mulheres, nem as crianças. A ausência de desejo é onde estamos, eu e você, caríssimo e incansável Sancho.

[∅] O que acompanha o desejo.

/// ao lado, a dormir como uma planta na eternidade do verde, Berenice não pode se redimir/// a pertença recíproca, ainda que descontínua e rejeitada, confunde-as/// Araquine abre com força os olhos que haviam se fechado no processo de esquecimento, repentinamente, como se um botão ligasse dentro dela, fixa-os na nesga de luz lunar, traz as mãos aos ouvidos e os tapa; não pode fugir, a ação deverá ser outra/// são várias as alternativas que temos ao olhar de fora e é bem fácil julgar essa mulher que se perde para se achar, acesso de coragem incomum em pessoas que pensam antes de agir/// Araquine pensa, sempre pensou, procurou estar calma diante de todas as situações colocadas pela vida. Berenice aconchegada ao sono causado pela droga, um sono administrado com certo ar de morte asséptica, não está incapaz da vida do sonho/// sua mente ainda se move no recôndito da alma em volteios fugazes/// penetramos a mente de Berenice de um modo muito mais fácil do que a mente de Araquine, inevidente, tela em branco contra a tela exposta de Berenice; o que menos vemos é a tela sempre maior que a pincelada em nossas lupas titubeantes; Berenice é o risco na tela de Araquine, fundo e figura, superfície e profundidade, razão e sonhos; dito e desdito/// As paredes de tábuas de cerejeira sem tinta nem verniz, claras, ainda que não se saiba de onde vem a luz que as ilumina, são três sem janelas nem portas; pode-se sair pela primeira, mas ela está de costas sem saber que estar em si é estar fora de si. Ela agirá e sofreremos ao saber.

Abre a porta e um rangido fino e distante se desloca pelo espaço fugindo da dobradiça; a luminosidade fria mostra a ferrugem inicial da peça; é o que Araquine vê; o escuro é palco de ilusões e crer no que se vê é o pior de seus efeitos. Por um instante medita sobre o motivo de estar ali e o porquê sair, mas só encontra a necessidade como um motivo, urgência branda, mais vontade do que imperativo; a dobradiça da porta se confunde a uma mariposa cujas asas abertas escondem o metal e, olhando melhor, o camuflam/// Araquine chega perto, a dobradiça parece, num instante quase imperceptível, mover-se, ela toca com os dedos a superfície enferrujada, mole e macia/// uma mariposa, não uma dobradiça/// abre a boca deixando entrar o ar sutil que evita a morte instantânea pelo susto; poucos conhecerão essa inversão do grito/// Paralisa-se, a meditação[J] é impossível pelo poder exterior das coisas; os objetos[∅] desobrigam de falar; sugam, há neles mais do que seu mero ser de coisa inerte; é o nosso ser que foi sugado e ali se guarda, assustado e querendo ver; aquele que busca meditar e se esquece de olhar para trás, para esse universo das coisas que se fingem paralisadas, apenas sonha; o que ficou perdido, o que não se viu, retorna a falar uma nova língua e produz novas interpretações/// antídotos necessários.

Engolido o susto, será preciso sair do armário e reorganizar a vida; a porta está entreaberta diante de outra porta entreaberta/// Araquine perdida diante da porta/// pela fresta[ã] ela pode ver a imagem pouco nítida pelo escuro do quarto e pelo ângulo de sua visão de uma parte do corpo deitado de Berenice/// de início parecem apenas panos enrolados/// um resto de qualquer coisa de alcova, roupas, texturas e trapos, uma abstração até que a imaginação complete o trabalho do

---

[J] Havia um pouco dentro de um pote de vidro cuja tampa havia enferrujado, mesmo assim, usei-a.

[∅] Aquilo a que se refere um sujeito, mesmo quando o sujeito é objeto. Partícula metafísica a partir da qual podemos começar a pensar.

[ã] Pequena abertura de portas, janelas ou tábuas. Nesta casa há muitas pelas quais raramente passa o vento gélido. Normal é o calor, a ausência de qualquer brisa.

olho que, na lentidão do tempo forma uma imagem/// uma mancha[∅] branca tapa uma mancha escura opaca enquanto forma uma sombra mais escura que a própria mancha e linear a ela. Serão duas pernas? Um lençol sobre a pele? Tudo parece pele. Ou será um pedaço de lençol tapando um braço? Não é possível decidir quando o corpo decide ser mistério/ o camuflado por trás de uma fresta visível por acaso/// Perspectiva da estranheza inquietante/// mergulhadas no simplesmente contemplar, não vemos o que Araquine vê, mas vemos que ela vê e sua expressão, ao mesmo tempo, curiosa e cansada sempre amparada em livros lidos, obras analisadas, conceitos novos, sínteses dialéticas atrapalha tudo o que desejamos até aqui/// filme/// Araquine confia em legendas/// nos mortos/// nas imagens foscas/// nas fotografias da mãe falecida/// na mistura dos cinzas/ no tempo que retorna como um redemoinho invertido; Berenice deitada na cama, como sabemos, como nos acostumamos; Araquine acostumou-se como nós, em poucas horas, indefinível deixa espaço para a imaginação e Araquine que conhece a intuição intelectual se regozija com a nova sensação, galopes da imaginação levam-na a horizontes[DE] curiosos que se podem ver com olhos retos/// Ninguém[β] vive mais o prazer[α] do pensamento[ρ] do que Araquine, apenas porque não atinge suas profundezas[ρ]/// Berenice sempre soube disso, mas como não se importava com a excelência das coisas jamais disse a Araquine

[∅] O que eu sou dentro desta casa.

[DE] Urdidura de tudo o que se vê.

[β] Alguém, qualquer um, João.

[α] O que Ninguém pode ter.

[ρ] O que se pode ter, mas de pouco valerá.

[ρ] Lugar que desconheço.

que a considerava sobrevivente na inconsciente frustração[∅]; jamais se preocupou se Berenice estava enlouquecendo.

Podemos questionar se é loucura o que se passa com a mulher deitada, mas isso não passaria de crítica inócua à ordem insuportável das coisas/// tudo tem um nome próprio// há também a loucura que desejamos chamar por outro nome e há a maldade[∅] mascarada de loucura/ a sanidade mascarada de loucura/ os elogios, as condenações da loucura// a loucura que faz ver mortos, que faz matar vivos, que faz sonhar acordado, que faz lamentar ter nascido/ o problema não são os nomes da coisa, mas saber onde está e como descrevê-la/// as memórias desfilam, cheias de dentes, pelos, chifres; animais domésticos e famintos; olham como para vender a alma/ e compramos/ Araquine (é apenas uma lembrança, saibamos, ela está mergulhada na água parada da memória e terá dificuldade de emergir) está de mãos com Berenice a brincar sobre a mesa, é mais um gesto inútil[ã] de Araquine evitando que Berenice use as mãos indevidamente dançando a faca de mesa entre os dedos/// Brincar de susto sempre foi um gosto de Berenice que irritava Araquine// uma mulher e outra mulher[J]; uma que dorme, a outra que corre o mais rápido que pode, levam-se nas costas uma da outra/// olhar de dor sob os olhos de amparo/// outro tempo, rememoração.

∅ Sentimento. Mais uma vez minha mãe afoga-se em sentimentos que eu devo aturar como um redemoinho que carrega minha paciência para o núcleo onde ela é aniquilada. No entanto, como tudo se contradiz nesta tecelagem, mais uma vez me vejo plena de paciência.

∅ O que me ocorreu quando cheguei aqui.

ã Aquele que vive sem alternativa. Nestas horas pensar é de uma grande serventia, pois a partir dele se podem ter ideias.

J Quantas haverá desde o início dos tempos, até seu fim. Em inexistindo espécimes conservaremos algumas em um zoológico?

O redemoinho se forma e as mesmas imagens enovelam-se, correm umas das outras, fogem de algo indiscernível. Araquine olha pela fresta a imagem visível torna-se surreal e ela não distingue mais o que é porta ou parede, orgânico ou inorgânico, luz e sombra, sonho ou imaginação. No sonho elas estão na sala de espera de uma cartomante. Araquine disse a Berenice que não queria ter vindo, que não acredita em cartomancia, nem astrologia, nem religiões ou o que disso se aproxime; Berenice ri franzindo a boca rejeitando as opiniões de Araquine; Araquine, ela diz, é muito mais preconceito do que iluminismo o que há na sua postura; Berenice, diz Araquine, não adianta argumentar, eu não vou consultar um oráculo; que pena/// Pena não, lucidez. Azar é seu, eu vou e será divertido/// uma cortina de renda branca e barata tapa uma porta. Uma mão levanta a cortina sem que se possa ver o corpo e o rosto nele, mas ouvimos a voz fina e anciã com uma rouquidão de fundo que chama pelo nome de Berenice/// tudo se expande e imagens se emaranham na memória de Araquine como fotografias em preto e branco, o rosto de Berenice se contrai diante do túmulo da mãe, esquecendo os cuidados com Pequena Berenice, deixando de falar com Araquine por dias, sem tomar banho, sem sair para o trabalho, sem ver filmes, sem tomar café, sem comer, enchendo a bolsa com os objetos da casa, escrevendo cartas para quem não existe, falando sozinha por horas e horas, trancando as portas para evitar que os filhos entrem. Que filhos, que filhos? Berenice sem saber o que dizer. Araquine duvidando e fazendo-se de desentendida, sem força para desconfiar. Araquine na sala de espera, Berenice seguiu a cartomante, Araquine esforça-se por perseguir esta memória até o fim, mas não sabe o que há por trás da memória, o que faz lembrar não é apenas o querer, antes o querer tem pacto com a imaginação que tapa todas as lacunas enquanto não desiste da virtude do engano. O querer é traidor, diz Araquine para si mesma, protegendo o desconhecido contra a consciência. O que a cartomante teria dito a Berenice? Araquine sabe da inutilidade da pergunta, mas não deixa de perguntar e de querer saber por que precisa tanto de uma resposta, ela sabe que isso só a faz sentir-se mal, que está perdida, que quer se encontrar, que tentou ficar calma, meditar, simplesmente ver, ou apenas esperar e nada disso trouxe a paz necessária para chegar ao fim do que se passa. Esse evento doentio de perdição e engano, de sonho do qual não se acorda. A cartomante não sai da lembrança e Araquine se pergunta por que ela veio a aparecer em meio a toda a névoa[β] do pensamento. A cartomante cuja imagem é apenas uma mão velha que rapidamente abre uma cortina encardida, sem rosto, sem cor de vestido, sem texturas de pele enrugada, nem formas de coluna vertebral[∅] que se curva, exige que se a complete e Araquine teme aceitar o desafio, na verdade, lançar-se nele como num incêndio de perigo certo, sabe que sairá queimada em níveis assustadores, de perder a pele, e tudo o que ela sempre quis, o que mais prezou, foi a segurança da razão contra os delírios[β] da imaginação; Araquine sabe que a proteção acabou; a cartomante não desaparece; se tivesse visto o rosto poderia pensar diferente, o horror do desconhecido teria outros nomes/// o que mais assusta é não ter visto o rosto, mas espreitado pela fresta, a outra fresta que agora vem à memória como se estivesse dentro da fresta

---

β Ofuscamente natural.

∅ Em torno do que tudo se organiza.

β Afrontamentos, palpites, não ideias, anti-ideias, inconceitos, despensamentos, dessentimentos.

que Araquine tem à sua frente; a memória é a outra fresta pela qual se pode ver o que se foi e o que se pensava ter ido e que, à revelia, permanece mesmo que oculto∅; Araquine está na fresta de sua memória e olha pela fresta da sala de espera da cartomante; movimentos suspeitos, estrondo e vagido assustadores e indiscerníveis, fixam o foco/// e dançam/ as cartas ficam sobre a mesa intocadas/// a cartomante é só um vestido de mulher antiga, pode-se ver fios de cabelo sobre o ombro e um lenço amarrado como turbante na cabeça pequena/// ela é muito menor que Berenice e se enlaça em seus braços como uma boneca girando e soltando-se do abraço monótono da outra/// Araquine tenta ver o rosto quando ela se volta para o lado da parede onde se situa a fresta. Quer saber se é velha mesmo, pois os movimentos circulares tão rápidos exigem habilidade comum a jovens; Araquine ainda pensa conforme regras; Berenice move-se muito menos; cansada, ao que parece, talvez assustada; olhos fixos na velha dançante, tonta pelos drapeados, hipnotizada — quem sabe? —, é o que pensa Araquine que, por um instante, quer invadir o quarto e salvar Berenice da estranha ação/// resigna-se a observar/// empurra a porta uns poucos centímetro; a fenda aumenta como quando vulvas se armam para parir/// o mundo interno ao armário é como um ventre assustador/// o que ela pensa é o contrário disso: que fora dela há um útero e que ela mesma fará seu parto, abrirá a romã do mundo e ao ter escancarado a porta verá o cão ganindo sob pedradas// a porta range imitando o animal, tudo o que não foi dito encontra uma voz, a muda e seca canção desesperada do móvel, do objeto desprezado, matéria que sustenta a existência; no vagido da porta aberta, boca ganindo, Araquine

∅ O lugar onde estão as coisas que importam.

verá seus olhos mortos com seus olhos vivos; será devorada pelo armário e dentro dele pelo quarto e dentro dele pela casa, a incestuosa morte não atua além da devoração.

A porta do quarto aberta para o resto da casa. O abismo além da porta, definição do que não pode ser visto, um espelho na parede esquerda posiciona-se de modo que nele só se possa ver a parede, a parede diante do espelho nele reflexa e atrás dele outra da mesma cor. Pelo espelho se tem a sensação de que simplesmente o quarto está dentro do quarto. Por um instante ela recobra *Las Meninas* de Velázquez e o jogo de espelhos que ilude o fora pelo dentro. Na parede frente à porta uma janela fechada com tampões de madeira e sobre ela uma cortina esbranquiçada de renda sintética das que se compram baratas nas lojas de departamento, ao lado, no chão, um rádio sobre um banquinho improvisado numa caixa de madeira de armazenar frutas, cheio de pó, não é ligado há dias. Ela revira os olhos para o teto fotografando-o, é da cor das paredes, como o chão desbotado, tem no centro uma luminária branca em que transparecem cadáveres de pequenos insetos mortos pelo calor da lâmpada neste instante apagada, a luz que vem de fora demarca a mancha escura do leitoso do vidro, o armário está na parede oposta ao espelho, mas não aparece nele mais que uma parte ínfima do canto confundindo-se à parede. Ela dentro. No mesmo sentido horário um criado mudo de madeira escura e quatro pernas altas, sobre ele um guardanapo de crochê em forma de mandala no qual um relógio despertador, um abajur de louça com uma pantalha de linho, uma pequena caderneta de anotar sonhos, compras e afazeres, uma gaveta fechada há tempos, cartas, baterias velhas e um elástico para amarrar os cabelos. Sobre a cama de colchão de molas um travesseiro solto no lado não ocupado por Berenice cujo corpo jaz sob um cobertor florido e uma manta xadrez, as pernas estão visíveis em parte. Ao lado de Berenice, quase na porta por onde começamos esta descrição, há uma luminária alta em desuso, talvez a lâmpada esteja queimada. Uma pequena mala de papelão faz as vezes de criado mudo. Sobre ela estão as caixinhas com comprimidos. Araquine sai do armário cuidando em não fazer barulho, Berenice não se move, é como morta naquele leito confuso de estampas. Araquine senta-se sobre a cama, olha para o rosto tenso de Berenice que dorme à força dos medicamentos. As pálpebras escuras de Berenice finalizadas por cílios poucos e pequenos contrastam com seu rosto muito branco manchado com pequenos sinais, nas maçãs, perto das orelhas e no nariz. As rugas em redor dos olhos, além da testa tensa, são as da idade, nem poucas, nem muitas. Sob o queixo de Berenice a pele a ceder forma uma pequena bolsa que demarca ainda mais o queixo pronunciado. Os cabelos[v] estão amarrados para trás, densos ainda, ainda brancos, sem tintura há meses. Já não entendia o que fazia. Agora, com as pontas quebradiças, os cabelos compõem essa paisagem da mulher a dormir. A mão de Berenice está sob o rosto como num sono típico, algumas das linhas da palma deixam-se ver. A respiração[∅] é lenta, sem ruído, compõe com o tom escuro do rosto voltado para a sombra, com o lusco-fusco da cama e sua moldura. Araquinere encosta-se ao travesseiro de tecido preto sobre espuma dura. Uma lágrima cai sendo absorvida imediatamente pelo pano. Com um movimento ela seca o rosto no próprio pano onde se deita, nega, assim, a própria lágrima. A mão esquerda de Berenice sob o manto xadrez. Araquine segura-a

---

[v] Sobre o corpo para esconder.

∅ O que se move por dentro.

com a hesitação própria a um gesto não consentido. Decide por vigiar o resto do sono de Berenice. Acomoda-se para perto de Berenice e toca sua boca[a] com a própria boca. O corpo não sai do sono[m] como se cativo de uma primeira morte, já que haverá a segunda morte pela qual devemos esperar sem pressa.

Araquine conhece o limiar que a separa de Berenice e a mantém ao seu lado. Ao abraçá-la sente a lassidão que se opõe à sua rigidez. Araquine respira puxando o ar com toda a força num pacto estranho com a asfixia. Respirar tornou-se um ato racional. Ela sorve o ar como se bebesse o quarto inteiro e o que o envolve, como se as narinas fossem funis por onde o que existe é salvo. O que existe? Ela pensa. É o que pode ser dito. E respira estreitando as narinas. Deixando o mundo dentro de mim, ela diz a si mesma, extermino a loucura que me mancha. Ou é ela quem mancha a loucura? Ela abraça o corpo de Berenice com a força inexistente em seus braços magros. As unhas pequenas sempre desfeitas poderiam cravar-se na pele branca e farta de Berenice, adiposidades e pelos, pequenas liberdades da vida. E da força dos dedos de Araquine, finos em ossos sob a pele, as veias deixando-se à mostra contendo desenhos inexatos, não desenhos ou desenhos, cabe-nos guardar a indecisão. O corpo[p/] é uma lição de geografia. O amor é uma planta ornamental. Araquine ama Berenice com o olho desnutrido repleto de imagens compradas de livros, o olho fechado que não deseja esforços — fosse cega, fosse muda, fosse surda,

---

[a] Por onde tudo entra e sai. Bocas há aos milhares em nós.

[m] Onde minha mãe dormiria se aqui não há cama, se havia, quem a levou embora. Desconfio algumas vezes que esta casa foi saqueada. Por sorte deixaram as fitas.

[p/] Procuro-o entre as paredes da casa.

não andasse, seria outra esta Araquine, seria sorte, estaria no avesso de si, não amaria —, ama, porém, a Berenice com a mão a afagar os cabelos que se esboçam em rasuras de fios brancos e pretos, confusos entre si, afeitos ao cinza em que se desdobra o tempo. Araquine acolhe os braços lisos de Berenice, a pele espessa e branca, sempre branca, com rigidez de água, um universo de sentidos subcutâneos, Berenice, mundo que não avançará, pensamento abandonado, mas Araquine não desiste, não sabe o que é viver de indecisão além dessas horas fora do mundo neste quarto dentro de casa, já não sabe onde é a casa, o espaço trancafiou o todo e o particular para além da porta aberta desde o começo. boca cansada ou seu olhar perdido no rio do dia que se foi, virando a noite que veio deitar-se sobre a cama com ela e Berenice e que as enlaça entre corujas, morcegos, e flores que se fecham no escuro enqunto crescem folhas e gavinhas ao seu redor dedicadas a descobrir os próprios fins[λ]. Os cabelos de Berenice cheiram a suor desfeito, como se, passado o tempo, o calor fosse um sempre lembrado, mas ausente. A pele branca e fria não é úmida. Araquine desabotoa o vestido para olhar os seios de Berenice como fazia antigamente. Branca é a pele mais vasta do que a dos barcos, embora pareça menor como tudo o que se vê depois de muito tempo, uma auréola antes rosada demarca o território dos mamilos que aparecem roxos, o seio é como um olho, Araquine, mais absorta em sua observação como uma nuvem[∅] que segue o caminho traçado pelo vento, abre ainda mais o vestido e contempla os dois mamilos como olhos de gatos recém-nascidos. Por abrir. Caídos para o lado direito sem ter o que os segure além da pele

[λ] Os que justificam os meios ou coisa parecida.

[∅] Uma das poucas lembranças que tenho de minha infância.

cansada em seu esforço devido de arranjar o corpo em uma única totalidade. Abaixo dos seios, o começo da barriga vasta, caída para o lado direito, solta como um balão que perdeu o ar quente que o erguia. Araquine abre os botões de todo o vestido e vê a costura, o conjunto das pernas amontoadas uma sobre a outra, entre as pernas e a barriga um tufo escuro e indeciso em *sfumato*[n], se visto sem foco, a *Origem do Mundo* de Courbet, Araquine riria se tivesse forças, minutos até que ela toca com os dedos secos os mamilos desenhando em torno deles circunvoluções invisíveis, sobre a barriga ela traça um olho amendoado sem sobrancelhas, e chega à anticlareira do púbis sem que Berenice acorde, sem que arrepie a pele de qualquer parte do corpo semimorto. A curiosidade de anos move Araquine como o ar que, invisível, não se retira. Ela afasta a perna de Berenice com vagar de quem tem medo. Que espécie de pena, que culpa atinge seus movimentos se desfazendo ao tempo de um silêncio redimido? Há tanto ouve-se a respiração quase falindo, não mais que os lençóis em transe de fim de noite ainda que sejam só ameaças da noite. A perna repousa pesada sem afastar-se muito, o suficiente para ver os lábios entre pelos intermináveis ainda que difusos. Araquine toca o tufo sentindo a textura do tecido, o não tecido que é o fio solto ali se agrava, o tecido a refazer-se na ameaça da trama a negar a pelugem rebelde. Os dedos atingem os lábios abrindo-os como ao retirar a pele de um figo, natureza vegetal e animal, dentro a carne é rosada, Araquine não pode ver o deserto no mapa do corpo. Ao afastar os lábios a vulva se abre espontaneamente, urna sem segredos, seca. Araquine avança seus

---

[n] Tantas vezes encontramos a palavra chiaroescuro, por que teria mudado agora?

dedos e descobre, graus adentro, um resto de umidade, retira os dedos com a rapidez, cintila o vermelho sangue nas pontas. O susto não deixa espaço para o cansaço, afasta seu corpo do corpo dormente, observa como antes cada detalhe desse desenho vivo, conta as pestanas no olho, um cílio minúsculo solto sobre a pálpebra, perdido dos demais, prestes a voar; Araquine cede ao núcleo do esforço a que se deve ater para desligar-se do que vê, engastada na neblina interna da vida, entendêssemos a lógica que une sonhos de uns a outros sonhos de outros e teríamos da vida outro enlevo, além do arremedo do tempo a que estamos lançados. Escapam os pensamentos como água na enxurrada. Araquine sente o odor macabro da morte acusando o estado de seu corpo, avança para o meio da cama procurando o próprio útero, uma memória deixada ao acaso, no passado no campo, a casa dos pais, o cheiro de café na cozinha da avó, o gosto gelado do sorvete nos dias de verão, ela se lança longe do que é, de onde está, acrobata de sua própria memória busca o fio por onde poderá suportar o abismo, o abismo se lança sobre ela como olhos devoradores em que o branco devém vermelho. Filmes vividos em família como um corredor de museu onde bonecos de cera encantam as gentes com a crueza de suas imagens, a crueza limpa da estase das coisas, aquela que não alegra, mas contenta pelo cerne da imobilidade superada. Fixa-se a uma imagem: ela está em casa com sua mãe e seus dentes caem como grãos-de-bico manchados de cinza, acorda entre tremores do corpo e o susto previsto nos pesadelos, acorda e conta seu sonhos a Berenice e descobre que Berenice dorme. O susto é como uma febre maior que torna o corpo instantâneo, como algo a se dissolver e que, todavia, se agrega por espasmos.

Berenice dorme sem se mover. Arquine não mais se move.

A inércia evita o medo. Entre os cobertores faz frio. Araquine adormeceu há minutos. Não ter para onde ir, nem o que fazer, é sempre o melhor sonífero, é isso que faz adormecer cativos e sequestrados, presos, abandonados. Os que foram banidos dormem sempre do mesmo modo, transidos na fome, no pavor, encolhem-se a proteger a barriga ou de bruços. A maneira típica com que cada um adormece define seu modo de ser. Todos sabem destas verdades desse empirismo barato, observação sem ciência sem a qual é impossível escrever um livro. Alguns dormem com um olho aberto. Se todos os que dormem experimentam algo da morte, não é estranho pensar que alguns morram e permaneçam mantendo um olho aberto. Nesta história de mortos, quase mortos e sonhadores pertencem à outra ordem. O que os une é que sonham juntos e assim rearranjam a banalidade dos dias pela condenação à morte.

Todos, desde o início desta escritura, estão condenados à morte, mas como eu e você, não temos o poder de determinar os fatos, resumimos nossa ação em descrever e assistir, e esperar, o que as frases venham a nos dizer. Araquine adormeceu em profundezas impróprias, as que não devem ser permitidas a quem vigia o sono amparado de outrem. Berenice não deveria acordar neste exato instante, mas é o que se dá a ver. Ela abre os olhos enquanto Araquine vaga na escuridão de seu próprio corpo sem nenhuma luz que ilumine o que quer que no fundo se chame caminho a seguir. Tudo se perde em breu[g] no mundo de Araquine. Os olhos de Berenice estão abertos ainda sem pensamentos. Um calor de susto acolhe seu corpo como que querendo expulsá-la de si. Algo a contém no espaço disponível.

[g] Escuro substancial.

Ela apenas senta na cama com a mão sobre o peito. Nenhuma pergunta até que olha para o lado e vê Araquine com uma expressão tensa como ameaçando abrir os olhos e perguntar sobre tudo a qualquer momento. Berenice não reconhece Araquine imediatamente, é preciso olhar bem e dar-se conta do que se passa. Ela hesita em levantar-se. Olha para as pernas e os braços, a mesma roupa de dias, sente o cheiro do próprio cabelo. Seriam dias, semanas, ou apenas ontem quando tudo começou? Berenice começa a esboçar entendimentos e frases passeiam sobre sua cabeça desejando avançar para fora de sua boca, mas ela sabe que não há a quem dizer nada.

Eu também me chamo Berenice, e não me agrado desta moça que passou a história a dormir. Araquine agora dorme e não há porque acordá-la. Berenice levanta da cama, pé ante pé, resguardando o silêncio no espaço desabitado, vê o armário, não compreendendo o que foge à lembrança, espreguiça-se como quem saísse de um ovo. E é por pensar neste ovo que lembra de um livro de Clarice Lispector e tem vontade de rir. Com essa poderosa vontade de rir ela se sente capaz de sair do quarto e ensaia novos passos. Nenhuma lembrança a atinge. Araquine que sofria por não querer lembrar agora dorme. Berenice que esqueceu de tudo está contente com o que vê. Ao sair do quarto ela se depara com a delicadeza do cômodo que acolhe sala de estar, jantar e cozinha. Tudo tão pequeno e arrumado. Com dificuldade em catalogar o que vê, ela simplesmente sobrevoa o visível com certo ar de pasmo e admiração, como se estivesse descobrindo um universo novo, sem que pertencesse a ele jamais. Tudo está no mesmo lugar, mas um novo continente parece ter sido descoberto, declara-se a si mesma viva. Olhando para frente e à espera de uma nova alegria ela vislumbra uma porta da qual se aproxima com a curiosidade ingênua que nela avança tornando-a criança outra vez. A porta de madeira em tábuas largas. Ao mover a porta ela vê o quarto de PB como o interior de uma caverna nunca dantes penetrada. A cama mal arrumada, o armário de cerejeira antigo, os livros no chão em pilhas desconexas à espera de uma estante, um toca-discos empoeirado, a janela fechada com a persiana quebrada, um aquário onde peixes cresceram e morreram, um sapo de cerâmica sob o criado mudo e sobre ele um abajur com a lâmpada queimada, um tapete de lã azul e cinza, uma imagem de Nossa Senhora das Rosas na parede presa com tachinhas enferrujadas, um casaco de brim no cabide preso à parede. A fotografia de PB aos três anos com os cabelos presos em dois coques dos dois lados da cabeça e um sorriso antigo num porta-retratos sobre a velha televisão em preto e branco que PB gostava ainda de assistir. Ao ver o rosto infantil de PB estampado no porta-retrato, Berenice grita. Araquine acorda assustada. Todo o cenário se desfoca. O real volta cuspindo os próprios ossos pela boca. Bocas se abrem nas paredes como num sonho. Seus olhos perambulam pela casa cujo espaço torna-se cada vez menor. Ela procura Berenice pela casa ao som de um grito oco. Um eco paralisa o tempo, não há mais movimento. Não há luz. Há Berenice diante do retrato de Pequena Berenice. Tudo emudece.

(T9 — nona fita — 20/11 ou 06/04)[∝]

Os modos de se dizer i.e.M.

1. a que cuida e salva

λ três ou quatro vezes por semana/ encho à boca o tanque feito de cimento/ lavo a roupa de meus pais/ água e sabão/ sob a escada da casa velha cujas tesouras ameaçam cair/ lavo as brancas com água quente/ antes que o dia comece/ saio para a rua de chão antigo/ o sol decidido/ o barulho de um ônibus/ pão para o café da manhã/ compro/ sonhos não existem/ no armazém cem metros acima/ volto/ um talho em meu pé direito/ como se nem tivesse ido/ arrumo as bandejas/ um pão dividido ao meio/ caco de vidro/ duas taças pela metade/ xícaras/ escorre sangue escuro/ meio cheias/ meio vazias/ sirvo o calor ao frio/ o frio ao calor/ não há café nem leite para todos/ sentir fome é normal/ pó se mistura ao sangue/ já esqueci que sou parte/ lavo os restos/ quase tudo/ pertence aos velhos/ o tempo/ os lençóis sujos/ sangue e pó/ cada parede mofada/ tijolo por tijolo/ cada um ao outro/ lençóis de algodão cru/ varro o chão/ aqueço a água do banho/ minha mãe de pele branca/ meu pai

---

[∝]A última fita que ouvi. Foi das mais fáceis de transcrever. Eu já tinha certa prática, afinal já havia passado por oito fitas. Além disso, era a única fita em que minha mãe falava pausadamente, espaço que grafei com /. De todas as fitas, esta é a que mais destoa do conjunto das "narrativas" de minha mãe. No fundo, falar que esta destoa é um certo eufemismo da minha parte, com o qual não pretendo me desculpar, nem evitar que se pense que ela era uma mulher louca. Do mesmo modo, fico a pensar como seria possível tanta imaginação e o que me moveu até aqui torna-se o motivo que me faria transcrever outras nove fitas caso existissem outras.

de pele negra/ depeno o frango ontem morto/ jogo as tripas ao gato/ não existe mais fome/ uso parte da água/ a canja do meio dia/ abro as portas dos armários/ há deveres/ arejar a roupa/ passar um pano molhado no chão/ preparar a comida/ tudo é pouco/ tudo é muito/ há o que fazer/ armar o nada/ arapuca/ lavar e enxugar/ não existe mais fome/ só há fome/ a roupa exige sua antiga forma/ o branco é devido ao branco/ o mofo cresce/ não combato o verde a subir pelas paredes/ milímetro por milímetro/ defendo toda forma de vida/ a sobrevivência/ sempre limpa e perfumada/ como uma bandeira erguida/ antes do meio dia/ estendo o tapete azul/ o grande quarto ao lado/ o cheiro da dor/ nenhum nem outro podem vê-lo/ o cheiro da dor/ o mofo azula também o teto/ olham/ abrem os olhos/ fecham/ abrem/ estendo o tapete verde do pequeno quarto ao lado/ ninguém nele entra senão eu mesma/ escolhi-o/ pintei/ o verde é a cor da agrura/ a dor não fede todos os dias/ meu pé inchado/ pergunto-me por que nada fica à minha frente/ a vida corre/ escorre/ tropeça/ ao lado/ o sentido é único/ pergunto-me duas ou três vezes por semana/ quando há tempo para indefinição/ olho pela janela a chuva cair na terra que invadirá a ferida aberta/ nunca há/ nem eu estou/ viver assim me organiza/ pergunto-me/ salvo-me/ mais que um gesto/ uma ação/ inação/ corro/ escorro/ tropeço/ lavar a roupa/ perguntar se a vida tem sentido/ descomeço/ ação que inverte tudo o que faço/ sujar a roupa/ se há mofo/ nas paredes do armário/ devo limpar as vísceras do animal morto/ nem foi ferido/ se devo comprar pão/ pergunta banal/ comprei o pão/ não há sonhos pela manhã/ esquecem o que foi feito/ angústia/ cheiro da dor/ desejo de resposta/ nem a resposta/ apenas crença/ banal como um desejo/ mais que motivo/ história/ sinal de vida/ apaziguamento/ laranjas amadurecem nos dias em que há sinal de morte/

remendo/ nascem jabuticabas/ chove/ assim penso/ o gato devora as poucas tripas sobre o pires/ o desejo de resposta cheira azedo/ ter o que dizer mesmo sem dizer/ remendo/ ter nada a dizer é melhor que nada dizer/ remendo/ levo as dúvidas à cesta de frutas/ laranjas mofadas/ peras fora do tempo/ acaso/ tampouco a resposta evita desilusão/ chove/ também sim/ também não/ duas taças pela metade/ meio cheias/ meio vazias/ pai/ mãe/ pedaço de pão/ sirvo o calor ao frio/ o frio ao calor/ cada uma a cada qual/ xícaras diferentes/ intrigas no início do dia/ pergunto/ se eu formasse uma frase/ água aquecendo/ a ser usada sempre/ a cada vez que alguém pergunta/ uma frase qualquer/ cifra/ remendo/ a fugir/ se uma frase teria outros poderes/ além de dizer/ água para a sopa/ sair a andar/ cavar buracos para a fuga/ pagar contas/ o pão de ontem/ uma frase útil/ cada dia/ copo a quebrar-se em dia de azar/ a remontar minha mente/ sorte/ um jarro a verter limonada/ a encher as taças/ perfumar a casa com jasmim/ pôr um vazio inteiro no vaso de flores/ em lugar seguro/ enunciados sempre repetidos/ sabão/ a frase derrete ao fogo/ a xícara de chá/ a cor antiga/ a roupa velha sempre limpa/ vergonha/ do perfume de alfazema barato/ do passado guardado em armários/ partes incertas/ vergonha/ a cor dos sonhos é amarela/ o que esconde e mostra/ desuso/ mais de vinte anos/ o que vingaria um exílio/ o que interromperia uma morte/ irromperia do nada parecendo uma potência renovada/ o que lavaria/ o que passaria/ traria o pão/ a saciar a fome/ em mim/ em tempo/ não esquecer que os bichos estão em mim/ animais mortos com vísceras/ lá fora as gaiolas estão abertas/ os bichos anunciam suas mortes/ em mim/ eu em mim/ ela em mim/ a viver de limpar/ mofo das paredes/ meus olhos/ abrir latas/ tirar ferrugem/ fazer sopa/ polir vidro/ a procurar a mesma frase útil/ a remendar/ a remendeira/ minha imagem/ a escrava/ antes fosse/ a rendeira/ a escrava da escrava/ a dormir/ a acordar/ eu/ ela/ função da vida/ avesso/ por trás da luz/ função da vida ou o dia/ a lavar a frase na pedra sabão/ tirar o encardumado das peças/ lavar a roupa dos meus doentes/ lavar as palavras/ lavar o sangue/ lavar o que ficou/ o que se foi/ levar a reza até o fim/ a frase/ a reza/ simpatia/ folha de arruda/ cheiro da dor/ que não abuse/ que não venha molhar olhos/ tempo não há/ limpar o branco encardido do passado/ uma nova decoração/ onde viver/ seja para eliminar os sons/ velar os medos/ frase que fosse sombra/ para esfriar o sol/ ancorar silêncios/ grafar pequenos desenhos na folha branca/ sem vergonha/ sem tédio/ sinal por avançar/ a tapar paredes nuas do quarto ao lado/ eu nua/ eu e ninguém/ má companhia/ boa companhia/ ciúme/ sem destino/ solução/ eliminar odores/ incenso/ buscar horizontes pela janela/ abrir a janela/ substituir a morte pela vida/ a vida por novidade/ incluir silêncio entre os passeios/ narcisos/ sumir de si mesmo/ encontrar amigos/ onde estariam se vivos/ onde eu estaria se não aqui entre um e outro/ aquele que verto à direita/ o que viro à esquerda/ o que me pede silêncio/ água/ o que me pede paciência/ ar/ o que eu diria/ se não me tenho/ a me dizer/ o que entre mim e mim me põe/ a imunidade/ ninguém pode me acusar/ eu mesma/ fui eu mesma/ sou o que sou/ o que me torno/ o arremedo/ a sombra/ pedem-me que prossiga/ vou ao encontro/ entre a cana por cortar/ as comprar por fazer/ o sal sobre a ferida aberta/ a carne sobre a mesa pela metade/ outra metade/ na panela sobre o fogo apagado/ a sombra no espelho do quarto/ as que não sou/ as que me enganam/ as ideias/ as feridas/ inveja/ cigarros/ fumaças/ o que existe/ é a eterna/ a incalculável/ a intrigante/ a miserável/ a demoníaca/ a insatisfeita/ a anormal/ a que pede/ a maltratada/ a insaciável/ o velho assunto que molha/ o papel pardo sob a pia/ as sacolas de armazém de esquina/ restos de pão a reaproveitar/ a vida sem poesia/ sangue a escorrer das paredes/ lavar o chão/ lavar o rosto/ pura satisfação de uns/ miséria comum/ partilha de cada hora/ de outros/ eu vivendo como eles/ entre uma espera e outra/ olhar o relógio/ maldizer/ malmequer/ se lessem/ movessem os braços/ se andassem/ vissem um lado e outro/ se ao redor ou dentro/ pudessem conceber que estão em casa/ que são como plantas/ mínimo de água/ mínimo de terra/ espaço vazio entre os verdes/ dia após dia/ nenhuma luminosidade/ sem diferença/ a televisão ligada/ ouvir o nada é difícil/ que ouçam/ não ouvem/ não falam/ não veem/ vivo por eles a arte de preservá-los/ arte de viver/ preservar a morte em vida/

GGG.

2. a que lava a roupa

três ou quatro vezes por semana/ lavo a roupa de meus pais/ sob a escada velha da casa/ antes que o dia comece/ a minha frase está picada em muitas/ forcei nela a tesoura sem fio da vida/ forcei sobre ela a solução/ acato a lei da vida/ planta que segue o ciclo de sua fotossíntese/ reviver a seiva sem gosto/ cada milímetro/ saber do insosso/ fossem gotas falaríamos de vida humana/ sangue/ alimento/ o que se torna tempo e destino/ metáfora e figura/ signo/ somente o puro/ o cru/ da vida o estigma/ o que não fala/ nem silencia/ invenção/ mentira/ esquecimento/ o mesmo tempo/ do que falo e falaria/ do proibido por dizer/ do que se leva ao fundo/ na mala cansada de cada dia/ a carregada para o fim do mundo/ o certo/ o induvidoso/

três ou quatro vezes por semana/ lavo a roupa de meus pais/ sob a escada velha da casa/ antes que o dia comece/ hei de fugir daqui um dia / tenho um futuro em mim/ me pede fuga como um filho por nascer / é o troco que recebi como esta frase / cortado em muitas vezes/ olhar vazado a repetir-se/ a cada volta / eterno retorno/ e novamente/ rosto esquecido/ morto enterrado sem lápide ou fotografia/ três ou quatro vezes por semana/ lavo a roupa de meus pais/ sob a escada velha da casa/ antes que o dia comece/ futuro pago a prestação na miséria/ sem arroz-feijão ou palavra / o futuro em mim é o grito/ finjo um silêncio gordo/ o contrário gordo das coisas/ o que exercito/ monge budista que escondesse sua raiva ao lama/ em mim o silencio incha/ boi afogado de dias/ três ou quatro vezes por semana/ lavo a roupa de meus pais/ sob a escada velha da casa/ antes que o dia comece/

GGG.

3. a muda

GGG/ meu silêncio tem nome/ vou matá-la um dia / meu silêncio tem sobrenome / vou matá-lo um dia / entretempos movem meus pés/ alimento-os com os manjares do sofrimento/ puritaníssima/ não imaginam / balançam os próprios olhos/ pêndulos convertidos/ de um lado ao outro/ o pior é não saber que sofrem aqueles que amamos/ estes amam o ódio/ amam saber que quem amam sofre/ há mais força no ódio do que no amor/ odiar é uma forma de amar/ amar, uma forma de odiar/ palavras/ palavras/ palavrinhas, palavrões/ não há quem não se acostume com o ódio/ quem não o ame/ porque amar de outro modo/ cansa/ dedicar-se/ cansa/ é inegável como a única verdade que restou dentro do vaso de gerânios secos/ quem o quebrou/ quem conhece/ desde cedo aprendi a não mostrar sofrimento/ silêncio é estratégia/ vivo sem ser odiada/ nada/ não amada / pensam que me amam e que os amo / apenas porque há silencio entre nós/ minha única arma / tem nome/ vou matá-la um dia / meu silêncio tem sobrenome / vou matá-lo um dia /

GGG.

Ressentimento / abandono / crueldade / sirvo-os junto de caldo, pão e sobremesa/ com silêncio para adoçar/ silêncio para azeitar/ silêncio para temperar / eu/ a muda/ não falo uma palavra porque não quero / anos visitei a mando de médicos especialistas em problemas da fala/ uma fonoaudióloga morava em nosso bairro / visitei-a por semanas para que me fizesse falar / a moça esforçou-se / fiz, carregada, exames em hospitais aqui e fora / levaram-me ao estrangeiro / pela mão / viram meus ossos, músculos e cérebro / nada / à igreja ao terreiro ao centro espírita fui para contê-los / viram auras sombras energias reencarnações / nada / fui a convencê-los/ ao psicólogo / menina normal/ só faltou a certidão de sanidade assinada em cartório/ aprendi a ler e escrever não deixei de brincar como qualquer criança / ludoterapia conversas ginásticas faciais e massagens sem fim dia após dia e nenhum laudo / nenhum resultado oposto ao óbvio / professores atentos/ qualquer falha na aprendizagem era sinal do diabo/ nenhuma observação de semanas/ tentativas cuidadosas/ curar-me / curar-me/ preço/ não digo uma palavra/ desde cedo / sigo sem falar desde que vi / era meu corpo nu pela primeira vez / nada de mais havia nele que fosse diferente do corpo de outros / cabeça tronco membros / nem manchas nem falhas nem beleza nem feiura nem excessos / hoje quando sirvo os alimentos programados aos dois semimortos sobre as camas de hospital vejo-os a assistir-me cada um com um olho só os dois compondo um rosto que me pode ver / hoje cegos continuam a olhar minha cabeça meu tronco meus membros / não olham meu sexo / nunca o viram / olhavam para o lado/ quando eu mesma o vi / vejo em seus olhos opacos meu corpo de ave empalhado/ meu corpo de vidro/ vazio que toma forma/

GGG.

Vejo-os a ver-me/ alimento-os com o ácido letal de silêncio cada vez mais poderoso/ enquanto envelhecem dia sim noite também/ fortalecem o andamento de um fim previsto a cada vez pela possibilidade do próprio processo que os deixa vivos/ acostumo-os a bem viver nesta forma quase vegetal para que possam igualmente acabar como plantas sem que conheçam a força da dor antes que possam dominá-la / alimento-os como um Berescópio[∝] que precisa de combustível medido e suficiente para funcionar bem / pensam que os amo/ trato-os com toda a delicadeza necessária para a sustentação da crença / dou-lhes o sorriso alimento da alma / sorrio-lhes afago-lhes para que não parem antes da hora exata / o alimento do corpo é o pão que deixam sobre o prato/ porção congelada que perdeu todas as suas propriedade verdadeiramente produtivas / não finjo/ na

---

[∝] Os usos do Berescópio não têm limites.

hora exata simplesmente dir-lhes-ei que sou um homem e fecharei seus olhos para o espanto onde começa meu futuro/

CCN

(Ainda na fita 9 em 25/01 ou 07/04)

abrir a gaveta é impossível/ eu desenharia se não fosse igualmente impossível como perceber a sucessão de letras, sons e cores, o ritmo dançante dos músculos imóveis/ é a hora adocicada do dia que me perturba como se estivesse presente/ aqui não mais que ausência é a vida e com ela é preciso inventar cada ponto de evolução e retrocesso/ assim se conquista a harmonia sobre as pedras a que um dia chamei com uma palavra tão lenta/ já me esqueci/ há lápis e há meu olho, e o escuro, fruto/ tanto como o lápis e o olho/ de uma grande desistência/ não há papel e isto torna a ação precária/ conto os pontos no tempo de sobra em que ponho as peças de um dominó em que o nada vem antes de nada/ tanto quanto a tessitura/ cada ponto organiza uma pequena parte do mundo/ cada ponto leva a pontos reunidos decodificando uma vida inteira/ linha além da qual nada acontece/ cada um traça a linha conforme a própria destreza ou tremor/ tecer é mais fácil do que desenhar/ não requer grande uso dos olhos/ arranjo e conceito/ de agora em diante/ pulsam os segundos como formigas em minhas mãos/ nem dedos nem olhos não os desenho/ bem como a boca/ um rosto inteiro sem contorno é o que carrego comigo/ deixo de ser a minha própria face/ murmúrio/ nada mais será como antes quando era preciso firmar a sobrancelha/ sombrear as pálpebras/ talvez eu devesse ter pintado a boca, assim teria uma boca/ se eu pudesse desenhar uma voz/ se eu pudesse tecer a ponte que me tirasse desta prisão/ se eu pudesse tecer a constelação/ as coisas abandonadas se colocassem espontâneas na ordem como pratos em uma prateleira, botões em uma blusa, nada seria diferente/ eu estaria em tudo/ desenharia tudo antes que P voltasse com aquele estilete ameaçador/ eu desenharia tudo e interromperia o seu olhar de cego/ se não tivessem levado os meus lápis coloridos/ sei que fui roubada/ vi tudo/ tudo vi/ sei que querem me roubar meu corpo/ querem a mim como livros numa estante/ não podemos esquecer deles/ os especialistas querem acabar conosco/ por trás de tudo o que mostram e prometem/ querem acabar conosco/ os especialistas nos enterram em paredes/ trituram a solidão com regras/ eu sei/ enterraram o meu filho na parede/ diziam que era eu mesma e que meu filho sairia de mim/ querem me enganar/ querem me roubar/ estou imóvel porque é o meu jeito de fugir/ engano aqueles especialistas facilmente/ vejo os pés subindo a escada/ não ouço/ não há barulho algum/ não sou eu/ não ouço/ não há barulho/ passos silentes na escada/ pontos na agulha/ estrelas na constelação/ dedos na mão/ moedas no cofre/ unhas nos dedos, cabelos na cabeça/ coisas que tilintam e arranham o osso que segura o peito e o faz oco por onde eu respiro/

GGG.

o que quer dizer/ ouve e verá/ i.e.M/ λ para mover a perna é preciso antes mover o pé/ tálus e calcâneo/ cuboide/ cuneiformes/ metatarsos e falanges/ antes mover o tornozelo/ o nervo tibial/ plantar/ safeno e seus ramos/ é preciso antes mover os braços/ antes dos braços os olhos/ a natureza calada dos ossos que nele inexistem, mas lembram a função do nervo/ a pálpebra e a órbita/ as túnicas/ esclerótica, úvea e retina/ antes a mancha amarela e o ponto cego/ antes dos olhos/ é preciso mover o olhar/ o esquerdo/ o direito/ é preciso mover o vento que move o objeto próximo/ o distante/ antes a luz/ o raio/ o feixe/ antes o muro que a tudo tapa/ o imóvel erguido por um urro/ derrubado por um canto/ antes o grito/ a voz/ a corda/ o ar/ antes o eixo central da coluna vertebral/ as apófises/ cada uma das trinta e três vértebras das cinco colunas/ o tórax/ mover os ombros/ antes mover a mão que tapa o olho assustada/ a mão/ carpo, metacarpo, falanges/ tendões, palma, linhas da vida/ linha do coração/ os montes de Marte e Vênus/ o todo da equação áurea/ mover o antebraço/ ulna e rádio/ mover o medo/ o dedo mínimo/ antes/ o dedo médio/ o indicador/ anular/ a intensidade média da vida/ antes mover o polegar esquecido de si/ o todo da ingenuidade/ mover o anular/ antes o joelho esquerdo/ fêmur, fíbula, tíbia/ antes mover músculos e pele/ sangue/ mover o pulmão/ os cílios nas narinas/ o ar externo/ antes mover a vontade/ a decisão/ a jurisprudência/ as artes/ a teologia/ mover as referências a Deus/ com mais precisão/ mover o ábaco/ a pena/ a seringa/ o bisturi/ mover a ciência inconsciente da vida/ eros e tánatos/ a vida e seu contrário/ o que devora e o que disputa o dia/ antes/ mover a cor mais áspera da palheta/ a página/ o lápis sobre a folha branca/ antes mover o ponteiro do relógio/ mover o sol/ antes o dia e a noite/ antes a seiva e antes a árvore/ mover a visão do paraíso/ os dentes do sorriso/ o controle remoto/ a contrição/ o inanimado/ mover a badalada do sino/ o êmbolo/ o pêndulo/ mover os signos do zodíaco/ as portas da casa/ o lado interno e o externo/ mover os passos, por fim/ mover o caminho/ eis que é o motor que levará a outra perna a mover-se/ antes seria preciso mover a língua e os pensamentos que controlo como um lobo em busca do seu homem/ seria preciso, não necessário, mover o diafragma/ o que digo e o que não digo/ mover a causalidade que orienta a lógica que me faz calar a boca/ o que me prende a paredes/ mover muros erguidos no escuro/ mover o ermo em que são sustentados/ ameias tecidas no negror da íris dos bandidos que prendem meu corpo entre a razão e a sem-razão/ mover a razão/ mover as guerras de ódio rendado com miséria/ a guerra em mim e fora de mim/ mover a combinação que alcança a vítima e o algoz juntos na mesma cama/ mover armas, fogo, veneno/ a saúde pétrea dos enjeitados/ acordados noite afora/ mover as putas no fim da noite/ os jogados nos sangradouros das ruas/ antes mover os crentes que um visitante híbrido como eles virá salvar/ mover a parcela de imposição advinda deste movimento sorrateiro e sutil que fazem, que me impõe viver aqui entre a parede e meu corpo imóvel/ mover eu-eu e os outros/ antes mover a confusa natureza que promete salvação/ na falta de estratégia faço perguntas à Berenice/ mover a bela adormecida/ mover as bombas/ as correntes/ as armas/ os gazes venenosos/ os soníferos/ mover a miha gargalhada e o que fez dela/ o que fazer de minhas gargalhadas/ as que doei aos ventos/ as que faziam os monstros dormir/ as que serviam de resposta/ como presente e eternidade/ voltemos ao chá que nunca tomamos/ antes é preciso mover o momento que se anuncia/ o fogão a aquecer a água se não há água nem fogão/ mover a chaleira sobre a chama/ não há chama, não há fogão/ nem água dentro da chaleira/ nada do que possamos catalogar e oferecer à descrição/ mover o que sustenta minha lucidez/ mover a descrição dos objetos/ suportaria o que tenho a dizer?/ quem diria que as palavras não ficam aquém das coisas/ mover suas interpretações/ a precipitação da resposta escritas que valeriam mais do que ditadas/ sendo de uma louca valeriam mais do que de um são?/ se eu contasse a que segredo me ligo, salvar-me-iam do jogo involuntário ao qual estou presa?/ que correntes me detém?/ não devo perguntar?/ quem pergunta responde/ melhor seria ferver água quente e lançar sobre eles/ se eu pudesse me mover/ me moveria.

(Ainda na fita 9 em 11/02 ou 08/04)

λ CCN/ ponderar não é suficiente. Chega de "se isto, se aquilo". Tenho que buscar uma estratégia para sair daqui. Tenho que, tenho que, tenho que, não sei por que, mas devo. Antes de todo este dever tenho o dever de que querer sair. O querer está na visibilidade das coisas. Onde o encontro se aqui nada se dá a ver? Não tenho com o que seguir. Sinto-me como um herói de filmes baratos, preso numa caixa mágica prestes a ser furada com espadas mortais, ao qual falta o canivete para cortar as cordas, o rádio para chamar os salvadores. Aqui tudo é mole e gorduroso, não corro riscos de ser atacada. Os dentes dos invasores são minúsculos e, por motivos que desconheço não os usam. Vamos ver o que há por perto.

(Ainda na fita 9 em 04/02)

mínimo é o espaço entre minhas pernas, dedos das mãos, braços abertos, a unha e a carne, um olho e outro/ o pulmão e a narina/ tão mínimo que entre o que penso e o que digo corre uma faca afiada desatando qualquer nó/ à força/ um revólver, um bordão, uma corda e estaria tudo resolvido/ problema seria manuseá-los para alcançar objetivos/ problema seria descurar/ detestar/ enojar/ mover os dedos é mais fácil do que descobrir onde deixei os ossos/ requer o andamento da engrenagem, um sopro de vento/ clima ameno/ chuva/ onde recostar as pernas em dias cansados/ se tudo começar a mover pensarão que estou doente/ eu-eu e os outros cuidamo-nos entre nós/ mesmo assim não foi/ não era/ não será/ não seria suficiente para que me pusessem agulhas, se quisessem furar meus olhos/ teus olhos de contas/ tontos, cegos/ surdos e mudos/ paralíticos/ não veem/ não falam/ não ouvem/ não pensam, o que é muito pior/ na indiferença entre ser louco e ser infeliz, entre saber e desdesejar/ os infelizes sempre pensam ou/ ou/ eu não, tenho agulhas, eu-eu e os outros também/ tenho as agulhas não são poucas/ uma e outra/ uma para eu-eu e os outros, uma outra para deixar à mão em caso de necessidade/ mais um lápis colorido para fazer par com cada uma das agulhas/ o que farei com um lápis no escuro?/ o que faria com uma agulha///

uma nuvem me devora.

LIVRO À NOITE OU LIVRO DA URDIDURA

Escrito com palavras em *chiaroscuro*

11 de agosto (ou antes)

Sustentar a urdidura, cravar pregos, nove, no concreto
Contar os dedos, cuidar que todos estejam à mão
Desenhar o mapa ligando os buracos da perfuração perdida
Rever a pesquisa sobre geometria projetiva
Manter a esperança da verdade na grafia dos números
Enganar/desenganar

Nada precisa ser feito. À data, contudo, obedecer como lei

U3

"juro que se alguma palavra" é o que está escrito no topo da página 18 do livro que tenho em mãos, anotação a lápis, grafite 5 B, ora H em grafismos indecifráveis que a muito custo não apaguei. Escrito em seco, o direito de apagar não me foi dado. O livro veio atado a outro no mesmo anel elástico de borracha amarela que se usa para reunir notas de dinheiro em maços seguros, o mesmo que, depois, moças sem vaidade usam como presilha para rabos de cabelo, o que lhes dá o aspecto quebradiço resultante da arrebentação que provocam nos fios, coisa de quem não se importa consigo. E apesar de todo o interesse que isso me traz, não se trata do nosso assunto. Há quem não veja diferença entre dinheiro, cabelos e livros, quem não perceba o abismo entre os vocábulos. Tampouco este é o nosso assunto. Nosso tema é outra coisa. A coisa? Quem quer saber da coisa? Deixemo-la antes que tome espaço. Olhe a disponibilidade generosa das palavras. Vá importunar a mãe com esta tal coisa e preste atenção às palavras. Veja o que há entre o que se diz e o que não se pode dizer. Ali brota o sentido dúbio que define o que é preciso saber. Ou alguém quererá dizer que não importa saber? Do tão importante ao que não importa, está o que pode importar — note a desinência do verbo neste momento — cujo juízo não tenho, desde já, à mão. No rol destas coisas de importância possível está que um livro esteja sobre o outro, ainda que possa ter maior relevância a junção pelo fio frágil de borracha que os ata, mais do que o fato de que sejam da mesma autora e tenham entre si certa semelhança de enredo, trama e personagens. O motivo que os une é o que menos significa algo, portanto, é o que mais importa ao se tratar de enganar o leitor. Um deles foi lido, pode-se ver, mais que supor, devido às anotações desnorteadas por todos os lados da página, o outro, o não lido, posso saber pela rigidez de suas páginas e capa nunca dantes escancarada para facilitar o manuseio necessário à leitura. Após a leitura, sabem os leitores, os livros assumem certa lassidão, e, às vezes, até mesmo manchas de café, de água ou chá, algum aroma das mãos que o tocaram; até lágrimas de outrora podem perceber os aficionados na leitura, dizem que pelo micro sinal de bolor provocado pelo líquido venenoso em contato com a superfície de celulose que reage a componentes químicos, bem como a orgânicos e sujeiras em geral, o que é perceptível até mesmo a olhos não tão bem acostumados. Não é preciso ser especialista em bolor para vê-lo. Sempre, estas ou outras marcas — não esqueçamos os chocolates sempre presentes em profusão e abastança — são naturezas mortas fossilizadas na fina textura do papel, firmadas em existência bidimensional como desenhos, há neles as impressões da força material (e espiritual? A se crer na conexão entre matéria e espírito como para Hegel e Marx, na solidariedade de suas filosofias) com a qual foram acolhidos por quem os viu e neles sentiu proximidade e companhia. Mementos. E mais. Que os livros servem, desde sempre, para que um não se sinta nenhum, só depois lhe vem a curiosidade e o desejo de saber que encanta os de pendor metafísico. O que o leitor quer, antes de saber, é ler, senão seria sábio e não leitor. A Montaigne, a propósito dos que escreveram livros, o mestre inventor dos ensaios, horrorizava a leitura, bem como a Schopenhauer e, em certa medida Nietzsche, além de outros pensadores menos conhecidos como Flaminius e Jean Vanieux e que, como os mestres de antanho, deixaram claro que há duas margens, leitor e escritor separados por um rio impróprio à navegação.

Há neste último não lido, confirmando a rigidez da peça, a ausência completa de qualquer sinal humano. Ali nenhum leitor que desvirginasse as curvas da escrita. Quem vir o livro, que, intocado, figura ao lado do outro como que ferido de tantos manuseios, saberá se é um pessimista, pensará na morte que é toda escrita: um livro não lido é uma espécie de cadáver, lembrará do Fedro — se o leu — quando Sócrates comenta sobre o deus egípcio Toth a propósito de raciocínios semelhantes. Se for otimista, entretanto, dirá que o livro que veio junto do lido é o que se lerá depois. Apenas uma questão de tempo.

Temos, primeiro chamando a atenção, o livro lido e anotado. Os olhos que o percorreram tinham pressa. Anotações, ainda que caligraficamente corretas, sinalizam impaciência quando deixam o final da palavra com um simples ______ como em geni___ como se depois o anotador soubesse que quis dizer algo como geni-al, quando no caso em análise, a circunstância do parágrafo também pode enviar a que se pense na palavra geni-tivo. Sabe-se lá o que pairava na cabeça da leitora, se mais ou menos sofisticada, ou menos elíptica, como parece. A letra, a propósito, é de mulher, redonda e curvilínea, por isso, minha primeira suspeita sobre o gênero do leitor, que seja uma leitora. Desde Emma só penso em leitoras. Ou quando, no ainda mais difícil exemplo que exponho, por sugerir ainda mais probabilidades: o parcial comp vem terminado com o tal ______ sendo que podemos imaginar seguisse ao prefixo a sequência lexo, licado, arar, leto, no caso de adjetivos, advérbios ou verbos, mas ainda aixão, leição, anhia, utador, asso, adre, êndio, aração, lemento, orta, no caso de substantivos. Não há garantia alguma de que a palavra parcial possa ser em algum momento completa, já que o que dela se lê não revela qualquer verdade, tal é o grau de erro a que induz. A ser levada a sério dever-se-ia desistir dela. Tudo é possível quando se trata de leitores, tão confusos que são quanto os escritores, veem nas histórias o que querem ver, projetam nelas seus anseios e medos, seus desgostos e motivos. Anotam, estes, ao pé, ao lado, no topo, a palavra ou frase que lhes suscita o que leram, sem se importar com o nexo, nexos valeryanos, aqueles entre a coisa e nada que lhes corresponda. Uns se comprazem em entender a trama e o enredo, outros olham apenas a linguagem, sua formação e deformação. Os de olhar mítico imaginam o rosto dos personagens, conduzem sua imaginação com as palavras como se estas fossem roteiros de cinema. Há ainda a chance de que cada anotação seja ilusão, pedaço de palavra, frase ou ideia estilhaçada que iniciou um esboço concreto sendo logo abandonada por força de outra ideia em devir no percorrer das linhas que é toda leitura. O verdadeiro leitor tem olhos devoradores. Os mais comuns são os que esquecem o caráter comunicativo dos textos, feitos de tortuosas e, tantas vezes, arrebatadas teorizações. É o que são as ações linguísticas, ou de mera espontaneidade e primitivismo, e se comprazem com a forma, ou, ao invés, com o conteúdo, quando sabemos nós, agora, ou mais adiante teremos certeza, que um livro é mais do que a boa harmonia entre estes dois aspectos e muito menos cada um deles isoladamente. Um livro, qualquer um, é sempre uma confissão, ou é mentira. E como é dito depende do grau de seriedade, consciência, sobretudo, de bufonismo do leitor. O verdadeiro leitor é bufão. Autorizado como tal a dizer todas as verdades ao rei sem correr o risco de perder a cabeça.

O livro aberto está cheio de anotações incompreensíveis. A decifração das anotações não pode ultrapassar a percepção destes rabiscos. Círculos, elipses, semiquadrados, decaedros, espirais, flechas, entrelaçados quando não emaranhados. Não há como saber o que significa o que ali se anotou e, ainda é mais grave o caso que se deveria desvendar com uma banal hermenêutica, quando a notação deixa sua natureza de palavra e transforma-se num estranho ser híbrido entre planta e animal, fragmento de folha e tentáculo de inseto. No meio do fólio de pouco mais de duzentas páginas há uma sequência de desenhos a grafite mal impressos, pois desenhos, grafismo, ou fotos, sempre exigem uma resolução que as edições de hoje não são capazes de oferecer. Foi-se o tempo de se ter gravuras originais em livros. A sorte é que existam estes vestígios, tão curiosos quanto ilustrações medievais ou fotografias como a última de Victor Hugo ou uma iluminura medieval mostrando, sob drapeados, as coxas da virgem ou uma assinatura de Hildegard von Bingen em forma de autorretrato ao pé da página.

Algo tão simples como uma pequena nota na lateral do papel sobrado é fácil de supor como pessoal, como coisa trivial e idiossincrática de quem lê o livro, mas a tarefa é decifrar ou, ao menos, explicar seu porquê. Não tenho em mãos nenhuma imagem de santa cifrando-se aos olhos de seu tempo, mas desenhos complexos, quem dera fossem garatujas que eu pudesse apresentar a alguma professora treinada no universo dos signos infantes. Nada de exegeses complexas, é o que espero, espero, quando muito, uma chave para entender o que vai além da alucinação que aqui se faz em traços.

U7

Sob a porta um bilhete escrito ECCE HOMO, letra trêmula, sem remetente, nem destinatário.

U1

Esta é minha tarefa, eu que sonhei em ser engenheira, médica, em agir pelas artes liberais, e, pelo simples fato de ler com rapidez e não ter para onde ir, acabo mera secretária da mulher destes vastos territórios anímicos que é a Berenice, não direi que é louca, que vive nas raias, não direi, pois tudo pode ser imaginado a partir dos dados que forneço. Estou aqui a revisar uma biblioteca inteira e cumprir tarefas que me deixam louca, a mim, não a ela que é livre de seu próprio ser. A Berenice é mesmo uma pessoa peculiar. Não direi mal desta mulher, a Berenice, mais criadora que criatura, mais sintagma que signo. Ainda que haja certa estranheza em seus gestos e descompromisso em seu olhar, paga-me à antiga, meu salário em dia, um bom salário que não tenho onde gastar e que deixo acumular dentro do jarro de estanho que durante algum tempo servia de lixeira. Vivo aqui entre paredes e ao lado da Berenice que não me faz mal algum. Ainda que pudesse fazer a vida não poderia ser diferente. Eis o que há entre o destino e a escolha: um vão onde cada um habita. Também eu habito, mas o meu vão é controlado pelas palavras da Berenice, e o modo da habitação se torna outro, marcado por sombras e brumas, silêncios repentinos, agonias noturnas. Não posso, contudo, ser injusta com ela, mesmo me sentindo, sob seu jugo, uma subespécie de intelectual, subespécie de escritora, uma pessoa que administra restos, os próprios restos de algo que não fui, não serei, nem posso imaginar que seria. Resta-me apenas a insônia que se traduz em Eu, o que sou, o que sei de mim, resta-me o barulho das folhas caindo, um carro que passa nas ruas distantes. Eu sou o que me sobrou, eu e minha balança onde peso o dinheiro e o volume das folhas. Peso o que lembro, anoto o que vejo, redijo o dia todo, não deixo de assumir a culpa a que me leva a minha condição. Não me queixarei da minha sina, do trabalho a fazer. Fosse homem e eu seria um escritor, o dono dos fólios, o chefe, o rei, o poderoso, o livreiro, o editor, o soberano, o tal, o notável, o acadêmico, mas nasci anos antes da alforria e devo contentar-me com a posição que tenho e a calma de não ser desmontada sob chicotes no pelourinho das letras. Se a Berenice me ouvisse talvez se desse ao trabalho de ver que não se trata disso. Confio que seja magnânima.

E de que se trata, pois?

U3

De uma coleção de livros já lidos que vão e vêm de antiquários e sebos. Pilhas inúteis de escritos a contragosto ou gozo extremo, nada que se valorize hoje, livros deixados ao relento, lidos até a metade como brinquedos abandonados ao frio, sem cabeças, despidos e descabelados, como carros de plástico sem rodas, como uma bola furada deixada nos fundos da casa. Aumentam as pilhas por todos os lados. Ou nem bem são postos nas estantes, já devem ser recolhidos no que neles importa e releva. Ficam pelo chão ou sobre a mesa como mortos. Achados e perdidos. E devo vasculhá-los com uma forquilha rastreadora de água, um cão que sente o cheiro do veneno, um médico legista à procura da causa mortis. E o que procuro? Não importaria saber tão cedo, o que, sobretudo, me toca é a decisão de seguir. Seguir para cumprir com o prazo do relatório. A decisão veio pronta, como um chip instalado em meu cérebro. A percepção das regras foi brinde. E o respeito à lei da Berenice que nos guarda a todos, que fornece sentido aos miseráveis como eu, era a parte essencial do contrato. A lei das leis, a lei definitiva sobre o sentido da vida ou coisa parecida desde que o relatório esteja pronto. Destas coisas, sentido da vida e relatórios, que se compram baratas em casas que vendem livros de orações, flores de plástico, utensílios de cozinha, onde comprei o queimador de incenso, ali também comprei o sentido a preço modesto. Esqueci o preço, não o custo. O sentido, o maravilhoso e fundamental sentido sem o qual é impossível entorpecer-se todos os dias e, assim, sobreviver ao palco irracional pleno de velos que me cabe desvendar. Berenice, sem ela o que seria de mim? É assim que aprendi a repetir. Ela é a nossa iluminada, minha e de todos os que habitam esta circunstância. Berenice, a nossa cientista, a nossa filósofa, a teóloga, minha e de todos nós, os fiéis e devotados que vivem de sua teodiceia. Fosse uma Odisseia e seríamos apenas atarantados crendo em travessias e retornos. Não conto com isso, sei apenas como Deus pensaria se pensasse pela força do que de sua mão escreveu-se um dia, na Bíblia.

Tenho uma por aqui e arrisco a tese: a bíblia foi escrita por Deus, de próprio punho. Nada de redatores, nem profetas ciosos das revelações. Nada de textos recuperados por editores prestimosos, de livros esparsos recolhidos por cuidadosos exegetas, de juízes atentos a provérbios e crônicas de seu tempo. É que não se prestou atenção à natureza do escritor, ser de delírios, de imaginação incontrolável. Hoje este tempo não passa do amarelo dos fólios, das ilusões da história. O que temos de real e evidente é o corpo, o fólio, a impressão e nela, as palavras, as ruidosas e desmemoriadas palavras às quais só chegamos com a leitura em voz alta e a leitura silenciosa, o olho cravado sobre a sina das frases, o seu fim e início, o destino do que se diz a quem se diz, o leitor, que entre pobre iludido e ilusionista, diverte-se para além da vulgata. A Bíblia é a única derradeira prova, concreta e metafórica a um só tempo, de que Deus existe, de que Deus escreve, de que Deus esteve entre nós com a letra e o sangue, a tinta e a forma. Deus é o autor dos autores, criador de personagens como Ester e Daniel, Isaias e Jeremias, Tobias, Judite, Ezequiel e Suzana, Joel e Jonas, Malaquias e Baruc, Salomão e Rute, e os maiores, Jó e Jesus, personagens tão perfeitos que sua realidade é o que menos importa, a realidade é o de menos perto da ficção, se me faço clara. Deus é o inventor da autoria apócrifa, a antiautoria, da literatura coletiva, do livro perdido, a crônica, a profecia, o evangelho, a epopeia, a ode, a tragédia, o drama, o inventor do salmo, do cântico, da sabedoria e da lamentação para além das formas retóricas, Deus é o inventor da retórica. Mas acima de tudo, Deus é o inventor da tradução como meta-teoria da linguagem, da confusão copiosa das línguas com Babel como forma de expor sua magna criação, a que se dá entre os textos e nela, da tentativa de cooperação hermenêutica. Obra de arte total.

Paulo, o maior dos iluminados, seu melhor secretário, como eu sou a secretária da Berenice e, sei, um dia, terei meu nome reconhecido entre os grandes, irei para a Academia das Letras, sorverei meu reconhecimento como um vampiro que se inunda no sangue da vítima... Paulo também deve ter tido a sua compensação antes de eu tê-lo dado como isca a Desargues.

Espero minha compensação.

U5

Um caderno pequeno de capa branca com uma colagem feita de fotonovelas, propagandas de eletrodomésticos e brinquedos. Dentro das linhas finíssimas escapam pequenas letras.

Desenhos de insetos, folhas, flores, um verdadeiro gabinete sobre o qual devo me deter em tempo.

U7

O bilhete não é o primeiro, não será o último. Coleciono as mensagens cifradas, elas não fazem parte do relatório. Recebi há cinco dias em um pedaço de papel manteiga dos que se usava para enrolar pão, uma carta um pouco mais longa que rezava simplesmente o seguinte: SOU O PAI DE BERENI-

CE; LEMBRAR É NECESSÁRIO PARA QUE DESAPAREÇAM AS SOMBRAS; CONTAR O TEMPO NÃO É SOLUÇÃO. Devo esclarecer que os ponto e vírgulas colocados são de minha responsabilidade.

U8

Sombras procuram lugar no mistério luminescente do dia. Algumas pedem licença, outras envergonhadas, fingem não estar.

U6

Tudo começou quando esqueci de alimentar Desargues, Monge e Carnot, Poncelet e seus sete filhos: Gergonne, Brianchon, Charles, Pliicker, Staudt, Ruje e Cremona. Desargues, Monge e Carnot são a mesma pessoa. Agora todos vêm comer meus olhos. Dou-lhes com um tijolo na cabeça e espero que desapareçam. Desargues corre pela porta gritando *quid est, quid est*. Sancho teria que cuidar deles, mas só pensa em descobrir o engano em que foi deixado.

U4

A Pequena Berenice tinha olhos azuis, desbotados como contas de plástico, dois botões costurados com força. Há séculos, séculos, não menos que séculos, séculos é o que nos diz com seus olhinhos dormentes, perdidos um dia no vão onde um pé se esquece do outro, ela os joga, e as pedras e as conchas, contra a aranha no teto, pega-as com um saquinho de tule, abre seus ovos, conta as microaranhas que saem em disparada pelo chão, desenha-as no caderninho.

U2

Não entendo a que serve a pesquisa e, mesmo sem ciência sobre a serventia de tantas perguntas, não vou deixar a Berenice sem suas respostas. Mais que isso, há o mais importante que tudo, o invencível momento em que um olho toca o outro, é o cuidado com a agenda. Organizo a agenda meticulosamente todas as noites antes de pegar no sono caída sobre a cama com roupa e tudo quando não, aqui mesmo, na escrivaninha debruçada sobre o trabalho. Sem a agenda ela não teria cotidiano. Sem a agenda ela não saberia nem mudar de roupa. Não poria os óculos, não tomaria café, não poderia realizar as tarefas mais simples como abrir a porta, deitar na cama, sentar-se à mesa. Para que possa tirar os óculos ela precisa cumprir a agenda, deste ponto em diante, sei que ouve as fitas, faz sua ginástica, massageia o próprio corpo, toma o remédio. Nos dias em que quero que durma aprendi a burlar a ética mínima que nos une nesta casa e deixo dois comprimidos sob o copo que ela erguerá e no qual fingirá ter colocado um pouco de água. Anoto na agenda um comprimido a mais. Escrevo "dois". Ela toma em seco. Ela passa o dia dormindo até que eu a acorde, o que faço, muitas vezes, sem pressa alguma. A ela não resta muito a fazer. Não sai do pequeno espaço no qual se habituou a existir a não ser que eu a mova, mas para isso é preciso anotar na agenda até mesmo o número de passos. Há tempos perdi a paciência de decidir sobre ela e anoto mecanicamente mudando apenas a seriação das ações: segundas e quintas são iguais a terças e sábados. Deixo que habite como queira nas horas vagas. Já tive que tomar as rédeas de sua vida com muito mais precisão e urgência. Hoje a curiosidade máxima que me atinge é saber como ela seria se tivesse feito outras associações, se eu não estivesse por perto. Incrementei minhas habilidades administrativas por sua causa. Minha tarefa é amparar seus gestos, passos e decisões, observá-la para fazer o relatório. Não basta copiar as notas nos livros e devolvê-los ao nada. É preciso observar seus gestos. Passo as madrugadas neste castigo. Um castigo como segurar a forca na qual se espera o próprio pai, a própria mãe, os entes queridos e os inimigos presos em uma roleta russa. Nas horas do insuportável caminho pelas ruas até esquecer. A madrugada não absorve esse silêncio. Cai da árvore desavisada dos passantes. A madrugada não é uma intensidade da noite. É seu fruto. Ouço o barulho dos gomos a abrir no frio. Olho-a parecida a uma laranja arrebentada sobre as pedras. Rajadas coloridas agora jazem no contraste cinza. O açúcar fará brilhar a pedra. Volto para casa ciente de que há muito trabalho por fazer. Não saí daqui. Nem saí de mim.

U1

Eis que me ponho em meu lugar diante do vidro grosso da janela a observar os pelos do rosto, crescem como plantas, tenho pestanas brancas nos olhos, não servem de resposta, nem de pergunta, percebo-as mesmo sem ter o que pensar delas, quando não são os cabelos, cuido como se move a língua entre meus dentes, se sou capaz de travá-la nos vãos da boca incompleta, uma boca com outra boca ou bocas que abrem para outros seres, mundos que não tenho como perscrutar, quando desisto da boca, posso cuidar das falanges dos dedos que, correspondendo à mão que as abriga, dizem que as mãos pertencem aos braços, até que chego ao tórax e percebo que, antes de seguir adiante, tudo pode estar invertido e o corpo inteiro pertencer aos dedos que o finalizam.

U7

A Berenice é filha de Pôncio, o Pilatos, aquele que se refere ao presente quando está no tempo passado. É ele quem deixou o bilhete com a inscrição ECCE HOMO. Como sei disso? Espero não ser questionada sobre as evidências. Sei que o relatório não é sobre a minha imaginação, exige-se alto grau de objetividade neste momento. Mas não posso deixar de registrar este aspecto já que a solidão chama a imaginação tanto quanto a confissão. É uma espécie de entrega de si mesmo à polícia ao se cometer um crime. Só que no lugar da polícia está o outro, aquele que saberá de tudo, e que lançará sem dó a pena de morte que cabe a todo aquele que se confessa. Confessar-se é ir ao passado como se fosse o presente. Eis que se entende o gesto de Pilatos. Engraçado dizer isso quando há que se referir ao presente, tudo o que é está posto num ido, tudo que ido se desmancha em outro tempo, quando havia tempo e ninguém dizia dinheiro, o devorador sinal dos tempos idos. Uns dizem pretérito em vez de passado para se passar por gente notável. Coisa de quem pretende entrar pela porta trancada na história do homem diante da porta. Coisa de herói, aquele que sobrevive à história. Os personagens históricos tornam-se arquétipos vazios como um copo que, ainda que abandonado na cristaleira seminua da sala de uma casa pobre, é pleno de possibilidades. O pai verdadeiro, com o ar de esquecimento dos que vivem nas ruas e se vestem com restos de outros como se usassem corpos de outros, quem sabe os use. O que um corpo quer dizer, quem saberá? A vida é um livro cifrado que se abre a bons leitores. O pai, Pôncio, mero Pilatos, aparece todos os dias na soleira da porta com o pano preto dos guarda-chuvas e deixa os livros como outros deixam jornais, revistas, panfletos, uma mandinga para azarar a vida alheia. Como não posso entender o que vem fazer, justifico a mim mesma que ele é um especialista na escrita, já que somente deixa livros sofisticados na soleira. Assim lava as mãos. Um dia deixou os óculos o que me fez pensar que ele lê os livros. Eram seus? Não seriam? Se os deixou é porque viria buscá-los, ou abandonou-os, pensou que alguém precisaria de óculos para ler? Nenhuma das pequenas ações serve de pista capaz de indicar paradeiro, parada, paragem, tempo, ação, reflexão, caminho. Não há como saber de onde vêm os livros, nem saber como os escolhe, se os tira do mesmo lugar, se alguém outro os joga no lixo. Recolheu-os ao acaso? Quem sabe os tenha roubado nas bibliotecas públicas durante a noite confundindo-os com tijolos. Talvez tenha feito confusão com o peso dos livros. Talvez seja cego, por isso passou a usar o tato, recolheu tijolos em vez de livros. Talvez a cidade tenha sido construída há pouco tempo, pois chegam muitos tijolos inteiros, recém-saídos da olaria. Talvez ele tenha acesso fácil à fábrica de tijolos, ao mesmo tempo que à biblioteca. Livros e tijolos juntos significam uma biblioteca. Talvez ele esteja a desmanchar a parede de uma biblioteca, o que corresponde a uma hipótese mirabolante. Talvez tudo seja uma mensagem para a Berenice. Talvez seja só um talvez, este tempo onde estou presa sem a menor chance de sair antes de completar a tarefa. Meu tempo é curto, já não há tempo, a rigor.

Em outro momento posso dedicar-me a falar das características de Pôncio, por ora vamos às questões formais que envolvem o relatório.

U1

Pesquiso-me enquanto penso na hera crescendo ao redor da casa. Quantos anos passaram sem que eu pudesse ver.

U6

Desargues, o chefe de todos, fez o primeiro movimento ao abrir a boca. Monge é abocanhado, mas consegue escapar com um grito: esse *actu simpliciter*.

U7

Dos livros trazidos pelo pai inventariei 243, dois deles eram repetidos, dezesseis estavam encharcados, quatro estavam rasgados demais e, portanto, ilegíveis, quatro eram em línguas intraduzíveis, dezoito ainda estavam com as páginas unidas, eram da época em que se precisava abrir o livro, quarenta e nove não tinham anotações e, portanto, não interessam ao relatório. Os demais foram devidamente recolhidos. O velho vestido de preto não tem critérios, apenas os recolhe e deposita na soleira da porta. Mesmo nos dias em que não tem o que trazer arranja algo que justifique seu passeio, deposita sementes e folhas de árvores caídas, cacos de vidro coloridos, recortes de jornais, balas, pedras de formas e cores curiosas, molas e peças enferrujadas de bicicletas e motores de carros. Tudo sempre organizado, por exemplo, se traz três pedras dispõe-nas em triângulos, se traz quatro faz um quadrado, se mais que isso, arruma tudo em figuras geométricas, pentágonos, hexágonos e assim por diante. No entanto, se traz apenas duas coisas, põe a menor sobre a maior. Sei que a Berenice não o vê há mais de vinte anos, o tempo em que estou aqui. Tudo na vida da Berenice são estes tais vinte anos, dos quais seu pai está totalmente ausente e eu totalmente presente contratada para fazer o relatório. Quando cheguei não havia o que fazer além da agenda. Foi a agenda que começou a sinalizar para a existência de eventos que deveriam ser anotados para que pudessem acontecer. Depois eu deveria anotar o que havia acontecido. Antes, havia apenas duas regras. A primeira delas era nunca anotar o "não". Era preciso descrever o nada em detalhes sem jamais mencionar "nada aconteceu". Qualquer redundância era proibida. A segunda regra era jamais relatar nada que estivesse fora do registro da agenda. O fato deveria ser criado pela escrita. Era um modo de tornar a vida algo regrado, uma lei.

Há poucos dias o velhote deixou no lugar das coisas um bilhete: "Não posso mais falar", escrito em letras maiúsculas e distanciadas de quem aprendeu a escrever o mínimo para enviar uma mensagem, QUERO SABER DA BERENICE ONDE ESTA

Recolhi o papel de pão amassado ilustrado com a frase sem ponto final, confusa no término entre o verbo "está" que obriga a pensar no ponto de interrogação que faltou, bem como o assento agudo que o definiria, e o pronome "esta" que denotaria uma incompletude da frase. Julgo que a mente do pobre homem não seja capaz de qualquer sofisticação e, por isso, fico mesmo com a ideia da pergunta. De que há erro, em vez de elaborações estilísticas. A dúvida não se dissipa. Anoto a frase no relatório enquanto espero o seu desfecho em minha mente. Ainda que haja o bilhete, não significa que haja destinatário a quem responder, nenhum sinal de uma resposta exigida. Há o homem, o velho pai de Berenice, mas isso não é suficiente. Que seja evidente a pergunta, de nada vale diante da dúvida à qual se chega pela atenção rigorosa que se deve ter em toda leitura. Além da dúvida da razão, há a dúvida da intuição quanto ao anseio e a intenção que o moveu em sua atitude. A um ser que sempre deu provas de sua vida ágrafa diante de tantos livros que, os tendo em mãos, e podendo tê-los lido, não o fez. Ainda mais que não faz outra coisa que flanar o dia todo sem profissão, nem projeto. A ele pertence a invejável condição de dispor de todo o tempo do mundo. Por que redigira o texto sobre a pessoa a quem deu tantas provas de ter esquecido? A vida é a prova do esquecimento. Meu relatório é a contramão dos processos. A escrita seria a prova contrária à vida, de que não foi esquecida. Não seria também, aproveitemos a dobra a que nos leva o raciocínio, a escrita o contrário da vida?

U3

Tantos já ligaram a escrita à morte copiando os egípcios. A escrita é a morte do conhecimento, dizem até hoje, podemos ler em qualquer dos livros que temos por aqui. É um lugar-comum frequente que não entendo. Não estou aqui para entender, muito menos para concordar, o que se exige de mim é que eu copie as anotações e que, ao final, eu apresente o relatório com o grau mínimo de exegese. Não posso, como eu disse, deixar de mencionar opiniões, por obedecer à lógica, afinal o relatório mais completo possível é infinito e inclui também o movimento formal e informal dos meus raciocínios à medida que eles situam acontecimentos. Qual a diferença entre pensar e ser? Voltemos a Parmênides, inclusive o Poema foi deixado na porta há alguns anos, não lembro de memória a data que consta no relatório. Procurá-lo neste instante seria trabalhoso e redundante. Já não meço o relatório em páginas há anos, está empilhado pelas paredes da casa, em caixas. Não faz parte do relatório a menção ao próprio número de páginas.

Voltemos ao que interessa neste instante. A escrita é a morte do conhecimento, é o que estava em jogo.

Se o axioma é válido, este pedaço de papel onde se embrulhava pão é na verdade um hieróglifo, um pré-livro como é toda mensagem. A vida, como mensagem não passa de um livro. Como tal deve ser guardada em estantes, bibliotecas que não passam de cemitérios onde se pode dissecar o cadáver do passado. Não é preciso ir tão longe, não se deve deixar que a contradição corroa pensamentos verdadeiros, quais sejam, todos aqueles a que cheguemos pelo grau de incerteza a que cada um que vive está condenado. A Berenice, diferente de todos os viventes, não vive na incerteza, pois ela cria e recria seu mundo cotidiano. Deste ponto de vista posso passar a avaliar o semilivro que é o bilhete, pois julgo que é oportuno incluí-lo no relatório.

U8

Na parede do quarto uma sombra se move procurando pela luz como um vampiro procuraria a escuridão.

U7

Diante do fato inevitável da contradição que o referido bilhete inaugura, há duas possibilidades: considerá-lo louco e a prova já não será prova de nada, ou considerar que na verdade não a esqueceu e a prova valerá como o que deveria ter sido desde o início. Prova contra prova é o começo de todas as dúvidas. Na verdade, não temos provas rigorosas, e, por isso, convém falar de hipóteses, usar com mais oportunidade a palavra possibilidade e introduzi-la na avaliação do fragmento. Eis a palavra correta: fragmento. Tudo se reduz a uma suspeita, de que a explicação está no fragmento, de que o tal, como um tijolo, não passa de uma palavra capaz de explicar o todo e as muitas impressões que o constroem. Do mundo só há as palavras, não as coisas que nos iludem os sentidos, estes órgãos da ilusão. Pensando um pouco mais, no entanto, talvez ele esteja mais certo do que eu. O homem vestido de preto está certo em vestir-se de preto, não obedecer a uma agenda, passar pela rua arrastando os pés em contradição com o olhar decidido a levá-lo ao fundo do poço, à frente, altaneiro como alguém que tivesse a certeza do futuro. A altivez que só um louco pode manter por viver da crença de que mais um passo e atravessará o abismo. Se eu fizesse o relatório da loucura, o que me diriam os que se acham cheios de razão? A crença é sua corda bamba. A mesma que ele não conhece. Todo homem carrega sob um pé o chão, sobre o outro o nada. A diferença entre ele e o louco é que o louco não se importa consigo. A loucura é este passo pronto a arrastar ao fundo o solo que ainda teima em resistir.

Quando chega ao pé da porta vem sem aviso e eu que recolho tudo o que ali se deposita, não sei o que lhe dizer. É porque está louco que não posso atender ao pedido que julgo possível.

Afora isso, há no avesso da folha de papel, o desenho similar a uma letra. Será de um alfabeto desconhecido?

U6

Monge e Carnot mostraram a língua, enojados do que viam. Carnot, salvo, grita esse *quid* para desespero de seus irmãos.

U2

Berenice, í, Adj. s.f. 1 personagem que dá nome ao conto de Edgar Allan Poe ("pelas cinzentas madrugadas — em meio às sombras entrelaçadas das florestas ao meio-dia — e no silêncio de minha biblioteca, à noite, ela passava esvoaçante diante de meus olhos, e eu a via — não como a Berenice, ser vivo e respirante, mas como a Berenice de um sonho, não como um ser terrestre de carne e osso, mas como uma abstração desse ser, não como algo que se pudesse admirar, mas analisar, não como um objeto de amor, mas como um tema para as mais abstrusas e desconexas especulações"; 2 como acreditava o narrador de Poe, aquela de quem todos os dentes são "ideias"; 3 Nome de Mulher, pop. [em acep. genérica inclui todas as mulheres com olhos obcecados]; inicial maiúsc. 3.1 ○ETIM gr: Βερενικη; Berenikē; "portadora da vitória", do nome grego Pherenik; ◙ Gram. 4. Esta palavra emprega-se no plural como adj.; 5 ¤ Nome de rainha louca que se dá a mulheres desconhecidas que passam dias e noites peripateticamente a ocultar a identidade; å ETIM. hist. geog. 6 Filha de Salomé que guardou um cacho dos cabelos de São João Batista em uma urna de ouro que chegou às mãos de ® Hildegard von Bingen ; 7 irmã de Herodes I, filha de Herodes II, neta de Herodes IV,; 8 Filha de Agripa I,; 9 Filha de Ptolomeu II,; 10 esposa de Ptolomeu Soter que cortou uma de suas longas madeixas em oferenda por seu retorno seguro, mais tarde, descoberta no céu pelo astrônomo Cônon; 11 ♥ Amante de Tito (50-60 d. C.); 12 Ω Assassina de Valerius, o Grande; 13 ∂ Plantadora de ópio na China; 14 ∩ conhecedora dos segredos das plantas venenosas; Ver sinonímia de Bérenice de Racine (...); 15 poema 66 de Calímaco traduzido por Catulo 16 + Cidade à beira do Mar Vermelho; 17 mulher que pinta os cabelos de vermelho; 18 Projétil espacial francês; 19 A mulher de costas; 19 *Vide Cabeleira de Berenice, constelação do hemisfério norte.

13 de agosto

2: 47 Avaliar a madrugada pelo número de níqueis no cofre.

Ouvir a água escorrendo.

Respirar com a única narina.

Ritmar o fio de lã a ser trançado entre os diversos pregos sobre os riscos de grafite.

Ordenar as linhas da trama

Buscar fios de linha novos e alvos no baú do quarto ao lado
Amarrar um por um com nós tensos
Ler o mapa do dia anterior
Anotar os verbetes com os nomes próprios
Lembrar
Esquecer/esquecer

U3

A primeira anotação que recolhi no início dos trabalhos de hoje diz eu me nomeio, é como se eu pronunciasse meu canto fúnebre. Estava entre aspas no final do livro de Maurice Blanchot chamado *A parte do fogo* (Rio de Janeiro: Editora Rocco, 1997). Cada vez que vejo um livro tão novo aparecer desconfio mais, sempre mais, do coletador e seus obscuros propósitos. Antes se coletava impostos. Antes ainda, frutas, folhas, raízes comestíveis. Depois pedaços de pano para fazer papel. hoje, livros. Raciocínios que não levam a lugar nenhum. Lugar nenhum é onde estou, portanto, não preciso sair daqui para chegar. Já estou e não importa. Revi o livro e encontrei a frase na página 312, quase ao final do último capítulo. O destaque da frase seria irrelevante (apesar de seu conteúdo, não interessa qual a filosofia que nele se deposita) se em outro livro, cuja capa e primeiras páginas foram arrancadas, não encontrássemos a mesma frase escrita a lápis em quase todas as páginas no lugar que, em certas edições, é reservado à repetição do título. O livro emudecido, como um cadáver, uma sobra inominada do que é afim à vida e logo se metamorfoseia em morte, recebe esse sentencioso nome escrito a lápis como desenhado; ao lado da frase muitas vezes há um asterisco, misto de inseto, flor, letra, e que, parece a cópia imperfeita de pequenos asteriscos impressos no corpo do próprio texto subdividindo capítulos e partes.

Tento aqui copiar o mais fidedignamente possível os 12 ícones que se repetem como um padrão:

O que restou inicia com um grupo de 5 páginas negras e letras brancas não marcadas por qualquer sinal, seja diferença de cor, hachura ou riscos. Mesmo sendo negras poder-se-ia perceber rasuras. Bem adiante aparece grifada uma epígrafe de Robert Burton *Who is not brain sick*? Além, textos permeados de títulos e subtítulos encabeçados pela frase de Blanchot religiosamente citada à exaustão nas 276 páginas; nesta última, a última parte da última frase "o nascimento como signo da incompletude das coisas" finaliza-se apenas centenas de páginas depois da primeira frase a que se tem acesso devido às páginas perdidas "tátil, ou seja do corpo, do que se pensa (...) seja o avesso do pensamento". Avaliando as mais de duzentas repetições da frase de Blanchot, com a intenção que só à lupa corresponde, vê-se que uma única delas não está de acordo, a que está escrita à caneta esferográfica e que se ameaça apagar pela ação da luz que constitui um defeito pouco conhecido destas canetas populares. À página 191 tangendo o invisível a frase "a inspiração é uma revolta".

Antes que se tornasse enigma encontrei-a no Tratado das Intenções Desleais de João Ninguém, pseudônimo de Milorad Holos, místico eslavo que peregrinou por Portugal e Espanha no século XVII, que chegou ao Brasil num navio negreiro, converteu-se ao cristianismo, conviveu com as negras e índias tendo diversos filhos com várias delas às quais homenageou em uma série de treze poemas, dos quais nove deles constam completos no Tratado. Confundindo algo de sua natureza com os negros, ainda que fosse ruivo e cristão, decidiu viver de quilombo em quilombo recolhendo os ensinamentos religiosos dos povos aviltados. Suas esposas não seguiam com ele. A cada novo lugar visitado casava-se novamente. O Tratado inacabado inicia com a famosa frase e conclui-se, sem concluir-se, com a mesma: o nascimento como signo da incompletude das coisas. O exemplar que me chegou tem apenas duas anotações na periferia de suas 148 páginas à pena: Sapient sunt ut faciant mala, (Jeremias 4, 22), a saber, que existem sábios para fazer coisas más, depois Deus sive Natura, Deus ou Natureza. (Spinoza) estava suspenso entre parênteses.

Do leitor que anotara as sentenças por demais conhecidas dos amantes de livros, não sabemos mais que suas anotações. Eis um dos maiores defeitos da leitura, um vício, a curiosidade sobre o que está além do livro. Em geral dedicamos tal desejo de saber a quem o escreveu, quando, no meu caso, a questão é avaliar quem o leu, entrecruzar suas intenções aos deveres de detetive que sou obrigada a manter. Apesar de estar livre de toda descoberta, não há escapatória em relação à busca de rastros. O que aqui não se traduz em vício. Trabalho e obrigação confundem o meu dia.

Cataloguei vários dos livros trazidos pelo homem que vem à porta. Devia tê-lo chamado pelo nome próprio/impróprio que é mais uma metáfora — ou um conceito? — João Ninguém para homenagear o místico, o papel de Ninguém lhe cabia muito bem. Vale para qualquer um que não tem nome como para cada um que, tendo nome, não pode contar com ele. Pôncio, foi como soube dele. Pôncio, aquele que permitiu a morte de Jesus. Que seja uma homenagem ao místico eslavo perdido nos trópicos entre os flancos das índias e as coxas das negras, entre um quilombo e o pelourinho, a floresta e a urbe. Que o nome traga luz sobre o gesto que o conduz a esta soleira. A ele que deve estar a procurar a morte.

U1

A lacuna aberta pelas perguntas às quais devo responder se completa a cada página analisada como lama que se torna espessa à medida que cessa a chuva inclusa em seu devir. Efeito da lágrima que custa a escorrer dos olhos e cai pesando sobre a terra. Vai-se o dia enquanto retorna no movimento espantado da existência que vagarosamente cessa e cresce, avança e volta sobre si mesma, uróboro faminto, vestido das escamas da noite. A madrugada não pertence à noite, mas ao escuro, como a tarde não pertence ao dia, mas à luz, são as mamas desse peixe exótico de mandíbulas teratológicas. Deixo passar o meio-dia que não pertence ao dia, mas o organiza, as horas de sol, as fases da lua, o tempo medido em água, areia ou ponteiros, deixo que tudo escorra de sua boca pelos veios finos que eu poderia interromper com um mero movimento de dedos, como no apagar de uma vela. Mas a natureza do movimento é a da água, não do fogo, e tudo simplesmente me escapa. Resta apenas permanecer o limbo, pois sempre resta alguma coisa. Oito horas de trabalho e oito horas de sono, mais oito horas de descanso e perda de tempo com rotinas inúteis a que são apegadas as pessoas que simplesmente vivem, não é suficiente para a ação com a qual me comprometo. A eternidade, guardada no armário dentro do pequeno baú de cedro, é algo de que não quero dispor. A grande lacuna depende do escorrer ininterrupto do efêmero. Tudo deve se resolver dentro destes limites, tantas vezes enfadonhos, durante a passagem do tempo. Tempo, tempo, acabar com os olhos do tempo. É frase que me ocupa a mente enquanto não descubro de onde a copiei. Depois de tantos anos que mais terei a dizer senão o que preciso repetir? Não há com quem contar além do que é dado dentro desta casa com os livros velhos empilhando no chão, o cheiro de tijolos que se acumula pelos cantos.

U6

Gergonne e Brianchon são gêmeos, bem como Charles e Pliicker, e os mais famintos de todos. Gergonne arrasta os pés, assobia esse *substantiale* enquanto desce as escadas.

U2

Uma vez recebi uma carta por meio da qual fiquei sabendo que a Berenice fora interna no hospital psiquiátrico. A carta foi a única coisa que entrou pela porta nos últimos anos além dos livros e dos tijolos, mais as pequenas lembranças do velho Pôncio, inclusive seus bilhetes. O passado ficou para fora da porta, de onde hoje recebo apenas os livros do pobre pai roto em peripatetismo vão pela cidade. O totem do tempo atravessa essa sala e o quarto de janelas sempre fechadas onde a Berenice guarda a si mesma. Hoje o tempo engole todo o trabalho e o reproduz, cobra a parir os filhotes pela boca. Alguém cuida de cortar o rabo do uroborus. Anotei na agenda e desde então a tarefa está por realizar-se.

Procuro seus vestígios. Como este, há muito nos livros até aqui pesquisados.

U3

Entre os livros catalogados nos quais busco ver os sinais (Os Sinais), está a curiosa *Coleção de Provérbios e Lendas* de Ivan Al Abr In, onde encontrei anotada a construção poética "sabiá, sabia, sabotagem" ao lado da frase "muito fácil escrever poesia" e do anagrama MK carimbado em quase todas as páginas.

MK

MK é o anagrama do inventor das lâmpadas para fazer sombra. Ninguém jamais descobriu seu nome. Na enciclopédia de Marias há um verbete com a data de seu nascimento, cerca de 1770 em Granada. Muitos sábios e místicos viajavam à grande cidade cercada de muralhas e jardins paradisíacos em busca das lâmpadas que fizessem sombra. Acreditava-se que podiam curar a loucura ao banhar por dias o enfermo sob seu efeito. Conta a lenda que MK viveu séculos e acompanhou o rei Sebastião de Portugal em seu desaparecimento voltando para garantir a ressurreição prometida por Bandarra. MK carregou o rei sobre os ombros na travessia do Saara em busca das águas perdidas do Nilo quando D. Sebastião era apenas um pedaço de papel que se faria homem por meio da lâmpada de sombra.

Acreditava-se naquela época que a escrita salvava da morte ao contrário da ideia anterior de que a escrita era a forma mais própria da morte. Aquele que escrevesse sob a lâmpada de sombra ressuscitaria os mortos e daria vida aos próprios personagens como um Pigmalião das letras. Pessoas que não existissem como corpos orgânicos, tinham a chance de existir como entidades descritas nas lendas e fábulas, tragédias e teatro que fossem escritos, bem como o romance, forma literária que ganhava força à cada dia. A escrita foi a maior invenção do anseio de metafísica que constituía a essência das populações dos tempos antigos em redor do Nilo ainda que não soubessem os termos a que serviam. Assim, tanto humanos como deuses e inumanos em geral, adquiriam realidade sem que, necessariamente, estivessem vivos. A crença na escrita foi tamanha que sugiram novas artes para acompanhar suas potencialidades. Augures adivinhavam o futuro e o destino das gentes por meio da forma de sua escrita e os filósofos esotéricos fundaram teorias em seu nome apesar das perseguições a que toda verdade era submetida naqueles tempos em que o poder dependia da ignorância. Fontes revelam aspectos desta teoria sob o nome de "poesia do futuro", codinome de fragmentos que perambulavam de biblioteca em biblioteca espalhando o saber proibido que condenava os livros à eterna ameaça pela fogueira. A perseguição aos livros é parte essencial da cristandade que esperava elevar um único livro à verdade sobre todos os outros. O verdadeiro amor aos livros é pagão. O falso amor, por sua vez, foi tema de um dos livros mais importantes que chegaram até aqui e sobre o qual falarei na hora oportuna.

U8

A sombra encontra a luz e desaparece. Aparece o ornitorrinco.

U1

Lavo meus olhos pela manhã com água da chuva. Quando não chove fico por dias e dias sem lavar os olhos. Depois de dias sinto muito nojo. Nojo de mim mesma, pois passo a cheirar como um cão. Não sei se o cheiro vem de meus cabelos, de minha vulva, de meus pés, das axilas, talvez seja de todas as partes que podem causar nojo. Mas o cheiro principal, aquele que reúne a todos é o cheiro de minhas mãos que suam sobre as folhas de papel borrando certas partes do relatório. Terei de justificar-me.

U6

Poncelet pensou em seus sete filhos sem mãe. Sua análise levou-o a ganir esse *tantum*, esse *tantum*.

Dia 18 de dezembro
Escrever entre A e B
Desligar o rádio
Aproximar o rosto do espelho
Contar a quantidade de rugas, medir cada uma delas, anotar para comparar os avanços no próximo ano
Escutar o martelo batendo na parede
Tomar um copo de água com açúcar
Desenhar um nenúfar
Afirmar/negar

U3

Entre os textos pertencentes a esta tradição está o volume das poesias de Aristarco de Cnido, texto lúgubre, traduzido do grego para o francês por Jeanne Marie Lunard em 1947 e lido por uma certa Thereza Flores que anotou seu nome na folha de rosto, em caracteres góticos desenhados cuidadosamente, o ano de 1978 e a cidade de Serafina Correa (como tal livro teria ido dar no interior do Rio Grande do Sul), anotou ainda na página inicial "como dizia o Seu Borges", nas nove páginas seguintes "é Borges", e ao longo do livro o nome "Borges", cedendo depois espaço a simplesmente "B", letra que provavelmente se refere ao mesmo Borges. Talvez o ilustre argentino Jorge Luis, ou um vizinho qualquer sem nada que o fizesse ser notório, o que parece simples já que o nome Borges é dos mais comuns no Rio Grande do Sul. Sábios selvagens perambulam pelas ruas sem ostentar a homonímia com o imortal inventor de Funes e do Livro de Areia. O espírito detetivesco, com o qual devo conviver, ainda que o controle para que não se torne meu vampiro, nem sempre ultrapassa a mera paranoia. Falo como se uma paranoia fosse algo banal. A necessidade de ver relação entre um dado e outro não passa de angústia, ensaio de uma descoberta possível que, alcançada, seria uma prova da esperança messiânica ao alcance da mão.

Há, no entanto, entre os livros trazidos um volume das obras completas de Borges. Na primeira página que segue à capa um selo dos que acompanham os cadernos Moleskine com o dizer de Picasso "Não há nada mais difícil do que uma linha", nenhuma anotação quase no livro todo, um retrato do autor apagado revela a indecisão do leitor em seguir e do editor em ser peremptório, adiante as anotações na página 179 em forma de flechas →← apontadas para as palavras, mostram que as ideias não encantaram quem as leu, frase sublinhadas ou trechos inteiros assinalados com {} também são sinais do desinteresse do leitor e de sua ausência de angústia, provam que sua leitura era técnica, algo como "ler para crer"; ao lado direito da margem as expressões "cultura civil" e "gauchagem" de baixo para cima como quem virou o livro para anotar, signo de uma atenção um pouco maior, mas nada significativa. Resquícios de uma leitura malfadada. A letra solta como anúncio de pressa. Na página seguinte um trecho da frase de Shaw, a quem Borges gostava tanto de citar, "Machbeth, assassino e cliente de bruxas..." escrita em letra mais tensa e, páginas depois, uma flecha ↓ no trecho em que Borges critica o Martín Fierro, quase uma exclamação de surpresa. Mais adiante "destituição do narrador" e vários pequenos trechos sinalizados por > e < bem como as flechas com corpos mais ou menos compridos em função da importância que querem dar ao trecho. Porém, à página 635, um papelote azul assinala junto de uma pequena λ a última frase de La Muralla y los Libros que é a primeira parte de Otras Inquisiciones. Diz "La música, los estados de felicidad, la mitología, las caras trabajadas por ele tiempo, ciertos crepúsculos y ciertos lugares, quierem decirnos algo, o algo dijeron que no hubiéramos debido perder, o están por decir algo; esta inminencia de uma revelación, que no se produce, es quizá, el fato estético". Algo que quer ser dito e, todavia, é apenas ameaçado é o que define o ato estético e a literatura como tal. Nada tão anotado, porém, quanto o prólogo de Informe de Brodie. Destacada do corpo do texto em letra firme a frase de Quevedo "Dios te libre, lector, de prólogos largos" ao lado de "A literatura não é outra coisa que um sonho dirigido."

U2

A Berenice segue a agenda como um leitor segue as letras de uma palavra para alcançar o sentido das páginas. Enquanto eu passo o dia redigindo, ela passa o dia fazendo o que lhe determina a agenda. Não precisa nem sequer tocá-la, pois deixo-lhe a página aberta. Está com as mãos sempre livres com exceção dos momentos em que pára para rezar ou comer. Ela reza as orações da missa do rádio. O rádio, durante anos foi nossa única comunicação com o mundo. Antes que Pôncio trouxesse os livros não havia outra coisa em nossas vidas. Pelo rádio conhecíamos tudo que era preciso conhecer. O modo como as gentes falam, como se comportam, o que desejam, o que devem comprar, o que devem pensar, o que devem ser. Ouvi pelo rádio, um dia destes, que hoje há meios mais sofisticados. Não apenas se ouve a voz, mas também se vê a imagem. Não é para nosso modo de ver o mundo. Desde que soube disso avisei a Berenice para que esteja atenta. Espero que não descubram que estamos aqui. Nunca conseguimos, no entanto, nem eu, nem ela, aderir ao que quer que fosse das receitas e possibilidades oferecidas pelo rádio, pois o rádio não contempla as necessidades de quem descobriu o que a Berenice descobriu. O que eu mesma descobri. E o que descobri pode deixar leitores do relatório curiosos e embora não seja importante, é algo que muda nossa vida por inteiro.

U3

A lista do que ainda devo investigar é vasta:

1. Um volume de Histoire des Choses de Jean Foul e de René Basílio;
2. A obra filosófica de Benito Bovar em 3 volumes encadernados e, pelo que vi, com uma série de páginas perdidas;
3. Um fólio das 800 páginas de Intuições de Honorius Paradunienses;
4. Lecciones de la Bajeza de Estevão, o próximo, autor contemporâneo de João Ninguém, o místico;
5. The Anatomy of Everything de Reynold de Anticyra citado num fragmento de Immanuel Kant jamais publicado está aqui. Sei que pertencia à biblioteca de Sarah Leviatã que os guardava em sua casa no interior de Novo Sul, e que deve tê-los vendido ou doado a alguém desta cidade;
6. Fragments et témoignages dos sonhos de Manoel Virílio, um autor português desconhecido no Brasil, século XVIII;
7. A Brevíssima Relación de la Destrucción de las Índias de Bartolomé de las Casas;
8. Os Sertões de Empédocles de Araújo, da Editora Alétheia de Salvador, Bahia, editado em 1938;
9. A cor do inferno de Federico Borges;
10. E sua Memória? De Laila Paredes, Editora Ilustres Maçãs;
11. Eu e outras poesias de Augusto dos Anjos;

12. A Rainha dos Cárceres da Grécia de Osman Lins, romance que, como ensaio, conta a história de um romance existente apenas no livro, se eu fosse escritora nada me daria mais inveja;
13. O Olho de ouro de Marto Connies;
14. O volume terceiro do Dionisus de Marilium Afordenatum;
15. A adaga de Cabral de Georges Dickens;
16. Coração de Leão, de Pérola Eyes.
17. História da Matemática edição de bolso de Leonora Elisabeth Laï;
18. La Donna di Merci de Madonna Caprese;
19. Metal Perverso de Cleópatra Madissen;
20. Minha tecla de Wendy Mi;
21. Cem mil tempos de Milenna Sinsalabin;
22. Nadanothingnessemptyless, conjunto de folhetos de autoria desconhecida no qual falta a página inicial;
23. Notes sur El Sur de um andino cujo nome se perdeu, na contracapa há a referência a um "escritor andino";
24. Ilíada na Edição Oxford de Jean de Meun que escreveu célebres poemas sobre textos passados, além de elegias, odes e alguns famosos discursos políticos;
25. The Pillow Book de Sei Shonagon, na edição inglesa em papel de arroz, ano de 1958;
26. Insecta Philosophorum Marciliana da Enciclopaedia Cosmica de Petronius, o poeta.
27. A Biografia da Peste de Berenice Do;
28. A teus pés de Ana Cristina César;
29. Um, Nenhum, Cem mil de Luigi Pirandelo;
30. Tratado de entomologia e teratologia de Teodoro Agambino, 1886.

31. As Mãos de Manoel Lima;
32. Berenice de Edgar Allan Poe;
33. Infância e História de Giorgio Agamben;
34. Um livro com ilustrações de H. R. Giger sem autor, data ou editora;
35. O Mundo como Vontade e Representação de Artur Schopenhauer;
36. Amanda e Lars, romance anônimo, que imita Tristão e Isolda;
37. O Copo, de Julián Ana, escritor argentino que se suicidou após três romances de muito sucesso (O Copo é o único que restou), da extinta Editora Independiente, publicado em 1969;
38. About Silence & Lessness de Isaac Solomon;
39. História de Amor e Morte de Ferdinand de Chui;
40. A Nona Competição de Henry Campos;
41. El Libro de Jó em interessante edição crítica feita por um tradutor espanhol, Vall Casperx, inconformado com a pouca importância que uma Bíblia em si completa é capaz de dar a tal valoroso livro;
42. Der Sturm de Alexander von Hartmann, romance leitoso, espécie de água com açúcar que precedeu Os sofrimentos do Jovem Werther;
43. Cartas Amarelas de Maria de Bastiani, 1905;
44. A invenção de Morel de Bioy Casares;
45. Pássaros do Sul do Brasil de Oniro Sanctis.
46. Pedra de Luz de Rodrigo Petrônio;
47. Os Olhos do Tempo de Berenice Do;
48. Alice e os imortais de Jean Arbex;
49. A mulher de costas da mesma Berenice Do;
50. K o Escuro da Semente de Vicente Cecim;

51. A água da chuva e outros sonhos de Berenice Do;
52. O Caminho Suave de Ciça Guimarães;
53. A Festa do Casamento de Helena Borges;
54. O Fausto de Goethe;
55. O Mapa do Universo de Jane Mischash;
56. A casa azul ao meio-dia de Flávia Rocha;
57. Mapas do mundo inteiro seguido de Escritos da Incerteza para a Prosa do Mundo sem nome de autor.
58. L'image em movement de Abbikant Yates
59. Líber Abacci, sem o nome do autor.

U3

Acabei de vasculhar o livro de Magnólia. Cansei de procurar caracteres e símbolos e encontrar apenas números. Estranhei a similitude com o ideal do relatório que a Berenice espera. Nos desenhos, complexos demais e mal reproduzidos para serem copiados neste curto espaço, estavam escritos os nomes das espécies e divididos por uma quadriculação de 9 linhas verticais e 7 horizontais que resultava em dezenas de quadrados como num #. A pessoa que o leu pensou que o livro fosse um mapa da mente e, por isso grafou com o . É provável que desejasse insinuar o labirinto. Estava enganada e certa ao mesmo tempo como ocorre com leitores em geral. Cada coisa que existe pode ser interpretada como um mapa da mente com a ressalva de que a mente não existe. E apesar disso é um território fértil. O labirinto é ilusão tanto quanto a ilusão que o provoca. A mente foi uma invenção que durou pouco, menos que o labirinto, porém, como qualquer fantasma, ainda está entre nós. Nada que leve ao ponto onde espero chegar. Lá onde o nada se esparge com os dedos e abençoa a tudo o que há. Com a ressalva de que tudo o que há não existe.

U1

Ao chegar a hora de dormir tomo uma dúzia de comprimidos. São placebos cheios do bom efeito de ausência de efeito. Guardo-os dentro de caixas de medicamentos verdadeiros, pois tenho medo que a Berenice os veja e ria de mim. Nada como viver das aparências. Garanto assim a minha liberdade no cativeiro. Os comprimidos me fazem ver melhor pelo interior da noite. Deito-me, depois dos comprimidos sempre perto da meia-noite, nunca depois. Não há muito tempo para dormir devido ao excesso de trabalho, devo começar cedo, antes das 6 todos do dias para não haver atraso. Deito-me na cama que continua suave depois de todos estes anos sem mudar de colchão. Espero os sonhos mesmo que custem horas. Em geral a noite passa sem que nenhum ocorra, aproveito para contar as horas, esperar que passem, pois invejo o tempo e a noite é só o que pode contê-lo. Sonhos quando ocorrem avisam como um galo que percebe naturalmente a manhã chegar. Não há metáforas que os expliquem, os sonhos são respostas sobre a vida da Berenice. Dizer o que significam seria pouco, tão pouco como seria dizer que estou brincando com uma ideia destas.

U2

A Berenice espera que eu entregue o relatório feito de algo mais que truísmos e contradições bem organizadas que comprazem os amantes da sofística e da lógica. Cuido de cada detalhe para não dar ponto sem nó, não oferecer descrições inúteis, não faltar com as palavras que expressem o que de real eu li nas bordas das páginas passadas. Cuido, sobretudo de não deixar transparecer nenhum sinal de imaginação. Não lhe interessam os discursos verdadeiros nem os falsos com que me deparo o dia todo, também a mim não interessam. Nada, a propósito, interessa-me. Passo o tempo sobre as páginas dilaceradas, recolho palimpsestos, documentos, reminiscências em fragmentos de frases, e tudo o que percebo é cansaço sobre cansaço em camadas finas a acumular-se como pó nas estantes. Uma página, um passo, uma linha. Inspiração e expiração. O cansaço é a proximidade do nunca que evito usar nas frases que devo compor para atender ao relatório, pois lembram o proibido não. É dela, da Berenice, que vem o miasma das obrigações. Dela, cuja vida é esperar, nada revelar, nem sugerir. O trabalho é sua lei imposta e única. Diante dela ninguém poderia ficar sem fazer nada, a comprazer-se no inútil, tomado do ócio que entra em flamas pelos poros e amortece a ação. Ela que, todavia, vive no ócio da contemplação esperando respostas que ela mesma é incapaz de compor.

U6

Brianchon come por todos, enquanto mastiga pode se ouvir o esse *receptum per modus actum*.

U3

Tudo o que chegou disfarça-se em fólios e códices, são guardados como os que sobrevivem nas sombras de estantes e gavetas, a sustentar as paredes da casa, repletas das formas-livros que se dispõem a sustê-la. As páginas flutuam como em sonhos e o espelho avisa-me de hora em hora da alucinação. Tapei-o com um pano para evitar o reflexo e aquele desejo de atravessar o pó que vêm das imagens avessas. Os livros se espalham pelo chão, fileiras e pilhas de vidas e mortes dispondo fantasmas ornamentados por palavras. Promessas de decisão entre esferas. Cadeiras solenes de veludo amarelado é quase só o que temos em casa além das estantes. No livro chamado "O grau zero da escrita", edição que veio sem capa, nem registro de data ou autor, do qual só tenho as primeiras 61 páginas, as demais foram arrancadas provavelmente com a capa, encontro sublinhada uma única frase "ela é o lugar geométrico de tudo aquilo que ele não poderia dizer sem perder, tal como Orfeu voltando-se, a estável significação de sua atitude e o gesto essencial de sua sociabilidade". Ao que o pronome "ela" e "ele" se refere não se pode saber sem ler as linhas acima, os parágrafos ao redor, mas isto escapa do propósito do relatório. Mais adiante uma anotação à lápis aponta para uma expressão no livro e supera em tudo a suspeita: "estrutura carnal do autor".

U2

A Berenice permanece incomunicável esperando o relatório e a resposta a que ele serve. A Berenice é a que acredita no que vê, confiante que é nos olhos de madeira, feitos de tinta negra a dar contorno e fixar os cílios. Os cílios devem ser contados todos os dias quando ela acorda pela manhã para garantir que olhos haverá para o dia todo. Não sei quem faz o cálculo, não é tarefa minha, é a única atividade sobre a qual perdi o controle. Talvez ela mesma se ponha a contar. Não creio, vive cheia de inércia e preguiça, a infeliz, sem dizer palavra, nem ai, nem oi, nem isso, nem aquilo, ou, ou. Que não se afirme por ora esta ou aquela hipótese, só a certeza nos salvará. Faz muito tempo que não converso com ela. Não penso que possa explicar-se, dizer-se, iludir-me como antes. Posso há anos dizer de onde vem a infâmia, a maldade, a arrogância, avaliando seu olhar. Os olhos se esvaem com o olhado. É preciso tomar cuidado. No meio do globo branco à sombra dos traços duros da tinta densa uma unha azul serve de medida. Sua crença é a dos condenados, dos que receberam o veredicto do afogamento inevitável como aparece em um livro daquele tcheco que passou em minhas mãos. Pobre coitado, como a Berenice, também ele era um inerte. O veredicto não o deixará em paz como eu não deixarei a Berenice. Não posso, infelizmente, anotar todos os nomes dos livros, ainda que copie todas as anotações paralelas, me perco entre nacionalidades e estilos, nomes e sobrenomes, mas não posso dispensar nenhuma anotação lateral.

A Berenice espera encostada na parede, ora sentada, ora em pé, não imagina o que lhe reserva a vida e mantém-se crédula, sem esforço que valha a menção. O espelho como uma ilusão amparado em perspectiva à sua frente. Olha-se por dias e dias. O que ela pode ver, assim como eu, como tu, cientes deste relatório e percebendo seus limites, são as rugosidades da madeira. Passa horas, a Berenice, na mesma posição, é a tristeza que a mantém inerte, chego a pensar. Se tivesse coração.

Chegando perto vê-se a poeira acumular-se sobre seu nariz ou de um lado de seu rosto. Não exagero. Tudo que há nesta casa, depende da posição. Às vezes uso a lupa para ver a metamorfose do pó antes de chamá-la, entre a luz e as partículas há um espetáculo discreto. A poeira é o que ela não conhece de si. É sua crença. Sem saber do que a vida lhe reserva, ela criou a religião da crença na poeira. A poeira marrom do solo que flutua na vida da cidade em partículas incompreensíveis, a poeira preta da fuligem dos carros, das chaminés persistentes em decompor a matéria, um grau mais sutil e mais venenoso que a poeira orgânica da terra, a poeira branca da lua que assiste ao delírio humano e vem colar as pálpebras dos que esquecem de ser cegos, a poeira cinzenta da diluição dos metais, a poeira ocre das respirações enfermas, a poeira azulada dos sonhos que enfeita pulmões imaturos. Nas paredes esmaecidas pelas partículas invasoras escreve-se a verdade pela ponta infantil dos dedos. São os olhos lançados no amorfo da Berenice. Diante dela toda miséria em partícula encontra chão, parede e teto, tudo compõe o recinto, o armário, o útero, o esquife, o jarro, o relicário, o corpo, o tarro, a urna, a caixa, a chávena, o baú, o cofre, a gaveta, o invólucro com a leva das coisas preciosas, onde no meio do todo, do tudo-escondido, se esconde o manto, teia e alvéolos, nós e tripas, caveira e rosto, linhas buscando o breu. Acostumei às narinas obstruídas deste cenário.

O manto que a envolve, depende das camadas de pó. Nelas está tecido em brilho e crepúsculo, em denso e translúcido a percorrer inverno e verão, avantajando o ar em sua saga profícua, dando o grão de cimento que falta ao tempo. A função do manto que ela vê dia após dia, noites dentro das noites, é tapar-lhe os olhos? Evitar a paranoia que atinge a cada um que está dentro do dentro, o que está fora do fora. Servir-lhe a doença?

Abocanhar as horas na dianteira da morte, covardia da hiena sobre o que já está morto? Que quer a Berenice que não descansa de seus olhos, Penélope impotente diante da destruição, Clitemnestra disfarçada em sua dor? Que espera? Que seus membros de arame atem-na à vida? Que Baubó venha levantar a saia e mostrar-lhe a vulva sorridente? Que o riso se compondo no susto lhe evite a vertigem? Afague-lhe os olhos? Que venham abraçar-lhe o corpo os de artelhos de insetos? Que o molusco, o lascivo, o arsenal, o do opróbrio, o falto, o da barca, o da cicatriz, o aleijão, mancomunado, desditoso, sem letra, venha lhe devolver o destino?

Espera o quê? Que o diabo a carregue?

Inerte, ela manifesta apenas o descontentamento das pálpebras a caírem secas, do alto a baixo como em compasso, se descessem e jamais voltassem ao cume de onde o olhar se torna real. A pálpebra é o essencial do olho. Iludem-se os que confiam na íris, na menina que carrega nos braços. É o belo nome da ingenuidade que contenta sem cobrança. Que se preste atenção ao globo a circundar as essências. É a cortina, a do cerco, a do limite, o involucral que diz o interno, quem quiser saber que se dirija aquele que sabe.

U6

Charles resmunga com a boca vazia, mastiga *in hoc intellectu*.

U8

A sombra volta a aparecer, trancada na parede do quarto como se quisesse dizer alguma coisa. O escuro é o que pode dizer uma sombra.

U7

"Pôncio, conhecido como Pontius Pilatus, praefectus da Judeia à época em que Jesus Cristo defendia sua causa, foi quem o condenou apesar de não considerá-lo culpado." É o que está anotado na primeira página de Os olhos do tempo de Berenice Do em letra trêmula, como de uma pessoa que estivesse usando suas últimas forças para escrever uma última mensagem. Nenhuma outra anotação. Da última vez, Pôncio deixou uma fotografia em que apenas a silhueta escura como uma sombra deixa ver a presença humana. Talvez seja ele mesmo. Suspeito que queira mostrar-se. Mas quem teria feito a fotografia?

U6

Staudt, Ruje e Cremona passam os dias escondidos para não serem comidos. Pliicker procura-os pelo esse *intelligibile in actu*.

U3

Anotado em quatro dos livros da lista: L'infini sort du hasard, que vous avez nié. Mallarmé, Igitur. O livro propriamente dito nunca apareceu.

U2

A Berenice é a que se perdeu no tempo. Sem barco que a faça atravessar as lágrimas, nem palavras que a ponham para fora de si, vê pelo dia que passa, a própria sina desfilar em perspectiva. Está em busca da filha, a Pequena Berenice de cabelos arfantes, desaparecida quando ainda era pequena. Lembro quando o prédio onde moravam explodiu no centro da cidade. Ela chorou nos dias seguintes esperando notícias dos mortos. Nunca a vi tão perdida, embora os olhos tivessem a sombra da satisfação. A menina corria pelo pátio, disfarçada de infanta no vestidinho de crochê amarelo, pequenos pomponzinhos de lã que ainda amaciam o empalhado de minha memória. Os cachos amarrotados de suor brincavam espalhando ouro pela grama. Era uma visão dos anjos o que animava a Berenice que, desde aquele tempo, já não sabia de si, nem lembrava seu nome e ainda que a menina lhe desse todas as demonstrações de ser uma criança como todas as outras, tivera o nome de batismo de uma boneca. Confundir as naturezas é algo que faz parte do modo de ser da Berenice.

A Berenice fita o mundo. Não sabemos nem saberemos para onde olha, o futuro foi arrancado de seus olhos, não se pode esperar que ela se torne outra, apenas o que nela permanece é seu nome dado pelo pai que cedo lavou as mãos. O desejo da Berenice parece revelar-se em sua espera por Alice, nas lágrimas que choram as mães quando veem fugir-lhes as meninas na forma de moças de andar intocável, de segredos volumosos antepondo o tempo futuro ao talvez do hoje. O que ocorre às meninas é a mais direta das metamorfoses, quem não foi menina crê porque é absurdo. A Berenice carrega em si a menina que foi, permanece orientando seus olhos de madeira para o mundo, uma cômoda que permanece à sua frente com o espelho envelhecido a distorcer sua imagem. Assim ela pode dizer que o erro está na imagem. Os olhos, aturdidos no fundo, anunciam a boca ternamente semiaberta em dias frios ou quentes, parece feita para reter o ar que entra forçando as camadas de vida e morte, empurrando as articulações e obrigando-a a respirar. Assim ocorre com todos, apenas a Berenice é a alegoria deste fato como se fosse apenas uma fotografia das coisas e não uma realidade. Sua realidade é, no entanto, um fato dos mais angustiantes. Podemos observá-la enquanto ela observa além e aprendemos com isso que cada um é o que contempla. Ela vasculha os escombros, o que está fora, e o que vai por dentro como uma costura invisível, o estilhaço desarticulado entre espaço e tempo não me deixa mentir.

U4 C

A Pequena Berenice não apareceu nos escombros do desabamento. Era de supor estivesse ali com sua boneca de pano azul, os cabelos enovelados atados por um trapo dourado. Nem depois de anos apareceu moça feita em busca de respostas, heranças, com filhos na barriga ou ressentimento nas palavras. Não apareceu vindoura do espelho, retraída, afugentada do outro mundo, não veio fazer-se espantalha, ninguém, assustada, saída do inferno, cansada do limbo com uma trouxa de lençóis atada como bagagem, as partes do corpo como bandeira. Desde o dia em que a cidade estorricou abrindo veias por todos os lados e os tijolos voaram sobre a cena apocalíptica das casas fechando as portas e subindo nas vidraças das janelas, busca a Berenice os vestígios da menina. Deve ter fugido como um dia fugiu João Ninguém, o místico que acompanha os desgastados, da maldade dos seus conterrâneos e dos incrédulos de sua verdade particular, verdade ostentosa, válida, versátil, de comer e xingar, de maldizer e querer, de vomitar e parir. Que fugisse a pobre, era de esperar, que desfizesse o próprio tempo com um lance de dados a esvair-se em sinais de tropeço, não havia outra saída. Devia fugir a Pequena Berenice desta mãe, a Berenice, cheia de tentáculos lançados sobre todos os que existem e dona de uma vontade enferma que a faz passiva? É uma questão das mais sérias, que comove até que se chegue à lágrimas impenetráveis como o sentido das coisas. Sorte não existirem as coisas. Quem delas desconfia poupa uma vida de desespero. As lágrimas nossas, de pessoas comuns, atarefadas, cansadas e desejosas, são motivos da minha atenção diária. As que a Berenice expele me deixam pasma, a natureza vítrea me faz perder-me de mim, numa difusão insuspeita. Eu gostaria de respondê-la à revelia de minhas obrigações, já que não sou chamada a dar respostas à Berenice, a de natureza indecifrável com lágrimas impronunciáveis. O que teria eu a dizer se tivesse que me justificar. Nada vale mais do que uma interpretação que se oculta neste sistema onde estou presa. Minha única obrigação é catalogar as anotações e comparar as letras, seu estilo e forma, com a letra da menina Alice, esteja fugida ou morta, não importa, a Berenice a quer de volta. A letra dos cadernos onde anotava e desenhava é propriedade de todos os que a veem e isso nos traz problemas imensos, pois quem não vê ainda não pode saber. Ainda que a Berenice veja não sabe, porque não viu, ainda que visse não saberia, pois teria visto apenas em parte. A Berenice espera recolher os vestígios sobrados da menina. A esperança na criação da vida pela literatura é coisa de quem leu muitos livros e acreditou neles. Frankesntein, personagem de Wollstonecraft, a filha, foi criatura de um médico revoltado com a morte. A Berenice faria o mesmo se soubesse escrever. Nunca levantou um lápis da mesa. Contratou-me para fazer o que ela não poderia. No entanto, ditou-me regras suficientes para tolher minha inteira liberdade de expressão. Cada qual acredita em sua própria arte. Estou destinada a perder-me definitivamente, não tenho arte alguma. Deixo-a dizer-me por onde devo ir como uma pedra que insiste em ser pedra, mas obedece ao contrário caso lhe cortem ao meio. A Berenice pratica a arte da divina providência. Prende-me. Pretende com isso um relatório compelto. Sua intenção não é descobrir onde está Pequena Berenice a partir de certas pistas, mas reconstruir a história de seus segredos, até recuperar o real por meio dos vestígios. Crê que pode reconstruir o real pelo acúmulo dos vestígios. Reconstruí-la, portanto. A Berenice não me disse nada do que aqui relato, pois jamais disse além de ditar as regras que aprendi com seu jeito e não com suas palavras. Conheço suficientemente os meandros de sua mente para saber que deseja poder sobre tudo e todos. Por isso, apenas eu estou aqui. Sem mim não haveria relatório e isto não me torna mais importante. Ainda que seja toda a minha importância. Como Araquine, ela está sozinha em seu recinto ordenando o mundo. Ao seu redor eu e a lua.

Sua essência, melhor dizer inessência, talvez um dia possa ser compreendida. Espera chegar ao próprio objetivo. Mas o que há, para todos, também para a Berenice, é o óbvio da morte.

@ no teto a pequena negra afaga os próprios cabelos, um fio, outro fio, o pano apronta-se, o traçado do manto por onde se pode ver o mundo é branco e preto quando visto pela imaginação, seria, na verdade, invisível se fosse visto de perto. Um labirinto se desenha incompreensível aos olhos de quem veste paredes, espelhos ou o ar infinito.

L

Sancho pensa no que está acontecendo. Até agora Sancho foi o mais enganado de todos. Não há outro jeito de adquirir direito à existência, senão aceitar a enganação.

U7

Sob a porta novamente um bilhete escrito ECCE HOMO, letra trêmula, sem remetente, nem destinatário.

U6

Staudt, Ruje e Cremona abraçam-se tão fortemente que parecem uma coisa só, massa amorfa de pelos. Staudt grunhe esse *abstractum* até Cremona morder-lhe o pé. Ruje, mais amoroso que os outros dois, apaixona-se por um pedaço de pano.

D

Excesso de pensamentos — abundância de sinônimos

O

O *Continuum* é o desaparecimento do mundo. no lugar do mundo surge um manto — caleidoscópio simples.

S

SIMPLES COMO UM CALEIDOSCÓPIO

U4

A Pequena Berenice poderia se chamar

Alice, Beatriz, Carla, Diana, Elisa, Fátima, Gisela, Heloísa, Inês, Julieta, Luiza, Maria, Natália, Ofélia, Perla, Quinha, Rita, Sara, Tânia, Urânia, Vera, Xênia, Zoé. Mas se chama Berenice porque não saiu de dentro da mãe. Não sair de dentro da mãe significa morrer de fome e ódio.

O

O *Continuum* é a única certeza de que o ritmo pode ser interrompido. O mundo pode ser reposto no lugar do Manto, apenas porque o Manto está esburacado pelas traças.

P

A parte desintegrada ao sistema é *adaequatio rei et intellectus*.

U6

Staudt, Ruje e Cremona são brancos e miúdos. Ruje ronrona esse *universale*.

O

O *Continuum* é feito de um efeito ótico.

U8

A sombra quer dizer apenas que a luz voltou, mas sua vida é perambular sem rumo. O ornitorrinco anda vagarosamente com os olhos fechados. Nômade.

Quod est.

U5

O caderno é da Pequena Berenice. Linhas e superfícies. Desenhos de planos gerais e fundos minúsculos montando um herbário, jardim de celulose crua, azulíssima, o morto e o vivo convivendo em tons amarelados, sobressaem papoulas e magnólias de uma única cor, a grafite, os tons milhares revelam a existência de seres internos aos desenhos, entre as plantas há os animais e entre os animais as letras, em torno das quais giram signos ocos como sementes, lascas ou pedras e fabulosos dípteros esvoaçando confusos por falta ou excesso de asas. O mundo contido nas páginas não corresponde a nada que exista. Os elementos dispõem-se sobre o grande manto, cada página, em branco cruento, de perspectiva desordenada. Sementes de uva, abacates, jatobás, angicos, um feijão brotando, ás, bês, jotas, galhos, cedilhas, folhas e cascas de cedro jovem, pelo pouco rugoso, ervas não denominadas, folhas denominadas com palavras casuais provavelmente copiadas de livros, como em piper nigrum anotada sob uma folha que mais corresponderia a capim-santo do que a pimenta, acentos agudos e graves soltos, tocos de árvores indefiníveis, galhos de arbusto, gavinhas bem sombreadas, um casulo parecendo uma folha seca, eles e agás, éfes e gês, areia grossa, caules, lascas de pedras de lanças indígenas, pedaços de algas secas, hidratadas, desmanchando-se, ondes e comos, nomes próprios pela metade, Mar, Luc, Hel, Alb, Genov, fragmentos de madeira polida, lascas de ossos, uma vértebra, datas, contas, miniaturas de caveiras de pássaros e peixes, prefixos, sufixos, cálculos armados, linhas retas, hexagramas de I Ching, cálculos de dinheiro, bolinhas de gude, crucifixos, moscas inteiras, patas de moscas, asas de moscas, fotografias aumentadas de olhos de moscas aos milhares, asas de borboletas, uma lagarta seca, serifas, alfas, ômegas, lambidas, gês, hagas, jotas, olhos extraídos da cavidade, hastes, letras de caligrafias árabes, setas apontando para o infinito: ⟶∞, letras em cirílico, Я Ю Й ideogramas do I Ching, citações de livros, vírgulas, sinais sonoros, rés e mis, tégminas e élitros de besouros, asteriscos, tremas, pontos finais enfileirados, jogo de ratinho, da velha, interrogações, arabescos, travessões, nomes latinos de plantas, naipes, versos, moedas fossilizadas, trechos de superfícies indecifráveis semelhantes a estampas em tecidos ou texturas de paredes, botões de flores, botões de roupas, um pedaço de casca de laranja, fios de cabelos, números soltos, um dente que parece ser de uma vaca. Cataloguei por entre as plantas do caderno da Pequena Berenice cerca de 400 insetos que, pesquisados em tratados de entomologia mostraram inexistir. Vi desde o começo que não passava de imaginação. Por que guardaria seus frutos é coisa que não me cabe perguntar.A mania de guardar para muitos é mais um prazer do que uma obrigação. Havia alguns nomes esparsos, nenhum taxonomicamente válido. Nenhuma pista além da Atta laevigata, nome de uma espécie de saúva, em nada parecida com as que apareceram pela casa há alguns anos, mas excessivamente detalhada para que fosse irreal. Se fossem insetos recém-descobertos, precisaríamos cotejá-los com o exemplar vivo ou morto. Aqui o desenho basta para considerar uma existência inteira. Corpo e alma feitos de pontos e linhas, eis a ordem do mundo finalmente exposta.

@ um labirinto de fios geometricamente propostos. *Flow chart.*

U8

Fiat Lux.

@ Tu me ensinas a fazer renda que eu te ensino a namorar.

T

A natureza jogou fora a chave.

U

A chave não existe.

U5

Vários dos desenhos do caderno de Alice, como esta suposta formiga com cabeça de vidro e dezoito patas além de um pequeno rabo, ferrão nas costas, se parecem com insetos, outros lembram animais aquáticos, nem peixes, nem estrelas do mar, apenas seus órgãos supostos, fragmentos de asas, patas, ocelos, cabeças e antenas possíveis, guelras vivas a pulsar, as formas mais assustadoras. A semelhança do que existe com o que não existe é incontestável e projeta quem vê na confusão entre o começo e o fim das coisas, senso e não senso entrelaçados como um pano em que a miúda trama não se deixa ver. Problemas metafísicos como areia sob minhas pálpebras. Há algo além. Vejo pouco com esta luz amarelecida da lâmpada, quem mais veria? Não sei quem vê além de mim, por isso, não sei de quem falo se não falo de mim. Alice? Onde estaria entre os signos que deixou? Marcaria seu nome, paradeiro ou intenção entre os grafismos? Nada além de nomes de outros e entre as asas das borboletas Vladimir Nabokov escrito com força. Perco um pouco a noção do que fazer entre os hífens que dividem os signos e denotam uma tentativa de mensagem. Anotar os pequenos traços? Meu desejo de resposta me atrapalha. Os insetos não. Vão de uma página à outra em revoadas de pano sedoso ou metal atraído a ímã. Excessos, extremos. O sinal de igualdade define um resultado algorítmico entre as folhas flamejantes do fólio, fazem-no certo e racional. Medidas necessárias na ordem deste mundo envolto em si mesmo. A espiritromba de uma borboleta aparece de repente. Flutua. O livro poderia estar vivo, é a noite eterna que permite o nascimento destas sombras invasivas. Dele provindas? Fosse dia e podíamos saber as diferenças. A linguagem é um estado da noite.

U3

A linguagem é o que está anunciado, mas não significa, necessariamente, alguma coisa. A noite, todavia, significa. Disse, alguma destas autoras de pendor ensaístico que li em busca das anotações — talvez Berenice Do, talvez Helena Schopenhauer, confundo-as agora, mas no relatório estão bem separadas entre a prosa e a poesia que cada uma delas escreveu — que tudo o que pode ser conhecido é linguagem. Não importa quem, mas há aqui a autoria de um plágio. A frase é de um hermeneuta conhecido como Johannes Remadag, que construiu uma obra em forma de diário, do qual apenas o prefácio me chegou numa tradução para o português de 1935 feita por um padre jesuíta que se interessava por misticismo germânico. A tradução não é das melhores, como não deve ser qualquer tradução para que não sobressaia à obra, para que não venha a substituí-la ou recriá-la. Sabe-se, contudo, que esta ideia não passa de um mito das teorias fundamentalistas da tradução. Posso defendê-las dizendo que não conheceram o prefácio, mas não se pode, em plena era da escrita, muito menos quando se trata de pessoas letradas, tentar alegar desconhecimento das leis que só vem a nós por meio de escritos. Não há, a propósito, lei que não seja escrita. Imaginação delirante e um provável cansaço em completar o que a observação provoca servem à composição bombástica do que podemos considerar compreensão. Linguagem, nada mais é que um modo de ser do que pode ser dito, um arranjo do que se quer e se pode dizer. Filosofias costumam atrapalhar raciocínios simples como são aqueles que devemos chamar autóctones, uma espécie de planta, dirão os ignorantes sem os quais a vida não teria o menor sentido. Contra estes só há a saída de um raciocínio simples: aquele que se faz tão pleno de silêncio que não pode ser percebido.

Z

Dérèglement de tous les sens.
@ Fiat umbra.

J

A chave teria três dentes

O

O *Continuum* não tem pés nem cabeça. Apesar disso, pode se mover.

G

A chave teria milhares de dentes como um tubarão, mas é um ornitorrinco.

O

Sancho veste um paletó *Continuum* combinando com o chapéu panamá branco, joga as mãos para o céu quando acredita que o viu. O *Continuum*, no entanto, só poderá ser compreendido por quem sofre de certa esquizofrenia.

U

A chave é uma chave, é uma chave, é uma chave. Fora a chave, tudo é chave.

F

Não existem fatos, apenas interpretações. Não existem fatos, apenas ratos.

O

O *Continuum* quando visto pelo caleidoscópio é inodoro e incolor. Se visto com cuidado pode-se perceber seu efeito de vidro.

U5

O caderno da Pequena Berenice possui 318 páginas. Quatorze foram arrancadas, sobrou apenas um fiozinho de papel agarrado à linha que costura o fólio. O que teria feito das demais páginas? Marcadores de páginas de outros livros, papel de embrulho, folha para rascunhos? Se fosse possível encontrá-las nenhum outro livro seria mais necessário para a construção do percurso espiritual da menina antes de seu desaparecimento. Eu estaria livre da minha tarefa, teria completado o meu relatório. Por enquanto não tenho chão sob os pés.

@ Fiat umbra, fita lux, Fiat luz, Fiat umbra, Fiat umbra, Fiat lux, Fiat umbra, Fiat lux, Fiat umbra, Fiat lux, Fiat umbra, Fiat lux, Fiat umbra, Fiat lux, Fiat umbra, Fiat lux, Fiat umbra, Fiat lux, Fiat umbra, Fiat Fiat, lux lux, umbra umbra.

@ Aproxima-se o fim do labirinto feito de claro e escuro. Novos labirintos surgirão.

U4

Pequena Berenice passava os dias contando as estrelas. Conseguiu enumerar vinte e quatro mil seiscentos e dezoito à direita e duas mil e quarenta e cinco à esquerda, num total de vinte e seis mil seiscentos e sessenta e três. Tudo se registra no caderninho. Porque não chegou a desenhá-las no lugar onde quase tudo foi desenhado é problema que não me cabe avaliar. Talvez porque os números sejam desenhos em si mesmos. Vejamos 2045 24618

26663

Pequena Berenice contou também:

Fios de cabelos: 12345
Fios de sobrancelhas: 14
Nós entre os fios: 18
Poros: 888
Dedos da mão e do pé: 24
Linhas da mão direita: 4
Linhas da mão esquerda: 2
Linhas do pé direito: 2
Linhas do pé esquerdo: 3
Pintas nos braços e nas pernas: 543
Pelos nos dedos da mão: 234
Alguns pensamentos inclassificáveis: 12
Berescópio: um único
Não havia outro Berescópio

H

A compreensão sem reconhecimento pode matar.
@
Ao chegar ao muro, Araquine devolve o que viu ao que pensou. O que teria visto? Não podemos saber mais do que o óbvio a que nos condena o que já sabemos. A nós, seres do saber e que, pelo saber, somos os infelizes eleitos de todos os dias. O que pensou Araquine? Que era uma semente de gerânio desenvolvendo-se na terra, amparando-se no muro, aparecendo por entre a chance da brisa que toca como seda o que existe. Quando o que não existe passa a existir temos um problema ou uma solução. Araquine não tinha ser, nem não ser.

Araquine fica entre o claro e o escuro que não existem mais como não existiram um dia.

V

O reconhecimento sem compreensão pode matar.

U7

Sob a porta novamente um bilhete escrito ECCE HOMO, letra trêmula, sem remetente, nem destinatário. Desta vez o papel estava dobrado.

U6

Desargues e Monge comem, cada um, um dos olhos de Carnot. Cremona vê de longe e tapa os próprios olhos chorando esse *comune*.

U6

Poncelet come os olhos de Gergonne, o filho mais velho.

12 de agosto

Plantar a semente de gérbera
Anotar os sons de hoje
Dizer três vezes: maio, abril, junho
Desenhar a grafite na parede uma porta
Pintar dentro com azul
Desenhar com tinta branca a fechadura
Recortar em papel branco uma chave
Colá-la perto da fechadura
Olhar bem para isso
Ver/perder

U3

Hoje, à procura de anotações em uma edição do Fausto de Goethe que deixei no final da pilha, caiu-me, sem motivo, um dente. O sangue jorrou sobre as páginas antigas formando um desenho com as manchas de mofo. Movendo-o em pêndulo vê-se um morcego ameaçando voar. Como o morcego de Dürer de asas abertas com pequenos dentes afiados, patas contorcidas, a natureza entre o rato e o pássaro avisando a sua metamorfose. Em outros tempos eu o acharia aflitivo, no entanto, desde que me dedico aos livros tudo se tornou suportável. As diversas doses de angústia que recebi nos primeiros anos serviram de antídoto a toda sensação negativa. A cor, entre marrom e vermelho, a forma abrupta, feita da velocidade falsa, enganadora, violenta em seus raios diretos a correr pela pequena página, mostram que o animal está quase morto. Sua forma é mais frágil pelos tantos olhos nela postos, olhos com que eu mesma olho, como se muitas horas, dias, anos estivessem concentrados no estupor que manifesto diante da cena. Se o olhar gastasse, se o olhar fosse usura como é inveja, se o olhar vincasse ou afinasse o objeto, o fizesse crescer ou diminuir, já não teria porque olhá-lo. E, no entanto, a intenção do olhar nunca é passiva como pensam os ingênuos.

U1

O dente morto caiu sob a mesa. Ao agachar-me para procurá-lo percebi que havia outros envolvidos na poeira. Contei seis, mais um. Embaixo da mesa chumaços de cabelos costuravam a quantidade volumosa do pó. Perder os dentes não é tema que caiba no relatório, mas é um sinal do tempo, de quando havia tempo e dentes. Tempo de ter tempo para avaliar se o corpo era o corpo ou também seus dejetos. Outra era a vida, mas a hodierna declaração banal não altera sua consistência.

U7

O velho Pôncio não deixa de depositar os livros ao pé da porta. Os bilhetes e uma fotografia são os sinais de sua identidade. Talvez pense que a Berenice irá servir-se deles. O que a Berenice fará não importa, contam somente seus pensamentos. Tornam-se fundamentais para o relatório desde que podem ter alguma conexão com o desaparecimento de Alice. Neste ponto, gostaria de apresentar, a título de suspeita, um elemento essencial ao relatório. O nexo não avaliado entre o bilhete e a fotografia. Na fotografia, como no filme de Antonioni, há um vivo, por isso mesmo deve também haver um morto.

U6

Brianchon imita o pai e como os olhos de Charles.

S

BERENICE NO CALEIDOSCÓPIO

U4

Não há solução para a morte ou não morte da Pequena Berenice. Dizer que morreu de fome e ódio pode ser apenas uma metáfora. Não se deve contar com figuras de linguagem. É preciso esquecer quem se é e para onde se deseja ir quando se está diante da interpretação da pequena. Somente assim será possível entendê-la, visualizar a totalidade do seu corpo apequenado pelo tempo. Lembrá-la seria o único modo de conservá-la. Mas a Berenice, a velha mãe que parou no tempo, não pode perder de vista a si mesma e, por isso, esquece de tudo ao seu redor. Não há forma mais fingida de egoísmo. O que há é o tempo (Chronos) devorando seus filhos. Os ossos vão para a Terra (Gaia).

O

O *Continuum* quando visto pelo Berescópio mostra as diversas fases da lua, os fios de linha de um manto, o espaço vital da conjectura, o lugar dos ponteiros do relógio, os inúmeros ângulos de um rosto, os traços de um pássaro a voar no céu, os graus infinitos da incerteza, as formas do juízo, o número de filhotes de um cão, os fios de uma teia de aranha, a quantidade de ovos de uma rã, o número de páginas de um livro, a lista infinita das possibilidades.

P

A parte integrada ao sistema é *inadaequatio* rei *et intellectus*.

U6

Pliicker segue o exemplo do irmão e come os olhos de Staudt.

O

O *Continuum* abandonado pode matar.

U1

Ao acordar pela manhã, mesmo sem ter dormido por um momento sequer, anoto meus sonhos no pequeno caderno. Se sonhei é porque dormi, pensarão os que pensam entender de sonhos. Bobagem, que sonhar dependa de dormir é superstição científica.

Não posso deixar que a Berenice veja. No sonho um velho me quer, aparece uma mulher nervosa querendo me matar. Ela me mata com um bastão. Depois, sou uma cobra com a cabeça esmagada assistindo o velho matá-la.

U7

No mundo do velho Pôncio ele se chama Domingos. Por isso me refiro a ele usando um hífen, como se fossem dois. No entanto, é apenas um. Cuida de várias crianças em sua velha casa de madeira como se fossem filhos de seus filhos de seus filhos, frutos da sobrevivência à qual estamos todos condenados. Gatos, cães e seus filhotes vivem ali famintos. Os pássaros, nestas horas, apenas passam longe. Como sei de tudo isso? Sei porque sei, ninguém precisa me explicar o óbvio. E por que não disse antes? É que era preciso completar a conjectura, por uma pincelada a mais na pintura, uma pedrinha para completar o mosaico que, a esta altura, está quase completo. A esta altura sei até o que o velho pensa e não estou blefando. Decifrei suas mensagens. O que pensará o velho que se serve de seu tempo como um mendigo faminto num banquete? Que viva fora do tempo ou atento ao imponderável, seja sina, seja escolha, é o que está revelado. Não tenho como provar porque não se trata de prova. Não se trata de saber sobre sua vida, nem de explicar. Muito do que se foi encontra hoje a alternativa do silêncio como narrativa, imodesta como só ela, pressupõe a lucidez de todos os que existem num anseio mortal por comunidade. Não é o que temos, nem Pôncio-Domingos que um dia pensei em chamar João Ninguém para homenagear o místico, do que logo desisti por medo de ofender os fantasmas. Neles invejamos a sina. O velho Pôncio-Domingos, ex-João Ninguém, não espera nada de ninguém, nem de João, por isso gasta seu tempo a soprar fumaça do cigarro de palha que traz à boca. Quem disse que traz à boca um cigarro? As cinzas sobre o muro. Muro? Não há muro em parte alguma da casa. Ora, que não haja não é problema quando se trata de uma coisa que simplesmente existe.

Dia perdido, talvez 18 ou 19 de novembro
Abrir a porta do armário da cozinha
Pegar a caixa de fósforos
Acender a vela
Apagar a vela
Pegar um pacote de biscoitos sobre a mesa
Procurar o lápis dentro do copo
Furar o inconsciente com o lápis
Respirar

U2

A Berenice vive só entre estas paredes. Não posso dizer que a acompanho, tenho minhas tarefas que já são suficientes para atrapalhar meu dia. Do mesmo modo, se alguém perguntar, não poderei dizer que estou aqui dividindo uma casa com uma amiga antiga, uma tia, uma avó, uma sobrinha ou prima. A Berenice vive meramente. Não explicou jamais se é escolha ou destino, se lhe agrada ou incomoda a inscrição no vazio a que está submetida. O quarto onde se instalou possui apenas uma cama, uma cômoda pequena, um banco de madeira, um espelho. Equidistante de tudo, por tudo sendo referido, há o armário. Duas portas de madeira escura sobre duas pernas bem altas fazem-no maior do que um homem. Peça do século XVII trazida de Minas Gerais foi construída por escravos e por eles usado, mostra-o a rudeza da peça, a falta de esmero no polimento, o óleo semelhante ao carvão que serviu de tinta deixou manchas sujas, a gordura do óleo de cedro que serviu de proteção contra os cupins ainda cheira. E os cheiros confundem-se como os tempos e a memória nos gestos vagarosos da Berenice. O odor da madeira se foi, restou um espírito da árvore nele fenecido ainda que nos faça lembrar que ali houve vida e beleza, acima de tudo faz saber que o caminho ao pó não se completou. A Berenice já foi mais disponível, mostrava-se há tempos atrás em outros lugares da casa. Encontrava-se com os que vendiam livros na sala da frente onde havia uma mesa, uma cadeira e um tapete que levava o vendedor da porta até a cadeira de espaldar alto em seu trajeto vagaroso onde cada passo era medido. Tempos que não retornam. Todos os que aqui entravam percorriam o mesmo caminho e recebiam à porta um envelope com o dinheiro que podiam receber, não mais, nem menos, e um pequeno roteiro de ação: caminhar pelo tapete até a cadeira, não desviar os pés do caminho delineado pelo tapete, depositar o pacote com os livros ou o único livro sobre a mesa em frente à cadeira, dar dois passos para trás, sentar-se na cadeira pondo as mãos nos joelhos, esperar que alguém viesse recolher o livro e despedir-se, o que eu mesma fazia sendo a eterna anfitriã de todas as visitas, depois de tudo, voltar pelo mesmo caminho e não olhar para trás. A Berenice jamais olhou os livros com a ansiedade dos amantes que percorrem as páginas e o reviram por todos os lados em busca das datas das edições, o número de páginas, o tipo, o papel, a capa, o local de impressão, o número da tiragem, o ano, os subtítulos, as divisões em capítulos. A Berenice jamais quis ler nenhum deles. Não há mais dia entre nós, eu e a Berenice, apenas a noite como sombra acumulada, a petrificação de vozes ancestrais como é o grito que, guardado dentro de um livro, evito ouvir.

U7

Há a sombra dos tempos idos na fotografia de Pôncio-Domingos, ex-João Ninguém. Gonzos por todos os lados e seu ranger difuso. O que dizem?

O tempo, abstrato em seu covil, de dentes prontos há milênios, é ele que vem cedo pelas mãos do Pôncio-Domingos. Seria hoje o que fora no passado? Cessou de atravessar o rio? O que fazia o pobre mensageiro antes que lhe sobrasse apenas o gesto de carregar os livros? Sei de tudo isso, não me pergunte como.

Ele carrega a sombra. A raiva protetora guarda nos bolsos como pedras a lançar sobre o abismo de nossas perguntas (eu pergunto e quem mais que não posso ver?), é quem contém sob as unhas a chave que abriria portas, janelas, para o dia. O escurecimento cessaria, eu fugiria do eterno tom de sombra de tudo o que vejo.

F

Os ratos nascem por biogênese. Os panos do vestido da Berenice estão muito sujos.

@

No meio do escuro e do claro, Araquine pariu um ser de forma híbrida, meio real, meio imaginário, forma e conteúdo fantasmáticos. Uma mulher que são duas, acopladas pelas costas, como gêmeas xifópagas.

L

Sancho ainda pensa no que está acontecendo. Sancho, o mais enganado de todos, aceita seu direito à existência desde que não tenha que pagar por isso.

T

Falta qualquer frase.

@

O ser é duplo, um ser são dois e isto não é apenas uma charada.

Q

Quantidades infinitas de água, ar, terra e fogo, uma explosão e a feitura do mundo.

U

A frase não existe.

@

O ser parido deplora o lugar de onde veio. Preferia ser como Atena saída da cabeça do pai. No entanto, sem consciência de si, não conhece a expressão que poderia salvá-la de seu próprio ódio. Ódio que bebe todos os dias e que nenhuma noite de orações e oferendas poderá curar.

L

O preço de qualquer forma terá de ser pago. O preço é a cabeça da Medusa.

Q

Quantidades finitas de água, ar, terra, fogo, éter e a feitura d'O Manto.

U

A frase pode ser inventada.

U7

Pôncio-Domingos, para-onde-foi-de-onde-veio-onde-está? Que-faz-que-fez? É o modo como o chamo há alguns dias. Não relatei esta mudança porque estou muito ocupada com outras referências mais importantes. A sombra que passeava insólita por trás do muro do quintal vendo a Pequena Berenice a brincar na areia, ou entre os arbustos de rosas espinhosas, a cabeça que sobressaia da cerca viva e sumia assim que dela suspeitássemos, seria Pôncio-Domingos? Desde quando nos acompanha? O que víamos perscrutava os nossos gestos mais mínimos ou nem sequer percebeu quem somos, onde estamos, por que paramos por aqui. Alguém vigiou ao nosso redor por anos, toda a infância de Pequena Berenice e jamais pudemos saber se espreitava a menina ou a casa toda. Não saberemos mais nada já que o tempo do não-saber-se-haverá-amanhã está disposto na soleira da porta como um mendigo esperando o almoço na casa de uma milionário.

U5

Excerto do caderninho da Pequena Berenice:

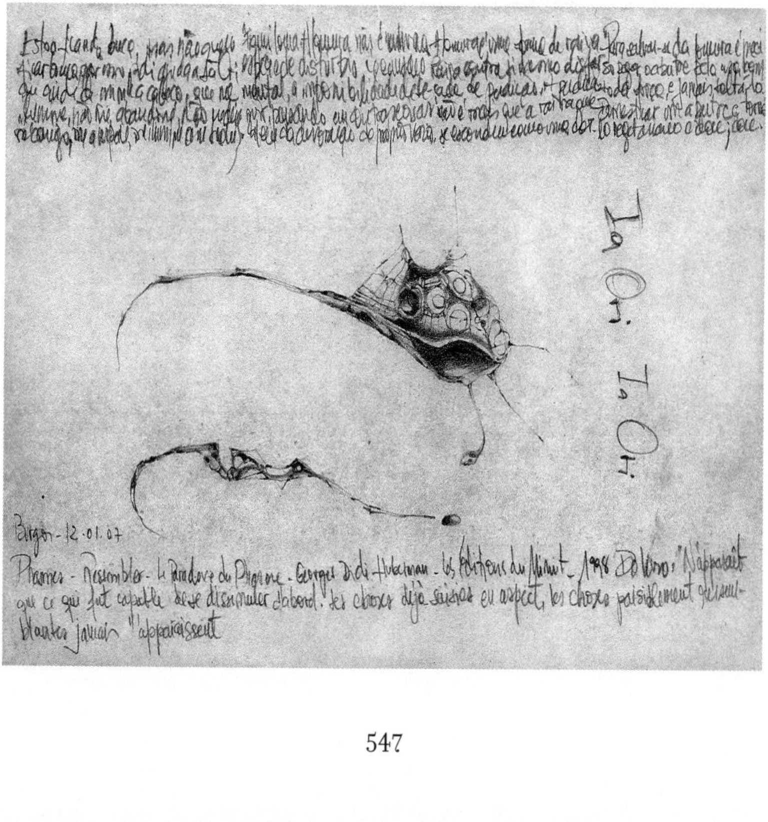

F

Os panos são multicoloridos, mas com o passar dos anos se tornaram opacos, o peso da luz sobre a cor.

U5

Excerto do caderninho da Pequena Berenice:

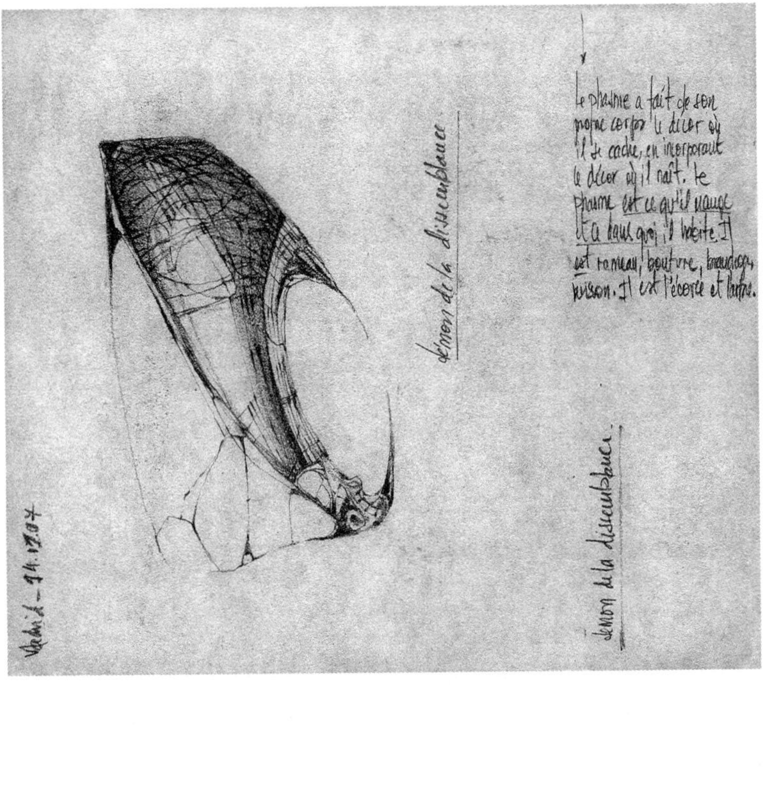

@

O chão é quadriculado por linhas projetadas pela luz que vem do buraco no teto. Um desenho inútil.

S

O Berescópio no chão.

U3

No livro de Blixen, edição notável de Syv fantastike Fortælinger em dinamarquês, de 1935, anotações corriam soltas nas primeiras 20 páginas de *O Dilúvio de Norderney*. Se anotações são garantia de leitura atenta, nosso leitor não leu o livro. Deixou, no entanto, as seguintes marcas como um leitor que se quisesse passar por escritor: "cuidar que os desencontros sejam preservados no romance"; "depois de concluir os esquemas: odeio o livro"; "um dos aspectos importantes na construção deste livro é que não gosto dele"; "detesto, é, detesto escrever sobre o que já está escrito, detesto aproveitar o feito, remendar, mas não gosto de abandonar partes do livro"; "são quase dez horas, o livro chama, está como eu, acordado, ainda que em mim algo durma e eu não possa saber dele"; "maldita realidade, quem a terá inventado?". Esta última frase possui um correspondente na página seguinte que, não fossem os rabiscos, estaria por alguma falha em branco na edição original, o que mostra que todo leitor, quando anota, faz mais do que dar notícias de seu pensamento, realiza, quiçá, uma reedição do livro. Onde Blixen escreveu as frases " 'Você sabe, caro

Rasmus, que sou um poeta', dissera-lhe o barão. 'Pois dir-lhe-ei que tipo de poeta sou. Jamais escrevi qualquer poema sem me colocar no lugar de outros poetas." O leitor continuou de próprio punho "sou um libertino louco por assassinar meus pares, sou capaz de comer a própria avó com feijão e arroz, o que nunca fiz por jamais tê-la visto, sou capaz de dormir com minha própria mãe, o que jamais fiz por estar ela tão longe que jamais a poderia alcançar. O Marquês de Sade, aquele que as senhoras bem comportadas que vão de meias de seda à igreja aos domingos, evitam sequer saber que existiu de fato, é brinquedo para mim. Ando pelas avenidas da cidade sem que ninguém desconfio, meu chapéu, meu palito sempre liso e bem limpo me faz parecer um gentil homme, em casa nem minha esposa desconfia. Na câmara nenhum vereador teria a coragem de denunciar-me, seria um tiro no próprio pé. Confesso entre as páginas desta Blixen, a mulher mais feia que já se viu, porque jamais alguém lerá este livro, e se lê-lo sentir-se-á minha própria vítima, a vítima de uma confissão repulsiva. O prazer que me causa merece ser noticiado". Não me senti a vítima, não estou aqui para sentir nada, mas este dado perverso alimenta as buscas por pistas que nos levem a Pequena Berenice. Páginas depois a frase "a literatura cura a paranoia" parece retirada de um tratado de psiquiatria.

U1

Dentro de minhas pálpebras tudo é negro. Viro-as para fora para ver melhor. Engano-me. Depois de tanto tempo vendo com estes olhos, as pálpebras parecem duas asas de morcego. Como esta é uma ideia um pouco exagerada, deixo-a de lado. A parcimônia é boa em qualquer idade da vida. Com idade quero dizer tempo, aquilo que passa, mas mesmo passando, permanece tecendo o *continuum*. Ao dizer tempo quero também dizer espaço, lugar onde o tempo se enquadra como a quadratura ao círculo. A parcimônia, por usa vez, é boa também para mínimos e fechados espaços como o que nos protege os olhos que podem ver, mas mesmo vendo são cegos.

U3

Uma única inscrição: "*There was no possibility of taking a walk that day*", assim mesmo, entre aspas, a caneta azul, inconfundivelmente uma Bic cuja tinta se mantém ilesa a mostrar que o livro não foi aberto e, deste modo, exposto ao sol. Provavelmente tenha sido apenas um pensamento que motivou à leitura do livro e que ali foi registrado para justificar o gesto, ou a inércia, ou ainda por mera mania de escrever qualquer coisa onde há espaço em branco. Temo que este seja apenas mais um daqueles pichadores que não amam as páginas, que com elas não se emocionam, que sequer se preocupam com o que leem, mas simplesmente passam o tempo. A Berenice só se interessa por estes pichadores, acha que eles são a pista para a Pequena Berenice. Para estes eu reservaria outros livros, livros emburrecentes, livros angustiantes, com respostas fáceis, alimentares. Tenho raiva deles como dos ratos que atravessam a casa o dia todo.

U5

Dia 08 de abril, registrado no caderno da Pequena Berenice: "Meu corpo sofre e aumenta a dose de paranoia. O índice é sanguíneo, conforme a pressão". Depois uma lista de nomes em latim em torno da frase: "tudo virou um belo brinquedo". Os nomes são de plantas: *Ruta graveolens*, ou arruda, *Heliantus annuus*, ou Girassol, *Laurus nobilis*, *Zea mays*, *Papaver rhoeas*, *Urtica urens* e outros nomes sem tradução. Uma criança não saberia o significado destes nomes, nem teria porque escrever a frase citada. Certamente, apenas os copiou. Ao lado, o nome de pássaros e seus respectivos desenhos coloridos: um João Bobo, um João de Barro, uma Gralha Azul, um Saí, um Pica-pau Anão, um Canário da Terra, um Saíra, um Cochicho, ao lado dele o nome *Anumbus annumbi*, um Alma de Gato ao lado do qual vinha *Piaya Cayana*.

U7

Pôncio-Domingos para-onde-foi-de-onde-veio-onde-está aproximou-se algumas vezes, mas foi pego pela ratoeira. Veio atrás da Berenice e da pequena neta. A ratoeira estava ao lado, esperando os ratos como uma máquina de matar que se alimenta de suas vítimas. "Mas se come não é máquina", dizia a Pequena Berenice quando brincava com os ratos na varanda pondo-os dentro de um pote de vidro para vê-los melhor. Pôncio-Domingos costumava jogar moedinhas pelo buraco do ratos.

U8

A sombra habita a noite e o corpo do ornitorrinco. É o único momento do dia em que ela não quer dizer nada.

U6

Ruje e Cremona fogem pelo buraco da fechadura.

U4

Pequena Berenice me chamava para ver a sombra na murada com o chapéu de abas fingindo a imagem de um fauno. Se fora um amigo imaginário ou alucinação de criança, jamais fui além para saber. Não perguntei à Pequena Berenice mais do que se deve perguntar às crianças ao evitar que se assuste. Naquele tempo minhas tarefas eram outras além do inventário, eu podia acompanhá-la por horas e saber sempre que brincadeiras, que jogos, onde se divertia, a que hora fazia suas refeições, quando entrava no tanque cheio de água e líquen de onde saia como um sapo rajado e sorridente para cair logo na areia espalhada por todos os lados do terreno e parecer um empanado de rã. No jardim atulhado de dálias e papoulas que ela aprendeu cedo a desenhar moravam gatos e lebres que, de vez em quando, corriam por dentro da casa fugindo dos cães. Gatos pretos controlavam as vidraças imóveis como estátuas de gesso. Nos dias muito claros eu podia sentir a palpitação das veias, o que escorria, fosse sangue, linfa ou a seiva dos vegetais ao meu redor. Pequena Berenice brincava diariamente entre os arbustos, regando, cavando, arrancando o musgo, picando em mil as minhocas e as larvas de besouros. Eu apenas catalogava as brotações e o número de botões de flores desabrochados a cada manhã. Ainda assim era trabalho em excesso, bem mais que hoje quando tudo é mais pesado. O tempo inconsciente dos próprios dentes caninos não advertia a cada momento para o fim e o fugidio, eu associava a miséria ao futuro, gravava o canto dos pássaros matinais para ouvir um dia sabendo que o tempo é devoração. Ainda hoje a Berenice liga o velho gravador a simular o canto das aves do paraíso, mero arranjo de cordas. Só não é possível recriar o paraíso que se torna o que é ao não ser possível. Por muito tempo, acreditei fosse esta a maior questão da Berenice e o motivo central do amuamento de seus olhos. Na verdade, é apenas a chuva que deixa tudo molhado, até os olhos vítreos da mãe deixada.

U3

A capa limpa do livro, branca e sem qualquer inscrição, nenhum sinal de sujeira, nenhuma marca de impressão digital, nenhum traço, fez-me acreditar que se tratava de um livro não lido. A limpeza interna, o fato de que não houvesse qualquer vestígio, nenhum amassamento, nenhuma dobra, acobertava as margens completamente ocupadas com uma escrita a nanquim de uma página inteira em miudíssimas letras. Tratava-se de uma pequena história em que

U4

Hoje o seco e o vazio avançam nas filigranas das paredes. A imagem da Pequena Berenice flerta por toda a casa com as portas fechadas. A sombra de Pôncio-Domingos não me deixa em paz. O catálogo com os detalhes, os vincos e sulcos microscópicos de cada centímetro dos muros internos, é algo que preciso recuperar um dia. Não bastasse o catálogo dos livros. As paredes são cortinas. Há demais a fazer e tudo será lançado no abandono como desde sempre. Uma fita com a voz cantante da Pequena Berenice é coisa que não posso descrever. Uma parte da letra está, no entanto, bem definida: um mais um, dois, dois mais um, três, três mais dois, cinco, cinco mais três, oito, oito mais cinco, treze, treze mais oito, vinte e um, vinte e um mais treze, trinta e quatro e assim sucessivamente.

U8

A sombra toma chá entre meus dedos.

J

Todos em dias idênticos sonham com a chave. A chave em forma de coração.

O

Qualquer um pode mover o Continuum, mas se usar a chave tudo irá mais rápido.

G

A chave é um ornitorrinco que pode sentir dor no coração. O coração do ornitorrinco é uma lâmpada elétrica.

@

Se cada um dos seres paridos permanecesse dentro dos limites de apenas uma das figuras geométricas projetadas pelos fios da teia seria mais fácil entender o que está se passando entre elas. No entanto, a forma física do personagem não dá nenhuma chance. Há certos detalhes que podemos ver. Enquanto uma dorme a outra fica acordada, mas nem sempre a que dorme está, de fato, dormindo. Muitas vezes finge, deixando um olho aberto à espreita de capturar o que a outra fará. Usam nomes gregos porque não podem ter outros nomes. Os nomes não querem dizer muita coisa, representam apenas um desenho sonoro pelo qual se pode identificar alguma coisa. Uma inferência que não coloca ninguém muito além da básica generalização por meio da qual fingem-se conhecer todas as coisas. Araquine permanece a testar seus poderes enviando fios aos muros que, para olhos preparados, compõem uma escrita cifrada.

U127

Levanto-me pé ante pé, não quero que perceba que estou aqui, que de mim sequer veja a sombra, não quero que veja o tempo que ao passar sobre mim medido como um quilo de sal em miligramas deixou cicatrizes de eternidade, não quero que ninguém me mire os olhos, nem o Pôncio-Domingos pobre mendigo, nem um pássaro que pouse ao acaso na janela. Se nem a Berenice pode ver-me, me viu? De que serviria que outros vissem, ajudaria a resolver o rol contínuo das tarefas? Demoro-me minutos diante da porta a ouvir a batida da mão na madeira, compassos, anúncio, silêncio, anúncio, silêncio e silêncio em compasso de espera e chamado. Tudo o que se espera é o novo som idêntico aos anteriores. E, ainda assim, espera. Tom de andadura de cavalos na relva, ratos sobre o teto, som concentrado de salto no assoalho de pedra, pássaros bicam as telhas como se quisessem entrar. A respiração de velho, forte, trôpega, marcada pelo esforço, move o papel da porta transformada em portal, em separação contumaz, fecho entre vidas que não devem se encontram. Cada qual do seu lado. A vida ou o que balança a dobradiça. A que há no papel, ínfima película da madeira, a que há na madeira, exacerbação do papel. Papel, lugar onde se escreve e onde se está inscrito no teatro. Enquanto eu me escondo, ele se ampara. A mão direita encostada à porta, sinto o calor da palma seca, a outra, a esquerda, acentuando a batida e estendendo o tempo entre os sinais sonoros. É canhoto o velho tonto. Uma estátua orgânica. Devo tomar uma atitude, de qualquer modo, a inércia que cultivo aqui não agrada a ninguém, nem agradará aos leitores do relatório, o informe como diz um dos que li, nem o velho além do portal. Que fazer? Abrir a porta? Esperar que me chame? Não chamará. O velho, o pobre Pôncio-Domingos perdido na imensidão da sua liberdade de estátua, não deve falar. Falar seria vulgarizar a liberdade adquirida pela pedra de ser apenas o que deve ser talhado. O que se antepõe ao morto no chão. Quem quer mais que ser polido? Que aprender a não falar para não ameaçar os outros. Articularia, mesmo assim, alguma palavra que dissesse a que veio? Poderia eu ouvi-lo se sei de sua forma de estátua enquanto eu sou uma pessoa de carne e osso e pensamentos. Deve querer resposta ao bilhete sobre a Berenice, conjecturo, é direito meu pensar o que quiser, enquanto, na verdade, temo o que possa haver em seu gesto de vir até aqui. E se o homem for louco, e se for um esquisito, além de ter esta forma de estátua de pedra comum nos mendigos que dormem pelas ruas mimetizando-se aos muros, ao sem-forma das calçadas. Vivo aqui, uma mulher só cuidando da Berenice e de meu trabalho, distante das coisas da vida que nem sei bem quais são, ocupada com as anotações. Falam de estupradores e ladrões, há violência demais no mundo em que uns morrem e outros matam, em que a guerra de todos contra todos envolve vivos e mortos. O pobre mendigo de pedra assusta-me com sua ação, normalmente apenas deixava os livros à porta. Quererá algo em troca? Préstimos de mulher? Como posso pensar em tal horror? Que posso, afinal, lhe oferecer? Passo o dia copiando e lendo trechos entrecortados. Há anos ninguém bate à porta. Há quanto tempo não falo com ninguém? Terei de conversar com o velho Pôncio-Domingos? Posso fingir que não o vi e pegar os livros do dia de hoje que ele certamente trouxe até aqui para dispor à soleira da porta?

Abro a porta vagarosamente, dando-lhe tempo de desencostar-se dela. Vejo-o no tom cinzento dos pobres, a roupa cinzenta da pedra, um brilho de cristal no olhar silencioso e sombrio, não posso ver seus olhos, imagino-os entre o escuro, nos fios da barba desalinhada há certo tom de brilho. Na silhueta surgida na opacidade da luz que vem da rua e se choca com a lâmpada amarela sobre a porta. É Charlie Chaplin, um pouco mais roto, diante de mim, não tem rosto, este Chaplin, pois não é Chaplin, apenas alguém que é como Chaplin como sua cópia imperfeita, sua representação cansada, efeito de mimese direta, muitíssimo parecido. Posso ver que há rosto, mas não o rosto de ossos sob a carne, de voltas e meandros, ainda que pareça máscara, é o fora de foco que me faz duvidar, concentro-me em busca da perspectiva, do modo correto de ver, agora sim, estou pronta para ouvir.

Quero um copo de água, é o que diz.

Ouço-o por tanto tempo que parecem anos de peso a passar carregado pelo mero vento, vejo que repete a mesma frase, o pedido singelo do copo com água que não lhe posso alcançar. Um pouco de água. Ouço-o pedir, pedir e pedir. A voz a consumir-se. Não sei por que não lhe posso oferecer a água, atender ao seu pedido. Estou imóvel. Sua voz carrega outro tempo, um tempo seco, espargido por seu hálito sobre todas as coisas em volta. Um pouco de água seria tão fácil. O mundo estilhaça-se ao meu redor, eu dentro, nada estilhaça de fato, é apenas uma imagem mental, algo que se produz com a imaginação descontente com o que viu, com o que teria visto. Mantenho o estupor com o que ouço; quero, também eu, um copo de água.

E tentando fugir escapo de seus olhos de pedra sem íris, nem pálpebra. Secos. Não os vi, não havia.

U8

O ornitorrinco salta sobre o muro.

U6

Ruje e Cremona voltam por debaixo da porta.

Não é susto, é apenas a falta de água da qual eu nada sabia. Sei da falta pela sede que o pedido do velho Pôncio-Domingos-Chaplin, ex-João-Ninguém, não esquecerei, despertou em mim. Há quanto tempo não há água. Só agora percebo que morreram as plantas que há dias atrás ainda podíamos ver pela janela. Nunca houve nada aqui dentro que precisasse de água. A Berenice nunca gostou de água. Estávamos em paz vivendo a nossa vida seca.

O velho Pôncio-Domingos desiste de esperar. Olha-me mais uma vez. Vou perguntar como veio parar aqui, mas já vai longe, some como aparição atrás do muro. Além da porta, a paisagem é espantosamente árida, areia e pó devoram sua passagem em ondas poderosas. Disformes, as voltas sinuosas do vento dizem que haverá tempestade. Não há mais rastro sequer do velho homem de preto. O mundo ao redor é branco, eu não lembrava.

No horizonte da paisagem branca há um foco de luz crescente. Não imaginei que houvesse pessoas por aqui. Monta-se aos poucos um foco no calor bruxuleante em torno dos corpos. Homens sobre cavalos ou camelos? O vento carregado de areia não permite discernir. Homens aproximam-se carregando um carro sobre um estrado que sustentam nos braços. Oito, nove ou mais, aproximam-se na cadência da miragem como imagens a desmanchar-se. Eu mediria o tempo, mas ninguém chega até aqui em menos de três dias. O pássaro dentro da garrafa avisou-me com as três bicadas no vidro como quem bate na porta que não há mais tempo. Nunca houve. Não há, tampouco, pássaro algum, nem garrafa. Chega de conjecturar. Tenho três dias para o relatório pronto e encerrado.

F

O peso da luz é apenas uma ilusão de óptica.

O

Movendo o *Continuum* poder-se-á ver as partes esquecidas dos sonhos, as palavras e suas intenções e prodígios terríveis. As partes esquecidas dos sonhos ficam guardadas em uma caixa secreta dentro da memória, se não for aberta derramar-se-á como um ácido sobre a pele. As palavras não existem sem intenções, embora existam intenções sem palavras. Intenções não dependem de palavras, embora palavras dependam de intenções. Nem isto é verdade absoluta, nem deixa de ser, portanto, o Continuum também faz pensar se "isto ou aquilo". Já os prodígios terríveis, estes não são nada agradáveis de ver e quem puder deles escapar deveria fazê-lo com garra. Os prodígios terríveis são aqueles prefigurados por Araquine.

U5

A cada página a lista se torna maior: Trifolium arvense, Punica granatum, Prunus persica, Lilium martagon, Hedera helix. Nem sempre vem acompanhada de desenhos.

@

Se cada um dos seres paridos permanecesse dentro dos limites de apenas uma das figuras geométricas projetadas pelos fios da teia seria mais fácil entender o que está se passando entre elas. No entanto, a forma física do personagem não dá nenhuma chance. Há certos detalhes que podemos ver. Enquanto uma dorme a outra fica acordada, mas nem sempre a que dorme está, de fato, dormindo. Muitas vezes finge, deixando um olho aberto à espreita de capturar o que a outra fará. Usam nomes gregos porque não podem ter outros nomes. Os nomes não querem dizer muita coisa, representam apenas um desenho sonoro pelo qual se pode identificar alguma coisa. Uma inferência que não coloca ninguém muito além da básica generalização por meio da qual finge-se conhecer todas as coisas. Araquine permanece a testar seus poderes enviando fios aos muros que, para olhos preparados, compõem uma escrita cifrada.

O

Araquine tem diversos nomes que demonstram como tudo, cada tijolo, cada letra, cada porta, cada janela, cada rato, cada boneco, cada raio de luz, cada sombra, e cada livro, está ligado ao mistério da denominação e este ao mistério da teia. Na verdade, não se trata de mistério algum, senão do nome que se deve dar ao que não se sabe, nem se poderia saber. Mas quem domina o que se sabe ou saberia? Os diversos nomes de Araquine são seus modos de ser e de não ser. Cada um dos nomes está exposto no fio que tece infinitamente entre dedos calejados de tanto trabalhar. Aquele que souber lê-lo poderá se tornar muito rico, senhor de um segredo poderoso como um veneno ou seu antídoto. Deverá saber usá-lo para não se tornar sua vítima. Não confundir Araquine com a Argiope bruennichi, chamada aranha escrevedora, aranha-dos-jardins, aranha cesteira, pois esta é apenas um modo de ser daquela. Ao ligar todas as palavras em uma só, obtém-se a solução do mistério do *Continuum* que contém a soma dos infinitos nomes de Araquine.

U8

A sombra se aproxima do ornitorrinco. Por isso ninguém esperava.

U1

Se eu pudesse eliminar a Berenice, envenená-la, acabar com seus cabelos, tronco e membros, cabeça e pés, ou simplesmente furar seus olhos, seria o instante mais completo de toda a minha existência. Se no momento seguinte, eu me livrasse deste jugo assumindo outro papel longe da prisão angustiante onde a cada passo me deparo com o passado pesando como quilos de pedras sobre os olhos de um soterrado; se eu pudesse, não há dúvida, o faria, nem meditaria na certeza, a verdade dela prescinde, sem dó, sem dolo, apenas com a vontade que amordaça tudo o que posso imaginar. Falta-me força para espremer seus ossos até o fim. Falta-me saber o mínimo para entender onde estão os ossos.

U3

Algumas páginas em grego, com a tradução ao lado, traziam anotada a frase "ordens da mulher de ânimo viril". A nota referia-se a Clitemnestra. Mais adiante "a prisão da sentinela no seu posto" fez lembrar que sou eu mesma a sentinela presa diante do relatório, meu posto. Problema para resolver depois, se é que terei tempo. A palavra "FOGO" aparecia solta na margem direita, muito espaçosa, dos restos do livro. Logo na página seguinte "Ílion" com uma pequena seta apontando para a palavra "Ílion" como para apenas destacar e não deixar esquecer quando se retornasse ao texto, sinal de um leitor que espera reler. Mais adiante, de baixo para cima, as letras sobem na direção mais alta da página "Agamenon não fica muito feliz com as palavras de Cli". Depois "a disputa entre eles? Disputa ou irritação de Agamenon com a postura altiva de Cli". Duas páginas depois o texto "Cassandra permanece de pé, imóvel, no carro em que estava" aparece sublinhada com caneta azul. A mesma com que se anota "Cassandra ñ obedece Clitemnestra" e que põe duas longas setas ↓ apontando para baixo ao lado de um trecho em que Cassandra aparece sempre em silêncio. Páginas adiante "Cassandra sabe o que advirá". E, duas mais, "VÉU, REDE, manto". Mais adiante "destino" e "rede-manto". E uma seta ↙ apontando para a frase "é de pasmar essa linguagem afrontosa". Por fim: "Ela se defende" ao lado de "agora me condenam ao amargo exílio" e a palavra "arrogante" anotada ao lado dos dizeres do Coro "és arrogante em todas as palavras". Um simples seta → aparece ao lado de diversas palavras sempre na margem esquerda. Na margem direita a seta correspondente ← busca o mesmo efeito de atenção. A penúltima anotação é a repetição da frase de Clitemnestra "palavras de mulher também são dignas de atenção". A última anotação é "Orestes" sobre um grande colchete [

U5

Dentre as anotações da Pequena Berenice há um desenho de uma semente ao lado da frase "vidas que mesmo ligadas não se relacionam". Uma gota de água, quem sabe uma lágrima, caiu sobre a tinta da caneta e estendeu sua cor de noite amolecida sobre a superfície amarelada. É uma das poucas páginas escritas à tinta. A maior parte delas é feita com lápis de cor ou simples grafite. Como qualquer desenho estes também parecem projeções do que há projetos do que será. Ao pé da página a expressão ECCE HOMO aparece em letras maiúsculas grafadas com retidão de máquina. Valeu o esforço da desenhista.

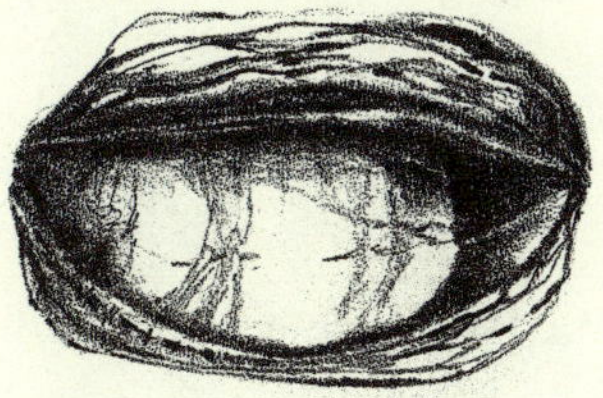

Vidas que, mesmo ligadas, não
se relacionam.

ECCEHOMOECCEHOMOECCE HOMOECCE HOMO ECCEH

ECCEHOMOECCEHOMOECCEHOMOECCEHO-MOECCEHOMOECCEHOMOECC

U7

Pôncio-Domingos, incansável-incurável-fantasmagórico, deixou há anos junto dos livros que traz todos os dias, um pássaro dentro de uma garrafa.

S

O Berescópio é apenas um prisma.

U4

A voz da Pequena Berenice é como a de vidro tocando, fina, lisa, transparente e quase imaterial.

O

Todas as palavras em uma só: o infinito nome de Araquine pode ser dito de uma vez: bacedifojuhajekilomunapeqirosutavewixoyuza e, como tal, pode ser dito de tantos modos até o infinito ou o cansaço daquele que a evoca.

P

O sistema não conta com partes. Que haja partes é sinal de que está desunido, que todo sistema é, em si, antissistema.

U6

Pliicker corre com os olhos de Staudt na boca. Staudt agarra Ruje pelo rabo e assim consegue correr.

O

O *Continuum* esconde, portanto, uma palavra, ou várias, ao mesmo tempo que as demonstra.

14 de agosto

Olhar as plantas
Bater três vezes na madeira
Caçar os cupins voadores
Desenhar o espaço segundo as linhas da perspectiva
Pensar no certo e no errado
Medir o dia pelo relógio
Mantê-lo trivialmente atrasado
Andar/desandar

U9

A Berenice passa a maior parte do dia diante do manto. O manto está disposto na parede da sala onde há pregos na parede e, mais adiante, na primeira porta, o quarto contíguo onde fica o armário. Ela mira de longe, não posso dizer que ela olha. Da segunda porta desce-se pela escada até um porão onde guardamos as garrafas de bebidas que jamais abrimos, depois, um pouco abaixo, uma portinhola abre para um quartinho onde é preciso entrar de quatro como no conto de Lewis Carrol, podendo ultrapassar este ponto é possível descer mais dois degraus e pular sobre um córrego de menos de meio metro, para o qual não se deve olhar, a água forte que nele flutua causa vertigens insuportáveis. O cheiro faz vomitar. Fosse esgoto haveria explicação, mas é apenas uma fonte de onde jorra uma espécie de ácido, água intocada e, por isso, imprópria para uso.

U6

Charles corre cego agarrado ao rabo de Brianchon.

U9

O manto é também feito por Penélope. Não se pode dizer que exista algo que não tenha sido reconhecido. Existirá mesmo que não se possa dizer. Contemplar é também uma ação. Inacabado, o manto é refeito a cada dia sem jamais completar-se. E a cada noite desmanchado como se fazia na

Grécia. Não se deve abdicar de um costume essencial à sustentação dos anos. A maior parte do manto não pode mais ser vista, se trata de mapeá-lo. Por que existe, se é costurado ou tecido, se é confeccionado com linhas ou cabelos, não sei, jamais soube, jamais alguém saberá. Eu não estarei aqui quando houver desvendamento. A Berenice sim, ela estará, é a única que sobrevive, inclusive ao manto. Sobreviverá a mim e a todos como aquele Odradek ao qual dei água e comida por alguns meses. A promessa é de que ele viveria, mas se foi, talvez tenha sido roubado. Sempre há quem não tenha noção do que faz, o que fará com um Odradek? O que diz a Berenice enquanto tece o manto, já não se pode saber. Será o manto o seu Odradek? Começou a tecê-lo há pouco tempo, não mais que 20 anos. O que quer com ele? O gravador está perto dela e grava ininterruptamente todos os sons que ela possa emitir. Tenho milhares de horas de fitas para compor o relatório. Qualquer som, mesmo o dos fios que escorrem entre os outros é guardado para informar sobre cada detalhe. O registro do desmanchamento é o mais perfeito, talvez porque nele seja mais fácil prestar atenção. O trabalho de tecelã sofre, mesmo assim, interrupções, há tempos ela apenas contempla. Mesmo assim o gravador está ligado. Durante muito tempo pensei que deveria ter uma filmadora e capturar além do som, a imagem. Mas quem lerá o relatório saberá de tudo, sem precisar de muita ajuda, nem esforço. O avanço tecnológico, além de tudo, não favoreceria o propósito do relatório que precisa ser feito de palavras, não de imagens. Na verdade, desde que comecei a gravar, não a vejo mover-se em direção ao manto. A qualquer pergunta que fiz, ouvi-a cantarolar vocais evasivos e a oração da Ave Maria. Guardei tudo isso por mera providência, quem sabe um dia interessem a alguém.

Lembro quando o manto começou a ser tecido. A existência doméstica é a total metamorfose das coisas nelas mesmas, alteração de cenário que empobrece, envelhece, passa e, todavia, não se transforma em outra coisa. O manto nunca deixou, mesmo antes, de ser um evento da casa até render-se à estase das coisas quando se confrontam com seus limites. Naquela época comecei a coletar os mantimentos necessários. A guerra se insinuava como a morte que obriga até hoje a viver um dia de cada vez. Nada era como hoje, tempo de reclusão e estranheza, a vida, embora não fosse era alegre, era ao menos suave, fácil de compreender. Eu passeava pelo mercado quase todos os dias, ia a missa, aos velórios, ao cemitério, andava pelas ruas, entrava nas lojas, à feira de artesanato, dava comida aos pombos, brincava com os cães da rua, com os meninos na praça, falava com os marinheiros no porto, passeava de barco se havia convite, e antes, ou quando não havia ninguém por perto, nadava no chafariz. Se comparo o passado ao presente penso que não há mais mundo.

Naquele tempo a tarefa já se desenhava. Todas as quintas-feiras eu ia ao mercado buscar elementos necessários à confecção do manto. Seguia pela ladeira que contorna a praça, atalhava por trás da igreja do Socorro, descia o morro do cemitério, avançava dois quilômetros correndo na descida, chegava ao bairro das Sinas, onde havia a rua das lojas que o prefeito não permitia ficassem na praça central. Ali o cheiro do café enjoava, eu cansava de andar, sentava sobre as pedras, tomava água na bica e seguia. E como se fosse hoje, ouço o mesmo rumor de um carro a passar longe como um fio de navalha que atravessasse o escuro da noite. Ouço e vejo porque a natureza amarelecida das coisas idas é impossível esquecer. Como se fosse hoje desvio um pouco da porta da loja de aviamentos, entro no beco dos Lins e bato na terceira porta à esquerda de quem vai. Um velho senhor idêntico a Pôncio-Domingos dirige-se à porta em seus passos sem compasso, velho que é, custa-lhe achar o buraco da fechadura. Aberta a porta espreita por cima dos óculos e só depois sorri, como se a surpresa ultrapassasse o costume. Ele me dá a mão, oferece-me um copo de água, sem perguntar se quero, fala-me de sua dor na cabeça, eu ouço sem dizer nada para que não creia demais no que sente. Velhos gostam de contar com a própria tristeza, livro-o disso. Vou até lá todos os meses e pergunto-lhe as novidades. Ele que sabe de tudo, possui um livro da vida e da morte que jamais quis me mostrar, sempre me oferece uma página. Eu guardo em minha bolsa, devo ler apenas quando estiver em casa sob a luz de uma vela. Desde que o conheci ele me confiava a folha escrita, uma de cada vez, o que, segundo dizia, representava a cada presente, menos um ano de vida. Um dia recebeu-me dizendo: é a última. Não venha mais. Nunca contei quantas folhas guardo comigo, saberia quantos anos ele deixou de viver. Nunca mostrei a herança que recebi a conta-gotas até encher o copo. A Berenice jamais viu o livro, assim como jamais deixarei que saiba de sua existência na qual é dita a verdadeira diferença eu há entre o passado e o futuro.

Nelas estava escrita uma verdade que não me importa esconder: a vida é breve. Não é segredo e não causa espanto. Jamais entendi porque os segredos interessam mais às pessoas do que o óbvio, o que está à mostra é só o que podemos saber mesmo quando o que se mostra é insuficiente. Seria a morte secreta? A vida? O livro é um breviário simples de tudo o que sabemos sem anotações.

Guardo o livro comigo, pois é, de tudo o que temos aqui, o único que não pode entrar na lista. A inércia do tempo se deve a ele.

U7

Pôncio-Domingos era o proprietário de um cemitério de carros. Fazia-se passar por Federico Borges, cujo verdadeiro nome é Deusivenatura. Era pai de Leda, uma moça de que só tive notícias por uma carta que chegou entre os livros da coleta do velho P-D, contendo um pedido de favor. O favor era apenas que apagasse uma lâmpada, ou pagasse uma conta de luz que não poderia atrasar. Quem me conhece sabe que eu jamais poderia apagar a lâmpada, ou pagar a conta. Não posso comprar, não posso vender, nem visitar, nem resolver, não posso fazer nada que envolva sair daqui. Pelo que pude entender Pôncio-Domingos tinha a ver com ela. Mas a ligação não está clara. A tal Leda escreveu-me uma carta pedindo o favor, dizendo-se injustiçada. Algo que tinha a ver com sua família. Aqui com a Berenice, aprendi a entender bem de famílias. A tal Leda contou-me que jamais soube quem fora sua mãe. Contava sem cerimônias que a mãe mantivera um relacionamento clandestino com um cego chamado Tomé e que, por isso, o seu marido, o pai de Leda, teria se retirado para os confins do mundo. O breviário chamado Magnólia que chegou numa das primeiras levas traz o nome de Leda e de Federico Borges como dono de um cemitério de carros. Mencionei-o várias vezes no relatório, tivesse prestado atenção em Leda e teria agora mais conclusões a tirar. No breviário Leda aparece como uma moça sem objetivos. Em se tratando de livros, no entanto, personagens sem objetivos não são bem considerados pelos críticos. Aqui não é hora de conjeturar, aliás, nunca foi hora. Mas quando penso no descompromisso natural do relatório, no fato de que ele só se relacione à verdade e não à imaginação, dou graças a Deus de não ter me dedicado à literatura. É a única hora em que me sinto bem cuidando da vida da Berenice no estado de torpor em que se encontra. Lembra-me os velhos tempos, mas o passado está bem no lugar do morto que lhe cabe.

U6

Gergonne foi morto por Poncelet, mas ele nega a autoria do crime.

04 de novembro de 2006

A aranha fia no canto a teia de remorsos
Fiar como a aranha, repetir um a um seus movimentos pelo teto
Criar o teto
Suspender a teia sobre as cabeças
Recolher a ínfima partícula do tecido de Clitemnestra
Doar-lhe um fio de ouro
Escolher as cabeças

U23

De todos os livros que recebi, nenhum tinha mensagem mais estranha do que esta escrita a mãos na folha de rosto. Transcrevo-a

"Antes da linha e da urdidura há outra coisa à qual olhar, o de antes da trama; o que, enovelado, se fia e se desfia, avança como o mar feito a gotas antes de todos os humanos, o mar olhando para a terra, os anteriores a todos, os definitivos, os devoradores. São estes, seres de antes do mito, que trouxeram os mortos para fora da terra. Ela, vendo eviscerados os seus filhos, chorou e pediu que passássemos por cima com o carro. Como nossa única tarefa é viajar, lançamo-nos ao que há: para o que ninguém olha. Viajamos no tempo, o espaço é mera passagem. Procuramos o fino e alusivo que se envia para o corte: uma receita de metafísica, das que usaríamos se fôssemos homens, somos mulheres, as que lemos com nossos olhos molhados — órgãos sexuais de homens, hermafroditas e mulheres dobradas e desdobradas, no mesmo corpo. Almejamos um fim, nós as das vozes sussurradas, somos um coro inteiro de tragédia, as gregas de Atenas, Esparta e Corinto em carpidos e choros, e trazemos o desgosto: o que era. Daqui diremos algumas coisas para não esquecer, não por omissão, mas por gosto, caso o sentido da vida precise ser refeito. A que fia, a que tece, a que corta, somos as três conhecidas, olhamos a Berenice, tanto quanto olhamos a Berenice, olhamos com olhos atentos e certos. A Berenice, todavia, não nos pode ver, apenas pode ver o que há, o que é da cor do manto, o que nele está dado como desenho incompleto, como a Berenice que antes olhava para seu chador, a Magnólia que olhava para a vidraça da janela, o mesmo fundo perdido das gavetas, nós olhamos, não há outra tarefa.

E vemos mais que a Berenice, todas as que viram O Manto viram mais: dizem-nos Parcas. Daqueles que nos batizam não interessa-nos sequer o nome. Viemos para observar.

O

O *Continuum* mostra, portanto, uma palavra, ou várias, ao mesmo tempo e as desdobra como em um quebra-cabeça ou caixa-mágica.

U5

A página do meio trazia apenas a expressão MAISLUZ, MAISLUZ, MAISLUZ, repetida cerca de 200 vezes. A página ficou muito cheia.

U8

As sombras explicam a si mesmas em sua natureza de ornitorrinco.

Do estado enfermo da vida a que se chama desgosto, fita a branca Clitemnestra o destino de sua ação, encontra-se disciplinada para o carma ao qual se deve ater, tratando o que cresce dentro de si, no amorfo de seu peito, o broto do que não se pode dizer seja luz, nem seja fruto de abandono ou ódio, e que da raiz, planta mortífera, precisa de água, sol e calor para crescer.

Há calor abundante: a flor vicejará, o fruto será tempestivo. Sabe ela com seus olhos de enormes cílios dourados tingidos ao sol, que seu rosto nunca alcançará o viço, o sorriso lhe será roubado e o vazio, aquele que atinge a existência de todo corpo de mulher, far-se-á silencioso, sem tragédia, sem comédia, pronto para a morte da matéria, a morte imprudente que é a verdade do mortal, saberá que o tempo lhe rouba a parte que lhe devolve a morte e que a morte lhe restitui como um logro o seu sinal mais decorado.

E sabe, por que a ela tudo é claro, no quão escuro é a outras como a Berenice, que nasceu dos filhos e pelos filhos morrerá, sabe-se fruto fraco de uma epopeia sonsa, nada de novo em sua sina já desenhada há milênios em todas as bocas humanas e pela voz estridente dos deuses que não se calam na covardia — a humana covardia — que os criou. Dizem-nos os deuses, que também somos, calem-se Parcas imorais, nós, as três reduzidas à trindade, rimos, emprestando a visão dos sonhadores, os que vêm com os carros sobre a morte que imitamos a cada fio tecido. Sustentamos o manto de Clitemnestra e o manto de Penélope, apoiamos também o Manto da Berenice, a que não podemos punir, a de olhos embotados, sem mar, nem areia, olhos de pó. A protegida de todos.

Clitemnestra apoia-se em sua visão das coisas, tem o amante sob um dos pés, o marido sob o outro, um segura o punhal, o outro a própria cabeça, os filhos agitam-se dentro de um aquário de água gelada, a que morreu, o que irá matá-la. Ifigênia e Orestes atados pelo mesmo sangue e pelo pacto involuntário com as mortes. Penélope vive em suas costas, a ela acoplada como parasita. À noite invertem a posição que ocupam durante o dia. Clitemnestra em suas costas grita que cesse de desmanchar o manto, toda a sua história se aniquila diante do gesto da Penélope. Durante o dia, ela tem a chance de refazer o que a outra destruiu. Uma, eco da outra, enfastia-se com a sina que lhe foi reservada. Sentem o mesmo ódio e o mesmo tédio, nem redenção, nem espera lhes convém.

U6

Brianchon ficou sem seu rabo.

T

A Berenice não dorme tentando forjar uma nova chave.

O

Ao abrir a caixa mágica tudo se renova. Mas antes é preciso encontrá-la.

U5

Finalmente, na segunda metade do caderno havia uma pista concreta: "Estou entre os onze ratinhos que me olham assustados. Terei de soltar o gato, mas meu mundo não tem gatos. Vou procurar por um na casa da vizinha."

U5

Na página seguinte ela diz: eu gostaria muito de ter um gato, não o encontrei, então ensinarei um dos ratos a ser gato, para isso, vou ter de mudar seu nome. Porei a ratoeira esta noite para capturar a minha cobaia.

U6

Carnot escapa de Desargues e Monge fingindo-se de morto.

U8

A sombra do rato pode ser capturada na ratoeira?

U4

A Pequena Berenice passava os dias colada ao caderninho, desenhando o que via e registrando o que pensava. Era muito jovem para ter tantas ideias. Tinha uma memória fotográfica e uma imaginação regrada. Passava os dias acariciando os cabelos da Berenice, lhe servia chá com biscoitos, costurava suas roupas, dava-lhe banho. E, no entanto, era apenas uma criança. Sei que a Berenice se tornou inconsolável também por ter perdido estas mordomias. Tento substituir os gestos, mas não seria possível acrescentar qualquer dose de afeto às minhas obrigações.

O

A caixa mágica pode estar em qualquer lugar, não sei por onde começar a procurá-la.

U3

O Popol Vuh tinha uma capa falsa. Estava vestido de A Brevíssima Relación de la Destrucción de las Índias de Bartolomé de las Casas. Dentro trazia apenas uma frase do Popol Vuh, anotada a grafite: Xe pu ki mezkel, algo que, traduzido significa "e sob seus braços?", as demais frases eram falsificações de outros livros. Dentro, um pedacinho minúsculo de papel bem dobrado dizia "nada há que possamos fazer além de assistir o desenrolar da novela; a que organiza o relatório está ali, também para ela olhamos com pesar pelo que vemos, por estar aquém do que compreendemos, cuida de anotar tudo, apenas não pode anotar o que sabemos."

Nesta hora supus a existência de alguém que se vale de um relatório além de mim. Eu, no entanto, jamais seria observada por ninguém.

U2

A Berenice troca de vestido. Haverá uma grande festa em que ela dançará com o ornitorrinco. Este pedirá sua mão. Preparar-se-ão para as bodas, ela tentará fugir, mas seu corpo inerte é presa fácil de todos os monstros. Quem poderá salvá-la de um destino injusto?

U8

O horror inicial a tudo controla. Penélope está cega há anos. Clitemnestra tem olhos avantajados, olhos que parecem tudo ver, exorbitam, quase falam. Não há nenhuma prova de que veja. Se uma é cega a outra é vidente, nada prova esta lógica. Os olhos fazem pensar na natureza do eu. O eu, como um cancro, é pleno de veias, cartilaginoso, deformado, situa-se na testa. Incerto terceiro olho.

A natureza animal-vegetal do eu de cada uma delas, acolhe-as internamente, aborta-as por inteiro, como se brotassem de uma semente, aborta-as de si mesmas, uma da outra, uma na outra. A mesma, a outra, a viva, a morta, gêmeas como Tomé e Jesus, sangram, respiram, comem, sentem, pensam, cada uma a seu modo, um modo sempre correspondente na vida de relação em que é impossível escapar do mesmo. Ser outro não é mais do que a forma da vertigem. Em cada uma tudo é avesso, a pálpebra é o que as qualifica. É impossível identificar se é de fato o olho de carne, ou só uma pedra de vidro. Abrir seus olhos e olhar por trás, para a coisa que não se mostra nem se demonstra. Quem saberá, quem queira ver? Eis que os lados da mesma sina, as sinas do mesmo corpo são diversas, sombra e claridade da mesma luz entram em choque e não podem escapar de si mesmas. Assim se descobre a certeza que faltava à natureza das sombras.

Clitemnestra não olha, nem observa, nada nela contempla, antes faz foco. Seu olhar é pura mirada. A mira das flechas, das pontas envenenadas, do alvo determinado, um séqüito de vento em tensão a formar direção, vetor. No que toca, o tempo é contado segundo a segundo, a hora própria dos destinos escravizada à morte, passagem à qual cada um é condenado.

Há a novidade do que é, mas a mobilidade do que foi depende de suas ações hoje. Clitemnestra almeja, avança com a energia do mau-olhado, a sensação dos anseios criminosos, para o lugar de seu próprio fim. Medita, como uma abelha, cujos olhos cravados na flor não podem ser percebidos, um tigre que conhece cada movimento de sua presa e por isso se deixa repousar como uma pedra. A flor é o destino. Clitemnestra não o reconhece como seu, medita e vê recolher-se para dentro de si, a pele, desmoronada, a entrar em seu corpo. Inversão dos poros. Revestimento a tornar-se investimento. Percebe que está dentro de uma concha, monstruosa como as coisas mortas que encontram gruta, como o que vem acolher-se no útero, o que enverga assentado na superfície reta das lajes e se devora a si mesmo. Autofagia dos ricos e avaros que guardam o que podem, medo de se perder. Não sabe que está perdida. Não, não está perdida. Que se veja com atenção. É a bruma aliada da sombra, pobre imortal, que vem definir-lhe. Demoníacos olhos de loba, serpente entre as mãos, a águia sobre as costas a envenenar Penélope, cardume de vermelhos nadam em seus cabelos, Penélope ameaça afogar-se.

Quando olhará uma nos olhos da outra?

Uma faca. Um manto.

U1

Nas noites muito frias em que é impossível dormir, recosto-me no vão da porta, espero o escuro casar com a luz na moldura da janela. Vejo-me quando os dias afinam com a noite e rezo para esquecer que nasci.

U5

A ratoeira não foi encontrada. Usarei a gaiola em que viviam os sabiás no verão passado.

U8

Penélope arreda o foco. Desvia-se levando o corpo junto aos olhos da outra que avança a buscar o trajeto da morte. Mimese que Penélope recusa. Onde lançar-se, o que fazer para fugir da ordem de assassinar o marido? Assassinar o assassino? Reunir os fios, reunir um a um com a gravidade do descontentamento, reunir os duplos, os trinos, os quádruplos, levar muito tempo. Evitar a morte. Eis os termos próprios do complexo de Penélope: evitar a morte do marido, sumido há vinte anos, pretexto para evitar toda morte. A esta altura ele não passa da sombra que deve ser morta. A sombra que se recusa a ser sombra. A morte não está aqui no vale das sombras, limbo entre ser e não ser. Evitar a morte pela tessitura, eis o que buscam sem pensar que a morte seria a solução. A urdidura e a trama compensam a morte e a vida. A morte não está, como eu não estou.

Uma é dona da urdidura, como se decidisse da trama e não a vida, a outra é dona da trama, não decide nada, alia-se ao destino, ou morre. A vida segue, como um arranjo e não destino, como se o acaso, sobre o qual a liberdade age, dissesse algo de decisivo nestas horas em que tudo é frio e lento. Cresce a perspectiva sobre a banalidade das coisas. Pobres imortais riem-se dos mortais até conhecerem o sentimento da dor sem fim.

Banal é a lei que rege a vida de todos, diferentes na morte, iguais na dor. Ouve-se uma a voz a dizer em eco repetindo-se a si mesma: a angústia é um fio inerte que entretece, desavisando os rumos a alcançar. Cortaremos o fio na hora devida.

U9

@ no teto, Araquine concentrada no vértice ao qual chegou por simplesmente respeitar a vida, compadece-se dos outros pelo cimento que ela mesma forja. Retinta de negro, mimetiza-se ao fundo. Os fartos cabelos macios são fardos de pelos a cobri-lhe o corpo todo, a ingenuidade de seus traços, espécie de verdade antinatural, os olhos imensos, noturnos, escuros como todo o universo que ela inventa e no qual se gesta a si mesma abrigada ao fruto de sua própria saliva, não a descrevem. Nela, como nas outras que se desenham em finos fios na parede branca, há verdades inauditas como pérolas no ventre-boca das ostras. Confunde-se com o negro do fundo, com os pelos-cabelos, com a aparência de taturana, de pupa desarvorada, como um desenho, a marcada ponta seca sobre o metal transposto ao papel, veludo. Volta-se para baixo, as patas firmes sinalizam uma queda viável e negada, mais deseja do que contempla um desfecho, o da sina de Clitemnestra e Berenice, acopladas gêmeas de estranheza xifópaga, fruto de medo e dor, complexo de traição e pacto: a Clitemnestra-Penélope, a de capa furta-cor, a de olhos ameaçados, a de dedos sacros, a de ondas nos cabelos, a de calcanhares delicados, a de veias desertas, também elas controladas pela Berenice, a que não morre, não esquece, nem tampouco vive e lembra. Pois aqui, sei eu que é igual a nós — todas: as xifópagas, a Berenice, a Alice, até mesmo a que não está aqui para ver, vê o que não quer ver. O relatório será buscado por quem o exige.

19 de maio

abrir os olhos
respirar: inspirar e expirar
deixar a boca aberta
apagar a vela
ler as páginas que faltam
escrever/apagar

U8

Sofrerão seus corpos até que possam ver uma à outra. O que as separa, impedindo a visão de seus rostos, uma mera conversa, o desejável olho no olho quando os olhos tornam-se parceiros de consensos e dissensos, intersecções de traços antes separados, fios desunidos que se tecem em redes de desafios e consolos, é a condição da alteridade, a falácia do mesmo e do outro. A ilusão de que são o que gostariam de ter sido. O destino onde estão agregadas não prevê espaço para que se queira ou se deixe de querer. Penélope olha para os cabelos de Clitemnestra, vê seu rosto apagar-se no escuro do que contempla. Pergunta-se pelo dia de hoje. Clitemnestra avança sobre si mesma, afinal, não é outra, seus passos largos fazem tremer seu corpo arejado e, ainda que de outra natureza, pesado como cabe a um corpo. Vemo-la armar-se como um pavão que abre as asas para anunciar sua própria interpretação dos fatos:

Diz

O manto é a minha mortalha.

Eu que nunca vi a luz do sol vejo-a, agora, por um segundo.

Era.

Cessa seu dizer, sabemos que não tem intenção no que diz, por isso mira e em sua mirada, pronuncia palavras delicadas, tão ocas quanto vagarosas. Ouvimo-la, sabemos que teme algo em si, que seu temor chama-se desejo de matar, oposto ao desejo da vida de Penélope.

Somos suas carcereiras. De nossa vontade depende o sinal para que pratique seu ato essencial. Precisamos ouvi-la. Não queremos que saiba o que fazer tão cedo.

U3

"Ser uma coisa é inexoravelmente não ser todas as outras coisas; la intuición confusa de esa verdad há inducido a los hombres a imaginar que no ser es más que ser algo y que, de alguna manera, es ser todo. Esta falácia está em las palabras de aquel rey legendário Del Indostán, que renunia al poder y sale a pedir limosna em las calles: "Desde ahora no tengo reino o mi reino es ilimitado, desde ahora no me pertenece mi cuerpo o mi pertenece toda la tierra". Schopenhauer há escrito que la historia es um inteminable y perplejo sueño de las generaciones humanas; em el sueño hay formas que se repiten, quizá no hay outra cosa que formas; uma de ellas es el proceso que denuncia esta página".

Estava dentro de um livro, mas não tive tempo de localizar em qual dos destroços.

U5

Dentro da Gaiola, onde devia estar um rato, vejo o Alma de Gato parecendo um raio de sol que sobrou no crepúsculo.

U8

Deixa-me Penélope, deixa-me. Larga-me. Assim é que ela pronuncia: ausenta-te dos meus olhos, larga o couro em minhas costas, solta as amarras, os grilhões me queimam, tenha piedade. Avisa o céu que avançará ao teu destino e será cedo. Exorto-te. Saia. Vai. Deixe meu corpo, vai!!! Ouvimos seu grito. Grafamos seu grito:

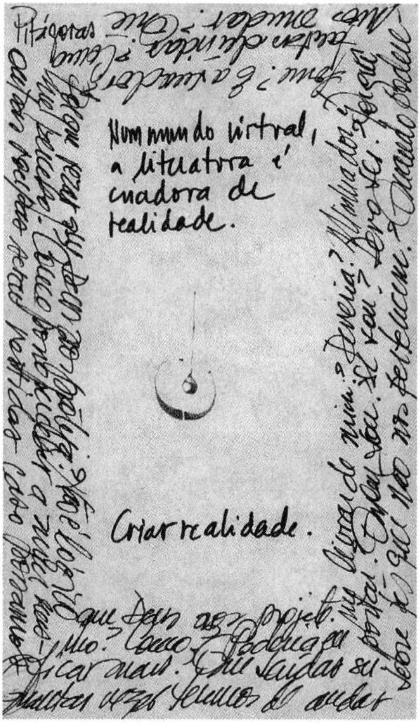

11 de novembro

2h e 47 m:

Desistir do começo

Amontoar pensamentos antes do sono no caderninho Moleskine

120 páginas ao vento pela janela? Fogo na pia do banheiro?

Avaliar os graus da avareza, só o que não se avalia

Lavar os olhos com água gelada

Concluir a leitura de *O Copo*, de Julián Ana

Alargar o sistema das diretrizes dos fios

Acrescentar um fio dourado e outro de cipó à nova trança

U2

A Berenice é parte ou senhora do ornitorrinco.

U1

A Berenice joga fora a frase.

U3

Em *A Arte de Morrer* de Antonio Vieira, na parte interna da capa de trás:

"@. Sou o retrato da miséria em palavras bem medidas. O que tens em tuas mãos, caro leitor, é o pano da minha morte medido em metros, sem curva que engane sobre o tamanho, o peso, a quantidade do sentido. Nada do que fiz é drapeado. Não haverá na narrativa nenhum mistério a descobrir. Aqui tudo está à vista e, para o que não for visto, basta virar o pano. Um pano sem estampa, cru, amontoado de teia. As rendas da morte são medidas a palmos pelas parcas. As musas obscuras. Desde sempre eu as tenho agarradas a meus cabelos, ainda pisam nele e entortam suas tesouras. E lhes devo essa dose de verdade para que me libertem da dor anônima que me salvaguarda as horas. Por isso, quero salvar Penélope. Eu queria salvar todas as que tecem. As que tecem são escravas de seus tecidos. A Morla é a policial. Ela não salvará ninguém. Impedirá meu trabalho. Virá vagarosamente exigir seu pagamento. A que escreve o relatório é como as tecelãs, também ela será vítima. Não imagina a que serve o que faz."

Imagino que tenha sido escrito por Berenice. Em outros tempos eu temeria uma mensagem como esta, uma ameaça. Hoje, sei que ela não tem vontade, muito menos força para nada. Pensar talvez lhe seja possível, mas não mover-se de onde está.

14 de novembro

Não esquecer que dias se vão como anéis
Descobrir o telefone do canil
Levar livros para o lixo
Cuidar que a luz penetre no subsolo
Recolher os mortos

U2

A Berenice pinta lágrimas negras sob os olhos para tentar fugir do ornitorrinco. Que assustado procurará um abismo descobrindo assim sua natureza real de lemingue.

U3

O livro de Federico Borges está aberto sobre a mesa. Farei as anotações em breve. Deixar o relatório incompleto seria descumprir o contrato. Pôncio-Domingos bate à porta há vários dias, desisti de abri-la. Sem ele não tenho mais como saber da data. Suspeito que seja novembro, meados. Depositará livros ainda? Não sei mais o que fazer diante de tanto trabalho. Tenho apenas 3 dias, até as 3 da madrugada, nenhum segundo mais, para completar o relatório. A data foi finalmente imposta. Não há o que solicitar. Ela virá e fará o que tem que fazer.

Eu, reduzida aos papéis, completarei meu dever, assim espero, não há garantia além desta esperança. Se estou viva, é porque persisto.

U2

A Berenice precisa ser descrita para existir. Se ninguém a vê não está em lugar algum. Se ninguém a descreve não ficará dentro de si mesma. Para todos, é melhor que permaneça dentro de si, estrita à engrenagem da coluna que arma todo corpo, que possa mover as próprias pernas, que os braços, assim como as mãos relacionem-se acoplados aos nervos básicos, sustentados pelos ossos, e que estes não se excedam em sua função de fundamento. Que o coração se guarde entre os pulmões, aconchegado. Nada nela se move há tanto tempo, um pouco de óleo nas articulações não faria mal. Todos os dias, seus olhos precisam ser abertos com as palavras da agenda, mas cansei de anotar. Meus próprios braços, mãos e dedos, tudo o que em mim é tentáculo, não podem mais se mover com a destreza que havia há anos. A vida e a morte da escrita, eis o que tenho para pensar enquanto evito suportar a urgência. As palavras são gestos que vão além da língua que passeia entre dentes, ecos da garganta, das cordas que abrem e fecham conforme o sentido das coisas ditas. As horas podiam ser vistas em seus olhos. Desde que está no escuro, que não come, nem bebe, nem se move, chego a pensar se morreu. Estaria morta se fosse outra, mas com ela as coisas não são assim, não se decidem, nem se acabam de uma vez.

U5

Alma de Gato, Alma de Gato, o que queres de mim?

U7

Pôncio-Domingos bate à porta há dias, não quero abri-la, nem saber a que veio, não poderei dar conta do relatório se aceitar mais importunação. São livros além do que posso ler e é certo que, de qualquer modo, o relatório ficará incompleto de qualquer modo, mas posso, mesmo assim, justificar o que alcancei. As consequências? Não quero imaginar. Não sei o que será de mim. Vou repetir: o que será de mim, o que será de mim? Que fique como eco, poupar-me-á trabalho de escrita neste momento de urgência. Devo achar solução, quem me poderá ajudar? Eis uma questão que não pode ser colocada. Quem sabe eu convença Pôncio-Domingos de que ele pode participar elegendo os livros. O fato de que possa imaginar que deveria convencer Domingos é prova de que começo, pela pressa, a delirar. Sua ajuda é o pequeno fardo que me traz todos os dias, sem cessar, dia após dia, e que serve de material à minha busca.

U1

Talvez eu deva me livrar de mim. Não, isso é impossível. Ninguém nem sequer conhece a si mesmo, nem muito menos pode suspender sua própria existência. É o fato da inexorabilidade. Estou aqui comigo, sou a concretude, o resto e o excesso que em torno de mim se dá. Encontrar-me nisso? Ora, desisto, mais simples achar as citações, as anotações de outros. Quiçá, mais adiante, uma equação. Alguém terá de haver-se consigo mesmo nem que seja em sua forma de cadáver, quando a retórica pertencer aos vermes. Talvez eu deva livrar-me de Berenice. Esta pergunta não cessa de se anunciar em sua face de Janus, como possibilidade. Há tempos anuncio este desejo óbvio demais para levá-lo a sério. Além da culpa que poderei sentir, a quem entregarei o relatório? Tanto trabalho, anos inteiros por nada? A solução seria fácil demais não fosse o pequeno detalhe essencial sobre como me livrar de Berenice. Livrar-me dela? Eis que a pergunta não cessa de apresentar-se. E as perguntas na contramão, do mesmo modo: o que seria, após, a minha vida? O que faria com o passado que não pode ser eliminado. Aquele mesmo peso de todos os momentos vividos no agora. O agora? Devo rir de minha própria pronúncia. O passado? Por enquanto está colado aos ossos da Berenice. Livrar-me dela é livrar-me de mim. Ora, riam com tal resposta óbvia, de contentar apenas a quem, em sua miséria, espera o relatório. Então serei eu a escrava dos pobres que desejam o relatório? E o passado? Sei que lhes preocupa, tanto quanto o futuro. Eu estou aqui presa ao meu presente, este inferno incomensurável. E o passado, pense no passado, só a ele você pode se ater, ou sua forma de futuro, esse passado invertido, essa míngua da lembrança em forma do que-virá, o devir enganador. Ali se mantém os seus miasmas sufocados, não precisam ser temidos. E a Morla, quando chegasse, o que faria de mim, se a Berenice não estivesse mais entre nós? A condição de escrava a que me submeto é inegável. Meu Deus, como me suporto? Não há saída para mim, entre o que sei e o que espero. Não, não sou vítima, sou apenas o inevitável. Falarei com Pôncio-Domingos outra vez. A única alternativa é agir contra a inércia de Berenice. Quererá ainda o seu copo d'água?

U7

Em frente à porta cuido que não ouça meus passos. Espero que não me peça novamente um copo d'água. Ao perambular pela cidade já deve se ter fartado em suas necessidades. Sempre é bom suspeitar. Sinto seu cheiro ázimo vindo por debaixo da porta, um miasma tépido, com algo de sujo, que não me causa, estranhamente, nenhum mal-estar.

U4

No entanto, ainda que não fosse minha obrigação, um dia afaguei eu mesma os cabelos da Berenice para compensar a ausência da Pequena Berenice, cuja lembrança corrói as horas da mãe que passam como lâminas desafiando o tempo envolto em quase nada.

U3

A página de Federico Borges começa contando a história de uma mulher exposta numa vitrine ao lado de outras. Confunde-se com os manequins de resina, cor de pele, olhos móveis, boca rósea. O verniz, em torno dos lábios descasca. "são elas as verdadeiras fadas destas passagens", é o que está escrito com letras enormes. Memento e alerta. A fada entre as fadas não tem nome, apenas a natureza feminina que, aberta entre as pernas, permite a entrada da cultura. Assim pode-se resumir o que diz. Por várias páginas a palavra Puppe aparece anotada a mão como um signo, um sinal de trânsito. Contei 88 ocorrências. Todo sinal é sinal de trânsito, está escrito ao rodapé. A moça perdeu-se entre as bonecas. Se um dia pudermos vê-la novamente. Se um dia, gritam as margens da folha em branco com o dizer: "Apenas hipóstase."

Na página seguinte um risco inicia na parte superior esquerda e segue até a última página. No fim a frase: "Enquanto a vida nos recorda estamos vivos."

U8

Agora diga-me Vetusta Sombra, quantas vezes terei de dizer que estou cansada?

U6

Desargues e Monge olham para o suposto cadáver de Carnot.

U4

Para passar melhor as horas temos a agenda, mas há muito que ela não presta atenção ao que ali está escrito e fica parada esperando o movimento dos ponteiros do relógio. Por falta de corda o relógio parou e agora temos um grande problema para resolver. Um problema real. Está parado desde que a Pequena Berenice desapareceu.

U2

A Berenice dorme. Tenho apreço por sua inércia. Se, por um lado, desejo imensamente que se mova, por outro, desejo que permaneça onde está mimetizada ao universo sufocado que a acolhe. Não abrirei seus olhos. Se eu fizesse algum esforço veria suas pupilas por baixo da pétrea pálpebra, teria, porém, que ouvir a fúria de quem aguarda o relatório.

U1

Meus pés acolhem o chão, insensíveis como espíritos sonolentos incapazes de dizer a que vieram. Estou cansada. Prostrar-me-ia num leito improvisado aqui mesmo, quase à porta. Em alguma manhã de algum dia vindouro alguém passando sentiria o extremo silêncio a pesar-lhe próximo, viria ver-me. Encontraria meu corpo cansado, silencioso, quiçá morto, ou apenas desprendido de si como na morte, em coma, falho e inerte. Eu mesma, como em eventos místicos, talvez me olhasse de cócoras para ver bem perto dos olhos, ver se movem-se, ver se há respiração, é assim que eu me veria se me visse, de longe. Não. Nada disso é o que importa, vamos lá. Abra a porta. Como gostaria de apenas contar isso como um memento, fazer a anamnesis de um fato vivido, de algo suposto. Estou aqui, em pleno presente, trancafiada entre os tempos, precisando pela segunda vez abrir a porta para o mesmo homem, o mesmo velho e cansado que, como um fantasma ronda o meu cenário. O que fazer? Que triste sina, a minha, sina que sei, pode ser de tantos. Estamos numa cidade inteira, o que significa estar só aqui?

J

A chave abre os dias, mas não pode abrir as noites. Para isto é necessário saber onde estão os audifalantes.

O

A caixa mágica deve estar no meio do *Continuum*. Não é possível encontrá-la sem antes procurar os audiofones.

G

A caixa mágica contém a chave que acende ao contato do calor de outro ornitorrinco.

@

A escrita cifrada não tem significado além daquele que cada um que vê e ouve pode compor. Apenas cegos que não são surdos podem ouvir e surdos que não são cegos poderão ver. Araquine escreve-a em zigue-zague.

U6

Poncelet cospe os olhos de Gergonne.

U5

Alma de Gato voa preso ao teto por um barbante branco. Ensino-o a caçar os ratos.

U1

Meus pés parecem já não tocar o chão. Se fosse medo, ou angústia, que nada. Sinto os dedos congelados, enrijece a minha memória, já não sou capaz de pensar. Meu cérebo envia notas que devem ser obedecidas por minhas mãos. Vejo-as já sobre a maçaneta, uma delas alisa a outra manifestando sua dúvida. São partes de um corpo, extensão de braços e antebraços e tronco e pescoço, se tiver que saber onde começa e onde se acaba, nem mesmo a boca pode ser aceita nesta armação incompleta. Falta-lhe a resposta. E esta falta é o combustível da existência. O que se busca, não é o que há que aqui importa. Domingos está ali, preso ele também ao mesmo e repetitivo passado onde alimento todos os dias o ressentimento, este animal faminto de asas azuladas como olhos cansados de nunca dormir. Nunca, sei que está escrito em algum lugar, anotei, sei que anotei, nunca é muito tempo.

Abro, num arroubo de coragem que não meço, nem percebo, a porta, ali está Pôncio-Domingos com uma bicicleta. Domingos me pega pela mão e me leva. Não há tempo de ver nada, estou sobre a bicicleta e, como num milagre, não temo cair.

15 de novembro

Parar

Tirar o pó

Sacudir o pano

Contar a quantidade

Separar em tantas partes quantas forem necessárias a uma classificação

Contar o mistério

Encerrar

U17

Pôncio-Domingos pedala a bicicleta em redor da casa por muito tempo. A paisagem obedece a esta condição giratória de nosso passeio. Não é mais o que era. Ele anda com pressa. Sinto a respiração ofegante com o miasma tépido que vinha por debaixo da porta. A eternidade é sem ossos. As mãos estão presas ao guidão, patas de um animal de rapina à sua presa. O movimento instável da bicicleta cede aos poucos a uma aterradora ausência de compasso, nem altos, nem baixos, aclives, declives, falseamento nos pés, curvaturas irregulares do corpo, ou qualquer desequilíbrio. Languidez. A rapidez do movimento provoca-me tonturas. A mesma rapidez do movimento mostra a casa como algo tonto. Um redemoinho. Ao centro do enredamento dos ventos, das linhas, luzes e sombras emaranhadas, um armário isolado flutua, numa inércia que ninguém poderá explicar.

Também meus sentimentos se movem, do ódio que tenho por Berenice, do antes ao agora, tempo quase presente. Preciso salvá-la. A casa, tornando-se espelho de tempos, vai engoli-la.

Como deter Pôncio-Domingos em seu passeio? Não vejo mais nada do que via. A tontura abre-se a uma nova visão da paisagem. Grito sem metáforas que possam expressar a enormidade do medo. Não há tempo para metáforas, só as malditas interjeições como bebês sendo paridos. Nada sai de minha boca como nos sonhos. Se fosse um sonho bastaria gritar e acordar, sigo gritando em silêncio. Os bebês estão no chão. Chovem escorpiões do céu. Os pavores adensam-se e sufocam-me pela boca, movem-se como ameixas inteiras entre minha língua e dentes. Bocas dentro de minha boca? Formas similares ao peso de frutas tocam a garganta e, causando náusea, associa-se à tontura. A tontura vem desse peso mais do que da mobilidade furiosa da bicicleta. O peso não me cabe na garganta, não é possível que desça. Vomito. Vomito para encher cântaros. O olho do nojo. Nunca o tinha visto. O imaterial sai de minha boca, a mesma de onde veio o grito sem metáforas. Nem cor, nem cheiro, nenhuma forma. O imaterial esvoaçante nada sinaliza além de que o vazio de nenhum modo se diz além da boca devoradora que a tudo se dispõe engolir.

A boca contumaz, eterna, grito único de vagina insaciada, é esta boca, malévola, a minha própria, que emite pavor. Vejo-me, ao fundo da casa que rodopia, o espelho que me falta para recompor a imagem. A mão na boca para evitar meu grito. Seguro com força, meus dentes me mordem. Estou aqui e lá. Também eu fui menina, também eu tive sede, também eu brinquei com a boneca.

As perguntas confundem-se com o movimento incessante, a tontura, a bicicleta que não posso ver, as mãos agarradas ao eixo, as mãos que não vejo em meu corpo, meu corpo que não vejo, o hálito miasmático, o calor corporal de Pôncio-Domingos, mudo, a carregar-me em sua bicicleta intemporal. Angústias, aflições, incertezas, anseios, tudo traduzido em vômito imaterial. Quando os donos do relatório chegarem, o que direi a ela? Voltarei ainda à minha escrivaninha? As certezas rodam como num carrossel em velocidade para agradar crianças pequenas.

F

A leveza do ruído é ilusão de ótica.

O

O *Continuum* não contém os audiofones. Apenas o cego sabe onde eles estão.

U5

No caderninho da Pequena Berenice encontramos algo semelhante a audiofones.

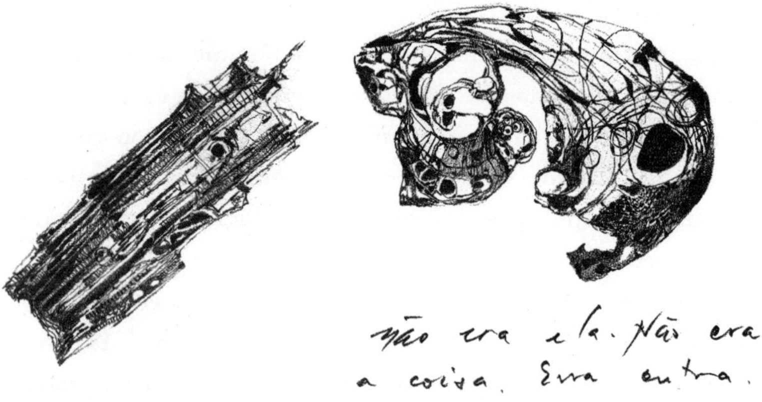

@

Também o audiofone estava escrito em linguagem cifrada. Araquine perdeu-se em seu zigue-zague e causou uma confusão semelhante à que vivem pequenos filhotes de aranha dentro de um ovo. Um grande ovo marrom é, a propósito, o que está no teto.

U7

O relatório. É só o que importa, mas Pôncio-Domingos decide falar. Ele fala no tom habitual dos homens velhos. Sim, eu o desconheço, mas aqui, como se em sonho, não o desconheço. A frase longa e curta: olhe. Eu olho, mas ele recomeça: olhe. Eu fixo íris e pupilas, com a máxima atenção, comprimo as pálpebras, foco, e ele insiste: olhe. Eu meço, a imagem circunvaga a si mesma, tento decorar as diferenças de textura, os brilhos, ele repete: olhe. Somo, multiplico, procuro uma lógica, um sinal, quem sabe uma equação, ele apenas admite: olhe. Perplexa com minha própria ignorância, se tivesse forças para mover qualquer coisa além dos olhos, cujas pálpebras retêm minhas últimas forças, afirmo minhas pupilas, nunca fui tão atenta, nunca tantos esforços eclodiram dentro de mim remontando o que posso ser, e, todavia, ele ainda me disse em seu tom de mansidão inconteste: olhe.

A velocidade é tão alta, não posso dizer quanto. Não há como medir, nem como imaginar uma hipótese para o movimento que se deu, dentro do qual eu estou, ainda que tudo se pareça com o impossível. Se o descrevo é porque ainda não sucumbi, nem o farei. A visão das coisas se define em uma nova e estranha aparição. Anamorfose.

U2

Em um segundo, tudo cessa de girar e o que era visto deixa de ser, o mundo é o anterior, mas que mundo era o anterior? Aquele dos livros? Que livros? Onde estão?

Eu estava dentro da casa, a casa agora não passa da imagem que se recompõe daqui, no cessar do movimento. A casa torna-se espelho e nele se vê uma sombra escura, alta, esguia. A Berenice ainda está lá dentro. Como poderei salvá-la? Procuro uma lanterna? Um maçarico, uma faca, uma lupa. Que instrumento seria útil?

U5

Quando Alma de Gato estiver pronto farei um desenho da sua metamorfose.

U4

Pequena Berenice passa carregando a boneca pela mão.

A boneca de olhos de madeira.

Vejo-a e pergunto: é Pinóquio? Pequena corre para longe assustada. Diz-me Pôncio-Domingos: não olhe para trás.

U17

À minha frente está o norte, à direita nasce o sol. Pôncio-Domingos apoia-se na bicicleta, é bem mais jovem do que quando bateu à porta e pedalou até aqui. Pergunto:

O que há atrás de mim?

A cruz.

Que cruz?

A cristã.

Onde estamos?

Não saímos, permanecemos.

Onde está o que era?

Nada era.

Você brinca comigo.

Não brinco, sou.

Prepotente! Leve-me de volta.

Não saímos de casa, não posso levá-la.

Você fala.

Sim, eu falo.

Responda, então, com honestidade. Como vim parar aqui? Você bateu à minha porta, rodou comigo sobre a bicicleta em torno da casa, onde está a casa?

A casa está dentro do armário e o armário dentro da casa. Não chegamos, porque sequer saímos.

Você é louco!

Não devo responder a isso, é uma afirmação e não sirvo para contestar. Apenas mostro. Quem é você?

Sou apenas o que sou.

Não importa. Escute. Tenho uma árdua tarefa a cumprir. Tenho três dias que passam rapidamente para entregar um relatório. É você quem me encarrega desta tarefa ao depositar os livros todos os dias à soleira da porta. Ao cessar sua ação, a minha estará completa. Portanto ajude-me a voltar e seguir com o trabalho e pare com os livros.

Você não poderá sair, jamais entrou, jamais saiu, jamais foi a lugar algum.

Suma da minha frente!

Não posso sumir, existo inexoravelmente.

Apelar à ironia é covardia. Já entendi, finalmente, entendi tudo. Pôncio-Domingos é um duende. E eu pensando que fosse um pobre mendigo.

Sou também um pobre mendigo e queria resgatar minha filha de suas mãos odiosas. Veja como estão sujas de sangue.

Olho as falanges magras como as mãos de Pôncio-Domingos manchadas de vermelho mínio. É tinta, digo-lhe, mas ele já desapareceu.

U2

A casa está dentro da casa. Vejo-a miniatura. No quarto ao lado o armário da Berenice está fechado. Devo manter silêncio. Nestas horas é que tudo o que não devia ocorrer ocorre, até mesmo que a Berenice acorde de seu sono dogmático e me encha de perguntas, ou, o que é pior, exija de uma vez o relatório finalizado. Nada disso acontece, estamos em outro tempo. Aproximo-me da portinha e olho afastando a cortinazinha de veludo negro. Tudo tão pequeno. Dentro vejo o caixão do velho Pôncio-Domingos, morto num domingo singelo. Todos os mortos deviam morrer aos domingos. Domingos combinou seu nome com sua morte, e ainda há os que não acreditam no destino. Dentro da casinha arde uma lâmpada irritada, bruxuleia como uma vela ao vento sobre a mesinha minúscula com 4 cadeiras em redor. Um fogão branco com uma panela vermelha sobre a chapa. Uma estante com muitos livros, mas não posso ver seus nomes. Mais adiante uma cama com uma bonequinha vestida de preto. O rosto branco não deixa olhos nem boca definidos.

U1

Fecho a portinha decidida a finalmente voltar ao trabalho depois de tanto tempo perdido. O tempo que levo, três, quatro passos até a escrivaninha, se desdobra como uma pergunta. É o mal do tempo, a obrigação ao questionamento, por mais inútil que seja: que idade terei? Deixei há muito tempo de me ocupar com isso, vendo os sinais acintosos da infância, algo em mim não se contém e pergunta como um alfinete esquecido na costura rente à costela: que idade terei?

U6

Poncelet parece estar chorando, talvez fingindo.

16 de novembro

Mover as cadeiras para perto da porta
Deixar os livros camuflados pela casa.
Queimar os que não foram lidos.
Tirar o pó
Trancar a porta e esconder a chave

U8

Clitemnestra traça um plano. Alisa os densos cabelos negros com paciência parecendo preparar-se para o sono. A espantosa densidade dos cabelos insinua o couro de um animal disposto sobre a cabeça estendendo-se até os pés, esconde-lhe o corpo inteiro. Não conhecendo sua natureza, é impossível imaginar o que corre por baixo da espessura das madeixas. Move-se lentamente para não acordar Penélope que tem o manto sobre o colo, as linhas enoveladas dentro do avental arranjado ao corpo cansado, ele mesmo agarrado ao corpo de Clitemnestra do modo anteriormente descrito, pelas costas, algo inimaginável a olhos nus. Um dia Clitemnestra lhe agradecerá por permanecer semi-inerte por obra do acoplamento. Por enquanto, é insuficiente a nudez dos olhos.

O plano de Clitemnestra envolve o assassinato de seu marido, Agamenon, não o descrito por Homero, aqui temos que nos acostumar com a implosão do tempo. Agamenon aqui é o poeta que esquarteja seus cavalos. O plano não é apenas seu assassinato como veremos, tal é seu objetivo, o que ela almeja ao fim, porém o que em seu meio é composto de diversos outros anseios que definem a importância do modo como será assassinado.

Agamenon foi batizado não por admiração ao bardo e sua obra, mas porque teria nome de rei e um nome de rei sempre suscita a guerra. Dela, acreditavam seus pais, viria a paga da paz pela morte a qual humanos deram o nome de vida e que se revela, cedo ou tarde, na conditio inumana da dor, da miséria, da violência. O contrário de tudo o que se pensa é a vida. De seu destino fora avisado desde o início e acolheu a sina como cabia àquele que carrega o nome de rei, como é do destino satisfazer sua regra de morte e vício sobre os rebeldes, e podendo ser escravo de sua condição inexorável, escolheu o posto de soberano de si, cego de que a escolha é apenas submissão autoritária à impostura da existência, e fazer jus à sorte em seu giro trôpego pelo caminho que cabe a cada um e que faz da vida redemoinho inóspito onde os cansados perdem a vez. Fora menino violento, de perfurar olhos de pássaro, de arrancar patas de mosca, de acrescer pernas de arame às cobras, de atiçar fogo aos cães recém-nascidos, de afogar gatos em sacos, em brincadeira de triste resultado enforcar um dos irmãos pequenos, e depois homem da lei. O destino ri por entre os dentes. Poeta por condenação, a revolta de seu ser contra ele mesmo atingiu-lhe cedo. Agamenon luta a cada minuto de sua vida contra a poesia. Sabe, desde seu nascimento, que morrerá por seus versos segundo o vaticínio do Eco, o oráculo que todos nem sempre consultam e que pode evitar o desastre a que tende toda existência. Eco lhe repete até hoje, estás morto, morto, morto, ele finge não ouvir. Troca as frases. Evita a repetição. Os versos desta morte ele mesmo os criou, costuram as bordas do manto de Penélope. Clitemnestra, conhecedora de sua fragilidade, este calcanhar de Aquiles do marido que deseja morto, pretende apossar-se deles para poder matá-lo.

Ser poeta é lutar contra a poesia repetiu aos professores da lei e da ordem quando partiu para sua primeira e última guerra, a guerra contra todos. Pensava curar-se da poesia lutando pela morte de todos como o pobre Príncipe da Dinamarca inventado por outro bardo o fizera. Voltou vivo da macabra expedição, sem livrar-se de sua doença pela morte, mas apenas acresceu de doença à doença, repetindo o ciclo que abomina. Fizesse versos e estancaria o ciclo. O pobre Agamenon, todavia, é vítima de sua lei e não poderia morrer fora da luta. A guerra foi seu modo de ver.

A guerra contra todos é a oposição à poesia, seu único modo de manter-se vivo.

Desde que dela voltou a carregar o fracasso da derrota como uma imensa dor no corpo que lhe amolece os membros, imobiliza os músculos, resseca os ossos e as pálpebras, acredita em uma nova alternativa de combate à poesia, na qual a violência possa ainda ser mais crucial e natural, a de cuidar de um haras com suas poucas forças, alimentando os cavalos, escovando-os, levando-os com caras loções, antes de, no fim da tarde na praça pública, dedicar-se ao feitio da justiça testando-a sobre os humanos que subjuga sob penas de leis que ele mesmo cria. É porque vê estes humanos de asas curtas chapinhadas de piche, chamuscadas de fogo, os pés retorcidos sobre os quais deixaram de caminhar, as pernas ressecadas, ancas e nádegas revestidas de cascas de tanto arrastar no chão para realizar a mobilidade do corpo, esse amontoado de dores e dós, a pedra na qual se converteram, a escrófula vertiginosa como uma grande abertura na cabeça emoldurada pelo resto de crânio e nele os olhos incrustados, é por presenciar o espetáculo da miséria todos os dias que sente despertar sua ira. A poesia é facilmente evitável no recrudescimento do ódio, a rejeição absoluta a outro. O odiável desperta o ódio, a vítima desperta o desejo da proscrição. A ira que a guerra derrotada fora quase capaz de eliminar permaneceu como chama ínfima que o novo modo de vida entre os cavalos é capaz de realizar. Guarda de sua realeza, a vontade de humilhação da humanidade em cada um de seus membros que lacrimejantes como hostes derrotados, vêm a pedir-lhe perdão. O que fizeram? Além de viver a vida humana, a miséria como sina? Obedeceram, entregaram-se, escolheram como ele ser o que se tornou? É sempre o que pergunta ao assassino que tem para julgar, seja quem for, ao ladrão, o estuprador, o usurário, a prostituta que vem molhada de lágrimas pedir perdão. Sabedor da insuficiência das palavras diante das ações ele se despe de sua toga após o martelo sentenciar o som que orienta enforcados e degolados. Derrotando o inimigo oculto na forma de humanidade, certo de superar a fraqueza dos débeis pela morte, ele volta ao haras e reencena seu ritual, agora sem vestimentas de honra, sem as pompas institucionais, esquarteja um cavalo escolhido ao acaso. O cavalo olha-o com um resto de humanidade que se deixa evadir pelos olhos, aquele mesmo olhar com que olham os cães e todos os animais domesticados, ele não resiste ao apelo comum que lhe suscita a ira ancestral, aquela declarada pelos pais, a que lhe faz existir como um filho de seus pais, como fruto de um ventre e de um oráculo, e mata. Mata para manter a lei e acolher o destino. Depois cai voluntariamente nos braços das prostitutas no bordel e chora acreditando matar para não ser morto. Pretende que as prostitutas o salvem de seus próprios atos. É seu único momento de lucidez. Sabe, melhor que elas, que apenas por minutos está livre de suas lembranças. Experientes, elas o acalentam com uma faca oculta. Recebem seu dinheiro como um soco no estômago. O cheiro do sangue exala das notas rotas, dos cabelos que já vão se tornando alvos. Evitam olhar Agamenon como os animais domésticos que suscitam a ira interminável.

Assim são os dias de Agamenon. Clitemnestra aguarda qualquer passo em falso que lhe permita praticar com objetividade sua ação. Agamenon sabe que é buscado como um preá por um cão faminto, rato para cobra voraz. Evita lembrar o engano. Evita o remorso e a dúvida que acompanham sua natureza de poeta realizada no paradoxo da luta contra a poesia. Segue seus dias entre o haras, o fórum e o bordel. Clitemnestra mira a exceção que poderá perfurar o quadro dos seus dias. Pensa que será resgatada da morte neste momento. A brecha para a morte de Agamenon, redenção de sua própria morte.

Relembra a cada dia, como um ritual ao nascer do sol e ao cair da tarde, enquanto Penélope e ela desdobram a posição em que se encontram, a morte de Ifigênia-Alice, a filha pequena. A cena não se desprende de seu organismo, sente-se ela mesma morta, esquartejada como em um parto invertido em que surge a morte quando aquele que existe é sugado da existência e nela reintroduzido como um vazio. A morte é o guardamento do ser, sua ocultação do visível quando já tinha sido de todos conhecido. Muitos, sábios ou não, a chamam retorno. A morte faz sofrer porque é uma nova gestação do que já foi gestado, o nascimento do que já foi nascido, impossibilidade de respeitar o cansaço, a morte do que já estava morto.

Clitemnestra relembra e canta enquanto chora, entre raiva e saudade, angústia e vontade de matar, o ato que mudou para sempre o significado da morte e que, sem interferir na organização dos dias de Agamenon, provocou a união a Penélope e a direção que vemos hoje nos olhos de Clitemnestra. Se Agamenon luta contra a poesia pela morte, Clitemnestra luta para que a morte de Agamenon se realize a qualquer custo. Sabe que poderá matá-lo pela poesia e espera o Manto de Penélope. Nele a poesia de Agamenon está bordada, será usada para sufocá-lo. Traveste-se de humana, sapatos rotos, asas derribadas, a cabeça envolta em panos sujos para ir ao fórum em busca da brecha que a fará assassinar Agamenon. Clitemnestra jurou-o de morte desde o dia em que, tentando matar um cavalo, escoiceando-lhe a cabeça e o tórax antes de cortá-lo em pedaços, estando o animal já morto desde que estivera na mirada de Agamenon, apareceu a menina, filha de Clitemnestra e do poeta ensandecido. A cena não abandona a mãe mortificada. Filtra tudo o que ela vê como um prisma que acomete a retina. A criança na porta do curral, ao ver o pai a agir em conluio com a morte, e na mente infante sabendo cedo demais o significado ancestral do horror, não teve a chance de acostumar-se à violência e ao sem sentido, ao proteger o cavalo com o pequeno corpo afoito foi morta junto com ele pelos pés do pai. Esmagou-lhe a cabeça e o corpo todo deixando a mãe sem esperança de salvar o seu rebento. Na confusão dos gestos brutos Agamenon via apenas o sangue e o desejava mais. O infeliz, nem por isso entristeceu. Jamais vira a pobre criança confundida que fora em sua mente de monstro com o animal que se aproxima a cheirar o cadáver sanguinolento dos cavalos. Que se passaria em sua mente, que espécie de sentimento, se havia, que espécie de visão, se havia por onde olhar para além da catástrofe, se foi capaz de ver além o resultado de seu próprio ato? Para aquele que não vê o mundo entre seus cavalos e leis, a vida não se anuncia. Clitemnestra chorou por anos e sobrevive por seu desejo de matar o marido que se oculta dela desde o ato enfermo que praticou, sabemos que irá matá-lo, que o filho que lhe restou acabará por matá-la para vingar o pai, que o desenho da sina é o de uma banda de Moebius avariada e picotada ao longo de sua onda.

U6

Pliicker e Staudt descem pelas escadas à procura de Poncelet. Não sabem do que Poncelet é capaz.

U8

Na casa de Clitemnestra ele não voltará jamais a não ser pelo desejo de um dia morrer. Vinte anos depois.

Ele pensa poder administrar seu tempo. Assim como ela. Foi este o desejo que ancestralmente os uniu, o do poder sobre o tempo que une, até hoje, os casados. Como sísifos que ousam enfrentar a morte, os amantes roem a corda da própria forca em desespero. Não fosse o desejo de matar, Clitemnestra escreveria a história dos sonhos e abandonaria seu casamento. O poeta privou-a de seu interesse e ela quer, com as próprias mãos ou as de outrem, a justiça que ele lhe deve. Só isso poderá acalmá-la. O poeta, todavia, só pensa no esquartejamento dos cavalos que morrem submissos ao seu rei. Ele vaga pelos clubes de corrida, assiste o enfrentamento nas canchas poeirentas, precisa repovoar o haras de tempos em tempos, crente e cego na administração do tempo pronto a recuperar os cavalos, persegue deste modo a guerra que lhe restou, de lutar contra a poesia, ela permanece em casa, serve-se de um amante quando Penélope dorme, não quer assustá-la em sua natureza de esposa fiel, com sua desnatureza de mulher livre à quem não permitem a liberdade. Conta os grãos de sua infelicidade guardados numa gamela de cedro, carunchados, grãos de não comer. Respira em compassos cuidados dia pós dia na arrumação do tempo, a evitação do susto, a eliminação da vida com que conta para seguir existindo. Almeja alcançar seu objetivo, persegue o tempo, mira-o a avançar em forma de rugas e cansaço, e não cede invejosa da habilidade de Penélope de confeccionar o manto do qual ela precisa tanto para matar Agamenon como depois para fugir imperceptível.

Clitemnestra planeja, fosse boa tecelã não pensaria. Não teria parasitado Penélope, tonta de carregar-se e ser carregada. Araquine que a observa não tem piedade, condena seu mau anseio. Julga-a e buscará puni-la sem chance de fazer justiça. Apenas arma seu ódio num desenho complexo. Clitemnestra pensa e planeja, prepara-se para o momento oportuno, o que os gregos, seus ancestrais diretos, chamaram Kairós, o tempo ideal que não pode ser deixado de lado, que, abandonado, reflete o vão da existência, a infelicidade sem misericórdia, retorno, sem enigma. Não pensa que a morte de Agamenon lhe trará desgosto algum, não há dúvida que a salve de sua ação, certa que está do seu próprio desejo sem vacilo, sem ambição. É da condição peculiar de Clitemnestra ser também cega para o que pode ocorrer, certo grau de irracionalidade compele ao ato, todo o seu desejo se orienta pela possibilidade de ter entre as mãos a cabeça de Agamenon e com o sangue a verter de suas veias laceradas escrever uma carta.

A quem a enviaria se sua única amiga é Penélope monstruosamente agregada às suas costas? Contaria ao filho que viaja distante ocupando sua juventude em busca de aventuras? Poderia aceitar ver o próprio pai morto? Não, certamente, não seria ele o endereçado. Clitemnestra não se perderia na falta de lógica. O que estaria escrito com o sangue do homem, a um tempo, monstro e infeliz? Nada há que possa dizer, além de que o matou para vingar-se. Mas ainda não o matou, está em fase de planejar, de medir as estratégias, configurar a tática. Que ataque? Como fará para capturar sua presa tão ansiada?

Ela traça seu plano, projeto de morte.

U5

Os ratos fogem de Alma de Gato que de gato só tem o nome.

20 de novembro ou 6 de abril

Recortar *snow flakes*

Aparar os cabelos, cuidar de esconder os fios brancos.

Decorar o poema de Helena Schopenhauer Borges

Consertar o binóculo

Lavar a louça de três dias

Comprar café

Abrir a caixa cheia de cascas de cigarra e fazer um novo desenho

Concluir a natureza-morta

U1

Quando cheguei era um cadáver. Em segundos as borboletas voaram em bando. Ruflei inteira em milhares de pequenas asas ansiosas. Fui ao dicionário procurar panapaná. O dicionário não mencionava a palavra, era italiano e a busca indígena. Não sei como pude mover as páginas do livro. Até agora não pude recompor meu corpo, não sei onde estão os dedos, o que serão a partir de agora. Os olhos darão aviso? Resta o dicionário com as palavras em ordem. Dali eu me tiro de novo, é o que espero. Só possuo este dicionário para sair da transparência em que me vejo. Não, nem eu me vejo. Deve ser efeito do susto.

Não revelei a Berenice que havia um dicionário na casa. Guardei minha própria esperança. Ela terá de acordar para saber, e isto não será fácil, como não foi chegar até aqui. Se acordar dificilmente verá que é diferente dos outros livros. A esta altura não verá nem mesmo a mim. Apesar disso, invisível e de certo modo confusa, percebo que continuo agindo. Perdi a noção das tarefas, mas sei que logo as recobrarei. O gesto de procurar a palavra indígena no dicionário de italiano é efeito deste delírio que sofro. Loucura temporária, coisa fácil de curar, nada que precise mais do que tempo. A lógica se tornou indisponível há muito tempo e as línguas ainda não aderiram ao elementar. A coisa segue há horas, aos poucos me acordo como de um sonho em estado de vigília. A lógica realmente me abandonou, pois não existe tal espécie de sonho. Para haver sonho é necessário dormir, ou haverá vigília nos sonhos. Nunca gostei destas charadas chinesas.

Agora tudo encontra-se em plena paz. Durante horas esperei que meu corpo se movesse sem que uma borboleta dele saísse, mas foi em vão, quando vi, eu era feita de papel e o barulho do meu corpo um farfalhar. Asas, sempre as mesmas e de milhões de anos atrás como fósseis de folhas rendados em pedra. Só me resta retornar ao meu trabalho. Ainda estou confusa, pois me faltam os dedos. A novidade da alma, nem ruflar de asas, nem sopro de vento, nem a velocidade dos motivos, aquela parte do corpo se só se descobre com as antecipações da morte, é o que descubro. Mesmo sem corpo estou nua.

Os dedos, finalmente os vejo. Um pouco inchados pelo álcool, e a unha encravada no médio, como sempre me incomodando a escrita, e se me olho no espelho — ainda que não haja nenhum espelho, imagino-me — vejo pernas, tronco, braços, cabeça. Nunca bebi álcool, mas devia ter bebido para justificar os erros, estes dedos grossos inchados, aquecidos e secos. Lembro do álcool e vejo as partes desandando entre si. Sinto o cheiro, fosse apenas imaginação, eu teria chances. As partes se soltam, se colam, se soltam e colam como se a imagem pulsasse. Nas partes surgem todas as partes que as compõem como detalhes milimétricos desperdiçados pela visão, basta olhar com cuidado para reaver o que, para uns é lixo, para outros, ouro. Não seria difícil fazer um inventário do corpo. Difícil seria quando chegássemos aos dentes. A Berenice não os tem.

Sobre a escrivaninha está a vida como sempre foi. Preciso voltar ao trabalho.

F

Um olho sabe o que um ouvido não pode saber. Um ouvido sabe o que um olho não quer ver. Na soma de um e outro se obtém uma textura como a da pele.

U5

A textura do Berescópio no caderninho da Pequena Berenice.

@

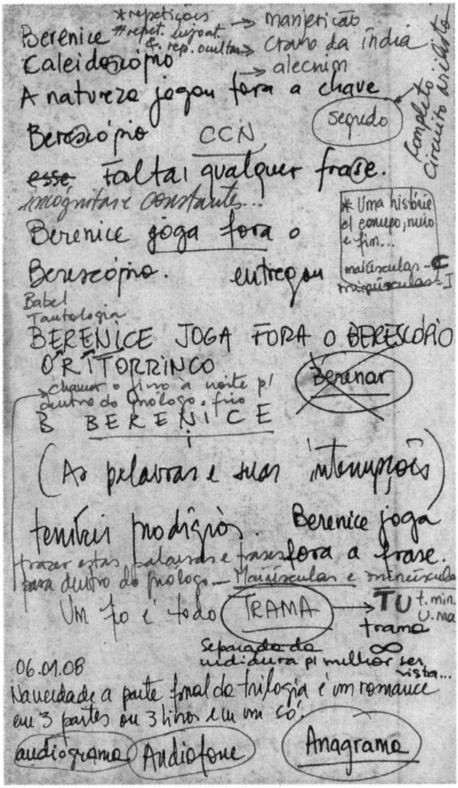

O teto é vasto verticalmente, embora seja minúsculo horizontalmente. Trata-se de um problema de diâmetro.

S

O Berescópio causa alucinações óticas e ópticas.

U3

"Banho, mergulho, inundação, batismo, afogamento — símbolos alquímicos. Encarnação do si mesmo, renascer do si mesmo."

É a primeira frase do caderninho amarelecido sobre a escrivaninha. Como veio parar aqui? Não há pista. Deve ter estado sempre entre os livros. Já o vira antes, mas não tinha prestado atenção. A confusão das coisas não deixa esperança além de que se possa, a certa altura, acostumar-se ao caos, conviver com o ar de suicídio das coisas. Abaixo "Alma instintiva — simbolizada por répteis. Cobra. Muitas vezes morte." Mais adiante "*Vulnerati cor meum*" e, entre parêntesis "(feriste meu coração)". Que tudo isso se explique pela frase "2 separado do 1 e do 3. A unidade protege a Trindade" talvez seja um excesso de minha parte.

Melhor deixar tudo para depois, pois a porta começa a bater.

24 de janeiro

Interromper a paranoia com o uso do tempo
Lição de Escrita de Lévi-Strauss
Lavar os cabelos na pia com água fria
Trocar a frase da mente = pôr flores na água
Lembrar do jarro de Fernando Pessoa
Decorrer a vida, não vivê-la
Planejar uma nova estante onde guardar os livros
Preparar as bordas, retalhos para o Manto
Interromper a paranoia com o uso do tempo

Passos: sair fora da cama, arrumar o lençol, primeiro o de baixo, depois o de cima O de cima está enrolado à perna da cama. Sujo de pó de dias

U1

Durmo na mesma posição, nos mesmos lençóis. Há quanto tempo? Não é possível saber tudo, pois tudo requer atenção e não há instrumento para tanto. Há apenas um relógio. Está aqui há gerações. O uso do tempo, após a cama feita, depende do ajuste do funcionamento da casa aos ponteiros do relógio. Sei que isso é fácil e é o que farei. Se eu mudar o ponteiro, mudo o tempo, a medição dos três dias é facilmente transformada em quatro, meses, anos, podem até mesmo eliminar o sentido da contagem. O que de melhor me acontece nestes dias é envelhecer.

U6

Ruje e Cremona ainda podem ver, mas preferem ficar sob o sofá.

U5

Alma de Gato comeu o Berescópio.

25 de janeiro ou 7 de abril

Procurar pelas galinhas no quintal
Dar milho às galinhas
Anotar os créditos da paranoia
Borrifar água nas plantas
Desenhar Clitemnestra e Penélope, siamesas
Rezar para a Nossa senhora desatadora dos nós

U1

Encontrei um *Disparate* de Goya, Francisco de Goya e Lucientes, chamado desordenado ou matrimonial. Estava dentro de um livro sobre símbolos e sonhos. Na gravura de Goya os dois personagens siameses tem dois pés cada um, totaliza-se a soma de oito pés onde haveria quatro. Trata-se de uma bifurcação que, por seu caráter incompleto, parece que não cessará no tempo. Dois corpos fundidos em uma materialidade vertiginosa. Caídos um no abismo do outro. Vemos a mulher apoiada nas costas do homem cujos pés estão firmes no chão, suas mãos igualmente firmes apontam aos que estão à sua frente. Parece discursar ou acusá-los de algo, quem sabe defenda-se perante eles. Não se importa com ela que, inerte, existe entre a natureza de capa, como um manto que o cobre, e a de máscara, pela expressão de pele sem fundo do que poderia e mesmo deveria ser seu rosto. Janus atordoado descobre que também usa máscaras. As mãos sobre o ventre seguram uma à outra, dão-lhe o ar de cansaço e comodismo de mulher velha e esposa. Nós que a vemos, sabemos que há apenas uma saída. E ela a escolheu bem cedo.

11 de fevereiro ou 8 de abril

Estabelecer a diferença entre medo e covardia
Exercitar a certeza em vez da suspeita
Contar o número de cápsulas antes de ingeri-las
Ler o trecho final da História da Matemática
Rondar
Esquecer

U6

O saldo é um morto: Gergonne; 3 cegos: Carnot, Charles e Staudt, e alguns assustados. Nenhum será preso por seus crimes. Eu terei que matar a todos. Penso em deixar Cremona que é o mais quieto vivo.

U5

Alma de gato foge voando.

U8

Clitemnestra está sobre a cama. Pensativa, esquece-se de que Penélope não dorme à noite para desmanchar O Manto. Cansada ela adormece sobre o próprio corpo. Penélope se move com lentidão. Seu corpo é mais fraco que o daquela que a parasita. Penélope evita os pensamentos queixosos que lhe vêm à mente quando percebe sua sina. Chora sabendo que ninguém a ouve. São saídas de mulher que ela sabe usar. E isso a enche de rugas. Quem diz que se importa? Clitemnestra é quem cuida de si como de uma porcelana exigindo lustro. Penélope esconde-se em suas roupas cinzentas usadas para inspirar piedade. Cada uma a seu modo sabe o que deseja. E cada uma sabe não realizar seu destino.

Acordam. Penélope nem dormiu, mas passará o dia em vigília. Pasmas com as encarnações vindouras, elas caminham até o oráculo e depositam um ramalhete de flores brancas ao pé da estátua de mármore da deusa de cujo olho de pedra verte água. Caem lágrimas também dos olhos de Penélope, não dos olhos de Clitemnestra que é seca e fria como a razão das coisas. Não fazem nenhuma pergunta. São, elas mesmas, boas advinhas do destino uma da outra. Não se comunicam. Aceitam-se. Desta aquiescência vêm todas as respostas, mesmo quando não aparecem as perguntas. Saem à rua, satisfeitas com o próprio silêncio diante do oráculo. Veem a mãe morta dirigir-se à casa. Aceitam, uma a outra como duas irmãs nascidas do mesmo ventre e para ambas igualmente perdido. Não há mais revolta contra a natureza das coisas. Nem contra qualquer mãe. Sabem que não pertencem ao mesmo tempo, que estão em lados opostos da vida, mas coabitam para além do tempo, na ordem violenta do espaço à qual se submete todo corpo, impostas uma à outra. Não há ninguém que as possa separar.

U3

Para evitar o feitiço é preciso uma única estratégia: definir o fim do mundo antes que o fim do mundo nos defina. Diz-nos o Pe. Antônio Vieira no trecho assinalado à lápis em sua Apologia das Coisas Profetizadas que "ainda que se não possa saber com certeza, nem definir precisamente o dia, ou o ano certo e infalível em que há de ser o fim do mundo, pode-se contudo conjecturar por indícios e razões prováveis, e afirmar com a mesma probabilidade, quanta pode, ou há de ser, sua duração".

U8

Penélope generosamente dá O Manto a Clitemnestra.

04 de fevereiro

Abrir a janela
Limpar o vidro
Cuidar o movimento das nuvens
Encher o vaso de água
Pôr o relatório no envelope.
Recolher a máquina.
Deixar a boneca envolta no manto.

Hormiguero, 08 agosto de 2008.

Prezada Marcia Tiburi,

Ao saber de seus projetos literários, venho por meio desta solicitar seus cuidados em relação ao material em anexo, encontrado na casa daquela que veio a ser conhecida em nossa comunidade como Berenice Do. Entrei na casa junto ao perito da prefeitura, um oficial de justiça e o engenheiro contratado pelo novo dono do terreno, movido por nada mais que a curiosidade que tantas vezes atrapalha o direito à mansidão a que qualquer pessoa de bem faz jus.
Eis o que tenho a declarar sobre o que encontrei e que segue na caixa em anexo:

1. Um volume pesado de escritos
2. Uma máquina de escrever dentro de um estojo preto
3. Um gravador e nove fitas cassete
4. Uma máquina Polaroid dentro de uma caixa de remédios
5. Um charuto mofado
6. Uma caixa de remédios
7. Dois livros
8. Duas pernas de pau
9. Uma boneca de louça envolta num pano feito de pedaços dentro da mala junto a quarenta e oito soldadinhos de chumbo e recortes de revistas

Nenhum destes objetos despertou a atenção dos profissionais implicados no inevitável arrombamento a que tivemos que proceder dificultado pelos pregos enferrujados que prendiam a porta por dentro. Seriam incinerados caso eu não tivesse recolhido.
Quero registrar que ninguém de nossa comunidade viu como entraram ali. Preciso relatar este fato. Eu tinha treze anos quando em uma noite chuvosa uma moça com um vestido escuro abundante de tecido, os cabelos ocultos sob um chapéu de feltro a esconder quase todo o seu rosto, chegou trazendo uma mala. A mesma que enumero acima. Lembro porque tinha a mesma imagem de inseto estampada. Naquela época me pareceu bem maior. Meu pai tinha uma gráfica e era comum que pessoas estranhas, escritores desconhecidos em busca de editar seu primeiro livro, aparecessem à procura dos seus serviços e alugassem por algum tempo, semanas ou meses, uma das casas da vizinhança enquanto acompanhavam o processo tipográfico. Varios deles aproveitavam a solidão do nosso lugarejo para redigir livros, sobretudo de poemas que ninguém quereria editar a não ser meu pai por preços modestos, no nosso lugarejo. Entre nós esteve a impressionante

Helena S. Borges. Com Berenice não foi diferente. Ocorre que a casa não pertencia a meu pai, nem a ninguém que se conhecesse, estava ali, segundo meu pai, antes mesmo que meu avô tivesse chegado. Vai ver fosse a herdeira da propriedade que, com o passar o tempo tornou-se mais e mais inóspita. Não nos ocupamos dela. Que tínhamos a ver com seu isolamento? Somente após dias, quem sabe semanas, é que começamos a estranhar a reclusão, já que mesmo a mais independente das pessoas sempre tem as suas necessidades. Passamos a bater em sua porta diariamente, depois uma vez à semana. Revezavam-se os adultos, ainda que algumas das crianças – eu mesmo – tenham chegado perto da casa, movidas pela curiosidade alegre que, para além do reino da ingenuidade, não pudemos repetir. Até que, cansados com o passar dos anos, batíamos à porta apenas esporadicamente. O que era estranho se tornou familiar e esquecemos da Berenice até esta visita dos especialistas.

Nunca a vimos sair em busca do que quer que fosse. Necessidades ou hàbitos? Podemos supor apenas a soledão. Se ainda estava dentro da casa era porque nao precisava de nada. Nunca nenhum de nós a viu receber visita.

Meu pai falou algumas vezes de uma tal Berenice Do que aparecera por aqui falando de um livro. Havia um cheque com uma assinatura rasurada, que jamais foi aceito no banco e que devia ser dela. Mesmo após anos meu pai esperava que lhe trouxesse algo que imprimir. O tempo se foi, meu pai morreu, a gràfica faliu, Berenice Do caiu no esquecimento. Restou apenas seu mistério.

Na última década creio que ninguém tenha se aventurado pelo matagal que cresceu em torno da pequena construção de madeira impedindo a passagem de quem ainda supõe a existência da civilização.

Aguardamos o destino que venha a dar ao material que não tive coragem de abandonar junto da casa que, devido às suas condições, nesta manhã, por ordem da prefeitura, foi demolida.

Não posso deixar de declarar mais um detalhe. Permita-me. Retirei os fios de barbante dos membros da boneca por julgar bizarro que um brinquedo pudesse olhar daquele modo. Tinha só um braço, estava envolta num manto de voal bordado com insetos. Confesso que temi que, a qualquer momento, falasse para explicar o que aconteceu. Cobri-a com o manto para que parasse de olhar.

Com esperança e estima,

Julián Ana

Este livro foi composto na
tipologia Cochin, em corpo 11/14.6,
e impresso em papel Off-White 90g/m²,
na Markgraph.